JN174969

青弓社ルネサンス
6

構造としての語り・増補版

小森陽一
Yoichi Komori

青弓社

構造としての語り・増補版／目次

第1部　構造としての語り

第1章　近代小説と〈語り〉　8

1　小説言説（ディスクール）の生成　8

第2章　近代的〈語り〉の発生　74

1　葛藤体としての〈語り〉——『浮雲』の地の文　74

2　〈語り〉の空白／〈読者〉の位置——他者の原像　103

3　物語（ストーリー）の展開と頓挫——『浮雲』の中絶と〈語り〉の宿命　133

第3章　〈人称〉と〈語り〉の主体　178

1　視点と〈語り〉の審級――明治初期翻訳文学での自然と文体　178

2　〈記述〉する「実境」中継者の一人称――森田思軒の「周密体」の成立　196

3　〈語る〉一人称／〈記述〉する一人称――一八九〇年前後（明治二十年代）一人称小説の諸相　241

4　〈語り〉と物語の構成――構成論の時代／四迷・忍月・思軒・鷗外　282

第4章　〈書く〉ことと〈語る〉ことの間で　312

1　『坊っちやん』の〈語り〉の構造――裏表のある言葉　312

2　『心』での反転する〈手記〉――空白と意味の生成　333

第5章　〈語る〉ことから〈書く〉ことへ　354

1　『蝿』の映画性――流動する〈記号〉／イメージの生成　354

2 エクリチュールの時空——相対性理論と文学 363
3 文字・身体・象徴交換——流動体としてのテクスト『上海』 404

初出一覧 433

あとがき 435

増補 百年目の『こころ』——言葉の時差のサスペンス

1 百年目の『こころ』——言葉の時差のサスペンス 438

増補版あとがき 453

解題 「歴史の詩学」を求めて 林少陽 457

装丁——神田昇和

第1部　構造としての語り

第1章　近代小説と〈語り〉

1　小説言説（ディスクール）の生成

〈ことば〉の「死」／活字としての言葉

宮沢賢治が『銀河鉄道の夜』[1]で描いた「活版処」は、なぜか冷たく深い闇に閉ざされている。

銀河の祭りの準備に、喜々としている友人たちの群れから離れたジョバンニは、「まだ昼なのに電灯がついていて、たくさんの輪転器がばたりばたりとまは」っている「大きな活版処」に入っていく。彼はまず「計算台」にいた人に「おじぎ」をし、次に「卓子」に座った人に向かってやはり「おじぎ」をし、「一枚の紙切れ」をもらう。それからジョバンニは「電灯のたくさんついた」「壁の隅」で、「粟粒ぐらゐの活字を次から次へと拾ひ」「紙きれと引き合せてから」、再び「卓子の人」のところへ「活字をいっぱいに入れた平たい箱」を持っていく。そして、あの「計算台」のところで「小さな銀貨を一つ」受け取り、「威勢よくおじぎ」をし、急に「元気」になって「おもてへ飛びだ」す。ジョバンニはそのもらった銀貨で「パンの塊を一つと角砂糖を一袋」買って家に帰るのだった。

「昼なのに電灯がついて」いるだけに、「活版処」の外光から遮断された闇が読者の意識を覆う。その電灯に照らされた闇のなかで、ジョバンニが拾う「粟粒ぐらゐの活字」は、「紙切れ」という断片化された言説をモノとして再現する言葉の屍の破片にほかならない。ジョバンニは死んだ言葉の破片としての活字をピンセットで函のなかに拾い上げる。あたかも、火葬された屍の骨を一つひとつ骨壺に拾い上げるように。

　この闇のなかでは、死んだ言葉の断片を拾う労働が、「銀貨」一枚と交換される。言葉を商品化する「活版処」の冷たく深い闇は、言葉の墓場、言葉の死を象徴しているようだ。繰り返される無言の「おじぎ」という儀式性といい、終始沈黙を守るジョバンニの労働といい、「活版処」で働く人たちの「声もたてずこつちも向かずに冷くわら」う姿といい、ここには生きた言葉、人と人の心を架け橋する言葉が存在しないことを暗示している。

　自らを生かすコミュニケーションの場を奪われた、切れぎれの言葉の死骸。活字。そのモノ化された言葉を拾い集め、「ばたりばたりとまは」る「輪転器」にかけると、その機械工程から商品としての印刷物が生産されることになる。そうであればこそ、言葉の死骸の破片を拾う労働が、「銀貨」＝貨幣と交換されうるのだ。しかも、ある著者の言説が、「紙切れ」に断片化され、その「紙切れ」に書かれた言葉から意味やニュアンス、その他言葉の命につながるすべてが剝奪され、活字の数として「計算台」で計算されることで、この交換ははじめて成立するのである。その貨幣はただちに、病気の母親と自分を生かすためのパンと角砂糖とに交換される。「活版処」の闇はまた、言葉に浸透した資本主義を象徴してもいるようだ。

　お金がなければ買うことができない言葉としての、本や雑誌。それはまさにジョバンニが、カンパネルラと一緒に彼の家で、「ぎんが」について読んだ雑誌や本にほかならない。そこに書いてあった「ぎんが」についての説明の言葉を、彼は授業中先生の問いに対して発話することができなかったのである。そしてカンパネルラも同じように口をつぐんでいた。「知つて」はいても、「答え」ること＝コミュニケーションの場で生きるように発話することにつながらない言葉。それがおそらく、商品としての本や雑誌に刻印されている、活字としての言葉の宿命なのだろう。

『銀河鉄道の夜』の旅は、ジョバンニがカンパネルラと「いつしよに」、あの「知つて」いても発話できなかった「ぎんが」について、それを表現しうる生きた言葉を獲得する旅だったようにも思える。屍の断片のようになってしまった言葉に、再び生命の光をよみがえらせる旅。じっと押し黙る沈黙の闇から、他者に向かって呼びかけ、応答しあう発話の光へ。そこに至る道標＝三角標としての星々（それらはまた、「燐光」を発する墓標でもある）に導かれながら、ジョバンニは自らの言葉を生命あるものにしていったにちがいない。

なぜなら彼が「平たい函」に拾った「粟粒ぐらゐの活字」は、授業中先生が見せてくれた銀河の模型、「大きな画面の凸レンズ」のなかに入っている、「たくさん光る砂のつぶ」「みんな私どもの太陽と同じやうに自分で光つてゐる星」としての「光る粒」と、彼の瞳のなかで重なっていくはずだから。「燐光の三角標」、銀河の星々は、「ぎんが」というテクストを生成する、「自分で光つてゐる粒」、生命をはらんだ文字として、その読者となるジョバンニを誘（いざな）っていくのだろう。

ジョバンニが働く「活版処」で演じられる言葉の死をめぐる黙劇は、おしなべて近代資本制のなかで生み出されたテクノロジー、活字印刷に付される言葉たちの宿命を描いた劇（ドラマ）だともいえる。この劇（ドラマ）のなかに私たちは、「近代文学」「近代小説」が書かれ、そして読まれるというコミュニケーション過程に内在する、きわめて独自な様態を見て取ることができるはずなのだ。

確かに具体的に小説を書いているのは、生身の作者である。彼はペンをとり、原稿用紙に文字を書き付ける。しかし決して一定の速度ですべての行を埋めていったわけではない。ある一文字はゆっくりと書き付けられ、またある数十行は一気に、ほとばしり出るように書き付けられたかもしれない。そして、一文の途中で数日、あるいは数十日の試行錯誤の期間がおかれることもあるだろう。遅疑逡巡しながら書かれた文字や、熱い興奮に裏付けられて書かれた文字が、それぞれの表情を表しながら、あるときは作者を励まし、またあるときはその無力を嘲笑することもある。

私たちがいま目にすることができる表現者たちの生原稿には、筆勢や筆致の違い、インクの濃淡（もちろん、ある部分だけ鉛筆書きの場合だってある）、挿入、行の組み替え、削除、書き加え、さらにはコーヒーやお茶の染み（あるいは涙の跡）、インクの滲み、その他言葉の意味作用以外のあらゆる情報がちりばめられている。私たちはそこから生身の作者の息づかい、懊悩や歓喜、迷いと決断といった、書いている現場での作者の表情さえ思い浮かべることができる。

思えば『銀河鉄道の夜』の原稿は、あたかも活字になることを拒んでいるかのように、生身の賢治が書き付けては消し、削除しては書き加えるといった、生成変化する言葉の光跡として、彼の心の波動をいまなお私たちに喚起しつづけている。

しかし、肉筆の生原稿に残された、このような言葉の意味作用を支える濃密な沈黙の情報（生身の作者につながる時間・空間・身ぶり・表情などに関する言表外の情報）は、それが編集者から印刷所に回され、切れぎれの断片を握った活字工の手によって活字として拾われ、上質な紙に輪転器によって印刷されてしまう過程で、ほとんど消えてしまうことになる。否、現在ではこの活字を拾う身体的動作さえ抽象され、活字のモノとしてのあり方も失われ、圧倒的多数の印刷物が電算写植に頼るようになり、ワードプロセッサーが筆記用具に取って代わりつつあるのだ。

一つひとつ表情が違う、何事かを私たちに語りかけようとしているような肉筆の文字や紙の汚れ、その他あらゆる作者の書く身体の痕跡は、まっさらな紙に印刷された、個性も表情もない、均質化・等質化した活字の文字面の背後に消えていく。そして取次店を経て、書店に並ぶ商品としての書物は、背表紙の題名とレイアウトで差異を競い合い、商標としての筆者名によって読者の購買欲をそそろうとして、商品と貨幣の流通過程に身を任せる。

もちろん書物を買うのは任意の、不特定多数の読者だ。彼そして彼女らは（そして私たちも）まったく偶然に書店で、あるいは雑誌や新聞の書評欄（パラテクスト）でその書物と出合い、そのときの財布の中身と相談しながらそれを手にする。だからそのときもし書物と同じ値段の、何か別なもの（それはかたわらにいる彼女とレストランでする食事でも、車に入れるガソリンでも、何でもいい——貨幣はあるゆるモノ・ゴトに平等だ！）が頭をよぎり欲望をかきたてれば、その書物は再び書店の書棚に納められ、その書物と交換されるはずの貨幣は、食事と交換され胃袋のなかに消えるか、ガソリンとして排気ガスになって消えてしまうのだ。

読者は不特定多数であるばかりではない。潜在的読者が読者として顕在化する機会そのものが、不特定な状況の任意性、資本主義的欲望の任意性に任されているのである。たとえ作者が、自分の書物をサイン入りで読者に手渡したとしても、その一見直接的で親しげな伝達（コミュニケーション）のしぐさの裏側には、近代資本制のもとで書く者と読む者の間に作られた、決して埋めることができない、時間的・空間的な隔りが刻印されてしまっているのだ。

〈作者〉の「死」／〈作家〉の誕生

活字印刷された「近代小説」の言説が、発信者である作者から、受信者である読者の手に届くまでの接触（コンタクト）の回路は、幾重にも屈折し断絶している。「近代小説」の読者は、生身の作者からの言葉を直接受け取る者ではない。「近代小説」の言説が伝達される場での、発信者である生身の作者と、受信者である読者との間には、日常的言語行為を支えている接触（コンタクト）が断絶しているばかりか、そこにあるはずのあらゆるコンテクストやコードの共有、言語行為での時間的・空間的場の共有さえ失われている。読者は無表情な活字を一つひとつ、ある意識の速度を選び取りながらつなぎ合わせ、語を織り、文を織るしかない。読者の読む行為を通して、書物ははじめてテクストとして開かれ、接触（コンタクト）の回路がつながることになる。そうした行為の集積を通して〈作品〉化しうるテクストが形成されていくのである。

読む行為の過程で、読者は諸テクストの集合である自らの意識と無意識の層を、「小説」のテクストと関わらせ、自分でコンテクストとコードを作り出しながら、何らかのメッセージを読み取るしかない。生身の作者は、そのコンテクストやコードを選択する過程でも、ある統一的なメッセージを読み取ろうとするときも、決して言説を統括する言表の主体として、読者の前に〈現前〉することはない。言表の起源としての〈作者〉という観念が、「近代」の産物であるにもかかわらず、生身の作者は、活字の文字面の背後に消え、言表の主体としてはすでに「死」んでいるのだ。そして私たち読者に残されているのは、生身の作者が書き記した文字の、機械的反復の複写（コピー）、いやその複写（コピー）の累積の痕跡だけだ。

生身の作者の「死」を前提として成立する、活字印刷された「近代小説」の言説は、生身の作者が自らの起源であり、言表の主体だったことを拒んでしまうことさえある。「都の花」に印刷された「浮雲」第三篇[2]を読んだ瞬間を、その作者・長谷川辰之助は次のように手記に書き留めていた。

> 乃ち〔発きてまず我浮雲といふ頁〕取る手も〔遅しと〕わなゝくはかりいそぎて発き他人の作には眼を留めずまづ我作を求め出せり　其時は為す事の善悪はほと〳〵考ふ遑はなく只インスチンクトに働かされて知らす識らさるうちにしかせしなり　我作を求め出せしかバまづ之を手に持ちて歩みなから読みもてゆくほどに手先おのゝき出せり〔胸は波たち〕その前よりおのゝきをりしや否やは知らすたゝその時になりて心附きしなり　次いて忽然として顔を真紅にそめたり　「かほとまて拙なしとはおもはさりしが印刷してみれバ殆と読むにたへぬまで〔拙〕なり」と心のうちにおもへり　読終りても心落居ず〔をかし〕ちきれ〳〵の独語を我にもなくいひつゝ間断なく躍るやうに部屋のうちを歩みめくりつひにたへかねて両手を我頭に夆りつけり[3]
>
> （〔　〕内は原本で抹消された部分を引用者が補った。）

『浮雲』の作者・長谷川辰之助は、自分が書いたはずの言説、しかしそれからは限りなく隔った「印刷」されたテクストから、ものの見事に拒まれ、はね返されてしまっている。自分が手にしている「都の花」のなかで、「他人の作には眼を留めずまづ我作を求め出」そうとしているときには、彼のなかには自分の言説に対するそれなりの期待があったはずだ。なぜなら彼のなかにはまだ、原稿を書いていたときの自己のあり方――様々に逡巡し、一文を記すにもありとあらゆる表現方法を模索し、イワン・ツルゲーネフの「あひゞき」や「めぐりあひ」[4]の翻訳を通して獲得した問題意識を生かそうとしたことなど――をめぐる記憶が思い起こされていただろうし、そのときの生々しい体験が自らの言説への期待として存在していたはずだからだ。

ではなぜ、「かほとまで拙なしとはおもはさりし」という意想外の落胆、期待はずれというよりも、むしろ「読むにたへぬ」といった、自らの言説に対する拒絶反応を長谷川は抱いてしまったのだろうか。おそらく期待の源泉である、書いた人としての「自分」が、「印刷」された雑誌の活字の背後で「死」んでしまっていたことを、読む人・長谷川辰之助は察知してしまったのだ。彼は「印刷」された活字を通して、自分の屍と出合ってしまったのである。

「印刷」されたテクストが作者自身に自らの屍を見せてしまった要因は、「歩みながら読み」そしてまもなく「読終」わってしまうといった、「印刷」された活字を読む時間、活字を読む速度に関わっている。「都の花」第十八号に発表されたのは、第十三回から第十五回までで、かなりゆっくり黙読したとしても、およそ十数分で読むことができる。しかしその十数分で読めてしまうテクストを書く時間は、少なくともその数十倍、いや第三篇をめぐる草稿、筋立て(プロット)をめぐる多くのプランから推測すれば数百倍になるかもしれないのだ。その書く時間のなかで作者・長谷川辰之助は、書いては読み、そして読み返してはまた書くという行為。諸テクストの集合としての自己の意識から、一つのテクストを選び記述し、そこに諸テクストの集合をさらに関わらせ、次のテクストを記述していくという往復運動を繰り返していたはずだ。様々な言葉から一つの言葉が選ばれ、さらに様々な言葉のなかに戻されながら次に連なる言葉を探し求める全過程(プロセス)。こうした多層的で複合的な言葉との関わりこそ、書く過程(プロセス)にほかならない。

おそらく、第三篇を版元の金港堂にまとめて渡す段階で、長谷川は自分の原稿を読み直していただろう。原稿に書き付けられた肉筆の文字は、そのような逡巡や試行錯誤の記憶をまだ喚起していただろうし、彼の意識のなかでも、それらの記憶がメッセージを読み解くコンテクストやコードとして作用していたはずだ。肉筆の文字の豊かな表情は、それを書き付けた瞬間の作者の言葉との関わりのありようを、ある程度までは復元する力をもっているのである。

しかし均質で無表情な「都の花」の五号明朝活字の文字面からは、書く時間にまつわるあらゆる記憶が抹殺されていたといえるだろう。整然と並んだ二段組み五号明朝の活字たちは、その個性を失った等質感をもって、作者自身の書いた記憶へのとっかかりを奪い、次の文字へ次の文字へと読む行為を促していったのである。そして整備された「、」「゜」や「。」による文字面の句読法と、「　」による会話の区分、一段下げによる段落分けといったタイポロジーは、書く時間の発話の速度はもとより、声に出して読む速度（音読）をもテクストから抹消し、目で活字を追う速度（黙読）を加速していったのだ。

『浮雲』の作者・長谷川辰之助は、活字印刷によってもたらされる言表の起源としての作者の「死」、発信者としての作者と受信者としての読者の限りない乖離を、自己の二重化というかたちで認知した、最初の〈作家〉だったのかもしれない。彼は活字によって作り出された、書く時間から切り離された〈なにものか〉の「読むにたへぬ」言説と向かい合い、それが「自分」であることを認めてしまい、「再ひ小説なとは作るまじ」とまで決意してしまうのだ。自分の屍と出合い、一つの生を断念してしまった表現者の姿がここにある。

思えば『浮雲』というテクストには、近代技術（テクノロジー）としての「印刷」の急速な展開過程が明確に刻印されている。金港堂書籍の『浮雲』第一篇を開いてみる。二葉亭四迷の著者名が付された「浮雲はしがき」と坪内逍遥の「序」は、本文の四号明朝とは異なり、肉筆の形を残した清朝体で印刷されている。

日本の印刷史研究としてきわめて刺激的な書物である矢作勝美の『明朝活字』によれば、活版の初期には序文や題字は、「木版や石版によって筆者の筆跡（書体）がそのまま再現されている例が多」かったのだが、「弘道軒の清朝体現れるにおよんで、木版にかわって、次第に清朝が用いられるようになった」(5)のである。こうした筆書きの書体に対するこだわり、そしてそれが次第に薄れていく事情について矢作は次のように指摘している。

> それはあきらかに序文とか題字の筆跡に対する尊敬の念がそうさせたものといえる。つまり筆跡は、序文とか題辞を寄せてくれた人の人格を意味していたからである、自序においても己の筆跡によって自らをあらわ

すものと考えられていたのはいうまでもない。

そこへいくと活字書体は、ある意味では非人格的なものであり、一般化された共通の書体でしかないといえる。

清朝体はいうまでもなく筆書きにもっとも近く、しかもある種の風格をそなえた書体である。そのため、序文などが木版から活字にかわるとき、筆跡の仮想書体として選択されたのがほかならぬ清朝体であった。しかし、本のうえでは筆跡尊重の風潮も時代とともにすたれてしまい、序文もなにも明朝一色でぬりつぶされるようになっていく。木版の序文が清朝に転換されたときすでにそうだったが、本における人格的要素は、そのとき一つ排除されたことになるだろう。(6)

『浮雲』第一篇の「はしがき」と「序」には、まだ筆者の人格を表す「筆跡」へのこだわりを残した清朝体が使用されていた。その意味では「はしがき」の著者「二葉亭四迷」と本文の言表主体は、活字の文字面のうえでも区別されていたのであり、本文の言表主体は、著者二葉亭とは位相を異にするより「非人格的」な〈なにものか〉だったといえる。この〈なにものか〉は、四号明朝の第一篇から五号明朝の第二篇にかけて、そして先にふれた一段下げの段落分け、「 」と段落による台詞と地の文の区別、「、」「。」「。」などの句読点の整備といったタイポロジーが整えられた、二段組み五号明朝の「都の花」に掲載された第三篇にかけて、微妙に変化する言表の主体だったのでもある。

もちろん第一篇「はしがき」の文体が、いわゆる戯作調を踏襲したものであり、〈作者〉長谷川辰之助は決して生身の姿を表していたのではなく、すでに「戯作者」二葉亭四迷を演じていたことも忘れてはならない。そしてその演じられている「戯作者」二葉亭四迷が、自分を『浮雲』という「小説」を書いた者、言表行為の主体だと宣言していることも。

『浮雲』のなかには、この「はしがき」のような文体を操る者は一人もいない。「はしがき」に付された著者名としての「二葉亭四迷」は、『浮雲』のなかの多様な言葉を、活字の文字面の背後から操る〈作家〉「二葉亭四迷」だったのであり、彼はまた、あの自らの言表に突き放されたことを告白する手記を書いた長谷川辰之助とは位相を異にする〈なにものか〉だったのだ。『浮雲』というテクストには、活字印刷によってもたらされた〈作者〉の誕生が同時に活字そのものによって文字どおり刻印されていたといえるだろう。

虚構の〈表現主体〉／〈語り手〉

言表の起源としての生身の作者から切り離された「近代小説」の読者は、読む行為＝活字としての文字の集合からテクストを織る行為を通して、その背後に〈幻前〉する虚構の言表主体を想定するしかない。読者は〈作品〉という〈はじめ〉と〈終わり〉がある、諸テクストから切り取られた限定された言説（ディスクール）を統括する「人格的主体」として、〈作家〉を想定するしかないのである。その「人格的主体」は、多様な縦糸と横糸が交錯した面としての文字、文字の集積としての語、語の集積としての文、文の集積としての段落、それらの全集積としての〈作品〉にある統一的枠組み（一定のコードの発見とメッセージの解読（デコード））を与え、その統一的枠組みを、〈作品〉として提示している言説に付された〈著者名〉に結び付けることによってはじめて成立するのである。さらに同じ〈著者名〉の付された言説の集積を一定の枠でくくることによって、〈著者名〉という本来は意味の空白としてある一つの言説が、あたかも一人の人格のように意味を充塡され、〈作家〉という観念が形成されてきたのである。〈作家〉とは、あくまで〈作品〉（その集積）を読む過程で、読者の意識のなかで作り出された観念であることを厳密に規定し、生身の作者とは区別しておかなければならない。なぜなら「近代文学研究」の領域では、いまなお読者の側で観念的に抽出された〈作家〉像を、生身の作者と同一視し、生身の作者をめぐる伝記的事実（しかしこれも言説化されたテクストである以上、そこから現れてくる人格的像も、すでに読者の意識を通された像であり、生身の作者からは限りなく隔たっている）と無前提に結び付けてしまう傾向があるからだ。しかも〈作家〉と生身の作者を結び付ける「研究者」の側の人間観は、一種権威的に特権化されてしまうため、こうした操作からは、結局、その「研究者」の限定的な意識の範囲にたがはめされた、貧しい「人間像」しか浮かび上がってこないのである。とりわけ女性観、恋愛観、死生観をめぐっては、その「研究者」の意識の卑俗さが露呈してしまっていることが少なくない。

　こうした安易な「作者還元主義」は、他方で小説の地の文の記述や特定の作中人物（とくに主人公）の言説に、そのまま生身の作者の思想やモチーフを読み取ろうとする傾向とも結び付いている。同じ〈著者名〉が付された批評や講演の内容と符合する小説内部の記述を、そこだけテクストから切り離し、あたかも作者の主題（テーマ）がそこに込められているかのように錯覚してしまう発想には、小説というジャンルをめぐる基本的な認識が欠落しているといわざるをえない。

　一つの認識を、単一で単線的な言葉で他者に語りうると信じている者であるならば、なにもあえて小説というジャンルを選んで表現などしはしない。多様な他者の言葉の相互葛藤的な関わりの場になるような装置を作り出さなければ、自らが表現しようとすることを顕在化することができない者が、小説というジャンルを選ぶのだろう。その意味では、小説の地の文も、また作中人物の言葉も、同じように諸テクストの集合のなかから作者によって選び取られた〈他者のことば〉（ミハイル・バフチン）であり、そのどれか一つのなかに作者の思想やモチーフを読み取ることは虚妄でしかない。

　小説とは、多様な〈他者のことば〉の集積を、〈はじめ〉と〈終わり〉、筋（ストーリー）・要約可能な題材構成（物語内容（イストワール））、要約不可能な表現過程（物語言説（ディスクール））、そしてその語り口（語り（ナラシオン））といった、一定の構成的布置のなかにおくことによって形成される限定されたテクストなのである。

　生身の作者は、その全過程を通じて多様な〈他者のことば〉と、あるときは葛藤し、またあるときは同調しながら、その構成的布置を獲得していくことになる。そして一定の構成的布置、〈他者のことば〉が相互葛藤的に関わる一つの場を作り出したときに、生身の作者は〈作家〉としてその限定されたテクストの背後に、一つの自己像を析出するのである。私たち読者が、活字印刷された限定されたテクストとしての小説を読むことを通して出合えるのは、あくまでそのような〈作家〉であることを、決して忘れてはならないだろう。

したがって、本来意味的には空白である固有名詞としての〈著者名〉は、そうした〈作家〉像の集合、諸テクストの集合を結び合わせる場として、機能しているのである。〈著者名〉は決して、実体あるいは存在としての生身の作者と混同されてはならない。

異なる発信源をもつ多様な他者の言葉の集積、起源としての発信者から切り離された言葉の引用の集積を、〈作品〉という限定されたテクストの背後から統括するのが〈作家〉だとするなら、〈作品〉としての言説を、読者に向けて発信しているかのように立ち現れてくる虚構の言表主体、テクストの前面に現れ、小説の地の文を統一している主体を一方で定立しておかなければならない。この虚構の言表主体による言葉の運用（パロール）、その運用のなかに引用される作中人物たちの言葉の鎖列によってだけ、〈作家〉の側もまた読者の側もテクストを織ることができるのである。地の文を統一する〈表現主体〉は、印刷された活字の文字面に〈幻前〉し、〈作家〉と読者の間を架橋する虚構の言表装置として機能しているといえるだろう。本書で繰り返し問題にする『浮雲』の〈語り手〉は、こうした〈表現主体〉の機能を考えるうえで、近代小説史のなかでは最も問題性をはらんだものの一つだったのである。

依然として「〈語り手〉と〈作者〉とは、どこが違うのか」という疑問が、臆面もなく発せられてしまうような、言葉をめぐる鈍感さと訣別しきれない「近代文学研究」の状況のなかで、あらためて虚構の言表装置としての地の文を統一する〈表現主体〉の機能について整理しておくことは、いまなお無駄なことではないように思われる。

すでにふれたように、活字印刷されるかたちでだけ読者の目にふれることができる近代小説の言説は、生身の作者、実体としての作者からは、限りなく乖離してしまっている。生身の作者は、決して書物の表紙に印刷された記号表現としての著者名を埋める記号内容にはならないのである。また著者名として現れる、ある書物、ある作品の〈作家〉は、活字の文字面の背後からその言説を統括していることを宣言している主体ではあっても、小説作品そのもののなかで、言葉を語り始める主体、つまりは印刷された言葉そのものとして文字面に現れてくる主体とは異なっている。

なぜなら〈作家〉は、印刷された言葉として現れない部分、その作品の空白や沈黙の部分、時間的な錯綜や構成的配置によっても何事かを表現しているのであり、言葉として現れた部分の背後に沈んでしまう諸言葉にむしろ重きをおくかたちで姿を現してくる場合もあるからだ。地の文を統一する〈表現主体〉は、ある作品を〈はじめ〉から〈終わり〉に向かって展開させ構成していくうえで、意図的に選ばれた言葉の装置、あるいは言葉の戦略（ストラテジー）だといえるだろう。

小説の地の文を統一する〈表現主体〉の言葉は、書き言葉（エクリチュール）の諸ジャンルに属するものと、話し言葉（パロール）の諸ジャンルに属するものとに大別できるだろう。書き言葉（エクリチュール）と話し言葉（パロール）とのジャンル上の違いはあっても、すべての言葉の形式には、歴史的・社会的・文化的・階層的属性がすでに与えられている。バフチンが言うように、「それら諸言語すべての裡には、具体的な社会的・歴史的な衣装をまとった話者たちの像（イメージ）を見てとることができる」のであり、「小説というジャンルに特徴的なのは、人間そのものの像（イメージ）ではなく、ほかでもない言語の像なのである」。[7]

したがって、小説の地の文を統一する〈表現主体〉の言葉をどのようなジャンルから選ぶかによって、その「言語の像」には、それが属しているジャンルがもっている世界に対する価値意識、評価軸はもとより、限定されたテクストとしての〈はじめ〉と〈終わり〉の型（パターン）、筋（ストーリー）が展開する型（パターン）、何を描いて何を省略するかといった物語行為の型（パターン）などを同時に内包することにもなる。

つまり〈表現主体〉の「言語の像（イメージ）」は、一方である一定の社会的・歴史的な相に位置付けることができる「話者」の「像（イメージ）」を喚起しながら、同時にその「話者」が属していたジャンルの構成的要素やイデオロギー的な要素をも「言葉の像（イメージ）」として喚起するのである。

一部には、小説の地の文を統一する〈表現主体〉を、何らかのかたちで（たとえば〈語り手〉として）、実体化することが、「ずるずると実体としての「作者」に移行してしまう」[8]のではないかと懸念する向きもあるが、それは「話者」の言葉が喚起する「言葉の像(イメージ)」を人格的像(イメージ)と取り違える者がおちいる誤りである。本書で問題にしている〈語り手〉あるいは、〈手記執筆者〉といった〈表現主体〉についての諸概念は、あくまで「言葉の像(イメージ)」をめぐるものであることを銘記しておかなければならないだろう。

小説の地の文を統一する〈表現主体〉の言葉が書き言葉(エクリチュール)のジャンルに属するのか、それとも話し言葉(パロール)のジャンルに属するのかという問題の基本は、あくまでそのジャンルにまつわる「言葉の像(イメージ)」の質、つまりそのジャンルに込められた社会的・歴史的・文化的な価値意識とそれを表す言語の形成にあるわけだが、しかし〈書く―読む〉ことを伝達(コミュニケーション)の前提にした言説と、〈話す―聞く〉ことを前提にした言説の間には、ある本質的な差異があることにも注意しなければならない。

書き言葉(エクリチュール)のジャンルでは、伝達(コミュニケーション)の過程は書く行為と読む行為に、時間的にも空間的にも分離されている。書く側の表現意識は、文字として書き付けられた〈表現主体〉の言葉として常に目の前に対象化され、その対象化された言葉から、逆に自らの表現意識が相対化されるというかたちで、いわば内的な自己二重化を、常時強いられながら表現行為が進んでいくことになる。

しかも書く行為では、選んでしまった書き言葉(エクリチュール)のジャンルの規範が主題や構成、スタイルなどにあらかじめ作動するため、書く側の表現意識は、かなり強くその規範に拘束されることにもなる。また読む側は文字として提出されている書き言葉(エクリチュール)が、どのジャンルに属するものかを前もって測定し判断し、そのジャンルのコードに意識のレベルを調律して読み始めることになるし、文字として現れている〈表現主体〉の言説レベルを解読したうえで、その背後にある〈作家〉の意識のレベルへと想像力をはたらかせていかなければならない。言葉の伝達(コミュニケーション)を支えるコンテクストの大半は、そのジャンルの規範に依存することになるし、それを前提にコードも選択されることになる。いずれにしても時間的・空間的に分離された伝達過程を、書く側も読む側も前提にしたうえで、テクストと関わるような構造が、書き言葉(エクリチュール)のジャンルに属する言語には内包されているのである。

これに対し話し言葉(パロール)＝音声的な伝達(コミュニケーション)を志向するジャンルの言語は、発信者である〈語り手〉と受信者である〈聞き手〉との間では、〈語る⟷聞く〉ことが可能になるような空間的近接性（電話や電波を媒介にした通信放送の場合は例外だが）、時間的同時性、それにまつわる多様な場の条件が共有されていることが前提になっている。〈語り手〉と〈聞き手〉は同じ言語行為の場で、なかば共同作業として一つの言説を作り出していくのである。共有された言語行為の場では、言葉は文字どおり身体的な行為として機能していて、微妙な声の調子、イントネーションやアクセントなど、言葉の意味内容（一般的な意味での言語の記号内容(シニフィエ)）以外の情報、つまりは音声そのものの多様な形式（一般的な意味での言語の記号表現(シニフィアン)）が担う情報に支えられている。それだけではない。発話行為に伴う様々な表情の変化や身ぶりといった「身体的言語」によっても、語りの場の言葉はその意味作用の厚みを支えられているのである。いわば豊饒な沈黙の情報（たとえ音声化された声の調子やイントネーション、アクセントにしても、言語それ自身の情報としては沈黙の領域に入る）、言語をめぐるコードの外部、言語それ自体が作り出すコンテクストの外部の情報が、語りの場には遍在しているといえるだろう。それはまた、言語の「身体性」の領域がその多様な形態を錯綜させながら、伝達(コミュニケーション)過程で機能していることでもある。

しかもこうした言語の「身体性」の領域は、発話行為のなかにだけ存在するわけではない。それらはあくまで、発話行為がおこなわれる場で機能しているのである。言語の「身体性」の領域は、〈語り手〉の身体を媒介に、〈聞き手〉の身体に波動的に伝わることによってはじめて「身体性」そのものとして機能しうるのだ。つまり〈語り手〉と〈聞き手〉の差異的でありながら多様な共通領域をもつ身体の間で、言語の「身体性」は一つの出来事(イベント)として機能しているのである。

しかしこうした〈語る⟷聞く〉場の伝達(コミュニケーション)モデルは、そのままのかたちで近代小説のなかに導入できるわけではない。すでに繰り返しふれたように、活字印刷を前提とした近代小説では、〈語る⟷聞く〉場、〈語り〉の場も疑似的・虚構的な場として、活字の集積のなかから、読者の想像力的参入によって作り出されなければならない場なのである。読者は活字をまず目で追いながら、それを意識のなかでなかば音声化していく。もちろんこの場合読者の声帯が何らかのかたちで刺激を受け、音声を発する模倣的動きをしてしまう場合もあるが、完全に音声化されてはならない。なぜなら、完全に音声化してしまえば（声に出して音読してしまうこと）、読者は〈語り手〉の側に同一化してしまうことになり、〈聞き手〉の役割を担えなくなるからだ。つまり読者は、なかば活字を音声化しながら（〈語り手〉の役割をなかば演じながら）、その音声によって素描されている、あるいはその音声のあり方を共同作業的に作り出している〈聞き手〉を同時に演じていかなければならない。つまり読者は読む過程（プロセス）の〈現在〉時に、〈語り手〉と〈聞き手〉を内的に演じ分けながら、意識の底流を〈語り手〉の言葉が要請している〈聞き手〉の位相に調律するといった、相互作用的で対話的な言葉の操作を強いられているのだ。その場合、生身の読者の身体、実際に文字を目で追っている読者の身体は、文字を音声化することによって疑似的・虚構的に立ち現れる〈語り〉を、〈語る〉と同時に〈聞く〉身体として析出されることになる。

〈語り〉の伝達（コミュニケーション）モデルを、小説のなかに導入することは、また同時代的・社会的な書き言葉（エクリチュール）の規範と何らかのかたちで葛藤することになる。もちろんすでに書き言葉化（エクリチュール）された〈語り〉のジャンルもあるわけで、それらはそのレベルで安定した解読の枠組みを形成していて、いわば〈語り〉の場の記憶から引き離されたかたちで、〈書く←→読む〉場のなかで機能する型になっている。それに対し、同時代的にいまだ書き言葉化（エクリチュール）されていない話し言葉（パロール）は、常に書き言葉（エクリチュール）の規範を逸脱しながら、それが取り落としてしまっている多様な空白を喚起しながら、規範そのものの制度性を暴いていくことにもなる。

とはいえ、同時代の書き言葉（エクリチュール）の制度性を暴いていくのは〈話し言葉〉だけではない。同じ書き言葉（エクリチュール）でも、非「文学的」なジャンルに属する書き言葉（エクリチュール）の諸形態は、それまでの「文学的」言説がもつ制度性と葛藤的に関わることになり、それまでの「文学的」言説の諸形式では表現できなかった領域を捉えうる言葉を生み出していくことがある。おそらくこの過程があらゆる書き言葉（エクリチュール）の背後にあるのだ。

いずれにしても、近代小説の活字の文字面に〈幻前〉する虚構の〈表現主体〉は、読者との間で、ある独自の伝達（コミュニケーション）過程を作り出す装置であり、その伝達（コミュニケーション）過程（語りの行為）の質が、それぞれの小説テクストでの独自な「物語内容」（語られた出来事の総体）と「物語言説」（出来事を物語る、発話されるか書かれるかした言説）の関係性を作り出していくことになるのだ。しかもその伝達過程（コミュニケーション）に参入するためには、読者は自らの意識を（あるいは身体をも）、〈表現主体〉の言説に即して現実的な意識（身体）から引き離し、その〈表現主体〉と関わりうる場の担い手として、虚構的な自己を析出していかなければならない。

そのとき、活字の集積としての近代小説のテクストは、一方でそれまで積み重ねられてきた諸テクストの連なりのなかでのある位相を形成し、他方で多様な空白と限界をもち、新たな言葉の連なりや結び合いを生み出さざるをえないような、開かれた〈現場〉あるいは〈力の場〉として機能しはじめることになる。こうして屍の断片としての活字（闇）は、読者の意識の参入によってあらためて言葉としての生命（いのち）（光）を再生しはじめるのである。

物語内容（イストワール）と語り（ナラシオン）／近代小説の言説（ディスクール）

わが国の「近代小説」の黎明期を担った表現者たちを最も悩ませたことは、おそらくこの活字の文字面に現れる虚構の〈表現主体〉の位置とその言葉だったにちがいない。なぜなら、彼らが「近代小説」のモデルにしようとした西欧の小説を貫いていた表象のあり方と、具体的な表現実践の過程で使いえた「文学的」言説、つまりはそれまでの近世的な諸ジャンルに属する様式化された表出との落差があまりにも大きかったからだ。

その意味で坪内逍遥の『当世書生気質』(9)には、ある一定のジャンルでの物語言説と物語内容の規範化された強い結び付きに、真正面から向かい合ってしまった表現者の混迷と当惑が、素直に告白されている。〈作品〉のなかに繰り返し顔を出して読者に語りかける「作者」（第二十回では挿絵にも描かれている）は、『当世書生気質』が失敗したことを、こう総括している。

紙数存外に不足にして。作者の本意通り綴る能はず。殊にハ当編の眼目といつぱ。兄妹再会といふ事にありて。書生の気質といふ事にあらねバ。其表題にハ背くに似たれど。作者ハ専らに意匠を凝らして。前者に都

> 合のよき趣向を設けつ。為に当今の書生の気質を漏なく描きいだす手順にいたらず。作者も遺憾なりと思ひしぞかし。就中最も残をしきハ作者が本来の目的なりける。書生の変遷を写し得ざりし事なり。

「作者」は、当初の「本意」が実現しなかった理由を二点にわたって指摘している。一つは、全体の「趣向」を「兄妹再会」の物語に「都合のよき」ように設定したため、結局「表題」に「背」いて「当今の書生の気質を漏なく描きいだす手順にいたら」なかったこと。もう一つは、これが「最も残をしき」こととしているのだが、「書生の変遷」を写すことができなかったということである。

「作者」の「本意」が破綻した要因はどこにあるのだろうか。それは「兄妹再会」という物語内容を〈語り〉うる物語言説のありようと、「書生の気質」という物語内容を〈語る〉物語言説との乖離、この両者と「書生の変遷」（主人公の成長）を捉えうる物語言説の乖離のなかにあったといえるだろう。言い換えれば、「兄妹再会」といった因縁譚を〝語りうる〟読本的ジャンル、「書生の気質」を現在進行形の会話（詞）と、人物の外見を「穿つ」ことで捉えようとする人情本・滑稽本的ジャンル、「書生の変遷」を追うことができるような書生小説・立身出世小説的なジャンルそれぞれで、その表現主体の物語世界に対する位置と言葉は、まったく異質なものであり、それを解読するコードやコンテクストも、それぞれ異なった位相に固定されていたということにほかならない。

つまり『当世書生気質』の「作者」は、まったく異質な物語内容と物語言説との位相（アスペクト）に分節化されていた、異なるジャンルでの表現主体の位置と言葉を統合することができず、一種空中分解的に〈作品〉を終わらせざるをえなかったことを告白していたといえるだろう。ではなぜ、異なるジャンルに属する物語内容を、統合して語る装置を「作者」は選べなかったのだろうか。その理由は、実は「作者」が「当編の眼目」だと述べている「兄妹再会」物語の記述に、最も明確に表れてしまっていたのだった。

周知のとおり『当世書生気質』では、二つの「兄妹再会」物語が提示されている。一つは、第四回で語られる小町田粲爾とお芳（田の次）という義理の兄妹再会、もう一つは、第二十回で明かされる実の兄妹だった守山友芳とお芳との再会である。維新の動乱のなかで数奇な運命をたどらざるをえなかった、芸者田の次の過去が、本人も知らない過去の出来事と様々な登場人物との関わりを統合したかたちで、これらの回では語られている。そして問題は、その〝語り口〟の位相（アスペクト）にあるのだ。

第四回で、田の次の過去を語る小町田粲爾の台詞は、次のような「作者」の断りとともに、別な〝語り〟の位相に変換されてしまう。

作者いはく。以下の話譚ハ。小町田粲爾が。守山への話なれども。小町田の言葉をもていはしめてハ。充分に其情実を。述つくしがたきおそれあり。殊にハ。文の冗長に。なり行かむかと。おそるゝ故に。わざと平常の物語のやうに写しいだしぬ。見る人其心して読ませたまへ。

これから語られる「話譚」は、本来、小町田粲爾と守山友芳との会話場面で語られた「話」であり、それは小町田の「言葉」＝台詞として表出されたのである。方法的にはその台詞をそのまま写すこともできたはずだ。事実これまでの展開のなかでは、各回冒頭の状況設定・場面設定や同時代風俗についての語り手のコメント以外はすべて、作中人物の台詞を写すことによって、この「物語」は記述されてきたのである。ではなぜ、ここで小町田の台詞を、「わざと平常（つねてい）の物語のやう」な文体に変換しなければならなかったのだろうか。

「作者」自身があげている理由は二つだ。一つは、小町田の台詞で語ると「充分に其情実を。述べつくしがた」いということ。第二に「文の冗長」になること。おそらくこの「文の冗長」になることという理由については、誰しも容易に納得がいくはずだろう。なぜなら対話の相手の反応を強く意識する会話文は、物語内容を要約的に整理して提示するよりは、むしろ会話場面や聞き手への志向性が強くなり、不可避的に冗舌になってしまうからである。わけても、第四回までの会話場面（もちろん、それ以後も）は、その会話内容よりも、むしろその会話の主体である書生たちのありよう（「当今の書生の気質」）を、台詞の特質から浮かび上がらせようとする点に重点をおいて作られていた。つまり語られる内容よりも、語る行為そのものの特質を写そうとしていたのである。そのことからも、小町田の台詞をそのまま描写してしまうことは「冗長」性につながることは明らかだったといえるだろう。

しかしこうした一見単純な理由のなかには、小説言説をめぐるコミュニケーションのあり方を考えるうえで、きわめて重要な問題をはらんでもいた。それは一言で言えば作中人物の台詞と地の文とでは、読者に対する伝達機能がまったく異なっているということである。物語の時間論で言えば、会話場面は本質的に現在進行形にならざるをえず、物語内容（会話）の時間の幅と、それを読者に提示する物語言説の時間の幅（台詞の描写）は、ほぼ同じにならざるをえない。空間論的には、会話が物語内容となる以上、会話がおこなわれている場面それ自体が顕在化し、読者の意識は、会話の内容が提示している空間にではなく、会話場面そのものを傍観する者あるいは立ち聞きする者として固定されざるをえない。

それに対し地の文は、それを提示する「語り手」の位相によっては、自由にいくつかのレベルにわたった過去の出来事を語ることもできれば、自らを提示する物語内容に即して時間の順序を変えたり、ある部分は要約し、ある部分は詳細に語ることができる。この語りの過程（プロセス）のなかで、語り手が自らの発話主体としての実体的な像（イメージ）を消すことができれば、つまり現実的な発話主体として透明になればなるほど、読者の意識は、言葉が発せられる場から自由になり、言葉が提示する物語内容に焦点を絞っていくことが可能になるのである。その意味で、『当世書生気質』第四回では「平常の物語のやう」な語り手の位置が選ばれなければならなかったのである。

なぜなら、第一の兄妹再会物語は、小町田と田の次が実は義理の兄と妹だったことを明かす、典型的な後説法だからだ。つまり『当世書生気質』の主人公である書生たち（ここでは小町田）の物語が開始する以前の因縁譚が挿話的に語られる部分なのである。しかもそれは単なる経歴紹介にとどまることなく、書生仲間や学校での風評によれば、小町田が芸者に入れあげて学問をしなくなっているという、それまでの会話場面を通して提示されてきたことが事実ではなく、実は兄と妹としての清い関係だったというかたちで、それまでの物語の意味作用と干渉作用を起こす錯時法なのである。

こうした挿入的な錯時法が効果的に作動するためには、それまで語られてきた物語内容と最も緊密に関わるような部分だけを強調し、その他の部分はできるだけ要約しなければならない。そのためには、ある作中人物の語りたいことに任せておくわけにはいかない。何を詳しく語り、何を省略し要約するかは、あくまで「作家」と読者との間での物語の経済に従って決められなければならない。

したがって、第四回の兄妹再会物語は、小町田自身に語らせることができないばかりか、これまで状況設定や場面設定、風俗をめぐる風刺的、あるいは教訓的なコメントをつけるような場面内的語り手の語りに任せるわけにもいかなかったのである。なぜなら、場面内的語り手であるなら、小町田から相手の守山への志向性というかたちで、場面を「穿つ」ことによる直接的な聞き手への志向性を生きてしまい、物語読者への伝達機能から逸脱してしまうからである。

以上のような理由から、第四回での小町田と田の次との兄妹再会の物語、そして同じように第二十回の守山と田の次との兄妹再会物語も、「今ゝむかしとなりぬ……」（第四回）、あるいは「慶応四年（即ち明治元年）五月十五日まだ早天程なりけり」（第二十回）といった、伝統的な「平常の物語」の「地の文」をもって、記述しなければならなかったのである。しかし、会話場面の文体はもとより、他の回の地の文とも、この兄妹再会物語の文体は、決定的な乖離を引き起こしてしまっている。

それは単に形式上の文体的な統一性の破綻ではなかった。ある一定の物語内容とセットになったかたちでの、〝語り〟の位相を崩し、まったく新しいレベルを作り出すことなしには、逍遥が意図した「近代小説」を表現することが不可能だったことを、この事実は示しているといえるだろう。そのことはとりもなおさず、過去のジャンルの寄せ集めとしてではなく、それらをまったく異なった位相で統一しうる文体と構成の論理なくしては、ある人間の「気質」と「変遷」、さらにはそれに促されたかたちでの運命（兄妹再会）を語ることはできなかったのである。

おそらく当初のねらいを実現するためには、まったく別な物語の論理が必要だったのだろう。結局『当世書生気質』の兄妹再会物語は、物語言説を支配する主要な物語内容（書生たちの生活）とは別の、外部から導入された物語であり、時間的にも空間的にも位相を異にするものでしかなかった。主要な物語内容は、田の次との関係をめぐる小町田の逡巡と、他の書生たちとの関わりであり、いわば人情本と滑稽本といった二つのジャンルを掛け合わせた、会話場面主体のものだった。そこでは、物語は男女の結合か別離という定式にはめられているが、筋そのものをもたないという型に拘束されていて、兄妹再会といった因縁譚と有機的に結び付くことはできないのである。もし、「気質」を描くと同時に、一定の「気質」をもった登場人物たちの「変遷」をも描こうとすれば、必然的にその人物たちが関わる会話場面のなかに、「変遷」の契機を仕掛けていかざるをえない。会話の中身そのものが、物語内容の線を形成し、その線をより多層的に絡み合わせ、一つの面を形成するような地の文が作り出されなければならないのである。

『浮雲』の語り手の変容は、まさにこうした状況のなかで、物語内容と語りのありようを統一していこうとする、近代小説の言説の形成過程だったのである。

線としての物語／面としての物語

『当世書生気質』の失敗を、坪内逍遥は『妹と背かゞみ』[10]で明確な方法的選択によって乗り越えようとした。ここで逍遥は冗舌で聞き手への語りかけを強く志向し、作中人物の会話を立ち聞きする場面内的語り手を消し、伝統的な物語文体によって地の文を統一した。そして物語を地の文によって外側から展開させるのではなく、会話場面そのものに物語的筋（ストーリー）を展開する契機を内在させようとした。つまり物語世界の内と外の境界線上に位置する地の文の表現主体は極力透明化させ、題名や章題が象徴するように、物語世界を映す言葉の「鏡」の役割を果たすことになったのであり、水澤達三とお辻夫婦との関わりの「変遷」は、会話場面あるいは独白の描写を通して展開していくことになったのである。

『妹と背かゞみ』での、最も重要な方法的選択は、物語世界内の会話場面を映す役割を、地の文の表現主体だけでなく、作中人物にも付与したことである。つまりある限定された視野しかもたない物語世界内部の人物が、他の人物の会話を「覗き見」し、「立聴き」する。しかし視野が限定されているため、「立聴き」する人物は、会話の意味をその本来のあり方で再構成することができず、決定的な誤解をしてしまう。その誤解が、一見幸福な結婚をしたはずの達三・お辻夫婦を次第に引き裂いていくというかたちで、物語内容は進行していくことになるのである。

逍遥は自ら選んだ方法について、きわめて自覚的だった。彼は「立聴き」が、ほとんどの場合「事実と相違して」会話を「聴取る」ことになってしまい、「邪推と先入の考」のために「嫉妬偏執の心」や「狐疑の心」を引き起こし、「互ひに信任すべき妹と背の中に。水漏る基となる」と述べている（第十七回「写しいだす破れし鏡上」）。「破れし鏡」、つまりは会話場面の情報を歪曲したり変形したりする、「立聴き」する主体は、常にもう一つの物語、会話がその当事者の間で本来もっていた意味作用から逸脱した「邪推と先入の考」に方向付けられた物語を構成してしまうのである。逍遥は『妹と背かゞみ』での物語内容を構成する物語言説を、この「立聴き」する作中人物たちに委ねたわけだが、それはまた、彼のなかの、作中人物に対する〈作者〉の「意匠」を取り払うという、彼なりの「近代小説」のあり方をめぐる観念（『小説神髄』[11]）と不可分に結び付いてもいた。

地の文で読者を志向する〈作者〉の位置を透明化していく試みは、しかし結果的には、作中人物の会話そのものに筋（ストーリー）を展開させていく契機を本来の意味で付与していく方向ではなく、会話の質そのものは従来の人情本や滑稽本に寄り添いながら、それを屈折させ、ゆがめる「立聴き」する者の意識のあり方が筋を構成することになってしまったのである。

おそらくこの過程には、西欧的小説でのいわゆる「神の視点」に立つ地の文の文体をついに成立させえなかった、日本の「近代小説」の宿命が表れている（もちろん「神の視点」に立つ地の文の表現主体を生み出さなかったことは、単なる否定的側面としてあるわけではない。なにも西欧的近代小説にこのジャンルの唯一の基準があるわけではないのだ）。なぜなら、「日本語」、とりわけ話し言葉は、その言葉で捉えられる世界を対象化して提示するよりも、むしろその言葉が発話されている場、言語伝達が成立する状況への志向性が強いからである。

逍遥自身の方法的模索はその後、「此処やかしこ」[12]「種拾ひ」[13]といった作品を通して、物語世界内部での限定された視野をもつ語り手による地の文の統一と、会話場面の「立聴き」というかたちで突き詰められていくことになる。前者の地の文を統一する主体が主人公富吉賛平（さむぺい）の意識に寄り添う語り手であり、後者がスランプにおちいった小説家「予」であるにもかかわらず、この二つの作品の表現の質がほぼ同質であることも注目に値する。つまり、いわゆる西欧的言語での「一人称」と「三人称」の差異は、日本語の文章の構造そのものとしては表れず、人称代名詞その他によってその人称性をことさらに強調したときにはじめて顕在化するといった「日本語」の特質が表れているのである。柳父章が正しく指摘するとおり、こうした「人称」それ自体の強調は、明治期に急速に知識人の間に広まった翻訳文化・翻訳文体（英文からの翻訳を中心とする）の影響であり、それを支えている「日本語」の文章構造は本質的に二人称的、つまり発話の場を、語り手と聞き手がともに生きることによって成立するものであることを、逍遥の文体実験の過程は表しているといえるだろう。

逍遥は「松の内」[14]で、主人公の意識の内側に寄り添う語り手が、同時にその意識の外側で展開される他の作中人物たちの会話場面を「立聴き」し、主人公の意識のあり方の妄想性を暴き、それに振り回される主人公・風間銑三郎を相対化して描き出すことに成功している。ここで逍遥は、語り手の語り口はできるだけ透明にし（評価的な語句を使わない）、風間の立場から世界を捉えながら、他方で他の作中人物たちの会話場面をもう一つの物語、風間の妄想を暴く物語として作動させているのである。つまり、地の文と会話場面を通読する読者の意識が、この二つの物語を有機的に関わらせ、相互干渉作用を起こさせ、その間に作品の意味が浮かび上がるような仕掛けになっているのだ。位相を異にする二つの物語の相（層）が、読者の意識を媒介として、書いてあること以上の意味を生成する場として、〈作者〉と読者の伝達の場が潜在化されたのであり、それだけ言表の表層に表れる表現主体と読者の伝達（コミュニケーション）は虚構化されていったといえるだろう。

二葉亭四迷の『浮雲』第一篇から第三篇での地の文と会話場面との相互作用の変化は、ほぼ逍遥の表現の変化の過程と対応しているといっていい。当初物語世界の外の読者への志向性を強くもっていた語り手は、文三の意識が捉える物語内世界の見え方、感じ方に寄り添い、文三の言葉によってそれを捉える（それはまたある一定の方向で物語内世界を捉える文三の言葉を写すことでもある）ことによって、物語世界の外に向かう自己像を透明化していく。語り手が自らを透明化させることによって、それまで彼が提示してきた物語の線――第一篇第二回で示されるような風刺的で揶揄的に語られる文三とお勢の過去と、その意味作用の線で統括される二人の「恋」のなりゆき――と、文三のお勢に対する思い込み――免職してしまった彼の意識に即したお勢との関係性――の線とが相互干渉的に関わり、その間の意味を読者が読み解いていくことになる。それが第一篇から第二篇にかけての物語世界の変容の基本型（パターン）だといえるだろう。

ここで注意しなければならないことが一つある。それは従来「視点的な描写」や「作中人物の意識に即した描写」と呼ばれてきた、外界や自然の捉え方が、どのような物語作用や物語機能をもっているのかということだ。二葉亭の「言文一致体」がのちの文学者から評価される重要な要因の一つは、やはり外界描写の独自性にあるだろう。それはたとえば、ツルゲーネフの「あひゞき」や「めぐりあひ」の翻訳の過程で形成されたものでもあるのだが、従来はその描写の「リアリティ」だけが強調されてきたわけで、ここではあらためてその「リアリティ」の内実を問わなければならないだろう。一つは、ある特定の作中人物の意識に即した「視点描写」は、外界や自然を捉えるだけではなく、同時に、その外界や自然を見ている作中人物自身の感性や心理のありようをも捉えているということである。つまり単なる背景や舞台装置の描写ではなく、その外界や自然が捉えられる言葉のなかに、それを見ている作中人物の心的な葛藤が込められているのであり、「視点描写」とは、視線・まなざしの劇（ドラマ）なのである。おそらくニュークリティシズム以後の、地の文や描写の「視点」に対する着目は、こうしたことの発見と自覚によるものだったのだろう。

しかし、「視点描写」がもっている機能はそれだけではない。おそらく「視点描写」という術語（ターム）自体が、その機能を隠してしまっていたのだともいえる。先に「視点描写」が「外界や自然を見ている作中人物自身の感性や心理のありようをも捉えている」と述べたが、実はこれはかなり不正確な言い方なのである。「ありよう」といった、スタティックな同時的・空間的な言い方ではなく、外界や自然を見ている作中人物自身の感性や心理の「動き方の物語」と言うべきだったのだ。

「描写」という発想は、すでにある指示対象としての外界や自然が空間的にあって、その空間的な対象を、時間的継起性に縛られた言語で表現するものであり、結果としては「描写」を読んだ段階でいま一度空間的な指示対象が「再現」されると考えられてきたのである。しかしこれは正しくない。継起的に表れた言葉から、ある空間的な景が成立するためには、いったんそれぞれの言葉から喚起された像（イメージ）を、読者が自らの意識のなかで再構成して統合しなければならない。そしてその再構成と統合の仕方、あるいは再構成と統合を促す力は、実は「描写」をする言葉が、どのような順序とスタイルで配列されているのか、何が捉えられ何が削除されているかといったことによって決定されるのである。つまり「描写」が、脱時間的ではなく、物語世界内の時間の流れに組み込まれた作中人物の視点に即しておこなわれるとき、そのまなざしの運動のあり方、視点の流れ方の特質それ自身が、一つの物語を形成していくのである。

空間的景の画的な像（イメージ）は、そのなかに隠されたもう一つの物語の線――まなざしの運動をめぐるドラマ――を内在させていることになる。もちろん、その物語は、主軸となる筋（ストーリー）の線とは一見無縁に見える。また作者によっては、そこに意識的にならない者もある。しかし、本質的には、「視点描写」の最も重要な機能は、そこに視点の流動とまなざしの運動のドラマを内包している点にある。「視点描写」の部分は決して物語の停止あるいは中断ではなく、そこでもう一つの物語、言葉の継起的意味（外界・自然の像）の背後に隠された作中人物の意識や感性の運動の仕方をめぐる物語が存在しているのである。

読者が、「視点描写」に促されてある風景を意識のなかで再構成し、統合された空間的像を想像することは、とりもなおさず、それを見ていた作中人物の意識や感性の特徴的な運動の仕方を追体験し、その記憶を再統合することによって、その人物のある統合された像と出合っていることでもある。いわば持続の相（層）で捉えられたところの「人格」と、読者は意識下で出合っているのである。このとき、時間的継起にしたがって線的に展開していきたいくつかの物語は、相互干渉作用の記憶を再構成し統合された面的な物語として新たに意味生成されることになるのだ。読む行為に即した時間の流れとともに現れる線的物語と、読まれた言葉たちがそれぞれの線から離脱しながら記憶の相（層）のなかで作り出す面的な物語を統合するところに、書かれた言葉としての近代小説の〝語り〟の課題があったといえるだろう。

このことを、自覚しはじめていたのが、森田思軒の表現に着目したときの二葉亭だった。『浮雲』第三篇が立ち至っていたところは、一つには作中人物である文三のなかで、お勢という一人の女性をめぐるそれまでの（物語世界内の）記憶を、再統合することによって、昇との関係を深めつつあるお勢と今後どう関わっていくのかを決めることだった。もう一つは、そのことを通して、文三自身が、お勢と関わってきた自分をめぐる記憶をも再統合し、物語世界内の自己像、つまりは免職になった男としての自分のあり方を把握することだった。しかし、結果的にはそうした物語世界内の記憶を本来の意味で再構成し統合する力は、文三の自己意識を描く文体に与えられてはいなかった。むしろ、彼の自己意識の文体（スタイル）は、「妄想」としてのお勢像と自己像に執着しつづける方向へと運動していったのである。

人情本的ジャンルに対し、明確にパロディー的な位置を選んだテクストのなかで、その作中人物がテクスト内的記憶を再構成し、新たに像としての「人格」を意識のなかで作り出していく操作は、本質的にその人物たちを過去のジャンルの枠組みから引き離し、既存の「人物像」や人間類型（パターン）にあてはまらない未知の何者かを作り出してしまうのである。『浮雲』の末尾は、まさに過去のジャンルから、その作中人物が抜け出していくとば口だったといえるだろう。そして、こうしたテクストの展開のあり方は、その読者の意識をも必然的に変革していくことになる。テクストの外の、文化的コンテクスト（テクスト外的記憶）に従って、言葉を読み解くだけではなく、そのテクスト自身が織り成す言葉の網目（ネットワーク）のなかに込められた記憶を構成し、統合することによって、既存の発想類型（パターン）から抜け出したかたちで世界と出合うような読者が要請されつつあったといえるだろう。

その意味で、一連の森田思軒の翻訳作品は、そうした新しいテクストと読者のありようを、同時代に明確に喚起するものだったといえるだろう。

内包された〈作者〉／内包された〈読者〉

森田思軒の表現者としての出発が、ジャーナリスト・新聞記者だったことは、近代小説文体の生成を考えるうえで、一つの重要な問題を提示している。ジャーナリストの使命は、何よりも事件や事実のありようを、どれだけ正確に、臨場感に満ちたかたちで、そしてその事件の核心を明示するように報道できるかにある。思軒が「郵便報知新聞」の記者として活躍した時代は、自由民権運動の退潮期にあたり、新聞の紙面がそれまでの政論中心から、事実・事件の報道を中心とする方向に転換していく過渡期だった。

国の内外を問わず、新しい事態、新しい局面、未知の事象を捉えていくためには、何よりもその報道される事実の個別性・特殊性を言語化しなければならない。事実の新しさを認知するためには、あるいはある事実からその新しさを見抜くためには、まずそれを認識する報道者の側が、従来の認識や感性の枠組みを崩し、その事実の個別性・特殊性に即した言葉によってそれを表現しなければならない。そのような表現はまた、それを読む読者にも、既存の認識や感性の枠組みをはずすことを要請してもいる。テクスト化された事実の報道は、それが新しい時代の動きを表していればいるだけ、ジャーナリストにも、また読者にも、同じように既存の言語パラダイムの改変を迫るのである。

その意味で、時代に即応したジャーナリストとして、自らの記事の文体を変革することは、事実を捉えるうえでの必然的な営為だったといえるだろう。その点、思軒が自らのジャーナリストとしての主要な仕事を、文体変革の宣言から始めたことは、彼の言語感覚の鋭さを示す、きわめて重要な証しだったのである。あとで明らかにするように、思軒のジャーナリストとしての活動は、まず自分が書く記事の文体を、最も得意とする漢文体・漢文的表現から引き離すことから始められた。なぜなら漢文体に内在する伝統的に積み重ねられた文化的な意味作用は、彼が見聞した事実の「実境」から言葉で表現されたことを乖離させてしまうからだ。「漢文臭気を帯びた」文体は、「実境」としては「穢」や「陋」なものをも、「奇」や「雅」の印象をもったものとして描き出してしまう。長い歴史的な過程のなかで培われた正統で公的な表現としての漢文体は、まさにその規範性と正当性のために、現実の中国（清国）の「実境」を描くことができないものになってしまっていたことを、清国に特派された思軒は自覚していたのである。長い漢詩文の伝統は、中国の様々な現実的な場所を、審美的な言葉の集積する場所（トポス）にしてしまっていた。具体的対象が、どんな山であれ川であれ、そこにはすでに多くの詩的言語が絡み付き、言語としての像を作ってしまっていたのである。そうした審美化された言葉から、その現場を解き放つことなしに「真の支那の旅程」を表現することができないと、思軒は「悟」ったのだ。事実の「実境」を捉えるためには、伝統的・文化的コノテーションに回収されてしまわない、新しい「実境」に即した文体が獲得されなければならなかったのである。

森田思軒の文体変革の方向性は、彼が翻訳小説を手掛け始めるようになって以後、よりいっそう明確になっていく。一つは、ある状況や対象を描く際に使用されてきた類型的・常套的な表現を拒否することだった。思軒は言う、「叙事記事論事諸体皆な一定の場合に用ゆる一定の句面あり」と。〈事実〉をありのままに述べたり記述する文体、あるいは〈事実〉を論じる文体で、あまりに「一定」のことを表現するための言葉が「一定」化しすぎていることを彼は批判しているのである。同時代の文章があまりに類型的な「陳言」に依存しすぎていることを、「日本現時の文章世界は若干の句面より成立ちたる者なり」(15)と、思軒は皮肉っている。それほど〈事実〉を捉える文章は、この時期類型的・常套的語彙によって表現されていたのである。

表現が類型的・常套的だという問題は、単に文章に面白みがなく、新鮮さに欠け、迫力がないといったことに尽きるわけでは決してない。「戦場」であれば、それがいつ・どこでの・どのような戦いであれ、すべて「修羅道」と「形容」され、「苦境」が、いつ・誰にとって・どのような状況でのものであれ「阿鼻焦熱」と「形容」されてしまうとするなら、あらゆる〈事実〉は、その特殊性を奪われ、安定した言語的普遍性のなかに取り込まれていくことになる。文章に対する美意識が、〈事実〉一つひとつの異なった相貌を消し、等し並みに普遍化されたおなじみの美しい面に変えていってしまうのだ。

そのとき・その場所で、きわめて特殊な状況で生起した事件であればこそ、その〈事実〉を〈あるがまま〉に報道する価値、情報・ニュースとしての価値が生まれるのである。ジャーナリストは、まさにその特殊性と個別性を現場から伝達することに命をかけているはずだ。

外国で生起した事件、初めて体験した外国での旅程を記述することから表現活動を始めた思軒にとって、ある〈事実〉の個別性と特殊性を伝達することは自らの使命だったにちがいない。その姿勢は彼の翻訳にも貫かれることになる。翻訳者は、自らが対象とする原典の個別性・特殊性をこそ読者に伝達すべきだからである。思軒は、「翻訳の心得」で、西洋文を「翻訳」する際には「支那の経語典語」や「日本の詞語」(「日本特種の詞のアヤ」＝掛詞や縁語・枕詞の類)は使用すべきではないと主張している。なぜなら、こうした語彙は「其国に固有特種なるもの」であって、「其の固有特種のものを以て之を他国文に混入せは其の混入せる処たけは是れ既に其国自出の文にて他国文を翻訳」[16]したことになってしまうからである。

こうした翻訳に対する思軒の姿勢は、それまでの翻訳文体に対する痛烈な批判を含んでいたといえるだろう。なぜなら、とりわけ叙景・叙事の部分で、それまでの翻訳小説の多くが、伝統的な文化的コノテーションを強く含んだ表現に流れることで、原文での人間関係や物語の展開をも歪曲してしまうことさえあったからだ。そうした感覚を身につけた思軒が、常套的な「陳言」によって表現することに甘んじているはずがない。彼のジャーナリストとしての表現感覚は、自らの文体から、漢詩文や伝統的な和文・和歌などを典拠とする美辞麗句・常套句を駆逐していったのである。

もちろん、語彙を変革するだけでは、新しい文体を生み出していくことはできない。何よりも、ある一定の文（センテンス）を成立させる統辞（シンタクス）機能こそが、文体の質を規定する。思軒の認識としては、一八九〇年前後（明治二十年代）には、いまだ「日本普通の文章なりと云へる一定の体裁あらさるなり」[17]ということだった。そのうえで彼が主張したのは、単なる漢文体でも伝統的な和文体でもなく、また西洋文の「直訳」体や「平生の談話」「其儘」のものでもない、「細密」になった新時代の「人の考」や、「繁雑」になった「社会の事柄」に対応するような「細密繁雑の文体」を生み出すことだった。

こうした新文体を生み出すためには、「純粋の支那文章」の「文典上の法則」から抜け出し、「詞の陳列の順逆回転の自由広き」文体にしなければならない、と思軒は言う。「詞の陳列の順逆回転」という言い方は、かなりわかりにくいが、要するに「詞の置方」すなわち「西洋の造句措辞（エキスプレッション）」のことである。つまり思軒は語と語がどのように配列されるかによって、文章の意味作用がまったく変わってしまうことに着目したのである。

この「詞の陳列の順逆回転の自由」さに関しては、漢文の「文典上の法則」に比べて、日本文のほうがまさっていると、思軒は指摘する。彼は、和歌や俳句の倒置法などをあげ、同じ語彙を使用した言説であっても、一つひとつの配列の順序によって、まったく読者の受け取る印象が変わってしまうことを強調する。思軒はこのとき、語と語の統合の部分、その様態に意味生成の機能があることを自覚していたといえるだろう。

思軒が将来の文体のベースとして選択すべきだとしたのは、西洋文の「直訳体」だった。なぜなら、西洋文は複雑・「繁雑」・「細密」になった人間の思想・「考」に即した構造をもっていて、その文章構造を日本語の文体に移入したとき、はじめて新しい時代の「考」と「社会」に即応しうる言語を獲得できる、と思軒は考えたのである。彼がベースにした「西洋文」は英語だったわけだが、彼の一連の翻訳文は、原文の重文、複文、関係節の結合のあり方にきわめて敏感な反応を示していた。いずれにしても、語と語の配列、文と文の配列、その並び方そのもののなかに、つまりは表現された言葉だけでなく、むしろ表現されていない、言葉と言葉の間（はざま）、言葉と言葉をどのようなかたちでつなげるのかという結合する力としての空白に、より重要な意味生成機能があることに、思軒は気づき始めていたといえるだろう。

こうした森田思軒の文体変革の方向と、彼が翻訳した一連の小説のジャンルは意外に深いつながりをもっていた。周知のとおり彼の翻訳小説の多くは冒険・推理小説だった。わけてもジュール・ヴェルヌの小説の訳には定評がある。冒険・推理小説の生命は、何よりも読者が一度も体験したことがないような虚構の時空に彼らを誘い込み、そのなかで生起するこれまた特殊で奇異な一回だけの事件と出合わせることにある。

こうした冒険・推理小説のなかで、読者の意識を特殊で個別的な作品内的状況に誘い込む、最も有効な方法の一つは、サスペンスの手法である。サスペンスの手法とは、これから起こるだろう事件を予兆するような事柄を状況描写のなかに織り込み、次第に事件に向かう緊張を高め、しかも何が起こるかは既存のコンテクストからはまったく予測できないような状況描写を仕掛け、劇的に事件を提示するものである。こうしたサスペンスの状況描写を実現するためには、第一に作品内的時間の推移に即し、事件が起こる現場に到るまでの空間描写をおこなわなければならない。それは刻一刻と変化する状況そのものが、これから起こる事件を浮かび上がらせる装置として、しかもその前兆を内包させたかたちで構成されたときに最も効果的になる。

第二に状況描写は、作中人物の視点と意識の推移に即しておこなわれる必要がある。なぜなら作品内の事件に立ち会う作中人物の限定的視野、作品内的状況に拘束された意識に即したかたちによって、はじめて読者は現場の緊張感と臨場性を共有できるからである。それだけではない。もし状況描写が、作中人物の意識と視野を超えてしまうなら、事件の意外性、作中人物にとっての予想不可能性によるサスペンスの成立をはばんでしまうからでもある。

第三に事件の謎解きや、真相解明、冒険小説の決定的事実をいっそう印象的に描くためには、錯時法が必要となる。一連の事態の推移のなかで、当初それほど重要なものではないと思われていた事柄が、事件の全貌が明らかになる過程で、実はその事件と決定的な関わりをもつことがわかってくる場合。あるいは、事件と関わりがないと思われていた人物が、実は犯人だったことが明らかになる場合などは、いったん作品内的時間の推移にしたがって描かれていた同じ事柄が、あとのほうで事件の真相として再び語られるといったような後説法が有効だろう。もちろん後説法は、その前の作品内的時間の刻一刻に即した状況描写と結合したときに、その十全な機能を果たすのである。

サスペンスの手法は、本質的に構成・序列された意味作用に依存しているのである。テクストの〈はじめ〉から〈終わり〉に向かって漸次形成される即時的意味と、読者の記憶を再構成し、〈過去〉と〈現在〉の意味の相互作用のなかで生成される遡及的意味。さらに〈現在〉の意味作用から、〈期待の地平〉に基づいて形成される予測的意味、そしてそれらを統合していく、脱時間的・空間的な構成的意味作用が実現されてはじめて、サスペンスはその機能を十全に発揮することになる。また、謎解き型推理小説などでは、〈期待の地平〉がいったん裏切られ、予想だにしなかった展開が起こったときに、空白としての結合点の意味生成作用は大きくなるといえるだろう。

こうした意味作用の場を作り出すテクストは、どうしても伝統的・文化的コノテーションによりかかった表現方法から抜け出さなければならない。そしてまた、単に現在進行形の会話場面を連結していくような人情本的・滑稽本的ジャンルの構成法ではなく、物語内容と物語言説の時間の錯綜をはらんだ、新しい構成法による統辞機能をもたなければならなかったのである。そこにまた思軒が洋行から持ち帰った作品群のコンセプトがあったといえるだろう。

おそらく森田思軒の翻訳小説の魅力は、原作の素材の新奇さ、奇想天外さはもとより、そうしたまったく未知な虚構世界に読者を誘っていく装置としての文体にあったのだろう。それはまた、読者にとっての既知の世界、常套的語彙や、型にはまった文章構成法を崩していくことによってはじめて形成されるものでもあった。いわば読者との相互作用のなかで未知の新しい虚構世界を作り出していくような、テクストのありようへの自覚が、原文の文章構成そのものに忠実な翻訳文体を作り出したともいえるだろう。

テクストの空白を、過去のジャンルの記憶や、同じジャンルの〈期待の地平〉といった、伝統的な文化的コンテクストで埋めるのではなく、そのテクスト自身が生成してきた意味の記憶によって埋めていくような表現主体と読者との関係が、こうした森田思軒らによる文体実験のなかで進められていった。

地の文を統括する表現主体の言葉から、読者の側にある既成の文化コンテクストへもたれかかる志向性を払拭すると同時に、読者の意識をも既存の文化コンテクストから引き離していくためには、主―述の関係性が明確で事態を対象化する英文をベースにした翻訳文体こそが、この時期最も効果的だったといえるだろう。思軒の文体実験は、二葉亭の「あひゞき」や「めぐりあひ」の翻訳と微妙に呼応しながら、従来の小説文体とは一線を画した表現領域を創出していったのである。一つの作品世界の独自性、またその世界を生きる作中人物の個別性と限定性に対するこだわりを通してある個別的・限定的なテクストに〈内包された読者〉と〈内包された作者〉の相互作用によって形成される意味生成の場として、近代小説の〝語り〟の構造が獲得されていったのである。

なぜなら〈内包された読者〉とは、単に言葉として現前する語り手の表現したものだけを読むのではなく、語り手が表現しなかった空白をも読んでいくからであり、その空白を読み解くように読者を誘っていくのが、語り手の言葉のあり方を背後から操る〈内包された作者〉だからである。もちろん〈内包された作者〉を、即実体としての生身の作者とつなぐことは正しくない。たとえ生身の作者が意識化していなかったとしても、その意識下のこだわりも含めて、優れたテクストは、その全体を統括し、豊かな意味生成に向かって読者の意識を誘う〈内包された作者〉を内在することになるからだ。

西欧の近代小説の文体と構成に学びながら、従来の小説ジャンルとは一線を画した表現を創出していった一八九〇年前後（明治二十年代）の営みの中心は、何よりも構成された意味生成の場を作りうる、新しい文の確立にあった。その意味で、「言文一致体」か「雅俗折衷文」か、「漢文体」的か「擬古文」的かといった表層的差異が重要なのではない。むしろそうした表層の差異の背後に見えてくる、共有されていた表現意識にこそ、この時代の表現の動態を読み解く要があるのだ。「近代文体」＝「言文一致体」という幻想から、われわれは自由にならなければならない。

たとえば「新著百種」第五号として発表された幸田露伴の『風流仏』[18]の文体は、従来から「西鶴調」[19]と評価されてきている。確かに、文末の名詞止めの中止法など、『風流仏』の文体は西鶴の文体での形式上の特質をもっている。しかし、西鶴の文体への表層的類似をもって、露伴のこの時期の文体実験のすべてを捉えることは決してできない。むしろ、表層的類似が、時代と表現状況を異にすることで、まったく新しい機能と意味作用を生成する装置として生まれ変わっていることをこそ、われわれは見抜かなければならない。

おそらく、このテクストのどこを取り出しても言えることなのだが、露伴の「西鶴調」は、西鶴その人の文体とは、まったく異なった心的状態を言語化するために選ばれていることがわかる。末尾の「団円諸法実相」の直前、「恋恋恋、恋は金剛不壊なるが聖」の後半部、このテクストのクライマックスの部分でもある、珠運が奪われた恋人お辰の幻想を、自分が作り出した「彫像」に見てしまう部分は、次のような文体で書かれている。

> 清水の三本柳の一羽の雀が鷹に取られたチチヤポン〱一寸百ついて渡いた〱の他音もなし。愈〻影法師の仕業に定まつたるか、ヱ、腹立し、我最早すつきりと思ひ断ちて煩悩愛執一切棄べしと、胸には決定しながら尚一分の未練残りて、可愛ければこそ睨みつむる彫像。此時雲収り日は没りて東窓の部屋の中やゝ暗く、都ての物薄墨色になつて、暮残りたるお辰の白き肌浮出る如く活〻とした姿、朧月夜に真の人を見る様に、呼ばば答もなすべきありさま。我作りたる者なれど飽まで溺れ切たる珠運、ゾツと総身の毛も立て呼吸をも忘れ居たりしが、猛然として思ひ飜せば、凝たる瞳キラリと動く機会に面色忽ち変り、エイ這顔の美しさに迷ふ物かは、針ほども心に面白き所あらば命さへ呉てやる珠運も、何の操なきおのれに未練残すべき、其生白けたる素首見も穢れ、と身動きあらく後向きになれば、よゝと泣く声して、それまでに疑はれ疎まれたる身の生甲斐なし、とてもの事方様の手に惜からぬ命捨たし、と云ふは正しく木像なり。

ここは、従来の言い方をすれば、お辰への未練を捨てられない珠運が、彫像に見てしまった幻想の「描写」ということになるだろう。しかし、この部分は決してある一定の視点から描かれた「描写」などではない。少なくとも五つの位相を異にする文体が、より糸のように絡み合いながら、珠運の幻想を紡ぎ出している。そしておそらく「幻想」というものは、このような文体と表現のあり方によって、はじめて文学表現としてのリアリティーを獲得するのだろう。

引用部の冒頭は、山口剛の指摘[20]によれば、木曾地方の鞠唄の末尾である。この鞠唄の前半は、引用部の前に「六つ」まで子供たちの声として描写され、その後珠運のお辰への思い、彼女へ書き綴った未練の手紙の文が思い起こされ、それに対するお辰の返事が幻想の声として聞こえてくるという展開になっている。そしていったん珠運が我に返り、引用部につながるわけだが、そこからわかることは、引用の冒頭の鞠唄は珠運が過去へ思いをめぐらし、お辰の幻像（声）を呼び寄せる間に、「七つ」から「十一」まで数える歌の声が流れつづけていたことを示している。しかし、流れていた鞠唄そのものは、表現されず、空白になっている。

その空白になった部分とは「七つでは錦織りそめ、八つでは金襴織りそめ、九つでは嫁にし初めて、十で殿様と馴れそめて、十一で玉のやうなるぼこを儲けて世話にする、世話にする、スウトントトントン殿様、お年が若いとてご油断なさんな」という歌である。ここは明らかに、お辰の幻像を作り出してしまう珠運の意識の固執と結び付いている。つまりこの歌の省略された部分は糸をより、織物(テクスト)ができあがっていくという比喩によって女性の成長が語られるという物語である。それは一方で、お辰の母室香の物語であると同時に、お辰と珠運の物語でもある。

とくに「九つでは嫁にし初めて」と「十で殿様と馴れそめて」というくだりには、街道の宿場の女性たちが不可避的に背負わなければならなかった運命――街道を通過する「殿様」のなぐさみものになり、その子を宿すこともあるということ――を暗示している。その意味では、この鞠唄は権力者の身勝手な、人々の心を踏みにじるような行為に対する、一種の呪詛だともいえる。それはまた、お辰を明治新政権の権力者となった彼女の父梅岡某に奪われた、珠運自身の怨念にもつながる。

空白としての鞠唄の声は、それを歌う子供たちの声としてだけではなく、室香・お辰・(宿場の女たち)そして珠運といった、この作品の登場人物たちの言葉にならない思いを表白する声として書かれたテクストの背後に響いていて、その空白の声が、珠運の前に幻像としてのお辰、というよりも、幻影としての彼女の声を幻前させているといえるだろう。作品に登場する諸主体の声の「より糸」(「四つには綯り糸より初め五つでは糸をとりそめ」)として、この唄の空白は、独自の表現の場(トポス)を作り出しているのである。

もちろん、空白がそれ自体としてだけ、いま述べたような機能を果たしているわけではない。書かれている部分も、こうした機能を発揮させ促していく力を内在させている。鞠唄の引用のすぐあとの「の他音もなし」は、珠運の聴覚に即した語り手の言葉である。次の「愈〻影法師の」から「煩悩愛執一切棄べし」までは珠運の内言であり、「定まつたるか」「ヱ、腹立し」「すつきりと」など口語的表現のイントネーションになるべく近くなるような文体が選択され、語り手の文体とは区別されている。「と、胸には決定しながら」から「睨みつむる彫像」までは、珠運の内面を外側から説明し、彼の心的状態をその視線の向きを通して読者に提示する語り手の言葉である。珠運の一連の意識の推移を、彼の内言と語り手の外側からの説明というかたちで分離することによって、思いを断ち切ろうとしながら(内言)、それができない「未練」(説明)という心情が、構造的に読者に把持される表現の仕掛けができあがるのである。

次の部分は再びお辰の幻影が幻前してくるところにつながる場面だが、表現の構造は、よりいっそう複雑になってくる。「此時雲収り」から「答もなすべきありさま」までは、語り手による状況説明の言葉だが、一方でお辰の像に吸い寄せられる珠運の視点に即した描写であると同時に、その像を読者にも伝達し喚起しようとする表現意図に裏打ちされた記述になっている。周囲が次第に暗くなりそのなかに浮かび上がるお辰の白い彫像、しかもあえて、木像の表面を「白き肌」とあたかも生身の肉体のように捉えていく言葉の質は、読者自身のまなざしに、幻像を見させてしまおうとする〈内包された作者〉の表現意識の介在だといえるだろう。われわれは従来、表現の視点の問題と、語りの「審級」[21]とを混同して取り扱う傾向があったが、必ずしも視点人物の感性や知覚に完全に即したからといって、その状況のリアリティーが読者に伝達されるわけではなく、むしろ作中人物と語り手のまなざしと言葉の微妙なずれの間（はざま）から、状況の臨場性を喚起する意味作用が立ちのぼってくる場合があることがわかる。

「我作りたる者なれど」は、「我」という人称の面から見ると、珠運の内言のように考えることもできるが、それに続く「飽まで溺れ切たる珠運」という部分では、明らかに語り手が珠運の心的状況を対象化しているともいえる。「ゾッと」から「忘れ居たりし」、までは語り手は外側から珠運の状態を描写し、「猛然として思ひ翻せば」では心理の説明となり、「凝たる瞳（略）忽ち変り」は再び外側からの描写となる。そして「ヱイ這顔の（略）命さへ呉てやる」は、明らかに珠運の内言の指標である話し言葉のイントネーションが顕在化しているのだが、同時に「迷ふ物かは」「所あらば」といったようなかたちで微妙に語り手の文体に近づけられてもいる。なぜなら、この一見珠運の内言と断定できそうな表現は、「呉てやる珠運も」というあたかも語り手の説明のような表現につながっていくからだ。しかし、それに続く「何の操なきおのれ」から「見も穢れ」は、幻影として立ち現れてくるお辰に対する珠運の二人称的台詞になっているのでもある。そうであるなら、先の「珠運も」は、珠運自身の内言のなかで対象化された自己像だったということにもなる。

重要なことは、珠運の内言か、それとも語り手の外側からの説明なのかという区別ではなく、むしろ両者の文体がどちらか判別できないかたちで絡み合っているということだろう。しかも、この表現は、あの『浮雲』に見られた表現位置のブレや不確定さとは質を異にしている。この部分は単なる作中人物と語り手の言葉の混乱ではなく、読者を珠運の幻想に引き込んでいくための言葉の装置として機能しているのである。語り手の言葉によって対象化される、そのとき珠運に見えてしまっただろう個別的な心性に彩られた外界、そしてそのような外界を決して対象化できないだろう、未練を断ち切るために必死になっている珠運の内言。この両者の声の絡み合いと結合の間(あわい)に、お辰の幻像（声）を聞こえせしめる文体の力が生まれ出るのである。

　読者は「身動きあらく後向きになれば」と、像を見ることを拒む珠運を捉える語り手の言葉に寄り添いながら、珠運の背後の位置を獲得する。それは珠運の背後から「よゝと泣く声」を発する、あのお辰の彫像により近い位置だともいえる。読者はむしろ珠運より近い位置から、お辰の声に立ち会わされることになるのだ。そして「それまでに疑はれ疎まれたる身の生甲斐なし（略）命捨たし」というお辰の台詞の芝居がかった文体は、そうであればこそ幻像としての彼女を髣髴とさせるものになっている。

　お辰の幻像、彼女の声の顕現は、〈内包された作者〉（この場合珠運の声、語り手の声、その他多様な声を一つの場面を語る多声体として統合していく主体）と、〈内包された読者〉（その多声体を相互に関わらせて、刻一刻と転変する視点と語りの位相の変化を生きる主体）との間での、濃密な相互作用によって実現されているといえるだろう。木曾の鞠唄に代表されるように、伝統的・文化的コノテーションの作用も最大限生かされている。しかし、それはある常套的型(パターン)に安住した読みを促すものとしてではなく、まさに珠運がお辰の幻像（声）と出合うという、作中人物の心的状況と作品内的〈いま・ここ〉に即した、個別性と限定性を表現するためにこそ、過去の文化的コノテーションが異化的に使用されているのである。『風流仏』に多用されている仏教語なども、同じような用いられ方をしていることは言うまでもない。それはまた経典のスタイルを模倣した章題と、読本的な話題との二重化によっても実現されている。

　語りの〈空白〉がこうした機能をもつためには、表現されている語りの部分そのものが独自な意味作用を生成する場になっていなければならないのであり、そのとき語りのなかに込められた言葉たちは、語りの〈空白〉のなかで新しい意味を身にまとい始め、〈空白〉の語りを生成する、自ら光る言葉となっていく。

　わが国の伝統的な〈語り〉の言葉の機能を近代小説文体に導入していった表現者たちの営為を、単に古典回帰と名付けたり、「西鶴調」などとレッテルを貼ってみても、表現意識の動態は見えてこない。露伴の「影響」下で、「西鶴調」を模倣したと言われている一葉の文体も、おそらく「近代」を生きる人間の類的であると同時に個別的状況を表現するためにこそ駆使されていたにちがいない。一葉の作品を貫いている語りは、相互に共鳴しながら、あるときは一人の作中人物の言うに言われぬ胸の内を、またあるときは同時代の女たちが、おしなべて抱え込んだだろう共通の怨念を、テクストの空白と断片的一言との相互作用のなかから浮かび上がらせている。

露伴の『風流仏』での、省略された鞠唄と同じような機能を担う唄が、一葉の作品のなかにもある。それは「たけくらべ[22]」の正太が唄う、「厄介節」の一節である。酉の市のにぎわいのなかで団子屋の背高から美登利が髪を島田に結っていたことを知らされた正太は、「だけれど、彼の子も華魁に成るのでは可憐そうだ」とつぶやく。そして団子屋の背高を振り切るように、街を「一廻りして来ようや」と言い、「十六七の頃までは蝶よ花よと育てられ」と「厄介節」を「怪しきふるへ声」で唄うのだ。正太はこの唄の中間をとばし（厳密にどこからどこまでを唄わなかったかを語り手は語らない）、「今では勤めが身にしみて」という部分を繰り返すのだ。

省略された部分には、明治に入ってからの女郎たちの屈辱が、たとえば「検査場」での恥ずかしい検査の光景などを織り込みながら唄われているのだ。このときの正太に、美登利が女郎として背負うすべての苦しみや悲しみがわかっていたわけではないだろう。しかし彼が何げなく口にした「流行ぶし」は、吉原近くの人々に口ずさまれながら、女郎たちに共有された苦しみと悲しみの情念を表出してもいたのだ。美登利のこれからに思いを馳せながら、正太はこの唄を無意識に口ずさんでいたのである。かつて彼は、美登利に気があることを指摘され、顔を赤くして、「まはれよまはれ水車流るる水の淀みなく、くるくるまはれ水車」という唱歌を口ずさむ少年でもあったのだ。よどみなくいつまでも続くと思われた子供たちの関係性が、いつしか大人の世界に取り込まれていくことの切なさを、このときの正太の声は喚起しているのである。

集団的に共有されている記憶、文化的コノテーションは、それだけでは常套的・類型的な意味作用しか生み出しはしない。しかし、それが、ある個別的な状況を抱え込んだ者のコンテクストのなかに引用されたとき、それは常套的・類型的外皮を脱ぎ、新しい個別的意味を生成する装置ともなる。そして多くの人々に共有された心情の場（トポス）となっていた唄などは、その瞬間われわれの意識の古層を意識下から掘り起こし、ある共感的な同調作用を引き起こしもするのである。しかしわが国の文学的「近代」は、むしろそうした共有された記憶を捨て去る方向で、常に西欧から移入される「新しい」西欧的な形式を導入することによって、「文学」の存在を強調してきてしまった。そうした傾向は、明治以後の学校「教育」のなかにも貫徹され、おしなべて共有された記憶を消していく方向で、「文明開化」の「脱亜入欧」的文化の徹底は進行していったともいえるだろう。

しかし、実際に運用している言葉が日本語である以上、そこにまとわりつく「記憶」を完全に消し去ることはできない。それでも、読者と共有する記憶をコンテクストとしながら、いわば一つの共同作業として、テクストの意味生成をおこなっていく〝語り〟の場は、近代小説の言説から淘汰されることはなかった。欧文をモデルにしたある一定の文体が安定しようとするその同じ時期に、必ず〝語り〟の手法を基本にした表現が、単なる「反動」としてではなく、新しい表現状況と密接に絡み合いながら登場してきたことも、わが国の文学的「近代」の重要な特質である。たとえば泉鏡花のテクストに顕著に見られるような〝語り〟の文体は、「脱亜入欧」的「近代」の文化型を相対化し、異化しつづける言語装置として、ある時代の特殊性のもとで、自らの記憶を再生しつづけてきたともいえるのだ。

思えば「近代文学」が否定し乗り越えようとした近世の小説は、何よりも〝語り〟の文字化を徹底することを通して、自らのジャンルの同一性を作り出していったのでもある。馬琴・秋成・西鶴らのテクストは、様々な位相にある読者と共有しうる文化的コンテクストをベースに、決して一義的ではない、多層的な意味生成の場を作り出していたことは、最近の一連の研究のなかで明らかにされている。作者周辺のディレッタント的な読者から一般の読者まで、これらのテクストはその間(あわい)に漂いながら、多様な物語をその位相に合わせて発生させてきたのだ。しかし活字印刷によって多量に反復再生産される近代小説のテクストが相手にするのは、近代教育と大衆文化によって、等し並みに均質化された大量の顔も判然としない読者たちなのだ。そうした状況のなかで〈作家〉は、まったく独自のコミュニケーションシステムを、テクストとして作り出さなければならなかったのである。

伝達の言葉／交わりの言葉

一八九〇年代後半から一九〇〇年代前半（明治二十年代末から三十年代）にかけての、西欧の小説をモデルにした小説表現をめぐる模索は、物語世界を文化コンテクストから自立した言語空間として対象化し、物語を語る行為を極力潜在化させる方向で文体を変革していく試みだった。それは結果として、日本語の話し言葉の特質から、小説の文体を限りなく引き離していくことにもなった。いわゆる「言文一致体」の確立とは、決して単純な意味での話し言葉（言）と、書き言葉（文）の一致ではなかった。基本的には英語教育に基づく、均質的な翻訳文体的構文が日本の知識人の文章感覚のベースを形成し、それまでの伝統的な多様な文体の記憶が背景に押しやられていったことによって、いわゆる「口語文体」が、あたかも自然な「言」であるかのように錯覚されてきたにすぎない。「近代」の「言文一致体」も、やはり恣意的に作り出された、一つの文なのであり、決して日常的な話し言葉ではなかったのである。それは、一八九〇年代後半から一九〇〇年代後半（明治二十年代末から四十年代）にかけての『国語教科書』の文体の変遷を見れば明らかだろう。

もちろん、言葉によって捉えられる世界を、極力それ自体として対象化しようとする努力は、「近代科学」の「自然」に対する関わり方と連動していたことも事実だ。対象を分析的に細部にわたって分節化し、その各部分を取り出し、それに名称を与え、再構築的に記述していく。いわば、解剖所見のように、「現実」を、「人生」を、そして「人間」を言語化しようとしたのである。しかし、そのことに必死になっていたときの表現者たちは、寸断され、切り刻まれた肉体の切片を、いくら並べ重ねて縫合しても、それに再び命を吹き込むことができないということには、必ずしも自覚的ではなかったのである。対象のありようを、緻密にかつ正確な情報として伝達しようとする「科学的」な言説は、その代償として、言葉がもっていた交わりの機能、発話者と受け手を結ぶコミュニケーションの機能を失うことになってしまうことに対する鋭敏さに、「自然主義」の文学者たちは欠けているところがあった。

「自然主義文学」のなかでの、一連の「描写」論の成立も、こうした表現状況のなかから生まれてきたのだろう。言葉が、それの発話される具体的な場から切り離され、言葉がもつ受け手への語りかけ機能が抽象され、言葉がもつ対象指示機能だけに重点がおかれるような表現意識を媒介することなしに、言葉による外界の「描写」という発想は成立しない。「自然主義文学」での「描写」論の盲点は、一八九〇年代後半(明治二十年代)の表現者たちが敏感になっていたところの、「視点」と物語的時間、物語内容の展開との関わり、そしてそれらと語りの諸レベルの関わりを見落としていたところにある。その意味で「表現史」は、必ずしも「進化論」的な軌跡を描くものではないのだろう。「表現史」とは、ある民族が培ってきた言葉の、通時的であると同時に共時的な構造の体系のなかで、螺旋状に渦巻く星雲のような運動だといえるだろう。

おそらく、こうした螺旋運動を個体史のなかで実践したのが、「夏目漱石」という〈作家〉だったのだろう。「漱石」の十年余りの表現の過程(プロセス)は、日本語での小説表現の最も基本的な型の、全面的な実践だったといえる。個人の表現の軌跡がこれだけ多様な文体的バリエーションを描いているということ自体稀有なことだといえる。しかしそれも、彼が自らを〈作家〉として析出した時代の、表現状況が要請したある必然だったともいえる。当初「ホトトギス」(ホトトギス社)や「帝国文学」(帝国文学会)など、基本的には「文学」を愛好する知識人層を読者としていた「漱石」は、一九〇七年(明治四十年)以後、「朝日新聞」という大衆的なメディアに自分の小説を発表することになる。日露戦争の号外合戦を経て、一挙に数万部も発行部数を増やした「朝日新聞」は、日露戦争後、その部数を維持していくための一つの方法として、新聞小説の充実を図ったのである。それはまた、知識人読者層への浸透をねらった経営戦略でもあっただろう。いずれにしても、漱石が入社する一九〇七年、「朝日新聞」の発行部数は、東京・大阪合わせて二十万部を大きく超えていた。知識人だけを相手にした文芸雑誌の発行部数と、二十余万という発行部数との落差は、当時の表現者にとっては想像を絶するものだったにちがいない。

まったく顔も知らず、どのような教養や意識の持ち主なのかも想定しえない、大量ののっぺらぼうの読者を相手にせざるをえない、近代〈作家〉の孤独を、漱石はただ一人生き抜いたのである。事実、漱石入社までの「東京朝日新聞」の読者は、圧倒的多数が商人階層だった。小泉信三の回想によれば、「『朝日』が日本の知識階層が必ず読む新聞のようになったのは、何時頃からのことか。私の記憶ではやはり夏目漱石の入社が、大きな事の一つとして印せられている」[23]というような状況だったのだ。

「朝日新聞」入社第一作『虞美人草』[24]と、それまでの作品群は、小説の表現方法の点から言っても（「漱石」のテクストについて、その手法だけを問題にするのは、本意ではないが、ここではそこに限定して論を進めることにする）、大きな落差がある。『虞美人草』が、いわゆる「三人称の全知の視点」（文字どおりの意味ではないが）で書いてあるのに対し、『吾輩は猫である』[25]『坊っちゃん』[26]『草枕』[27]『漾虚集』[28]の作品のいくつかは、基本的には一人称の語りによって地の文が統一されていた。まずそこに「漱石」的言説の出発点の問題性が存在しているといえるだろう。〈語り〉の場の伝達（コミュニケーション）モデルを、活字印刷されたテクストに持ち込むことを、自らの虚構の中心的戦略に意識的にすえたところに、「漱石」的言説（ディスクール）の始発があった。

たとえば、「漱石」の最初の創作、『吾輩は猫である』をとってみよう。このテクストの一文は題名と同じ「吾輩は猫である」で始まる。周知のとおり、このテクストの「第一」は、子規門下の表現者たちの文章会「山会」で朗読されたあとに、活字になったものである。つまりあらかじめ実際の〝語りの場〟を想定して書かれ、そこで肉声を通して演じられ、そのあとに活字に転換されたテクストだったのである。この第一文は、現実の音声による朗読の過程では、ほんの一、二秒で読まれてしまうところだろうが、それを聞く享受者にとっては、実に気が遠くなるほどの意識の操作が原理的には強いられているのである。

まず「吾輩」という一人称で聞いてしまった瞬間、聞き手は、この尊大な一人称を使う語り手と、暗黙のうちに、ある特殊な関係を作り出してしまっている。つまり尊大で居丈高な一人称を相手に発話させてしまうことは、自分が相手よりも目下であり、相手の尊大な態度を許す人格であることを認めてしまうということなのである。聞き手はこの一人称を許した瞬間から、語り手が目上で、自分が目下だという身分関係のなかに自分を析出することになるのだ。ある意味では、この尊大な語り手の言葉を、一方的に受け入れるような関係性もここで作られてしまうのである。このように〝語りの場〟とは、常に語り手の言葉に触発されるかたちで、聞き手自身が自己像を作り出していくような相互作用的な自己像を析出する場でもあるのだ。

もちろん、現実的な人間関係、日常的な発話の場所では、聞き手は語り手に反論することもできれば、語りを中断させることもできる。しかし、虚構の〝語りの場〟、文字化された〝語りの場〟では、その機会は一方的に奪われている。読者は、そこで読むことをやめて、本を放り出すか、それとも読みつづけるかのどちらかを選ばざるをえない。おそらく圧倒的多数は読みつづけることを選ぶだろうから、冒頭の「吾輩」という一人称によって作られる、語り手と聞き手の関係性に、自らの読む意識をなかば無意識のうちに調律していくことになる。このことは、日本語での「人称」表現が、西欧的な意味での人称ではなく、語り手と聞き手との複雑な社会的・身分的関係性を表徴しているからでもある。

「吾輩」には、いわゆる「提題」の助詞「は」がついている。「は」が厳密に「提題」であるのかどうかは議論があるところだが、少なくとも、「は」の重要な機能として、「吾輩は→なんであるのか」という問いと、「吾輩は→○○である」という答えの対を構成する点があげられるだろう。聞き手は「吾輩はなんであるのか」という問いをベースにしながら、様々なかたちの「○○である」という答えを探すことを、この「は」によって促される。もちろんその答は、「吾輩」という特定された「人称」表現によって限定されてもいる。「○○」にあてはまる対象は、自分のことを他者に対して尊大に、かつ常に他者に対して目上性を意識しているような「人間をめぐる呼称」に限定されてくるはずだ。

その意味で、「猫である」という答えの提示は、聞き手の答え探しを支えていた〈期待の地平〉を大きく転倒する表現になっているだろう。「人間」というコンセプトに基づいて探られた、様々な命題の可能性をめぐる予想が、すべて裏切られたかたちになっているのだ。一般に「提題」の「は」が促す命題提示文は、ある一定の命題の可能性の集合を背景にしながら、そこから一つの命題を形態（ゲシュタルト）として切り取る機能をもっている。そしていくつかの命題の可能性の集合を、背景として浮かび上がらせる力は、「は」の前にくる名詞句が属している、範列的(パラディグマティック)な言葉の網の目から生じてくるのである。「吾輩」から連想される、尊大で居丈高な「人間」をめぐるあらゆる「呼称」の鎖列の領域は、「吾輩」という「一人称」と他の一人称との差異のなかで分節化された領域と対応しているのである。

しかし「吾輩は↓猫である」という文の統辞機能は、その対応関係を完全に引き離してしまうのである。極端な言い方をすれば、この一文を受容してしまった聞き手は、それまで自分のなかに存在していた、言葉のシステムを完全に崩してしまわなければならないはずだ。なぜなら、「吾輩」という「一人称」と「猫」を「は」でつなぐ統辞論は、少なくともそれまで聞き手が了解していた、「人間」社会の言葉の網の目のなかでは、決して対応することがない項目だったからだ。このようにして、『吾輩は猫である』というテクストの、虚構的布置のなかに、聞き手の意識は調律されてしまうことになる。彼は、この一文を受容してしまうことで、猫の言語をわかってしまう「者」として自己を虚構的に語り手としての猫の前に析出することになる。と同時に、その「語り手」の言葉は、まごうことなき人間の言葉――「日本語」であるわけだから、第一文を受容することは、「猫の言葉」であることを信じる自己を演じる虚構の仕掛けに自ら参入することをその虚構を作り出している主体に示し、嘘を嘘として信じていくもう一人の自分を析出するのでもある。そしてそのような多層的な聞き手を演じる者として、活字としてのテクストを読む読者は、それを音声変換する瞬間に自己を多重化していくことになる。

しかし、第一文の機能は、それだけではない。このテクスト全体を通して、読者の意識がどのように動いていくのかという、テクストと読者の意識との相互作用のあり方が、ここで構造化されているといえる。読者の意識はというより、意識を構成している言葉の網の目は、明らかに「吾輩は」に、「人間的呼称」をつなげる方向で作動せざるをえない。なぜなら彼はどんなに猫好きだろうとも、これから猫が語りだす猫世界についてはまったく無知だからだ。読者は、猫の言葉によって一方で常に「人間的」世界を背景(地)として浮かび上がらせながら、予想することができない「猫的」世界の切り口によってある形態(ゲシュタルト)(図)を切り取られていくといった、「人間的」世界と「猫的」の境界に立たされながら、その両方を相互作用的に異化せざるをえない。もちろん結果としては、それまで属していた「人間的」世界の常識や約束事の領域を崩しつづけていくことになる（「地」と「図」の反転）わけだが、こうした意識の運動はまさに人間の言葉をしゃべれないはずの猫の言葉をわかってしまう人間という、読者が立たされたパラドキシカルな位置（ポジション）によって作り出されているのである。

　これこそが、『吾輩は猫である』での「風刺」の基本構造でもあるのだ。そして、この言葉のシステムをめぐる運動が起こってしまえば、猫の猫らしさそのものは、さして問題ではなくなる。このテクスト後半では、猫はほとんど猫独自の世界には言及しなくなる。しかし、この猫の語りの場が、あくまで活字化された領域での、虚構の〝語りの場〟であればこそ、初発の運動を促す力は作動しつづけているのである。「吾輩は猫である」という、「山会」で発話された肉声としての一文はその瞬間に消えてしまうけれども、活字として刻印された第一文は、決して消えることなく残りつづけるし、それが作品の題名であればなおのこと、第二から第十一までの連載過程のなかで、初発の力を読者の意識に喚起しつづける機能をもっていたのである。

　もちろん読者は、最初から、これまで述べてきたようなテクストとの共振と相互同調をするわけではない。冒頭の一文に仕掛けられた言葉と意識の運動を追うことによって、次第に言語表象をイメージ化していくのであり、そのイメージ化へのプロセスが、虚構の〝語りの場〟のなかで方向付けられているのである。『吾輩は猫である』の冒頭にこだわりすぎてしまったようだが、『坊っちゃん』や『草枕』での虚構の〝語りの場〟も、ほぼ同じ構造をもっていると同時に、より意図的な仕掛けとして機能しているといえるだろう。第４章「〈書く〉ことと〈語る〉ことの間で」で詳しくふれるが、『坊っちゃん』では、その題名としての語り手に対する呼称に込められた、二重の意味作用の間（はざま）の往復運動をするように、読者の意識は〝語りの場〟によって構造化される。つまり、一方では狸・赤シャツ・のだいこに代表される、世間知と「常識」に長じた者たちの側から、語り手の「おれ」を未熟で世間知らずの青二才として評価する立場で「坊っちゃん」と呼ぶ意識と、他方では清のように「おれ」を素直で真っすぐな性格だと全面的に受け入れる立場から「坊っちゃん」と呼ぶ意識とに、読者は引き裂かれながら、その両者の間を揺れ動くように、語り手の言葉が仕掛けられているのである。読者は虚構の〝語りの場〟で、語り手の語りかけに対して、常にどちらの意識に立つ聞き手になるかを問われているわけであり、その虚構の聞き手の位置をその瞬間ごとに選択することを迫られてもいるのだ。そしてこうした読む行為の過程（プロセス）を通して、読者は自らが生きている「世間」での、言葉の構造（本音と建前、裏と表の使い分け）そのものに気づき、それを相対化していくのでもある。

『草枕』では、「非人情」の旅をすると宣言している語り手の言葉に即して、那美さんという一人の女性が何者なのかを探っていく「旅」を読者は読む過程で経験することになる。このテクストの場合、那美さんの周囲の人々の「俗人情」から見た彼女に対する評価の仕方と、過去の文学的諸ジャンルでの類型化した言葉と価値意識の型が掛け合わされた文脈と、「非人情」の立場に立つ語り手の目と耳に映る那美さんの姿と言葉を捉える文脈が相互に相対化しあうという語りの構造のなかで、読者はその両者の意識の間を往復しながら、自分自身の那美さん像を作っていくことになる。いわば「女」をめぐる「俗人情」的な評価軸と、そこを崩していく意識との、二重化と相互葛藤を、『草枕』の〝語りの場〟は構造化しているのである。

その意味で、虚構の語りの場とは、初期の「漱石」的言説では、読者の意識の側にある既存の言葉の網の目（ネットワーク）を、それとはまったく異なった（猫＝非人間、おれ＝非常識、画工＝非人情）枠組みをもつ語り手の言葉との関わりのなかで引き出し、その異質な言葉の体系（システム）の相互作用のなかで、既存のコードやコンテクストを改変し独自の意味生成を可能にする装置だったといえるだろう。こうしたきわめて読者論的な方法意識は、あの「F＋f」という公式によって英文学での表現方法や意味生成作用を徹底分析した『文学論』[29]を構築する過程で獲得されていった。『漾虚集』に収録された一連の作品は、濃密に『文学論』で獲得された方法意識を反映している。『文学論』については、のちにふれるが、その最も重要な問題意識は、あの「F＋f」という公式に表れているだろう。つまり文学的表現は、F＝Focus（言葉の焦点的で概念的な意味作用）と同時にf＝feeling（言葉の情緒的でイメージ化された意味作用）をもち、その相互作用の累積のなかでテクスト全体の意味作用が構成されるという点だろう。

漱石は言葉の意味作用について、単に継起的で逐次的なテクストの流れに即したものだけを考えていたわけではなかった。Ｆにしてもｆにしても、一つの作品のなかでの言葉の累積と全体的な構成のなかで生成されるものがあると彼は考えていたのであり、その意味でテクストとの関わりで形成される読者の意識に蓄積された記憶が、テクストそのものの意味生成に関わることをも自覚していた。一つの作品のなかだけではない。ある事柄に関する焦点的認識Ｆはある民族のある時間的・歴史的な単位で切り取られた領域でも存在するし、ある共時的な平面でも存在するのである。重要なことは、言葉の意味生成作用が、時間的継起性に従った一方向的で不可逆的なものなのではなく、テクストと相互作用する読者の意識と記憶の層のなかで空間的で可逆的な、よどみや逆流を可能にするものであることに漱石が着目していたことだろう。『漾虚集』の作品群は、まさにそのような意味生成の場を形作る実験として提示されているともいえる。

しかし、こうした意味の生成を可能にするには、何よりも読者の側にある言葉をめぐる多様で高度な文化的コンテクストの共有が前提となるだろう。「ホトトギス」その他の文芸雑誌の読者には、確かに漱石が意図したような言葉との関わりをある程度まで期待することができた。しかし、二十万余という「朝日新聞」の顔も想定できない読者に、同じような言語感覚を期待することはできない。『虞美人草』執筆の苦しさは、そこにあった。読者の側にある文化的・言語的コノテーションに依拠することなく、自らが書くテクストのなかで、すべての意味生成の条件を作ることを、漱石は強く意識していたにちがいない。

作中人物の性格設定といい、物語の展開といい、各作中人物を捉える文体的差異といい、図式的ともいえる明確な路線が引かれていたといえる。そして、それを全体として統括する〈作家〉の位置も、明確だった。末尾に引用される甲野の日記の言説によって、この作品全体の意味作用は決定されるはずだった。しかし身近な読者の反応も含めて、物語の主題からも否定されるべきはずの藤尾が、〈作家〉の予想以上に、読者の印象に残ってしまい、〈作家〉自身も彼女の形象にとらわれてしまったようである。誤算はどこにあったのだろうか。

それまでの作品群と『虞美人草』の決定的な違いは、いわば全知の視点に立つ〈作家〉が物語の全体にわたって、すべての必要な情報を読者に提示してしまうという方法をとっていた点にある。各作中人物に対する評価はもとより、それぞれの相互関係のありよう、その関係性が結果としてもたらす運命、その他物語の線はすべて言語化され言語表象として顕在化されてしまっているのだ。その意味では「漱石」的テクストのなかでは、最も明示的な作品となっている。そこに誤算があったのだ。逐次的・継起的に消費されていく意味の連鎖としては、『虞美人草』というテクストにはそれほど大きな破綻があるわけではない。たとえば藤尾についていえば、彼女を形象化する言葉の鎖列は、逐次的意味作用としては確かに「我」の強い、自己中心的な女性像を一方で作り上げている。しかし、それらの言葉の連鎖は、語彙と文章構成の喚起する詩的イメージを核としながら、読者の記憶のなかで空間化し、単なる表層的意味から離脱しながら、物語的言説の時間から相対的に独自な、不定形な塊として生長していく。

多彩な感じの視覚的イメージ作用をも動員しながら、藤尾をめぐる言葉の連鎖は、ある過剰を生成してしまうのである。表層的意味作用から離脱した真相の意味作用を掘り起こしてしまうのである。その意味作用の過剰が彼女を、〈作家〉の意図を超えて、「実体」を備えた女性像として形象してしまったのだろう。明示的意味作用の背後で、読者とテクストとの相互作用のなかで生み出される、暗黙の語られざる空白が自己表現を始めてしまうことに、漱石は『虞美人草』の執筆過程でいやが応でも気づかざるをえなかったはずだ。そこに「前期三部作」の文体が獲得されていく、重要な契機があった。

『三四郎』[30]『それから』[31]『門』[32]を一括してしまうことは必ずしも正しくはないのだが、物語内容と物語言説との関わり、そしてそれらを〝語り〟のレベルの動態を考えるうえでは、ある共通点が指摘できるだろう。『坑夫』[33]によって『虞美人草』的表現方法を解体しながら、この三部作で漱石は、かなり安定した〈内包された作者〉と〈内包された読者〉との伝達回路（コミュニケーション）を獲得したといえる。那美さんや藤尾との対比でいえば、美禰子・三千代・御米といった女性たちを、〈作家〉は描こうとはしていないのである。もちろんこうした特徴は、これら三作が、男主人公たちの限定された視点に即して書かれているために生まれてくることは確かである。しかし語りの位相は、男主人公たちの意識とは、微妙にずれたところにある。語り手の言葉は、男主人公たちが何げなく気にとめた、あるいはほとんど気にもしなかったような女主人公たちの台詞やしぐさを、具体的かつ詳細に読者に提示することを忘れない。

そして読者の〈期待の地平〉と、物語展開への予測を、巧妙に操作しながら、あるときは予測や期待を裏切り、意図的な空白を仕掛けながら、物語を展開させていくのである、描かれていない女性たちは、自分たちの像を（それはあるときは「真意」であり、「性格」であり、相手への「思い」でもある）男たちの視線から微妙にずらしていく。語り手が提示する物語内容とは直接関わらないように見える、微細なイメージをつなぎ合わせながら、一義的な意味付けを許さない（『三四郎』では物事を「翻訳」することが厳しく退けられてもいる）かたちで、書かれた言葉と空白の間（あわい）から彼女たちの像は読者に喚起されるのである。

こうした描かれざる女性たちとの出会いを促していくのが、〈内包された作者〉による言葉の構造化であり、〈内包された読者〉は、男主人公たちとはある差異をもったレベルで、美禰子像や三千代像、御米像を生成していくことになる。その過程はまた、そうした女性像の反照として、男主人公たちの意識と意識下の情動との関わりを読者に喚起していくことにもなる。女性たちをめぐる様々な散布されたイメージの断片は、男たちの意識のレベルでは決してつながれてはおらず、読者にもそれらをつなぐ線は明示されない。しかし、空白の結合力とテクストの構成を通して、散布されたイメージの諸断片は、多様な物語の線と面を〈内包された作者〉と〈内包された読者〉との間で織り成していくことになるのだ。

しかし「漱石」は、初期三部作で獲得した安定した〈内包された作者〉と〈内包された読者〉の関係を自ら崩していく。いわゆる「後期三部作」、『彼岸過迄』[34]『行人』[35]『心』[36]は、彼の新しい実験の方向性を、「前期三部作」との際立った方法的差異によって示しているといえるだろう。その方法的差異の実験は、おおむね四点に要約できるだろう。一つは、一貫した長篇としての物語性を崩し、短篇の集合として、長篇を成立させようとしたことである。この点については、「漱石」が読者に対して明確に宣言しているところでもある。確かに、ある一定の物語内容のうえでの時間の流れは、短篇群を貫いてはいるのだが、いわゆる物語(ストーリー)上の主旋律は、とりわけてあげることはできない。むしろ諸短篇が相互に時間的にも空間的にも重なり合う結合面で、これらの作品の劇(ドラマ)が発生しているといえる。

第二の特徴は、読者を作品世界に誘う「媒介者」「仲介者」として、主人公的人物を作品世界内で傍観し報告する、いわば〈テクスト内的読者〉ともいえる視点人物が設定されているという点である。『彼岸過迄』の敬太郎、『行人』の二郎、『心』の「私(わたくし)」（という青年）といった、読者に向かって作品世界を提示する、現場報告者、あるいは実況報告者が、主人公的人物（須永・一郎・先生）の真意や心の内を探索するといった一種謎解き型推理小説の形式を、これらの三作品は内在させている。いわば、心理探索型探偵小説とでもいえる形式だろう。それだけではない。『彼岸過迄』と『行人』では、傍観者的な報告者による、ある人間の内面や心理をめぐる報告の不可能性そのものが繰り返し強調されていて、一種の自己批評性を内在させた「メタ小説」にもなっていて、『心』とはそうしたいわゆる「報告」そのものを断念したところから出発しているともいえるだろう。

こうした〈真実の報告〉をすることができない報告者に媒介されて作品世界を生きる読者は、常に媒介者の言説での「地」と「図」を反転させながら読む行為を進めていかなければならない。さらにまた媒介者としての報告者が語ることと、語らないことの弁証法を構造化して読むことをも要請されているのだ。

その意味で、「後期三部作」での空白の重要性は、単なる埋めるべき断片や部分というよりは、むしろテクストに潜在するより核心的なドラマ、あるいは主題性そのものと関わる一つの物語として機能しているところにある。そこにこれらの作品の第三の特徴がある。〈テクスト内的読者〉自身が、その空白の探索者であると同時に、現実の読者も、あるときは彼を乗り越え、彼の報告の言説に反論したり異を唱えながら、自らを空白の探索者として、作品世界を生きる主体として析出していかなければならないのである。すでに読者は、受け身のまま何らかの情報を伝達される者ではなく、作中人物たちと具体的に関わりながら、与えられた情報から、より高次のメタ情報を生み出していく情報生産者になるのだ。

伝達の言葉から、関わりのなかで書かれざる意味を生産する交わりの言葉へと、「漱石」的テクストは展開していくことになる。それはおそらく、言葉で常に何事かを伝達することを強いられ、その不可能性をいやというほど思い知らされながらも、なお自己の心にわだかまる何事かを、他者と共有したいと願いつづけた、一人の表現者の抗いと煩悶の軌跡だったといえる。

そうであればこそ、これらのテクストの言説は、決して一定の語りの審級のもとに統一されているわけではないのだ。『彼岸過迄』では、敬太郎の視点に即しながらも彼の意識を相対化する三人称の語りを主旋律にしながら、敬太郎を聞き手とした須永・松本という二人の一人称の告白的な語りで末尾がしめくくられる。『行人』では、二郎の一人称の語り（「手記」とも考えられる）を中心としながら、末尾で一郎の友人H氏の手紙が、二郎を〈テクスト内的読者〉として提示される。『心』では、「私(わたくし)」の一人称による手記によって「上」「中」が統一され、「下」では先生の一人称による「遺書」が「私」を第一次読者として提示されている。こうしてみると、各作品の末尾に、それまでの虚構的伝達(コミュニケーション)回路とは異質なテクストが挿入されて、作品としての意味が構成されていることがわかる。しかも末尾のテクストの伝達回路で、読者は〈テクスト内的読者〉としての媒介者・仲介者とほぼ同時に（もちろんそれさえ虚構的時間であることは言うまでもないが）、しかも同じ受け手としての立場で、情報を享受することになる。

つまりこの末尾の部分は、テクストの虚構のコミュニケーション回路のなかで、読者への情報提供者だった媒介的報告者としての〈テクスト内的読者〉の位相に、読者が重なっていくことになるのである。そうであればこそ、この末尾の部分を読む意味作用上の枠組みについては、読者自身が作り出さなければならない。そのとき読者は、〈テクスト内的読者〉によってそれまで提供されてきた言葉の記憶を、様々に結び合わせながら、今度は自分に向かって直接発話されている言葉の意味を作り出していくことになるのだ。この伝達回路の転換が、読者自身の位置の転換、情報享受者から情報生産者に転換する契機になるところに、第四の特徴があるといえるだろう。

交わりの言葉を生み出す場は、読者が、第三者的に一方的な情報提供を受ける立場から、自ら作中人物との人間的な関わりをはじめ、彼らに対する何らかの伝えるべき言葉を自らのうちに素描しなぞりながら、顕在化した彼らの言葉の表層的意味を、書かれざる深層の意味の塊に戻しながら、自らテクストを織り出す主体になっていくことによって生成されていくのである。活字の平面で、常に不在と喪失の危機にさらされている、コミュニケーション過程での「接触（コンタクト）」としての言葉の機能を、自らの参入によって回復しようとする読者が、交わりの言葉の命を吹き込むのである。

「漱石」は、こうした実験を経たあと、『道草』[37]『明暗』[38]という、再び〈作家〉の「三人称」によって統一された表現方法へと転換していく。それはまた失敗に終わった『虞美人草』の方法を、新たな位相と次元のなかで、実験し直してみることだったのかもしれない。いずれにしても、「夏目漱石」の表現上の営為は、日本の近代文学での文体上の模索が全体として描く螺旋状の軌跡を、見事にその個人史のなかで描いていたのである。

記号としての〈ことば〉／〈ことば〉としての記号

一九二五年前後（大正末期から昭和初期）にかけての表現状況は、おそらくそれまでの日本の近代文学のありようと、ある一線を画するものだったと思われる。その線は、言葉をめぐる認識と感覚の世界的同時性にあったといえるだろう。もちろん「同時性」とは単に、この時期のアバンギャルド芸術の「影響」ということだけではない。急速な資本主義の爛熟が、独占資本主義段階を迎えた「先進国」の間での生活様態（ライフ・スタイル）の均質化をもたらしたことが「同時性」の根幹である。

個別の民族の文化的伝統を一種超越したかたちで、表層レベルの生活のなかでは衣・食・住の全領域で資本主義的な流通を可能にする方向で、あらゆるモノやコトが交換しうる商品としてそれぞれの民族の共同性から引きはがされていったのだ。だからといって、わが国の支配層による「近代化」がめざした「脱亜入欧」の路線が捨てられたわけではなく、むしろきわめてゆがんだかたちで、自らの民族的共同性をかなぐり捨てて（そのとき民族性はゆがんだ国家主義として「反転」させられるのでもある）、「世界的同時性」のなかに参入していったのである。

資本主義的流通過程は、言語表現の領域をも確実にその渦のなかに巻き込んでいった。一九二五年（大正十四年）に創刊された「キング」（大日本雄弁会講談社）は、百万部を突破するという驚異的売れ行きをみせた。続々と新しい雑誌が発行され、文字どおり、マスを対象とした、言語表現の市場が形成されていったのである。貨幣と交換される〈ことば〉が、大手を振って流通しはじめたのだ。原稿用紙の升目を埋める一文字がいくらと換算できる時代の到来。またそうであればこそ、その文字を活字にすることが、あのジョバンニの活版所での労働のように、何文字分でいくらと賃金に換算されてしまうような場が大量に発生し、おしなべて商品として、〈ことば〉が扱われてしまう状況が現出したのである。

漱石の時代とは比較にならない加速度のつき方で、〈作者〉と〈読者〉の距離は拡大されていったのであり、ある個別的な文化的枠組みや状況を前提にした伝達回路を創出することそのものが困難になったのである。だからこそこの時代はまた、「同人誌」の時代でもあったのだ。大量伝達（マス・コミュニケーション）の回路では決して作り出すことができない、〈作者〉と〈読者〉との間での「接触（コンタクト）」の機能を内在させた濃密な表現過程を実現しようとする意志に、一連の「同人誌」運動は貫かれていたといえるだろう。

また一方で、資本主義的な伝達回路によって流布される、「ブルジョワ文化」そのものを打ち、「プロレタリア」による「革命」に向けて、伝達（コミュニケーション）過程そのものを組み替えていこうとする運動も、こうした時代だからこそ発生したといえるだろう。その運動は、〈作者〉と〈読者〉の共同闘争によって、〈ことば〉を被支配階級のものとして奪い返し、その自らの〈ことば〉を武器に、資本主義の体系（システム）そのものを解体させようとする志向性に貫かれてもいた。その意味では、抵抗・連帯・共同闘争を通して〈作者〉と〈読者〉が相互変革を進めるといった、新しい「接触（コンタクト）」と伝達の場の創出を模索する運動だったともいえるだろう。しかし、そうした「接触（コンタクト）」への志向性が失われたとき、この運動は、宣伝・煽動・啓蒙の言説で自らを呪縛してしまうことにもなる。〈読者〉は、「前衛」としての〈作者〉の側のメッセージを、一方的に享受するだけの「後衛」「大衆」として、再び「接触（コンタクト）」

の場から隔絶されていったのである。もちろんその「接触（コンタクト）」の場を直接奪ったのは、支配者の側の権力装置だったことは言うまでもないが。

こうした表現状況のなかでの〈ことば〉は、貨幣を媒介に、あらゆる他のモノやコトと同じ市場のなかで交換可能な〈記号〉として、自らを流通させる宿命に身を委ねざるをえない。〈ことば〉が、特権的に「真実」や「真理」を指し示せるわけではないのだ。〈ことば〉を通して、自己の「人生」の「真実」を「告白」しうるような安易な〈ことば〉の「真理」性をめぐる幻想から、この時期の表現者たちはすでに自由だった。「自然主義」小説や「私小説」的な「告白」の構図は、もはや「文学」という特権化された領域での擬態（ミミクリー）のゲームでしかない。

谷崎潤一郎『痴人の愛』[39]での〝語り〟の〈ことば〉は、そのような表現意識が生み出す言葉の装置だった。それは、『「門」を評す』[40]という漱石批判から自らの文学的営為を始めた谷崎らしい、一九二〇年代の表現状況への関わり方だったといえるだろう。郊外の「お伽噺（とぎばなし）の家」に閉じこもり、会社の同僚にも秘密にしている「夫婦」生活を送るナオミと譲治のあり方の基底には、崖下にある家に身を隠すように「世間」から隔絶した生を営む、御米と宗助夫婦の影があることはまちがいない。しかし『門』の悲劇は、二〇年代には『痴人の愛』という喜劇になる。『虞美人草』の宗近君は、イギリスから「ここでは喜劇ばかりがはやる」と書き送ってきた。同じような状況が、このとき日本でも現出していたのである。そこまで資本主義はあらゆる民族と国家の差異を均質化していたのだった。

『痴人の愛』での河合譲治の〝語り〟は、擬態（ミミクリー）としての「告白」を主調低音としている。一方で「正直」に「有りのまま」に自分たちの「夫婦の間柄」を告白すると宣言しながら、他方で肝心な部分については、「委しいことは覚えてゐません」「それは自分でもハッキリとは分かりません」というように、巧妙に隠していくのである。譲治の〝語り〟は、微妙に読者の意識と駆け引きしながら、明示と隠蔽の間（はざま）を往復している。譲治の〝語り〟が隠蔽しようとしているのは、生身の現実的人間としてのナオミの肉声にほかならない。擬態（ミミクリー）としての〝語り〟は、それまでの「自然主義」文学や、「私小説」の「告白」を模倣（ミメーシス）しながら、実は最も肝心な部分、関係性としての相互主体的な「夫婦」の関わりは隠蔽し、もしかしたら譲治のこの〝語り〟を根底から崩してしまうかもしれないナオミの声を封殺しているのである。譲治という「男」の言説の背後で、ナオミはそれに対するいっさいの反論の機会を奪われたかたちで、〈ことば〉のありようそのものとして隷属を強いられているのだ。

譲治が、〝語る〟ナオミとのなれそめは、一方でこの〝語り〟が読者の意識とどのように駆け引きするのかを示していると同時に、他方で、この〝語り〟を支える〈ことば〉の質を喚起してもいる。譲治はナオミを、「浅草の雷門の近くにあるカフエエ・ダイヤモンド」で発見したという。ナオミは常に、同時代の風俗情報のなかに立ち現れてくる者として、〝語られ〟ている。譲治がナオミに注目するのは、生身の彼女の美しさからではない。彼がナオミに近づく契機となるのは、NAOMIと書くと、「まるで西洋人」と思える彼女の「名前」なのである。生身の人間から切り離された、指示対象（レフェラン）をもたない〈記号〉としての「名前」に惚れる男、これが語り手としての譲治なのである。彼の〝語り〟に引用される「ナオミ」という「名前」は、実体としての彼女を指し示しているわけではないのだ。それは「聴覚映像（シニフィアン）」としてのNAOMIと、「観念内容（シニフィエ）」としての「奈緒美」とが不可分に結び付いた〈記号〉であると同時に、西洋的なNAOMIという〈記号〉と、日本的・東洋的な「奈緒美」という〈記号〉との間（はざま）に漂うもう一つの〈記号〉でもあるのだ。

譲治の〝語り〟は、自らのメッセージを伝えるために常に読者の意識に、同時代の風俗現象・風俗情報を喚起しようとしている。もちろん風俗を描くことそれ自体はなにも新しいことではない。それは〈読者〉の意識に、ある同時代的なコンテクストを思い起こさせるための、古来からある普遍的な方法だといえるだろう。問題は、「風俗」が現実や実体としてのそれではなく、まさに情報記号として取り扱われているところにある。「痴人の愛」のなかにある「風俗」は、現実にあった「風俗」というよりも、むしろ同時代の新聞・雑誌に満載されていた、言語化され物語化された、記号体系（システム）としての風俗だったのである。〝語り〟のメッセージの意味作用を媒介するコンテクストは、〈読者〉の現実的体験やそのなかでの記憶ではなく、情報記号によって作られた、すでに虚構テクストでしかない「体験」や「経験」や「記憶」だったのである。

しかも〈記号〉としての風俗が、指示対象と一対一で結ばれるものではないために、それらは物語を紡ぎ出す装置として象徴的に機能している。処女性の象徴、アメリカンスウィートハートとしての「メリー・ピクフォードに似」ている「ナオミ」は、同時にバンプ女優「グロリア・スワンソン」や「ポーラ・ネグリ」ともそっくりなのである。処女とバンプという「女性」の両極を表す記号内容をもつ「ナオミ」という〈記号〉は引き裂かれている。それはまた譲治や他の男たちの視線のなかで、処女から娼婦へ転換していく物語の線を描く〈記号〉として〝語られ〟てもいる。「文化住宅」「ダンス・ホール」「海水浴場」といった物語の舞台となる風俗空間は、一方で西洋的でファッショナブルな都市生活という記号内容をもつと同時に、他方では不良少年・少女のたまり場、売春・犯罪・性的退廃の温床といった記号内容とも結び付く記号表現だったのである。

かつて西洋的文化生活の象徴だった「ナオミ」は、結局「千束町」生まれにふさわしい不良少女だった、と譲治と浜田の言葉は、「ナオミ」という記号表現を後者の記号内容へと一元化しようとする。しかし、そのとき、「ナオミ」は家出をするのである。

譲治の〝語り〟の表層的流れのなかでは、「ナオミ」の家出は、彼女の娼婦性や淫乱さに起因しているように語られているが、譲治の一元的意味付けを試みようとする評価を取り去り、二人の会話を厳密に抽出するなら、「ナオミ」は彼に〈契約〉を守ることを要求しているのである。当初譲治は「ナオミ」に、「今の日本の「家庭」」とはまったく異なった、疑似西洋的な「シンプル・ライフ」をともに送ることを〈約束〉していたのである。しかし、「ナオミ」の男性関係を察知した彼は、いきなり「常識的な家庭」「世間の所謂「夫婦」」になることを要求し、彼女に「母」になることをも迫るのだ。明確な〈契約〉違反である、〈記号〉は、ある任意の約束事の体系（システム）のなかではじめて、記号表現と記号内容とが安定した結合関係を保てるのである。〈契約〉と〈約束〉は、いわば〈記号〉が〈記号〉として生きうる生命線だ。「ナオミ」という〈記号〉は、譲治に〈約束〉を守らせるために家出をしたのであり、彼女はその後、より厳密に彼に〈約束〉を守らせることになっていく。そのときはじめて譲治は、彼女に「人間扱い」してもらえるのでもある。約束事の体系（システム）として〈記号〉を作り出した

「人間」は、そのことを自覚していなければ、〈記号〉を実体化してしまい、それに振り回され支配されていくことにもなる。『痴人の愛』の〝語り〟の深層には、〈記号〉の「人間」に対する逆襲の物語が隠されているともいえるのである。

　小説のテクストを、一つの〈記号〉体系（システム）として意識化し、ある意味では活字印刷された文字〈記号〉の体系（システム）をも、その小説テクストの意味生成作用の一環に組み込んでいくという発想で、従来の「文学流派」的観点ではまったく遠い存在だった谷崎潤一郎と横光利一は、ほぼ相互に重なり合う表現意識をもっていたともいえる。『盲目物語』[41]での、活字の文字面からの漢字の排除、読者の読む視覚のとっかかりを奪い、いわば仮名の無限連鎖としてテクストを提示し、一つひとつの〈ことば〉の独自性と境界を曖昧にし、文字テクストでの〈地〉と〈図〉の判別（〈ことば〉の判別）を意図的に遅延させる手法は、『上海』[42]での漢字の鎖列、象形文字としての漢字の〈地〉と〈図〉の相互作用を小説テクストの意味生成に繰り込んでいく手法と、ほぼ同じ表現意識の地平にあるといえるだろう。

　もちろん、谷崎が横光のように、同時代の言語論や言語哲学を媒介に表現の実験をしていた、というわけではない。しかし、活字の印刷面そのものの意味生成作用への着目は、活字印刷という〈ことば〉をめぐるテクノロジーが、〈ことば〉を捉える読者の視覚、あるいは読者の身体、読む行為の速度や加速度と不可分に関わっているという自覚なしには生まれてこない。それはたとえば「立体派」の表現運動や、文字記号以外の諸記号をも〈ことば〉と等価なものとして詩的表現に導入していった一連のアバンギャルド詩の実験とも呼応している。〈ことば〉が〈記号〉であり、他の諸〈記号〉に対して何ら特権的ではないとすれば、他の諸〈記号〉も十分〈ことば〉としての機能を果たしうる。文字記号から音声変換された音の連鎖が、記号表現として、一定の記号内容と結び付いているのだとするなら、文字記号それ自体も図像（イコン）として独自な記号内容と結び付いているはずだ。横光利一の『上海』の方法には、おおむねこうした〈記号〉としての〈ことば〉をめぐる発想が貫かれていたように思われる。

小説テクストが、〈記号〉としての〈文字〉の「羅列」であり、それを逐次的にたどると同時に、〈読者〉の記憶のなかでその意味作用を再統合していくこととの相互作用のなかで意味が作られていくなら、その意識の運動をこそ小説テクストは構造化していなければならない。横光の一見難解な「新感覚派」時代の文学論・小説論は、同時代の多様な言語論との結び合いのなかで、漱石の『文学論』をもその射程のなかに入れながら展開されていったのである。

思えば「新感覚派」的表現の最大の特徴といわれる「擬人法」的表現も、ただそれだけを取り出してしまうのではなく、横光らのテクストでの記号体系（システム）の全体性のなかで捉え返したとき、同時代的な表現意識として浮かび上がってくるのである。小説テクストがはじめから終わりまで、〈記号〉としての〈ことば〉によって構成されているのだとすれば、基本的にそれらの諸〈ことば〉の間に優劣の差はないはずだ。人の名も、モノやコトの名も同じ言語体系のなかの〈ことば〉の組み合わせ、あるいは同じ文字体系のなかの文字の組み合わせとしてだけ、〈読者〉の前に現出する。小説テクストで、何か実体的な現実、実体としての人間やモノやコトが基底にあるわけではない。そうであるなら、人間を表す〈ことば〉も、モノやコトを表す〈ことば〉も、相互に等価であって、どちらが「主」で、どちらが「客」というわけにはいかない。そして小説テクストの意味は、そうした等価な文字の羅列を通して、それらをつなぎ合わせ、多層的に組み合わせることで成立するのであるとすれば、すべては諸〈ことば〉の相互作用の場となっていく。そのような場のなかで〈擬人法〉は、モノやコトを一方向的に、人間に〈擬〉する方法ではなくなる。それは他方で人間を、モノやコトに〈擬〉することでもあるのだ。このような表現意識には、小説での〈人間〉中心主義が崩れていった表徴が刻印されている。

『上海』の物語（ストーリー）は、単にそこに登場する人物たちの関係性によって紡ぎ出されているわけではない。虚構の〈国際海港都市〉に流れ込む、多様な商品や貨幣から始まり、末は運河のよどみにひっそりとたまる汚物や塵芥に至るまで、あらゆるモノやコトが流動する場として、逆流と本流が交錯し渦を作り出す力の場として、『上海』は意味を生み出しているのである。ある瞬間まで物語（ストーリー）の〈図〉として浮かび上がっていた人間たちは、いつしかモノやコトの流れのなかにその頭を沈め、逆に〈地〉としてのモノやコトが〈図〉として浮かび上がってくる。そうした〈地〉と〈図〉の無限の反転作用を起こす場を、『上海』の〈記号〉としての〈ことば〉たちは作り出している。そして〈ことば〉の運動、あるいは流動として小説テクストを静的（スタティック）な場から、動的（ダイナミック）な場へと転換していく表現意識は、先端的な物理学の理論的成果による、人間の認識をめぐる広範囲なパラダイムチェンジといった時代性とも歩みをともにしていたのである。

光としての〈ことば〉／闇としての〈ことば〉

〈記号〉としての〈ことば〉が、他の諸〈記号〉と同じように、貨幣を媒介とした流通の渦のなかに漂い、あるときは浮き、あるときは沈み、その運動と流動を続けるなかで、いったい〈作者〉と〈読者〉は、どこでどのように「接触（コンタクト）」できるのだろうか。〈内包された作者〉と〈内包された読者〉として、テクストの内部でなのか。そう言ったところで、あらゆる〈記号〉による織物がテクストだとするなら、テクストに内部や外部はないと言うこともできるだろう。テクストに関わる以上、本来の意味での「接触（コンタクト）」は最早存在しないし、否、かつて一度も存在しなかったのかもしれない。それでもなお、人はなぜ、〈ことば〉によってだけ作られた世界を通して、なにごとかを表現しようとするのか。〈記号〉としての〈ことば〉が、記号表現と記号内容のある一定の体系内での結び付きでしかないとすれば、いくら意味の生成と言い募ったところで、しょせんはある体系のなかでの意味作用のバリエーションと戯れているにすぎないのかもしれない。同じような戯れを、〈作者〉の側も〈読者〉の側も、そのときどきに応じて演じながら、何事かを生み出したと錯覚することの積み重ねが、〈書く〉ことであり〈読む〉ことなのかもしれない。だがしかし。

　おそらく、活字印刷に付される、近代的小説言説と関わりをもった多くの者たちが、「接触（コンタクト）」を喪失した表現状況のなかでこのような思いの堂々巡りを体験したにちがいない。しかし、たとえば宮沢賢治は、最初に活字にした、自らの詩集『春と修羅』の冒頭で、こんな「夢」を語っている。

これらは二十二箇月の
過去とかんずる方角から
紙と鉱質インクをつらね
（すべてわたくしと明滅し
みんなが同時に感ずるもの）
ここまでたもちつゞけられた
かげとひかりのひとくさりづつ
そのとほりの心象スケッチです

（略）

たゞたしかに記録されたこれらのけしきは
記録されたそのとほりのこのけしきで
それが虚無ならば虚無自身がこのとほりで
ある程度まではみんなに共通いたします
（すべてがわたくしの中のみんなであるやうに
みんなのおのおののなかのすべてですから）[43]

記述された〈ことば〉――エクリチュール――とは、確かにそれが書かれるときは、ある時間的な継起に従ってはいたけれども、書かれてしまった瞬間から、すべての文字は共時的というよりも、脱時間的に空間化されてしまう。話された言葉は、具体的な誰かが具体的な誰かに向かって、具体的な場で生きた言葉を発話するわけだけれども、書かれた言葉はそうではない。それはただ、「紙と鉱質インク」の連なりでしかない。そこには、それが書かれた時の、時間の記憶さえ消えて、いま目の前にある。ただ書いた自分だけは、それが「過去とかんずる方角から」きたことを知っている。しかし、それもあくまでそう「かんずる」だけで、実体としての「二十二箇月」を保証するものは何もない。

書かれた言葉は、それが書き付けられる瞬間には「わたくし」の意識の流れのなかで、一瞬現れてはまた消えていく「明滅」する言葉たちだった。しかし、その時間的継起に従っていた「明滅」の連鎖が、文字化されたとき、そのテクストは、「みんなが同時に感ずるもの」として変換されていく。「明滅する」言葉たちが、文字（紙と鉱質インク）になったからこそ、消滅せずに「ここまでたもちつゞけられた」のであり、その文字の連鎖は、「わたくし」の過去のある時点での意識の継起的時間に即した「かげとひかりのひとくさりづつ」のそれなりに正確な、空間的な像――「心象スケッチ」であるのだ。

その意味で「記録されたこれらのけしき」――流れとしての意識をせき止め、その瞬間瞬間を文字として固定化したエクリチュール――は、意識としての〈ことば〉を空間化したものだという点で、「記録されたそのとほりのこのけしき」なのである。そして、われわれが、何事かを〈ことば〉で意識する以上、すでに現実から限りなく隔てられている「虚無」なのである。

しかし〈ことば〉と別に何事かが存在するわけではなく、その何事かは、多様な〈地〉としての現実から〈ことば〉によって〈図〉として切り取られているために、〈ことば〉そのものなのである。したがって、それが「虚無ならば」、「虚無自身が」その〈ことば〉の「とほり」なのである。記号表現と記号内容の結び付きさえ恣意的なのであり、〈記号〉としての〈ことば〉は、決して指示対象とつながっているわけではない。しかし、こうした約束事に支えられた、言語体系を選び取った「記録」であればこそ、その表現は、「ある程度まではみんなに共通」するのである。なぜなら、約束事としての〈ことば〉の体系は、社会的に他者と共有されていればこそ、言語としての役割を担いうるからである。

特定共時態としての言語体系は、まさに全体的な関係性の体系として機能しているために、〈ことば〉によって表現された「けしき」は、「すべてがわたくしの中のみんなであるやうに／みんなのおのおののなかのすべて」でもあるのだ。しかし、それはあくまで〈読者〉が、自分の肉体を通して活字と関わり、意味を生み出したときに実現するのである。

そうであればこそ、肉筆の「紙と鉱質インクをつらね」た原稿を、活字に直して、〈読者〉としての「みんな」に、表現者は手渡す気持ちにもなれるのである。「わたくし」にとって、「明滅」としてあった言葉を、今度は読者が「かげとひかりのひとくさり」としての文字をたどりながら、闇のなかに埋もれた意味やイメージを探していくのである。そのような光と闇の「明滅」として、あるいは「有機交流電灯」のような〈作者〉と〈読者〉との相互作用として、〈書く〉ことと〈読む〉ことを捉え返すこと。そこに賢治の、そして「文字(エクリチュール)」表現と関わる者すべての夢が、あるはずだ。本書は、そのような夢に近づきつづける試みである。

注

(1) 宮沢賢治『銀河鉄道の夜』『新校本　宮沢賢治全集　第十一巻』(童話Ⅳ本文編) 筑摩書房、一九九六年

(2) 二葉亭四迷『浮雲』第一篇「新編 (角書き) 浮雲」金港堂書籍、一八八七年六月刊、第二編「新編 (角書き) 浮雲」金港堂書籍、一八八八年二月、第三編「浮雲」、「都の花」第三巻第十八号—第三巻第二十一号 (一八八九年七—八月)、金港堂書籍

(3) 二葉亭四迷「落葉のはきよせ　二籠め」『二葉亭四迷全集　第五巻』筑摩書房、一九八六年

(4) ツルゲーネフ「あひゞき」二葉亭四迷訳、「国民之友」第三巻第二十五号 (一八八八年七月六日)、第二十九号 (八月三日)、民友社、ツルゲーネフ「めぐりあひ」二葉亭四迷訳「都の花」第一巻第一号 (一八八八年十月二十一日)、第一巻第三号—第二巻第六号 (十一月十八日—一八八九年一月六日)、金港堂書籍

(5) 矢作勝美『明朝活字——その歴史と現状』平凡社、一九七六年

(6) 同前

(7) ミハイル・バフチン『小説の言葉』伊東一郎訳(「ミハイル・バフチン著作集」第五巻)、新時代社、一九七九年
(8) 石原千秋「解説――作品論のために」、日本文学研究資料刊行会編『夏目漱石Ⅲ』所収、有精堂出版、一九八五年
(9) 坪内逍遥(春の舎おぼろ)『当世書生気質』全十七号、晩青堂、一八八五年六月―八六年一月
(10) 坪内逍遥(春の舎おぼろ)『妹と背かゞみ』全十三号、会心書屋、一八八六年
(11) 坪内逍遥(文学士坪内雄蔵)『小説神髄』上・下、松月堂、一八八五―八六年
(12) 坪内逍遥「此処やかしこ」「絵入朝野新聞」一八八七年三―十一月
(13) 坪内逍遥(春の舎主人)「種拾ひ」「読売新聞」一八八七年十月一日付―十一月九日付
(14) 坪内逍遥(春の舎おぼろ)「松のうち」「読売新聞」一八八八年一月五日付―二月八日付
(15) 森田思軒「文章世界の陳言」「国民之友」第七号(一八八七年八月十五日発行)、民友社
(16) 森田思軒「翻訳の心得」「国民之友」第十号(一八八七年十月二十一日発行)、民友社
(17) 森田思軒「日本文章の将来」「郵便報知新聞」一八八七年七月二十四日付―二十八日付
(18) 幸田露伴『風流仏』(「新著百種」第五号)、吉岡書籍店、一八八九年
(19) 二瓶愛蔵「露伴と西鶴――「風流仏」を中心にして」「文学・語学」一九七三年十月号、など
(20) 山口剛「語釈」、幸田露伴『風流仏』(「明治文学名著全集」第二巻)所収、東京堂、一九二六年
(21) ジェラール・ジュネット『物語のディスクール――方法論の試み』花輪光/和泉涼一訳(「叢書記号学的実践」第二巻)、書肆風の薔薇、一九八五年
(22) 樋口一葉「たけくらべ」「文芸倶楽部」第二巻第五号、博文館、一八九六年
(23) 「週刊朝日」一九五八年五月十四日号、朝日新聞社
(24) 夏目漱石『虞美人草』「東京朝日新聞」一九〇七年六月二十三日付―十月二十九日付、「大阪朝日新聞」一九〇七年六月二十三日付―十月二十八日付
(25) 夏目漱石『吾輩は猫である』「ホトトギス」第八巻第四号―第九巻第十一号(一九〇五年一月―一九〇六年八月)、ほとゝぎす発行所
(26) 夏目漱石『坊っちゃん』「ホトトギス」第九巻第七号(一九〇六年四月発行)、ほとゝぎす発行所

(27) 夏目漱石『草枕』「新小説」第十一年第九巻（一九〇六年九月発行）、春陽堂
(28) 夏目漱石『漾虚集』大倉書店、一九〇六年
(29) 夏目漱石『文学論』大倉書店、一九〇七年
(30) 夏目漱石『三四郎』「東京朝日新聞」「大阪朝日新聞」一九〇八年九月一日付―十二月二十九日付
(31) 夏目漱石『それから』「東京朝日新聞」「大阪朝日新聞」一九〇九年六月二十七日付―十月十四日付
(32) 夏目漱石『門』「東京朝日新聞」「大阪朝日新聞」一九一〇年三月一日付―六月十二日付
(33) 夏目漱石『坑夫』「東京朝日新聞」「大阪朝日新聞」一九〇八年一月一日付―四月六日付
(34) 夏目漱石『彼岸過迄』「東京朝日新聞」「大阪朝日新聞」一九一二年一月二日付―四月二十九日付
(35) 夏目漱石『行人』「東京朝日新聞」一九一二年十二月六日付―一九一三年四月七日付、連載中断、九月十八日付―十一月十五日付、「大阪朝日新聞」一九一二年十二月六日付―一九一三年四月七日付、連載中断、九月十八日付―十一月十七日付
(36) 夏目漱石『心 先生の遺書』「東京朝日新聞」一九一四年四月二十日付―八月十一日付、「大阪朝日新聞」一九一四年四月二十日付―八月十七日付
(37) 夏目漱石『道草』「東京朝日新聞」「大阪朝日新聞」一九一五年六月三日付―九月十四日付
(38) 夏目漱石『明暗』「東京朝日新聞」一九一六年五月二十六日付―十二月十四日付、「大阪朝日新聞」一九一六年五月二十五日付―十二月二十六日付、未完
(39) 谷崎潤一郎『痴人の愛』「大阪朝日新聞」一九二四年三月二十日付―六月十四日付、連載中断、「女性」第六巻第五号―第八巻第一号（一九二四年十一月臨時特別発行―七月発行）、プラトン社
(40) 谷崎潤一郎「『門』を評す」「新思潮」（第二次）第一号（一九〇〇年九月発行）、新思潮社
(41) 谷崎潤一郎『盲目物語』「中央公論」第四十六年第九号（一九三一年九月発行）、中央公論社
(42) 横光利一『上海』「改造」第十巻第十一号―第十三巻第十一号（一九二八年十一月―一九三一年十一月）、改造社
(43) 宮沢賢治『春と修羅』関根書店、一九二四年

第2章　近代的〈語り〉の発生

1　葛藤体としての〈語り〉――『浮雲』の地の文

「詞」と「地」の文の相互関係

日本の文学史のうえで「言文一致体」の創始期とされている一八八五年前後（明治十年代後半から二十年代初頭）の表現者たち、なかでも坪内逍遥や二葉亭四迷は、単に話し言葉（口語）によって新たな小説文体を作り出そうとしていたわけではなかった。彼らの関心の究極は、文学作品の「詞」＝作中人物の表白と、「地」＝著者の言葉との動的な関係を、どのように一つの有機体として統一していくのかにあった。坪内逍遥は『小説神髄』下巻の文体論でこの問題について詳しく論じている。彼は、日本の従来の小説文体を「雅と俗と雅俗折衷の三体」に分類し、それぞれの特質をジャンル別に検討している。その際彼が最も注意を払っていたのは、作中での「詞」と「地」の関係だった。

馬琴得意の文体もて地の文をものしたる続へたゞちに為永得意のベランメイ。オヨシナサイなどやうの詞を綴りいださバ地と詞とほとく撞着する勢いありて句調もおのづから穏かならじされバとて此撞着あらざらしめんがために地の文をあまりに俗体にかたよらしめなバ彼の豪宕なる景况をバ写しいだすに便ならざるべし是第一の難儀なりかしされバ俗文体を用ひんとせバ宜しく一機軸の文をなすべし決して馬琴の文と春水の文と合併して地と詞とをものせんと企つるべからず(1)

優れた「詞」と「地」を掛け合わせれば新しい小説文体ができあがるなどという楽観を、逍遥はもっていなかった。両者が優れていればいるほど、それらは相互に強い反作用＝「撞着する勢」を及ぼすという、言葉がもつ相互干渉作用を彼は捉えていた。彼にとって新しい小説文体の創造とは、「詞」と「地」が相互に調和しうるまったく新しい「一機軸の文」を作り出すことにほかならなかったのである。

こうした問題意識に立つ逍遥は、「通俗の言葉」を「そのまゝ文」にした「俗文体」を、たとえそれが「よく心底の感情をバ表しいだすに妙なる」表現だとしても、作品全体を統一する文体として選ぶことはしなかった。「俗文体」は「物語の詞」＝「物語中に現ハれたる人物の言葉」を「写す」うえでは妨げはないが、「地の文」にこれを使用するには、「一大改良」がおこなわれる必要があるというのが彼の主張だった。だからこそ彼は当面は、「地と詞と相齟齬するが如き患もなく」使用することができる「雅俗折衷文体」、なかんずく「稗史体」を「好文体」として選んでいたのである。

しかしまた逍遥は、「俗文体」（俗言）のなかにある独自の特質を見いだしてもいた。彼が主張するところでは「言ハ魂」であり、そこには「七情ことぐく化粧をほどこさずして現はる」のであり、「俗言のまゝに詞をうつせバ相対して談話するが如き興味あり」というのである。これらが「雅俗折衷の文」に対比された「俗言」の特質だが、さきの「心底の感情をバ表しいだす妙なる」という指摘を考え合わせるならば、逍遥は「詞」（言）を、「魂」「七情」「感情」といった人間（作中人物）の内面を、包み隠すところなく表白するものだと把握していたようである。そこにはまた、「文」にはない「相対して談話するが如き」生々しさが見いだされていたのである。

人間の内面を直接表白する「俗言」による「詞」を、逍遥は『当世書生気質』(2)によって実験した。しかし、彼がその問題をいっそう突き詰めて考えざるをえなくなったのは、「二三枚置に朱唐紙がいくらも貼つてある」(3)『小説神髄』を携えて彼を訪問した二葉亭四迷との文学論議を通じてだった。「俗語の精神は茲に存する」(4)と主張していた二葉亭との交友が始まって数カ月後、逍遥は「文章新論」(5)を執筆した。そこでは『小説神髄』のジャンル別の文体論を改め、「智。情。意。」という「心の働」きによって文体を分類し、「文ハ感情を評するを主とす感情を表すること能ハざる文辞は分の完美なるものにあらず」と「断言」したのだった。そして「俗語」こそ「感情」を表すのに最も適しているとしながら、単なる「言文一途」論とは自己の主張を区別し、「俗語其物の精神」を捉え「感情」を表すべきだと強調しているのである。さらに「感情」を表現する具体的な方法として、「Elocution 読書法」によって、作中人物のその場そのときに固有な「感情」を込めた唯一無二の個性的な「詞」を再現することを提案している。

二葉亭四迷の『浮雲』(6)は、こうした問題意識をもった逍遥に様々な助言を受けながら執筆された。彼ら二人の関心は、作中人物の個性的な「感情」の直接的表白である「詞」と、それと矛盾することがない「地」の文の創出に向けられていた。それはまた、まったく新しい小説文体の模索であり、そこでは人間の「感情」に対する新たな認識を形象化する表現の方法が追求されていた。こうしたなかで二葉亭が『浮雲』で達成した表現の質と、その文学史のなかでの位置を、彼が緊張関係をもっていた先行文学ないしは同時代文学の「詞」(作中人物＝他者の言葉)と「地」(著者の言葉)の関係を通して分析することにする。

「棒読風」漢文体の自己像

坪内逍遥と接触するようになった頃の二葉亭四迷が試みようとしていたのは、徹底した俗語による表現だった。彼が逍遥のところに持参した「ゴーゴリの或作の一断片」(7)は、「裏店調(プロレタリア調)とでもいふやうなぞんざいな口吻」で訳されていたので、逍遥は次のような助言を与えたらしい。

「これでは中流社会とは思はれない」といふと、「いや、外国の夫婦は対等だから、斯う訳さなければ、真相に遠いと思ふ」といつて、夫婦の問答が敬語なしの「おまひ」、「おれ」、「さうかい」、「さうしな」といふ調子で書いてあつたのであつた。例の田口鼎軒の『日本開化の性質』と同見解で、理論としては異議を挿む余地はなかつたが、併しそこが芸術となると、とかく連想が邪魔をする。これぢやア、君、裏店の夫婦としか思はれない。「おまひ」を「卿」とするか、「さうかい」を「乞う何々せよ」とか、漢文崩しにすれば兎も角もだが、なぞと論じ合つた。(8)

この回想は、従来二葉亭がどれほど徹底した「言文一途」論者だったかを証明するものとして引かれてきたが、ここで重要なのはむしろ、逍遥が漢文崩し体で書いたほうがいいと助言したのに対し、二葉亭が田口鼎軒と同じ立場から反論したということである。この会話は、二葉亭にとっても印象的だったとみえて、次のように回想している。

当時、坪内先生は少し美文素を取り込めといはれたが、自分はそれが嫌ひであつた。否寧ろ美文素の入つて来るのを排斥しようと力めたといつた方が適切かも知れぬ。そして自分は、有り触れた言葉をエラボレートしようとかゝつたのだが、併しこれは遂うく不成功に終つた。(9)

ここで言われている「美文素」の「排斥」とは「日本語にならぬ漢語は、すべて使はない」ということであり、それに対して二葉亭は「ポエチカル」な「式亭三馬の作中にある所謂深川言葉」を新文体創造のうえで選んだと証言している。二葉亭は「俗語」を、漢文体ないしは漢文崩し体に対峙する文体（スタイル）として選択していたのである。

二葉亭が漢文体を拒否する理由としてあげた田口鼎軒の見解とは、次のようなものだった。

漢語は音を以て通し難きもの多きか為に之を其儘に演説せんとすれば聴く者必ず解するを得す然れば即ち此文や尚ほ中等以上の余裕あるものに於てのみ学ひ得べきものにして貴族的の分子を含蓄するものと云はざるべからさるなり蓋し文章は単に談話なり故に談話し得べきの人は直に記するを得べきものにあらされば真正の文章にあらざるなり(10)

田口鼎軒が、漢文体を「真正の文章」と認めない理由は二つある。一つは、漢文体の内容把握が音声を通じては困難だということであり、もう一つは、漢文体が生活に「余裕」のある者しか学ぶことができないものであり、そこから必然的に「貴族的分子」をもってしまうということである。つまり、漢字を視覚的に読み取る識字能力が要求される漢文体は、それを学ぶ余裕がある特権的エリートの独占物となり、民衆の手に届かないものになっているという批判が突き付けられていたのである。

漢文体が、当時のエリートたちの意識に刺し貫かれていた事情については、福地源一郎の「明治今日の文章(11)」に詳しい。彼によれば、維新以来政治の中枢を担ってきた「元勲諸公」や「文壇に立て新日本の文物を勧奨せる諸先学」たちは、維新以前はみな、「学生」で、当時一般に流通していた「実用文体」にもなれておらず、その「体段」(敬語表現)を使いこなすこともできなかった。彼らは、漢籍や洋書を教養の糧とし、「通俗体の不雅なるよりは漢文体の高尚なるを愛し自らも其体を書き人にも其体を書しめたる」と「棒読風(12)」(傍点は原文)の漢文体が、漢学的教養を身につけ、西欧の新文化に通じていた知識人たちにとって、その自尊心を快く揺さぶる文体(スタイル)だったことを、福地源一郎は証言している。

田口鼎軒の批判は、まさに漢文体のこうした側面にこそ向けられていたのであり、二葉亭もまた同じ立場から漢文体を拒否していたのである。つまり、二葉亭は「俗語」を、新時代の知識人たちの、自らの教養を鼻にかけたエリート意識、民衆に対する優越感などをあばき、その仮面を引き剝がし、ありのままの姿を捉える文体(スタイル)として選んでいたのである。

明治の文学に多大な影響を与えた『欧洲奇事 花柳春話』[13]は、「棒読風」の漢文体によって書かれた代表的作品だったといえるだろう。これは、エドワード・ブルワー・リットンの『アーネスト・マルトラヴァース』と続篇『アリス』の、丹羽純一郎による翻訳である。この小説の主人公マルトラヴァースの人間形成と社会的成功が一体のものとして進んでいくというモチーフは、少年時代『学問ノスヽメ』[14]や『西国立志篇』[15]によって学問を修め教養を身につけることが個人の立身出世につながるという人生観を身につけていた明治の知識人にとって、その理想を体現するものだった。前田愛は『花柳春話』が「人情本や中国の情史を愛好し、『花月新誌』や『東京新誌』を購読する書生たち」[16]を読者に想定したものだと指摘しているが、訳者丹羽純一郎は、この作が同じ恋愛でも、春水の人情本のように「痴情(チヂャウ)」を描いたものではなく「人情(ニンジャウ)」を描いたものであることを末尾で強調している。

立身出世をめざして都会に集まり、「俗語」で書かれた恋愛譚＝人情本による感情教育を経た書生たちは、『花柳春話』のなかに自分たちの理想と決意を綴る文体(スタイル)＝「棒読風」漢文体によって形象化された、理想的な愛の世界を発見したのだろう。立身出世と理想的恋愛の成就という、書生たちにとっての二つの大きな夢が、『花柳春話』という小説で「棒読風」の漢文体によって実体化されたのである。だからこそ、「暁鴉初メテ啼テ太陽未ダ昇ラズ四山朦靄ヲ帯ビテ金星猶ホ西天ニアリ」と、『花柳春話』の文体(スタイル)を借りて書き始められた[17]『惨風悲雨 世路日記』[18]、書生の「人生行路の至難」を描いた小説が、前者に比してよりストイックな主題に貫かれていたことはやむをえないことだっただろう。なぜなら冒頭から理想化された自己のあり方を志向する文体(スタイル)によってふちどられた作者菊亭香水の想像力が、当時としては多分に人情本ととられかねなかった、恋愛遍歴による成長というモチーフを受け入れることは困難だっただろうから。[19]

さて、これらの作品に最も特徴的な点は、「著者のことば」(地(ぢ))も「他者のことば」(詞(ことば))も、同一の文体(スタイル)＝「棒読風」の漢文体で綴られていたということである。つまり、この文体(スタイル)では、「他者のことば」を「著者のことば」から区別し、その特徴的なイントネーションや、独特な語り口を表現することは不可能なのである。「曰ク…ト」と、あたかも作中人物の直接話法のように引用符にくくられていたとしても、それは厳密な意味ではすべて間接話法＝「著者のことば」によって伝達された「他者のことば」の内容でしかない。ここでは「他者のことば」は、その形態的特徴を失い、その内容だけの次元に移し換えられている。漢文体的表現では、音声としての言語も表意文字で記すしかないわけで、それは言葉の一つの体系から別の体系への翻訳にほかならない。この場合、音声（言葉の形態的側面）によって表される情緒的・感情的要素は、省かれざるをえないのである。こうして「他者のことば」（詞）は非個性化され、作品を統括する「著者のことば」（地）と、それによって作られる文脈に同化させられてしまうのである。

「棒読風」の漢文体によって書かれた作品では、「著者のことば」と主人公の「詞」（他者のことば）は原理的に同一のものとなる。だからこそ、これらの作品の一つの調子で高らかに「棒読」されることによって最もよく享受されえたのである。このようにして読者は、矛盾なく主人公と自己同一化し、理想的な自己像を、彼を通して生きることができたのである。

読むという行為は、書き記されていることによって客体化された「私」を発見し、同時にその「私」から語りかけられるという、読者が意識のなかにもう一人の自分との自己関係的な世界を創出することにほかならない。「棒読風」の漢文体は、読者の意識のなかにある理想的な「私」像を外化させ、そのあるべき「私」から読者が叱咤され、激励され、鼓舞されるという関係を作り出す文体だったのである。

当時、漢学的教養を身につけた書生たちの、自己を対象化する表現（日記・手記・手紙）が、この「棒読風」漢文体に多く依存していたことを考え合わせれば、『世路日記』のような作品が、それを読む過程で彼らにそれなりの精神的緊張を強いたことは明らかだろう。「予此ニ一志ヲ決シテ今ヨリ後永ク卿ト共ニ死生苦楽ヲ同フスベシ」[20]という久松菊雄のタケに対する誓いの「詞」を「棒読」した書生たちは、そうすることによって都会の誘惑から自分を断ち切り、菊雄がそれを夢のなかで発したと同じように、故郷で自分を待つ許婚者を夢見たにちがいない。だから、こうした作品の筋だけを借りて、文体を口語化して大衆受けをねらったある種の政治小説が、まったく腐敗した「貧寒書生夢物語」[21]になってしまったのも、やむをえないなりゆきだったのである。読者が主人公と一体化しうる「棒読風」漢文体のこうした特質を、作品の主題を実現するものとして方法化したのが、東海散士の『佳人之奇遇』[22]だった。

散士初メ幽蘭ガ風采閑雅ニシテ容色秀麗ナルヲ慕ヒ、高才節義ノ以テ人ヲ感動スル此ノ如ク其レ卓然タルヲ思ハザリシ。今幽蘭ガ言ヲ聞クニ及デ敬慕ノ念愈々切ナリ。散士幽蘭ヲ熟視シテ曰ク、今日ハ是レ如何ナル日ゾヤ、実ニ明良相遇フ千載ノ一事、令嬢紅蓮范卿諸君ノ義風忠烈、聞ク者ヲシテ頑夫モ廉ニ懦夫モ志ヲ立テシムベシ。况ヤ書ヲ読ミ理ヲ解スル者オヤ。徒ニ散士ノ涙ヲ以テ婦女ノ泣ヲナス者ト怪ムヿ勿レ。散士モ亦亡国ノ遺臣、弾雨砲煙ノ間ニ起臥シ生ヲ孤城重囲ノ中ニ偸ミ、国破レ家壊レ窮厄万状辛酸ヲ嘗メ尽ス。何ゾ令嬢等ニ譲ランヤ[23]

こうしてスペインの変革をめざす政治家の娘幽蘭、アイルランド独立の闘士を父にもつ紅蓮、明滅亡の悲劇を語った范卿を前にして、主人公東海散士は自らの生い立ちと会津藩滅亡の顚末を語り始めるのである。が、ここでは散士の幽蘭に対する感情の質が変化する点に注目しておきたい。それまで幽蘭の容姿に魅了されていた散士は、彼女の「言ヲ聞ク」に及んでその「敬慕ノ念」がいっそう深まり、切実なものとなったことを自覚する。このように、幽蘭らの「言」が引き起こした「感動」が、散士をして自己の生い立ちと会津亡国の歴史を語らしめ、彼女たちのなかに新たな人間的価値を発見せしめたのだった。

それは散士の場合に限らず、紅蓮の「言」は幽蘭のそれに、范卿の告白は幽蘭・紅蓮の「言」にそれぞれ誘発されていて、散士は彼らの「言」の一つひとつに「肺腑中ヨリ出デ」る「語語」を聞き取っていたのである。自国の歴史と自らの「志」を語ることが、相手が背負った運命に自己同一化すると同時に自己の「志ヲ立テ」ることにつながる関係性が形成されている。そしてそれぞれの作中人物の「言」が相互に共鳴することによって、強国の横暴に対する弱小国の自立と連帯という主題が形象化されているのである。この対話のあと、二人の佳人の琴の伴奏に合わせて四人が漢詩を吟じる場面は、一つの主題を一つの文体(スタイル)でともに吟じることによって、国家も民族も歴史も違う人間たちがそれぞれの「志」を共有し、背負った運命をともに生き抜くという、『佳人之奇遇』での連帯のあり方を象徴しているといえるだろう。

作中人物の「言」を共鳴させる一つの文体(スタイル)を選んでいたのは、著者東海散士だった。彼は「自序」のなかで、この作品が「国ヲ憂ヘ世ヲ慨シ」「物ニ触レ事ニ感ジ」たことを「本邦今世ノ文」で記したものだと述べている。つまり、この作品を統一しているのは作中人物たちの「言」が当初もっていた文体(スタイル)ではなく、その意味では主人公散士とも区別される著者東海散士が選んだ「本邦今世ノ文」＝「棒読風」の漢文体だった。したがって、作中人物の「言」＝「他者のことば」がどれほど個性的なイントネーションや語気を含んでいたとしても、その形態上の特徴はすべて内容のレベルに移し換えられ、著者東海散士の「ことば」の文体(スタイル)のなかに溶解していくのである。そのことが不自然さを感じさせないのは、それぞれの作中人物の告白を、主人公東海散士が聞くという作品の構成があるからだ。

作中人物の「言」の、形態上の語気や、音声としての言葉の迫力は、主人公散士の「感動」に置き換えられて読者には伝わってくるのである。まさにここに『佳人之奇遇』が明治の書生たちに吟誦され、そのなかの漢詩の朗読に、同志社三百の寄宿生が予習の手を休め、いっせいに聞き惚れてしまう秘密(24)があった、書生たちは国を憂える作中人物の「悲憤慷慨」を暗誦し、吟じることによって、作中の「志士仁人」になりかわって、その「志」を生きていたのであり、自己を「志士仁人」として対象化することができたのである。

この書生たちと同じように、著者東海散士も作中人物たちの「悲憤慷慨」を自己のものとして、生きてしまったようである。書くという作業は、著者の意識を文字として外化し、その文字化されたことによって自立したもう一人の「私」が、逆に書いている「私」に語りかけてくるという、読者が書かれた文字を読むときと同様な、否、より緊密な自己関係的意識を生み出すのである。

著者散士は、作中人物と「悲憤慷慨」を共有することができる理想的聞き手として、主人公散士を選んでいた。すなわち主人公散士は、著者散士が作中人物の言葉を作り出し、書き付けるときに想定する、自己の内なるもう一人の「私」でもあったのである。その主人公散士は、先の引用部での発言のあと、幽蘭、紅蓮、范卿に「郎君ノ言果シテ信ナルカ」と問われ、「僕モ亦日本良族ノ子ナリ」と答えたのだった。彼が幽蘭たちと連帯するために、「会津藩と日本とのすり替えをほとんど無意識に犯さねばならなかった」[25]と亀井秀雄は指摘しているが、その「すりかえ」を容認する方向に、著者散士の想像力もはたらいていたのである。主人公散士が、他の作中人物に同一化することによって生み出した自己像を承認してはじめて、彼は著者散士にとっての、理想的聞き手となりえたのである。「棒読風」漢文体はこのようににせの境地のなかに、あるべき理想的な自己像を結んでしまうような自己意識の作用に、無反省な表現を生んでしまう可能性をもはらんでいたのである。

「俗語」への注目と「人情」

坪内逍遥や二葉亭四迷は、「棒読風」漢文体の文学に完全に自己同一化できた青年たちとは、世代を異にしていた。一八八五年前後（明治十年代末から二十年代初頭）の青年たちは、徳富蘇峰が指摘したように「冷笑的」な気分に満ちた「志（ウィル）」なき世代だった。[26]自由民権運動の敗退後、知識人たちの政治的成功への夢は、急速に打ち砕かれていった。個人的な成功だけを追い求める、「生活的」な風潮が蔓延していた。一八八一、八二年（明治十四、五年）の政治的熱狂の時代は過ぎ、往時の闘士たちはみな「失望、後悔の悲境に沈淪したるか如き」[27]ありさまだった。新しい世代の青年たちは、そのような先輩たちを醒めた目で眺め、大言壮語はしても、中身がない彼らの「理想」に批判と懐疑を向け、現実に目を転じようとしていた。折しも文学には、「妄想」ではなく、「世間に有触れたる実際の有の儘を写し出さんこと」[28]が求められていたのである。

逍遥や二葉亭は、こうした同時代の表現状況のなかで「俗語」を選ぼうとしていたのだった。それは単純に

「言文一途」をめざした試みではなかった。彼らは、いままで述べてきたような「棒読風」漢文体が作り出してきた文学世界そのものを、つまり先輩たちにとっては絶対的であり理想的であり、自己を投影できた世界そのものを、対象化し、相対化し、その「実際の有の儘」を暴く文体として、「俗語」を選ぼうとしていたのである。それは、田口鼎軒が批判した知識人のエリート意識、民衆蔑視の自尊心を満足させる漢文体的表現に対置された、民衆的表現、民衆的文体でもあるはずだった。また彼らは、「俗語」を選ぶことによって、「棒読風」漢文体で「著者のことば」のなかに溶解させられてしまった「他者のことば」を、生き生きとした声として復活させることをもくろんでいたのである。

二葉亭に「漢文崩し」を取り入れるようアドバイスした逍遥は、それからまもなく自分自身の漢文体的表現にさえも批判の鉾先を向けるようになっていた。

読書法とハ其文章の意味に応じて調子を抑揚し緩急するの法也泰西文章并に我国の俗言文（三馬一九春水輩の著述）ハ総て此法を応用し得べきもの也しかるに漢文（訓読する限）ハいふも更也今日の反訳文弁に斯く申す予が文の如きハ悉皆此範囲に入りがたき物也其故ハ（多少の抑揚と緩急とハなし得べきも）決して俗言文其物の如く十分其思想を表出する程に自在に抑揚する能ハざればなり(29)

「ことば」が発せられるときの「抑揚と緩急」を生き生きと再現するためには、たとえそこに「美文」の要素を感じ、「高尚」さを感じる漢文体であっても捨てられなければならなかったのである。逍遥は「俗言文」をもって、「ことば」の一回的な、あらゆる感情的・情緒的な要素を内包した「形態」を再現しようとしていたのであり、それはまた二葉亭の「ポエチカル」な「俗語」につながるものだった。しかし、そうした新しい表現を実現するためには、彼らは春水や三馬という近世的な表現にいったん立ち戻ってみなければならなかったのである。

逍遥が「俗文体」の代表的な作家として注目し、かつその表現にこだわっていたのは、江戸の戯作者為永春水だった。逍遥は『慨世士伝』の「はしがき」で、馬琴の「奨善戒悪をば主とする」小説を批判し、そのアンチ・テーゼとして春水の小説『八幡鐘』を提出する。「許婚」がいながら「通客」の口説きに負けてしまった「校書」について彼はこう述べている。

曾てあだなる振舞をなさず男嫌の唄女といはれて此時までは過したりしが件の通人に思はれてよりいと〱切なる情にほだされ義理人情の戻りがたさに竟に其意に随ふ由をばいと物憐に描しいだせり（略）是なかなかに物語のまことの主旨にいとよくかなひて人情の髄を穿ちしもの也[30]

略した部分で逍遥は、勧懲主義者はこの作品を批判して、親に対する誓いを破った女を主人公にするなどもってのほかだと必ず言うだろうと述べている。逍遥が春水において評価していたのは、一般的な道徳観念では捉えることができない、人間の感情のあるがままの動きが描写されていた点である。それが「物語のまことの主旨」であり「人情の髄を穿ちしもの」としての小説のあり方だと逍遥は主張するのだった。

春水がこうした「人情」を形象化することを可能にしたのは、彼の世界での男女の対話の妙味である。春水の世界の「詞」は、対話が必然的に濡れ場に展開していくように仕掛けられている。男の「詞」は女を挑発し、女は自分の「詞」でそれに精いっぱい太刀打ちしようとしながらも、自分の発した「詞」のために、相手の思惑のなかに官能的にのめり込んでいってしまう。対話によって作られた耽美的世界、それが春水の人情本の基本である。この微妙な対話の駆け引きを表現するために、春水は作中人物の「詞」を作るうえで、あらゆるイントネーション、断続、途切れ、特殊な発音などを再現しようとしたのである。

しかし、春水の世界は対話だけで成り立っているわけではなかった。対話場面では「ト書き」にまで後退している「地」＝「著者のことば」は、対話部分を包むようにして、濡れ場へと誘引するのである。「雅文」で綴られた美しい情景が、濡れ場の舞台背景となる。「ト書き」にまで後退したかに見えた「地」＝「著者のことば」

は、春水の世界の骨格をなしていたのである。いずれにしても逍遥は、春水の対話のなかに「心底の感情をバ表しいだす」「詞」の可能性を見ていたのであり、春水の世界を「痴情」として切り捨てた、『花柳春話』やそれに続く一連の立身出世型の小説での「奨戒の主義」から「人情」を解放し、そのありのままを形象化しうる可能性をも見ていたのである。

逍遥が春水に注目していたのに対し、二葉亭は式亭三馬に熱いまなざしを向けていた。二葉亭は、のちの感想のなかで繰り返し式亭三馬を参考にしたことを述べていて、それらの文章はそれぞれ『浮雲』第一篇の表現、言文一致の由来、翻訳上の苦心についてふれたものであり、そのことからしても式亭三馬の表現が二葉亭の文学的出発と深く関わっていたことは明らかだろう。

▲夜あけからすのこゑ　カア〱〱〱▲あさあきんどのこゑ　なつと納豆引▲家〱の火打の音　カチ〱〱○此幕あきに出るものは三十あまりの男、ねまきのまゝの細おびにて下まへ下りにきものをきて下駄の歯のかくるゝほど裾を引ずり、油で煮染たやうなる手ぬぐひを、いくぢなくだらりと肩にかけ、手のひらへしほをのせて右のゆびではをみがきながら、虫の這ふやうにあゆみ来るは、俗にいふよい〱といふ病の人ぶた七「ヲヤままだ明ね、明ね、明ねか。あゝあひやねなべやぼだぜ、トひとりごとをいひツゝ戸口に立より、てうしはずれに高声「ばゝばんさん〱、起ねか〱。おお、起ね〱、けつぱた焼痕すウ程、おておてんさま、おあがや、おあがやひつた(31)

このようにして中風病みの豚七が、読者の前に登場させられてくるのである。彼の「詞」は異常なほど克明に描写されている。三馬は豚七がどもった回数を数えてでもいたかのように、忠実に彼の独言を再現してみせる。そこには、三馬の残酷なまでの観察眼と、微妙な声の変化と断続を聞き分ける感度のいい耳がある。式亭三馬においては、作品世界への目、つまり視覚的把握は「地」＝「著者のことば」によって担われていて、「詞」＝

「他者のことば」によって作品世界は聴覚的に把握されるのである。

しかし、三馬の世界では「地」の文はト書きとして示されるだけである。視覚に比して、聴覚が異常に発達した世界――そこに三馬の滑稽本というジャンルの特質がある。『浮世風呂』が三笑亭可楽の落語をもとにして作られたように、滑稽本は、浮世咄や物真似といった話芸を前提にしたジャンルだった。そこでは、言葉の内容よりは、むしろその形態、音声的外皮に関心が向けられ、笑いの源泉も音としての、そして声としての言葉にあったといえるだろう。

『浮世風呂』の表現主体は、「他者のことば」の微妙なニュアンスを聞き分ける精密な聴覚器具のような存在である。それは「他者のことば」のちょっとしたくせや独特な語り口、特徴的なイントネーションや訛など、「詞」の音声的・形態的特徴に敏感に反応し、それらを決して聞き逃すことはない。そして聞き取った「詞」をそのまま文字で表現するために、三馬は当時の仮名づかいでは表記できない音を表す独自の記号をも作り出していたのである。『浮世風呂』では、こうしてそれぞれの登場人物の「詞」の特徴を克明に描写することによって、その「詞」を発する人間の階層、年齢、出身地、職業、趣味などが「ことば」として捉えられていたのである。

二葉亭四迷は、独特な「ことば」の様式、「ことば」の内容よりはその形式――語の断絶、区切り方、引き延ばしやつっかえなどの表現的イントネーション、方言や隠語などの特殊語彙など――によって、話し手の個人的（多分に類型的ではあるが）性格を捉える三馬の方法に注目していたのである。種々雑多な形式をもつ「詞」を模写し、それを直接読者に提示するという三馬の方法のなかに、二葉亭は人間のありのままの姿を捉える小説の可能性を見ていたのである。「小説総論」のなかの有名な一節に、彼のこうした問題意識を読み取ることができる。

> 抑ゝ小説は浮世に形はれし種々雑多の現象（形）の中にて其自然の情態（意）を直接に感得するものなれば、其感得を人に伝へんにも直接ならでは叶はず。直接ならんことには、模写ならでは叶はず。(32)

二葉亭は「自然の情態」を捉えるために、漢文体的表現に対して式亭三馬の「俗語」を選んだのであり、彼もまた逍遥と同様に、そのことによって、漢文体的表現にある立身出世主義的人情とははっきり区別された、「人情」のありのままを捉えようとしていたのである。二葉亭は外国語学校時代にドストエフスキーの『罪と罰』を読み、この作品の「想」が、「人間の過ち」は「人間が多くエライものにならんとする希望である」[33]という点にあると考えていた。「一生の標準」を「たゞたゞエライものにならんとするにある」ことを明治の青年たちの理想的生き方にしたのは、『花柳春話』であり、その影響を受けた立身出世型の書生小説や政治小説だった。二葉亭は、そうした人生観、人間観を批判したものとして『罪と罰』を読み、「人生に処するに理を以てせんとする」ラスコーリニコフの生き方が、「情」に基づく生き方によって批判されていると述べている。

人間の依て活くる所以のものは理ではない、情である。情といふものは勿論私情の意にあらずして純粋無垢の人情である。人間の世に処し、依て以て活くる所以は実に此情にある――といふことが此小説を読むと、理屈として心にわかるにあらずして自然と心に浸みて来る。[34]

実際の「人間の世」には通用しない、知識人の身勝手な現実錯誤が生み出した「理」の内実を暴くものとして、「純粋無垢の人情」が対置されていたのであり、二葉亭の「俗語」への注目は、この「純粋無垢の人情」を「ことば」として作品世界に定着させようとする試みだった。「ポエチカル」な「俗語の精神」とは、まさにこの「純粋無垢の人情」にほかならなかったのである。

ゴーゴリの語りと『浮雲』の地の文

『浮雲』第一篇に登場する「語り手」は、きわめて個性的な、独特な語り口をもっていた。それは「誇張があり、見栄があり、舞台性のある」[35]まるで講釈師か落語家のような語り口だった。この「語り手」は読者の前でだじゃれや言葉の遊びを演じてみせ、「いわば言葉の『身ぶり』を最大限に活用した手法[36]」を駆使するのだった。『浮雲』の「語り手」は、二葉亭四迷のなかで①三馬の滑稽本、②円朝の落語、③ゴーゴリの小説、という三つのジャンルが出合ったことによって登場したのである。

新しい小説文体を創出するうえで、円朝の落語を参考にすべきだと助言したのは、二葉亭四迷の回想によれば坪内逍遥だった。したがって、二葉亭の独創はむしろ式亭三馬とゴーゴリを結び付けて考えていたところにある。二葉亭が『浮雲』執筆当時を振り返った回想のなかで、かなりはっきりと三馬とゴーゴリを関連させて捉えているものがいくつかある。たとえば、写生文について述べた感想のなかでは次のように三馬とゴーゴリが結び付けられている。

> 三馬の浮世風呂なども現にその一つだが、欧羅巴、殊に露西亜の作家には多い。スケッチでもなく、勿論小説でもなく、強て云へばまァスケッチの中に入らぬこともないやうな、某将軍の卓上演説の如き、純然たる写生文ともいふべきものがある。僅か二頁足らず位のものだが、その場の有様から、将軍の風貌、態度まで、髣髴として偲ぶことが出来る。[37]

この文章のなかの「二頁足らず」で「某将軍の卓上演説」を描き、その姿を「髣髴」とさせる「露西亜の作家」の作品とは、ほかでもないゴーゴリの『馬車』という作品のことである。[38]この短篇小説は地方での軍人たちの腐敗した生活を描いたものであり、なかでも将軍の家での昼食会の席上で将軍がおこなう演説は、彼の怠惰と痴呆性を象徴する語り口で作られている。

こうしてみると、二葉亭は十九世紀ロシア文学でのゴーゴリの位置について、かなり正確な認識をもっていたようである。一八三〇年代、ゴーゴリを中心とするロシア自然派がめざしたのは、それまでの「芸術的文学」のなかに非芸術的要素を取り込み、文学を活性化することだった。詩にかわって散文が前面に登場し、伝統的な散文のジャンルだった悪漢小説、家庭小説は芸術の枠外に締め出され、それらにかわって「記録文学(オーチェルキ)」と呼ばれる独特なジャンル（実録物語、見聞記、ドキュメンタリー、ルポルタージュ、印象記、風俗スケッチ、性格描写などの非虚構的な散文群の総称）が流行した。こうしたなかでゴーゴリが開拓した分野は、作中人物の個性的、かつ民衆的な「詞(ことば)」を描写し、そうすることによってその人物の性格を浮き彫りにするような手法だった。

「語り」がゴーゴリの作品の最大の特徴である、と指摘したのは二十世紀の批評家ボリス・エイヘンバウムだった。彼は、ゴーゴリの作品にはプロットはなく、ある個別的な状況だけが取り上げられているだけだと主張する。そして、もしそのなかから「些細なもの(メーロチ)」を取り上げてしまったら何も残らないだろうと指摘し、さらにゴーゴリの優れた朗読の能力にもふれたうえで、次のように述べている。

> こういう事実はすべて、ゴーゴリの原作の基礎が語りにあること、彼の作品は生きた話しことばの表現と話しことばの固有の感情(エモーション)から成り立っていることを示している。そのうえ、この語りは単なる叙述、単なる語りではなく、作り顔と調音を通じてことばを模写する傾きを持っている。文の選択と結合は論理的な語法(レーチ)の原則によるよりは、むしろ、表現を重視した語法の原則に従い、調音、作り顔、音の身振りなどに特別な役が割当てられる、ここから、ゴーゴリのことばの音の音義(セマンチカ)という現象が生ずる。すなわち、ことばの外被たる音、その音響上の特徴がゴーゴリの語法にあっては、論理的な具体的な意味から独立した意味を帯びるという現象である。調音とその音響的な効果が表現力に富む方法として前面に進出してくる。(39)

エイヘンバウムの見解で注目すべきことは、ゴーゴリの作品では「ことばの外被たる音」に独自の意味が与えられているという点である。つまり、ゴーゴリの「ことば」は、その対象指示性よりは、むしろ、その言語的「外被」としての音声的形態を重視しているのである、ゴーゴリの「ことば」は、あらゆる微妙な形態的特徴を描写される客体としての言葉である。こうしたゴーゴリの方法が、すでに述べた三馬の滑稽本ときわめて接近した位置にあることは明らかだろう。そしてまた、鶴見俊輔が「状況内部のあらゆる道具をフルに使いこなし、状況内部のあらゆる人々にむかって直接的個別的にはたらきかけ、状況の主体として自分自身の肉体のあらゆる器官をも動員するように言語を用いる」(40)と指摘した、「身ぶりとして」の円朝の落語の言葉も、このゴーゴリの表現の特質と同様なものだったと言っていいだろう。『浮雲』の作品世界を捉え、認識する主体として、しかも作中人物の「生」をともに生きる主体として、二葉亭四迷は民衆的な語り口をもったゴーゴリ的「語り手」を選んだのである。こうした彼の方法意識には、それなりの理論的裏付けが存在していた。

ここに「生(ジーズニ)」の散文から「生」の詩を導き出し、「生」を確かに表現することによって魂をゆさぶる、リアルな詩の課題がある。表面が単純で、些細なことに比して、ゴーゴリ氏の詩は、なんと力強く深いのであろうか。たとえば彼の『旧時代の地主たち』をとりあげてみればよい。(41)〔傍点部は、外国語学校時代に読んだベリンスキー選集のなかに二葉亭が傍線を引いた個所である：引用者訳と注〕

「些細(メーロチ)なこと」のなかにこそ真の文学的主題があり、「力強く深い」文学的感動を読者に与えることができる。ゴーゴリの方法を通して「『生』を確かに表現する」ことを二葉亭はめざしていたのだろう。ゴーゴリ的「語り手」への注目は、ベリンスキーの文学理論にも導かれていたのである。『浮雲』第三篇に二葉亭がつけた付記には、そうした彼の自負が込められている。

固と此小説はつまらぬ事を種に作ツたものゆゑ、人物も事実も皆つまらぬもののみでせうが、それは作者も承知の事です。
只々作者にはつまらぬ事にはつまらぬといふ面白味が有るやうに思はれたからそれで筆を執ツてみた計り

です。(42)

「つまらぬ」現実のなかに「生（ジーズニ）」の本質を見いだす「力強く深い」表現を可能にするはずだったのが、ゴーゴリ的「語り手」だった。そして、ベリンスキーが例に用いていた『旧時代の地主』の表現と、『浮雲』の「語り手」とは重要な関係をもっていたのである。二葉亭は、この作品をのちに『むかしの人』(43)と題して翻訳している。

小露西亜の片田舎に、浮世を余所に身を埋もれて、地方の人に昔気質の地主様と呼ばれる人々の生涯ほど、質素で好ましいのも沢山はあるまい。其の人も素朴なら、其家も古雅で、触ればツルリと滑る新築の家の、壁は雨に曝れず、家根は青苔を吹かず、上（あが）り段の漆喰も処剝げして生地の赤煉瓦を露はすに至らぬ類（たぐひ）と、同日に談ずべからざるところが身上（しんしやう）。世離れたと云つても是程なのは滅多にない。斯うした境涯をも偶（たま）には一寸覗いて見るのも興のあるもので、

これは『むかしの人』の冒頭部だが、明らかに個性的な語り口をもった「語り手」によって表現が統一されている。この表現は、「語り手」にとってその世界がどのように見えるかに重点がおかれていて、「語り手」がもつ独特な感性や趣向性に見えるものすべてが彩られている。この部分は、原文では次のようになっている。

Я очень люблю скромную жизнь тех уединенных владетелей отдаленных деревень, которых в Малороссии обыкновенно называют старосветскими, которые, как дряхлые живописные домики, хороши, своею пестротою и совершенною противоположностью с новым гладеньким строением, которого стен не промыл еще дождь, крыши не прокрыла зеленая плесень, и лишеное щекотурки крыльцо не показывают своих красных кирпичей.

Я иногда люблю сойти на минуту в сферу этой необыкновенной уединенной жизни, ……

文中、下線を付したのが一人称の代名詞であり、波線を付したものが一人称の動詞（「好む」）である。つまり、ここでは確かに「私」という人物がいて、小ロシアの老夫婦についての話をしているのだが、この人物の性格や、外見、そもそもいったいどこの誰なのかさえ読者には明らかにされないのである。つまり、作者ゴーゴリはその必要を感じなかったのである。作者ゴーゴリにとって必要だったのは、作者が意図する方向で世界を捉える観点、評価的視点、独特な好み、そしてそれらに刺し貫かれた「他者の声」だったのである。そのことのためにだけ必要な一人称は、二葉亭の訳では消えるのである[44]。残るのはその「語り手」の、あたかも一人の人間がそこに実際いるかのような作品世界に内在する表現主体の位置と、感性と声（ことば）だったのである。『浮雲』の冒頭に登場する「語り手」は、そうした役割を担った表現の仕掛けだったのである。

> 千早振る神無月も最早跡二日の余波となツた廿八日の午後三時頃に神田見附の内より塗渡る蟻、散る蜘蛛の子とうよ〳〵ぞよ〳〵沸出でゝ来るのは孰れも顋を気にし給ふ方〻、しかし熟〻見て篤と点検すると是れにも種〻種類のあるもので、まづ髭から書立てれば口髭頬髯顎の鬚、暴に興起した拿破崙髭に狆の口めいた比斯馬克髭、そのほか矮鶏髭、貉髭、ありやなしやの幻の髭と濃くも淡くもいろ〳〵に生分る[45]

『浮雲』を書き始める際に二葉亭が選んだ「語り手」は、このように『花柳春話』や政治小説で自尊心とエリート意識を養った、同時代の知識人の体制内化した現実の姿＝官吏としての姿を、鋭い風刺の「ことば」で捉えていた。二葉亭がゴーゴリ的なものとして先行文学のなかから選んだのは、式亭三馬の「ことば」だった。

しかし式亭三馬に代表される戯作の「ことば」のなかには、二葉亭が期待したような民衆の声はなく、対象をからかい、ちゃかし、嘲笑するために様式化された滑稽な戯れの「声」しかなかった。その意味では、この冒頭の表現は、明治の官僚制への批判などは少しも含んではいない。したがって『浮雲』が「口頭（口演）表現の雑談、談笑、噂ばなしふうな言いまわしに引きずられて[46]」しまい、「悪ふざけの表現を、簡単に振り切ることができなかった[47]」とする亀井秀雄の批判は正しい。

しかし、だからといってこの「語り手」の語り口がもつ意味をそのようにして切り捨ててしまうならば、『浮雲』での表現の達成を解明することはできない。「浮雲」第三篇での文学的達成は、亀井が指摘するところの「環境の描写が主人公の心的な状況にとって必然的な表現で統一される（第三篇[48]）」点にあったのではない。それは亀井が批判するところの「穿ちや見立てなどの駄じやれめいた口調[49]」をもった「語り手」によってもたらされたのである。

『浮雲』の「語り手」は、単純な滑稽やだじゃれから、笑いと悲しみが表裏一体のものとして交代するグロテスクな効果を生み出す仕掛けであり、『浮雲』という作品を笑話からグロテスクに高める力を内包していた。あの髭づくしに見られる、教訓的でもなく、明確な批判意識などとは無縁な「現実との戯れ[50]」は、現実を自由に分解し置き換えることを可能にする自由な空間を作品世界のなかに作り出し、そのことによって普通の諸関係やつながりは、この空間のなかでは非現実的となり、あらゆる細部を好きなだけ拡大することができるようになる。ちょっとした感情や動作の閃きが人を震撼させるような外見をもちうるのは、このような空間でだけである。

さらに、この「語り手」が、主人公文三にぴったり寄り添うことによって、『浮雲』の作品世界は、「奇怪なまでに小さな、人工的な体験の世界に閉じ込められ[51]」二階の下宿部屋のなかで、現実生活から完全に遮断された彼の自己意識を捉えたのである。そのことによって現実のあらゆる基準を相対化し、逆転させ、その裏面を暴くことが可能になるのである。

「語り手」の笑いの作り顔と、文三の悲しみの作り顔が交代することによって、『浮雲』の世界は「思想と感情と欲情の、奇怪かつ限られた、鎖ざされた総体」とエイヘンバウムが明らかにしたところの、ゴーゴリ的世界を獲得しえていたのである。

しかしまた、「二葉亭が美妙よりも一層忠実に、円朝の語り口を取りいれようとしたところに、『浮雲』後半の緻密な内面描写が約束されることになったのだ」(52)とする前田愛のように、『浮雲』の達成が円朝が高座で様々な身分、性格の人物を演じ分けたように、『浮雲』の「語り手」も文三を演じ、他の登場人物をも演じ分けていたところにあったとするのも正しくない。『浮雲』という作品は確かに「語り←→聞く」という「語りの場」をモデルにしてはいるが、二葉亭が『浮雲』の創作をおこなったのは、あくまでも「書き←→読む」ところの「記述の場」(53)でだった。「記述の場」では、円朝が「語りの場」で登場人物を演じ分けるのとは、まったく別な緊張関係に表現者は立たされるのである。

二葉亭の独創は、「記述の場」で円朝の芸による作中人物のリアルな表白の再現に匹敵する臨場感を構築したところにある。それは、作中人物の「詞」が、その人物の固有な内的感情の表出として読者に伝わるように、「地」の文（『浮雲』の場合は「語り手」の「ことば」）を工夫することによって実現されていたのである。

心ない身も秋の夕暮には哀を知るが習ひ　況して文三は糸目の切れた奴凧の身の上。其時々の風次第で落着先は籬の梅か物干の竿か見極めの附かぬ所が浮世とは言ひながら父親が没してから全十年生死の海のうやつらやの高波に揺られ〳〵て辛じて泳出した官海も矢張波風の静まる間がないことゆゑどうせ一度は捨小舟の寄辺ない身に成らうも知れぬと兼て覚悟をして見ても其処が凡夫のかなしさで危に慣れて見れば苦にもならず宛に成らぬ事を宛にして文三ハ今歳の暮にはお袋を引取ツてチト老楽をさせずばなるまい国へ帰へると言ツてもまさかに素手でも往かれまい親類の所への土産は何にしやう「ムキ」にしやうか品物にしやうかと胸で弾いた算盤の桁は合ひながらも兎角合かねるは人の身のつばめ今まで見てゐた盧生の夢も一炊の間に覚め果てゝ「アヽまた情けない身の上に成ツたかナア……」(54)

この段落の冒頭は「語り手」の「ことば」で始まり、それは文三に対する皮肉、嘲笑、シニカルな立場からの若干の同情という、「語り手」の文三に対する評価的イントネーションに満ちている。この部分では、だじゃれや言葉の遊びめいた表現が多く見られる（「糸目の切れた奴凧」など）。しかし、この「語り手」の文脈のなかに文三の「詞」らしきもの（「語り手」による嘲笑的口真似ともとれる）が浸透してくる（「辛じて泳出した」「寄辺ない身に成らうも知れぬ」など）。これらの「ことば」には、「語り手」の評価的イントネーションが濃くかけられているが、逆にこれらの「ことば」が入ることによって、「語り手」の見立てやちゃかしを表す「ことば」は消えていき、「語り手」の文脈は散らされていくのである。

そして、「文三ハ」のあとにくる「今歳…なるまい」や「国へ…往かれまい」などは、明らかに文三の「詞」であり、「語り手」の評価的イントネーションがまったくかかっていないわけではないが、カッコに入れて文三の直接話法としてもほぼさしつかえない表現になっている。その後、もう一度「語り手」の説明が入り、最後には完全にカッコにくくられた文三の独白が登場する。

この最後の独白は、「語り手」の嘲笑を寄せ付けず、文三の茫然自失という内面をよく捉えたものになっている。「語り手」の文脈はここで完全に散らされ、文三の「詞」の文脈が形成されるのである。間接話法が、直接話法の統覚的背景を準備するという、興味深い現象がここにはある。

杉山康彦は同じ部分に注目し、「文三ハ」という主語が、それを受ける述語をもたないまま「ア、また情ない身の上になツたかナア」という「独白体の中に空中分解する」ものとして捉え、この文章を「作中人物自失の文体」だとし、「作中人物も、作者も自失して文章だけがある奇妙な状況」だと指摘している。[55] しかし杉山のこのような評価は、この部分の表現を「語り手」あるいは作中人物（文三）いずれかのモノローグとして受け取ろうとするところから出発していて、そうした立場からこの表現の本質を捉えることはできない。モノローグ的な観点から見れば、これほどできそこないの文章はないだろう。しかし、ここにある表現はモノローグではなく、イントネーション的にも、構成的にも異なる方向をもった二つの「ことば」、二つの文脈の交叉なのである。

皮肉で嘲笑的な「語り手」の「ことば」と、皮肉どころではない作中人物（文三）の「詞」が同時に関与するという、「ことばの相互干渉」がここにはある。はじめは「語り手」が自分のことばで文三を対象化して捉え、その後「語り手」は自分のイントネーションをかけながら嘲笑的に文三の口真似をし、その口真似をしているうちに自分のことば（「語り手」の言葉）の構成的特質（言葉の形態的特徴を主要なるものとする）を失い、最後は文三になりかわり、「語り手」の言葉は文三の独白に収斂されていくのである。このようにして、杉山の言う「表現位置の転換[56]」は実現されているのである。

この二つの相異なる「ことば」の干渉、二つのイントネーションをもつ「ことば」の交叉と葛藤、ここに『浮雲』という作品の文体的特質があり、創作方法の根幹がある。そして、『浮雲』が第一篇から第三篇にかけて、その表現の構造を変えていく過程そのものが、この第四回の表現がたどったコースのなかに示されているのである。

「語り手」の言葉と文三の自己意識

『浮雲』第一篇で、「語り手」がだじゃれや言葉の遊び、見立てや滑稽化を意識的におこなうのは、文三とお勢の恋を描く部分である。文三のなかに芽生えたお勢に対する恋心を、「蟲が生た」といい「「何したのぢやアないか」と疑ツた頃には既に「添度の蛇」といふ蛇に成ツて這廻ツていた」（第二回）と捉えた「語り手」は、その恋心を打ち明けそこなった文三と見つめ合うお勢を、「螺の壺々口に莞然と含んだ微笑を細根大根に白魚を五本並べたやうな手が持てゐた団扇で隠蔽して耻かしさうなしこなし」（第三回）と描写するのである。

これは、決していわゆる「客観描写」などではなく、また文三によって把持されたお勢の姿でもない。これは明らかに「語り手」によって意図的に滑稽化されたお勢の像である。つまり「語り手」は、このとき文三にとっては理想の美女と映っただろうお勢を、先のように捉えることによって、文三の恋心が、しょせん知識人のエリート意識から発生した、身勝手な思い込みにすぎないということを明らかにしようとしたのである。

二葉亭が「語り手」に与えた文三を批判する位置とは、お勢が「根生の軽躁者」だという「識認」だった。「語り手」は、この立場から、お勢を「女豪の萌芽」だと思い込んでいる文三の恋情を嘲笑し、皮肉るのである。

そのためにこそ、三馬的なシニカルな語り口が「語り手」の「ことば」として様式化されていたのである。したがって、自分には学問があるという自尊心から、自分こそがお勢にとって最もふさわしい男性だという思い込みが文三のなかで持続している場合には、必然的に三馬的様式が志向する方向へと表現は流れていかざるをえないのである。

第二篇では、文三がお勢の気持ちに疑いを抱き始める。「語り手」の「ことば」は、文三を挑発し、文三の疑惑をけしかける方向で、彼の「詞」と対話的に関わるようになる。

「イヤ妄想ぢや無いおれを思つてゐるに違ひない……ガ……そのまた思ツてゐるお勢が、そのまた死なバ同穴と心に誓つた形の影が、そのまた共に感じ共に思慮し共に呼吸生息する身の片割が従兄弟なり親友なり未来の……夫ともなる文三の鬱々として楽まぬのを余所に見て行かぬと云ツても勧めもせず平気で澄まして不知顔でゐる而巳か文三と意気が合はねばこそ自家も常居から嫌ひだと云ツてゐる昇如き者に伴はれて物見遊山に出懸けて行く……

「解らないナ、どうしても解らん[57]

「語り手」の「ことば」は「そのまた」の繰り返しによって文三の思い込みを暴露し、また文三の口真似をすることによって、文三のお勢に対する意識を滑稽化するのである。文三の内面でありながらひどく嘲笑的に書かれているという印象を第二篇が生んでしまうのは、このためである。

しかし逆に、文三の「詞」が「語り手」の「ことば」のなかに口真似によって捉えられることによって、第一篇で濃厚だった三馬的な表現は姿を消していく。「語り手」の文脈は、文三の「詞」の文脈によって散らされ、その形態的特徴を失っていくのである。当初きわめて個性的であり、文三の「詞」とは明確な文体的相違を示していた「語り手」の「ことば」は、次第に文三の「詞」に近づいていくのである。

第八回では文三の「詞(ことば)」としてカッコにくくられていた「昇如き犬畜生にも劣ツた奴」という言い方は、第九回では「語り手」の「ことば」で「昇如き犬自物(いぬじもの)」と繰り返され、第十一回では「生(いき)ながら其肉を啖はなければ此熱腸が冷されぬと怨みに思ツてゐる昇」と、「語り手」の文脈(コンテクスト)のなかで文三の昇への怨みの感情がエスカレートするのである。

第三篇で文三は、お勢が「軽躁(かるはずみ)」だという「識認」を自分のものとする。「語り手」と「文三」の、お勢に対する評価位置は一見同等になる。評価位置が同等になるということは、その相違を示すものとしての「語り手」の「ことば」と、文三の「詞(ことば)」の文体(スタイル)上の差異を不必要なものにする。こうして第二篇でしきりに文三の口真似をしてきた「語り手」の「ことば」は、よりいっそう文三の「詞(ことば)」に近似した外皮をもつことになる。第三篇では、文三とほぼ同様な「ことば」を使用する「語り手」によって、文三の内面が説明されてくるのである。

此儘にしてハ置けん、早く、手遅れにならんうちに、お勢の眠(ねふ)つた本心を覚まさなければならん、が、しかし誰(たれ)がお勢のために此事に当らう？

見渡したところ、孫兵衛ハ留守、仮令(たとひ)居たとて役にも立たず、お政ハ、彼(あ)の如く、娘を愛する心ハ有りても、其道を知らんから、娘の道心を縊殺(しめころ)さうとしてゐながら、加之(しかも)得意顔(したりがほ)でゐるほどゆゑ、固(もと)よりこれハ妨(さまたげ)になるばかり、たゞ文三のみハ、愚昧(ぐまい)ながらも、まだお勢よりハ少しハ智識も有り、経験も有れバ、若しお勢の眼を覚ます者が必要なら、文三を措(お)いて誰(たれ)がならう？(58)

この部分では「語り手」の「ことば」と、文三の「詞(ことば)」とを明確に区別することは難しい。冒頭の「此儘にしてハ置けん」は、文三の「詞(ことば)」だともとれるが、後半の「たゞ文三のみハ」というところになると、文三が三人称で対象化されてくる。

しかし、この「文三のみ」と三人称で捉える意識が、「語り手」のものであるか、それとも文三のものであるのかは判然としない。つまり、表現位置としてはお勢のことを思う文三の意識から分離したところから、対象化された文三に評価が下されているのである。いわば、表現位置は「語り手」の側にありながら、その「ことば」は文三のものと区別がつかないという表現がここにはある。同じ「ことば」は、同一主体の意識のように読者には知覚されるのである。そのとき読者は、文三と同じ「ことば」を使う「語り手」の外側からの文三の心理の説明を、あたかも文三の内側にある自己意識による自己反省であるかのように錯覚してしまうのである。

こうした錯覚が、第三篇は全編文三の「内的独白」だとか、文三は第一篇から第三篇にかけて人間的に成長しただとか、文三が成長することによって作者二葉亭は文三と一体化することができたなどという、のちの文学史家たちの評価を生み出してきたのである。「語り手」の「ことば」と、文三の「詞（ことば）」とが一体のものとなることによって、あたかも文三が多層的で自己反省的な意識を獲得していたかのような虚像が読者の側に結ばれてしまうのだった。

その実、文三は少しも成長などしていなかったのである。確かに、お勢が軽はずみな女だという「識認」を得はしたが、それは彼女に対する自分の恋着の意味を捉え返し、自分の思い込みの身勝手さに気づくという方向で文三の自己意識を変革するものではなかった。むしろ文三は、自分しかお勢を救うことはできないという新たな「妄想」にとらわれ、その「妄想」は文三を支える一つの「志」にまで肥大化するのだった。文三と同じ「ことば」を使いだした「語り手」は、この「妄想」を批判的、風刺的に捉える能力を失っていて、かえって「妄想」のなかに巻き込まれ、それを代弁するようになってしまうのである。

しかし、以上のことは、作者二葉亭四迷が文三のなかに己の自己像を発見し、彼に親近感を抱き、感情移入をした結果起こったことでは決してない。むしろ、二葉亭は、文三に対する批判的な位置を失いつつある自己の創作方法を、必死に立て直そうとしていたのである。

そうした試みの一つとして、ツルゲーネフの小説の翻訳——「あひゞき」[59]と「めぐりあひ」[60]の翻訳があった。この二つの作品は「語り手」が文三の自尊心の側に組み込まれていく「浮雲」第三篇の執筆時期とほぼ同じ頃に訳されていた。二葉亭には、ツルゲーネフの作品での「語り手」が必要だったのである。

語り手を設定しながら彼〔ツルゲーネフ：引用者注〕は個人的にも社会的にも他者の語り方を様式化することが殆どない。（略）ツルゲーネフの語りは全権を持っていて、作者の意図を直接表現するひとつの声しかない。それは単に構成上の手段でしかない。(61)

「他者のことば」「他者の声」の様式化としてゴーゴリ的「語り手」を『浮雲』の表現主体として選んだ二葉亭は、その方法的行き詰まり、「語り手」が文三に対する批判的な位置を失ってしまった状態を、作中人物に対する作者の優越、「作者の意図」を代弁するモノローグ（ひとつの声）を可能にする、ツルゲーネフの「語り手」によって打開しようとしていたのである。二葉亭は、ツルゲーネフのそのような創作方法に、十分意識的だった。

前者〔ドストエフスキー：引用者注〕は作者と作中の主なる人物とは殆ど同化してしまツて、人物以外に作者は出てゐない趣がある。後者〔ツルゲーネフ：引用者注〕は作中の人物以外に作者が確に出てゐる趣が見える。幾分か篇中の人物を批評してゐる気味が見える。(62)

「浮雲」第三篇では、第一篇、第二篇のように、文三の内的独白をそのまま引用符でくくるような表現は姿を消し、文三の特徴的な一言二言を引用符にくくり、あとは間接話法で示すような表現になっている。このように「他者のことば」の特徴的な一部分だけを引用し、あとは「著者のことば」によってその内容が伝達されるという表現の形式は、ツルゲーネフによく見られるものである。二葉亭は、「作中の人物以外に作者が確に出てゐる」ツルゲーネフの創作方法、「篇中の人物を批評」する表現主体としてのツルゲーネフの「語り手」によって、いま一度文三に対する批判の構造を回復しようとしていたのである。

しかし、「浮雲」第三篇の「語り手」はそもそも「他者のことば」を様式化した、作中人物の「詞」と対話的に関わる多声的な言葉をもっていたのである。その「語り手」は、文三の口真似をし、文三の語り口を自らのものにしてしまった「語り手」だった。そのような「語り手」に文三の内面を語らせる作品のモノローグ化は、「語り手」の文三の内面に対する批評性を復活させようとした二葉亭の意図とは裏腹に、「語り手」の位置を文三の自己意識の側にのめり込ませる結果となったのである。

『浮雲』第一篇から第三篇にかけて展開される、「語り手」の「ことば」と文三の「詞」という二つの方向、二つのイントネーションをもつ「ことば」の葛藤、また「語り手」の「ことば」と同じような方向から文三を嘲笑し軽蔑する昇やお政の「詞」、そして昇に傾いていくお勢の「詞」、それらを意識しそれらに向かって発せられる文三の「内なる論争」をはらんだ独白。こうした異質な「詞」の共存と葛藤は、ドストエフスキーの多声的な小説の創作方法に最も特徴的なものである。それはまた、ツルゲーネフのモノローグ的方法とは決して相容れないものである。

「浮雲」第三篇での表現の達成は、言葉の対象指示的機能によって「環境の描写が主人公の心的な状況にとって必然的な表現で統一される（第三篇）[63]」ところにあったのではなかった。文三の「詞」を当初は嘲笑し、ちゃかしながら、口真似をする過程で最終的にはそれに巻き込まれていった「語り手」の「ことば」と、それと論争的に関わると同時に他の作中人物の「詞」とも葛藤する文三の「詞」、この二つの「ことば」によって形象化された多声的世界にその達成はあった。

「他者のことば」を志向する、二つのイントネーション、二つの中心をもつ「ことば」によって、主人公の切実な独白が準備され、その主人公の独白＝「詞」も「他者のことば」（お政・昇・お勢）と論争的に関わるものとして作られていたのである。

二葉亭四迷が『浮雲』を中絶したのは、作中人物（文三）を批判的、風刺的に捉えるはずだった「語り手」の「ことば」と表現位置が、批判する対象だった文三の醜悪な自尊心のなかに取り込まれ、文三の自己意識を形成する「ことば」のように、作者自身にも聞こえてきてしまったからにほかならない。そしてまた多声的（ポリフォニック）な創作方法のなかから発生した矛盾を、モノローグ的方法によって解決しようとしたところに、方法的な行き詰まりがあった。

二葉亭が抱え込んだのは、文学作品を統一していく「ことば」そのものの問題だった。彼は、行き詰まりを打開するために、いくつものプロットを作成したが、そのどれ一つとして選ぼうとはしなかったのである。二葉亭四迷は、『浮雲』という作品の基本方向を決定するものがプロットなどではなく、「ことば」の運動そのものであることを痛感していたにちがいない。

2　〈語り〉の空白／〈読者〉の位置——他者の原像

「暗号解読者」の位置の選択

文学研究者とは、はたしてその対象とする作品（作者）に対して、〈選ばれた読者〉なのだろうかという疑問を、私はぬぐい去ることができない。したがって、文学作品を研究するあり方として〈作品論〉なるものが自立するとはどうしても考えられないのである。同時にそれと並行して〈作家論〉が存在すると考えることもできない。

研究主体として、自分の〈主体的〉な〈読み〉をもちえない不幸な時期に巡り合わせてしまったという見方もあるだろうが、あながちそうとも言えないのではないだろうか。むしろ〈研究者〉の仮面をかぶることで、対象とする作品（作者）との関係を特権化し、本来恣意的な〈読み〉を絶対化するよりも、あらかじめ自分を選ばれなかった読者として限定し、自らの感性や知の枠組みを、作品（作者）のテクストが要請する方向で組み替えていくことにこそ、より豊かな可能性があるように思われる。もちろん、私の仕事が豊かなものであるなどというつもりは毛頭ないが、〈選ばれなかった読者〉としての位置から、作品（作者）と関わり始めていくことが必要とされる時期にきていると思うのである。そのようにしてはじめて、文学研究が、より豊かな復号化者としての読者を生み出す一つの礎石になる可能性を持ち始めるのだと思う。

〈選ばれなかった読者〉とは、たとえばロマーン・ヤーコブソンの言う、次のような「受信者」のことである。

彼はメッセージからコードを引きだそうとする。彼は復号化者ではない。いわゆる暗号解読者である。復号化者はメッセージの目ざされた受信者である。戦時中、日本語の暗文を読んだアメリカの暗号解読者は、そのメッセージに目ざされた受信者ではなかった。[64]

つまり、文学テクストをおしなべて作者からのメッセージとして位置付ける（そのことは同時に読者としての自己を「目ざされた受信者」とすることになる）のではなく、そこから解読のコードを引き出すべき対象として捉え返してみる。いわば「暗号解読者」の位置にいったん自己限定してみること、それが〈選ばれなかった読者〉として自分を定位することである。その操作を通してはじめて、「経験的な外界の現実に拘束されてはおらず」、「文学作品の作用にとって必要なあらゆる前提条件を具象化」したところの、ヴォルフガング・イーザーの言う「内包された読者　der implizite Leser; the implied reader」[65]が浮かび上がり、「読者の反応を導く」テクストの「構造のネットワーク」を解明することができるのである。イーザーの「内包された読者」の概念はまた、リファテールの言う「原＝読者」の概念とも響きあっている。リファテールは、「原＝読者」の役割を次のように明らかにしている。

原＝読者が関係するのは心理過程のきっかけとなったものとだけ、つまりテクストの構成分子とだけなのである。原＝読者はただ分析に於ける第一歩である発見段階でのみ使用されるのであって、解釈段階に於いてはむろん解釈、価値判断が排斥されたりはしない。ただ彼は、この解釈が関与的な事象全体について行なわれることを保証する。つまり、読者の主観性というフィルターをかけられたテクストについてではなく、また読者自身の好み、哲学に合ったものにだけ還元されたテクスト、もしくはこれこそ作者の好み、哲学、意図だと信じるものにだけ還元されたテクストについてではないことを保証する。(66)

ここでは、「内包された読者」あるいは「原＝読者」という概念を〈読者〉として導入することで、二葉亭四迷の『浮雲』を作者からのメッセージとしてだけではなく、読む行為の過程でテクストが自らを解読せしめるコードに転化していくあり方を考えたい。しかし、『浮雲』のテクスト全体をこのような方法で隈なく分析するには、紙幅も時間も限られている。そこでとりあえず、従来の文学研究者の「好み、哲学」によって内海文三を中心にした読みに偏していたこの作品を、園田勢を中心にすえたときの、つまりお勢をめぐるテクストに関する読者の機能を考えることにする。

だからといって、そのことが部分的・局地的な分析になるとは思わない。むしろお勢の像を周縁から中心に呼び寄せることで、近代的と自負する読者（研究者）の「主観性というフィルター」を取り除くことができるのである。なぜなら、小説での〈事件〉が、主人公がそれまで帰属していた意味論的場の境界線を踏み越えることだとするなら、文三はほとんど無題材的な、一所にとどまりつづける人物なのである。『浮雲』という作品の時間的経過のなかで変貌するのはお勢であり、彼女が文三的世界から昇的世界へ、その意味論的場を変容させ、少女から女へと生まれ変わっていく過程こそ、『浮雲』の筋・題材を展開させる軸になっているといえるだろう。にもかかわらず文三の〈内面〉の成長や深化を主要な〈事件〉と読む読者が数多く現れたのはなぜなのか、という問いに答えるためにも、お勢像を分析することは効果的である。それはこの作品でのお勢像が、語り手の言葉、文三の心中の言葉、お政や昇の言葉、それにお勢自身の言葉といった、多様な言葉の葛藤のなかで浮かび上がってくるからである。それらをどう関連付け、価値付けたかという過程に、近代的読者（研究者）の〈客観性〉という「フィルター」に組み込まれた主観的な「好み、哲学」を見ることができるからである。

もちろん、この論自体が、一つの「取捨選択」の結果であり、ここでの「意味決定」が「二者択一」の結果であることも事実である。したがって、自分の「選択」を絶対化するつもりはないし、それらがあくまで「一つの可能性」であることも承知のうえである。しかし、なおかつ、ここで「選択」した「意味」が、「相互主観的に承認されうるものであること」を期待したい（括弧内はイーザー）。

語り手が読者に示すお勢像

読者に向かって最初にお勢像を提示するのは語り手の言葉である。第一篇第二回でお勢の「生立（おひたち）」を語る語り手の言葉は、彼女がまったく主体性がない他律的な少女として成長していったことを強調するものになっている。お勢は「父親の望みで小学校へ通ひ、母親の好みで清元の稽古」を始める。これが彼女の〈人間〉形成の発端なのだが、以後彼女は、父親が願っていた「学問」の領域を中心に自分を形成していくことになる。しかし、その方向を選んだのは何も彼女が「学問」＝「教育」に価値を見いだしていたからではなく、隣に住んでいた官員の娘に対するライバル意識、つまりは「人真似」にすぎなかったものであることを語り手の言葉は読者に強調している。

> 隣家の娘といふはお勢よりは二ツ三ツ年層（としかさ）で優しく温籍（しとやか）で父親が儒者のなれの果（はて）だけ有ツて小供ながらも学問が好こそ物の上手で出来る、いけ年を仕（つかまつ）ても兎角人真似は輟（や）められぬもの況（まし）てや小供といふ中（うち）にもお勢は根生（ねおひ）の軽躁者（おいそれもの）なれば尚更、倏忽（たちまち）其娘に薫陶（かぶ）れて起居挙動から物の言ひざままで其れに似せ急に三味線を擲却（ほふりだ）して唐机の上に孔雀の羽を押立る(67)

語り手によって提示されるお勢像の基本的枠組みは、「根生の軽躁者」という、眼前に存在する他者を真似ることで自己像を作り上げるというあり方である。このあと彼女は、隣の娘と同じ「芝辺のさる私塾」に入塾するのだが、そこでは「塾頭をしてゐる婦人」の真似をするようになる。この「塾頭」に対する語り手の評価は「新聞の受売からグット思ひ上りをした女丈夫」、「蜒蚰魂」とかなり手厳しく、お勢が真似をする相手のあり方が「人真似」でしかないことを暴いている。もちろん、これは同時代の女子教育の皮層性に対する語り手の位置からの揶揄なのだが、重要なのはこの「塾頭」にかぶれだした頃から、お勢がそれまで影響を受けていた「隣家の娘」から急速に離れていくことが指摘されている点である。

「固より根がお茶ツぴいゆゑ（略）忽の中に見違へるほど容子が変り何時しか隣家の娘とは疎々しくなツた」と語り手が強調しているように、お勢は眼前の他者が変われば、いとも簡単に自らも「見違へるほど」変貌してしまうような存在なのである。そして変貌をとげたあとは、それまで「人真似」の対象として強く意識していた他者は、これまたいともたやすく彼女のまなざしのなかから駆逐されてしまうのである。お勢は、あたかも鏡のように眼前にいる他者の志向性を映し、演じてみせる存在なのであり、彼女のまなざしのなかに像を投影しなくなった他者は、その存在そのものが抹殺されることになる。

こうした「隣家の娘」から「塾頭をしてゐる婦人」に鞍替えをした延長線上で、退塾後のお勢が、文三に「感染れて」（第十六回）いったことを語り手は明示している。文三が「お勢に英語を教授するやうに成」り、「日本婦人の有様束髪の利害さては男女交際の得失などを論ずるやうに成ると」、お勢は急に「落着て優しく女性らしく成」り、「貴君が健康な者には却て害になると仰ツたものヲ」と、「女丈夫」の「真似」だったところの「眼鏡」と「頸巾」をはずすのである。この変化は先の語り手の指摘に即して言えば、眼前から去ってしまった「女丈夫」（教師に雇われたため）のかわりに文三を、鏡としてのお勢が映し始めたことでしかないのだが、文三はそこに自分に好意を寄せるお勢の感情を読み取ってしまうのである。

語り手が提示するお勢の変化は、実は彼女の本質としての、「人真似」で生きる「根生の軽躁者」という枠組みの一貫性を強調するものにほかならない。したがって「三味線」（お政的世界）から「学問」（孫兵衛的世界）への転換が「人真似」としていとも簡単におこなわれたように、『浮雲』という小説の内部の時間に即して表れるお勢の変貌（文三的世界から昇的世界への転換）も、いわば彼女にとっての必然性としてあったといえるだろう。

つまり、文三的世界から昇的世界への転換はもとをたどれば、孫兵衛（父）的世界からお政（母）的世界への転換であるわけで、それこそお勢の「根生（ねおひ）」の枠組みにほかならない。事実、『浮雲』の作品内的時間の経緯にしたがって、当初お政と対立していたお勢は（たとえば語り手が「是れはこれ辱（かたじけ）なくも難有（ありがた）くも日本文明の一原素ともなるべき新主義と時代後れの旧主義と衝突をする所」とちゃかしているように）、「母親には大層やさしくなツて」、「時にゝ母親に媚びるのかと思ふほどの事をもいふ」（第十八回）ようになるのである。もちろんこのこともまた、お勢という鏡の前に、園田家の奥座敷から追放された文三が現れなくなり、そのかわりに昇が足しげく通い詰めるということと、父孫兵衛がそもそも不在だということを考えてみれば、当然のなりゆきだったといえるだろう。

こうしてみると、お勢という登場人物に与えられた機能は、同時代の文明開化の諸相を、表層としての風俗・流行（ファッション）のレベルで相対化するには、大変都合がいい仕掛けだったといえるだろう。藤井淑禎が正しく指摘しているように、お勢とは「注入口の他に排出口も開いて」いるような「世相の変化」の「融解液」を流し込まれる「鋳型」[68]にほかならない。その「鋳型」こそ、第二回で語り手によって提示された「根生の軽躁者」という枠組みである。しかも藤井の克明な調査が明らかにしている「足かけ四年間にわたる世相の変化」[69]は、そのまま一カ月余りの小説内的時間での彼女の変貌として記述されている。そこに、外部世界の流行の変化を無前提に受け入れてしまう人間たちの無自覚な「軽躁」さを、明視の対象に切り換えるお勢の小説内的機能があったといえるだろう。

以上のように、第二回での語り手の提示するお勢像に即して読めば、すなわち語り手の揶揄的な評価を一義的なメッセージとして受け取るなら、彼女の像は「根生の軽躁者」という意味論的な場のなかで安定したものとなる。お勢という登場人物は完全に意味付けられた存在として読者の前に提示されているのである。

しかし、第二回の語り手によるお勢評価は、『浮雲』というテクストを読み進めていく場合、単なるメッセージとして機能しているだけではない。それは、『浮雲』という小説の基本的な構成要素である会話場面のなかでのお勢像を解読し、さらには文三の意識のなかで捉えられたお勢像を相対化していく枠組み（コード）にもなっている。そしてこのような機能自体が、『浮雲』を単純な風俗小説とは一線を画したものにしているのである。

読者が読み取る人物像

さて、第一篇の展開のなかでは、会話場面で提示されるお勢像も、また文三の意識に捉えられるお勢像も、基本的には語り手の意味付けのなかに収斂されたものとして読者に伝達されている。第二回と対をなす第三回（同じ「余程風変な恋の初峯入」という題が付されている）の、文三がお勢に対して恋を告白しようとする場面で、お勢は文三の求愛の告白を、親より大切なものが「人ぢやアないの、アノ真理」という台詞ではぐらかしてしまう。もちろん文三は「真理」のかわりに自分の名前が発せられることを期待していたわけだが、このお勢の台詞を、彼は新しい男女交際（文三を「親友」として意識するような）を志向する彼女の「清浄」さ「潔白」さとして受け止めてしまい、決定的な告白をおこなえなくなってしまうのである。

しかし、ここに至る前の会話部分で、お勢がしきりに下女のお鍋や、塾時代の友人たちの教育のなさを軽蔑していることから見ても、この「真理」云々という台詞は、文三好みの女性＝教育ある新しい女性を演じようとしているお勢のポーズであることを読者は見抜いてしまう。なぜなら彼女の台詞の中身は、第二回で語り手が提示した、文三が彼女に説いたことのおうむ返し（鏡に映された言葉）でしかないからである。しかし、文三のまなざしは、そんな彼女に理想像を見いだしてしまうわけで、その思い込みの滑稽さを、語り手の辛辣な言葉は読者に明確に暴いてみせる。

其半面（よこがほ）を文三が窃（ぬす）むが如く眺め遣れば眼鼻口の美しさは常に異（かは）ツたこともないが月の光を受けて些し蒼味を帯んだ瓜実顔にほつれ掛ツたいたづら髪二筋三筋扇頭の微風に戦いで頬の辺を往来する所は慄然とするほど

凄味が有る　暫らく文三がシケぐと眺めてゐるト頓て凄味のある半面が次第くに此方へ捻れて……パッチリとした涼しい眼がヂロリと動き出して……見とれてゐた眼とピツタリ出逢ふ　螺の壺々口に莞然と含んだ微笑を細根大根に白魚を五本並べたやうな手が持てゐた団扇で隠蔽して恥かしさうなしこなし　文三の眼ハ俄に光り出す(70)

前半で傍点を付した部分は、文三のまなざしによって把持されたお勢像として、それなりに自立している。ここでは語り手の揶揄的な語彙は見られない。文三の情念を刺激するお勢の姿態が、それとして捉えられている。しかしその後、お勢に向けられた文三の視線が対象化され、彼のまなざしとお勢のまなざしが出合うことが、語り手の位置から読者に伝えられるのである。そして、そのあとの傍点部は明らかに語り手の評価的な語句によって彩られていて、前の部分と、そのすぐあとにくる「文三の眼ハ俄に光り出す」という部分で強調される、文三のお勢への官能的なのめり込みを相対化し、なかば滑稽化する機能を果たしているといえるだろう。文三のこのときの意識は引用部のすぐあとにくる「今一言」をどのように告白するかに集中しているわけで、とても「螺の云々」や「細根大根云々」といった見立てを楽しんでいる余裕はないのである。

語り手の評価的語句は、一方で文三のまなざしによって把持されたお勢像を相対化しながら、他方で「今一言」を告白しようとする文三の意識に寄り添ってお勢を見ていた読者を引き離し、お勢にのめり込み独り相撲で緊張している文三の意識を対象化しうる位置に立たせるのである。当初文三と同じ視座からお勢に視線を向けていた読者は、次に二人の視線の交差を横から（語り手の位置から）確認する。語り手と同じ位置に視座を据えた読者は、語り手の評価に即してお勢を捉え返し、彼女への情念に燃える文三の目の「光り」を薄笑いを浮かべながらのぞき込むことになる。そして「今一言」を告白しえない文三の心中が、縁語や枕詞を多用した語り手の言葉に刺し貫かれて読者に提示されるのである。

つまりここでは、会話場面でのお勢の台詞と、それに挑発されながらお勢への恋情をつのらせていく文三の台詞と心中、そして彼の視座から把持されるお勢像を表す言葉が、語り手の小うるさい評価的言葉によって注釈されることで、読者には滑稽化された「余程風変な恋の初峯入」の像が結ばれることになる。それらは、一つのセット構造となり、読者に最終的な意味を結ばせる仕掛けになっている。

その意味で、語り手の注釈は全体として第二回でのお勢に対する意味付け（「根生の軽躁者」）を喚起するものとなっている。それは作者から読者への直接的メッセージとしてではなく、場面を解読するうえで、読者の意識を方向付ける言葉の枠組みとして機能しているのである。先の引用でいえば、読者は最終的には語り手の嘲笑的なまなざしにからめとられたお勢と、そのような彼女に恋情をつのらせる文三の滑稽化された姿を享受するのである。もちろん、いままで比喩的に使ってきた〈まなざし〉という用語は、作品世界内部の事象（それが物であれ人間であれ心情であれ）を読者が把握する際の、作中人物に即した意味付けの方向や彩りを決定する言葉の枠組みにほかならない。その枠組みは言うまでもないが、事象に向かって発せられる言葉の表現位置とその言語外皮的特質によって、個性化された〈まなざし〉のような印象を読者に結ぶのである。

いずれにしても第一篇の構造は、この第二、三回とそれ自体対になった（セット化された）文脈が示しているように、会話場面や作中人物（文三）の心中に対する語り手の注釈の言葉が、第二回のお勢像を喚起し、場面を読み解くコードとなり、そのことによって読者が読み取るお勢の意味（メッセージ）は、語り手が第二回で提示したものと一致していくことになる。

ただ、ここで注意しなければならないのは、第二、三回というのは、読者が知らないお勢と文三の過去を語り手が直接読者に向かって話すという設定だったことである。語り手が完全に統括した文脈のなかでの二人の像なのだから、読者の享受する意味が、語り手のそれと一致させられてしまうのは当然である。つまり読者は、この段階では与えられた言葉の枠組み（コード）を用いて自力でテクストを解読していく必要はほとんどなく、語り手に対する聞き手の位置に安住していても、要請されている意味を受け取ることができるのである。

しかし、第四回以後（第一回もそうだったが）の『浮雲』の作品世界は、会話場面を中心にした現在進行形の世界として展開されていくわけで、語り手の評価的な語句は、それ自体として顕在化した文脈を作るのではなく、会話場面に挿入された言葉の小片として、第二回の文脈を喚起することになる。その場合読者は、自力で、それらのサインを場面を読み解く枠組みとして統括していかなければならない。ここから読者は、テクストの意味を形成する行為者となっていく。

たとえば第五回で、お政に免職になったことを告白した文三は、さんざんなじられたあげく、園田家を出る覚悟をし、部屋を片づけ始める。そこへお勢が上がってきて、文三のことでお政と口論したことを報告する。その会話場面は次のように提示されている。

「だけれどもあれは母親（おっか）さんの方が不条理ですワ　今もネ母親（おっか）さんが得意になつてお話しだつたから私が議論したのですよ　議論したけれども母親（おっか）さんには私の言葉（いふこと）が解らないと見えてネ唯腹ばツかり立てゝゐるのだから教育の無い者は仕様がないのネー
ト極り文句　文三は垂れてゐた頭（かうべ）をフツと振挙げて
「エ母親（おっか）さんと議論成すつた
「ハア
「僕の為めに
「ハア君の為めに弁護したの
「ア、
ト言ツて文三は差俯向（さしうつむ）いて仕舞ふ　何だか膝の上へボツタリ落ちた物が有る
（略）
「条理を説ても解らない僻に腹ばかり立てゝゐるから仕様がないの
ト少し得意の体(71)

お勢の台詞に対する語り手の評価はたった一言ですまされている。にもかかわらず、それはお勢の台詞を読み解く方向を決定しているのである。最終の台詞につけられた「極り文句」という評価は、お勢がお政に対して、「条理」を振りかざし、その「教育の無い」様を嘲笑するという関わり方が、日常茶飯のことであり、お勢とお政の関係のパターンであることを読者に強調している。

このような方向付けのなかで、お勢の台詞を読めば、彼女の主要な関心は、文三と苦悩を共有するところにあったのではなく、いつものとおり「教育」ある自分を証明するために、「条理」を誇示し、お政に対する優越感にひたることにあったということが明らかになる。そうすることによって、あとにくる文三の思い入れ——自分のために実の母親と議論をしたということへの感激——が滑稽化されていくのである。「君の為め」と言いながら、実は「条理」が「解らない」お政の無教育に対比させるかたちで、自分の「教育」のある姿を顕示しようとすることだけがお勢の意図するところであり、それが「得意の体」という語り手の評価でさらに濃厚に色付けられることになる。自分と苦悩を分かち合い、自分のために実の親と議論をしてくれたのだという文三の過度の思い込み（膝に落ちた涙で象徴されている）とは裏腹に、お勢には「教育」ある自己像をひけらかすことしか頭にないことが語り手の注釈によって暴露されているのである。

メッセージとしては小切片でしかない語り手の言葉は、読者にとっては、お勢の台詞全体を読み解く枠組み（コード）となり、そのことによって文三が彼女の言葉を聞き取る枠組みが相対化（異化）されることになる。そしてこのような過程で重要な役割を果たしているのは、もちろん顕在化されている語り手の言葉なのだが、それはいわば語り手から読者への〈目配せ〉（サイン）のようなものであり、読者がその〈目配せ〉に反応し、台詞を読む枠組みとして第二回で提示されたお勢像（彼女にとっての「教育」や「条理」がファッションでしかないこと）を意識のなかに喚起するからこそ、前述したような意味が読者の側に結ぶのである。読者は、語り手が提示した当初のお勢像を、自分の意識の潜在化した言葉の枠組みとして使用しながら、会話場面のなかから語り手が送る〈目配せ〉に反応することでテクストを解読していくことになる。このような語り手は、読者が自分との暗黙の了解事項を守ることを強く要請しているのである。

文三の意識を相対化する読者の生成

『浮雲』第二篇に入ると、読者は第一篇とは異なった読みの構造に従ってお勢像を解読していくことになる。第二篇での読みの基本構造は、第一篇のそれが第二、三回というセット化された文脈によって指示されていたのと同じように、第七、八回（同じ「団子坂の観菊」という題がつけられている）とこれまたセット化された回によって方向付けられている。第七回は、お勢と昇の会話場面を通して、お勢が昇に魅かれていく様子が提示され、第八回では一人園田家に残った文三の、お勢をめぐる疑いと不安に悩まされる姿が描かれる。読者は第七回で示された、お勢が昇に接近していく事実を枠組みにしながら、文三の認識が妄想であることを読み解いていくわけであり、その作業は語り手との暗黙の了解事項を前提に会話場面を読み解くという第一篇と比べてより高次な段階に入ることになるのである。

つまり、まず語り手の提示した枠組みで会話場面でのお勢を読み解き、次にその会話場面を枠組みとして文三の心中に宿るお勢像の意味を読み解くという手順になる。したがって、文三の心中を語り手の要請する方向で読み解くには、その場（テクストの文字をたどっている時点）では二段階背景に退いてしまった枠組みを、常に意識の前景に呼び戻しながら読み進めていかなければならない。そうした記憶を喚起するための語り手からのサインもより高次なものとなる。

たとえば第七回で、昇に接近していくお勢の姿を示すのは、第一篇のような語り手の側からの直接の意味付けではなく、お勢の所作や表情の微妙な変化を捉えた語り手の言葉である。昇とたわむれながら上機嫌で笑っていたお勢は、自分のかたわらからいなくなった昇が課長夫妻とその妹のところへ行って挨拶しているのを見て「忽（たちま）ち真面目な貌」になる。そして「お勢は紳士にも貴婦人にも眼を注めぬ代り束髪の令嬢を穴の開（あ）く程目守（みつ）めて一心不乱、傍目を触らなかつた呼吸をも吻かなかツた」とあるように、お勢は昇の目に「別嬪」と映った課長夫人の妹に強いライバル意識を感じ始めていることが強調されている。

しかし、そのことは語り手の側からの意味付けとして与えられているわけではなく、語り手が意図的に強調しているお勢のまなざしのあり方から読者が想像することで意味を結ぶかたちになっている。顕在化しているのはあくまでお勢の表情をはたから捉える語り手の言葉だけである。そのことは、彼女が戻ってきた昇に突然、課長夫人の妹が「学問は出来ますか」と尋ね、昇の不確かな返答に「忽ち眼元に冷笑の気を含ませて振返って（略）令嬢の後姿を目送ツてチヨイと我帯を撫でゝ而してズーと澄まして仕舞ツた」という所作が描写されて明確にされることになる。

お勢が、昇にとって「別嬪」と映った「本化粧」の令嬢を意識しはじめるということは、とりもなおさず、昇の価値領域のなかの美しい女を彼女自身が「真似」しはじめることにほかならない。語り手が与えた当初の枠組みから言えばこの場面は、文三好みの女から昇好みの女へお勢が変貌していく端緒であるわけで、事実彼女はこの令嬢に対するひやかしの言葉を昇に向けながら、逆に昇の巧妙な口説きに情動をかきたてられていくことになる。それも語り手によって明示されるのではなく、お勢の表情の変化のなかに読者が読み解いていくものとなる。昇がお勢に対する気持ちを告白するにしたがって（昇の言葉は文三のそれとは違い結果的には冗談なのだが）、当初「唯ニツコリ」していたお勢はだんだん「真面目」になってしまう。

「厭ですよ其様な戯談を仰しやツちや
ト云ツてお勢が莞爾々々と笑ひながら此方を振向いて視て些し真地目な顔をした、昇は萎れ返ツてゐる
「戯談と聞かれちや塡まらない　斯う言出す迄には何位苦しんだと思ひなさる
ト昇は歎息した　お勢は眼睛を地上に注いで黙然として一語をも吐かなかツた
（略）

お勢は尚ほ黙然としてゐて返答をしない

「お勢さん

ト云ひ乍ら昇が項垂（うなだ）れてゐた首を振揚（ふりあ）げてジッとお勢の顔を窺（のぞ）き込めばお勢は周章狼狽してサッと顔を赧らめ暫く聞へるか聞へぬ程の小声で

「虚言（うそ）ばツかり

ト云ツて全く差俯向いて仕舞ツた(72)

お勢の顔から微笑が消え、寡黙になっていく過程は、そのまま昇の言葉に引きずられていく彼女の心中を表している。この所作には、第三回で文三の告白を巧みにはぐらかした彼女の余裕は見られない。お勢が女として昇に関わっていくだろうことが、この部分から読者には予測されるのである。そして観菊から帰ってきたお勢が、ふさぎ込んでいる文三を前にして、彼の苦悩などとはまったく関わりなく、課長夫人の妹の「別嬪」ぶりと本化粧の「厭味ツたらし」さにこだわりつづけているのは、最早彼女の意識から当初の価値としての「学問」がすり抜け、「化粧」のことだけが残っていることを示している。それは言うまでもなく、お勢の意識が文三的世界から昇的世界へ移行したことをほのめかしている（実はそういうかたちでの明示なのだが）のである。

したがって第八回末尾、お勢が床のなかでふとつぶやく「何故ア、不活発だらう」という一言は、彼女の意識のなかで進行していた文三的世界から昇的世界への転換が外化されたものにほかならない。第一篇のような語り手による明示的意味付けとは異なり、会話場面（作中人物の台詞と語り手による人物の表情・所作の描写）に暗示される徴候からそこで進行している事態の意味を読者に読み解かせようとする作者の側のメッセージがあったといえるだろう。ここで顕在化している言葉は、それ自身がメッセージなのではなく、第一篇で語り手によって方向付けられたお勢像とセット化されることによって、場面として進行している〈事実〉を読者に読み解かせる枠組み（コード）になっているのである。

この点を正しく読み解いていたのが、同時代の読者でいえば大江逸（徳富蘇峰）だろう。彼は、『浮雲』の漫評[73]」で、前述した第八回の末尾の場面をあげながら、「読者若し巻頭より読んで斯の処に到らば、覚えず案を打つて大息すべし、蓋し斯の処実に全篇の一大関節にしてお勢なる少女が、其家に同居する従弟の内海文三に注げる心を移して、文三の朋友として、其家に出這入りする本田昇に転ずるの心事を描す者なり」と評している。「覚えず案を打つて大息すべし」というのはやや大げさな讃辞ではあるが、重要なのは大江が、「巻頭」から読み進めてくると、この場面が、ただお勢の台詞と表情にとどまらず、「心事」を喚起するものになると指摘していることである。つまり作者が意図した読みの方向に即して、第一篇からの語り手の言葉と作中人物の台詞によって作られた枠組みをセット化することによってはじめて、このような〈読み〉が可能になったことが告白されているのである。

逆に、セット化ではなく個々の要素に分節化してしまうと、お勢の像は不可解なものとなってしまう。そのような〈読み〉をしてしまったのが「以良都女[74]」の記者（山田美妙）だろう。彼は、「阿勢の性質の変化が記者には些しも分解りません」と述べたうえで、お勢像の矛盾を指摘する。彼の表現のおさえ方の特徴は、作中人物の台詞をそのまま「心」の表出（メッセージ）として捉えてしまい、語り手の表情や所作への注釈についてはいっさい注目しないというところにある。

前述した、昇の口説きに対するお勢の対応をめぐる彼の評価は、「上野公園で本田と行ふ会話の体、それもやツぱり従前に文三に行ツたのと同様です」というものだ。確かに、会話の台詞だけを取り出してみれば第三回の文三に対するそれと同質だが、語り手の表情や所作に対する注釈を汲み込んだとき、その意味が文三のときとはまったく違ったものになることは先にふれたとおりである。記者は、このことをもってお勢はまだ本田に明確に心を移しているとはいえないと「前後矛盾」を指摘するのだが、彼はこの場合、個々の会話を読み解くコードはもっていても、テクスト全体の復号化者に要請される解読コードはもっていなかったというべきだろう。

さて、このように第七回の会話場面で解読されたお勢の昇への接近は、第八回で、お勢の態度に疑念を抱きながら悶々とする文三の心中を対象化し、滑稽化する機能をもつことになる。自分を置き去りにして観菊に行ってしまったお勢の心を疑いながらも、文三はしきりに彼女が自分を「相愛（あひあい）」している証拠を記憶のなかから呼び起こそうとする。語り手の言葉のなかで提示される文三の記憶には、表向きはとくに注釈的評価は加えられていない。

　しかし、お勢が「言葉遣ひを改め起居動作を変へ蓮葉を罷めて優に艶しく女性らしく成」り、「今年の夏一夕の情話に我から隔の関を取除け」たのも、また「叔母と悶着をした時他人同前の文三を庇護つて真実の母親と抗論」したことも、語り手と読者が共有する了解事項に即していえば、何も文三を愛していた証しなどではなく、お勢の「軽躁者」としての証しなのである。したがっていつでもたやすく文三から離れていくだろうことの予兆でもあった。だからこそ読者は、そのあとにくる「イヤ妄想ぢや無いおれを思つてゐるに違ひない……ガ……」という部分を読むにあたり、最後の「……ガ……」こそ真実であり前半は文三の勝手な思い込みでしかないことを読み解くのである。

　つまりここで解読の枠組みを示すサインは、語り手の評価的言語から一応自立した文三の心中の事実そのものなのである。語り手が顕在化させるのは、記述されていることが、あくまで文三の限定された視野に捉えられたものだということだけである。読者はそのサインを受け止めながら、文三の視野に入らない（潜在化した）事実（第七回の会話場面）を媒介にしてテクストの意味を形成していくのである。この語り手と読者が共有している事実――お勢が昇に魅かれていくこと――は、放心した文三の意識を脅かしはする。文三は「もしや本田に……」と思い、それが決定的な事実であることも感じてはいるのだが、彼の「事実」に基づく「熟思審察」は、この一瞬のひらめきを押しつぶす方向で作用する。

　とは云ふもの丶心持は未だ事実でない、事実から出た心持で無ければバウカとは信を措（お）き難い、依て今迄のお勢の挙動を憶出（おもひいだ）して塾思審察して見るにさらに其様（そん）な気色（けしき）は見えない（略）文三の眼より見る時はお勢は所（いは）

> 謂女豪の萌芽だ　見識も高尚で気韻も高く洒々落々として愛すべく尊ぶべき少女あつて見れば（略）昇如き彼様な卑屈な軽薄な犬畜生にも劣つた奴に怪我にも迷ふ筈はない、されバこそ常から文三には信切でも昇には冷淡で文三をば推尊してゐても昇をば軽蔑してゐる、相愛は相敬の隣に棲む、軽蔑しつゝ迷ふといふは我輩人間の能く了解し得る事でない(75)

ここで顕在化している語り手の側からの評価は「文三の眼より見る時は」という部分だけで、あとはほぼ文三の心中の言葉に即した表現で統一されている（語り手による文三の口真似・心中の再話）。しかし、この方向付けが逆に文三の思い込みを形成するキーワードとしてある「事実」としての「お勢の挙動」、それに基づく文三の「熟思審察」と、その結論であるところの「文三には信切でも昇には云々」という思考過程全体を相対化し、その内実を読者に暴く効果を発揮しているのである。つまり読者は「事実」としての「お勢の挙動」を、語り手と共有する文脈のなかで思い起こすことによって、文三の「熟思審察」の妄想性を解読していくのである。こうしたことが第一篇とは異なった、第二篇でテクストを解読していくセット化された枠組みの特徴なのである。

さらに重要なことは、文三の一見理性的に見える論理立てられた内省が、実は、彼の意識の奥底ではすでに直観されている真実（お勢が昇になびいている）を、意識の前景から駆逐し、意識の背景へ葬り去ろうとするはたらきをしている点である。つまり理性と智識による「事実」をもとにした「熟思審察」こそ、文三の「妄想」を作り出す根源であったということである。もちろん、第八回の段階で彼のなかにあるお勢についての記憶は、彼女を理想化する根拠となるだけの色合いをもっていたといえるだろう（読者はこの内実を知っているけれども）。しかし、九回以後の展開のなかでは、文三の目前で昇と接近していくお勢の姿が、「事実」として「無慈悲な記憶」（第九回）として彼の意識に刻印されていくにもかかわらず、彼の内省は逆にお勢への希望をつのらせていくことになる。ここに第二篇後半部の問題がある。

文三の心中の葛藤を共有する読者

第二篇第九回以後は、会話場面を通じたお勢の伝達のされ方が、それ以前とは質を異にしてくる。それまでは、語り手が会話場面を傍観するかたちで読者に伝えていたわけだが、第九回からは園田家の奥座敷での会話からはじき出された文三が、そこで展開されるお勢と昇のたわむれをのぞき見し立ち聞きすることに掛け合わされながら読者に提示するようになる。その場合、語り手は、昇とお勢がたわむれる様子を文三の嫉妬に色付けられた言葉で提示するようになる。たとえば第九回では、「奥の間の障子を開けて見ると果して昇が遊に来てゐた、加之も傲然と火鉢の側に大胡坐をかいてゐた。その傍にお勢がベツタリ坐ツて何かツベコベと端手なく囀ツてゐた」と、語り手の言葉にはその場面に対する文三の評価的言語が浸透している。座敷に入ってきた文三をながめるお勢の表情も「「誰かと思ツたら」ト云はぬ計りの索然とした情味の無い相面」と捉えられ、これも会話からのけものにされた文三の被害者意識を表すものとなっている。さらに文三には意味がわからない昇とお勢の会話のあとに「アノ筋の解らない他人の談話と云ふ者は聞いて余り快くは無いもので」という文三の意識に即した語り手の説明がつけられている。こうした語り手の言葉は、一方では七回と同様にお勢の昇への接近を強調しているものであることは確かである。しかしそれだけではなく、すでに自分には関わることができない、昇とお勢だけの世界が作られてしまったことを目の当たりにしている文三の嫉妬の情をも、同時に表しているのである。

したがって読者は、この会話場面を享受するにあたっては、一方で昇とお勢の関係の深まりを解読しながら（そのことは文三の思い込みを相対化する意識でもある）、同時にその場での文三の、妬ましさとうらやましさ、怒りと不安が入り交じった感情をも読み解かなければならないという、いわば二重の、相互に葛藤する意識に即して読むことになる。そのうえ、場面を提示する地の文＝語り手の言葉に文三の感情が浸透しているために、それまで維持してきた語り手と読者との安定した関係が崩れてくることにもなる。つまり地の文を享受するあり方が、語り手と読者が一体となって文三のお勢に対する評価を相対化するというそれまでの関係から、読者がその場ではいったん文三の意識に同化しつつ、その後潜在化した文脈を呼びおこして単独で文三の意識を相対化しなければならないという、より自立した立場に立たされることになるわけである。

このあと部屋に入った文三は、復職の世話をするという昇の申し出を断り、彼に「痩我慢なら大抵にして置く方が宜からうぜ」と批判され、怒って園田家を飛び出してしまう。そのときお勢は「不思議さうに文三を凝視め」、彼が座敷を出ると「後の方でドツと口を揃へて高笑ひをする声」がするのである。もちろん語り手によるこうした注釈は、お勢が文三の世界をまったく理解しない存在となり、昇と一緒になって文三を笑うところまで昇的世界に深入りしていることを読者に提示するサインにほかならない。しかし、このサインはこれまでのように、語り手と読者が共有するだけではなく、文三の意識のなかでお勢の裏切りを暗示するものにもなるのである。家を飛び出した文三は、昇への恨みの言葉を心中で叫びながら、このときのお勢の姿を思い出す。

「シカシ考へて見ればお勢も恨みだ
ト文三が徘徊きながら愚痴を溢し出した
「現在自分の……我が本田のやうな畜生に辱められるのを傍観してゐながら悔しさうな顔もしなかツた……平気で人の顔を視てゐた……
「加之も立際に一所に成ツて高笑ひをしたト無慈悲な記憶が用捨なく言足をした(76)
「然うだ高笑ひをした……シテ見れば彌〻心変りがしてゐるか知らん……

傍点を付した部分は、先の語り手が読者に送ったサインに符合する。そして文三は、引用部の最後のところで読者の側に結んでいたとほぼ同じお勢像に達したかに見える。しかし、このあとの「黙想」によって、お勢が心変わりしたことへの危惧は、昇の悪だくみにすり替えられ、文三の意識の前景から駆逐されてしまう。

ここでも、文三の内省は、彼を「事実」の本質から遠ざける方向で機能している。そのことはまた、引用部全体が、お勢に対する期待の情念（たとえば「現在自分の……我が」に象徴されるような、お勢の恋人としての自己位置を前提にする発想）に彩られていることにも起因する。

ここに至って読者は、また新しい読みの段階に入ることになる。それまで語り手と共有していたお勢像を枠組みとして、文三の側に結ぶお勢像を対象化してきた読者は（第二篇に入ってより自力で前者の像を構成しなければならなくなっていたが）、今度は文三のなかに「無慈悲な記憶」として刻印されたお勢像を文三と共有しながら、もう一つの記憶としての理想化されたお勢像をもって、それを打ち消そうとする彼の内省＝「塾思審察」と葛藤することになる。またそれは文三の心中の葛藤そのものでもある。ここに作中人物と読者の直接の関係が開かれることになったのである。『浮雲』のなかで第二篇が最も優れているという評価が生まれてくる要因はこの点にあるといえるだろう。

さて、この九回で実現された作品の構造は、第十回でより増幅されたかたちで繰り返されることになる。園田家に帰ってきた文三は、昇とお勢の「淫哇（みだら）」で「猥褻（わいせつ）」な戯れをのぞき見し、さらに二人の冗談の対象として完全に第三者化されてしまう。そこで文三は昇に絶交を宣言するわけだが、そんな文三をお勢はまたしても「不思議さうに」見て、昇とともに二階を降り、「梯子段の下あたりで」「ドツと笑ふ」のである。

文三に突き付けられている「事実」はいよいよ明白である。それにもかかわらず、彼は第十一回でまたしても自分がとるべき方向について「千思万考審念熟慮」するのだが、現実的方策に思い至らないまま「お勢に相談する」という「上策」を思いつくのである。それは同時に彼の意識に浮かんできていた現実的な身の処し方――叔母の意見にそって課長に復職を頼むこと――を否定していくことでもあった。

ここで文三の心中に形成されるお勢像は、彼に突き付けられている「事実」＝「無慈悲な記憶」の色合いを完全にぬぐい去ったものになってしまっていることを、語り手は文三の意識に即しながら示している。「お勢が小挫折に逢ツたと云ツてその節を移さずして尚ほ未だに文三の智識で考へて文三の感情で感じて文三の息気で呼吸して文三を愛してゐるならば文三に厭な事はお勢にもまた厭に相違は有るまい」。ここで夢想されているのは、文三の分身と化したお勢である。つまり、「事実」＝「無慈悲な記憶」の文三の意識への浸透は、彼を現実のお勢像に向かわせるのではなく、むしろその「事実」を意識の背景に追いやるために、妄想としての理想化＝分身化されたお勢像を強化する方向で機能してしまったのである。こうした文三のなかでの妄想の進行に読者を対決させるべく、このあと語り手は次のような枠組みを提示している。

が此処が妙で観菊行(きくみゆき)の時同感せぬお勢の心を疑ツたにも拘らずその夜帰宅してからのお勢の挙動(そぶり)を怪んだのにも拘らずまた昨日(きのふ)の高笑ひ昨夜(ゆふべ)のしだらを今以て面白からず思ツてゐるにも拘らず文三は内心の内心では尚ほまだお勢に於て心変りするなど丶云ふ其様な水臭ひ事は無いと信じてゐた　斯う信ずる理由が有るから斯う信じてゐたのでは無くて斯う信じたいから斯う信じてゐたので(77)

語り手は、ここであらためて文三の意識に捉えられているはずの「無慈悲な記憶」をすべて数え上げている。それらはまぎれもなくお勢が「心変り」をしたことを「事実」として文三に提示するものである。にもかかわらず彼は「内心の内心」ではお勢を信じているのである。しかも信じる根拠はすでに文三のなかには存在せず、「信じたい」という情動（欲望）だけが文三のなかに妄想としてのお勢を作り出していることを語り手は明示している。この語り手の言葉は、明らかに文三が相談相手として選んだお勢の内実を読者に露呈するはたらきをしているが、それは語り手によるお勢像の直接的意味付け（第一篇）でもなく、語り手と読者が共有する文脈の喚起（第一篇と第二篇前半）によっておこなわれるわけでもない。ここでは文三の記憶のなかにある否定的なお勢像（それは語り手と読者が共有してきた文脈の記憶でもある）を喚起することによって、彼の思い込みが暴かれているのである。

したがって第十二回で提示される破局、お勢自身の口をついて文三に投げ付けられる「本田さんは私の気に入りました」という言葉は、第二篇後半の二重化した葛藤に終止符を打つものであるはずだった。「人の感情を弄(もてあそ)

んだの本田に見返つたのといろんな事を云つて讒謗して（略）自分の己惚で如何な夢を見てゐたつて人の知た事ちや有りやしない」というお勢の言葉は、それまで語り手と読者が文三の心中を相対化していた枠組みそのものを、文三自身に突き付けるものとなっている。文三のお勢への恋着が、彼の身勝手な「己惚」と「夢」でしかないと言い切るお勢の姿は、文三のなかにある理想化した像を打ち破り、「無慈悲な記憶」として繰り込まれていた像こそが現実であることを文三に突き付けている。文三の心中で理想化されたお勢像と否定的なそれとの葛藤には、ここで終止符が打たれたはずなのにである。そして他方では、会話場面を通じて把持されるお勢像を枠組みとして、文三の心中を相対化するという、読者（語り手と共有する文脈）と文三との葛藤も構造としては解消されることになる。なぜなら読者と語り手が共有していた文脈は、お勢自身の言葉として文三の前にテクストとして顕在化しているからである。

以上のようなことから第十二回は、これまで『浮雲』の展開に場面としての〈終わり〉を与える機能をもっていたといえるだろう。(78) しかし、文三のお勢への恋着は、なお持続し、新たな妄想を生み出していくことになる。会話場面としての本質的葛藤を失ったかたちで、この妄想に終止符を打つべく、「浮雲」第三篇は書き継がれなければならなかったのである。

文三の得た「認識」で読者は納得できるのか

第三篇十三回の冒頭、語り手は文三の「心理」に即して作品世界を提示することを明示している。語り手によって「観」られた「心状」とは、お勢に決定的な言葉を突き付けられてもなお彼女への未練を断ち切れないでいる文三の恋着にほかならない。お勢と言葉を交わす可能性を自ら絶ったにもかかわらず文三は執拗に彼女の様子をうかがい、第十四回ではまたしても「Explanation（示談）」を試みるのだが、ものの見事にはねつけられてしまう（第十五回）。そのことをお政の前で暴露された文三は、彼女に娘を「踏付」にするようなことはしないでくれとなじられ、口惜し涙を流すのである。これは第二篇後半のバリエーションであり、文三はいっそうお勢と乖離し、園田家の構成員としての位置を奪われることになる。お政の言葉は、明らかに彼を部外者として排除し、別な相手（昇）をお勢の結婚の対象としていることを宣言するものだった。ここに至って、ようやく文三はそれまでとは違った「識認」を得ることになる（第十六回）。

> 今となツて考へてみれバ、お勢はさほど高潔でも無（ない）。移気（うつりぎ）、開豁（はで）、軽躁（かるはづみ）、それを高潔と取違へて、意味も無い外部の美、それを内部のと混同して、愧（はづ）かしいかな、文三はお勢に心を奪はれてゐた。
> 我に心を動かしてゐると思ツたがあれが抑（そもそ）も誤まりの緒（いとぐち）。苟（かりそ）めにも人を愛するといふからには、必ず先づ互ひに天性気質を知りあはねばならぬ。けれども、お勢は初より文三の人と為りを知ツてゐねバ、よし多少文三に心を動かした如き形迹（けいせき）が有（あれ）バとて、それハ真に心を動かしてゐたではなく、只ほんの一時感染（かぶ）れてゐたので有ツたらう。[79]

この文三の「識認」として結んだお勢像は、第一篇第二回から、語り手と読者が共有してきたそれとほぼ一致する。その意味で、これはきわめて正確なお勢についての「識認」であり、同時に自らの恋が、お勢に対する過度の思い入れが作り出した幻想だったことも認めているのである。この部分を読むかぎり、読者は語り手と共有する文脈をもって、文三の心中を相対化する必要はないかのようである。語り手は、完全に文三の心中に寄り添いながら（「我に」と一人称化する部分さえある）彼を代弁している。その意味では文三の心中の葛藤は否定的なお勢像に統一され、文三と語り手の言葉との葛藤（それは同時に文三の意識と読者との葛藤でもある）も解消されていて、第十二回で与えられた会話場面としての〈終わり〉は、ここで文三の心中に持ち込まれ、結実したかに見える。したがって、第十六回で顕在化しているテクストは、それまで、文三の心中を相対化していた読者の位置を見失わせ、文三と同一化させてしまう可能性をはらんでいるといえるだろう。事実、『浮雲』に文三の成長、作者と文三の一体化を読み取る論者たちの最大の根拠として、この第十六回の「識認」があげられてきたのである。

しかし、この「識認」を起点として、第十九回に至る展開のなかで、文三の意識には新たな「妄想」が宿ることになる。そして、その「妄想」を発生させる要因が、実は「識認」そのもののなかに組み込まれていたことを見逃すことはできない。それは一言で言えば、文三の「状況認識の時差(タイムラグ)」(80)だったといえるだろう。つまり、この「識認」からは、第一篇から第二篇にかけてのお勢やお政の文三に対する態度の変化(それはとりもなおさず園田家での文三の位置の変化＝無化を表徴している)が、見事にすり抜けてしまっているのである。文三の「識認」には、お勢と昇との関係が、すでに彼が入る隙もないほど緊密になり、むしろお勢の側から積極的に昇に接近しはじめているということや、お政が文三に完全に見切りをつけ、昇をお勢の結婚相手として選択しているといった園田家の現実が抜け落ちているのである。これらの「事実」は文三から隠されていたわけではなく、お政やお勢の言葉として彼に突き付けられていたにもかかわらず、彼の「認識」からは排除されている。

ではなぜ、文三の「識認」から、彼の眼前に突き付けられていた「事実」が抹消されてしまうことになったのか。それは何よりも、彼が得た「識認」が、自己認識ではなく、お勢についての認識だったということに起因する。『浮雲』の全過程を通して、文三の内省的(その意味で理性的であるはずの)思考は、常にお勢をめぐるものだった。第二篇第八回の「塾思審察」も、第十一回の「千思万考審念熟慮」の結果獲得した「思案」にしても、いずれもお勢と自分の関係性をめぐる内省だった。そして、こうした一見理性的な思考の結果は、そのつど文三を現実的な判断から切り離し、お勢への「妄想」をつのらせる方向で作用してきたのである。彼の意識にお勢の像が浸透してくることで、本来直面すべき現実(母の手紙、お政の言葉、昇の言葉が提示する復職への努力)は文三の意識の周縁に追いやられてしまうという設定は、第一篇から一貫したものだった。そしてそのことは同時に、お勢像をはらんだ文三の意識＝内省的な「識認」をめぐる言葉が、他者(母、お政、昇)の言葉を排除しモノローグ化することでもあった。

昇と絶交し、さらには園田家の奥座敷から排除された文三は、反面彼を脅かす彼らの言葉(他者の言葉)から自分の意識を切り離し、自分に都合がいい幻想を捏造するのに最適な空間を二階の部屋に得たとも言えるのである。そして、お勢をめぐる第十六回の「識認」はそうした彼の意識のありようの頂点として、第十二回で突き付けられたお勢自身の言葉を、彼の記憶から駆逐すべく構築された、新たな幻想への起点だったといえるだろう。そこに第三篇が本質的に「無葛藤」の世界になる要因がある。そして、そのような幻想の起点として第十六回の「識認」を解読するためには、以上述べてきたような、文三の心中を相対化する『浮雲』全編を通じての枠組み総体を読者は導入する必要性に迫られているはずなのである。そこにだけ、文三の幻想を相対化する唯一の葛藤が残されているのであり、〈作家二葉亭〉の要請もそこにあったといえるだろう。

しかし、文三を中心にすえた従来の『浮雲』の読み方では、すでに述べたように、この「識認」が、文三の成長、思想的深化、作者との接近として位置付けられてきた。注目に値するのは、こうした読みを選択する論者の多くが、第一篇や第二篇での語り手の言葉（読者との共通文脈を形成する言葉）を、戯作的で古い文体、「言文一致体」としてこなれていないものとして否定的に扱い、『浮雲』の文体の成熟を第三篇に見るという共通点をもっていることである。つまりこのような論者は、小説の地の文に対する〈近代的〉な好みから、偏向した評価的言語を嫌うことによって、第三篇を享受する際には、第一篇と第二篇で形成された語り手との共有文脈を無意識のうちに記憶の周縁に追いやり、第十六回の「識認」を一義的な作者からのメッセージとして受け止めてしまっていたといえるだろう。そうすることによって、こうした読者たちは、事実上文三の意識がたどったと同じ過程を歩むことになる。従来の『浮雲』論のなかで、お政や昇が「悪」の枠組みで否定的に捉えられ、お勢が単なる軽薄な少女としてだけ位置付けられてきたことも、以上のような他者の言葉としての語り手の言葉（語り手の文三に対する評価位置がお政や昇、さらにお勢の言葉に文節化されていることに注意する必要がある）を排除したことと呼応するのである。

〈作家二葉亭〉は『浮雲』の大団円として、編物の夜稽古に行くお勢を文三が「跟随」し、昇との「あひゞき」を目撃するという場面を準備し、ついに書かずに作品を中絶した。第十七回から第十八回にかけてのお勢の変貌には、この大団円に向けての一連の伏線が張られていたのである。そして、大団円の印象をいっそう強いものにするために、語り手は読者に対してもお勢に関する最終的な意味付けをおこなわず、決定的な事実を知らない文三とほぼ同じ限定された位置に立ち、お勢に関する判断を留保し、彼女の変貌に対しては了解不能の立場をとっている。

部屋へ戻ツても、尚ほ気が確かにならず、何心なく寐衣に着代へて、力無さそうにベツたり、床の上へ坐ツたまゝ、身動もしない。何を思ツてゐるのか？　母の端なく云ツた一言の答を求めて求め得んのか？　夢のやうに、過ぎこした昔へ心を引き戻してこれまで文三如き者に拘ツて、良縁をも求めず、徒に歳月を送ツたを惜しい事に思ツてゐるのか？　或ハ母の言葉の放ツた光りに我身を繞る暗黒を破られ、始めて今が浮沈の潮界、一生の運の定まる時と心附いたのか？　抑また狂ひ出す妄想につれられて、我知らず心を華やかな、娯しい未来へ走らし、望みを事実にし、現に夢を見て、嬉しく、畏ろしい思をしてゐるのか？　恍惚とした顔に映る内の想が無いから、何を思ツてゐることかすこしも解らないが……(81)

お政の知人「須賀町のお浜」が娘の結婚を自慢しに園田家を訪れ、それをうらやむお政が、お勢に昇との結婚をほのめかしたあとのお勢の姿である。語り手は彼女の表層から様々な推測をめぐらすが、明確な像は結ばない。したがって読者もまた、お勢の心中でおこなわれたある決定的な転換の証拠をつかむことはできない。読者の位置は、お勢と切り離された文三の位置と相似となる。ここでお勢は、文三にとってはもちろんのこと、お政にとっても、そして語り手と読者にとっても、真意を了解することが不可能な他我として立ち現れてくることになる。その後、園田家のなかでは昇に冷淡になり、「本化粧」をして「成丈美い」着物を着て編物の夜稽古に通うようになる（園田家の外）お勢の背後に、昇との肉体関係の成立を読む(82)ことは作者が予定した大団円の構想を補助線とした推測としては許されても、現『浮雲』テクスト（中絶した）に即していえば、その推測を立証する証拠はどこにもない。そのことが作者の意に反して、第十九回での文三の新たな妄想に、説得力を与えてしまうことにもなったのである。

文三の妄想を暴く語り手

第十九回で文三の意識に宿る新たな妄想とは、お勢の結婚相手としての園田家での位置を奪われた自分（文三はそのことを直観的には感じているが、明確な認識としては対象化しない）を、「浮沈の潮界」にあるお勢を救済する本来叔父孫兵衛が占めるはずの家長の位置へ超出させるものだった。

> 今の家内の有様を見れバ、最早以前のやうな和いだ所も無けれバ、沈着いた所もなく、（略）裸体にすれば、見るも汚ハしい私欲、貪婪、淫褻、不義、無情の塊で有る。以前人々の心を一致さした同情も無けれバ、私心の垢を洗つた愛念もなく。人々己一個の私をのみ思ツて、己が自恣に物を言ひ、己が自恣に挙動ふ、（略）昇に狎れ親んでから、お勢ハ故の吾を亡くした、が、それにハ自分も心附くまい、お勢は昇を愛してゐるやうで、実は愛してはゐず、只昇に限らず、総て男子に、取分けて、若い、美しい男子に慕はれるのが何となく快いので有らうが、それにもまた自分ハ心附いてゐまい。（略）物のうちの人となるも此一時、人の中の物となるも亦此一時、今が浮沈の潮界、尤も大切な時で有るに、お勢ハ此危い境を放心して渡ツてゐて何時眼が覚めようとも見えん。（略）たゞ文三のみハ、愚昧ながらも、まだお勢よりハ少しハ智識も有り、経験も有れバ、若しお勢の眼を覚ます者が必要なら、文三を措いて誰がならう？(83)

この文三の意識には、第十六回の「識認」に欠落していた、昇とお勢の関係の緊密化、お政がお勢を昇に「合せ」ようとしていることが繰り込まれている。その点では、認識はより正確になっているといえるだろう。しかし、ここでは、それまでの認識での「時差」が、意識的に導入され、現実の転倒が試みられているのである。一方でお勢の昇への接近を認めながら、「実は愛してゐない」と決めつけ、文三を結婚相手としていたときのお勢こそがあたかも本来の彼女であるかのように「故の吾」と位置付け、そこに戻すための救済者として自分の位置を設定しているのである。文三は自分に手が届かなくなったお勢の現実を、過去の園田家の幻影のなかに呼び戻すことで、すなわち現実の時間を過去の時間（繰り返し使われる「以前」）に転置することで園田家での自己の位置を保持しようとしているのである。その意味で先の内省のはじめの部分に文三が「園田家に居る原因」が「人情」だという記述があり、末尾では「義理」ゆえに「六畳の小座舗」にいつづけているという語り手の注釈は、文三の妄想の本質を突いている。「人情」とは、かつての園田家――「まだ妻でない妻、夫でない夫、親でない親、――も、かう三人集ツたところに、誰が作り出するともなく、自（おのづか）らに清く、穏（おだやか）な、優しい調子を作り出して」いたところの園田家――への未練である。もちろん、それ自体が多分に文三の幻想の産物だったのだが、この過去の懐しく「優しい」影のなかに、お勢の結婚相手としての文三の位置があったわけである。それが失われてしまった現実を認めながらも、文三は園田家での自己のアイデンティティーを確保するために「お勢の眼を覚ます者」という一見道義的な、架空の家長の位置に自己を投影するのである。それが「義理」にほかならない。

お勢に執着する自己の身勝手な情動を正当化するために企てられた自己像の捏造がここにある。そしてこれは、文三にとってだけ通用する園田家での彼の存在価値だったのである。彼のそのような思い込みが、お政やお勢に相手にされようはずもなく、昇とお勢の関係は文三がこだわりつづける園田家のなかではなく、その外（昇の下宿）で着実に深化しているのである。しかし、文三などは眼中からなくなってしまい、彼に対し無関心になったお勢の姿が、幻影のなかに住み始めた文三には、「若し文三が物を言ひかけたら、快く返答するかと思ハれる」のである。「己一個の私をのみ思ツて」存在しているのは、ほかならぬ文三自身だったことを、語り手は注釈で暴いている。

こうして見ると、最後まで語り手は文三の妄想を暴くサインを送りつづけていたことがわかる。しかし、そのサインを意味に結実させる枠組み（コード）は、結果として与えられなかったのである。第一篇・第二篇では冒頭に設定されていたセット化されたテクストの解読コードは、第三篇では末尾の「跟随」と「あひゝき」の場面として導入されるはずだったのである。文三の「識認」の妄想性に、近代知識人の苦悩や近代の暗部といった過剰な位置付けをしてしまうような読者が登場してしまったのは、『浮雲』が現在のようなテクストとして中絶していることに起因する。そして大団円として設定されるはずだった解読コードをより強力に機能するよう仕掛けられた、第三篇の語り手の判断を留保する表現位置は、逆に読者を文三の妄想に加担させてしまう機能を果たすことになってしまったのである。

しかし、語り手が第三篇で読者に送るサインを、第一篇・第二篇を通して語り手と読者が共有してきた文脈に結び付けるならば、なお文三の妄想を相対化することは可能である。そして、そのようにして『浮雲』全体を解読したときにだけ、そこで発生した〈事件〉の本質を捉えることができるのである。『浮雲』での事件とは、文三が免職になることで学問を修めた自己の存在価値を他者に同定できなくなり、お政や昇、お勢の言葉によって突き付けられる〈無価値〉だという意味論的場を、お勢に対する救済者という妄想の自己価値を捏造することで超出したことにほかならない。

それは同時に、彼の意識が、そこに浸透するお勢像によって現実的判断力を奪われ、架空の自己像を投影するお勢を求めつづけ、現実の彼女とかけ離れた分身としての彼女の像を捏造することにほかならない。そして彼女から拒絶されるや、救済の対象として妄想に組み入れるべく「故の吾」なる虚像をも偽造したということだった。しかも、そのような妄想のなかでにせの自己像を確保するための意識の擬装工作は、文三の意識から他者の存在（彼に現実を突き付ける他者の言葉）をいっさい駆逐することで実現したのである。

一言でいえば、文三にとっての他者（お政・昇・お勢）の現実での意味論的場を、彼の妄想のなかのそれに組み替えてしまうことで、架空の自己価値を創出するという、二重の意味論的場の突破、境界線の超越が〈事件〉の全貌なのである。それはまた現実から妄想へと、『浮雲』の世界そのものが境界線を超えることでもあった。そして以上の〈事件〉は、文三の意識と、語り手が提示し、さらにはお勢自身が主張する現実のお勢像を解読コードとする読者によって読み取られるのである。しかも、このような〈事件〉を形作るほど肥大化した、文三のお勢に対する妄想としての恋着こそが、〈作家二葉亭〉をして『浮雲』中絶に踏み切らせた最大の要因だった。[84]

最後に、筆者の「好み」に色付けられた、「主観的なフィルター」をかけることにする。こうした文三の醜悪としか言いようのない意識の空転劇が、ある強烈なリアリティーをもってしまうのは、おそらくそこにわれわれにとっての〈他者〉の本質、逆に言えばわれわれにとっての〈自己像〉の本質をきわめて的確に捉えているからにほかならない。そのような意味を結ぶための、解読コードを提示しておこう。

すべての人間存在は、子供であれ大人であれ、意味、すなわち、他人の世界のなかでの場所を必要としているように思われる。大人も子供も、他者の目のなかでの〈境地〉を求め、動く余地を与えるところの境地を求める。（略）少なくともひとりの他者の世界のなかで、場所を占めたいというのは、普遍的な人間的欲求であるように思われる。（略）自分自身を他者にとって意味あるものと経験しえないがゆえに、彼〔妄想患者：引用者注〕は自分で他者の世界のなかに妄想的に意味ある場所をつくりあげるのである。（略）自分の現実存在を認知することができないがゆえに、彼は自分自身の認知におけるこのようなギャップを埋めるために空想的経験を用い、それがしだいしだいに妄想と化していったのであった。[85]

『浮雲』における文三にとってのお勢像は、われわれが「場所を占めたい」と思う、少なくとも「ひとりの他者」の原像を喚起しつづけている、と思うのである。

3　物語(ストーリー)の展開と頓挫――『浮雲』の中絶と〈語り〉の宿命

「浮雲」中断をめぐる論争史

二葉亭四迷の『浮雲』という作品が〈中絶〉したという事実は、日本の近代文学が背負ってしまったあらゆる矛盾が集約された事件として、文学史的記述のなかで象徴的に論じつづけられてきた。この文学史上まれに見る「無類の悲劇」の筋書きをいち早く提示したのは中村光夫である。中村は、『浮雲』が〈中絶〉した原因が、「表現苦」の時代の「単なる文体上の問題」ではなく、「ロシアの文学をその社会に生きるまゝの姿で日本に移植する」という「企図」をいだき、その「作者の企図の正しさが、逆にその才能を殺す無類の悲劇が演ぜられた」[86]ところにあったとする。そして、こうした観点を作品の構成と絡めながら展開し、構想の段階でのお勢を中心とする「新旧思想の対立」をめぐる「四辺形」の構造が、「たんなる類型を脱して、個性ある主人公」として人間的成長をとげた文三に、作者二葉亭が近づきすぎることで崩壊したという中絶論を提示した。[87]

関良一[88]から中村光夫へと受け継がれた新旧と善悪の対立をめぐる「四辺形の構想」を批判し、「『浮雲』の対立点は善悪でなく想実である」とした十川信介も、〈中絶〉に関しては、やはり作中人物の成長と自立による当初の構想の破綻という立場をとっている。十川によれば「作中人物が作者の意志を無視し、勝手に成長してしまった『浮雲』は、『出来損中の出来損』であり」、「現実を模写しない『つまらぬ』小説」であり、「その中絶は必至」だった。そしてこの作品は「作者の予期に反することによってのみ、また中絶することによってのみ」「近代的小説」たりえたのであり、「『浮雲』は中絶することによって『完結』する」と十川は言う。[89]

また二葉亭四迷の作家的確立を『浮雲』の制作過程で検討し、文三と作者二葉亭との対応関係のなかから、「文三も作者も『浮雲』の世界について出口を見出しえない」ところに「中絶」をめぐる問題を捉えようとしたのは畑有三である。[90] 畑は、「中絶の根本的な原因」が「二葉亭がみずからの主体を現実的根拠としたうえで具体的な個体として仮構した内海文三の人間的・社会的なシチュエーションの意味それ自体にあった」としながら、批判の対象である文三が「作者の歪みと動揺の象徴」だったために、作者は「批判の視点」を「確乎」とした「不動のもの」にすることができず、そうした「小説方法の必然の帰結」として「中絶の方向」があったという。[91]

さらに最近、明治初期の小説文体に対して新たな関心が払われているなかで、文体の問題として『浮雲』の中絶を捉え返そうとする試みがなされてきている。たとえば原子朗は、二葉亭にとって「文語体」で書くほうが、「言文一致体」などよりはるかに書きやすかったのにもかかわらず、あえて「言文一致体」で書くという「困難をえらんだ」ために「作品は中絶し放棄されてしまった」とし、「みずからえらんだ文体の自縛」によって起こる「作品の挫折」という重要な視点を提出している。[92]

また『浮雲』と先行文学(政治小説・滑稽本・人情本・洒落本など)との関係について優れた分析を続けている林原純生は、お政や昇の言語に体現されている「近世俗語文学の世界を近代の内実」や「実際生活」として「容認」し、内海文三が「対外的」な(お政や昇に対する)言葉を失い、二階の自室に閉じこもってしまうところに、この作品が中絶した意味を見いだしている。[93]

『浮雲』の中絶をめぐる議論は、結局構想論、作家論、作中人物論、文体論に分離されたかたちで進んできたといえるだろう。優れたものであっても、このうちの二つか三つの問題にわたっての、しかも相互の関連が不分明なままの指摘にとどまっている。しかし、一つの作品が書き始められ、結末の構想が立てられながらも、結局は中絶に追い込まれてしまったという重い事実の根本は、そのようなかたちで解き明かすことはできないと思う。いま一度書く行為そのものの構造に立ち返りながら、あえて文化史的な見地はとらず、『浮雲』という作品が一人の創作主体によって書き始められ、書き付けられた表現が「砲車雲」のような想像力を〈はじめ〉と〈終わり〉をもつ小説に構成していく過程を追っていきたい。

会話場面をつなぐ地の文の生成

『浮雲』の冒頭で、退庁時の官員たちの髭や衣服に関して、嘲笑的に読者に報告する語り手については、すでに多くの指摘がなされてきているが、ここではこの語り手が、作品をその〈はじめ〉から〈終わり〉へ、どのように展開させ、構成するかについてだけ考えてみたい。

冒頭の描写の方法にも見られるように、この語りは一見場面に内在しているようでありながら、決して作中人物と関わることはない。つまり厳密に言えば、この語り手は作品世界の場面の内と外を区分する境界線上に位置し、そこから作中人物の挙動や会話を「覗き見」し、「立聞き」する表現主体なのである。前田愛も指摘しているとおり[94]、この「覗き」と「立聞き」は、「高座で語られる話芸を模写した滑稽本・人情本の形式」を受け継ぎながらも、坪内逍遥が『当世書生気質』や『妹と背かゞみ』などで方法化した語り手の存在を反映している。そして、この「覗き見」と「立聞き」を中心とする表現主体によって捉えられる作品世界は、人情本・滑稽本の最大の特徴だと野口武彦が指摘する、「会話を中心にした現在進行形の場面描写」の世界となる[95]。したがって、この語り手は単に『浮雲』の文体的特徴を規定するばかりではなく、同時に、というよりもこの文体的特徴と不可分に、作品世界内部の時間軸と空間軸をも決定する。作品世界内部の時間は、この語り手が「覗き見」と「立聞き」をする〈いま〉の連続として流れ、空間は「覗き見」と「立聞き」のために語り手が位置する〈ここ〉として設定される。

では、このような「会話を中心にした現在進行形の場面描写」の世界のなかで、いわゆる〈筋〉は、どのようにして形成されていくのだろうか。たとえば『浮雲』の冒頭部の描写に影響を与えている風俗誌や滑稽本といったジャンルでは、現前する場面そのもののおもしろさや新奇さで読者を引き付けるわけで、それら一つひとつの場面をつなぎ合わせ、相互連関性を整えようとする志向は希薄だ。しかし『浮雲』の語り手は、物語りを進めていくうえで、文三という一人の男を選び出し、「一所に這入ツて見よう」と二階家へ入っていく。単なる場面描写で終わらせるのではなく、選んだ対象に即して物語りを進める〈筋〉への志向が明確にはたらいている[96]（それは第二回で、選んだ男文三とお勢の来歴を語るところにも表れている）。以上のことから『浮雲』の会話場面が、会話の描写そのものが作中人物相互の関係を明らかにし、さらにはその関係を変化・発展・転換させていく人情本的ジャンルの手法に多く負っていることが確認できるだろう。その意味では、逍遥の『当世書生気質』や『妹と背かゞみ』などの延長線上にあるといえる。

しかし『浮雲』での、会話の描写による〈筋〉の展開の独自性、なかんずく逍遥の作品との差異を明らかにするうえで、最低限次のようなことは確認しておかなければならない。それは、〈筋〉というものが単線的・一元的で無葛藤なものだという観念をいったん捨てて、数本の〈筋〉の糸が絡み合いながら、一つのうねりを作り出していくものだということである。つまりそのことは『浮雲』でいえば、文三とお政、文三とお勢、文三と昇、昇とお勢、昇とお政、お政とお勢などの設定で展開される個々の会話場面が、それぞれに〈はじめ〉と〈終わり〉という物語の枠組みをもちながら、なおかつそれらが相互に複雑に絡み合い、統合され、『浮雲』という作品全体を通しての〈筋〉を紡ぎ出すということだ。

そして、そのようにして紡ぎ出された〈筋〉が抱え込む構造を担い、全体を通しての〈はじめ〉から〈終わり〉へと個々の会話場面をつないでいく地の文が作り出されなければならないのである。したがって、これから使用される「文体」という言葉は、よく言われるような、創作主体の想像力の質によって決定され、また想像力を刺激しこれをはたらかせるものとしてだけではなく、ときには想像力のある部分を切り捨てることを創作主体に要求し、それでもなお一つのテクストを、小説として構成していく力をもつもの、その質が、小説の〈はじめ〉と〈終わり〉の質を決定するような、いわば〈構成力としての文体〉といった概念を内包することになる。

文三の恋の破局

『浮雲』の会話場面の主要な系列には、まずお勢と文三との会話があげられるだろう。それは文三とお勢の間の

「恋」の〈はじめ〉と〈終わり〉という〈筋〉を作品世界に導入する。文三とお勢の恋の〈はじめ〉、正確に言うと文三のお勢に対する恋着の〈はじめ〉を提示するのは、「余程風変な恋の初峯入　下」と題された第一篇第三回である。重要なのは、この「恋の初峯入」の会話場面を描く前に、その担い手である文三とお勢二人の来歴が、語り手の冷笑的・嘲笑的な「噂話」として語られなければならなかったということ、つまり第二回として「余程風変な恋の初峯入　上」があるということだ。

創作主体は、嘲笑的な語り口で統一された、時代の刻印を押されてしまった二人の男女の戯画化された像の文脈（コンテクスト）を、彼らの恋の〈はじめ〉の会話に掛け合わせようとしたのだ。意地悪な語り手の文脈（コンテクスト）で会話場面を色付けることによって、会話の当事者には自覚されていない滑稽さ、卑小さを読者に伝えようとしたのである。会話がただありのままに描写されるのではなく、常に語り手（地の文）によって方向付けられ色付けられて読者の前に提示されるというこの作品の基本構造がここに表れている。

「お勢さん
但し震声（ふるひごゑ）で
「ハイ
但し小声で
「お勢さん貴嬢（あなた）もあんまりだ余（あんま）り……残酷だ。私（わたくし）が是れ……是れ程までに……
トいひさして文三は顔に手を宛（あ）てゝ黙ツて仕舞ふ。意（こゝろ）を注（とど）めて能（よ）く見れば壁に写ツた影法師が慄然（ぶる〳〵）とばかり震へてゐる。今一言（ひとこと）……今一言（ひとこと）の言葉の関を踰（こ）えれば先は妹背山（いもせやま）（略）今一言の言葉の綾……今一言……僅（たつた）一言……其一言をまだ言はぬ……折柄（おりから）ガラ〳〵と表の格子戸の開く音がする……吃驚（びつくり）して文三はお勢と顔を見合はせる。蹶然（むつくり）と起上（たちあが）る。転げるやうに部屋を駆出るこの失敗した、あまりも不器用な恋の告白の場面は、『浮雲』の世界の今後に、とくに会話場面のあり方に強く作用することになる。それは第一に、自分の心のなかで思う最も大事なことが、対話者に向かって満足に言葉として外化できない、つまり「今一言の言葉の関」を超えることができない存在として、会話場面での文三の特質が形成されているということだ（この特質は、お政や昇に対しては言い負かされて絶句するというかたちで現れる）。第二に、「黙ツて仕舞」った文三が会話場面から退いたあと、その言い残した、外化されなかった言葉を、語り手が地の文のなかで捉えようとすることである（お政や昇に対する「口惜しさ」「悔しさ」の言葉もそのように捉えられてくる）。第三に、お勢が文三の思いにそれなりに気づきながらも、彼の言葉をはぐらかし、文三の期待を裏切る言葉を返すということ（そのことは逆に、この「恋」が文三の側だけの思い込みにすぎないことを露呈することにもなっている）。第四に、最初に恋を告白しようとするのがお勢の部屋で、それ以後お勢との会話が成立するのが文三の二階の部屋となり、第二篇第十二回の決定的破局がお勢の部屋で訪れることによって、この作品でのお勢の部屋、文三の二階の部屋といった空間がもつ意味作用が確立する『蒲団』や『多情多恨』といった明治の文学のいくつかに共通する「二階の意味」に着目し、「心の視野の周縁部分に押しやられている」「作品の内部空間」を「作中人物の生の地平を開示し、限定する枠組」として捉え、優れた『浮雲』論に結実させた前田愛が指摘するように、文三とお勢の恋の過程は「文三の部屋を訪れるお勢の動線の微妙な変化から読み取られる」のだ。[97]

文三が免職になったことをお政に打ち明け、さんざんいやみを言われ、園田家を出て下宿をしようと決心した文三が二階の部屋を片づけていると、お勢が上がってくる（第五回）。そこで彼女は、文三をなじった母お政と「議論」をしてきたところだと報告する。文三は、「エ母親さんと議論を成すつた」、「僕の為めに」と、自分に対する好意の表明と理解してしまうのだが、お勢が言っているのはお政が「不条理」で、「条理を説ても解らない」から議論したということである。確かに「ハア君の為めに弁護したの」と言うが、この言い方には文三への好意よりも、「君」という呼びかけの仕方に象徴される、「女丈夫」を気取るお勢の優越感のほうが強くうかがわれるだろう。第五回の末尾で語り手が、お勢とお政のやりとりを、「是れはこれ辱なくも難有くも日本文明の一原素ともなるべき新主義と時代後れの旧主義と衝突をする所」と揶揄するのもそのためである。こうしたお勢の文三に対する台詞は、第三回の「親より大切な者は私にも有りますワ」、「人ぢやアないの、アノ真理」という部分とも重なりながら、全体として文三のお勢に対する身勝手な思い込みとしてしか存在しない「恋」の実態、〈妄想〉としての「恋」を読者の前に暴き出す効果をもっている。

さらに回が進むにつれて、この傾向は強められていく。第二篇第八回では、団子坂の観菊から帰ってきたお勢は、文三に言いたいことも言わせず、しきりに昇のことを話しまくり、あげくに文三の免職を心配して茶断ちした彼の母親を「慈母さんもまだ旧弊だ事ネー」と笑い飛ばす。第九回では、二階に上る梯子段から「貌而巳を差出して」勇を呼ぶお勢が、「耳を聳てゝ何歟聞済まして忽ち満面に笑を含んでさも嬉しさうに「必と本田さんだよト言ひながら狼狽てゝ梯子段を駆下りて仕舞」う」のである。そして第十回、文三に絶交を宣言された昇と一緒に、「不思議さうに文三の容子を振反ツて観ながら」「二階を降りて仕舞ツた」お勢は、もう二度と二階の部屋に上がってくることはない。つまり、文三の二階の部屋でのお勢との対応は、ことごとく第十二回の破局に向かって仕掛けられているのだ。したがって、文三とお勢の対話を「覗き見」し「立聞き」する語り手が、それに嘲笑的な色付けをしながら物語を展開するという、第二回・第三回で導入された手法が生命力をもつのは第十二回まで（第二篇の最終回）である。会話場面を中心とした現在進行形の物語は、こと文三とお勢に関しては、これ以後ありえない。第三篇第十五回が第十二回のバリエーションにしかなりえないのもそのためだ。

しかし、文三のお勢に対する恋着がここで〈終わる〉わけではない。それは、会話場面を超えて、まさに「言葉の関」を超えられない、文三の沈黙の情念のなかで形作られてきたからこそ、第十二回の会話場面での破局を超えて物語を展開させる力をもってしまう。ここに『浮雲』という作品が抱え込んだ困難の一つがある。一対の男女の出会いと別れを、傍観（聴）者的な語り手を通して捉えるといった人情本的な、あるいは『当世書生気質』で使用されていたような手法は、もう通用しない。会話の場面には決して現れないような、「即自的な意識の場面を構成する表現」を生み出す必要性に、創作主体は追い立てられていくのである。

『浮雲』地の文の新しいスタイル

文三とお勢の出会いから破局までの「筋」の展開と複雑に絡んでいるのが、本田昇のお勢に対する接近の過程である。昇は第一回の冒頭で文三とともに登場し、お政とお勢を「団子坂の観菊」に誘いにくる第六回、例の語り手の嘲笑的な口調によってその詳しい身の上話が紹介される。それによると昇は園田家に「三日にあげず遊びに来」ていて、「お政には殊の外気に入ツてチヤホヤされ」ているが、お目当てのお勢には「本田さんハ学問は出来ないやうだワ」とまだ軽んじられている。

しかし、第二篇第七回「団子坂の観菊」の帰り、不忍池近くを歩きながらの巧みな昇の口説きと、課長の義妹に対するライバル意識とが相乗し、お勢は昇に次第に引かれていくことになる。彼ら二人の関係は、「奥坐鋪」での「巫山戯」のなかで深まっていく。

「観菊」の二日後、復職を課長にとりなしてやろうという昇の「痩我慢なら大抵にして置く方が宜からうぜ」という揶揄に、切り返すこともできず恥辱をかみしめながら家を飛び出した文三が、恩師の石田から翻訳の仕事をもらって帰ってくると、夕刻にもかかわらず昇が居座り、お勢やお鍋と悪ふざけをしている。

宿所へ来た、何心なく文三が格子戸を開けて裏へ這入ると奥坐鋪の方でワツ〳〵と云ふ高笑ひの声がする耳を聳てゝ能く聞けば昇の声もその中に聞える（略）奥坐鋪を窺いて見ると杯盤狼藉と取散らしてある中に昇が背なかに円く切抜いた白紙を張られてウロ〳〵として立てゐる、その傍にお勢とお鍋が腹を抱へて絶倒してゐる（略）（この後文三は二階へ上がるが下のことが気がかりで、水を飲むことを口実に、二階を降りる）「奥坐鋪は」と聞耳を引立てればヒソ〳〵と私語く声が聞える　全身の注意を耳一ツに集めて見たがどうも聞取れない　ソコで窃むが如くに水を飲んで抜足をして台所を出やうとすると忽ち奥坐鋪の障子がサツと開いた　文三は振反ツて見て覚えず立止ツた　お勢が開懸け

た障子に摑まツて出るでも無く出ないでもなく唯此方へ背を向けて立在んだ儘で坐鋪の裏を窺き込んでゐる
「チョイと玆処へお出で
ト云ふは慥に昇の声　お勢はだらしもなく頭振りを振りながら
「厭さ彼様な事をなさるから(98)

この場面は、先に述べた「覗き見」と「立聞き」の手法が最大限に生かされ、臨場感が巧みに作り出されている。「奥坐鋪」の騒ぎを、そこからは見られない位置（縁側・台所）、つまり内と外との境界線上にじっと身をひそめて、視覚と聴覚の全機能を集中させて捉えようとする主体がここにはいる。しかし、それは第一篇で創作主体が導入したあの語り手ではない。いや、だけではないと言ったほうがいいだろう。

ここで、身をひそめ、じっと「奥坐鋪」の気配をうかがっているのは、作中人物としての文三だ。そしてそのそばに寄り添うようにして語り手は、文三が目をこらし、耳をそばだてる様子を報告する。語り手と文三は、ほぼ一体化し、「覗き見」と「立聞き」の共犯関係を結んでしまっている。免職によって、お政になじられ、「奥坐鋪」の生活から排除されてしまった文三は、そこで展開されるあらゆる会話、行為などに対して傍観（聴）者の立場に追いやられてしまう。彼は園田家での当事者の地位を昇に奪われたのである。まさに、その意味で、文三は「奥坐鋪」での会話・行為に対しては、第一篇の冒頭で登場する語り手と同じ位置に立たされてしまったのである。このことが主要な原因となりながら、語り手の文脈に、文三の「詞」が入り込んでくるのであり、語り手は文三の口真似をするようになるわけだ。ここに第一篇とは本質的に異なる第二篇の構成が成立する。

第一篇では、語り手の地口や洒落を多用した、対象を嘲笑的に揶揄する文脈＝地の文が、会話部分を色付け方向付けていて、そのことによって、会話の場面描写そのものが、会話の当事者を意味付け、価値付けるはたらきをしていた。しかし、第二篇では、この地の文と会話部分との関係が根本的に転換する。そしてその転換は、文三のお勢に対する恋着という〈筋〉に、昇のお勢への接近という〈筋〉が場面として導入されてくることによって起こったのである。

こうした手法の転換は、第二篇、第七回、第八回という同じ「団子坂の観菊」という題をもった出だしの仕方に顕著に表れている。第七回では先に述べたように、昇がお勢を初めて口説き、課長の義妹に対する対抗意識も絡んで、お勢がそれに乗りかかるという場面である。この場面を「覗き見」し「立聞き」するのは語り手である（したがってもちろん読者も）。しかしこの「観菊」での出来事は、文三にとっては不明のこととしてありつづける。だからこそ、文三がお勢に好意を期待すればするほど、第七回での昇とお勢の絡みを目撃している読者にとって、その煩悶はますます滑稽に見えてくる。

第八回は、そのような冷笑的な立場から文三の悩みと疑念を照らし出すものとなっている。しかも文三の煩悶を冷笑的に照らし出すのは、同じ題名の第七回なのであるから、第八回で文三の意識を冷笑的に捉えるための、語り手のうるさい評価的語句は必要がなくなるのである。こうして第二篇では文三の意識を捉える語り手の文脈からは、冷笑的・嘲笑的な揶揄の調子が薄れていくことになる。読者と語り手だけが「事実」を知り、文三はそれがついに見えないまま煩悶する。これが第二篇の冒頭で獲得された構成原理である。

「もしや本田に……
ト言ひ懸けて敢て言ひ詰めず、宛然何歟捜索でもするやうに愕然として四辺を環視した（略）所謂冷淡中の一物を今訳もなく造作もなくツイチヨツト突留めたらしい心持がして文三覚えず身の毛が弥立ツたとは云ふもの丶心持は未だ事実でない、事実から出た心持で無けれバウカとは信を措き難い、依て今迄のお勢の挙動を憶出して熟思審察して見るにさらに其様な気色は見えない

「事実」を知らない文三が、いくら「熟思審察」したところで、何もうまれてはこない。そこでは疑念が疑念を呼び、自分にとって都合が悪い疑念を打ち消すような新たな〈妄想〉が作り出される。「枝雲」が一面にひろが

り「砲車雲」はますます大きくなるだけだ。『浮雲』のなかで結局文三には決定的な「事実」は与えられない。与えられるとしても先にふれた第十回のように、必死の「覗き見」と「立聞き」にもかかわらず、おぼろげな像しか結ばない「奥坐鋪」の光景の断片だけだ。

文三のお勢に対する恋着が、第十二回の破局を迎えてもなお、お勢との「Explanation（エキスプラネーション）（示談（はなしあひ））」を希求するのは、まさに決定的な〈事実〉に立ち会っていないからであり、園田家を出るか出まいかという不決断もそこからくる。「事実」から切り離された文三は、〈妄想〉の「砲車雲」のなかで翻弄されるしかない。第三篇第十七回で提示される、昇に手を握られたお勢の姿態についても、目撃するのは語り手と読者だけなのである。

第二篇で獲得された新たな作品を構成する原理は、優れて小説的な多層化された虚構空間を作りながら、創作主体に対してはきわめて困難な課題を強いることになった。

第一に、「覗き見」と「立聞き」の瞬間に文三と共犯関係を結んでしまった語り手は、文三の知覚と意識に即して場面を統一しなければならなくなる。しかもそのためには、第一篇のように単純に文三の内言をうつすようなわけにはいかない。読者に場面そのものを現前させながら、同時に語り手と一緒に身をひそめ場面をうかがう文三の姿と意識をそこに掛け合わせなければならなくなる。地の文の新たな文体（スタイル）が要求されているのだ。

第二に、お勢をめぐる〈妄想〉から文三が解き放たれ、「事実」に基づく「識認」を得るためには、昇とお勢の関係を端的に表す決定的瞬間に文三を立ち会わせなければならない。しかし、そのような場面には、作品世界の内と外の境界線上に位置する語り手が立ち会うことは容易であっても、作品世界の内部に存在する文三を立ち会わせるとなると、かなりきわどい状況設定が必要となる。しかしそうしなければ文三の〈妄想〉ははてしなく続き、この小説に〈終わり〉はなくなる。なぜなら文三にとって、お勢だけが自己の存在証明をしうる人間なのだから。

したがって第三に、決定的瞬間に立ち会った文三は、それだけでお勢への未練をふっきれるわけではなく、「事実」を基にした「熟思審察」がおこなわれ、その「事実」によっていままでのあらゆることが照らし出され、意味付けられなければならない。つまりいままで読者の頭のなかでおこなわれていたことがすべて、文三の意識に繰り込まれなければ〈妄想〉の雲は晴れはしない。ここで、第一篇・第二篇を通して貫いてきた「現在進行形」の物語の形式も捨てなければならなくなる。直面した「事実」から過去を意味付ける物語に『浮雲』の世界は転換しなければならない。

こうした問題を抱え込んで、『浮雲』第三篇をめぐる数多くのプロットが書き残され、われわれの前には第三篇第十九回までしか書かれなかったテクストが残っているのである。

小説の構成に即した文体変革

二葉亭四迷は、ノート「くち葉集　ひとかごめ」の末尾に、六種類の『浮雲』構想メモを残している。それらのうち、ごく簡単な最初のものを除けば、五種類が第三篇をめぐるものとなっている。これら第三篇の構想の共通項を整理してみると、次のようになる。

(イ)文三がお勢との言い争いを内省する。
(ロ)お勢が昇に親密になっていく。
(ハ)文三に財政的困難が訪れる。
(ニ)故郷の文三の母から、火難にあった通知がくる。
(ホ)文三に「青雲の小口」が見つかるが、それは「フイ」になってしまう。
(ヘ)お勢の父孫兵衛が帰宅するが、お政が言いくるめてしまう。
(ト)文三がお勢のあとを「跟随」し、昇とお勢が「媾曳(あひゝき)」をする。
(チ)文三「失望(Despair)」し、のんだくれになり、はては「気違ひ(狂気)」となる。

もちろんこれは共通点だけを抽出したもので、それぞれの構想メモの細部にはかなりの相違がある。たとえば、(ハ)(ニ)(ホ)の前後関係、ならびに因果関係については、すべての構想で多少異なっているし、文三の母については、「老母の病気」や、「老母死去の報知」というメモもある。このような相違があることをふまえたうえでなお、これら諸構想メモが共通してもっている特徴を分析してみるとどうなるだろうか。

まず何よりも重要なことは、この三篇をもって、二葉亭が『浮雲』という作品に与えようとした結末、つまりは〈終わり〉の問題である。すでに明らかにしたように、第一篇、第二篇を通じて〈終わり〉が与えられていなかったところの〈筋〉は、個々の会話場面を超えて持続していた、お勢に対する文三の執着だった。会話場面としての、文三とお勢の恋の「筋立て」については、すでに第二篇第十二回で〈終わり〉が与えられている。文三にとって、お勢との恋の成就は、第三回の「恋の初峯入」で暗示されていたように、「今一言の言葉の関を踰え」ることだった。そのお勢との対話としての恋の成就は、第十二回で文三自身が「モウ是れが口のきゝ納めだから然う思ツてお出でなさい」という最後通告によって不可能なものになってしまっている。そしてお勢も、「口なんぞ聞いて呉れなくツたツても些（ちッ）とも困りやしないぞ……馬鹿」と応えていたのである。

さらに、文三とお政の対立（会話場面としての）も、すでに〈終わり〉は第十一回でつけられている。お政は、お勢の配偶者としての文三を完全に見限り、昇をその後釜にすえようと決断している。また文三と昇の対立についても、第十回の絶交によって、会話場面としての〈筋〉の展開はありえない。

つまり第二篇第十二回を経過してもなお、この作品を持続し、構成するのは、なんとしても断ち切ることができない、お勢への文三の執着なのである。この文三の執着に、〈終わり〉を与えるべく、構想メモでの(ト)と(チ)――文三が昇とお勢の「媾曳（あひゝき）」を目撃し、「失望（Despair）」のすえ、発狂する――という筋立てが考えられたのである。

そして、その「失望（Despair）」を決定的なものにするために(ロ)(ハ)(ニ)(ホ)の筋立てが設定されていたといえるだろう。(ハ)の文三の財政困難は、あらためて彼に免職の事実を喚起することであり、さらにその財政困難が、老母の不幸（火難）をめぐるものであり、この事態を脱しなければ決定的な不孝をはたらくことになるというかたちで、(ニ)の構想が関わってきている。さらに、そうした窮地に追い込まれてもなお、お勢への未練から、せっかく紹介された就職口――「青雲の小口」――も「フイ」にしてしまう文三が(ホ)の構想を通して描かれてくるはずだった。「青雲の小口」をめぐるメモに次のようなものが見受けられる。「青雲の小口　お勢に心引かされて決定せられず」「青雲の小口を得　相談〔お勢への：引用者注〕の失策」「手後れとなりて教師の口ハフイとなりけり　お勢の約束を履行させること　そのため手後れとなりて先方より断り手紙の来ること」。いずれにしても、再就職の道はお勢とかかずらっていたために閉ざされてしまうのである。

　母に不孝をはたらいてまで執着したお勢が、実は昇と、昇の下宿で「媾曳（あひゝき）」をしていた、その事実をいわば予兆させるものとして、(ロ)のお勢が昇に親しんでいく様子が描かれるわけだ、文三にとって、目撃した事実はいよいよ動かしがたいものとなり、大きな「失望（Despair）」が彼を襲う。おおよそ、このようなものとして二葉亭は文三の執着に〈終わり〉を与えようとしていたのだと思われる。そして実は、文三が昇とお勢のあとを「跟随」し、昇とお勢のあいびきが描かれ、そこで「失望」――「気違ひ」になるという最終部以外は、すでに第二篇までで使われた筋立てのバリエーションなのである。生活力（財政）がないことをお政になじられ、園田家を出る決意をしながらも、お勢への未練に引きずられてずるずると二階にいつづけるというモチーフは、第一篇から使われてきた、『浮雲』の基本構造でもある（構想メモのなかにも、「食料を払ひかねて〔時計を売る事〕叔母にいたふられる」「お政の『貧乏人を親類にもつもいゝか是れかこわい』などといひたるを聞きて文三苦しむ事」などといったものがある）。

　また、故郷の老母の手紙が、文三に反省を促しながらも、結局お勢への執着が、そうした気持ちに打ち勝ってしまい、「畜生、慈母（おっか）さんが是程までに思ツて下さるのにお勢なんぞの事を……不孝極まる」という葛藤を生じさせるのも第二篇第八回で使われた筋立てでもあった。こうしてみると、第三篇の構想は、第一篇から第二篇にかけて、すでに使用されてきた筋立ての基本構想を踏襲しながら、それぞれの劇的効果を強めるかたちで、文三をよりいっそう抜き差しならない窮地に追い込むという方向で立てられていたといえるだろう。

そして、それまでにない新しい要素とは、構想(ト)(チ)に見られる、昇とお勢の「媾曳（あひゝき）」の場面と、そのことを知った文三が決定的に「失望（Despair）」するという筋立てである。この場面こそ、いままで続いてきた文三のお勢に対する執着を断ち切り、同時に第三篇から導入された、昇とお勢の恋にも、一つの結末を与えるものでなければならなかった。

確かに、「お勢を跟随して、本田の下宿に入るを発見」し、二人の「あひゝきのさま」を目撃すれば、いくら文三だとて、お勢への希望、執着は捨てざるをえないだろう。しかし、二葉亭の構想のなかでは、必ずしも、文三自身が「媾曳（あひゝき）」の場面を目撃するとは書かれていない。この結末部にふれた構想メモは四種あるが、そのうち三つまでが、「跟随」する回と、「媾曳（あひゝき）」の回とを明確に分けているのである、そして唯一「跟随」と「あひゝき」が同じ回に書き込んであるメモでも、第二十二回としてあるところに書き込まれた「あひゝき」に線が引いてあり、第二十一回の「文三お勢を跟随して本田の下宿に入るを発見」という記述と「Despair」という記述の間に、括弧でくくられた「あひゝき」という文字が挿入されているのである。さらに、最後の構想メモの注記のなかには、次のような記述も見られる。

一　お勢本田に嫁する趣に落胆失望し〔遂に飲みたくれとなり〕食料を払ひかねて叔母にいためられ遂に狂気となり瘋癲病院に入りしは翌年三月頃なりけり

以上の事実からうかがえることは、二葉亭は、文三のお勢に対する執着を断ち切る契機となる場面を作り出すうえで、難しい問題を抱えていただろうということだ。つまり、昇とお勢の「媾曳（あひゝき）」という、お勢をめぐる〈妄想〉から文三が解き放たれ「事実」に基づく「識認」を得るための、決定的な瞬間に立ち会うのは誰なのか、という問題である。二葉亭はお勢が昇の下宿に入るのを見届けるのは文三だということまでは明記している。そして、文三「失望（Despair）」に至るには、まさに「媾曳（あひゝき）」という決定的事実が必要なわけだが、その場面をどう描くかについての最終決定は、この構想の段階では読み取ることはできない。しかし、昇とお勢の関係を明確に文三に突き付けることがないかぎり（たとえば「嫁する趣」というような）、文三の〈妄想〉は、やはりお勢に対する希望を抱きながら続いてしまうのである。

二葉亭に迫られていたのは、いったいどのような手法でお勢が昇の下宿に入るという事実と、昇とお勢のあいびきの場面と、文三の内面での「失望（Despair）」とを、一つの小説空間として構成するかということであり、それができなければ、『浮雲』という小説に〈終わり〉はありえなかったのである。

しかも、その執着の「終わり」は、少なくとも文三の内面に即するかぎり、「事実」に基づき、冷静に「熟思審察」した結果得られる「識認」によってつけられるものであるとは、二葉亭は決して考えなかったようである。この構想メモを見るかぎりでは、決定的瞬間を突き付けられた文三は、「酔狂」し「気違ひ」となり「発狂」するのである。いわば、第二篇で獲得した作品構成の方向性を裏切るようなかたちでしか、二葉亭は構想を立てられなかったのである。まさにそのことも、実は、この結末を構成する難しさと絡みながら二葉亭の前に投げ出されていたのである。

二葉亭が、『浮雲』の〈終わり〉を執筆するうえで抱え込んだ難問とは、第一篇から第二篇にかけて、彼が方法化した、「覗き見」と「立聞き」によって会話場面を現前させる、作品世界の内と外の境界線上に存在する語り手によって、地の文を統一していくという手法そのものの行き詰まりなのである。

第一篇で語り手が果たした機能は、作中人物を揶揄的で冷笑的な調子をもった語り口で意味付け、その意味付けのニュアンスがかけられたかたちで読者が、作中人物のかわす対話を了解するように、会話場面を現前させ、その会話場面全体が読者にとって結ぶ意味を方向付け、定位するところにあった。いわば揶揄的で冷笑的な調子そのものが〈筋〉を構成していたといえるだろう。

第二篇では事情が変わってくる。語り手が「覗き見」と「立聞き」によって読者の前に現前させた昇とお勢の会話場面そのものが、文三のお勢への執着を揶揄的・冷笑的に意味付け、逆にまた、文三のお勢への執着が、昇とお勢がたわむれる場面を、嫉妬と憎悪と侮蔑のニュアンスで意味付けるというように、地の文と会話場面がより重層化しながら葛藤することになる。そして、この文三の内面と葛藤するように挿入される昇とお勢の会話（たわむれ）の場面は、語り手が文三に寄り添うかたちで文三とともに「覗き見」と「立聞き」の位置に立つことによって読者に提示されることになったわけだ。

ここでは、語り手と読者が共有する場面と、語り手と文三が共有する場面との相互葛藤が〈筋〉を構成することになる。つまり、文三の執着などまったく無意味化するお勢と昇の関係（会話場面）が、文三の内面を揶揄的・冷笑的に相対化し、昇を軽蔑する文三の内面が、お勢と昇の関係を揶揄的・侮蔑的に相対化するようになる。となれば、第一篇で語り手がもっていた、自らの語り口で作中人物がおりなす場面を揶揄し冷笑する機能は不必要になり、地の文から、戯作的・地口的口調は消えうせていく。

創作主体に引き付けていえば、地の文を書くうえで、そのような言葉を選ぶ必然性が消えていったということであり、言い換えれば、作品内部の構成に敏感な創作主体が自らの文体を、作品構成に即して変革していったともいえるだろう。そして、語り手はここで、単に作品世界の内と外の境界線上に立つ語り手として機能するだけではなく、文三の意識の内と外の境界線上に立つ表現主体ともなっていくのである。

さて、このような第二篇の構成原理に即して、第三篇の構想での結末の場面を描こうとすると、重大な二者択一を迫られることになる。昇とお勢の関係を捉える二つの場面、構想(ロ)での「お勢の昇に親しむさま」と、構想(ト)での「本田とお勢とのあひゝきのさま」を、いったいどの視点で描くのかということである。つまり、語り手が読者とともに、この場面に立ち会うのか、それとも語り手が文三とともに「覗き見」し「立聞き」することによって、昇とお勢の「あひゝき」の場面に立ち会うのかという選択である。前者を選ぶとすれば、またしても〈事実〉は文三の意識の外に存在し、彼の〈妄想〉と執着は断たれることなく、『浮雲』は〈終わる〉ことはできない。後者をとるとすれば、かなりきわどい状況設定をするという危険を犯しながらも、少なくとも「事実」を文三の意識の内側に繰り込むことはできる。しかし、それで文三が、「事実」に基づく「識認」を得られるかといえば、実はそれほど事態は単純ではなかったところに、この時代の二葉亭の苦悩の重さがあったのである。

「事実」を認識する「立聴」の手法

『浮雲』の第一篇（一八八七年六月）、第二篇（一八八八年二月）の共著者として名前を連ねた坪内逍遥は、二葉亭が『浮雲』の執筆をめぐる方法的課題に苦悩しつつある同じ時期（一八八六—八八年）、ある実験を試みつつあった。『小説神髄』（一八八五年九月—八六年四月）を執筆した時点での逍遥の認識は、人物に対し作者が己の意匠を加えずに、「傍観」的立場からありのままに写すことで、人間の外面だけではなく、その内部も、したがってまた人間としての真実をも捉えることができるはずだというものだった。

> 人間といふ動物にハ外に現るゝ外部の行為と内に蔵れたる内部の思想と二條の現象あるべき筈なりしかして内外双ながら其現象ハ駁雑にて面の如くに異なるものから世に歴史あり伝記ありて外に見えたる行為の如きハ概ねこれを写すといへども内部に包める思想の如きハくだ〱しきに渉るをもて写し得たるハ曾て稀なり此人情の奥を穿ち所謂賢人君子ハさらなり老若男女善悪正邪の心のうちの内幕をバ洩す所なく描きいだして周密精到人情をバ灼然として見えしむるを我小説家の努めとするなり（略）小説の作者たる者ハ専ら其意を心理に注ぎて我假作りたる人物なりとも一度篇中にいでたる以上ハ之を活世界の人と見做して其感情を写しいだすに敢ておのれの意匠をもて善悪邪正の情感をバ作設くることをバなさず只傍観してありのまゝに摸写する心得にてあるべきなり(99)

このような方法意識に支えられながら、逍遥が『当世書生気質』で実践した表現の特質は次のようなものだった。まず作者の表現位置とは一線を画した語り手を、作品世界の内部と外部の境界線上におき、この語り手を通して読者に作中人物の会話（詞）と、その外見や衣服、人物を取り巻くものを描写し（地）、この人物たちの内部と外部を統一して捉えようとした。このような語り手を表現主体としておくことによって、逍遥は一方で作中人物を作者自身の「意匠」から解き放ち、「活世界の人」とすることをめざし、他方、作中人物では困難な場面をも、「傍観」できる位置を獲得しようとしたのだ。「心の内幕をバ洩す所なく」捉えるためには、作品内部の存在には立ち会うことが不可能な作中人物の決定的対話場面をも傍観し、傍聴しなければならない（第十三回、小町田と田の次の密会場面）。言い換えれば、このような語り手の設定によって、逍遥は作品世界を「只傍観（ただぼうくわん）」する表現位置を方法化したといえるだろう。

　しかし、逍遥は同時に、作者が作品世界に直接登場する自由をもこの作品のなかでは許していた。それは、彼がこの語り手の位置を、自分が意図する作品の構成――筋の展開と、読者に対して結ぶべき最終的意味＝事実――との関連で、十分方法化しきれなかった限界と関わっている。『当世書生気質』の個々の会話場面を貫いて、最終的な結末を結ぶべく導入されている、兄妹遭遇の筋立ての〈始まり〉は、第四回、「作者いはく」という断り書きを付すかたちで「平常の物語のやうに」記述されることになる。そして、この兄妹遭遇劇の〈終わり〉は、第二十回、またしても「以下また読者の煩を思ひて。地の文の如くものしにたれど。其実ハ守山の言葉をもて写すべき筈なり」という断り書きを付されて、そのまでの地の文とは、異質な文体で綴られ、結末が読者に提示されることになる。

　つまり『当世書生気質』を書き進める過程で、逍遥の表現のなかでは、作中人物（書生たち）を「只傍観」的に「覗き見」と「立聞き」の手法で捉える語り手と、「兄妹再会」の筋を〈はじめ〉から〈終わり〉に向かって構成する語り手の表現位置と地の文の文体とが、決定的に乖離してしまったのである。そして、そのことは、この作品を書くうえでの作者の創作意図とも大きくかけ離れることになってしまった。『当世書生気質』の末尾、逍遥はその点を次のように述べている。

> 殊にハ当編の眼目といつぱ。兄妹再会といふ事にありて。書生の気質といふ事にあらねバ。其表題にハ背くに似たれど。作者ハ専らに意匠を凝らして。前者に都合のよき趣向を設けつ。為に当今の書生の気質を漏なく描きいだす手順にいたらず。作者も遺憾なりと思ひしぞかし。就中最も残をしきハ作者が本来の目的なりける。書生の変遷を写し得ざりし事なり。（略）
> 譬バはじめ軽躁なりし人も。年経て沈着になる事なり。書生の頃放蕩なりし者が。却ツて老実なる実際家となるあり。或ハ卒業して用にたゝざる人あり。或ハ浅学にして用ひらるゝ事あり。其変転ハ万態千状。一々此ところに言ひがたけれども。写さバ面白さハ限なからん。[100]

逍遥のこの反省は、先の『小説神髄』での彼の論理と対応している。物語の〈はじめ〉から〈終わり〉に向かって筋を構成しようとした「平常の物語のやう」な語りの文体が、傍観的・傍聴的な場面＝「書生の気質」を捉える文体と乖離し、前者が「意匠」に偏したために、作者は「書生の気質」を捉えられなかったばかりか、最終的な意図としてあった作中人物の「変遷」を描くこともできなくなってしまったのである。

『当世書生気質』は、作者の「意匠」を排すべきだという『小説神髄』の論理の実践としては失敗だったことを逍遥は認めている。それはまた、作中人物（書生）を「只傍観」しありのままに「摸写」するだけでは、物語の筋の〈はじめ〉から〈終わり〉への構成はできないという自覚にも裏付けられていた。そこで重要なのは、作中人物そのもののなかに、物語を〈はじめ〉から〈終わり〉へ構成していく「変遷」という要素を導入することだと逍遥は考えたのである。そのことは同時に、「傍観」的に捉えられる会話場面（詞）と、筋を構成する語り手の言葉（地）をどのように有機的に関わらせるかという問題でもあった。以後、逍遥が「人情を主となす」作品のなかで追求した方法的実験は、このような問題に彼なりの解答を提出する試みだったといえるだろう。そこでは、「傍観」すなわち、「覗き見」と「立聞き」の構造そのものが転換されなければならなかったのである。

『当世書生気質』に続いて執筆された『妹と背かゞみ』で逍遥は、前作では作中人物とは区別され、作品世界の内と外の境界線上に位置する語り手に付与していた「覗き見」(傍観)と「立聞き」(傍聴)の役割を作中人物に付与したのである。この作品での「覗き見」と「立聞き」の構造の詳細については、前田愛の指摘があるので[101]、それに譲るとして、ここでは、この作品を貫く〈筋〉と、「覗き見」と「立聞き」の関わり、会話場面と地の文の関わりにだけ限定してふれることにする。

『妹と背かゞみ』のなかで逍遥がとった方法は、作中人物が「覗き見」し「立聞き」した会話に対する誤解が、その人物自身の運命を翻弄していくというものだった。新しい学問を修め、「或る官省へ奉職」した主人公水澤達三は、同じように学問をし、家柄も優れ教養もある娘お雪へ思いを寄せている。しかし、たまく「立聞き」した彼女の結婚をめぐる話を、すでに動かしがたい事実と受け取り、身分も低く教養もない、ろくに字も読めない魚屋の娘お辻と結婚する。のちに水澤は、これも偶然立ち寄ったシャモ屋で、女中同士の会話を盗み聞きし、お雪の結婚生活が幸せでないことを知ると同時に、過去の自分の判断が誤解だったことを悟る。一方お辻は、水澤がひそかに芸者から足を洗わせようとしている、水澤の父の縁者にあたる若里との関係を誤解し、嫉妬に苦しむことになる。

このお辻をあおり立てるのが、姉お春が持ち込む噂話であり、さらに疑惑を決定的なものにするのが、水澤と若里の会話を「立聞き」した、新聞の雑報記者の記事である。字が読めないお辻にとって、新聞の記事の不分明さは、よけいに嫉妬をつのらせ、事実を突き止めたいという気持ちをかきたてる。夫の言い訳を信じなかったお辻も、結局若里の母親澤江と水澤の会話を「立聞き」することで「事実」を知り、雑報記事が「全く附会つきの事実話」だったことを悟るがすでに遅く、水澤からは離縁を言い渡され、実家にも帰ることができず身投げをしてしまうのである。

そして、この「立聞き」は、ただ誤解を生み出すものとしてだけではなく、嫉妬の情に突き動かされた人間が、本来守るべき「道理」を踏みはずしていく契機にもなっていたのである。水澤は、「立聞き」によって、身分が違う女との結婚を禁じた母の遺言を破り、お辻は夫との信頼関係を裏切ってしまった。作中人物の「覗き見」と

「立聞き」のこのような特質について逍遥はきわめて意識的だった。彼は作品のなかで、次のように読者に向かって語っている。

> 必竟立聴といへる事も。真実を聴バかりにとゞまりたらんにハ。さまでに咎めずとも可るべしと思へど。兎角立聴にハ誤聞が多くて。古来罪ならぬ罪を得たるハ。大概立聴かれて誤られたるに因るなり。蓋し道理より考ふるも誰しも立聴をする折にハ。一生懸命に息を呑みて。彼方に知られまじ悟られまじと気を揉みて。耳を兎にして聴くことにぞある。されバ大方ハ気も逆上て。折々聞洩して解し難き所。さて声微にして聞取がたき所ハ。多分斯であらうあゝでがな。ト邪推と先入の考にて。押当推量ハ自然の沙汰。為に十が六。七八までハ。事実と相違して聴取るが常なり。(略)まことに立聴といふ者こそ所謂他人行儀の甚しきものなれ。互ひに信任すべき妹と背の中に。水漏る基となるも当然になん。水澤の誤も立聴にはじまりお辻の不幸も立聴より加はりぬ。いづれの場合にても。あらハに打明て相語らハゞ。斯る入違ひもあるまじきに。互ひに疑ひつ邪推をしつ。終始立聴にて事を誤る。(102)

逍遥がここでしきりに強調しているのは、作中人物による作品世界内部での「立聴」による情報からは、「立聴」している会話場面の「事実」の像は決して結ばれることはないということだ。たとえどのように聴覚を全力で集中させても、やはり聴こえないこともあり、いきおい「邪推と先入の考」をもってその会話場面を意味付けてしまう。そして「嫉妬偏執の心」や「狐疑の心」(中略部分)をもった者による「立聴」はほとんどの場合「事実と相違して」会話場面を「聴取る」ことになってしまうということである。

逍遥の指摘は「立聴」の構造をきわめて的確に捉えているといえるだろう。「立聴」とはそもそも、その会話が成立する場面から疎外された第三者によってなされるものである。彼(彼女)には、その会話場面を構成している対話者が、それぞれの言葉を発する際にもっている暗黙の了解事項(対話の意味コード)をもっていない。

そして、対話者相互が、その対話に至るまでの経過や様々な事情についての情報も与えられていないのである（対話が了解されるコンテクストの欠如）。したがって、対話のなかで交わされた言葉は、その対話がもっていた当事者にとってのコードのなかでは了解されず、また当事者が会話の言葉を意味付けているコンテクストからも切り離され、なかば会話の言葉それ自体として「立聴」者に受け取られるのである。そして「立聴」者は、それを自分がもっている諸コード、諸コンテクストのなかで意味付けることになる。異なったコード、異なったコンテクストのなかで会話が意味付けられるからこそ「誤聞」が生じるのである。

こうした「立聴」での詞の多義性、多層性は、また無責任な局外者による「噂話」や、「噂話」を種にした新聞の雑報記事にも通じるものである。逍遥は、こうした「立聴」による情報の構造そのものを『妹と背かゞみ』の筋を展開する構成力として方法化したのである。

その意味で、『妹と背かゞみ』は、『浮雲』第三篇で二葉亭に与えられていた方法上の選択の可能性に、一つの限定を加えるものとして作用していたといえるだろう。つまり、もし内海文三に本田とお勢の「あひゝき」の場面を目撃させ、「立聴」させたところで、決してそれは文三のなかで「事実」に基づく「熟思審察」をおこなわせる契機にはならないということを、この逍遥の実験は示しているのだ。ましてや文三が昇とお勢の「あひゝき」に立ち会うとすれば、彼はまさに「嫉妬偏執」のかたまりとなって、その場面に関わることになる。「事実」はますます文三から遠ざからざるをえない。逍遥の提出した方法上の実験からしても、二葉亭は、簡単に語り手と文三を一体化させ、「作者が主人公の内面から外界を見る」[103]といったような方向で『浮雲』を完結させようとは思わなかったはずであり、彼の第三篇での営為も、そうした方向とは異なっている。その二葉亭の方法的模索を明視するためにも、もう少し逍遥がどこまで方法上の実験を推し進めていったのかを確認しておくことにする。

一八八七年（明治二十年）三月から五月にかけて、坪内逍遥は「絵入朝野新聞」に「此処やかしこ」という作品を連載する。この作品は、やっと筋が展開しはじめようとするところで中断されるが、それもまた、逍遥の実験と本質的な部分で関わる結果でもあった。逍遥は「口上」で、この作品での事件のもくろみをこう語っている。

> 総じて世の中の物事といふものハ傍から見ると当人が見るとハウツテンバツテンの相違があるもので已に自惚と何病とやらハ誰しもあるものぞと世間の諺されバ傍から見てハ悪い事と思へど存外当人ハ美事の積甘くしてのけたとしたり顔なるが常なり冷淡なる人の心より見れバこれらハ笑ふべきの数に入るべく笑止憫然の限ならむがさりとて当人の心になりて見れバ決して其様に笑はれやうとハ思ハで殊にハ極々の悪人の外ハ悪いと承知してて悪い事を為し無慈悲と心得て無慈悲をするのハ殆ど無しといふもよい位なるべしそこらを斟酌して考ふれバ妄に従来の作者衆の如く何も怨のない人物に向て「件の奸佞なる曲者とか又ハ卑劣なる小人」とか草紙の地の文にて罵るのハ非理なり故に私ハ此辺を思ひて始終地の文でハ人を識らず成るべく保庇ふやうに批評する心得、ついてハ時々にハ無慈悲らしい事をもジツと当人の心を察して「頗る慈悲深い」と評することもあるべし必竟するところ該撒奇談の例の「アントニイ」の口吻を学むで人を汚さぬやう毀つけぬやう飽くまで粋めかして書く存念されば読なれぬ婦人がた又ハ童女たちハ思ひ誤りをかしう取違へる事があるもしれず万一さうあツてハ大変ゆゑ一寸お心得の目安までに一言断ツて置きますのサ[104]

逍遥は、この作品で『小説神髄』での主張——作中人物に対する作者の「意匠」をいっさい取り払う——を完全に実践しようとしたのである。つまり、地の文からは、作中人物に対する作者の側からの評価的言語をいっさい取り除くということである。これが、逍遥自身が『当世書生気質』で導入し、また二葉亭が『浮雲』第一篇で導入した、揶揄的で冷笑的に作中人物に関わる語り手によって統一される「地の文」に対する、明確な否定であることは言うまでもない。どんなに「傍から」見て、「無慈悲」な人間に見えても、「地の文」ではあくまで「当人」の立場に立って描く、という自己限定を逍遥は「地の文」の表現主体に与えたのである。発想としては、作者のモノローグを排した、多声的な世界を構築しようとするものだったが、逍遥自身のもくろみに反して、この作品は第七回で中断されざるをえない。その理由は明確である。

逍遥は「地の文」を統一する語り手に前記のような自己限定を与えたものの、創作主体としての自分自身には、そのような自己限定を与えなかったのである。自分のなかでは、かなりはっきりした作中人物に対する評価がある（誰が善人で、誰が悪人か）にもかかわらず、その創作意図はそのままにしたまま、作中の「地の文」だけで「当人」の立場に立とうとしたのである。逍遥は、「地の文」ではなく作中人物の「詞」それ自体が、小説世界で記述され構成されることで、それが作中人物に対する明確な評価的な言語になっていくことに十分な関心を払っていなかったのである。先の口上でも明らかなように、創作主体としての逍遥は、婦女子の読者が「思ひ誤りをかしう取違へる事」を極度に恐れていた。つまり作者の側では、すでに単一の意味が付与されているところを、読者にきちんと読み取ってほしいがために、逍遥は主人公富吉賛平に「無慈悲」に関わる作中人物の「詞」を、誰が読んでも「無慈悲」に受け取るように形象化したのである。すると、その「詞」を、あたかも「当人」の立場に立ったように説明する「地の文」は、むしろあざとい皮肉としての機能を果たすことになり、またしても「事実」は作中人物だけでなく、読者にも結ばなくなる。「此處やかしこ」が、筋を展開するうえで一つの契機になるだろう、主人公賛平の「立聴」の場面で中断されていることも象徴的である。

賛平へ立聴しても何の事たか少しも解らずお芳の声らしいと思ふうちに此方へ来さうなのでハツと驚き覚えす一間程後へさがる蔵れる必要はなさゝうだが爰らが人間の情の所為歟スルト又たちまち奥の間の窓から令嬢の泣声が断絶に聞える(105)

一つの作品の筋を構成する創作意図を作者がもちながら、作中人物の「詞」を形象化しているとき、「地の文」がそうした方向性を意識的に否定するように記述される場合、それは「立聴」で聞く言葉のように「何の事たか少しも解ら」ない作品になってしまう。読むものに「事実」を顕現せしめるには別な方法が選ばれなければならない。「読売新聞」に、一八八七年（明治二十年）十月から十一月にかけて連載した「種拾ひ」は、そのような課題に対する逍遥なりの一つの解答だった。

「種拾ひ」はスランプにおちいった小説家の「予」が旅に出た際、たまたま「汽船」に乗り合わせた二人の男女の会話を「立聴」（正確には、予は船酔で寝ていたのであるから「寝聴」ということになるだろうが）するという趣向が使われている。この作品の物語としての筋の〈はじめ〉と〈終わり〉は、自分の身の上を語る「阿すみ」という女の独白によって担われている。彼女は「官員ぶりの神士貌」の男に向かって、自分の家に下宿していた、宮田という官吏を免職になった男との恋と結婚、そして結婚生活の破綻（宮田の失踪）から吉澤という男の世話で働くようになったこと、その吉澤という男と一緒にいるところを、偶然通りかかった宮田に見とがめられ、叱責されるという話をする。物語の筋としてはこれだけだが、この小説の筋そのものは、これだけではない。「立聴」をする「予」は、女の独白の調子、女の身なりから、どこまでその話が「事実」かを一人称の地の文で詮索する。

吉澤の為人ハ未だ十分にハ察する能はず思ふに吉澤ハ阿すみをすゝめて仲居とならしめしは明瞭なる事実なり吉澤の厚意に任せて幼児を吉澤の家にあづけて阿すみが前回の割烹亭へ奉公したることも事実なり吉澤が阿すみに信切なるが為に其妻なにがしが邪推して夫婦喧嘩せし、事もありしならん(106)

そして、最終回で「予」が、阿すみと吉澤が入った場所が、〈私会所〉という連れ込み宿だという「事実」に、宮田の叱責の言葉を再吟味して思い至る。そうすることで宮田を一方的に理不尽な男と決めつけていた阿すみの独白が相対化され、阿すみが信頼を寄せていたらしい吉澤という男の下心が浮かび上がってくる。いわば「立聴」から「事実」の真相を読者に伝達する作品内的存在として、逍遥は作者に近い語り手「予」を作品世界に内在させたのである。

　しかし、そのような作品に内在する語り手を通して捉えられる世界はきわめて限定されたものとなる。逍遥にとって重要だったのは、作品人物の会話場面を「立聴」する語り手が、同時に小説の筋を〈はじめ〉から〈終わり〉へ向かって構成する語り手であり、しかもその語り手によって統一される地の文が決して作者の「意匠」で作中人物を意味付けないような表現構造を獲得することだった。一八八八年（明治二十一年）一月から二月（発端は「忘年会」と題され八七年十二月末に掲載）にかけて「読売新聞」に発表された「松の内」は、そうした表現構造を方法化したものといえるだろう。この作品の本篇では無人称化された、作品世界の内と外の境界線上に存在する語り手が、主人公風間鉄三郎の意識――彼が書生をしている桐元家の令閨とその姪阿みのをめぐる恋の妄想――に即して地の文を統一している。地の文が主人公の意識に即しているにもかかわらず、なぜ読者に、主人公の意識が「事実」をめぐって動いているのではなく、妄想だということが伝わるのだろうか。ここに作品の趣向の要がある。結論から先に言えば、「発端」の忘年会の場面を含めて、真面目な風間とは正反対の、遊びなれ、恋をいわば遊戯としてしか考えないような彼の友人たちが登場する会話場面（ここでは語り手が「立聴」の立場に徹し、地の文はほとんどト書きに後退する）を通じて、風間の意識が妄想であることが露呈され、揶揄されることになる。

　たとえば、桐元家の令閨のなにげない態度に過剰な意味付けを風間がしてしまうのは、数年前の忘年会で彼に好意的だった芸者君八とこの令閨がそっくりだからである。それを承知で、酔いつぶれた風間にわざわざ君八の写真を持たせたのは、風間に〈小説的なラブ〉をさせようと〈細工〉した林、宮口、斧田といった彼の友人たちだった。そして、阿みのに付き添っていった熱海の温泉場で、偶然居合わせた林と阿みのの会話の断片――「林さん、串談でなく、ほんとに。」「ア、、ほんとに教てあげませう。明日にも坂口へいらつしやい。老婆さんも御一所に。」――を「立聴」した風間は、これを林が阿みのをたぶらかそうとしているのだと勘違いする（実はこの会話は、阿みのが林に、彼が自慢している「林結び」という髪の結い方を教えてほしいというものなのである）。そして「女子の操重んずべし、汚さしむべからず、故に忠告して其危厄を救ふべし」と決心した風間が、舌足らずな言葉で「坂口に居るあの男は、悪魔だといふ事をごぞんじぢやありませんか。顔は人間のやうに見えてゐても、女の操をおもちやにしようといふ悪むべき化物だといふ事を御存じぢやありませんか」と「一生懸命」に忠告する場面は、隣室で二人の会話を盗み聞く、林や斧田たちの「吹出す」「笑ひ声」によって滑稽化されるのだった。

　主人公の意識の内側に寄り添う語り手が、同時にその意識の外側で展開される他の作中人物たちの会話場面に「立聴」する者として立ち会い、「事実」を捉えることで、主人公の意識が妄想であることを暴き、それに振り回されている主人公を喜劇的に描き出すことに逍遥は成功している。その場合、主人公の意識を地の文で語る語り手の調子は揶揄的でも冷笑的でもなく「当人」の立場に立っているものであり、風間の像が喜劇的に読者に伝わるのは、他の作中人物の会話によるのである。まさにこのようなかたちで、地の文と会話場面を有機的に統一し、それが相互作用を及ぼしながら、小説の〈はじめ〉から〈終わり〉に向けて筋を構成していく方法を逍遥は獲得したのである。それはまた、小説のなかで主人公の意識の内と外を同時に捉えながら、具体的な外の「事実」からは切り離され、意識内の「事実」＝妄想に翻弄されてしまう人間を幻前させる方法でもあった。

　このような実験を経て、逍遥は、語り手が一方では小間使いの少女の意識に寄り添いながら、他方ではこの少女には見えていない意識外の現実——奉公先の細君の苦悩——を、これもまた細君の意識に寄り添いながら描くことで（したがって小間使いの少女の意識は、細君にとっては意識外の事実となる）、小間使いの少女が自らの失敗（細君に頼まれた金を盗まれる）を苦に自殺するという不幸とともに、細君も夫から離縁される（夫に無断で家財を質入れし、金を調達しようとしたために）という不幸を同時に描き出すという、高度に重層的な小説世界を「細君」[107]で構築することになる。

　こうした逍遥の実験は、二葉亭が『浮雲』の執筆過程で抱えていた課題を先取するかたちで、逍遥なりの結着をつけていこうとする試みでもあった。この過程のなかで逍遥の地の文からは、揶揄的で冷笑的な戯作口調はほとんど姿を消している。そして重要なことは、彼の実験の主要な側面が、主人公の内言をそのまま写すという方法（『妹と背かゞみ』）から、その内言が小説の筋を構成するうえで必然的な方向で、語り手によって再構成されて記述される、いわば「詞」としての内面から、「地の文」（エクリチュール）としての内面を捉える方向へ進んでいったということ。さらには、他の作中人物の「詞」が、「地の文」（エクリチュール）と有機的に関わることで、全体としての小説が書き進められる（エクリチュール化する）ということにあったということだ。小説世界が、書かれた言葉（エクリチュール）の世界であることへの自覚が深まるなかで、どのように「事実」を書くのかというアポリアに、逍遥も二葉亭も、真摯に向かい合っていたのである。

文三の〈妄想〉に抗う地の文

『浮雲』第二篇発表（一八八八年二月）後、第三篇の発表に至る間に、二葉亭がおこなったいくつかの訳業は、逍遥の実験過程と対応するものだった。そしてまた、それらは第三篇の構想を具体化する、新たな文体の模索過程でもあった。

一八八八年（明治二十一年）七月と八月の「国民之友」第二十五号、第二十七号に発表されたツルゲーネフの「あひゞき」の翻訳は、その題名からしてこの時期の二葉亭の関心を物語っている。この作品の翻訳文体の特質については次章でふれるので、[108]ここでは語り手である猟人の「覗き見」と「立聞き」の構造と、作中人物としてのウヰクトルとアクーリナの会話場面と語り手が統一する地の文の関わりについてだけ言及することにする。「あひゞき」の作品構成は、ウヰクトルという都市生活にあこがれている給仕と、アクーリナという「農夫の娘らしい少女」との恋の終わりを描いた会話場面と、それを挟み込むようにおかれている語り手である猟人の視点からの自然描写によって成り立っている。白樺林のなかで偶然見かけた少女の様子を「物蔭に潜みながら」「覗き見」する猟人の聴覚と視覚を通して、ウヰクトルとアクーリナの別れ話の様子が読者の前に現前される。語り手は地の文のなかでは、この会話場面が何を意味するかについては、一言も語っていない。彼は、見たまま、聞いたままを忠実に読者に伝える。それでもなお、この会話場面からは、はっきりとアクーリナの不幸な運命、一方的に断ち切られた恋の終わりに直面した少女の悲しみと絶望という意味が読者の側に結ばれる仕掛けになっている。実は、その仕掛けは、この語り手の「覗き見」と「立聞き」の構造のなかにある。会話場面が始まる前、この語り手は、自分の表現位置を次のように定位している。

眸子を定めて能く見れば、それは農夫の娘らしい少女であツた。廿歩ばかりあなたに、物思はし気に頭を垂れ、力なさゝうに両の手を膝に落して、端然と坐してゐた。

この「廿歩ばかりあなたに」身をひそめていた猟人は、ウヰクトルとアクーリナの会話場面のクライマックスを次のように描写している。

「何も不足ハないけれど」ト「アクーリナ」ハ両手を顔へ宛てゝ、啜り上げて泣きながら、再び言葉を続いだ、「今でさへ家にゐるのがつらくツて〳〵ならないのだから、是れから先ハどうなる事かと思ふと心細くツて〳〵なりやアしない……屹度無理矢理にお嫁にやられて……苦労するに違ひないから……」
「ならべろ〳〵、たんと並べろ」ト「ウヰクトル」ハ足を踏み替え乍ら、口の裏で云つた。
「だからたツた一ト言、一ト言何とか……「アクーリナ」おれも……お、お、おれも……
不意に込み上げて来る涙に、胸がつかえて、云ひきれない――「アクーリナ」ハ草の上へうつぶしに倒れて苦しさうに泣きだした……総身をブル〳〵震はして頂門で高波を打たせた……こらへに堪へた溜め涙の関が一時に切れたので。「ウヰクトル」ハ泣くづをれた「アクーリナ」の背なかを眺めて、暫く眺めて、フト首をすくめて、身を転じて、そして大股にゆう〳〵と立ち去ツた。

一見すると、場面に内在する猟人が「覗き見」と「立聞き」で捉えた、見たまま、聞いたままの会話場面を忠実に再現しているような記述に見える。しかし、傍点を付した部分は、はたして「廿歩ばかり」離れたところに身をひそめる人間に、現実的に聞き取れるような言葉だろうか。会話を見るところ、このウヰクトルの悪態は、アクーリナにも聞き取られなかったらしい。そして実は、この部分こそ、ウヰクトルがアクーリナの心情などまったく無視し、彼女の悲しみに心を動かされることなく捨てていくという、この会話場面の結末の意味を担う表現になっているのだ。

ここでは、場面に内在し、その作品世界内部の条件（「廿歩」の距離）に限定付けられているはずの語り手が、その限定を飛び越えて、読者に場面そのものが「事実」としてもつ意味を顕現させているのである。まさに、その意味こそ、この小説の筋を最終的に構成するものになっている。そして、この会話場面を挟む自然描写も、前半の部分では白樺林の描写によってアクーリナの揺れ動く純心な恋心を、白楊の林の描写によってウヰクトルの冷たさを象徴し、後半の会話場面のあとにくる自然描写は、「間近になツた冬のすさまじさ」を予感することで、アクーリナの不幸な末路が象徴されてくるのである。[109] このような語り手の巧みな使い方こそ、「全権を持っていて、作者の意図を直接表現するひとつの声」＝モノローグをもった「ツルゲーネフの語り」[110] の特質なのだ。そのような語り手によって統一された地の文と会話場面だったからこそ、二葉亭は原文に忠実で厳密な訳をせざるをえなかったのだし、そこにこそ、つまり文体そのものに二葉亭のこの時期の主要な関心があったのである。

また、一八八八年（明治二十一年）九月八日に開催された文学研究会について「徳富氏外二名の名前にて」「出席有りたしと申し越されたり」というメモの前後にある、『くち葉集　ひとかごめ』のなかでの、イワン・ゴンチャロフの『断崖』を断片的に訳した部分も、二葉亭の関心のありかを示している。ゴンチャロフの『断崖』の構想と『浮雲』の構想の類似の指摘については数多くの論があるが、この時期の二葉亭にとって問題だったのは、構想もさることながら、その構想を表現する文体、なかんずく、地の文と会話場面を一つの筋に構成する「ひとつの声」だったといえるだろう。

主人公ライスキー（頼也）が、マルク（馬克）を恋するヴェーラ（信子）を心配する場面（イ）、ライスキー（徠子期）がヴェーラとマルクのあいびきを助けたあと（誰とのあいびきかはライスキーはまだ知らない）断崖の上で苦悩する場面（ロ）、マルクとヴェーラのあいびきの場面で、互いに譲り合い恋を成就させることを内心では願いながらも、自分の見解を譲り合わない二人の内面（ハ）を訳した直前に、次のような記述があることに注目したい。

> 只の地の文は書きにくしと思はねど、心の事またはけしき事を書くは大骨なり、さる文章は抑揚頓座なければ平板となりてはけしき事もをたやかに聞ゆれバなり、和文は助にハならず、漢文の語勢はさる文章にハかつこうなるべし

そしてこのあとに、なかば漢文書き下し体に近い（この時期の表現でいうと森田思軒の文体に類似するような）文体で、先の（イ）（ロ）（ハ）の訳文が記述されている。重要なことは、この（イ）、（ロ）、（ハ）の部分は、ライスキーが最終的には、ヴェーラとマルクのあいびきの場面を目撃し、マルクに寄り添うヴェーラの口から「私は幸福だわ！」というささやきを盗み聞くというクライマックスを準備する場面だということである。

ゴンチャロフの『断崖』の表現構造は、地の文では常に主人公ライスキーの意識に即しながら、ライスキーの意識に色付けられたかたちで、他の登場人物を描くという基本型をもっている。しかし、この地の文ではライスキーの生い立ちも詳細に語られ、彼が他者を評価する軸が、つまり彼の対他意識の特質が、その生い立ちに根差していることが明らかにされることで、ライスキーが対象化されてくる。そして、このクライマックスの場面を含めて、ライスキー以外の人物の会話場面を通して、ライスキーの意識が相対化されたり喜劇化されたりするのである。この作品の地の文と会話場面との関わりは、地の文があたかもライスキーの意識を全面的に代弁しているようでありながら、作品全体としては、地の文と会話場面が一つの作品として構成され、ライスキーの意識を批判し揶揄する機能をもちえているのである。ここにも二葉亭が求めていた、作者の表現意図に即した「ひとつの声」＝モノローグが方法化されていたのである。

以上の模索と文体変革の努力を通して、二葉亭が『浮雲』第三篇で試みようとしたのは、このような作者の表現する「ひとつの声」をもった語り手によって地の文を統一し、この作品に〈終わり〉を与えることだった。それは具体的には、昇とお勢の「あひゝき」の「事実」を、文三に受け止めさせることで、文三の未練に、たとえばそれが「狂気」というかたちをとろうとも終止符を打つことだった。『浮雲』第三篇第十六回以後の表現の質の変化は、明らかにそのような作者二葉亭四迷の創作意図によってもたらされたのである。

しかし、結果的に『浮雲』は第十九回で〈終わり〉となっている。二葉亭自身の構想で言えば、昇の下宿へ行くお勢を「跟随」する直前で、文三は「一(ひ)と先(まづ)二階へ戻つ」てしまうのである。この事実をもって、『浮雲』という作品は〈中絶〉したと言われてきたのである。確かに、ツルゲーネフの「あひゞき」の訳やゴンチャロフの『断崖』の訳をみれば、二葉亭が昇とお勢の「あひゝき」の場面を書こうとし、そのために文体の変革をめざしていたことは明らかである。ではなぜ、現存する『浮雲』は第十九回で〈終わり〉となったのか。それは、第三篇第十六回以後、二葉亭が作り出した地の文の文体それ自体の質によってもたらされていたのである。

第十六回で文三は、それまでのお勢と自分との関係を振り返り、お勢が「軽躁(かるはづみ)」な娘だという「識認」を得る。この文三の内省は、次のような描かれ方をされている。

其胸臆(きょうおく)の中(うち)へ立入ツてみれバ、実に一方ならぬ変動。（略）情欲の曇が取れて心の鏡が明かになり、睡入(ねい)ツてゐた智慧は俄(にはか)に眼を覚まして決然として断案を下し出す。眼に見えぬ処、幽妙の処で、文三は——全くとは云はず——稍々(やや)変生(うまれかは)ツた。

ここでは、第一篇のように文三の内言をそのまま写したり、第二篇のように文三の内言を、その口真似をしながら語り手が地の文で捉えるといった手法とも異なった表現になっている。ここでは語り手が、ある程度文三の意識の外側に位置しながら、その意識のありようを意味付け、そのうえで、文三の意識に即して語っていくという手法になっている。二葉亭はここで、文三の意識の内と外を同時に捉える語り手によって地の文を統一しているといえるだろう。したがって、この語り手からは、文三の外側に立って場面を描写していた語り手が、第一篇や第二篇の冒頭でもっていた戯作的な、揶揄と冷笑に満ちた語句は姿を消しているのであり、同時に文三の内言を代弁していた第二篇の語り手のように、お政や昇、はてはお勢に対する攻撃的な口調も表れてはこない。このような語り手によってこそ、何者にも偏しない「事実」が捉えられるはずだと二葉亭は考えたのだろう。

第十七回では、この語り手が、お勢と昇が戯れる場面――お勢と昇の関係の深化――を「覗き見」と「立聞き」の手法で捉え、さらに第十八回では、お政と昇の関係の深化、「須賀町(すがちょう)のお濱(はま)」の娘の結婚話をきっかけにしたお勢の態度の変化、そしてお勢が「編物(あみもの)の夜稽古(よげいこ)」に通いだす経過が語られてくるのである。この二つの回の地の文にも、語り手の側からの過度の評価的語句は極力抑えられている（第十七回には一カ所「淫哇(いやら)しい、形容も出来ない身振り」という表現が見られるが）。

作者二葉亭の創作意図としては、この第十六回での文三の「識認」――文三の意識内のお勢像と、第十七回から第十八回にかけての語り手がお勢に寄り添うかたちで捉えた彼女の変化――文三の意識外のお勢像――を関わらせることによって、一気にクライマックス、つまり文三が「夜稽古」に出るお勢を「跟随」し、昇の下宿に入るところを目撃し、「あひゝき」の「事実」を知り、「失望（Despair）」するくだりに向かうはずだった。『浮雲』第十九回は、そのような創作意図のもとに書き進められていったはずだが、ではなぜ文三はお勢のあとを追わずに、「一と先二階へ戻つた」のだろうか。二葉亭の誤算は、第十六回で語り手が寄り添っていた、文三への「識認」の与え方にあったといえるだろう。その誤算に二葉亭が気づいたのは、第十九回の執筆過程だったと考えられる。

第十六回で文三が得た「識認」とは、お勢が「軽躁」だという、対他認識である。しかし、文三がお勢に対する未練を捨てきれないのは、彼女が「女丈夫」であるか「軽躁」であるかという価値判断を超えて、いわば彼女によってしか自己の存在価値を確認しえないところに追い込まれ、自己の存在価値を得ようとするためだったのである。したがって、文三がお勢への未練を断ち切るということは、お勢の無価値を「識認」することによって得られるのではなく、自分自身の無価値を「識認」することではじめて得られるものだった。『浮雲』を〈終わり〉に導くために文三に付与されるべきだったのは、そのような対自認識、自己認識であって、決して対他認識ではなかった。お勢と昇の「あひゝき」を確認した文三の「失望（Despair）」が「狂気」にまで至るには、それまでの自己認識を根底的にくつがえすような自意識のドラマが文三の内部で繰り広げられなければならない。そのためには、文三の内言そのものが（あるいは語り手によって捉えられる文三の意識が）、第一篇や第二篇でのように、お政や昇、さらにはお勢といった他者への攻撃性をもった言葉としてではなく、それまでの自己認識そのものを攻撃の対象とする、いわば自己破壊的な言葉として形象化されなければならなかったのである。

しかし、第十六回で与えられたのは、あくまで対他意識としての「識認」であり、第十九回で今の園田家の人間関係の「裸体（はだかみ）」を「見るも汚ハしい私欲、貪婪（とんらん）、淫褻（いんせつ）、不義、無情の塊（かたまり）」だと見る文三にも、お政やお勢に対する認識は明確になってきているとはいえ、そのような園田家にいつづけようとしている自己像の卑小さにはついに思い至らない。むしろ、そこには自分が「お勢の眠（ねぶ）つた本心を覚ま」す唯一の存在だという、新たな自己価値さえ付与されてくるのである。「たゞ文三のみハ、愚昧ながらも、まだお勢よりハ少しハ智識も有り、経験も有れバ、若しお勢の眼を覚ます者が必要なら、文三を措いて誰がならう？」と、文三の意識に即した語り手は語らざるをえない。そのように文三の意識を語ってしまった瞬間、この語り手は、文三の〈妄想〉に終止符を打つべく作者によって導入されたにもかかわらず、また再び文三の〈妄想〉を語りつづけなければならなくなる。そして、その〈妄想〉は、文三のお勢への執着を断ち切り、この作品の〈終わり〉として構想された「失望（Despair）」とは限りなく隔たっていく。

お勢を救ハうといふ志ハ有つても、其道を求めかねるから。「どうしたものだらう？」といふ問ハ日に幾度（いくたび）

となく胸に浮ぶが、いつも浮ぶばかりで、答を得ずして消えて仕舞ひ、其跡に残るものハ只不満足の三字。その不満足の苦を脱れやうと気をあせるから、健康な智識は縮んで、出過た妄想が我から荒出し、抑へても抑へ切れなくなツて、遂にハまだどうしてといふ手順をも思附き得ぬうちに、早くもお勢を救ひ得た後の楽しい光景が眼前に隠現き、払っても去らん事が度度有る。

この〈妄想〉はついに最後まで文三から離れない。「夜稽古」に出かける「お勢の後姿を目送」る文三の頭をかすめた疑惑も、この〈妄想〉がかき消してしまう。

例の妄想が勃然と首を擡げて抑へても抑へ切れぬやうになり、種々の取留も無い事が続々胸に浮んで、遂にハ総て此頃の事ハ皆文三の疑心から出た暗鬼で、実際ハさして心配する程の事でも無かつたかとまで思ひ込んだ。

作者二葉亭は、それでもこうした文三の意識に、なんとか自己認識を与えようとしていたようである。お勢のことを思い詰めて、注意力が散漫になり、天井の木目を見つめる文三に、こうつぶやかせている。

ふゝん、「おぷちかる、いるりゆうじよん」か。」ふと文三等に物理を教へた外国教師の立派な髯の生えた顔を憶ひ出すと、それと同時にまた木目の事ハ忘れて仕舞つた。続いて眼前に七八人の学生が現ハれて来たと視れバ、皆同学の生徒等で、或ハ鉛筆を耳に挿んでゐる者も有れバ、或ハ書物を抱へてゐる者も有り又ハ開いて視てゐる者も有る。能く視れバ、どうか文三も其中に雑つてゐるやうに思ハれる。今越歴の講義が終ツて試験に掛る所で、皆「えれくとりある、ましん」の周辺に集つて、何事とも解らんが、何か頻りに云ひ争ひながら騒いでゐるかと思ふと、忽ちその「ましん」も生徒も烟の如く痕迹もなく消え失せて、ふとまた木目が眼に入つた。ふん、「おぷちかる、いるりゆうじよん」かと云つて、何故とも莞爾した。

ここで文三が口にする「おぷちかる、いるりゆうじよん」――幻視・錯覚とは、文三自身のお勢をめぐる〈妄想〉を指している。そして、記憶の底から引き出されてくる学校時代の光景は、まさに文三が唯一最大の自己価値の証明とし、またお勢と自分がつながっている絆と信じていたところの〈学問〉を象徴しているのである。この場面それ自体は、文三の〈妄想〉の内実を見事に象徴しているといえるだろう。しかし、そのような象徴性をこの表現が帯びてくるのは、語り手を通して、文三の独言と、幻覚がこのような配列で読者に提出されているからにほかならない。文三当人にとっては、両者の間に断絶がある。そして、「おぷちかる、いるりゆうじよん」とつぶやきながらも文三が「莞爾」するのは、彼が結局その言葉を苦い自己認識として口にしているのではなく、そうは思いながらも、やはり幻覚そのものに夢と希望を託してしまっている彼の意識のありようを示しているといえるだろう。〈妄想〉は「抑へても抑へきれぬ」までに肥大化していたのだ。

第十九回を執筆する過程で、二葉亭は文三の〈妄想〉――「事実」とは切り離された「楽しい光景」に期待し、希望をつなぐ意識――にこそ、『浮雲』の〈終わり〉を困難にする主な要因があると認識していた。そのことを認識することは、同時に『浮雲』に〈終わり〉を与えることを断念することでもあった。「落葉のはきよせ　二籠め」の末尾、第十九回の内容とほぼ一致するメモのあとに、二葉亭はこう書き残している。

お勢の心は取かへしかたし　波につられて沖へと出る船に似たり
文三の力之を如何ともしかたし〱といひて何事をもせずまたし得ず
是において乎文三は безпокойство〈不安〉に煩されたり　そのさまハ余か浮雲を読みたる情に同し然れとも
尚ほ愚かにも望みを将来に属せり　何となれハ文三には如何にしてもお勢の縁か切れたりとおもひ得ねハなり

それゆゑお勢の編物の稽古にかよふをうたかはす昇の足を遠くしたをよいことに思ツてゐた　アラ！

第三篇執筆の過程で、二葉亭は、坪内逍遥が一八八七年から八九年（明治二十年—二十二年）にかけておこなった、方法的実験の成果はほぼ取り入れていたといっていいだろう。それに付け加えて、ツルゲーネフやゴンチャロフの手法からも学ぼうとした。それは、会話場面を「覗き見」「立聞き」し、作中人物の意識に即して地の文を統一しながらも、最終的には作者の創作意図を担って、小説世界の筋を〈はじめ〉から〈終わり〉に向かって構成する〈ひとつの声〉をもつ文体を獲得する必死の努力だった。そして、その結実として、第三篇第十九回の「おぷちかる、いるりゆうじよん」の記述に見られるような、作中人物の意識の表層に表れながらも、その作中人物の心的偏執のために意識の暗部に葬り去られてしまうような内的言語を捉えはした。

しかし、その〈ひとつの声〉は、『浮雲』第一篇から第二篇にかけて、会話場面を超えて筋を構成するに至った、お勢に対する文三の執着＝〈妄想〉を断ち切るには至らなかった。作者二葉亭の創作意図を実現させるためには、語り手が捉える文三の意識のなかに、自己認識と自己破壊の言葉を導入するしかなかった。

その意味で、『浮雲』の抱え込んだアポリアは、同時代から孤立しているものではなく、限りなく同時代の文学状況に開かれたものとなっていたといえるだろう。作中人物の自己認識を通して、「事実」を浮かび上がらせる試みは、一八九〇年前後（明治二十年代の初頭）の様々な一人称小説の実験[111]によって引き継がれることになるし、「事実」に直面した人間の意識が、自己を破壊するような言葉を生み出してしまう過程は、たとえば広津柳浪の『女子参政蜃中楼』[112]では、作中人物の内言として捉えられ、他方斎藤緑雨の『油地獄』[113]では、作中人物の意識に即した語り手の言葉として実現されていくことになる。

いずれにしても、『浮雲』が〈中絶〉する過程は、創作主体が、書く行為と書かれた言葉の機能を深く意識化することによって小説世界を構成するようになる表現史上の転換をはっきり示す、一つの事件だった。

注

(1) 坪内逍遥『小説神髄』。表記は、坪内逍遥「小説神髄」(稲垣達郎編『明治文学全集』第十六巻、筑摩書房、一九六九年)に従う。
(2) 坪内逍遥『一読三難(角書き)当世書生気質』全十七巻、一八八八年六月―一八八九年一月、晩青堂
(3) 坪内逍遥「文学嫌の文学者」「東京朝日新聞」一九〇九年五月十日付
(4) 二葉亭四迷「余が言文一致の由来」「文章世界」一九〇六年五月号、博文館
(5) 坪内逍遥「文章新論」「中央学術雑誌」第二十八・三十二号、中央学術雑誌社、一八八六年五・七月
(6) 二葉亭四迷『浮雲』第一篇、金港堂、一八八七年、同『浮雲』第二篇、金港堂、一八八八年、前掲「浮雲」第三篇
(7) 坪内逍遥『柿の蔕』中央公論社、一九三三年
(8) 同前
(9) 前掲「余が言文一致の由来」
(10) 田口卯吉「日本開化の性質漸く改めざるべからず」「東京経済雑誌」第二百四十六号、経済雑誌社、一八八四年
(11) 福地源一郎「明治今日の文章」「国民之友」一八九三年十月三日号―十一月十三日号、民友社。亀井秀雄「自己意識の可変性」(「群像」一九七八年八月号、講談社)は、近世後半「ごく普通に使われてきた」和漢文的表現による、国民文体創出の可能性をこわしたのが「棒読体系統の、新知識人たちの文体であった」と指摘している。
(12) 福地源一郎によれば、寛政年間以降文章は「漢めきて漢文直訳の躰」となり、文字を音読する「棒読風」のものとなり、幕末の志士たちは、この文体を建白書を記すために好んで用いたので、「建白体」とも呼ばれていたようである。
(13) ロウド・リトン『欧洲奇事 花柳春話』全五巻、丹羽純一郎訳、坂上半七、一八七八―七九年
(14) 福沢諭吉『学問ノスヽメ』福澤諭吉、一八七二―七六年
(15) 斯邁爾斯(スマイルス)『西国立志篇』中村正直訳、須原屋茂兵衛、一八七一年
(16) 前田愛「『花柳春話』の位置」「明治文学全集 月報」一九七二年十月号、筑摩書房

(17) 同論文
(18) 菊亭香水『惨風悲雨 世路日記』東京稗史出版社、一八八四年
(19) 主人公の久松菊雄が恋するのは松江タケただ一人であり、複数の女性との恋愛遍歴は菊雄には存在しない。
(20) 前掲『惨風悲雨 世路日記』第八回。表記は、菊亭香水「惨風悲雨 世路日記」(興津要編『明治文学全集』第二巻所収、筑摩書房、一九六七年)に従う。
(21) 徳富蘇峰は「近来流行の政治小説を評す」(「国民之友」第六号、一八八七年七月十五日、民友社)のなかで、立身出世型の筋書きをもった政治小説が、「神田下宿屋の二階に籠城する書生輩」の「快夢」のような御都合主義に侵されていると批判し、このような規定を同種の諸作品に与えたのだった。
(22) 東海散士『佳人之奇遇』第一―八編(全十六巻)、博文堂、一八八五―九七年。ここでは第五篇(一八九一年)までを検討の対象にする。表記は、東海散士「佳人之奇遇」(柳田泉編『明治文学全集』第六巻所収、筑摩書房、一九六七年)に従う。
(23) 東海散士『佳人之奇遇』第二巻、博文堂、一八八五年
(24) 徳富蘆花『黒い眼と茶色の目』新橋堂、一九一四年
(25) 前掲「自己意識の可変性」
(26) 徳富蘇峰「在野の志士に望む所あり」「国民之友」第三号、民友社、一八八七年四月
(27) 同前
(28) 巖本善治「小説論」「女学雑誌」第八十三号、女学雑誌社、一八八七年十一月
(29) 前掲「文章新論」
(30) 坪内逍遥「はしがき」、ロルド・リットン『開巻悲憤(角書き)慨世士伝』前篇所収、坪内逍遥訳、晩青堂、一八八五年
(31) 式亭三馬「朝湯の光景」『諢話浮世風呂』前編、巻之上(「日本古典文学大系」第六十三巻)、岩波書店、一九五七年
(32) 二葉亭四迷「小説総論」「中央学術雑誌」第二十六号、中央学術雑誌社、一八八六年四月

(33) 二葉亭四迷「予の愛読書」「中央公論」一九〇六年一月号、中央公論社
(34) 同前
(35) 寺田透「近代文学と日本語」『文学その内面と外界』弘文堂、一九五九年
(36) 前田愛「音読から黙読へ」『近代読者の成立』（有精堂選書）、有精堂、一九七三年
(37) 二葉亭四迷「写生文に就いての工夫」「文章世界」第二巻第三号、博文館、一九〇七年三月
(38) この事実については従来注目されていなかったが、二葉亭のゴーゴリ観を捉えるうえではきわめて重要な問題を含んでいる。
(39) エイヘンバウム「ゴーゴリの『外套』はいかに作られたか」小平武訳、水野忠夫編『ロシア・フォルマリズム文学論集Ⅰ』所収、せりか書房、一九七一年
(40) 鶴見俊輔「円朝における身ぶりと象徴」、岩波書店編「文学」一九五八年七月号、岩波書店
(41) ベリンスキー『ロシアの中編小説とゴーゴリ氏の中編小説について』В. Бѣлинский, "О русской повести и повестях г. Гоголя". Сочиненія В. Бѣлинскаго : с'ъ портретом' автора и его факсимиле, Москва : Продается у книгопродавца А.И. Глазунова, ч. 1, 1872.
(42) 前掲「浮雲」第三篇
(43) ゴーゴリ「むかしの人」二葉亭四迷訳、「早稲田文学」第五号、早稲田文学社、一九〇六年五月
(44) 二葉亭四迷の訳でも、あとの部分では一人称の代名詞「私」が訳されることもあるが、その人称性は自分について語るためにあるものではなく、その「私」を通して把握される世界の見え方を提示するためにある。
(45) 二葉亭四迷「第一回　アヽラ怪しの人の挙動」、前掲『浮雲』第一篇
(46) 亀井秀雄「言文一致体の誕生」「国語国文研究」第五十六号、北海道大学国語国文学会、一九七六年
(47) 同前
(48) 同前
(49) 同前
(50) 先にふれた、エイヘンバウムの論（前掲「ゴーゴリの『外套』はいかに作られたか」）での指摘。

(51)亀井前掲論
(52)前掲前田『近代読者の成立』
(53)ロラン・バルト『零度のエクリチュール』(渡辺淳/沢村昂一訳、みすず書房、一九七一年)での次のような指摘をふまえてこの用語を使用する。「言語体と文体は盲目的な力だが、エクリチュールは歴史的な連帯行為である。言語体と文体はオブジェだが、エクリチュールは機能である。すなわち、エクリチュールは創造と社会との間の関係であり、社会的用途によって変形された文語であって、人間的意図においてとらえられ、こうして歴史の大きな危機にむすばれる形式なのだ」
(54)二葉亭四迷「第四回　言ふに言はれぬ胸の中(うち)」、前掲『浮雲』第一篇
(55)杉山康彦「長谷川二葉亭における言文一致」、岩波書店編「文学」一九六八年九月号、岩波書店
(56)同前
(57)二葉亭四迷「第八回　団子坂の観菊」、前掲『浮雲』第二篇
(58)二葉亭四迷「第十九回」、前掲『浮雲』第三篇
(59)ツルゲーネフ「あひゞき」二葉亭四迷訳、「国民之友」第三巻第二十五・二十九号、一八八八年七月六日・八月三日、民友社
(60)ツルゲーネフ「めぐりあひ」二葉亭四迷訳、「都の花」第一巻第一号、第一巻第三号―第二巻第六号、一八八八年十月二十一日、十一月十八日―一八八九年一月六日、金港堂
(61)M・バフチン『ドストエフスキイ論――創造方法の諸問題』新谷敬三郎訳、冬樹社、一九七四年
(62)二葉亭四迷「作家苦心談」「新著月刊」第二号、一八九七年五月
(63)前掲亀井「言文一致体の誕生」
(64)R・ヤーコブソン「人類学者・言語学者会議の成果」田村すゞ子訳、『一般言語学』川本茂雄監修、田村すゞ子/長嶋善郎/中野直子訳、みすず書房、一九七三年
(65)W・イーザー『行為としての読書――美的作用の理論』轡田収訳(岩波現代選書)、一九八二年
(66)ミカエル・リファテール「文体分析のための基準」宮原信ほか訳、『文体論序説』福井芳男ほか訳、朝日出版社、

一九七八年、

(67) 二葉亭四迷「第一回　ア、ラ怪しの人の挙動」、前掲『浮雲』第一篇
(68) 藤井淑禎「浮雲の四年間・Ⅱ――流行世相の推移を軸に・2」、東海学園女子短期大学国語国文学会編「東海学園国語国文」第十九号、東海学園女子短期大学国語国文学会、一九八一年
(69) 同前
(70) 二葉亭四迷「第三回　余程風変な恋の初峯入　下」、前掲『浮雲』第一篇
(71) 二葉亭四迷「第五回　胸算違いから見一無法は難題」、前掲『浮雲』第一篇
(72) 二葉亭四迷「第七回　団子坂の観菊　上」、前掲『浮雲』第二篇
(73) 大江逸（徳富蘇峰）「『浮雲』の漫評」「国民之友」第十六号、一八八八年二月十七日、民友社
(74) 「以良都女」第十一号、成美社、一八八八年
(75) 二葉亭四迷「第八回　団子坂の観菊　下」、前掲『浮雲』第二篇
(76) 二葉亭四迷「第九回　すわらぬ肚」、前掲『浮雲』第二篇
(77) 二葉亭四迷「第十一回　取付く島」、前掲『浮雲』第二篇
(78) 第十二回が文三とお勢の恋を軸にした会話場面としての筋立ての「終わり」になっていることについては、本書第2章第3節「物語（ストーリー）の展開と頓挫――『浮雲』の中絶と〈語り〉の宿命」を参照されたい。
(79) 二葉亭四迷「第十六回」、前掲『浮雲』第三篇
(80) 前田愛「二階の下宿――都市空間のなかの文学」「展望」一九七八年五月号、筑摩書房
(81) 二葉亭四迷「第十八回」、前掲『浮雲』第三篇
(82) たとえば畑有三は、園田家のなかでお勢が昇に「一向構はなくなツた」ことについて、「ここで昇との肉体関係への移行が暗示されていると読むべきだろう」と注釈している（田中保隆解説、畑有三／安井亮平注釈、二葉亭四迷『二葉亭四迷集』〔「日本近代文学大系」第四巻〕、角川書店、一九七一年）。
(83) 二葉亭四迷「第十九回」、前掲『浮雲』第三篇
(84) この点については本書第2章第3節「物語の展開と頓挫」で論じる。

(85) R・D・レイン『自己と他者』志貴春彦/笠原嘉訳、みすず書房、一九七五年
(86) 中村光夫「文学の肉声――『浮雲』について」「展望」一九四七年四月号、筑摩書房
(87) 中村光夫「浮雲の中絶」『二葉亭四迷伝』、講談社、一九五八年
(88) 関良一「『浮雲』の発想――二葉亭論への批判」「立教大学日本文学」第六号、立教大学日本文学会、一九六一年
(89) 十川信介『二葉亭四迷論』筑摩書房、一九七一年
(90) 畑有三「二葉亭四迷――『真理』探究と『浮雲』の制作」「国語と国文学」一九六五年十一月号、至文堂
(91) 畑有三「二葉亭のきりひらいたもの」、至文堂編「国文学――解釈と鑑賞」一九八〇年十一月号、至文堂
(92) 原子朗「二葉亭四迷、内面の言語へ」、学灯社編「国文学――解釈と教材の研究」一九八〇年八月号、学灯社
(93) 林原純生「近世俗語文学と近代『写実』理念――『浮雲』における『俗語の精神』と『平民的虚無思想』に関連しての試論」「日本文学」一九八一年一月号、日本文学協会
(94) 前田愛「明治の表現思想と文体――小説の「語り」をめぐって」、学灯社編「国文学」一九八〇年八月号、学灯社
(95) 野口武彦『小説の日本語』(「日本語の世界」第十三巻)、中央公論社、一九八〇年
(96) 「筋」を進めるうえでの、反主人公(アンチ・ヒーロー)文三の役割については、拙稿「『浮雲』の主人公――文体としての自己意識」(異徒の会編「異徒」創刊号、異徒の会、一九八〇年)を参照されたい。
(97) 前田愛「二階の下宿」「展望」一九七八年五月号、筑摩書房
(98) 二葉亭四迷「第十回　負るが勝」、前掲『浮雲』
(99) 坪内逍遥「小説の主眼」、前掲『小説神髄』
(100) 坪内逍遥「第二拾回　大団円」、前掲『当世書生気質』
(101) 前掲「明治の表現思想と文体」。しかし、この論での「作者の声が直接小説のなかに介入することを警戒した逍遥は、作中人物の内面を描くことが、おのずから語りの構造を変えて行くことに、意外に無頓着だった」という指摘については承服できない。私見では「無頓着」とは逆に、そこにこそ最大の関心と努力が払われていたと思う。そのことの論証は、この章全体を通して明らかにされることになる。
　また、一連の作品のなかでの逍遥の試みを「作中人物の内面に入りこむ語り手を導入」すると単純化して捉えるの

も正しくないと思われる。
(102)坪内逍遥「第拾七回　写しいだす破れし鏡　上」、『妹と背かゞみ』全十三巻、一八八五年十二月—一八八六年九月、会心書屋
(103)前掲『小説の日本語』。「語り手の存在は消失」し、「作家そのひととは区別される作者」（傍点は原文）が登場する、という『浮雲』第三篇での到達点についての指摘は正しいが、「作中の言表主体」に「作者の言表行為性」を「埋在」させるという分析は正しくない。二葉亭の創作意図はむしろ逆だった。
(104)坪内逍遥「口上」「此処やかしこ」「絵入朝野新聞」一八八七年三月二十五日付
(105)坪内逍遥「此処やかしこ」第七回、「絵入朝野新聞」一八八七年五月十三日付
(106)坪内逍遥「種拾ひ」第十八回、「読売新聞」一八八七年十月十七日付
(107)坪内逍遥「細君」「国民之友」第三十七号、一八八九年一月二日、民友社
(108)拙稿「明治初期翻訳文学における自然と文体——二葉亭四迷の『あひゞき』を中心に」（「日本近代文学会」編集委員会編「日本近代文学」第二十七集、一九八〇年。改題「視点と〈語り〉の審級」〔本書第3章第1節〕）を参照。
(109)ここまでの分析は、北海道大学国文科の学生を中心とする近代文学研究会での、石田美智子の口頭発表に負うところが大きい。
(110)前掲『ドストエフスキイ論』
(111)具体的には、森田思軒の翻訳小説、嵯峨の屋おむろの諸作品、森鷗外の初期作品、矢野龍渓の『浮城物語』（報知社、一八九〇年）、原抱一庵の『闇中政治家』（春陽堂、一八九一年）などである。
(112)広津柳浪『女子参政蜃中楼』金泉堂、一八八九年
(113)斎藤緑雨『油地獄』「国会新聞」一八九一年五—六月

第3章　〈人称〉と〈語り〉の主体

1　視点と〈語り〉の審級——明治初期翻訳文学での自然と文体

「あひゞき」の翻訳文体における近代

二葉亭四迷が優れた翻訳者であり、なかでも初期の訳業である「あひゞき」[1]が明治の翻訳史で画期的な位置を占めることについては、多くの論者が認めるところである。「あひゞき」をめぐる論の多くは、二葉亭の訳業が、自らに課した翻訳の基準の厳しさを見事に実践したものだとし、あわせてそこに「近代」の小説文体が確立されたとしている。しかし、「あひゞき」の翻訳文体がそれまでの翻訳にはなかった「近代」性をなぜ獲得しえたのかについては、十分論究されているとはいえない。どの論者も二葉亭の原文に逐語的に忠実な、厳密な翻訳姿勢を事実として指摘しながらも、「あひゞき」の文体そのものの評価では、必ず「感性」[2]「鋭敏な感受性」[3]「非凡な感覚」[4]「作家的想像力」[5]といったプラス・アルファを考慮に入れている。つまり「あひゞき」の翻訳文体の「近代」性については、原文に逐語的に忠実だということだけでは説明しきれないにもかかわらず、従来の研究では、その肝心な部分の説明が曖昧な言い方ですまされてきたのである。

杉山康彦の「長谷川二葉亭における言文一致」[6]は、そうした研究動向のなかで、「あひゞき」の表現の構造的特質を明らかにしたものとして傑出している。杉山は、吉田精一の「あひゞき」についての四点にわたる分析[7]──①「林間の美を描いたこと」、②「光と空気の微動とをとらへ、時々刻々にうつる自然を観、かつつかむ」という手法、③「自然を自己に対立する存在として、有機的な肉体と生命をもつものとしてつかむ」という自然観、④「自然の感覚的な、又印象的な把握」──を支持したうえで、この作品の表現が「人間主体と自然の文章構造としての微妙な関係」を捉えたものであることを明らかにした。そして杉山は、「作中人物の位置、あるいは描写の位置というものが意識され、問題にされている」点に、この翻訳文体の質的な新しさを認め、成島柳北『航薇日記[8]』の漢文体表現では「自然は人工化される」のに対し、「あひゞき」では、自然が「自立化」されていると し、いわゆる「言文一致体」と漢文体的表現の、文章構造上の本質的相違を明らかにした。

本章では、杉山の見解をふまえながらも、「あひゞき」で二葉亭が達成した表現の質を同時代の翻訳文学のなかで捉え、翻訳の対象として選んだ原作の表現と、翻訳者の表現意識や翻訳文体が、どのような関わり方をしていたのかを明らかにしたい。また、従来の研究で「あひゞき」の翻訳文体を評価するうえで付け加えられていた「プラス・アルファ」の実体を、原文と翻訳文体との表現構造上の問題として捉え直したい。そして以上二つの方向からの分析を通して、文学的表現での「近代」のあり方を、自然と人間の関わりという角度から明らかにしようとすることが、この章のもくろみである。

『花柳春話』の表現主体

ブルワー・リットンの"Earnest Maltravers"と、続篇"Alice"の抄訳『欧州奇事 花柳春話[9]』は、明治の翻訳文学のなかで一時期を画するものだった。それは「明治文壇最初の純文学翻訳[10]」であり、「人情の蘊奥(うんあう)を知り世態の秘密蔵を知る[11]」ことができる「欧洲有名の情史(にんじやうぼん)[12]」の最初の翻訳だった。そして、訳者丹羽純一郎には、この作品を日本に紹介するにあたって、ある一つのねらいがあったようである。彼は『花柳春話』の末尾に、この作品が「我朝(ワガテウ)ノ為永春水ノ著に係ル梅暦(ウメゴヨミ)等ノ如ク読者ヲシテ徒(イタヅ)ラニ痴情(チヂヤウ)ヲ醸発(ジヤウハツ)セシムル者ニ非サル」ものであるからこそ、さらにまたこの作品が「概ネ実跡アル者ニ基キ」、「其言切ニシテ其情深シ」と判断したからこそ翻訳の筆を執ったと述べている。つまり、丹羽純一郎はこの作品を通じて、春水の人情本のなかにあるような「痴情」とははっきり区別された、新しい「人情」を日本の読者に伝えようとしていたのである。

> 吐鵑血ニ叫ンデ緑樹、陰ヲ成シ晩鶯、口ヲ箝シテ牡丹、花ヲ着ントシ恰モ是レ春末夏初ノ天ナリ。時ニ見ル繍幕半バ開ヒテ窓下ニ萬巻ノ書ヲ積ミ瓶花盛ンニ綻ビテ牀上ニ一張ノ琴ヲ置キ中ニ佳ナル一少女アリ。頭ニ雲緑ノ美髪ヲ結ンデ身ニ浅紺ノ美衣ヲ着ケ坐シテ籠中ノ鸚鵡ニ新詩ヲ教ユ。傍ラニ一少年アリ。机ニ凭テ頻リニ書ヲ読ミ一室ノ景況、活画ニ異ナラズ。誰カ此両人ヲ羨マザルモノアランヤ。時已ニ斜陽、剰紅ヲ斂メテ遠鐘黄昏ヲ報ズ。[13]

これは「少年」(マルトラヴァース)と少女(アリス)が愛を語り合う場面を準備する『花柳春話』第八章の冒頭部である。この部分を一読して受ける印象は、イギリスの若者と娘の恋というよりは、むしろ中国情史の才子と佳人の恋の場面だろう。そして、訳者丹羽純一郎は意識的に中国情史の一場面を、読者に喚起させようとしていたと思われる。たとえば原文では、庭に咲く花はライラックとキングサリなのに[14]、訳文ではこれが「牡丹」に変えられていて、またアリスの金髪の巻き毛も[15]「雲緑の美髪」に変えられているのである。

つまり訳者は、マルトラヴァースとアリスによって体現される理想的な愛=「人情」を表現するうえで、中国情史のイメージを喚起する「自然描写」の文体を選んでいたのである。丹羽純一郎は、「漢詩文の習作と貸本文学の耽読という二つの要素を混在させていた[16]」同時代の漢学書生たちの文学趣味に合わせて、彼らにとって決してなじみ深いものではなかった西洋の風俗を、漢学書生たちが憧れ親しんだ中国情史のエキゾチズムに置き換えたのだった。そうすることで、この恋の場面を従来の人情本的「痴情」から「人情」へと昇華しようとしていたのである。ではなぜ、この庭の風景=「自然」は置き換え可能なものだったのだろうか。その原因の一つは、原文の表現構造そのもののなかに潜んでいた。

It was a lovely evening in April, the weather was unusually mild and serene for the time of year, in the [1]northern districts of our isle, and the bright drops of a recent shower sparkled upon the buds of the lilac and laburnum that clustered round the cottage of Maltravers. The little fountain that played in the center of a circular basin, on whose clear surface the broadleaved water[2]——lily cast its fairy shadow, added to the fresh green of the lawn;

“And softè as velvèt the yongè grass,”

on which the rare and early flowers were closing their heavy lids.[3] That twilight shower had given a racy and vigorous sweetness to the air which stole over many a bank of violets, and slightly stirred the golden ringlets of Alice as she sate by the side of her entranced and silent lover.[4] They were seated on rustic bench just without the cottage, and the open window behind them admitted the view of that happy room——with its litter of books and musical instruments——eloquent of the Poetry of Home.(17)

右の引用部で下線を付した“our”が示すように、この表現は一人称で統一されているのだが、「わたし」なる人物が具体的にこの場面内部に登場してくるわけではない。にもかかわらず、この表現主体を通してだけ読者は作品世界を享受することができるのである。しかし、この表現主体の位置を作品世界内部に厳密に確定することはできない。1)の文章では、四月の夕暮れ時のマルトラヴァース邸を囲む生垣が捉えられているのだが、表現主体の位置は一定ではない。“It was ..... of our isle”の部分では、表現主体が実際にこの夕暮れ時の外気のなかに身をおいていたかのような表現になっているが、“and the bright ..... laburnum”ではライラックとキングサリのつぼみの上の雨滴が大写しになり、次の瞬間“that”以下ではマルトラヴァース邸の全景が鳥瞰的に捉えられるのである。しかし、2)の文章では、また庭の円い池のなかにある噴水がクローズアップされ、"added to …… heavy lids" の部分では庭全体が見渡される。3)の文章では庭に群れ咲くすみれが眺められたあと、アリスの金色の巻き毛が大写しになり、4)ではアリスとマルトラヴァースが背後の部屋の内部の様子とともに捉えられてくる。場面に実在する人間の視覚を通しては不可能な視野の動きである。つまり、場面内のどこにでも自由に存在することができる、その意味では作品世界内部の法則とは必ずしも緊密な関係をもたない表現主体によって、この部分の表現は統一されているのである。

したがって、先の引用部で波線を付した対象に対する評価的語句は、すべてこの表現主体の主観を通されたものであり、どれ一つとして作中人物であるアリスやマルトラヴァースの心的状態にとって必然性をもつものはない。マルトラヴァースは瞑想にふけっていて、アリスはマルトラヴァースを見つめているのだから、表現主体によって捉えられるところの美しい庭の風景は、彼らの目に映っていたかもしれないが、彼らの関心をとくに強く引き付けていたわけではない。したがって表現主体によって対象に付された評価的語句は対象を審美化するが、その美しさを共有するのは、アリスとマルトラヴァースではなく、実は読者と表現主体なのである。

この表現主体のあり方は、いわば「作者の全知的な視点」とでもいうべきものである。しかし問題なのは表現主体が「何でも知っている」ということよりも、作者が作品世界に対して「全知」の位置にある表現主体を選ぶことで、作品内部の必然性や作中人物相互の関わり、彼らの視野や感受性に縛られることなく、自己の教養や学識、洗練された感覚や美しい言葉を操る能力を、読者に対して自由に示しうる場を得ていたことである。このようにして、作中人物たちの視野から独立した、表現主体と読者によってだけ共有される独自の視野が作品世界の内部に開かれるのである。

この読者とだけ共有する視野のなかで作者は、作中人物とは一線を画する表現主体に、作中人物の内面に立ち入ったことをも語らせることができたのである。マルトラヴァースとアリスを取り巻く「自然」に付された評価的語句は、いわば作中人物の内面を読者に対して自由に説明することができる表現主体の、作品世界内部の位置を準備するものだったといえるだろう。原文では先の引用部のあとに、瞑想にふけるマルトラヴァースの内面と、ただひたすら彼を思い慕うアリスの内面が地の文（場面を統一する表現主体）によって説明されている。ところが、訳者丹羽純一郎は、この部分を訳してはいない。そのかわり、先の引用部のあとに続くアリスとマルトラヴァースの会話の部分に、「［此語意風流ノ読者ヲ待テ解スベシ］」という読者に対する注釈を挿入している。愛する者同士の対話にありがちな言外の意味について、訳者は作中人物の頭越しに読者に目配せしているのである。こうした例だけではなく、『花柳春話』ではたびたび「訳者曰く……」というかたちで、西欧の風俗や習慣について訳者から読者への啓蒙的な注釈が付されている。

またその反対に、作者の恋愛観や人生観の直接の代弁者たる表現主体による、作中人物の内面に関する説明が、訳者丹羽純一郎によって省略されてしまった場合も何度か見られる。彼は作中人物の内面に関する細部の記述を、文学作品にとってなくてはならないものとは認めていなかったのである。それよりはむしろ、西欧文化についての啓蒙的知識をそのかわりとして挿入することのほうが彼にとっては重要だったのだろう。作中人物の頭越しに読者に親しげに語りかけるという点では、多分に訳者丹羽純一郎化された『花柳春話』の表現主体も、『アーネスト・マルトラヴァース』のそれとほぼ同じ位置に立っていたといえるだろう。しかし、両者の関心は本質的に異なっていた。前者が読者を春水的な「痴情（チヂャウ）」から新しい「人情（ニンジャウ）」に導き、あわせて西欧の文化にふれさせようとしていたのに対し、後者は『ウィルヘルム・マイスター』に「哲学的意匠」を借り「実人生の修業」を描き、主人公の「ありのままの人生」をその外面ではなく「精神的かつ霊的」な側面から捉えようとしていたのだった。[18]

このような省略や置き換えとほぼ同じ事情で、アリスとマルトラヴァースを取り巻く「自然」は、中国情史のそれに置き換えられたのである。作品世界の「いま」「ここ」から制約を受けることが少ない表現主体は、それだけ作中人物の関心に対する了解も十分ではなく、彼らの関心を媒介としたかたちの「自然」の描写を地の文のなかに繰り込み、作品世界を展開させる必然的表現として結実させることはなかった。作中人物の視野と感性から区別されていたために、表現主体と読者の間でだけ共有される「自然」の描写は、彼らの好みに応じて変更することが可能だったし、そうすることで、作品世界を本質的に変えることもなかった。こうした「自然」の描写はまた、訳者にその忠実な表現構造の再現を強いることもなかったのである。

『慨世士伝』における視点の発見

同じリットンの表現に対して、坪内逍遥はまったく異なった角度から注目していた。彼は、『小説神髄』の発表に先立つこと半年余り、一八八五年（明治十八年）の二月にリットンの小説『リエンジー』を『開巻悲憤 慨世士伝』として翻訳し、晩青堂から出版している。この作品には相当長い「はしがき」が付されていて、そこに逍遥の関心のもち方をうかがうことができる。彼はそこで、小説とは「人情世態」を「主髄」とすべきだとし、『小説神髄』とほぼ同じ見解を述べているが、注目すべきなのはむしろその「人情世態」をどう捉えるかという、彼の方法論の部分である。逍遥は馬琴の八犬士たちが「煩悩」や「情欲」に「一時の迷」も起こさない「純良の人」であるために、「小説稗史の主公」とすることを拒否し、それに対し春水の『八幡鐘』を「人情の髄を穿ちしもの」としてきわめて高く評価しているのである。その「人情」とは、「勧懲主義」の道徳規範では決して汲み尽くすことができない人間の内面を意味していた。こうした立場から逍遥は、次のような点に着目していたのだった。

> 本伝第七套女丈夫丈夫に逢ふ条の如きは最も東西の小説作者が意匠の異なるを見るに足れり彼の豪邁なる俊傑にしていと女々しげなる心を抱くはいと不思議なるに似たるものから是なか〳〵に人の情にて意をとどめて読見る時には不可言の妙を覚ゆべきなり。(19)

逍遥にとって小説のなかで「人の情」を捉えるということは、たとえ主人公が「豪邁なる俊傑」であっても、そうした人間像にふさわしくない「女々しげなる心」をあえて描くというところにあったようだ。主人公莉莚児の「女々しげなる心」は、彼が那以那に告白する、自己の政治的信念を実現するうえでの不安として表れていた。逍遥がこの作品の翻訳文体として、漢文体的ないわゆる「欧文直訳体」ではなく、彼が言うところの「院本体」を用いているのも、こうした作中人物の表白＝「台辞（せりふ）」を劇的に表現しようとする意図があったからだろう。[20]

しかし、作中人物の内面を小説として形象化するためには、「台辞（せりふ）」の工夫だけでは不十分だった。逍遥は、

作中人物の内面を形象化する表現方法の面からも、『慨世士伝』には特別な関心を払っていた。彼は『小説神髄』の『叙事法』のなかで人物の性質を描くうえでの二つの方法――①「陰手段」＝「暗に言行と挙動とをもて其性質を知らする法」、②「陽手段」＝「人物の性質をばあらハに地の文をもて叙しいだして之を読者（よむもの）にしらせおく」方法――について述べ、同じ第七套について次のような指摘をしている。

> 西洋の作者ハ概して此法〔陽手段〕のこと：引用者注〕を用ふるものなり（慨世士伝第七套那以那姫の性質を叙する條下を見よ）想ふに後者を用ふるハ前者ヲ用ふるより難かるべし蓋し後者（陽手段をいふ）を用ひんとすればまづあらかじめ心理学の綱領を知り人相骨相の学理をしも会得せざれバ叶はぬことなり[21]

以上のことから、逍遥が『慨世士伝』第七套で注目していたものが、場面を統一する表現主体（地の文）によって語られる作中人物の内面、しかも決して規範的ではない、その人物がおかれた実際の状況のなかで様々に揺れ動く「人情」だったことは明らかだろう。彼はそこに日本の同時代の文学にはない、小説でなければかなわぬ人間把握の方法を見いだしていたのである。つまり逍遥はリットンの小説での、作中人物の頭越しに読者に語りかける場面を統一する表現主体による作中人物の内面の提示＝作品の細部の表現にこそ、「人情」を真に形象化できるかどうかの要があると考えていたのである。その点で彼は、丹羽純一郎とはまったく異なった翻訳姿勢で、リットンの作品に臨んでいたといえるだろう。

このような立場から逍遥が訳出した作品内部の「自然」は、丹羽純一郎の『花柳春話』のそれとは明らかに質

を異にするものとなった。逍遥がこだわっていた『慨世士伝』第七套にも、先に引用した『花柳春話』と同じように、恋人同士の愛の語らいを準備する庭園の「自然」描写がある。それは原文では、次のような表現になっている。

But it was not those ingenious and elaborate conceits in which Petrarch, great Poet though he be, has so [1)]often mistaken pedantry for passion, that absorbed at that moment the attention of the beautiful Nina. Her eyes rested not on the page, but on the garden that stretched below the casement. [3)]Over the old fruit-trees[2)] and hanging vines fell the moonshine ; and in the center of the green but half-neglected sward, the waters of a small and circular fountain, whose perfect propotions spoke of days long past, played and sparkled in the starlight. [4)]The scene was still and beautiful[5)]; but neither of its stillness nor its beauty thought Nina[6)] : towards one, the gloomiest and most rugged spot in the whole garden, turned her gaze[7)]; there, the trees stood densely massed together, and shut from view the low but heavy wall which encircled the mansion of Raselli. The b[8)]oughs on those trees stirred gently, but Nina saw them wave[9)] ; and now from the copse emerged, slowly and cautiously, a solitary figure, whose shadow threw itself, long and dark, over the sward.[10)] It approached the window, and a low voice breathed Nina's name.[(22)]

まず1)の文では、ナイナの注意を引いているのが、ペトラルカの作品ではないことが告げられる。表現主体の趣味に引きずられたペトラルカに対する過剰な説明と、ナイナの無関心とが巧みに対比されている。2)の文ではナイナの視線が、ペトラルカの作品にではなく庭に向けられていることが確認される。それまでナイナに注がれていた表現主体の視線は、彼女の視線に即して窓の外の庭の風景に向けられていくのである。逍遥は、この二つの文を次のように訳している。

然程に那以那姫は。彼比免羅句の情譜をば。くりひろげつゝさしうつむき。一向黙誦なすものから。眼は紙上にあらずして。夜風に戦ぐ前栽の。木立音する度毎に。庭の隅のみ打見やる。[23]

ペトラルカに関する評価的語句は省かれてはいるが、その「情譜」を「一向」読んでいると思った表現主体の期待に反して、那以那の視線が庭の方に向いているという、原文でのナイナと表現主体との視線の乖離と交錯は、訳文でも再現されている。しかし「木立音する度毎に」という部分は、完全に逍遥が挿入したものである。

3)の文では、場面を統一する表現主体の目によって捉えられた庭の風景が美しく描かれているが、先の『アーネスト・マルトラヴァース』と比較すれば、表現主体の対象を捉える美的感性を顕示するような表現はなく、波線を付した語句も先の作品の“lovely”や“serene”に比べれば、その感性的傾斜は制限されている。つまりここでは、見えている対象と、それに対する表現主体の評価とを区別しようとする意識がはたらきつつあるのである。それは次の部分で方法化される。4)では、表現主体は自分に見えてくる庭の風景を“The scene”というかたちで総括的に対象化し、それに対する自分の感性の動き方を示し（下線部）、5)では表現主体にとって“still”であり“beautiful”である庭がナイナには見えていないことが明らかにされ（下線部）、6)では表現主体の目には“gloomiest”で“rugged”としか映らない庭の一郭にこそ彼女の視線が向いていたことが確認されるのである。4)5)6)を通じて、表現主体とナイナにとっての庭の見え方の相違が、実は両者の関心の違い、心的状態の違いだとして捉えられているのである。さらに7)ではナイナの視線が捉えていた庭を囲む塀が描かれ、表現主体の視線はナイナのそれに一致するのである。ここでは、表現主体にとっての「自然」の見え方が、作中人物の視線によって打ち消されることで、作中人物のその時点の心情にいろどられた独自の視野が読者の前に開かれるという、「視点的方法」に近い表現が実現されているのである。3)から7)にかけての逍遥の訳は次のようになっている。

向ひに一箇の古池あり。冴渡りたる月影の。しばし雲間に入るときは。星光水に映ずるありさま。幾千萬の蛍火の。散りて乱るゝ風情あり。荒増りたる園生をば。所得貌に蔓延せる。葡萄の蔓の長く垂たる。月に映じて其影の。踊るもさすがに趣あり。夜はまだいたく更ねども。四面静にして万籟死し。見渡す限り幽雅にして。いと麗き夜景色をば。めで眺るとも思はれぬ。那以那の姫は只管に。園の彼方に生茂る。木立に添うたる塀へのみ。眼を注ぎつゝさながらに。(24)

逍遥の訳でも、庭の風景に関する表現主体の評価――「風情あり」「趣あり」「幽雅にして」「いと麗しき夜景色」など――は那以那の視線によって打ち消されている。表現主体は「めで眺るとも思はれぬ」と、自分と那以那の関心の違いをはっきりと自覚し、彼女の目が注がれていた「木立に添うたる塀」に自分の視線を向けるのである。部分的にはいくつか原文に忠実ではない訳もあるが、表現主体の視野と那以那の視野が相互に対立し、その対立する視野のなかで那以那の内面が形象化されていくという文章の構造そのものは、忠実に再現されている訳文である。

8)では、表現主体には“stirred gently”としか知覚できなかった塀際の茂みの動きが、ナイナには“wave”と知覚されたことが明らかにされ、ナイナの心的状態が表現主体のそれとは大きく異なっていることが、茂みの揺れに対するまったく異なった知覚の仕方として劇的に表現されているのである。愛するリエンジイのことを思いつづけていたナイナには、表現主体が見落としてしまうようなかすかな動きでさえも、波打つように見えてしまったのである。なぜならそれは、リエンジイの訪れのしるしだったからである。そして、9)で人影が表れ、それは10)でナイナの名を呼び、主人公リエンジイが彼女の前に登場するのだった。

人待貌なる折しもあれ。風なき園にさわ〳〵と。梢揺きて忽焉と。塀の下へ降立者あり。四下見廻し忍やかに。さし足なして那以那姫が。書を読居たる牖の下へ。歩寄りつゝ声うちひそめ「首尾はいかにや那以那御寮。」[25]

逍遥の訳では、表現主体が那以那の視線に自分の視線を重ねることによって「風なき園にさわくと。梢揺きて」という微妙な変化は再現されているが、それを表現主体と那以那の知覚の乖離というかたちで劇的に構成しているわけではない。そのかわり、原文の文章構造を読み取った訳者の解釈としての「人待貌なる折しもあれ」という一文が挿入されているのである。先の「木立音する度毎に」という挿入文とあわせ考えてみると、逍遥はこの庭の風景描写のなかに莉莚児の訪れを待ちこがれる那以那の心情が形象化されていることを読み取り、そうした彼女の内面の描写としてこの部分を訳そうとしていたことがわかる。しかし、原文に即していえば、リットンの表現主体はリエンジイがナイナを訪れようとしていることにはふれておらず、またナイナもそのことは知らない。ただリエンジイがトラストヴェルに向かう橋を渡ると急に足取りが軽くなり、彼の疲れた心がやわらかな感情に包まれ、どこかへ向かって歩いていったと、恋人との出会いが暗示されているだけである（十章）。厳密にいえば、先のナイナの視野に映じた茂みの動きにリエンジイの訪れを予感するのは彼女ではなく読者の側なのである。逍遥はその読者の予感を、那以那の表情として実体化して表現してしまったようである。そうした勇み足を訳者にさせてしまうだけの新しさが、このリットンの表現にはあったのかもしれない。

いずれにしても「自然」の描写が、場面を統一する表現主体と読者との間の共有物としてだけではなく、作中人物の独自な視野（視点）を意識した表現となったとき、訳者はその文章の基本構造を再現しなければならなくなったのである。それはまた訳者の側が「自然」の描写のなか＝作品の細部の表現のなかに、作中人物の内面を形象化する重要なモーメントを意識していたからこそ可能になったのである。ここに、作中人物の内面の「いま」「ここ」を形象化するものとしての「自然」の描写が意識されはじめ、〈語り〉の審級をめぐって翻訳と原文との新しい緊張関係が生まれつつあったといえるだろう。

かうして暫く時刻を移していたが、その間少女は、かわいさうに、みじろぎをもせず、唯折々手で涙を拭い乍ら、聞き澄ましてのみいた、只管聞き澄ましてのみいた……フとまたガサ〳〵と物音がした、——少女はブル〳〵と震へた。物音は罷まぬのみか、次第に高まッて、近づいて、遂に思ひ切ッた濶歩の音になると——少女は起き直ッた。何となく心おくれのした気色。ヒタと視詰めた眼ざしにをど〳〵した所も有ッた、心の焦られて堪へかねた気味も見えた。しげみを漏れて男の姿がチラリ。少女はそなたを注視して、俄にハツと顔を赧らめて、我も仕合とおもひ顔にニツコリ笑ツて、起ち上らうとして、フとまた萎れて、蒼ざめて、どぎまぎして、——先の男が傍に来て立ち留つてから、漸くおづ〳〵顔を擡げて、念ずるやうに其の顔を視詰めた。(26)

これは、アクーリナが給仕のウヰクトルを白樺の林のなかで待つ場面だが、『慨世士伝』の那以那と莉莚児の出会いの場面と比べても、表現の構造ははるかに複雑になっている。この部分の表現主体は「自分」という一人称の語り手、つまり猟人なのだが、彼を通して捉えられるアクーリナのウヰクトルを待ち焦がれる切実な心情が、読者に直接伝わってくるような表現上の仕掛けがここにはある。それはこの語り手が自らの視覚だけではなく、聴覚をも巧みに使って表現している点にある。(27)語り手の視覚は、アクーリナの表情のどんな微妙な変化も取り逃さず、彼女のまなざしに宿る気後れの気配さえも正確に読者に伝えうる鋭敏な機能をもっている。しかし、もし視覚的な描写だけであれば、読者はアクーリナを外側からしか観察できない。読者が彼女の内面の「いま」「ここ」に立ち会うことができるのは、この語り手が優れた聴覚の持ち主でもあるからだ。彼は、「少女」が何かを必死に「聞き澄ましてのみいた」ことを見るや、自分も聞き耳を立て、彼女が聞く音とまったく同じ音を聞き分ける。ただの「物音」が「闊歩の音」に変わったのを、語り手はその音の微妙な変化とともに聞き分けるが、アクーリナにとってその音は、まさに待ちこがれていた恋人が近づいてくる音だったのである。原文ではこの一文は次のようになっている。

Шум не переставал, становился явственней, приближался, послышались наконец, решительные, проворные шаги.[28]

「物音」を表す“Шум”と「闊歩の音」を表す“проворные шаги”が四つの動詞（波線部）で隔てられ、それは「やまなかった」「はっきりしてきた」「近づいてきた」「聞えてきた」という順に並んでいる。二葉亭の訳では、この語順までもが忠実に再現されている。そしてこの動詞の順序こそが、聴覚的変化と同時にアクーリナの高まる期待感をも形象化する文章構造の要になっているのである。

期待で爆発しそうなアクーリナの表情を、語り手は今度は視覚的に捉えるのである。「フトまた」から「気味も見えた」までの表現は、聴覚から視覚へ、さらにまた聴覚へ、そして視覚へという知覚表現の変化が、アクーリナの内面と外界との緊張、心の揺れと表情の変化を捉えるものになっている。二葉亭の訳は、この点でも原文に忠実である。作中人物の外界を描くことが、実はその人物の内面を形象化する突破口になるような、ツルゲーネフの独自な「自然」の描き方に二葉亭は敏感に反応していたのである。彼はのちの談話のなかで、ツルゲーネフの手法をドストエフスキーのそれと対比しながら、それが「外囲の方から次第次第に内部の方に這入ッてゆく[29]」手法だと述べてもいる。

「自然」（外界）と人間の内面が一体となって響き合うのが、ツルゲーネフの『猟人日記』の世界である。Ю・В・レベヂェフは、『猟人日記』での「自然」と作中人物との関係について次のように指摘している。

『猟人日記』を読んでいると、あたかもツルゲーネフが、自然が人間を「出現」させるまで、長い間じっと自然の揺れ動く姿を見つめ、草のささやきや、鳥や虫の声に聞き入っているように感じられる。（略）……人間の姿が自然の中に拡散したり、溶解したりして消えてしまわないためには、緊張した視覚の動きと、極限までの注意深さが必要であるように思われる。[30]

アクーリナも、白樺林のなかから突然現れる。彼女の姿は「眸子を定めて能く見」ないと、白樺のなかにかき消えてしまうかのようである。彼女は白樺林の一部として「出現」するのである。冒頭の白樺林の描写、白樺の葉に美しく映えるかと思うとすぐ雲間に隠れてしまう陽の光、「微笑したやうに」輝くかと思えば「瞬く間に物のあいろも見えなく」なる白樺林、それはアクーリナと彼女の内面そのものなのである。先の引用部の「少女はそなた」から「視詰めた」までの部分は原文では次のようになっている。

Она вгляделась, вспыхнула вдруг, радостно и счастливо улыбнулась, хотела было встать и тотчас опять поникла вся, побледнела, смутилась — и только тогда подняла трепещущий, почти молящий взгляд на пришедшего человека, когда тот остановился рядом с ней.[31]

下線を付した“улыбнулась”（微笑した）と“побледнела”（青ざめた）という語は、それぞれ白樺林の描写の際に擬人法として使われていたものである。前者は白樺林が太陽の光を浴びているとき、後者は太陽が雲に隠れたときの描写に用いられている。さらにアクーリナの衣服は白樺の色に、ウヰクトルの衣服は「白楊（はこやなぎ）」の色に重ねられていて、白楊林の描写の際繰り返される「虫がすかぬ」という表現は、ウヰクトルに対する「余り気には入らなかった」という感情と重ねられているのである。ここで「自然」は、作中人物の性格や、彼らがたどる運命をも象徴する。「自然」は人間の「内面」であり、「生（ジーズニ）」そのものなのである。

二葉亭が、ツルゲーネフのこうした独自な「自然」の捉え方に自覚的だっただろうことにはすでにふれたが、彼が東京外国語学校露語科の四（五）年のとき、「文法」「修辞」「文学史」の時間に使用した教科書、マ・フィローノフ編『ロシヤ語アンソロジー』の第一巻「叙事詩篇」[32]には『猟人日記』のなかから「ベージンの草原」という作品が収録されている。

この作品は「七月のある日」の美しい朝の描写から始まる。それは刻一刻と移り変わり、決して一つの姿になることはない空の描写につながる。猟人である「わたし」の心は、その空の変化に魅了されてしまうのである。しかし、日没と同時に「自然」はまったく違う姿を「わたし」の前に現す。それはもう、昼間のように人間の感情に彩られた「自然」ではなく、人間に厳然と対立し、挑みかかってくる「自然」である。道に迷ってしまった「わたし」は、「自然」に対する恐怖に襲われる。「自然」は人間の感情から独立し、人間に対峙する。そこにはもう、あの美しさや優しさの跡形もない。こうした「自然」の急激な転換、「自然」と人間との主客の転倒は、『猟人日記』の「自然」の大きな特徴である。二葉亭が使用した教科書では、この作品のあとにこれを分析するうえで必要な質問が付されている。

> 物語が進行している場所はどこか――自然の情景描写について。どのような情景かを示し、またそれぞれの描写について、その構成部分を分析せよ。[33]

このような教育を受けていた二葉亭が、ツルゲーネフの「自然」の独特な描き方に無関心だったとは思われない。彼は「あひゞき」の翻訳を通じて、ツルゲーネフの「自然」を日本語の文章構造として捉えようとしていたのである。

言語表現の構造上の意味

自分はたちどまつた……心細く成ツて来た、眼に遮る物象ハサツパリとハしてゐるけれど、おもしろ気もおかし気もなく、さびれはてたうちにも、どうやら間近になツた冬のすさまじさが見透かされるやうに思はれて。小心な鴉が重さうに羽ばたきをして、烈しく風を切りながら、頭上を高く飛び過ぎたが、フト首を回らして、横目で自分をにらめて、急に飛び上ツて、声をちぎるやうに啼きわたりながら、林の向ふへかくれてしまツた。鳩が幾羽ともなく群をなして勢込んで穀倉の方から飛んで来たが、フト柱を建てたやうに舞ひ昇ツて、さてパツと一斉に野面に散ツた――ア、秋だ！　誰だか禿山の向ふを通ると見えて、から車の音が虚空に響きわたツた……[(34)]

田山花袋に「何とも言はれない感じ」を与え、「野原に行きなどすると、いつも私はそれを思ひ出した[(35)]」と彼に言わせた。「あひゞき」末尾の部分である。これは次に紹介する原文の検討によってさらにはっきりするはずだが、二葉亭の訳文は一見「自分」の心情によって「自然」を彩る、その意味で伝統的な「情景」描写の方法に従っているように見えるが、少し丁寧に読めば、その描写に質的な転換を与えようとする自覚がうかがわれる。原文では「自然」それ自体が主体である表現を、二葉亭は一種擬人化の表現として翻訳しているけれども、ともあれ「自然」と人間が対立する原文の構造を何とか日本語でこなそうとする苦心が見られるのである。

Я остановился......[1)]Мне стало грустно; [2)]сквозь невеселую, хотя свежую улыбку увядающей природы, казалось, прокрадывался унылый страх недалекой зимы. [3)]Высоко надо мной, тяжело и резко рассекая воздух крыльями, пролетел осторожный ворон, повернул голову, посмотрел на меня с боку, взмыл и, отрывисто каркая, скрылся за лесом; большое стадо голубей резво пронеслось с гумна и, внезапно закружившись столбом, хлопотливо расселось по полю――[4)]признак осени! Ктото проехал за обнаженным холмом, громко стуча пустой телегой......[(36)]

1)は「うら悲しくなった」という作中人物「わたし」の主観を表しているが、二葉亭の訳では「心細く成ツて来た」と人間主体の側の不安が強調された表現になっている。それは2)の文との関連で重要な意味をもっている。2)は「わたし」の主観を通された「自然」を捉えているわけだが、原文の表現構造は「すがれゆく自然の、さわやかではあっても楽しそうではない微笑を通して」という文と、「そう遠くはない冬の陰鬱な恐怖が忍びよってくる」という文が「～するような気がした」を表す“казалось”という動詞でつながれているのである。同じ対象が同一人物の主観をくぐりながら「微笑」と「恐怖」という矛盾した感覚を生み出してしまい、その間を揺れ動く人間主体の意識が落ち着く場所を失ってしまうという不安が、ここでは形象化されているといえる。この「微笑」の部分は二葉亭の訳にはないとはいえ、「どうやら……見透かされるやうに思はれて」という表現には、そうした原文の表現構造を再現しようとする二葉亭の苦心のあとがうかがわれる。「見透かされた」とは言い切らず「やうに」と判断をぼかし、さらに「思はれて」と断定を避け、文末を「て」でしめくくるあたり、人間主体が自分の感性の矛盾したはたらきにとまどっている不安感と意識の揺れが形象化されているといえるだろう。

3)の文で「わたし」は「用心深い鴉」(осторожный ворон)に「横から」(с боку)見られるのだが、原文ではただ「見た」という意味の“посмотрел”を二葉亭は「横目で」「にらめて」と訳しているのである。「見る」側から「見られる」側に回ってしまった人間主体のとまどい、不安、恐怖が、鴉の視線をそのように受け取らざるをえなくしている。そういう状態が的確に把握された訳だといえるだろう。しかも、「用心深い」を「小心な」と訳すことによって、鴉が振り向く前と後の、鴉に対する「わたし」の感性のはたらき方の落差はより大きなものになっているのである。そしてあの有名な「ア、秋だ」という訳も、原文の4)“признак осени!”(秋の前ぶれである!)に比べて、自立した「自然」と人間とがあらためて劇的に出合うという表現効果を、はるかに高めているのである。二葉亭が貫こうとしていた翻訳の立場が、ここにははっきりと表れている。彼は孤立した「ことば」の意味にではなく、表現の構造や、文章の相互関係のなかで一つひとつの「ことば」が生まれ変わり、そこで生じる一回的な、固有の構造上の意味に忠実であろうとしたのである。

八年後、単行本『片恋』に収められた「あひゞき」では、先の2)の部分の末尾は「冬の凄(すさ)まじい俤が見えるやうである」と訳され、3)の部分は「小心な鳥が……首を捩向けて、自分の姿を視る」と訳され、4)の部分は「秋に違ひない!」と訳されていたのである。これらの訳は、確かに一つひとつの語の意味には初訳に比してはるかに忠実である。しかし、多くの論者が改訳より初訳のほうが優れているとするのは、初訳が改訳のように辞書的な意味に忠実だったのではなく、表現の構造上の意味に忠実だったからであり、こなれた日本語にすることよりも表現の構造そのものを再現しようとしたものだったからである。

初訳から改訳への過程は、文学史的には言葉と対象とを一対一の対応で結ぼうとし、そのことを信じて疑わない「リアリズム」(写実主義)の確立期だった。しかし二葉亭の「あひゞき」初訳では、決してそのような言葉と対象との一義的な関係が追求されていたわけではなかった。文章の構造のなかで多様な情報を担ったままの生きた「ことば」を再現することによって、「自然」と人間の新しい関係が、そこで形象化されようとしていたのだった。「あひゞき」の翻訳文体は、こうして翻訳意識が「偶然の形の中に明白に自然の意を写し出さん(37)」とする表現思想に裏打ちされることによって生まれてきたのである。

2 〈記述〉する「実境」中継者の一人称——森田思軒の「周密体」の成立

言葉の配列と順序の意識化

森田思軒の翻訳文体が、一八九〇年前後(明治二十年代)の翻訳文学界だけでなく、「文学」領域全体に大きな転換期をもたらしたことは、よく指摘される事実である。しかし、なぜ思軒が「翻訳王」とまで呼ばれ、彼のいわゆる「周密体」がこの時代の読者を熱狂させ、二葉亭から鏡花まで幅広い影響を与えたのかについては、十分に説得力がある分析はなされていない。

従来思軒の「周密体」の特質は「漢字をよく使いこなし、漢文調の持つ男性的な力づよさや歯切れのよさに新鮮味を加え」[38] たものだとか、「明清の漢文を手本にし」「周密な西洋文に接し、また先輩の訳文の周密文体に接して、その長所を合せ」た「瑰麗」な、原文に逐語的に忠実な[39]文体だと位置付けられるにとどまっていた。しかし、思軒の翻訳文体の「周密」さは、「漢文」を土台にし「描写や記叙が細密」で「心理の曲折」を捉えているといったような説明[40]ではすまされない。きわめて独自な表現意識に裏付けられたものである。その表現意識を探るうえで、重要な手がかりとなるのは、思軒の「周密体」が多分に漢文臭の強いものとして後世から評価されながらも、彼自身はむしろ自己の文体を漢文体・漢文的表現から離脱させようとしていた、という事実である。ここに彼の最も初期のものといえる〈文体論〉がある、

余は此回より日録の文体を少変すへし初め余は此度の行を紀するにハ純粋の漢文を用ひんかとも一寸は思ひしが元来漢文ハ新聞紙と折合の好からさるものなるか上に余の此度の行ハ基本意景物に流連し山水を刻画するにもあらす民風を観国光を観るなと云へる類にもあらす只た余か訪事の歴程を我読者と社友とに報知するに止まれハ強て風雅ふらすもかなと考へ此一体は度外に置くことゝなしたり左れと多少筆癖の偏する所もあれハ時流文中の稍や四角張りたる一体を択みて之を用ひぬ即ち一二の両稿是なり然るに今次第に内地に入りて真の支那の旅況を味ふに及て亦た此四角体の宜しからさる所あると悟れり蓋し四角体ハ邦文の一派なりとハ雖実ハ漢文臭気を帯るの所寡からす又た幾と其範囲内を出さること多し而て漢文なる者ハ概むね穢を変して奇となし陋を変して雅となすの化力を有し読者をして其実境を知る能はすして已ましむるの処を指し妙詣とも上乗とも褒むるなり（略）四角体の文ハ唯た少し之を柔けて俚調にするまてにて五十歩百歩の間にあるへし斯く実境と相違ふことの危険ある文体に因て余か歴程を報道するハ余の頗る不安とする所也よりて此回よりハ剛ともつかす柔ともつかす行雲流水行く可き所に行き止らさるを得さるに止まる天然自由の文体を用ひ務めて我行の実境を存することを期せんと欲す唯た首尾駁雑の譏あるを恐るゝか故特に之を茲に註す

於北京東交民巷外洋弁館寓窓　　思軒居士[41]

この「訪事日録三[42]」の冒頭で思軒は、それまでの自分の文体を大幅に変える旨読者に向かって宣言している。新聞記者が、自分の書く記事の文体についていちいち読者に断るのも異例なことだが、むしろ興味深いのはその文体変革の方向が、思軒の最も得意とするところの漢文体との決別だったということである。彼の言い分を借りれば、その主要な理由は「漢文」あるいは当時流行の「四角張りたる一体」では、彼が実際見聞したところの清国の「実境」が捉えられないという点にあった。なぜなら「漢文臭気を帯」びた文体では本来「穢」なるものも「奇」の印象を、「陋」なるものも「雅」の印象を与えてしまい、対象が「已ましむる」ものであるところを読者に「妙詣」「上乗」と「褒」めさせてしまうことになるからである。ここには、当時漢文体あるいは漢文的表現に付随していた言葉の意味以外の言語イメージに対する思軒の深い洞察があったといえるだろう。

この時期「漢文臭気を帯」びた文体は、教養あるエリート知識人のステイタス・シンボルだった。漢文的表現のなかで用いられる漢詩文に典拠をもつ語句は、漢字によって教養を形成した知識人にとってはまさに〈文学〉の象徴だったといえるだろう。そしてそのような語句を用いた文章を書くことが〈士太夫の文学〉の自己証明だったのであり、山本芳明が、宮崎夢柳の政治小説と漢詩文との関係を探究した論稿[43]のなかで指摘しているように「明治初期の知識人にとって、漢詩文の教養こそが第一義的な『文学』であった」のである。

後世から「漢文臭気」の最も強い文体の一つとして評価されてしまった思軒の文体が、実は「漢文」からの離脱をめざしていたものだったということは、この時期の文体意識を考えるうえできわめて重要な問題を提供しているといえるだろう。すなわち「漢文」的語句が使われているからといって、それは必ずしも「漢文臭気を帯」びた文体ではなかったのである。「漢文臭気」の規準はもう少し別なところにあった。思軒が翻訳小説を手掛け始めてからの〈文体論〉に、その具体例を見ることができる。

今ま日本現時の文章世界に於て最も大いなる欠陥は何処に在りやと問はゝ先つ其陳言を去る能はさるに在りと答ふへし日本文章の英華を観んと欲せは新聞紙雑誌を観よ、著述反訳の書を観よ、而してその文章は如何、叙事記事論事議事諸体皆な一定の場合に用ゆる一定の句面あり「年は二八か二九からぬ」是れ他か妙齢の婦人を写する常法なり「夫れ然り豈に夫れ然らんや」是れ他か一歩を撇開するの常法なり「茫々たる何々、漠々たる何々」と古楽府の読出しを見る如きは即ち其の雄麗の筆と称する者なり剣光を電に譬へ砲声を雷に譬へたるは即ち其の華美の筆と称する者なり戦場は定めて修羅道と言換へ苦境は定めて阿鼻焦熱と形容す凡そ斯る類を挙けなは一々数ゆるに遑あらす若し綿密なる統計家あり現時の文章の句面を分類して之を算そへなは日本現時の文章世界は若干の句面より成立ちたる者なりとの事を見るも亦た甚た難からじと思はるゝ程なり(44)

ここでは、当時のあらゆるジャンルの文章のほとんどが、まったく類型化した常套句である「陳言」から成り立っているものでしかないと厳しく批判されている。槍玉にあげられているのは、「年は二八か二九からぬ」といった日本語表現もあるが、「雄麗」「華美」の表現、戦場や苦境を表現する「陳言」の例など、すべて漢文的な常套句である。また「国民之友」第十号に発表された「翻訳の心得」でも「支那の経語典語」や「日本特種の詞のアヤに属する語類(45)」は、西洋文の翻訳に使うことは極力避けるべきだとしている。

すなわち、「漢文臭気」を離脱するための第一の方法は、漢詩文を典拠とする美辞麗句、規範化した常套句をまず自己の文体から駆逐していくことだった。当時の表現者たちの多くが、いわば、自動化した常套句の使用によって自己の表現の〈文学〉性、〈芸術〉性を立証していたことに対し、思軒は自らが表現しようとしている対象や状況にもっともふさわしい語句を選ぶべきだとしたのである。それは文体の形体上の〈文学〉性、〈芸術〉性を拒否しても、その文体によって捉えられる事柄に忠実であろうとする立場であり、散文表現の価値をどこにおくかという意識の転換でもあった。

第二の方法は、「漢文」の「文典上の法則」に縛られない「詞の置方」を獲得することだった。思軒の文体観をまとめたものともいえる「日本文章の将来」(46)では、進化論的な文章観を軸としながら、この点を詳述している。「純粋の支那文章」とは、いまだ人の思想が簡単だった秦漢時代のもので、すでに複雑な「西洋の思想学問」にふれた当代の日本人の考えを「写す」にはふさわしくない。したがって「人の考益々細密になり社会の事柄益々繁雑になるに随ふてハ之れに応する細密繁雑の文生せねバなら」ないのである。とくに「細密なる考を写す文体」は「文典上の法則」に縛られることなく「詞の陳列の順逆回転の自由広き性質」の文体になる必要がある。幸い「日本現時の文章は以ての外に我儘至極」であるから、支那文章の性質を「退け」、「西洋の造句措辞即ち詞の置方を手本」として文体変革を進めていかなければならない。

この思軒の文体観での「詞の置方」「詞の陳列の順逆回転」への着目は、きわめて重要な問題点をはらんでいる。つまり彼は、表現者の「思想」や「考」といったものが、単に語レベルの内容として存在するのではなく、語の配列、そこで形成される文節の配列と順序、さらには文節から文、文脈、作品へと高次に構造化されていく文章の構成にこそ宿ると考えていたのである。そうであるなら、文章の構成方法が「文典上の法則」に縛られている文体では、「思想」や「考」もそれに縛られたものとなってしまう。社会が日々複雑化していく状況のなかでは、それに見合った複雑な構成の文章によってしか、その社会の「実境」は捉えられないのである。社会の目前の「実境」を、語のレベルでも、文章構造のレベルでも、規範化されず、その「実境」に即した文体をもって捉えること、これが思軒の文体改革の基本方向だった。

実境を報告する天然自由の文体

さて問題の発端となった「訪事日録」は、一八八四年（明治十七年）十二月四日、朝鮮の開化派金玉均一派が、日本公使竹添進一郎・井上角五郎と密議して計画したクーデター、いわゆる「甲申事変」をめぐる清国との交渉――「日清談判」の特派員としての旅程を綴った紀行文である。この仕事（主要な側面は交渉経過の通信）は、報知社入社以来三年目にして思軒が得た、初めての大きな仕事だったといえるだろう。この「甲申事変」をめぐっては、周知のとおり民権派内部でも好戦的主張が主流を占め、板垣退助、片岡健吉らは高知で「義勇兵」を募り、改進党の尾崎行雄・藤田茂吉・犬養毅らは「朝鮮の内治に干渉し以て之を併略することを努むべし」と主張するなど、侵略主義的な論調が支配的だった。

このように清との好戦的な雰囲気のなかでの渡清だっただけに、一連の通信文だけでなく、紀行文としての「訪事日録」のなかにも、思軒の反清感情はかなり露骨に表れている。しかし、それを単に政論的なレベルでの反清感情にとどめず、自己の内に形成された漢学の教養、漢詩文的美意識といった文化の枠組みそれ自体への懐疑と不信にまで突き詰めてしまったところに思軒の独自性があった。特派員として読者に伝えるべき事実——「実境」としての清国に向かい合ったとき、眼前にあるその国の現実は、漢詩文が捉えた審美的世界とは似ても似つかないものだったのである。

そうした思軒の体験は、まだ「四角張った」「漢文臭気を帯」びた文体で書かれていたところの「訪事日録[47]」にはっきり記されている。思軒が乗っていた広島丸がちょうど揚子江に入ったとき、彼は甲板に上って左右を眺めるのだが、その際の彼の印象が興味深い。「余嘗テ支那文章家ノ雅言ヲ聞クニ漢時司馬遷名山大川ヲ歴観シテ作文ノ気ヲ養フ故ニ其文疏宕ニシテ奇気アリト後世文ヲ学フ者皆ナ奉シテ以テ第一訣トナス然レトモ余之ヲ信セス以為ラク瘤ノ如キノ山涎ノ如キノ川何ヲ以テ養気ノ資ヲ為スニ足ラン是レ文士空言虚喝人ヲ斯ク耳ト」

思軒の筆は辛辣である。眼前に広がる揚子江河口の風景は彼にとって「瘤」のような山と「涎」のような川としか映らない。こんな風景が「作文ノ気ヲ養フ」などとは虚言でしかないと、「支那文章家ノ雅言」を批判する。彼は続けて言う、この国の人民が「惷愚」なために、取るに足りない「頑小」な山川の風景を、読者を欺いて「一篇ノ放胆文」に仕立て上げたのだ。揚子江に浮かぶ舟（これは漢詩文によく使われるディテールだが）を見ても、思軒は「昔時淀河ニ於テ見シ者ト異ラス」と言い、その舟の遅さは「支那人種ノ性質ヲ表ス」ものと嘲笑するのである。

このような過剰なまでに侮蔑的な言辞を、国権拡張路線に乗せられた偏狭な民族的優越感が生み出したものだと片づけるには、思軒が抱え込んでいた事情は深刻すぎた。先にふれた辛辣な言辞の前に、実はまず「漢文」的な表現によって眼前の揚子江の風景が捉えられていたのである。「甲板ニ登リテ眸ヲ放テハ陸黛一痕ヲ水天相接スルノ際ニ見ル」と捉えられたうえで、前述の「支那文章家ノ雅言」についての批判がなされる。さらに「今マ揚子江口ヲ観ルニ黄浪天ヲ拍チ一望浩焉」と記したうえで「人民ノ惷愚」云々の記述がおこなわれるのである。

つまり前述した意地が悪い辛辣さは、確かに眼前の清国の風景に、そして清国そのものの現実に向けられたものだったけれど、同時にそれは「実境」としての弛緩した揚子江河口の風景を描くうえで「実境」とまったくかけ離れてしまうような、雄大かつ華麗なイメージを付随させた「漢文」的表現がつい自分の筆をついて出てしまうということにも向けられていたのである。「陸黛一痕」云々と書いてしまうと、意味のレベルでは水平線に眉のような陸地が見えるということだけなのだが、そこにはやはり審美的なイメージがつきまとい、「瘤」のような山や「涎」のような川というイメージは出てこない。「黄浪天ヲ拍チ」にしても、黄色い波が空を打ち見渡すかぎり広々としているということだけではない、一種雄大で格調が高い理想的風景をイメージしてしまう。そこでは、「山川ノ頑小」という思軒自身の印象は排除されてしまうのである。

まさにここでは、規範的な「漢文」的表現と、思軒の印象とが真向から対立し、ほとんど文脈を破壊しているといっていい。私自身「訪事日録三」の宣言を見るまで、この部分を理解することはできなかった。なぜなら、読者としてはこのような「漢文」的表現のあとには、当然風景に対する讃辞がくるものと「期待」[48]してしまうからだ。

必要以上に辛辣な思軒の言辞は、本質的には眼前の清国の風景よりも、それを漢詩文的な教養を媒介として捉えてしまった自己の「漢文」的表現を突き崩すものとしてあったといえるだろう。それは自分の文章を縛り、現実の「実境」から限りなく遠ざけてしまうところの、文化の枠組みとしての「漢文」体に向けられた挑戦の言葉だったのである。「実境」としての揚子江河口の風景は、思軒をして、自らの内に形成された幻想としての審美的な言語領域、「漢文」的なるものに対し、根源的な不信を抱かせるものとなったのである。

では、そのような「漢文」的表現の規範から離脱し、「実境」に即した「天然自由の文体」とはどのようなものだったか。ここにその実例を検討する。

> 余か北京に到着するや否や開巻第一に余の眼中に闖入し来りたるは乞食なり城門の処にハ男女老少の乞食許多群聚し行人に向て銭を乞ふこと尤も喧ひすし余等数人散策の序次始て其処を過きし時一個年少の乞食あり忽ちツカ／＼と駆出て余等歩道の正面に頓首し大老爺（ローフウエー）／＼と哀告の声極て切なり余等はかねて一個に銭を投すれは糖の蟻を召ふか如く陸続附集到底極はまりなき由聞居たれハ振向きもせす行過くれハ復たツカ／＼と袂の下を馳抜け正面に頓首すること初の如し斯くして凡そ二三丁の間頓首してハ馳抜けては頓首し其うるさゝ言ハん方なく殊に一種の異臭の来て鼻を撲つかことき心地さへすれは終にハ余の脳をして怒気を催さしむるに至り幾と笻を挙て之を打たんとせしか笻の彼れの身に触るゝの穢たなさを恐れて復た止れり(49)

北京市街にたむろする「乞食」に対する差別的な言辞と、思軒の感性のあり方の可否はここでは問わず、この文章の特質だけを検討することにする。まずこの文章が明らかに現場からの「実境」報告になっている点があげられるだろう。冒頭、北京市街に入った瞬間思軒の目に入った光景――「眼中に闖入」してきた「乞食」の群れが捉えられる。そして次にその乞食の間を歩き、年少の乞食にしつこくつきまとわれる描写へと続き、その乞食が思軒の「袂の下」を駆け抜ける際に残す「異臭」が鼻を打つ。それが「脳」に「怒気」を催させ、つえでなぐろうとするが、つえが乞食に触れる汚さを考えて思いとどまってしまう。

ここでの時間の経過は、報告者としての思軒が実際に北京市街に入ってからの時の流れに即している。そして彼が行動する経過に即して、彼の知覚（視覚・臭覚）が捉えたものが描かれ、その知覚に対する彼の身心の反応が描かれていく。すなわち、現場で「実境」に立ち会い、そのなかで行動する体験的報告者の知覚と感性の変化に即して文章を配列する表現が生み出されているのである。

状況を概括し、常套的な成句のなかにくくり込んでしまうような「漢文」体的な表現意識とはまったく異質な、状況内部に存在する体験的報告者の身心の反応とそこに流れる時間に即した文体が、ここで創出されている。状況――「実境」の現場に内在された報告者は、本来きわめて限定的な機能しかもたないものである。自分の位置を移動させ、逐次知覚が捉えた対象を報告していくことでしか「実境」の全貌を再現することはできない。しかし、読者（報告の受け手）と同じ生身の限定的な人間による、そのような報告であるからこそ、逆に読者は現場を体験するような臨場感を得ることができるのである。

思軒はこうした手法を駆使しながら、一方で貧困で未開な清国社会の「実境」を伝えると同時に、他方旧所名跡を訪れては「書籍」のなかで形成された審美的で理想化されたイメージと、自分の目前にあるその名所のみすぼらしさ、汚さを対比し、漢詩文的幻想領域をことごとく突き崩そうとしている。

つまり、この体験的報告者は、「実境」を自らの身心を通して把握することで、自分の内にある既成概念や文化の枠組みを打ち破っていく存在だったといえるだろう。ここに、たとえば徳富蘇峰を夢中にさせるような「訪事日録」の独特な魅力があったにちがいない。もちろん、こうした思軒の報告が、当時の排外主義的な、あるいはアジアの諸民族に対する蔑視的な風潮に乗ったものとしての限界をもっていることは言うまでもない。しかし、ここで獲得された思軒の表現意識は、帰国後、日本での「近代化」、知識人のなかで夢想された「近代化」の内実を鋭く暴いていくことになる。

いずれにしても、思軒が「訪事日録三」の冒頭で提出した「天然自由の文体」とは、このような行動する「実境」報告者による一人称の文体にほかならなかったのである。

事実に基づく現場からの実境報告者

「日清談判」特派員としての任務終了後、森田思軒はただちに次の仕事に取り組むことになる。それは、立花雄一が「底辺ルポルタージュの嚆矢的作品」[50]と評価する「地方惨状親察員報告」である。

いわゆる「明治十四年政変」以後、財政担当者となった大蔵卿松方正義は、それまでのインフレーションを抑制するために、強力なデフレーション政策を実行していた。その一つの柱は不換紙幣の整理であり、もう一つは財源確保と同時に、朝鮮・中国問題をめぐる軍備拡張を進めるための、地方税と、酒・タバコ・醤油・菓子などへの間接税の大幅増税だった。その結果深刻な不況が全国を覆い、とくに農村では急激な米価の下落によって租税が払えず、土地を質入れし、地主・豪農から金を借り入れて税を納め、さらに借金返済ができないため土地を手放して流民化する者も続出した。

同時にその裏では、一八八二年（明治十五年）の日本銀行創立によって、低金利金融で大資本への投資が急速に進められた。いわゆる日本資本主義の「原始的蓄積」の時期である。こうした危機が頂点に達した八四年に、負担軽減・借金棒引・小作料減免などの要求を掲げた農民騒擾が、全国で百五十件近く発生している。また、下部自由党員による加波山事件・群馬事件・秩父事件・飯田事件などが、この時期に集中していることも周知の事実である。

こうした国内の不満や矛盾をそらすために、政府は「甲申事変」を最大限利用し、対外的な侵略政策に民権派を巻き込み、その鉾先を国権拡張の方向へ誘導していった。民権派の諸新聞はこぞって国権拡張路線に乗った報道体制をしき、有力記者が続々と朝鮮・中国に派遣されることになった。結果として人民が抱え込んだ経済的危機は見捨てられることになってしまったのである。このようなジャーナリズムの動向への一つの反省として「郵便報知新聞」の「地方惨状親察員報告」の企画は成立したものと思われる。

一八八五年（明治十八年）六月七日号一面に「惨状親察員特派広告」が掲げられ、加藤政之助・森田文蔵（思軒）・久松義典ら三人を特派する旨が告知され、同時に社説で「惨状親察員を特派するの趣意」が述べられる。また六月十二日号四面広告欄に、前記三人が出発する日時が公表されることになる。「趣意」の主張は、「外事」（日清談判など）が一定の決着をみたいまこそ「内国の困難」に目を向けよ、というものだった。仏清戦争や「甲中事変」をめぐっては各新聞社が競って「採訪員」を現地に派遣し「詳細正確の報道を読者に与へんことを力めた」にもかかわらず、こうした「外事」と同等あるいはそれ以上の重要性をもつ「内国の困難」を「坐視」しているとはどういうことか。自分たちは全国各地の「通信員」に「不景気の弊害」についての記事を督促してきたが、それでも実態をつかむことができず、今回は「社員を四方に特派し至公至平の眼識を以て至難至痛の惨状を親察詳報せしめる」ことにした、と社説筆者は自社の先駆性を強調する。しかし、かくいう社説筆者にしても基本的には外事優先の発想をもっていて、「外事既に収まるを見る」に至ってはじめて「官民の注意を内国の困難に傾け」ようというのである。

ともあれ、特派員の一人に選ばれた森田思軒にとって、これは念願の企画だったようである。彼は報告の冒頭で、この企画に対する気持ちを語っている。日清会議が和局に達しても、心のなかの「望蜀の念」は消えない。「渡清以前」からの「内国の不景気」が、全国を「困病幽鬱の底」に沈めているなかで、自分は「外に向て望蜀の蓄念を主張するよりは、先つ差掛り焦眉の新憂を銷遣するの策を講することの甚た緊急なるを感せしむるに至」った、と述べている。(51) 思軒の問題意識の重点が、ここで「外」への「望蜀」から「内国」の「新憂」を解決する方向へ転じたことが告白されている。こうして一八八五年(明治十八年)六月十六日から八月三十日にかけて、加藤・森田・久松ら三人の「惨状親察員報告」が掲載されていくことになる。

注目すべきなのは、この事実を中心とした報告が、それだけにとどまらず、見聞した惨状の原因究明と解決策を提示した「惨状原因及振救方案」(加藤・森田・久松の連名)という長大な論文(同年十月二十五日から十二月十九日にかけ三十四回にわたって社説として掲載)に結実していったことである。

さて、この「惨状親察員報告」での思軒の報告文体は、他の二人のそれに比してある際立った特色をもっていた。それぞれが詳しい資料や、多くの現地の人々の証言を引用して報告を作っている点に変わりはない。また事実についての資料的価値についても、それぞれがこの時期のものとしては優れた到達点を示しているのだが、こと「事実」のリアリティー、読者に対する「事実」の提示の仕方には、大きな違いがあったといわざるをえない。

ここで、三人が同じように農民の飢餓のありさまを捉えた部分について検討してみることにする。
まず加藤政之助は、埼玉県北足立郡鴻巣の惨状について報告しながらこう述べている。

又糧食乏を告げ食を減じて二食と為し二食の糧猶ほ且つ尽きて餓死に瀕し万已を得ざるより先日来不熟の麦穂を採り之を乾燥し焼きて細粉と為し団子を作て漸く其飢を凌くものあり此の如く惨状に陥りたる窮民多きを以て苟も糧食と為して生命を保つに足るものは木実草葉の嫌ひなく悉く食糧と為さゝるはなきものと見へ昨今豆腐殻フスマ（小麦の粉を取りたる殻）の類は非常に需用者多くして大に其価を騰貴し畔畷に生長せる草葉（食し得べき分）は全く刈尽して其芽を見ざるに及びたりと嗚呼亦惨なる哉[52]

加藤の場合、親察地が出身地で知人も多い埼玉県だったこともあり、かなり多くの情報提供者にもめぐまれ、各訪問先で県会議員や地方名士に会って実状を聴取している。それだけ彼の報告は、三人中最も整理されていて、各地方について旅行順路、生計のありさま、農商工業、雑事、税金附協議費という具合に構成され、整った報告になっている。また、統計資料も豊富である。

しかし、この模範的とも言うべきルポルタージュも、読者を現場に立ち会わせるような臨場感には欠けている。なぜなら、彼の報告の文体は、あらかじめ状況を概括し、個別的な現場そのものではなく、一般化したところの「惨状」を読者に伝えるものだからである。そして引用部の末尾にあるような、演説的な悲憤慷慨口調で、直接読者に向かって「惨状」のひどさを訴える方法によって、読者とのコンタクトをはかっていたといえるだろう。つまり彼の報告は、実況中継者のそれというより、政論家・アジテーターのものだった。

知人もつてもない九州に派遣された久松義典の場合、加藤や森田が出身地を中心として行動したのに比して、かなり困難な調査活動を強いられたようである。そうした調査状況のなかで彼は忠実な観察者、伝聞者として読者に向かったといえるだろう。

窮民中にて食物全く尽きたるか為め方言カン子葛と呼ひたる蔓草の根を採掘し之を以て毎日の食料となすものは珍しからぬ由にて鳥巣池原白木等諸村の農夫は概ね露命を此の草根に托せりと聞く但し数日間この諸根を食すれは気力日に衰耗して復た力作に堪へさるに至るとのことなり又此の食物より稍上等と云ふへきものは蓬の団子なりとす此の団子は真の蓬団子とも云ふへきものにして蓬の葉五升の内に三四合の米粉を混和したるものなりと云ふ(53)

久松の親察員としての不自由な立場もあっただろうが、彼が提出する事実はほとんどの場合、伝え聞いた事柄の概括的再話として記述されている。

森田思軒もまた、加藤・久松と同じように想像を絶する人民の飢餓の実情を各地から報告した。しかし、その見聞した事実を読者に提示する方向で、他の二者とは決定的に異なっていた。「訪事日録」で獲得した行動する「実境」報告者の文体は、この報告で重要な展開をみせることになる。

現に西大寺の近傍にても夜分小民の戸外を通行するときは隠ゝとして刀狙相触るゝ響の戸内より洩るゝあり是れ小民か食物に窮して大根の乾菜を刻むの音なり然れとも尚た流石に昼は近隣に慚る所あり故に夜分窃かに之を刻むなりと云ふ又醤油屋の話に頃者三番まて絞りたる醤油粕の売れるには驚くと云へり元来一番丈を絞りたる粕なれは甘味もあり鹹味もあり亦た十分の汁気を含み色ゝ薬味抔擂交せて食すれは随分旨きものにて田舎にては皆之を喜ひ用ゆ余なとも少時郷にありし比は嗜みたりし者なり左れと三番の粕に至ては何の気味もなく只た肥料に用るより外迚も人類の唇辺に近く可きものにはあらす然るに此辺の小民は其至廉にして胃部を膨張せしむる所を取り争て之を食ふなり平素二三文の価なるものゝ忽ち十文に上るを至せり又此程西大寺の或る魚売り磨梨郡の鎌とか呼へる村に行き農家に宿せしに其内の食物なりとて試に吃せよと主人の出

たし示したるを見しに一種の団子にて少し馨しき様聞こえしも更らに何物たるを弁す可らす之を問ふに松葉を蒸乾して末にせるものと云へりと其葛の根を掘る位は少し山分の村にては常時として怪み語るものもなし(54)

まず冒頭では、夜になって小民たちの家の外を歩く報告者の耳に入った何かを刻む音が捉えられる。次に、それが「大根の乾菜」を刻む音だという認識が語られ、最後に隣人をはばかるための夜中の物音であることが伝聞として示される。この文章の配列には、現場で「惨状」を捉えていく報告者の体験と認識の過程が表されている。まず報告者の知覚を通しての現象の確認、次にそれが何であるかの認識、そして報告者自身の認識領域だけでは解明できない事柄の伝聞による究明が、報告者思軒が経た順序のとおりに配列されている。

このことは、「惨状」の概括とは大きく質を異にするものだといえるだろう。読者は報告者の体験と認識の深まりを追体験しながら「事実」の本質に近づいていくのである。しかも重要なのは、報告者が目前の「事実」についての完全なる認識者の立場をとっていないという点である。つまり思軒が現地で出合った「事実」の重みは、思軒の認識領域のなかだけで処理されるのではなく、より現地の「実境」に通じている人たちの体験と認識を媒介にして読者に開示されていくことになる。それが引用部で「醤油屋」と「魚屋」が果たしている機能である。農民が、肥料にしかならないような三度搾りの醤油粕を食べていることに「驚く」のは、東京から派遣された報告者ではなく西大寺の「醤油屋」であり、松葉団子を渡されるのも現地の「魚屋」なのである。しかも、この地域では、「葛の根」を掘って食べるくらいのことは日常茶飯事で話題にもならないのである。

つまり、「醤油屋」と「魚屋」が右の話をあえて話題にしたということは、そこで見聞された「惨状」が、「葛の根」を掘ることとは比べものにならないほど進行していたからであり、その事実に驚いたからである。

都会に住む者の発想から言えば三度搾りの醤油粕も松葉団子も葛の根とさして変わらない、人間の口にするものではない点では大差がない対象だろう。したがって、もしこの「事実」を報告者の認識領域で概括してしまえば（加藤や久松のように）、こうした「惨状」の進行過程は読者には伝わらない。読者は、「醤油屋」や「魚屋」

の媒介によって、都会人としての認識の枠組みを崩し、より悲惨な「事実」に向かって開かれていくのである。

思軒がこの報告のなかで重視していたのも、そうした都会人的な発想を捨てて「事実」の本質に立ち会うことだった。彼は繰り返し、「都人士」の常識をもっては現地の「事実」を捉えられないことを強調していた。しかし、そういう彼自身、たとえ調査地が故郷だったにしても、生活意識のうえでは「都人士」にほかならない。したがって、報告者としては、常に直面する「事実」に向かって自己の認識領域を突き崩し、開いていかなければならなかった。

自分が了解できない「事実」に直面した際、思軒がとる方法は現場の人たちに「再三之れを叩き問ふ」ことだった。その結果、彼はたとえば次のような認識の転換を体験する。東京を出る前自分は徴税の方法について「一定の主義」をもっていた。それは徴収期を「緩延」することと「繰替」の余裕をもたせることだった。すると近頃太政官布告で二十日の余裕と、年二回の徴収を四回に分ける旨提示された。これで人民は資金繰りにあくせくすることから少しは解放されるだろうと思ったが、現地の農民の間ではまったく不評だった。なぜなら彼らは、地租も地方税も区別がなく、とにかく戸長から命令がおりれば資金繰りをするわけで、今回の「改正」も結果としては税が増加したと受け取っている。こんな簡単な計算もできないのかとあきれるほどだが、もしこれが「事実」であれば、自分が考えてきたような徴税手段の改革ではなく、そもそも「先つ数量の上に急議する」（税額そのものを軽減する）必要があると思うようになった、と思軒は述べている。そしてここでも「余は唯た事の余りに意外なるに吃驚し、記して都人士の考に資す」[55]と述べている。

つまり思軒は、自分を含めた「都人士」の認識を超えた「事実」と出合い、その結果自分の認識を変革せざるをえなくなる過程そのものを記述するなかで、一見改良や改正と思われる諸政策が、人民の抱え込んでいる「事実」からみるとまったく逆の効果をもってしまうことをつかんでいったのである。

いずれにしても、この一連の仕事を通して森田思軒は「政治」の内実についてあらためて問い直しを始めざるをえなかったといえるだろう。その営みが、次の「龍動通信」さらには「報知叢談」欄などに結実していくわけだが、ここで何も使い古された「政治」から「文学」へという図式を導入したいわけではない。むしろ強調したいのは、思軒にとっては「政治」、あるいは政治的認識の課題が、自己の文体の問題として見えていたということであり、自己の文体変革を通じて、彼は既成の認識機構を突き崩し、「事実」と「実境」に向かって開かれていったことである。そして、そのように「実境」へ向かって開かれてしまった認識は、本人の主観的な意図にもかかわらず、政治党派の既成認識の枠組みを超えてしまうことを、思軒の仕事は示している。

森田思軒が自らの文体変革の基本方向として選んだのは、繰り返し述べたように「実境」のなかで行動し体験する報告者の位置だった。この一人称の報告者は、単なる「実境」の傍観者ではない。目撃した現象をただそのままに報告するのではなく、それがいったい何であり、どのような意味をもち、なぜ発生したのかを精力的に問い、探究していく分析者でもある。だからといってそのような自分自身のことを自己顕示的に語る存在でもない。あくまで行動する自分を媒介にし、いわば読者の身代わりとして、「実境」のなかで自己の身体と心を精いっぱい駆使する現場中継者なのである。読者の身代わりになる以上、この報告者は読者と等身大（身体の大きさだけでなく、その知覚・感性・認識の幅と質で）でなければならない。

その意味では報告者は限定的な存在であり、読者を超越して状況を鳥瞰したり、ある高みから啓蒙するアジテーターのような存在ではない。同時に一定の枠組みのなかに閉じこもっている存在でもない。読者の身代わりとなって読者がたどり着けないところまで自分の身体・知覚・感性・認識を投入して「実境」に接し、それとの切り結びのなかで徐々に変革されていく行動者・分析者でもある。だからこそ、この報告者の認識や感性の変革が、いわば等身大のものとして読者に伝達されるのであり、その変革の過程と同じ配列の文章をたどることで読者も同じ過程を追体験するのである。

まさにこれらの点に、森田思軒の一人称文体の特質があったといえるだろう。ジャーナリストとしての活動を通して獲得された、この行動する「実境」中継者の一人称文体は、以後ヴェルヌやユゴーの作品との出合いのなかで、翻訳小説での独自な文体の形成――「周密体」の形成へと向かっていくことになる。

言葉の順序の意識化

森田思軒が、小説での一人称文体の独自性について最初に発言したのは、一八八七年(明治二十年)秋の「小説の自叙体記述体」[56]でだった。一人称文体のへの関心は、このとき思軒一人のものではなく、同じ年、「読売新聞」紙上で「自伝体」という一人称表現への言及があったし、[57]坪内逍遥も早くから「自伝」の重要性に着目していた。[58]こうした動向は、基本的には作品世界内の場面、状況をいかに臨場感あるものとして読者に伝達するのかという課題と、作品内部の事件や作中人物の「察しがたき隠微の秘密」[59]を、どう作品構造や文体を通じて提示しうるのかという同時代の表現意識の特質を示すものだった。そして、そのことは同時に、小説の地の文を統一する表現主体の作品内的位置の問題であり、作品内的事件に関わる意識=文体の問題でもあった。

このことをめぐる模索は、たとえば二葉亭四迷の『浮雲』での作品に内在する「無人称の語り手」[60]や、坪内逍遥の「種拾ひ」[61]での〈覗き見〉と〈立聞き〉によって会話場面を捉えようとする一人称の語り手の導入などとして表れていた。そして、饗庭篁村が一八八七年の末に「読売新聞」紙上に訳したポーの二作品「西洋怪談 黒猫」[62]と「ルーモルグの人殺し」[63]は、自分が関わった事件を回想的に語る一人称と、事件の謎解きをする常識を超えた分析者に同伴する、平凡な語り手の一人称という、一人称文体の異なる特質を明示したものだったといえるだろう。思軒の一人称文体の着目は、このような同時代の小説ジャンルの表現者たちの試みと関心を共有しながらも、小説ジャンルの記憶に縛られない、ジャーナリストとしての表現意識を媒介にしながらおこなわれたものだった。

「小説の自叙体記述体」のなかで思軒は、依田学海の『侠美人』[64]を、「和漢」の小説には例が少ない「自叙の体」によって書かれた画期的な作品だと評価しながら、一人称文体=「自叙体」の優位性を次のように分析している。

人の話を聞く時に之を他人より又聞きに聞くと本人より直聞きに聞くとヽ其話の我心に感する度合に浅深著しき相違存する者なり是ヽ他人の悲喜を悲しく喜ヽしく物語る事ヽ己の悲喜を其儘に吐露する事の身に染むに及かざれはなり自叙体の妙は即ち此に於て在り尋常の記述体か衆景衆情を一時に写すの妙を具するにも拘ヽらす表裏幽明を一斉に描くの妙を具するにも拘ヽらす一人物か某の場合其の境遇に立ちし時の感情有様を刻画して切実易ゆ可らす読む者恍然神馳せて現に之を目睹する如き想あらしむるの妙は自叙体独擅の処にして記述体の企及し難き所なり(65)

要約すれば、作品世界に内在する一人称主体が、「其の場合其の境遇に立ちし時の感情有様」を捉えることで、「読む者」にはそれが「現に之を目睹する如き」印象を与えるのだ、と思軒は「自叙体」の魅力を分析しているのである。すなわち、作品世界に内在する作中人物が、自己の〈いま・ここ〉に即して場面を描写し、その〈いま・ここ〉での自己の心情を吐露することが、あたかも読者自身がその場面内に存在し、その〈いま・ここ〉を自分自身が目撃（「目睹」）しているかのような臨場感を与えるものであることを、思軒は明らかにしたのである。

重要なことは、ここで言う一人称主体による表現の臨場感が、その主体が場面内の論理に拘束されることで形成されていることである。いわゆる「記述体」では、作品世界内の論理を超越したかたちで「衆景衆情を一時に写」し、「表裏幽明を一斉に描く」ことができる、いわば〈神の視点〉のような位置に表現主体は立つことができる。しかし、「自叙体」の主体は、あくまで「某の場合某の境遇」に縛られているのであり、逆にその限定性（読者との等身性）によって、先のような臨場感を伝達しうるのである。

こうした「自叙体」の魅力を示す例として思軒は、「姪鶱（ヂッケンズ）のグレート、エキスペクテーション第三十九回」をあげている。この思軒の訳文には、彼が着目した「自叙体独擅」の「妙」なるものの実質が表れていて、さらに彼の「周密体」と名付けられる翻訳文体の特質も見られるので、以下その一部を原文と比較してみることにする。

余は読書灯を手に持ちて級子の[1]上頭(あがりぐち)に行きたり[2]下に立てるは誰なるか[3]余の灯の光を望みて脚を停め佇すみしと覚ぼしく寂然として声もなし」……[4]余は余か灯を級子の鉄欄干の外に差出だし下より登り来る人物を待つに彼の人物は徐かに級子を登り来り次第に其身を余か灯の光線内に現はせり元来余の灯は唯た読む所の書上を照らすだけの光線を取る様にし其余の四辺は黒く蔽ひたる仕組のものなりし故其の照らし射る所の光線の区域甚た限きられたり左れは今ま彼の人物か乍まち光線内に現はれしかと思へは又た乍(ママ)ち光線外に失せ未たハツキリと認むるに遑あらさりしか彼の人物か偶ゝ光線内に来たりし時[6]余を看あけて左も喜ばし気に眺めたる其顔を見れば[5]全く識らぬ顔なり」余は彼の人物の動くまゝに灯の火口を動かし向けつゝ漸くに彼の人物か完く衣裳は着け居れと其出立の実に粗野至極のものなるを認め得たり……(66)

I took up my reading-lamp and went out to the [1]stair-head. [2]Whoever was below [3]had stopped on seeing my lamp, for all was quiet.（略）
[4]I stood with my lamp held out over the stair-rail, and he came slowly within its light. It was a shaded lamp, to shine upon a book, and its circle of light was very contracted ; so that he was in it for a mere instant, and then out of it. In the instant I had seen a face [5]that was strange to me, [6]looking up with an incomprehensible air of being touched and pleased by the sight of me.

Moving the lamp as the man moved, I made out that he was substantially dressed, but roughly;(67)

原作者ディッケンズの描写の細緻さについては、衆目の一致するところだが、思軒の訳文には単に逐語訳ということにとどまらない、原文の表現意図そのものを正確に再現しようとする工夫が見られる。

たとえば波線部1)では“stair-head”の意味を「あがりぐち」と訳しながら漢字で「上頭」とあてることによって、2)の文の「下に立てる」の「下」と、明確な空間的差異を出そうとしている。この部分の描写の眼目は、自分の周りのごく狭い範囲しか照らさない読書灯を持ったピップが、階下の闇のなかから現れようとする深夜の闖入者を待ち構える不安と恐怖を、光と闇の対比を通して捉えようとするところにある。したがって、読書灯を持つピップがいる階上と、闇に包まれた闖入者がいる階下の対比的布置は、きわめて重要な意味作用をもっているのである。

さらに2)を「下に立てるは誰なるか」と訳したのも"Whoever"のニュアンス（不可視で不明な対象への不安）をうまく伝えているといえるだろう。これを変に関係詞であることを意識して「だれだかわからないが下にいる人[68]」などと訳してしまうと、かなり弛緩したイメージになってしまう。

また波線部3)も原文の接続詞"for"の微妙な機能を捉ええている。つまり"all was quiet"という状況が、闇のなかの見えない闖入者が自分が持つ灯を見て立ち止まっただろうというピップの判断の基準になっているわけで、これをたとえば「私のランプを見て立ちどまったらしい。あたりはしんと静まりかえった[69]」などとすると、そうした状況と判断（認識）の因果関係、前後関係の微妙さは、すっかり脱落してしまうのである。

そして4)以後の文章では、日本語としてはむしろ不必要なほど「余」が強調されている。しかし、これも文章構造それ自体が表現しようとしている意味との関わりでは、無視できないことである。なぜなら、この部分はピップが持っている読書灯の明かりが、ごく限られた範囲、彼の周囲だけを照らすだけのものであるため、はっきり見分けたいと思う闖入者の顔がなかなか見えない、というピップの焦りと不安を強調しているわけで、きわめて限定された視野しかもちえない「余」の位置を強調することで、そうしたニュアンスが伝達されることになるのである。だからこそ原文で"a shaded lamp, to shine upon a book"となっているだけのところを訳文でかなり詳しく説明しているのも、前述した効果を高める機能を果たしているのである。

さらに注目したいのは、5)6)の原文と訳文の順序の問題である。5)も6)も、"a face"を修飾しているわけだが、厳密にいえば、5)は対象（闖入者の顔）に対する判断・認識であり、6)は知覚だといえるだろう。そして原文のニュアンスは、本来、知覚→判断という順序であるものが、この場合ほとんど同時的にピップにもたらされたことを表している。しかし、関係詞と分詞の形容詞用法の使い分けの微妙さを日本語化するのは、きわめて難しい。この部分を「その一瞬のうちに見えた男の顔は、私の見知らぬ顔であり、私の姿を見て感動と喜びに打たれたような、なんとも不可解な表情を浮かべて仰ぎ見ているのであった(70)」と訳しても、確かに順序としては原文に忠実でも、印象は平板化してしまう。その点思軒の訳は、5)、6)の順序を逆転し、「其顔を見れば」でつなぐことによって、必死に同時性を出そうと工夫しているといえるだろう。

いずれにしても、思軒の訳は原文の単語レベルの意味だけではなく、文章構造そのものがもっている意味を日本語に定着しようとしたものだったことは明らかであり、そのためにこそ、当時の〈雅文体〉や〈俗語体〉とは異質な漢文体的表現の特色を生かしていたといえるだろう。それは、「り・たり・なり」といった助動詞による簡潔な文末表現と、巧みな接続詞・接続助詞の組み合わせ、そして何よりも表現主体である「余」＝ピップの位置の明示といった工夫として実現されていたのである。思軒がこの文章について「文中の余と言へる一人称を三人称に改め其他都べて記述の体に換へ視るへし自叙体の妙思半はに過きん」と評したのも、まさに前述のような表現意識をもっていたからである。思軒の〈周密体〉の一つの魅力は、この文章構造、わけても「詞の陳列」とその「順逆回転」が作り出す意味作用にあったといえる。

同伴者的一人称の発見

「小説の自叙体記述体」で、森田思軒が注目した一人称表現の特質の中心軸は、何よりも作品内的状況に拘束されているために、臨場感を伝えうる、場面の論理に限定された一人称主体の視野と意識（知覚と認識）にあったといえるだろう。そうした一人称文体の原型はまた、一八八五年（明治十八年）の新聞記者体験を通して獲得されたものだった。

もしそれだけであれば、思軒の選んだ一人称の小説群は、同時代的な表現意識の共通項を、どれほども抜きん出ることがないものだった。しかしながら、思軒が「自叙体」のわが国での一つの達成と評価した依田学海の

『侠美人』には、それだけでは終わらない、もう一つの特色があった。そのことは、思軒の「自叙体」の定義の、一見矛盾した評価に現れているといえるだろう。思軒は、この文章の冒頭で、『侠美人』の文体の独自性を次のように説明している。

> 余か第一に欣賞せるヽ其の趣向都べて依田生なる己れの視聴上より写し来れる事是れなり己れを以て書中の一人物となし己れの遭逢見聞便ヽち其の小説を成せる事是なり斯く己れを以て書中の一人物となし或ヽ書中の一人物を以て己れとなし唯た此の一人物を主位に置き通篇の鏡花水月皆な之を賓位より影幻し出すヽ余仮りに名つけて自叙の体と云ふ(71)

引用部の前半は、これまで検討してきた一人称表現の特質についての明解な定義ということができる。作中人物であるところの依田生＝「余」の視覚・聴覚を通して作品世界を「写し」、「余」が「遭逢見聞」した事柄から小説を構成する、そういう書き方を「自叙体」というのである。

しかし、後半の傍点部はやや事情が異なっている。一人称主体である「余」を「主位」におくというのはわかる。一人称小説であれば当然、一人称の表現主体は、作品世界の中心に位置することになり、その位置からあらゆる事象が捉えられることになる、というのだろう。では、そうであるのになぜ「通篇の鏡花水月皆な之賓位より影幻し出す」ことになるのだろうか。単純に考えれば、ここは「賓位」ではなく、やはり「主位」とするべきところなのではないのか。それとも単なる誤りなのか。

実は、この一見矛盾した評価のなかに、依田学海の『侠美人』における一人称主体の特殊性が正確に捉えられていたのであり、同時に森田思軒が選んだ翻訳小説での一人称の独自性を解く鍵がある。

『侠美人』の一人称主体が「賓位」にあるという指摘は、「小説の自叙体記述体」（第八号）が発表される前号（第七号）の「国民之友」に載った書評のなかにも見ることができる。

此書は氏か藤森弘菴の塾にある時、不図したことより一人の奇士に交際し、此の奇士の身上に生したる色々の話か、此の巻の種子となりたるものにて、巻頭より巻末に到る迄、氏は恒に書中の賓位に坐し、恰も氏か目撃遭接せし事柄を、読者に談話せらるゝか如く、其事柄は果して実事なる乎、虚事なる乎、虚実混合したる乎、得て知らされとも、中々意外の出来事ありて、兎に角、目先変りたる小説なり(72)

この書評は、かなり正確に『侠美人』の表現構造を捉えている。そして、この指摘をおいてみると、思軒が言おうとしたことの意味もわかってくるのである。確かにこの小説は、依田生＝「余」が「目撃遭接せし事柄を、読者に談話せらるゝか如く」伝える、一人称表現によって統一されている。そのことだけについていえば「余」は「書中」の「主位」にあるわけである。しかしこの語り手としての「余」は、この物語の主人公ではない。作品世界の事件は、「余」と同塾の細谷小三郎という「奇士」をめぐって展開するのであり、「余」は彼の同伴者として、読者に対して一連の事件を報告、あるいは再話するのである。その意味で「余」は、「巻頭より巻末に到る迄」「書中の賓位に坐し」ているということになるのである。「奇士の身上に生したる色々の話」を「賓位」から語る一人称、ここに『侠美人』の一人称表現の独自性があった。

重要なことは、ここで一人称で語る主体と、作品世界の事件を担う語られる主体が分離しているということであり、しかも語る主体の側が平凡で常識的な青年であるのに対し、語られる側が常識の枠組みでは捉えることができない「奇士」だったということである。

細谷小三郎という青年が「奇士」であるのは、たとえば「権謀術数は君子の為ざる所と聞けども某は然りとは思はずその志す所誠の道によるときはその為す所は権詐に出るも道に違ふといふ可らず」という、特異な主張を公然とすることをためらわない存在だったからである。そして「余」は、少なからず細谷が言うことに違和を感じていて、たびたび反論をするのだが、逆に引かれていくことにもなる。

この小説の時間的設定としては、維新前の動乱期があてられているのだが、細谷は尊王攘夷を主張する「世の豪傑」たちも、その裏には様々な「智計」があると言い、「功利の心」など「絶て」ない、「忠義」を単純に賛美する「余」の政論を、「尋常の儒生の説」でしかないと批判するのだった。このような細谷の「奇士」ぶりに対して「余」は、「小三郎が智識尋常の書生に非ざるを知り」、「大胆にも時勢の傾かむとするを悟り幕府を滅し政事を改革せんとする」志をもっている者として、一種の恐れと同時に、好奇心をかきたてられるのだった。

『侠美人』は、第二篇まで刊行されて中断している。したがって「奇士」としての細谷小三郎の全貌は、必ずしも明らかにはなっていない。題名の『侠美人』とは、細谷が心を寄せることになる、同じ塾生の妹清水清子を指している。彼女もまた、男まさりの知性をもつ「智計抜群」な女性で、親戚の「典舗」に押し込んだ強盗を巧みな計略によって改心させるほどの「女丈夫」なのである。この二人の出会いが、第三回「双美の邂逅」と題されているように、細谷と清子の関係は「尋常」の男女の間柄とは違った「奇士」と「女丈夫」にふさわしい独自のものになるはずだったと思われる。事実、細谷は互いの「志」を語るために、母と兄の立ち会いの下に清子との会見を申し入れるといった、常識を超えた女性との出会い方をするのである。そして、細谷が清水清子と「相見てその志を語る」仲立ちを依頼された「余」の感想のなかに、この作品での表現主体としての「余」の特徴を見ることができるのである。

世に佳人才子の遇合いと難きものとし聞くを今此男女相見るの後如何なる事を為し出すやらんそを傍より見てこれを評するも亦一つの学問なるべし(73)

一人称の表現主体としての「余」の役割は、「奇士」である細谷小三郎と、これまた女性でありながら「太夫魂」をもち、「世の豪傑にあらざれば生涯人に嫁ぐことせじと誓ひて志を守」っている清子とを、「傍より見てこれを評する」ところにある。しかも、それが「一つの学問」として「余」の知識・感性の枠組みを改変する機能をもつだろうことを予想しているのである。

つまり「余」とは、自身の体験したことを語り、他人の語ったことを再話するかたちで、読者に語りかける一人称の主体（主位）であるのだが、語られる事件の主人公（語られる対象）は細谷と清子であり、「余」は彼らを「傍より見」る位置（賓位）に立つという、独自な表現主体なのである。したがって、高田知波が言うように「この作品は確かに『余』という一人称の話者によって全篇が記述されているものの主人公は『余』以外の人物であるから、主人公と語り手とが一致していてかつ作者自身ではないことを条件とする『自伝体小説』の範疇には入らない[74]」のである。そして重要なのは、常識では捉えることができない〈異人〉としての「奇士」に同伴し、自分のことではなく、その「奇士」について語る平凡な人間の一人称表現は、自分のことを自分で語る一人称とは明確に異なる特質をもっている、ということである。

〈異人〉としての「奇士」とは、平凡な人間が属しているところの文化・秩序・制度といった日常的世界の境界線の向こう側にいる存在である。したがって読者は、彼が生きている世界を追体験するには、自分が属している限界の彼方に、境界線を踏み越えて歩み出ていかなければならない。そのためには、それなりに緊張した想像力が発揮されなければならない。〈異人〉としての主人公が直接読者に向かって語りかけるような回想的一人称の表現では、自己の体験を語るという臨場感はもちながらも、その語る主体に対して読者が根本的な違和を感じてしまうなら、いくら親しげに語りかけたとしても、読者は彼の世界を追体験的に生きることはしない。境界線を踏み越えようとはしないのである。

だからこそ、一八八〇年代後半（明治二十年代初頭）の回想的一人称小説には、必ずといっていいほど、読者を日常的世界から引き離し、こちら側（読者）の世界と向こう側（異人）の世界の境界線上に立たせようとする仕掛けが布置されていたのである。その典型は、語り手自身が生と死の境界線上から読者に語りかけるという状況設定だった。「西洋怪談 黒猫」は「私しハ明日死ぬ身今宵一夜の命なれバ」という位置から語り始められていたし、嵯峨の屋おむろの『無味気』も「嗚呼今日は十一月の一日なり。余の命は正に草頭の露の如し。朝を待たずして無常の風に散らん」という、いずれも生死の境に身をおく語り手（意識）が設定されていたのである。

しかし、これらはまだ常套的な虚構記号だった。これから語ろうとする作品世界に、最もふさわしい境界線を選んでいたのは森鷗外の『舞姫』だった。太田豊太郎が手記を執筆しはじめるサイゴンは、西洋と東洋の空間的境界線であり、なおかつ出航までの限定された時間そのものが、境界線上の時間だったのである。

本筋から大分それてしまったが、こうした回想的一人称に比べて、平凡な人間が〈異人〉に同伴しながら語る一人称では、この同伴者としての凡庸な人物が、読者の分身となり、境界線に立つのである。〈異人〉に同伴するということこれ自体が、こちら側と向こう側の境界線を生きるということなのである。

したがって同伴者の一人称表現を読む読者は、彼の（読者の側の）知と感性の枠組みに濾過された〈異人〉の行動や言動を享受することになる。すると一方では、同伴者の解釈を施された〈異人〉の像が結ぶと同時に、他方その解釈を超えた部分では〈異人〉の行動と言動は謎に包まれた不可解なものとなる。そこに、こうした手法がサスペンスの効果を高める要因があり、推理小説や探偵小説によく使われるのである。

シャーロック・ホームズとワトソンの関係はこうした効果の典型といえるだろう。そしてワトソンがそうだったように、この同伴者は読者とともに、〈異人〉の行動や言動の謎を解いていく媒介者でもある。したがって彼は単なる状況報告者ではなく、作品世界のなかで発生する事件の謎解きを仲介する認識者でもあるわけで、そのために彼は自分の認識に最も受け入れやすいかたちに〈異人〉をめぐる事件、その言動や行動を再構成するのである。読者はこの再構成の過程を追体験することで、事件の本質を捉えることができるのである。『佽美人』の「依田生」＝「余」とは、このような存在だった。そうした特質を意識化するためには、森田思軒にとって、一八八五年（明治十八年）の体験を通じて獲得した「実境」を中継する一人称表現への着眼だけでは不十分だった。そこに、思軒にとっての八六年の渡欧体験の意味がある。

局外傍観者の位置の自覚

一八八五年（明治十八年）末から八六年にかけての渡欧体験が、森田思軒に重要な〈転機〉をもたらしたことを指摘したのは藤井淑禎だった。藤井は柳田泉[75]や、吉原真子、湯田純江[76]らが強調する〈政治〉から〈文学〉への転身といった単純な理解は否定しながらも、この時期を「来たるべき〈転機〉をうながしたいくつかの貴重な種が播かれた[77]」ものとして重視している。藤井は、「十ヶ月足らずの西遊の間に」思軒が「身近に推進されている形の上での『近代化』への懐疑を次第に我がものとしていった[78]」としながら、その「懐疑」の実質を次のように捉えている。

アメリカにとって「新出来」への道は唯一必然のものであるとしても、いわば「数代連綿と」持続する歴史の積み重ねを負った日本が、例えばその「習慣」に培われた感受性を偽ってまでして「他人の真似」に甘んじ、「只た目前」の事のみ追われて「新出来」への道を辿ることが果たして最善の選択でありうるのか、どうか。おそらく思軒はそうした問いを胸中に抱えこまざるをえなかったはずである。[79]

私が注目したいのは、思軒の「近代化」への「懐疑」が、彼自身が「習慣」によって形成された自己の「感受性」、「本来の自己の感受性の動き」に意識的になることによってもたらされた、とする藤井の観点である。つまり思軒は、自分のなかにある本質的に東洋的・日本的な感性の枠組みを、単純に西洋的なそれと比べて劣ったものとするのではなく、むしろそこに自分が帰属せざるをえないことを認めながら、なおそこに西洋的なものを超えていく積極的な要因を発見することができたからこそ、単純な欧化＝「近代化」といった路線を「懐疑」するに至ったのである。いわば、後進国としての独自な「近代化」のあり方をこそ模索しなければならないし、そこに新たな可能性があることを見いだしたところに、渡欧体験の最も重要な意味があったといえるだろう。

したがってこうした東洋的・日本的な感性を否定することなく、その積極的な側面に依拠しながら、イギリスの議会政治の「実境」を捉えていったところに、思軒の「龍動通信」での表現位置の特質があったわけである。そのことは同時に、イギリスの議会政治での具体的な対立・論争の本質を、争う当事者の観点からではなく、日本人記者としての観点、つまりは「局外傍観者」の位置から捉えることにほかならなかった。そこにジャーナリストとしての任務を自覚したところに。渡欧以前のものとは違う、新しい思軒の表現者意識が形成されていたといえるだろう。

森田思軒が、初めて「局外傍観」の位置に自分が立っていることを明言したのは、「龍動通信」「ブラドラウ誓詞の事」[80]においてである。この記事は一八八六年（明治十九年）一月十六日発で、「龍動通信」のいわば第一報である。その前の文章で、「小生が本地到着の第一眼光に映したる事共一二を摘記可致候」と述べていることからも、このブラドラウの宣誓をめぐるイギリス議会の論争は、かなり強い印象を思軒に与えていたものと思われる。

ブラドラウの宣誓をめぐるいきさつは、思軒の報告によれば、おおよそ次のようなものだった。六年前の一八八〇年（明治十三年）の選挙で当選した、改進党（思軒の用語に従う）の新議員ブラドラウは無神論者だった。彼は、イギリス議会の慣習となっている議員宣誓式で、神への「誓詞を宣ふる代りとして自ら信実を証する旨の保言」を述べたいと申し出た。これをめぐって委員会が開かれたが、申し出は却下された。するとブラドラウは、無神論を普段主張している自分が建前だけで宣誓するのはおかしいと思って申し出たのだが、それが認められないなら「常式に従ひ誓詞を宣へ」ようと主張した。これがまた「神学者派」からの反発を買い、ついに彼は議員としての権限を奪われてしまう。

しかし、彼の選挙区である「ノーサムプトンの人民」は「英人の持前」である「意気地の強」さで再びブラドラウを選出したのである。その後、たびたび同じような争いが続きながらも、選挙区の人民は「屈せす驚かす其都度ブラドラウを再選し」、この争いは六年間の長きにわたることになった。そしてこの報告が書かれる三日前の一月十三月は、新議員の宣誓式であり、そこでもブラドラウ問題が再燃するかと思われていたが、議長ヒールが新議員の間に差別はないという提案をしたことでこの一件は無事落着したのだった。

この一連の事態に対して思軒が下した評価は、かなり厳しいものだった。

> 此度ブラドラウか無事宣誓式を畢へしことハ保守党及神学者派の方より申さハ或は現議長ヒールか改進党なるか故其方に贔負たりとの誚もあるへく改進党は無神主義を執りて宗教を蔑ふする抔の沙汰もあるへきなれと先つ局外傍観の小生抔よりも申さハ議長の演説は至極尤もと存せらる縦ひブラドラウか無神主義の人にせよ既に自ら好てお経を唄ひ常式を宣る上ハ其誓詞を誠と見做して可なり其脳中に立入て愈々誠なるか為にハあらさるかト兎や角穿鑿だてするハ甚た理に戻れり(81)

つまり六年もの貴重な時間を費やして争われた事自体、宗教と政治とを分離しえないイギリス議会の〈後進性〉であり、道理に即していえば議長ヒールの判断は「至極尤も」な、当たり前のことだったのである。そして、そうした大局的な事態への認識を可能にしたのは、ブラドラウ問題で激烈な応酬を繰り返していた当事者（保守党・改進党）からは離れ、しかもそもそも宗教的問題には関心が薄い日本人としての「局外傍観の小生」の意識があったからである。

ここで思軒は、自分が「局外傍観」者であるからこそ、道理に基づいた大局的な判断、すなわち、政治と宗教は分離されるべきで、将来には「神明ノ祐護に因り」という宣誓の「文言」も、「お経を唄ふ」ことも「廃むる」のが「自然の順序」だという認識を得られたのだ、ということを自覚していた。そして思軒は、この記事の末尾で、日本人であることの優位性を強調することになる。

思軒によれば、西洋の国のほとんどが根深い宗教の呪縛の下にあり、最近「文明の進む」につれて、その力は弱くなりつつあるが、いまだに多くの問題を残している。しかし、宗教問題をめぐる「一点ハ東亜殊に日本の甚た誇るへき所にして昔より宗教のために苦しみと云う史例ハ極て少く」、かつまた「宗教上の妄想と申すへき性の欠けたる」日本は「誠に拵へんとして急に拵へ難き美々の国風」をもっているのだ、と思軒は主張するのである。したがって、唯々西洋の真似をすればいいということで、「日本を耶蘇教国にすへし」という最近の動向は、せっかく「何の苦もなく一足飛ひに彼岸に到り居ることの大幸大福なるを悦ハす」、あえて「あと戻りして妄想教に支配」された「三四百年前」の「欧羅巴を学ハんとする」「不心得千万」なものだと述べるのだった。

明らかに思軒は、「東亜」や「日本」が、あらゆる面で西欧に遅れているわけではなく、むしろ西欧社会の〈後進性〉を「一足飛ひに」超える可能性を内包していることを自覚しつつあった。そのような日本人としての感覚と意識にあえて即することによって、かえってイギリス議会での諸論争の最も本質的な問題を捉えることができる、という自信が、先の「局外傍観」者としての自己位置の規定に現れているといえるだろう。そして、この「局外傍観」者の位置を選ぶことは、以後の「龍動通信」で一つの戦略として方法化されていったのである。

「全局の大勢」を伝える傍観者

「龍動通信」で最も思軒が力を込めたのは、アイルランド自治法案をめぐる保守党と改進党の駆け引きについての報道だった。折しも、イギリス議会はパーネル率いるところの「アイルランド国民党」が、無視することができない第三党としてキャスティング・ボードを握っていた。パーネルはこうした位置を利用し、一八八五年(明治十八年)六月にはグラッドストンを辞職に追い込み、ソールズベリーの保守党少数派内閣を成立させ、さらに同年末の総選挙では、保守党支持を掲げたことによって、ソールズベリー内閣はアイルランド国民党と合わせて、自由党と同議席をようやく確保するに至ったのである。そして、翌年一八八六年(明治十九年)初頭には、パーネルはソールズベリー内閣との提携を切り、第三次グラッドストン内閣の成立を助けることになる。思軒がロンドンに滞在していたのは、まさにこのような激動する政局のただなかだったのである。

こうした一連の事態について思軒は、三月五日発の「英国政治の局勢、愛蘭事件の問題」と題して通信を送っている。このなかで思軒は、保守・改進(自由)両党の立場を批判的に取り扱っているのだが、それは次のような彼の報道者（ジャーナリスト）としての位置のとり方と認識に裏付けられていた。

小生等か身を一段高き処に置て全局の大勢を概観するには其細目末項ゝ何様にも其有るか儘にあれ唯た全体の成行きを推究して到底茲迄の結果に至るへしと申す首尾の趣を揣摩すること肝腎なりと存せらるゝなり抑も目下の愛蘭事件は其要領二つに過きす一ゝ社会上の事柄に関するものにて地主と小作との間の紛議に係る田地規則の問題なり一ゝ政治上の事柄に関するものにて則ち愛蘭自治権の問題なり(82)

「全局の大勢を概観する」「一段高き処」とは、とりもなおさず、論争の当事者としての保守・改進両党の立場を離れた「局外」者の位置にほかならない。そうした位置に立ってこそアイルランドをめぐる二つの根本問題である土地問題と自治権をめぐる問題という本質を抽出しえたのである。しかも思軒は、単に日本の読者に対する一般的な啓蒙というレベルで、こうした整理をおこなったわけではない。

彼の眼目は、こうした根本問題の解決をせず、政権をどのようにしてとるかということに終始する保守・改進両党の煮えきらない対応を批判することにあった。思軒によれば、「何れに致せ踏み切りて大仕掛に之れを処置するにあらすんハ」政局の混乱は避けられないのである。彼は言う「今日愛蘭事件の英国に大累をなす者其罪両党政治家の姑息に在を(83)」と。そうしてこうした批判はアイルランド問題をめぐるイギリスの新聞報道にも向けられている。保守・改進両党の政治家が「姑息の術」に走るのをやめ「其持論を拡充してホントウに踏み切りたる大仕掛の処置を取る」ことが求められているにもかかわらず、「本地の新聞記者抔ハ各々己か党を贔負で手前勝手の意見を陳ふるか故全体の大勢についてハ却て疏なる処ある免れす」と思軒は指摘する。いま求められているのは「党派の利害以外に跳り出て大勢の趨く所を概観する」ことであり、そうした立場に立つときには「其傾向の在る所は頗る明白に見られ得るの情なきにあらす(84)」と彼は主張している。そして土地問題と自治権問題について詳細に分析しながら、グラッドストンによる「大業」の実行を期待するのである。(85)

いずれにしても、思軒が新聞記者の使命、報道者であるジャーナリストの使命として捉えていたのは、「党派の利害」から「跳り出て」、事態の本質、つまりは「全局の大勢」「全体の大勢」を「概観」して読者に伝える、ということだった。そして、そのことを可能にするのが、「大体を概観し其結局ヽ兹迄に至らされは収りつき難るへし」というところまで分析し、判断する「傍観者」[86]の位置にほかならなかったのである。

こうした報道の戦略が、最も効果的に発揮されたのが四月十日発の「ブラタスの匕首グラッドストーン氏の頸上を一打す」[87]という通信だろう。この通信は、自党の命運をかけてグラッドストンが提出した「アイルランド自治法案」をめぐる、議会論争を報じたものである。題名にある「ブラタス」（ブルータス）とは、ほかでもない、閣議でこの法案に反対し、ついには閣僚を辞任した地方行政院総裁チェンバレンと、スコットランド事務大臣トレヴュリアンのことである。

このなかで思軒は、四月八日、九日と深夜までおこなわれた議会での議論を、グラッドストン（八日）とチェンバレン（九日）の演説に絞って報告している。注目すべきなのは、現地の新聞がそれぞれの演説をそのまま報道したのに対し（もちろん、おこなわれた日時が違うのだから、別々に報道されるのは当然なのだが）、思軒がこの二つの演説を、対立する論点を軸に論争形式に再構成して報告していることである。

思軒本人としては、グラッドストンの演説の、いわばモノローグであることによって、一つのゆるぎない「河流」のような「滔とし」た「原本」の説得力に圧倒されていて、「グ氏の演説を読めは唯た一道の光線の色彩陸離として人眼に閃めくのみ流石に老練なるもの哉と覚へ候」[88]と最大級の賛辞を与えている。しかし、そうした個人的な感慨を排してまでも、それぞれの演説を問題別に「切り離し」、ダイアローグとして論争的に再構成したのは、何よりもその相反する主張の対立点それ自体のなかから、「アイルランド自治法案」のプラスとマイナス両面を浮き彫りにしようとする意図、つまりは「全体の大勢」を捉えようとする意図があった、といえるだろう。

しかも、再構成にあたっては、思軒自身の要約によるだけではなく、演説口調そのものを再現するかたちで論争が組み立てられている、さらにその前後には、法案提出についての異様な政治的興奮や、議会内での各党議員の反応などが書き込まれていて、単なる政論や社説とは異なった、いわば小説的な構成が施されていたのである。

こうした方法のなかに、思軒の「実境」中継者の位置と、「局外」「傍観者」の認識を統一したきわめて意識的なジャーナリストとしての表現位置の選択があった。それは同時に、政治の世界そのものに対する思軒の、ある独自な立場、すなわち、政治の「当局者」としてではなく、「傍観者」として関わりながら、同時にその現場に身をおき、そこから「全局の大勢」を臨場感あるものとして報告するようなジャーナリストとしての役割を担う、という選択でもあった。ここに、富岡敬之が指摘する、「五年後の国会議員立候補に備える」ような「惨状親察」(一八八五年〔明治十八年〕秋)の頃の「当時一般の政治青年・壮士の風潮とほとんど異なる」ことがない「政治家として行動しようとした」「背伸び[89]」とはまったく異なった、思軒の表現者の立場が成立するのである。

そうだったからこそ思軒は、西欧で新聞が果たしている機能に対する羨望を隠さなかったのである。四月十一日発の「グラッドストーン氏の詭弁、パーネル氏の陰険[90]」の冒頭で、彼は「五千里も海山隔てたる英国の事何れになりても宜し抔申す近眼の病人」を批判し、「世界の大勢」に敏感になるべきことを強調している。そしてアメリカの新聞がいち早く、グラッドストンの演説をその日のうちに報道し、また読者も自国の大統領選挙に対してもつような熱い関心を示していることを高く評価している。

思軒によれば、新聞の本来のあり方として、「千里の波濤を隔てたる此方の岸の議院にて演説か尚また済むか済まぬかの中に其口開きに述へたる一半ハ早や彼方の岸の新聞社にて摺立てゝ之を街上に読売し居る」という状況を作り出さなければならないのだった。したがって、四、五十日もたってようやく報告が着くような「日本国」の現状は、まさに「嘆くへき」ものだと言う。ここに、思軒が渡欧体験のなかでつかんだ、新聞と新聞記者の役割が明確に提示されていると思われる。「此方の岸」の事件が、ただちに「彼方の岸」で報道されるようなかたちで、「世界の大勢」をつかむ情報媒体としての新聞。そのためには、異なった世界、自らの日常世界の限界の「彼方」にある世界を実際に読者が生きるような記事を、新聞記者が書かなければならず、同時にそこから「世界の大勢」に開かれていくような本質的認識を読者が得ることができるような記事の書き方こそ、新聞記者は修得しなければならないのである。

その意味で、新聞という媒体が、思軒にとっては、日常的な生活意識の枠組みを日本人が突破し、「世界の大勢」や「全局の大勢」に開かれていくように、読者をいわば〈境界線〉上に立たせ、そこからさらに〈境界線〉の外へ誘っていく仕掛けとして見えてきていたともいえるのではないだろうか。この思軒のジャーナリストとしての自覚の深化と、日本に戻ってきてからの「嘉坡通信　報知叢談」欄を中心とする活動は、いま述べたような意識の絆で結ばれていたと思われる。その絆の延長線上に、思軒特有の「自叙体」への関心のもち方があったわけであり、それは小説ジャンルから出発した表現者たちとは本質的に異なった世界を、翻訳小説というかたちで開示していくことになるのだった。

いずれにしても、森田思軒が翻訳小説に込めた表現意識の源泉は、一八八五、八六年（明治十八、十九年）のジャーナリストとしての自覚の形成のなかにこそ求められるべきである。思軒のなかに成立したジャーナリストとしての表現者像は、一方で読者とほぼ等身大の限定された知や感性の枠組みをもちながらも、読者が足を踏み入れることができない限界の彼方へ身を投じ、そこからの「実境」を報告しながらなお、自らの枠組みを変換させながらそれを突き抜け、ある本質的な認識を読者に開示するような存在だったといえるだろう。そして、たとえば『舞姫』の語り手である太田豊太郎が、ベルリンでエリスと暮らし始めてから「新聞の原稿」を書くようになり、それが「昔しの法令条目」ではなく、「活潑々たる政界の運動・文学美術に係る新現象の批評など、彼此と結びあはせて、力の及ばん限り（略）新帝の即位、ビスマルク侯の進退如何などの事に就ては、故さらに詳かなる報告をなし」た青年だったことなども、一人称小説への関心と新聞記者の報告とをつなぐ絆についての、同時代的証言と読むことができるのではないだろうか。

事実と虚構の葛藤のなかで

森田思軒が、翻訳小説を発表しはじめた場が、「嘉坡通信　報知叢談」だったという事実は、この時期の新聞というメディアのあり方を考えるうえでも、また思軒の表現上の特質を考えるうえでも、注目に値することだと思われる。確かに「報知叢談」欄は、いまで言えば新聞小説欄だった。現在のように、他の〈事実報道〉の欄とはっきりと区別された、〈虚構〉の情報を掲載する場というわけでは、必ずしもなかったようである。

この欄の成立に関してはすでに藤井淑禎がその独自性について正しく指摘しているが、[91]あらためてその位置を確認してみることから始めたい。「報知叢談」の第一回[92]には、実は「新嘉坡通信」という表題がついている。それまでの「郵便報知新聞」の紙面から言えば、明らかに一種の特派員報告を思わせる表題である。しかもこの「新嘉坡通信」は、「社員矢野」（もちろん龍渓）の「知人」で、「在新嘉坡（シンガポール）英人」の「徐世具羅（ジョセーフクラーク）」という人物の、「最近の郵便」で送られてきた「書面」という体裁をとっている。その「英文」の手紙を「和文体（わぶんてい）に意訳（いやく）」したものを掲げている、という断り書きが冒頭に付されているのである。

〈虚構〉としての小説欄を、あたかも〈事実報道〉のように見せかける、もう一つの〈虚構〉の仕掛けを作る、という「報知叢談」欄の始まり方は、この欄に対する編集者の位置付けを、かなり明確に反映しているように思われる。つまり、〈虚構〉の小説欄を〈事実報道〉と明確に区別するのではなく、むしろ〈事実報道〉の一環として組み込んでいくという編集意図の表れだといえるだろう。

この「徐世具羅」の手紙の日付が「千八百八十六年九月十五日」であることも偶然ではない。十五日付のシンガポールからの手紙が翻訳する時間も含めて、翌月の一日に発表されるというのは、当時の郵便事情から考えて十分リアリティーがある期間なのである。それだけではない、この手紙が書かれたとされている一八八六年九月十五日の翌日、十六日には、「郵便報知新聞」の改革を宣言する矢野龍渓の『改良意見書』が一面に発表されたのである。もちろん、「報知叢談」の企画が、新聞の大衆化を宣言したこの『改良意見書』の路線の一環であることはまちがいない。藤井が指摘するとおり、「報知叢談」欄は、「西洋に有て東洋に無かりし」「理科（りくわ）の学」をわかりやすく啓蒙する場であり、時事問題などを微妙に織り込んだ「婦人の為」の「社説」の役割を果たすものでもあっただろう。同時に、「細大となく海外の事情を記載し国人をして外国交際に慣れしむるの手引」の役割を果たすものでもあったと思われる。なぜなら、シンガポールはその意味では、東洋と西洋の境界領域だったし、「徐世具羅」の〈虚構〉の手紙は、まさに「欧米諸国」の諸事情をめぐる情報を収集するにふさわしい窓口が存在することを伝えてきていたからだ。

「徐世具羅」の手紙は、最近シンガポールにできた大変奇妙なホテルらしき建物の存在を伝えてきていた。このホテルは、収容人員は百人足らずにもかかわらず、世界各国の「言語」に通じた「通弁役小使」を「五十余名」も集めているという。しかも室内の「装飾」は、豪華きわまりなく、どう見ても採算などとれそうもないという風評が立っていたと述べたうえで、そのホテルの経営者が、地元の「諸新聞」に載せた「広告文」を引用している（この〈虚構〉の「広告文」が、そのまま、現実の「報知叢談」の広告になっている点も、この欄における〈虚構〉の相互乗り入れ的性格を表している）。

「広告文」によれば、この経営者は「駄鳥狩り」とその「飼育」で巨額の富を手にし、さらにこれを元手に、「鯨漁」でも成功した。しかし、子供がいないため遺産を残す相手もなく、本国フランスに大学を建てたり、親族への遺産分配も手続きをした。そして余生を気ままにすごすために、従来から好きだった「世界万国の奇談」を聞くために、世界の旅人が集まるシンガポールにこのホテルを建てた、ということなのである。「徐世具羅」の報告によれば、この「ロイ・ミッチェル」というフランス人がこのホテルのホールに、毎夜客を招待し、そこで「世界万国の人の持ち寄る物語り」を聞く会を催しているという。そして彼は、そこで「聴聞」した「奇話」を、「続〻」と「通信」として報告すると結んでいる。

もちろん仕掛けとしては、たわいないともいえるのだが、しかしこの〈虚構〉の手紙の書き手の位置には、新聞というメディア、さらには記述されたテクストをめぐるある本質的な問題がはらまれている。ここで述べられた「報知叢談」の成立の仕方をめぐる説明では、シンガポールで語られた話が、日本の読者に伝達されるまでに、少なくとも三人の媒介者が存在することになる。一人は、演者の語った話を、英語あるいはフランス語、ドイツ語といった「列強」の言語に翻訳する「通弁役小使」（なぜなら当初の「演者」は、「志別土人」だったり「印度人」

「希臘（ギリイキ）」といった「列強」とは違った言語圏の語り手だったからだ）、もう一人はその通訳された言葉を書き写すイギリス人「徐世具羅」、そして三人目はその「英文」を翻訳する「報知社の社員」である。もちろん演者自身を入れれば、四人の位相を異にする発話者を介在させてはじめて読者は、「報知叢談」の「奇話」に出合えるのである。かなりめんどうな伝達回路がわざわざ顕在化されているわけだが、読者が「奇話」の世界を生きるためには、こうした介在者や媒介者を意識しないほうがいいのであって、ある意味ではかなり余計な仕掛けの提示なのである。

　ここには明確に、あの『改良意見書』での新聞の情報価値へのこだわりが反映しているといえるだろう。つまり「世人」の情報に対する「真偽」の問いが、「報知新聞にて定ると云ふ程にまで誤り無き様」にする報道姿勢、紙面が「社会の実相を写し出す鏡面の如き物」になる必要があるという要請がはたらいていたのである。演者としての語り手が、実際体験した事実を報告する。そしてそれを「通弁役小使」が正確に翻訳し、「徐世具羅」が正確に記述し、これまた英語力がある報知社社員が正確に日本語に翻訳する。こうした情報伝達の真実性を証明するために、あえてやっかいな回路をあらかじめ提示しておいたのだとも考えられる。

　しかし実は、こうした情報の伝達回路の提示は、逆にあらゆる〈事実報道〉の〈虚構〉性を暴いているともいえる。つまりどんなに優れた報道記者であっても、眼前に起こりつつある事件を、そのままただちに記事にすることはできない。文字どおりの意味での「実境」の中継とは、瞬時に空間的隔りを超えうる電波による伝達メディア（ラジオ・テレビ）によらなければ不可能なのである。いや電波メディアでさえ、実況中継を言葉でおこなう以上すでに一定程度の遅延を内在させてしまうことになる。したがって、文字で書き記すことを媒介にしている活字メディアの場合、現状や現場の現前化は、本質的に不可能なのである。たとえ事件の現場に立ち会った者の報告であっても、それが言葉によって表現され、さらに文字で書き記される以上、すでに事件とそれを表現する言葉との間には、限りない隔りが横たわっているのである。ある事実に立ち会った人間は、その事実を言葉によって対象化し、しかもそれを伝達する相手にとって価値ある情報になるように再編成して、はじめて誰かに提示しうるのだ。しかも、すでに起こってしまったある事件を言葉によって再構成する場合、それは決して〈ありのまま〉の事実として表れてくるわけではない。〈ありのまま〉の事実は、言葉を発する主体のきわめて恣意的な統合を経て、すでに一つの〈物語〉として提示されてしまう宿命を背負っている。ある事実が、人に伝えるだけの情報価値をもった〈事件〉になるためには、濃密な物語化への意志によって刺し貫かれていなければならない。この物語化の作用によって、事実ははじめて〈事件〉化するといっていい。

その意味であらゆる「誤り」がない〈事実報道〉は、それだけ物語化され、〈虚構〉化された言説（ディスクール）にほかならない。しかし、それが読者にある現実感をもって享受されるためには、読者の意識との関わりで、ある一定の法則をもったかたちで統一されていなければならないことも確かである。実際のお客を前にした、口頭のスピーチという〈虚構〉のコミュニケーション形式のなかで演じられる「報知叢談」欄の「奇話」を翻訳する文体（スタイル）は、まさにそのような法則を実験し、矢野龍渓が『改良意見書』で宣言したところの、「文字新論の立意に従ひ勉めて俗語にて分り易き丁寧なる文字」であると同時に、決して「諧謔或ハ野卑に流れ」ることがない「文体」を実現していく場でもあったように思える。

その意味では、ジャーナリストとしての森田思軒が、自らの記者体験のなかから紡ぎ出していった、あの「実境」中継者の位置と、「局外」「傍観者」の位置に立ち、なおかつ〈事件〉の進行とその具体的事実を通して認識を改変していくような表現主体の文体（スタイル）を実践するには、「報知叢談」欄は、まさに恰好の場だったといえる。そして思軒のいわゆる「周密体」が、一つの完成をみるのも、この〈虚構〉と〈事実〉が相互乗り入れした場での翻訳活動を通してだったのだ。

傍観者的一人称への自覚

柳田泉や寺島昌行らの調査によれば[93]、「印度太子舎摩の物語」[94]（筆名＝笠山樵客）が、森田思軒による最初の翻訳だと言われている。この作品は思軒訳であることを確定することができる「金驢譚」[95]（筆名＝不語軒主人）と比べてみると、ほぼ同じ表現構造と物語形式をもっているといえるだろう。両者とも一人称で統一された主体の数奇な体験を回想する物語である。そして、この一人称の語り手が演台に登場して語り始めるまでの過程が、かなり詳しく記述者「徐世具羅」の視点から描かれている。こうした演者としての話者自身の描写は、一八九〇年前後（明治二十年代前半）の作品までは、物語の前置として明確に布置されている。つまり、第一回で設定された、〈虚構〉の語りの場は、繰り返し、かなり律義に、実際の作品で〈再現〉されていったのである。しかし、もちろん演者の語りが始まることによって、〈虚構〉の語りの場としてのホテルのホールの存在は次第に透明化し、読者は語りそれ自身に立ち会っているかのような意識のレベルに誘（いざな）われていくことになるのである。

あらかじめ〈虚構〉の語りの場を顕在化しておいたあと（語りの場をめぐる記述は原作にはなかっただろう、訳者の創作である）、あらためて演者の語りとして物語内容を提示していくという操作には、新しい文体、あの『改良意見書』が示した「俗語にて分り易き丁寧な文字」を実現していくうえでの、なかば無意識的なこだわりが作動していたといえるだろう。もし現実の訳者が、いきなり物語そのものの翻訳に着手したのであるなら、彼の意識はかなり濃密に同時代の規範的な文体感覚、「郵便報知新聞」という伝達の場では、漢文体的規範意識に縛られざるをえない。なぜなら記述された書記言語を、そのまま翻訳する場合には、その翻訳文体は、その言語での記述の文体の方向に流れてしまう傾向が強くなる。「俗語にて分り易き丁寧な文字」で統一された文体を実現するためには、翻訳者の意識の相を、規範的記述言語（エクリチュール）とは別な位相に調律しておかなければならない。おそらく、演者としての語り手が、演台に登場し語り始めるまでの描写は、現実の翻訳者が眼前にしている記述された文字テクストが、実は演者によって語られた言葉だったことを、常に訳者の意識に喚起していくような〈虚構装置〉だったにちがいない。

その意味では、現実の翻訳者の意識のなかでは、少なくとも二重の翻訳がおこなわれていたということになる。つまり、記述された英文テクストを、既存の記述言語（漢文体的翻訳文体）に翻訳し、さらにはそれを演者によって語られたような言葉に翻訳するということである。そしてこのことは実は、演者の語りを聞いた「徐世具羅」がそれを英文に翻訳して記述したものを、さらに日本語に翻訳するという〈虚構〉の状況設定を現実の翻訳者が生きることにほかならない。記述言語を語りの言語に翻訳する過程で、訳者は語りを聞く人としての「徐世具羅」の位置に、虚構的・想像力的に自己を析出しているのであり、そのことによって読者も、はじめて語りそれ自身に立ち会うことができるのである。

おそらくこうした面倒な仕掛けを作らなければならないほど、規範的な文体感覚を崩していくことは困難だったにちがいない。そして「報知叢談」欄は、いわば記述された「講談」、あるいは記述された「演説（スピーチ）」といった領域を〈虚構〉的に作り出していったのである。その意味で、森田思軒がこの欄に登場するにあたって選んだ初期の作品が二つとも回想的一人称によるものだということは注目に値する。つまり〈虚構〉の語りの場を設定しながらも、それを透明化させ、読者をして物語世界内部の「実境」に立ち会わせるような表現上の仕掛けとして最も有効だったのが、主人公自身の過去の体験を主人公自身が語る回想的一人称の形式だったといえるだろう。

回想的一人称物語は、すべての事実が過去の回想として語られるわけではない。冒頭で一定の自分の経歴を提示したあと、演者は過去を対象化するのではなく、むしろ過去の自分の体験に直接参入するようなかたちで、追体験的に物語を語っていくことになる。たとえば「印度太子舎摩の物語」では、まず演者が老人であることが明らかにされ、演者自身の語りに入る。彼は、自分がイギリスの植民地支配にあえぐインド王族の太子だと自己紹介する。しかしそれが物語の中心的な筋を構成するわけではない。自己の経歴紹介はむしろ物語の枠組みであって、物語それ自身は、彼が「亜非利加」を旅し、「ブッシュ（森）のメン（人）」の居住地域で体験した事件を中心に展開していくことになる。その場合、物語の筋（ストーリー）展開の緩急は、概括的な回想と、追体験的描写を記述する地の文によってつけられ、その間（はざま）に挿入される会話場面との有機的な統合によって作品全体が構成されている。そして回想的一人称の効果は、むしろ回想的ではない追体験的場面で生かされているのである。事件の一つの発端となる「愛蘭」の旅人オードンネルとの出会いは、こう記述されている。

是時彼の異形の人物ハ旅客のヨタ〳〵眠り込みたるを認めたりけん復たび起ち上がりて彼の棒を提げ徐々（しづ〳〵）と旅客の枕上に立寄ると見へしが忽ち棒を双手に振上げて余念もなく寝入りたる旅客の脳天を臨み一ト打に打下さんと身構へたり
アナヤと思ふ間もあらばこそ斯くと知りなハ蚤く異形の人物を撃留むべかりしものなるを卜余の心慌（こゝろあは）つるも瞬（またゝ）くひま最早奈何ともすへき暇あらざりし
異形の人物ハ如何になしけん振上げたる棒を忽ちにして又静かに左の手に持直し体を前に屈め何か旅客の胸の辺りを視つめ居たる様子なりしが又たズッと耳を傾けて何か音を打聴く態をなし終に彼の棒をバサット地に置きて両手を差し伸べムズ〳〵と旅客の懐を探る風なりしか何か一ッ物を取出し之を日の光に翳し見んとて急に此方に振向けるにて余ハ始めて其顔を認めたるに是なん一個の大猿にて其両手にヒ子リ廻ハせるハ黄金の袂時計なりし[96]

一見してわかるとおり、この部分の描写はかなり厳密な時間的継起性に従って配列されている。もちろん全体として述語をしめくくる際には、いわゆる「過去」の助動詞「し」が使われているのだが、これも単純に物語世界を過去のものとして対象化するといった機能をもつのではない。むしろ、この場面での「し」の機能は、それまで叙述してきた外界の変化、すなわち、「異形の人物」の行為を逐次追ってきた叙述を、いったん統括し、次の異なった行為項への転換していく節目になっているという点にあるだろう。これは日本語の文章構造で、その時制（もちろん英語などと同等の位相ではない）を示したり、肯定・否定といった表現主体の立場が、文末の助詞・助動詞で明らかにされるということと関わってもいる。いずれにしても、過去に体験した事実を、語りながらも、聞き手がその事件の現場に立ち会えるようなかたちで、記憶が最も臨場感を伝えるように再構成された言説となっていることはまちがいない。

わけても、この「異形の人物」の行為の描写は、サスペンスを盛り上げるように語られている。このあとの叙述では、「旅客」の時計を奪った大猿が、起きた「旅客」に驚き木の上に逃れたところを、語り手が銃で撃ち、時計を取り返すということになっている。つまり、原理的に言えば（これはすべての回想的一人称の物語に共通することでもあるが）語り手には語る前から、自分が物語る世界のあらゆる事実が見えてしまっているのであり、認識されつくしているのである。その意味では、この舎摩も、「異形の人物」が「大猿」だったことは語る前からわかっていたわけである。

しかし、そのわかっていたこと、認識してしまったことを、そのまま提示しても、聞き手には現場の緊張感や、スリリングな体験は伝達されない。ここでは、すでに認識としてある過去の体験が、まさに体験された現場の時間の推移にしたがって一つの物語として再構成されているのである。現場に内在する一人称の語り手は、このときは決して回想を語る主体としてではなく、過去のその現場から、その「実境」を逐次中継する主体に変質しているのである。そのとき、もしこの主体自身が「大猿」に襲われていたとするなら、このような刻明な描写はできない。彼はどうしても、「傍観者」の位置に立たなければならないのであり、眼前に起こっている事件に対して、第三者的であればこそ、それを聞き手に対し詳細に言葉で捉えてみせることができるのである。

引用部の二段落目で、舎摩がいったん「旅客」を助けようと思いながら、それを断念せざるをえず、「傍観者」に終始するという、語り手自身をめぐる自己言及があるのも偶然ではない。もし彼がここで事件に関わってしまえば、のちの「余ヽ始めて其顔を認めたるに是なん一個の大猿にて」という、「異形の人物」が実は猿だったという記述は、迫力をもって生きてこないのである。きわめて限定された可能性と能力しか与えられていない場面内の「傍観者」であればこそ、眼前で起こる事件は、ある切迫した面貌を現すのである。

「金驢譚」では、よりいっそう方法的なかたちで回想的一人称が使われている。興味深いのは、この物語を語る演者は、実は主人公の「柳志斯（リューシアス）」ではないとされている点である。「徐世具羅」は、物語の冒頭に、こんな情景を書き加えている。

例の如く続きて演述の席に現ハれしハ希臘の詩客にて其国に古くより伝ふる金驢譚と云へる話を演せり是ハ柳志斯と云へる好事の男か自身に歴たる事を其儘に述べたるものなれハ我れ柳志斯の積りにならでは情うつらずと彼の詩客ハ己れを柳志斯と仮定め左の如く演じ出だせり(97)

つまりこの物語は、演者自身の体験ではない、古い物語なのである。しかし、一人称の物語を語るうえでは、自分自身がその語り手になりきらなければ、「情がうつら」ない。したがって自分を主人公「柳志斯と仮定めて」語るというのである。この付加部分は、訳者の意図とは別に、回想的一人称の語りがもっている一種の演技性を物語ってもいる。回想的一人称の語りとは、決してあるがままに自己の体験を語るのではなく、物語内容としてある過去の自分を演技してみせることでもあり、同時にその自分について語ることも演技するという二重の伝達過程をもっているということを示している。

「金驢譚」は、間違って驢馬になってしまった柳志斯という男が、その驢馬の視点から人間社会の裏側をのぞき見し、人間の視点からは決して見えない隠れた部分を見てしまうという物語である。もちろん驢馬になってしまった柳志斯自身のとまどいや、しくじりなども面白く紹介されるのだが、このように驢馬になることによって非日常的に限定された視野のなかで世界を切り取ることこそ、この作品の重要な戦略だといえる。つまり驢馬という姿で、自分が「人間」であることを見えなくさせることによって、人間が他の人々には決して見せないような姿を垣間見ることが可能になるのである。こうした表現主体の位置は「傍観者」的一人称としては、最もめぐまれた作品内的位置だともいえるのである。

生成される言葉の意味

森田思軒の「周密体」の妙味は、まさにこうした限定された視点からの、「傍観者」的な「視点描写」が、ただ外界を写すことにとどまらず、物語の多様な筋（ストーリー）の展開を、その視えてくるものの運動のあり方に内在させる表現の可能性を明らかにするところになった。つまり、作中人物の視線によって捉えられる逐次的な外界の変化が、そのまま物語の展開につながっていくようなかたちで、描写を構成したのである。しかも外界や自然の「描写」的部分は、常に規範的な文体意識や伝統的な文化的感性にからめとられやすい性質をもっていた。たとえば井上勤の『ロビンソン漂流記』[98]や、丹羽純一郎の『花柳春話』[99]などでも、外界や自然に主人公の感性が作動する場面は、多くの場合いきなり和歌的な、あるいは漢詩的な慣用句を導入することによって、原文の意味作用とは異なった、日本的あるいは東洋的な感性の型にはまっていくことが多かった。

しかし伝統的な言語の共示性（コノテーション）に依拠したような「陳言」を極力使わないことを主張した森田思軒は、その作品固有の論理、あるいは外界や自然を見る作中人物の固有の感性の動き方そのもののなかに、物語を構成する力を読み取っていたのでもある。したがって、それぞれの「描写」的部分は、単なる事件の背景や舞台設定ではなく、まさにそれ自身が一つの事件、一つの物語として厳密に翻訳されなければならなかったのである。そこから、彼の「周密体」がきわめて逐語訳的な性格を帯びてくるのである。しかも漢文的素養が高かった思軒は、一つひとつの語彙、とりわけ漢字の熟語の意味作用にも敏感だった。泉鏡花が思軒の文字の使い方に着目したのも偶然ではない。思軒は、漢字、とりわけその熟語が和語とは比べものにならないほどの情報量をもっていることを明確に意識してもいた。その意味で彼の「周密体」の「周密」性は、「描写」的部分が、ただ情景の「再現」にとどまることなく、多層的な物語の展開を促す、幾重にも折り重なった意味の集積としての機能にあったといえる。

森田思軒の「周密体」の有効性が、その本来の意味で発揮されたのは、冒険小説的な領域と、「探偵ユーベル」[100]に代表されるような構成的な短篇のなかでだった。先の「印度太子舎摩の物語」や「金驢譚」に見られるように、冒険小説（あるいは推理小説・探偵小説）の妙味は、新たに発覚する事件の真相や起こる事件の意外性の強さと、その意外性がそれまで読者が常識的な枠組みで読んできた物語世界内の事実の転倒によってもたらされる点にあるだろう。つまり常識的な枠組みで読むことができる、ある「描写」的部分が、物語のある展開時点で、まったく異質な意味作用をもつものとして意味転倒される場合に、読者の意識のカタルシスは最も大きく増幅されるのである。

しかし次々と事件が生起していく冒険小説の場合、そのカタルシスや驚きは、やはり物語言説の流れに即して消費されていく運命にある。積み重ねられた「描写」的部分は、事件やその真相の意外性を強調する素材としてだけ使われていくことになるのである。それに対し、思軒が訳した「探偵ユーベル」などのビクトル・ユゴーの『見聞録』からの短篇は、それだけに終わらないものをもっていた。事件の現場に立ち会いながら、その状況を刻明に描写していた表現主体が、その最も決定的な場面で立ち上がり、事件の解決に直接関わるような、表現主体の位置の転換。しかもその事件全体を統括する「認識」的言説によって、事件を記述する主体の意識のあり方をも末尾で提示することによって、積み重ねられてきた「描写」的部分は、単にその場その場の緊張した雰囲気を示すだけでなく、権力と社会、そのなかでの個人がおかれている状況、さらにはそうした社会を変革しようとする主体がもつべき人間観といったものを、多様に喚起するような、意味を生み出す場に変わっていくのである。

そして、地の文を統括する表現主体の物語内的位置の変化は、そうした一度描かれた部分が別な意味作用を生み出していく契機となっているのである。物語内部に内在し、その「実境」を伝える主体から、単なる「傍観者」にとどまることなく、事件に直接関わっていく主体へ。事件に局部的に関わった主体から、その事件全体の意味、社会状況や政治状況のなかでの事件の意味をあらためて認識する主体へ。この表現主体の変化が、「描写」的部分の意味作用を変換する装置として作動しているのである。もちろん、そのような意味作用の変換が起こるためには、ある位置で使われた言葉が、別の位置では、かつて消費された「意味」とは異なった意味作用をもって、読者の記憶のなかによみがえってくるような、テクスト全体をめぐる構成論的布置が必要だったのである。

言葉の意味作用が、継起的な線的時間のなかで消費されるだけではなく、読者の記憶のなかで新たな意味作用を生み出し、同時的・散在的な空間的連なりのなかに結び合わされていくところに、西欧的な近代短篇小説の核心があると自覚した表現者の世代、それが思軒、二葉亭、鷗外の世代だったといえるだろう。森田思軒の「周密体」は、一つひとつの言葉を伝統的な共示性（コノテーション）から切り離し、漢文や和文の文章構造がもつある統括された意味への収斂を回避し、一つひとつのテクストとそこに登場する固有な人間に即した、固有であると同時に多層的な意味生産の場として、小説テクストを解放する一つの役割を果たしたといえるだろう。

3　〈語る〉一人称／〈記述〉する一人称――一八九〇年前後（明治二十年代）一人称小説の諸相

自伝体小説の時代

一八八七年（明治二十年）という年は、日本の知識人が「自伝」あるいは「自叙伝」に特別な注意を払い始めた年だった。早くは坪内逍遥が、この年の一月に「実伝論」[101]を著し、「他人が外面より観察せんには又は後世より推測せんには到底察しがたき隠微の秘密を悉皆包まずして公然暴露し之を所に記して示したる」ところの「真成の自伝」を書くべきことを主張していた。そしてこの時期、逍遥が頻繁に文学論や創作を発表していた「読売新聞」には、六月九日、十日、十八日の三回にわたって太阿居士による「自伝を書くべし」という論稿が掲載されている。そこでは、まず「歴史を編述する事」や「人の伝を書く事」が、大きな困難を伴うものであることが指摘され、「自伝」を書く意義が主張される。

自分の伝を自分で書き我が生きて居る今の世界を見たまゝに書いたならむづかしい事も面倒な事もあるまじ（略）西洋にて自伝の例いくらも有り先づルーソーの懺悔録を始めとして此間師匠に聞しが跡の名ハよく覚えねど沢山有るだけハたしかに忘れず我邦にてハ左様の事をして、何か嗚呼がましきやうにて誰もせず新井白石の折たく柴ぞ先づ始めなるべき此書を見れバ白石が困学のさまより其時勢並びに出身の有様傍らに在りて見る如くまた其人に面会せし如くにて思はず形を改め我が怠りを恥づる心起るなり然れども是ハ表立ちし事のみにて奥の底までハ記してあらず小野梓君の自伝ハ全きものならねど西洋の自伝ぶりにて其身の不都合なりし事も隠さず不立派なる事柄も記されたれバ深切なる何某が扇の咎に志ざしを更に振起されし件など涙ぐまれて我も激まん心ハ起るなり[102]

太阿居士が説くところの「自伝」の意義は、大旨次のように要約できるだろう。一つは、「自伝」という形式が、他のジャンル、たとえば歴史や伝記に比して、自分自身のことを書くのであるから、容易であり、「我も人も八百屋も魚屋も奥方もおさんも」（省略部分）とにかく誰もがなしうる表現だ、ということである。こうした立場から太阿居士は、あとの部分で「自伝」は文体にこだわることなく、そのとき＝書くときの気分に任せて書けばいいとも述べている。二つめは、「自伝」、とりわけ西洋のそれは（ここでは「ルーソーの懺悔録」が典型となっているが）、たとえ自分にとって「不都合」な事でも、また「不立派」な事でも、包み「隠さず」述べるものだとし、その点から新井白石の『折たく柴の記』が斥けられ、小野梓の「自伝」が評価されている。自分を「立派」に見せようとするのが「普通の人情」であることを認めながらも、あえて「嘘と飾りを交へぬ真の自伝」を書くべきだと主張するのである。さらに三つめに太阿居士が強調するのは、「自伝」的方法がもつ独自のリアリティーの問題だ。「自伝体」、つまり一人称で統一された表現は、その筆者がいた「時勢」か、または筆者自身の生い立ちを「傍らに在りて見る」ように読者に顕現せしめ、あたかもその「自伝」筆者と「面会」しているような印象を与えるというのである。

太阿居士のこの問題提起が契機となったか否かは定かでないが、この年の秋「読売新聞」[103]紙上には、「自伝」ならぬ「自伝体」――一人称の小説が、つづけて発表されることになる。一つは、すでにふれた坪内逍遥の「種拾ひ」[104]であり、いま一つは、エドガー・アラン・ポー原作、饗庭篁村訳「西洋怪談 黒猫」[105]である。重要なことは、前者が一人称の語り手を通して、ある男女の会話を「傍らに在りて見」、聞きする、という手法で書かれているのに対し、後者が一人称の語り手の「罪」の「告白」、つまりは「不都合」なこと「不立派」な事も「隠さず」述べるということに中心がおかれていたということだ。「西洋怪談 黒猫」はこう書き始められている。

> 私ハ明日死ぬ身今宵一夜の命なれバ望も願も別にない只心に思ふ偽も飾りもない真実を今ま書残すなれども決して此事を世間の人に信じて貰はうといふ了見ではない又此事を信じて呉れと望むのハ狂気の沙汰だ何故となれバ此事は我身ながら信じられぬほどの事ゆゑ併し私ハ夢を見て居るのでも発狂して居るのでもない気が確なれバこそ明日死ぬといふ今夜斯うして書くことが出来る其の書残す事柄ハ私の一家内に起ツた事でそれに説も評も加へず有の儘に書くだけだ。(106)

「西洋怪談 黒猫」の訳文は、この時期のものとしてはかなり高い水準であり、原文に対して大旨忠実なものである。にもかかわらず、この作品の訳文には、訳者が同時代的な関心に応えようとした読者へのメッセージが付け加えられているのである。原作の冒頭は、“For the most wild yet most homely narrative which I am about to pen, I neither expect nor solict belief.”という一文で始まっている。したがって、訳文の冒頭「私しハ明日死ぬ身今宵一夜の命なれバ」という部分は、訳者が付け加えたものにほかならない。

もし、この事実だけなら当時の翻訳の状況からして、よくある訳者の介入ということで処理できる。しかし、単なる介入ではなく、この付け加えが同時代読者への一つのメッセージだと思われるのは、冒頭部つまり作品の〈はじめ〉にある付加部分と呼応するかたちで、末尾——作品の〈終わり〉にも同じような付加がなされているからである。原作は“I had walled the monster up within the tomb.”という文で〈終わっている〉のに対し、訳文の〈終わり〉は次のようになっている。「死骸を塗り込む時に夢中で猫を一途に塗り込んだのであらう、作つた罪、心の鬼、終に私ハ捕へられて明日死ぬ今宵の身となツた」(107)

先にあげた太阿居士の論中の「虚と飾を交へぬ真の自伝」と、「西洋怪談 黒猫」の冒頭「偽も飾りもない真実」とがある呼応関係をもっていることは明らかだが、より重要なことは、この「偽も飾りもない真実」を「書き残す」ことができた状況、つまり「明日死ぬ身」「明日死ぬ今宵の身」という状況設定が、告白の「真実」性を保証すべくその〈はじめ〉と〈終わり〉に付されているということである。

死を目前にした告白的手記の執筆ということで言えば、あとに述べる嵯峨の屋おむろの『無味気』[108]が、そのような手記形式の小説であり、リットンの『ユージイン・アラム』[109]の翻訳小説であるところの中島湘煙の『善悪の岐』[110]にも、主人公撫松庵が法廷でも隠しつづけた過去の犯罪をめぐる事実を、死刑の直前に、自分が殺した男の息子である一雄に告白する手記を書くという例が見られる。

ではなぜ、自分の罪の告白的手記が書かれる状況として、死の直前というきわめて切迫した非日常的時間が選ばれなければならなかったのか。この点について、先の太阿居士は「自伝が世に出るハ死んだ跡なり線香ハ知らず艾を持ツて地獄まで追駆て来る者ハなからん隠しツこなく諸君お書きなさい」と述べている。いわば、自己告白の真実性を獲得するためには、書き手の意識のなかで手記が自分の死後に発表されるということが前提となる必要があると考えていたのだろう。

しかし一人称の告白的自伝の表現方法を、そのようなレベルで捉えていたのは、「自伝の観化」といった、多分に啓蒙的な意識で、「自伝を書く可し」と説いていた太阿居士にほかならない。こうした発言を意識しながらも、主人公自身が書き手となる告白的手記形式の小説を書き始めた、あるいは翻訳しはじめた表現者たちは、もう一歩掘り下げたところでのこの方法の有効性を捉えていたように思われる。

回想する私とされる私との二重化

「西洋怪談 黒猫」の訳文を、原作と比較してみるとき、訳者のある明確な解釈が表れていることがわかる。それは、この手記の書き手である「私」が、自分の犯行に対する「罪」の意識にさいなまれながら、この手記を書き綴ったという解釈である。つまり一人称の回想的手記が必然的にはらむ、回想される「私（I_1）」と、回想する「私（I_2）」という自己の二重化された構造に、さらには一人称の手記の回想的な文体に内在する回想される

「今（T_1）」と、回想を書く「今（T_2）」という二重の時間構造に、訳者が自覚的だったために、かえって原作の構成そのものを崩してしまうような解釈的な付加行為がなされてしまったのである。

此時悪魔の怒りハ燃え上る火の如く我にして我を忘れ猫の咽をグット摑みカクシより筆切小刀を取出して猫の眼を抉り抜いた。其時の事を思ふと身体がふるへる。後悔の念ハ何とも云れぬ恐しき否な感じを深くして此身を責める。嗚呼悪い事をしない跡へ返す事はならぬか(111)

この部分の後半部は原作では次のようになっている。

1) I took from my waistcoat-poket a penknife, opened it, grasped the poor deast by the throat, and deliberately cut one of its eyes from the socket! 2) I blush, I burn, I shudder, while I pen the damnable atrocity.(112)

原作に即して言えば、1)の文が回想される時間（T_1）に属するに属するものであり、2)の部分が、書く時間（T_2）に属するものである。1)の文からは、「私」の行為に対する評価的、注釈的語句は払拭されていて、残虐な行為の過程は冷ややかに突き放され、いわば事実それ自体を記述した文体となっている。それに対して2)の文は、「のろわしい残虐行為（the damnable atrocity）」に対する、嫌悪の感情とおののきの感情に満ちている。だからこそ「西洋怪談　黒猫」の訳文では、傍点を付した部分のように、原文にない、過剰ともいえる罪の意識――「後悔の念」や「嗚呼悪い事を……」という詠嘆――が付加されていたのである。それは、この書く時点（T_2）での、手記の書き手の意識のなかに、常に回想される時点（T_1）での自分の行為に対する「罪」の観念が内在しているという訳者の解釈を反映している。

こうした立場から訳者は、都合二カ所原文にない「罪」の意識を、回想を書く時点（T_2）での「私（I_2）」の意識のなかに繰り込んでいる。その一つが、妻を殺してしまう場面の記述に表れてくる。原文では“Goaded by the interference into a rage more than demonical, I withdrew my arm from her grasp and buried the axe in her brain. She fell dead upon the spot without a groan.”となっている部分を、訳者は「此時は夢中にて妨げたのを怒ツて取直す間もなく妻の頭へ打込んだ脳を破て打殺した罪よ鬼よ」と訳している。傍点を付した「罪よ鬼よ」は明らかに訳者の付け加えである。もう一つは、先に引用したこの作品の末尾の部分である。原文では「私はその怪物を墓の中に塗り込めておいたのだった」（引用者訳）と結ばれているところに、訳者は「作ツた罪心の鬼」という原文にはない「罪」の意識を付け加えている。

そして重要なことは、この「罪」の意識が、回想される時点（T_1）に属するものではない、回想を書く時点（T_2）での「私（I_2）」の意識だと解釈している点である。妻を殺してしまった場面のあとに、「罪よ鬼よ」と書き加えた訳者は、次の死体を隠す場面の冒頭に、次のようなさらなる書き加えをする必要に迫られてしまっている。

左れど其時ハ後悔もしない私の身体ハ悪魔の棲所と成たから、只此上は此身を隠す事の工夫が第一と思ツた(113)

(This hideous murder accomplished, I set myself forthwith and with entire deliberation, to the task of concealing the body.)(114)

殺人を犯した「其時（T_1）」には、「私（I_1）」のなかに「罪」の意識＝「後悔」は生まれていないのである。原文で“hideous”と記されている行為への評価は、回想を書く時点（T_2）での「私（I_2）」のものだという捉え方が訳者にはあったのだと考えられる。そうであるなら、この訳者による書き加えは、一貫性をもっていることが理解できるだろう。すなわち「西洋怪談 黒猫」の冒頭と末尾に訳者によって付け加えられた、「明日死ぬ身」「明日死ぬ今宵の身」という表現は、回想を書く時点（T_2）での「私（I_2）」がおかれた状況を強調するものである。そのような状況下で「私（I_2）」が、回想される時点（T_1）での「私（I_1）」の行為を振り返るとき、強い「罪」の意識が「私（I_2）」を突き動かし、この手記を書かせた、ということになるだろう。

訳者はそうした自己の作品解釈に、必然的な〈はじめ〉と〈終わり〉を与えて、訳文を完成したといえるだろう。しかし、まさにある作品の〈はじめ〉と〈終わり〉が、そこに記されている世界の構造そのものの枠組みとして機能しているからこそ、「西洋怪談 黒猫」は原作がもっている決定的な要素を捉えることができない翻訳になってしまっていた。原作の告白の構造は、「罪」を犯した「私（I_1）」を「罪」の意識をもって手記執筆時の「私（I_2）」が振り返るという単純なものではなかったのである。

確かにプルートゥの目をペンナイフでくり抜いたことを記述するときの「私（I_2）」には、その自分の行為に対する“the demnable atrocity”といった自己呵責的な意識は存在する。そしてそこでは“while I pen”というふうに、回想を書く時点（T_2）が強調されてもいる。

しかしそれはいわゆる「罪」の意識ではない。プルートゥの目をナイフでえぐり取り、さらに木の枝につるして殺してしまう「私（I_1）」を突き動かしていたのは「人の心の原始的な衝動の一つ（the primitive impulses of the human heart）」であり、わかっていながらあえて「掟（Law）」を破ろうとする「ひねくれた心持（the spirit of PERVERSENESS）」である。この情動に突き動かされて、「私（I_1）」は、“deadly”（極悪罪）を犯すと知りながら、また知っていればこそプルートゥを木につるしたのだ。

プルートゥを木に縄でつるす行為の瞬間に、「私（I_1）」の心のなかに芽生えた「罪（宗教上・道徳上の罪としての“sin”）」の意識は、その行為の実行過程を通して「ひねくれた心持（the spirit of PERVERSENESS）」という情動によって抹殺されていったのだ。したがって、この「罪（sin）」の意識と同時に芽生えた「悔恨（remorse）」の情も、火事によって壁に焼き付いた、首の回りに縄の跡がある巨大な猫の像が心に焼き付く過程で、「悔恨に似ているがそうではないある漠然とした情（a halfsentiment that seemed, but was not, remorse）」に代わってしまうことになる。

そして酒場で見つけたブルートゥそっくりの黒猫の、首の回りにある白い斑点が「恐怖と罪悪の――苦悶と死との恐ろしい拷問道具（terrible engine of Horror and of Crime――of Agony and of Death）」であるところの「絞首台（the Gallow）」に見えたとき、「私（I_1）」はその黒猫を「怪物（the monster）」と感じてしまう。

その「怪物（the monster）」が、それ以後「私の呵責者（my tormentor）」として「私（I_2）の心」をさいなみつづけるわけだが、しかしこれは、宗教的・道徳的「罪（sin）」の呵責者ではない。この黒猫は「私（I_1）」に対して法律上の「罪（crime）」の呵責者として現れ、それに対する恐れと憎悪にかられて「私（I_1）」は妻を殺してしまったのだ。しかも妻を殺したあと、この黒猫が姿を消したことによって「私（I_1）」は至上の幸福を味わい、自分の犯した「罪（ここでは宗教的・道徳的な罪と法律的な罪の両方を表す“the guilt”が使われている）」は、ほとんど「私（I_1）」を不安にさせなくなっている。

しかも重要なことには、この妻殺しの契機となる首に白い斑点がある黒猫への憎悪が頂点に達するとき、「私（I_1）」は自分を「いと高き神のかたちにかたどって造られた人間である私（for me, a man fashioned in the image of the High God）」と認識していたと、手記執筆時（T_2）の「私（I_2）」が迷わず記述していることである。

殺人を犯した自分の感情を振り返りながら、その自己像を神のかたちにかたどられたものとして把握するような男とは、いったい何者なのか。この手記の末尾が、「その怪物を私は墓の中へ塗り込めておいたのだった」という一文でしめくくられた瞬間、読者ははじめて、この手記の書き手である「私（I_2）」の存在の本質に出合うのである。

それはプルートゥを殺害するとき、宗教的・道徳的な「罪」の意識が、「ひねくれた心持」という情動によって内的に無化され、さらに法律（本来神が裁くところの罪を人間の手で裁くための基準）上の「罪」の顕現である、首の回りに白い斑点がある黒猫の殺害をねらい、結果的に妻を殺すに至る自己の情動の全過程を、あったままに記述する男の姿である。しかも彼は、自分が「怪物」――自己の呵責者であり、法律上の罪の顕現である首に白い斑点がある黒猫――を「墓の中に塗り込めておいた」と手記をしめくくっているのである。

このように「罪」という言葉と、それに対する「私（I_1）」の関わりの変容に即して『黒猫』の世界を捉えるとき、読者はこの手記が一見自分が犯した「罪」の反省的告白が動機となっているようでありながら、実はそれとはまったく逆のものだったことに気づかざるをえない。

回想される時間（T_1）に即した、「私（I_1）」での「罪」の意識の変容の集積は、嫌悪、恐れ、憎しみといった情動の集積として記述され、同時に情動化された「罪」の意識はそれらの諸情動によって「私（I_1）」の内部からくくり出されてしまったものとして記述されている。そして、この手記の末尾に至ったとき、それらの情動の集積は、一つの人格をもった情念として形象化されるのである。人格化したある偏執的な、「罪」の意識を自己内部の情動のはたらきのなかからくくり出してしまった情念、これこそ手記の書き手である「私（I_2）」の存在の本質にほかならない。

こうして読者は、記述された事件（T_1）と、それをおこなった「私（I_1）」の恐ろしさだけではなく、その恐ろしい事件をかくもありのままに冷静に記述する手記の書き手（I_2）と、このような手記を記述する精神が動きつづけた時間（T_2）の恐ろしさに立ち会わされることになる。

「西洋怪談 黒猫」の訳者は、そこのところを誤解していたということになるだろう。しかし、彼は手記の書き手（I_2）のなかに「罪」の意識をくくり込んだものの、事件を引き起こした「私（I_1）」のなかに、なかば人格化した偏執的情念が存在していることは認めざるをえなかったようである。それは「罪」を付加した部分に、常に同伴している「鬼」「心の鬼」という表現によって顕在化されている。そうであればこそ「西洋怪談 黒猫」が切り開いた回想的手記の一人称の文体、回想される過去の記述と、それを意味付け価値付ける書く現在での詠嘆的な評言、という二元的な表現は、ある本質的な虚疑を自らの内にはらむことになる。

つまり、道徳、宗教、法律といった時代の規範的な意識、だからこそまた人格の倫理性にもつながる意識をなかば情動化することによって、鋭敏な感受性をもってしまった自己資質の枠組みのなかに、他の諸衝動（それはあるときには邪悪なものでもある）と等価におくことで、それを自分の内からくくり出してしまった人間（I_2）が、ここに現れる。彼はその情動的意識を覆い隠すかのように（それは当人に自覚されていない場合も多いが）、告白的手記を書く段階では、規範的・倫理的意識に身を寄せて詠嘆的に反省するという表現の構造を獲得してしまったのである。しかし、そのような詠嘆的な自己反省からは、過去の自分が犯した最も本質的な「罪」は浮かび上がってこないし、自覚もされないのである。

『無味気』における自己の多重化

一人称の回想的手記での〈はじめ〉と〈終わり〉は、その手記がもつ〈意味〉を決定するうえで独自の重要性をもっている。一人称の回想的手記が、結果的にある人格を対象化してしまう以上、それの〈はじめ〉と〈終わり〉は、その人格そのものの〈意味〉の枠組みとして機能することになる。しかも、そこで対象化される人格とは、その手記の執筆者本人の人格である以上、それはまた手記執筆者の自己認識として自覚的に選ばれた枠組みでもある。つまり手記を執筆する自己（I_2）が、手記のなかに対象化された自己（I_1）に与えた〈意味〉の枠組みとなるのである。

しかし、手記を執筆するところの回想する自己（I_2）と、手記に書かれたところの回想される自己（I_1）との関係が、その手記の〈はじめ〉から〈終わり〉にかけて一定不変だとはかぎらない。手記を執筆する自己（I_1）は、その執筆過程で常に書かれたところの自己像（I_1）と微妙に関わらざるをえず、あるときは対象化された自己（I_1）像との出合いによって、手記を執筆する自己（I_2）が変容することもある。したがって、本来一人称の回想的手記では、回想される自己（I_1）像が変容する時の流れ（T_1）と、回想する自己（I_2）の意識が回想過程で変容する時の流れ（T_2）とが、複雑に交錯しながら展開するのである。しかも一度変容した手記執筆者の自己（I'_2）意識によって捉えられる回想される自己（I'_1）は、すでにそれまでのもの（I_1）とは異なっているといわざるをえない。その意味で、ポーの『黒猫』での回想する私（I_2）と回想される私（I_1）との関係は、特例的に一定していたと言わざるをえない。

しかし、一八八〇年代末（明治二十年代初頭）の一人称で統一された「自伝」小説では、むしろ書く過程での手記執筆者としての自己（I_2）の意識が変容するところにこそ、作品の構造を決定する要因があったといえるだろう。嵯峨の屋おむろの『無味気』[115]は、こうした視点から捉えたときに、きわめて重要な問題をはらんだ作品として、その姿を現してくる。

『無味気』には、きわめて手の込んだ虚構の仕掛けが施してある。[116]嵯峨の屋おむろの署名で、「明治二十年十一月上旬」という日付で冒頭に「序」がつけられ、さらに架空の人物である「編者」の署名で「二十年十一月上旬」の日付で「緒言」がつけられ、そこで「編者」の友人である「小林蘇北」なる人物が、「関翁山」の自伝を持ち込み、それに「編者」が「想像の物語」をつけて出版のはこびとなった旨が書かれてある。ここでいう「想像の物語」とは「関が師の墓を問ひし時の状況と並に其自伝の由来に関する」ものであり、実際に『無味気』では、関翁山の自伝の前に、「第一」「第二」というかたちで「緒言」どおりの内容が書き加えられている。そして、末尾には、「編者附て曰ふ。」と断りながら翁山の自伝の「最後の一ページ」が空白で、中央に「畜生」と殴り書きがしてあることが指摘されている。

つまり、関翁山の自伝を中心としながらも、このような虚構の編者を介在させなければならなかったところに、創作主体としての嵯峨の屋おむろが構想していた小説『無味気』の特質があったことはまちがいない。この問題については、あとでふれることにして、さしあたり関翁山が執筆したところの「自伝」での〈はじめ〉と〈終わり〉について検討したい。

関翁山の「自伝」は次のように書き始められる。

> 嗚呼今日は十一月の一日なり。余の命は正に草頭の露の如し。朝を待ずして無常の風に散らん。遮莫れ余豈世を辞するを畏れんや。（略）さは去りながら此年頃余が愛育せし才識も余が養成せし大志望も一縷の命脈の断絶すると同時に空しく北邙一片の煙と化して在し跡を止めざるべしと思へば亦惆悵の情なき能はず。余

は今棺を蓋ふ前に当りて露踏分る千里の旅客が杖を高山の頂きに立て首を回らして遥に踏来りし方を顧みるが如く熟往時を追想すれば往時歴然として我眸にあり。嗚呼幼時の経歴は淡しきこと水の如く中年の空中楼台は夢の如く又煙の如し。此を思ひ彼を思へば笑ふべきが如く嘲るべきが如く憫むべきが如く傷むべきが如し。嗚呼たとへ傷むべきが如く嘲るべきに似たればとて今更に亦何とかせん。将笑へばとて悔ゆればとて淡しき水は往きて返らず空中の楼台は消へて跡なし。せめては之を書して後の少年に残さんには或は益すること無きを保たず。遂に意を決して筆を採る。時に木枯落葉を吹いて其声蕭颯たり

この冒頭部の後から、父についての記述となり翁山の幼少期が回想されていくわけだが、なかば前書き的なこの部分からは、回想を執筆しはじめるにあたっての翁山の意識を読み取れる。まず彼が手記を書き始めるのは病によって死が目前に迫り、自分の死と同時に自ら育んできた「才識」や「大志望」も「煙」のように消えてしまい、そのことが「惆悵の情」を感じさせるからである。そして翁山は旅人が自分の歩いてきた道を振り返るように過ぎ去った日々を思い返す。そこで彼の「眸」に「歴然」と現れてくる「往時」は、「笑ふべきが如く嘲るべきが如く傷むべきが如」きものとして見えてくるのである。

つまり、この手記の書き手は、あらかじめ自分の過去に対して自嘲的で自己卑下的な視点をもってしまっていることになる。そうした視点から彼は、「後の少年」のためにこの手記を書き残すと宣言している。したがって関翁山の手記は、一方で死を目前にした状況下で書かれるという設定のなかで、書き手の死後に発表されるために「虚と飾を交へぬ真の自伝」になりうるという太阿居士などの発言をふまえるかたちになっている。

しかし、だからといってそれはありのままの過去の自分（I_1）の姿を捉えるということではなかった。「往時」の自己（I_1）像には、常に書く時点での翁山（I_2）の自嘲的な自己評価が加えられている。そのように自分を捉え返して記述することが「後の少年」にとって「益すること」になると、手記の執筆を始めるとき翁山は考えていたのである。

翁山の手記のなかで自嘲的に評価されるのは、主に彼のなかにあった虚栄心であり、同時のその虚栄心は彼の思想・性格形成と結び付いている。関翁山は少年時代に父を病でなくし、臨済派の禅宗寺である円通寺に引き取られ、育てられることになる。そこで経文、儒書を学ぶなかで彼の「是非をかにかくと論ずる癖」が形成される。仲間の僧が猫を食べてしまおうとしていたとき、その猫を逃がしてしまったという挿話を紹介しながら、そのとき僧たちを「論破」したことを「今更に思へば是皆血気の沙汰にして真の仁愛といはんよりは虚栄より出たる似而非仁義議論を述べたりが元なりし」と反省する。このように過去の自分（I_1）のなかに形成された思想が、ことごとく虚栄心に基づいていたとする捉え方は、円通寺での性格についても、また、円通寺の住持徳相の死後引き取られた泉譲のところでの生活についても一貫している。

「余」が円通寺で身につけた思想はすべて「書中の思想が唯余が脳鏡に反射せしのみ」のものであり、また泉の令嬢を「論破」しようとしたのも「『エラカラウ』と自惚れた」からであり、「『エラキ』所を示」すためだったと述懐する。そして、師泉の若い頃の手紙を盗み見し、そこに記されていた思想の誤りを師に指摘しようとしたことを翁山はこう振り返っている。

予は恥かしきかな此頃には殆ど我あるを知ツて人あるを知らず我情を知ツて人の情を知らず真理を尊奉するの栄誉なるを知ツて真理をさながらに見せびらかすが如く時と所を選ばずして妄に唱ふるの虚栄なるを悟らず故に過る日に盗みて読みし師の論の不当なるを認めたる後は之を暫らく韜蔵して置く事あたはず（略）恰も耶蘇が救世の衝に当る時の如き心持をして見事真理の為に偉勲を奏すべしと思ひ恩人の為に大徳を施すべしと斯図し暗に吾自身が一種の虚栄中に陥りたるを悟らず厳然として膝を進めて師の主義は真理に違ふ者なる事且ツ速に斯る謬見を捨てられん事を死を以て争ふと述べたるに余を見詰たる師の眼に次第に恐しき光を生じてハタと余の貌を睨みたり。

この記述は、回想されているとき（T_1）の自己が悟っていなかった「虚栄」を、手記執筆時（T_2）の翁山（I_2）が厳しく自己批判するということにはなっている。つまり、執筆時（T_2）の翁山（I_2）には、「我情」だけではなく「人の情」をも知りうる人間にいまではなっているという自己認識があるということである。とすれば、冒頭の自嘲的な視線は、過去の自分（I_1）の虚栄心を暴く自己認識の機能をもっていたということになる。翁山の手記では、また同じように自己の立身出世主義的な意識が「妄想」と批判されてもいる。

このように翁山の手記の基本構造は、回想される自己（I_1）の、虚栄心を動機とした挿話の記述のあとに、回想する主体としての翁山が「嗚呼」と詠嘆しながら、その虚栄を暴くというものになっている。その意味で翁山の手記は回想される自己（I_1）を回想する自己（I_2）が同一化することなく対象化し、批判的に捉え返すという自己批判的なものだったといえるだろう。

しかし、「嗚呼」で始まる自己の虚栄心を批判する詠嘆的自己呵責の意識は、翁山の一面を捉えたとしても、彼の本質的な変節はこの意識からは取り落とされてしまっている。翁山から「謬信」をただされたあとの、泉の言葉として、翁山の手記に記されているのは「解ツた沢山だ」と、「足下は以前より人物なられたり。然し無断にて他人の書牘を見るは無礼なり。余は甚だ不快なれば共に住みがたし。今日より他に移られよ」という二言である。このとき関翁山は、この言葉の裏に「怒を抑へたる幾多の苦痛の籠りしならん」と泉の怒りについてふれながらも、その本質にはまったくの無理解を示している。師の許しを待つ翁山は、次のように考える。

「抑何故に師は余との交りを辞絶せられしぞ。書状の一條斗とは思はれずかし。お鉄の讒言も有しに非ずや。是も其原因にては無きや彼も原因にて非りしや。若し此儘にて師の怒りの解けず永く勘当の宥されざる時は」抔と思へば遺憾我胸に溢れたり。然し未だ一ッの希望ありて聊余の心を慰めたりき。

つまり、翁山は師泉が自分を「勘当」した要因を、きわめて私的な感情的レベルの問題としてしか考えていないのである。他人の手紙をだまって読んでしまったということに対する道義的な批判や、あるいは仲が悪かった女中鉄の告げ口が原因になっていることぐらいしか彼は思いつかないのである。手記の内容から読み取れるのは、明らかに思想的な訣裂として、泉の翁山に対する勘当があった。そのことに手記執筆時の翁山は気づいていない。

手記執筆時の翁山は、本質的には思想的訣裂としてあった泉による勘当を、他人の手紙を無断で読むか読まないかという道義的な問題とすり替え、さらに、かつて師泉の教えによって「下等社会の同胞となり自由の味方」となったはずの自分の思想が、無葛藤のまま、「国家の為に真理の為に」という見地から、泉の多分に〈下からの革命〉的な維新革命論を「過激の論説」と批判してしまうようになったという変節についてはまったく意識化されていなかったのである。

道義と「人の情」を虚栄心のために踏みにじってしまうという、一見真摯な性格・情念レベルの自己批判的な詠嘆の文体は、同時に執筆者の自己の思想的な変節を覆い隠し、時代的・社会的な広がりのなかにある自己の位置をも見失わせる結果を導いたのである。だからこそ、翁山の手記の末尾に展開される同時代の文明批判は、一見激しい「悲憤慷慨(ひふんこうがい)」調の文体（これは翁山が学生時代好んで使った演説の文体と一致している）で記述されながら、それは一八九〇年前後（明治二十年代）、自由民権運動が敗北していく時代の本質的な欠落点を捉えるには至っていない。むしろ、翁山の師泉譲が掲げた理想の思想的立脚点から捉えてこそ本当の文明批判になったはずである。

しかし、翁山は文明批判の最大のポイントを、またしても道義と情のレベルで処理してしまったのである。かつての門下生が師の墓にきちんとお参りをしないことへの怒り、この単純な情念がその「悲憤慷慨(ひふんこうがい)」を貫いているすべてである。そこでは、一九八〇年前後に日本の政治や経済の中心にいた知識人に決定的に欠落していたものが、民衆＝「下等社会」を軸にしての変革という泉譲の思想だったことも見抜かれていない。にもかかわらず、翁山は師泉に同一化したつもりで同時代文明を批判したのだった。そこに、この手記の末尾の欺瞞がある。

嗚呼彼等の胸中には一点の徳義一片の愛情もなき歟。彼等の胸中には唯虚名と虚飾との二者が其勢力を逞ふするのみなる歟

嗚呼智識の発達と徳義の発達とは常に転比例の方向を取る歟。何ぞ夫れ然らん。何ぞ夫れ然らん。誰歟人相食む亜非利加の蛮民をさして欧州文明の人民よりその徳義上在りと謂ふ者有らんや。唯此事実なる者は社会の進化上に起りし一時の現象たるに過ぎざるのみ。嗚呼此事たるや某々の輩が爆裂薬を携へて韓国に渡りて正に為す所有らんとせしが如き若しくは奥羽の自由党員某々が政治の改良を謀らんが為めに団結を試みしと謂ふが如き此の如き小事瑣談には非ざるぞ。此は是明治二十年度の日本人民の性質を描出したる事実なるぞ。文明史上の事実なるぞ。他日我国の歴史家が鉄筆を揮って宜しく大書すべき事実なるぞ。

この末尾の詠嘆は、いままで述べてきた、自己の虚栄心を批判的に対象化するそれとは質を異にする。この詠嘆的な悲憤慷慨調の文体は、過去の自己（I_1）に向けられた批判ではなく、同時代の日本の社会で、「名声ある紳士」となっている泉門下の知識人たちに向けられたものである。こうした批判対象の転換は、「明治十九年十月下旬」、「落葉狼藉枯木蕭条の間は鳥の糞などに汚された」泉の墓に詣でた瞬間に起こっている。そして批判対象の転換は、同時に批判主体の意識の転換でもあった。

それまで過去の自己（I_1）を相対化し、これを批判的に対象化していた手記執筆者（I_2）の意識は、この瞬間から泉の墓前にたたずむ過去の自己（I_1）の意識に同一化している。つまり、翁山の手記で泉の墓に詣でる「場面」は二重の（回想される自己（I_1）と同時に、回想する主体である自己（I_2）にとっても）転換点として、この手記の意味を決定するうえできわめて重要なものだったといえるだろう。

回想される翁山（I_1）に即して言えば、彼が泉の墓を詣でたのはアメリカから帰国してすぐのことだった。そ

してアメリカでのある体験を通して、彼のなかでは泉に対する再評価、価値の再発見がおこなわれたのである。ある体験とは、翁山が「寄寓」した「ジョンソン」博士の親戚の『フロラ』、『フロレンス』といへる一婦人」との恋と失恋である。この手記では、この恋と失恋との詳細についての記述はなく、それは別に「懺悔物語」に「悉しき事」が記してあると翁山は断っている。

ここで述べられているのは、このフロラ、フロレンスが突然翁山に対する「心を変じたり」という体験が、彼のなかでは「人の心は風前の鵞毛の如く遍々又颻々或は東し西す。頼みがたきの限なり」という「沙翁の名言」にあるような人間不信として結実してしまったということである。この手記で見るかぎり、この体験は、翁山が初めて直面した自らの愛情に対する裏切りだった。

そして、絶望のあまり病に倒れ、人間不信に悩まされる翁山の脳裏に浮かび上がってきたのが、師泉譲だった。「只特り泉の令閨のみは或は此醜族に似ざるものならん。然り彼人は例外なり泉師もまた例外なり。ア、愛すべき人は只一人なり尊ぶべき人は只一個なり」と思い出されるとき、泉譲は「愛情」と「徳義」の象徴的人物として再発見されたのである。だからこそ、その泉の荒れはてた墓を眼前にしたとき、翁山の怒りは燃え上がるのである。

そして、このとき翁山（I_1）は、この手記の基本的モチーフである「愛情」と「徳義」という二つのテーマを獲得するわけで、いわばここで手記執筆者の翁山（I_2）の意識が成立したといえるだろう。つまり回想される翁山（I_1）が回想する主体（I_2）に転換する瞬間が、この泉の墓前ということになるだろう。

いわば「虚栄」に支えられて生きていた自己（I_1）から、「愛情」と「徳義」に価値をおく自己（I'_1）＝（I_2）に転換したことによって、この手記の基本的な構造が獲得されたのである。そのような角度から見るとき、この手記のすべての挿話を貫くモチーフが、この「愛情」と「徳義」であることが明確になる。

翁山の父は「清廉なる」心の持ち主としてその「徳」が強調され、「父の余を愛するや非常なりし」とその「愛」が語られる。そして、その父を裏切る継母の不義が怒りの対象となる。学生時代の友人吉田の恋と相手の女性の裏切りによる失恋についての挿話も、この父と継母のあり方に重ね合わされ「憤懣の情」をかきたてる。自分を引き取ってくれた円通寺の住持は「大徳」として思い起こされ、死後翁山を泉のもとに依頼した手紙に、「師の愛しみの深りし」を感じるのであり、泉譲についても「社会全般を愛したる人」、「下等社会」を「最も愛されたる」人、「我同胞を愛したるの人なり深く愛したるの人」という捉え方になる。そして「師の最愛の人といへば其令閨なり及び今年十七歳の令嬢なり」と、この「愛情」という観念を媒介に、泉譲の思想と私的感情とは一体のものとして捉えられていくことになる。しかも、こうした周囲の人々の「愛情」に対し「虚栄」心でしか応えられなかったという自己批判が、この手記を貫く基調だった。

そのような自己呵責的な手記執筆者翁山（I_2）の意識が、泉門下生である同時代の知識人の「虚名と虚飾」の批判に転換するのも、また、この泉の墓前に立つ自己を描き始めたときからなのである。その意味で、ここは手記執筆者翁山（I_2）に即していうならば、自己呵責的な意識（I_2）から、他者批判的な意識（I'_2）への転換点だったといえるだろう。そして、その転換は、手記執筆者翁山（I_2）が泉の墓前にたたずむ自己（I'_1）像と出合うことによっておこなわれたのである。

泉の墓に詣でた自己（I'_1）は、すでに「虚栄」を捨て、「愛情」と「徳義」に価値をおく人間に変貌していた。もう、その自己（I'_1）像に向かって、その「虚栄」を批判する必要はない。批判されるべきなのは、「虚名と虚飾」にとらわれ、かつての師の墓をさえかえりみず、このように荒れはてさせてしまった、泉門下の知識人たちである。こうして、泉の墓前で「悵然」として同時代の知識人たちに対して「悲憤慷慨」する自己像（I'_1）に、手記執筆時の翁山（I'_2）の意識は完全に同一化することになる。

それまで、自己を批判的に対象化していた「嗚呼」で始まる詠嘆的文体は、ここではそのまま泉門下の知識人を非難するものとして機能しはじめ、結果的に批判者である翁山（$I'_1+I'_2$）の意識を絶対化することになる。

以上のことからわかるように、この手記の基本構造となっている、過去あるいは現在の「事実」の記述とそれに対する「嗚呼」で始まる詠嘆的な批判では、批判する主体（I_2、またはI'_2）は常に記述での価値基準として絶対化されていくことになる。この文体には、手記執筆時の自己意識を相対化し、その「虚」を暴く機能はない。しかし、この手記の最も決定的な問題は、むしろ手記執筆者翁山（$I_2 = I'_1$）の自己意識の質にこそあったと言わなければならない。

泉の墓に詣でた翁山（I'_1）によって、再発見されていた泉の像は、すでに述べてきたように、あくまで「愛」と「徳」という価値基準で評価されていたのであり、その門下生を非難したのも、この「愛情」と「徳義」の欠如のためである。そしてこの「愛」と「徳」とが手記を書き始める翁山（I_2）にとっての事実を評価する価値基準でもあった。その点から言えば、この手記が始められる前に、泉の墓前に「悵然」としてたたずむ翁山を描いた「想像の物語」「第一」を付け加えた架空の「編者」の意識は、翁山の意識を正しく読み取ったものにほかならない。つまり、手記のはじまり＝手記執筆者翁山（I_2）の確立は、この泉の墓前だったことを、この「想像の物語」は示している。

そして、実はこの虚構の仕掛そのものが、翁山の手記の質を暗示しているといえるだろう。手記執筆者翁山が、「愛」と「徳」という手記の価値基準を確立する場面を冒頭に提示することで、作者嵯峨の屋おむろはこの手記の質を規定したといえるだろう。つまり、それは政治的・社会的成功者としての同時代の知識人——泉門下生たちに対する敗北者翁山の「悵然」たる「悲憤慷慨」であり、そこでは、政治的・社会的成功を求める上昇志向的な同時代知識人たちの価値観を「愛」と「徳」をもって転倒するということでもあった。

先に引用したこの手記の末尾では、自由民権運動敗退期に起こった一連のセンセーショナルな事件——「某々（ぼうぼう）の輩が爆裂薬を携へて韓国に渡りて正に為す所有らんとせしが如き若しくは奥羽の自由党某々が政治の改良を謀（はか）らんが為に団結を試みしと謂ふが如き」事件などは「小事瑣談」でしかなく、いまの知識人たちが文明開化の名のもとに「愛情」と「徳義」を失ってしまっていることこそ、より重要な「事実」だという転倒がおこなわれている。そして、この転倒は明らかに、泉譲の「過激の論説」を批判することだけにやっきになり、他人の私信をだまって読むという、師の「愛」を裏切り、「徳」を犯した自分への厳しい自己批判と呼応している。

この末尾の記述には、明らかに手記執筆者関翁山の思想的転倒が見られる。彼が泉から教えられた「下等社会」の立場に立つ思想は、同時代の知識人たちの上昇志向と十把一絡げに、しかも暗黙のうちに捨て去られてしまっていたのである。いまの翁山に、現在の日本社会の矛盾を「下等社会」の視点から暴く思想はない。そして、いまの翁山には、師泉譲がなぜ自分の遺骨を「態と香華院へは葬らずして（何故歟しらず）円通寺という寺へ葬」ったのか、理解することはできない。彼は「（何故歟しらず）」という泉への無理解ぶりを露呈するしかない。そして、これが理解できない自己を批判的に相対化する機能を、「愛」と「徳」に詠嘆する文体は喪失している。「円通寺」は貧農である翁山の父が葬られたところであり、その息子翁山が泉と初めて出会ったところであり、その住持徳相と泉は、あるべき維新革命の「立憲政体の美」を語り合っていたのである。「円通寺」は泉の「下等社会」を立脚点とする思想が唯一受け入れられた場であり、それを将来に生かすべき、「下等社会」出身の後継者を発見した場であり、翁山にとってはその思想形成の原点だったはずだ。そうしたことへの慮りは、手記執筆者翁山からはいっさい失われてしまっている。

作者嵯峨の屋の意図はともかくとして、この手記からは、翁山のもう一つの敗北の姿が浮かび上がってきてしまう。「愛」と「徳」といった私的人間関係を媒介とした情念を軸に、自己像を再現してしまったとき、同時代の社会と渡り合う思想の敗北を無意識のうちに隠蔽するという二重の敗北を、この手記の文体は構成してしまったのである。

同伴者的一人称の発見

一八八七年（明治二十年）という年が、「自伝」の可能性に注意が向けられた年だったことはすでに述べたが、同じ時期「自伝」とは異質な一人称の表現の可能性にも、表現者たちは強い関心を向けていた。そして、それ以後一人称小説ブームともいえる現象が、翻訳・創作にかかわらず到来したといえるだろう。思いつくままにあげても、二葉亭四迷の「あひゞき」[117]「めぐりあひ」[118]、森田思軒「金驢譚」[119]「大東号航海日記」[120]「幻影」[121]「探偵ユーベル」[122]、山田美妙「ふくさづゝみ」[123]「この子」[124]「わいるどむウあほオる」[125]、依田学海の『侠美人』[126]などがあげられるだろう。もちろん、すでにふれた嵯峨の屋おむろの『無味気』や『初恋』[127]も、こうした動向のなかで生み出されていったものであり、この他にも多くの一人称小説がわずか一、二年の間に発表されていったのである。

こうした一人称小説の隆盛は、何よりも一人称表現が可能にする独自の臨場感、逍遥が述べた、他人にはわからない「隠微の秘密」を「公然暴露」するところにあったのだろう。しかし、もしこの時期の表現者たちの関心がそこにだけ向けられていたとしたら、先に掲げた一連の作品はすべて告白的な一人称小説、「自伝」的な小説でなければならなかったはずだが、実状はそうではなかったようだ。

これらの作品の多くは一人称ではありながら、必ずしも自分のことを物語るものではなかった。それらはむしろ、一人称の表現主体が出会った他者、他者である彼（彼女）をめぐる事件を、なかば同伴者的に記述する作品だったといえるだろう。

表現主体が、作品世界に内在する一人称の主体であり、作品世界を自己の「視聴上」から写し、自己の「遭逢見聞」した事実をもって小説を成立させる存在でありながら、作品内的事件の展開のなかでは、自己を「賓位」（主人公ではない傍観者の位置）におくような同伴者的一人称の方法に注意を促したのは森田思軒だった。[128]彼は、依田学海の『侠美人』を評して、前記のようなこの作品の特質を明らかにしたわけだが、こうした関心のもち方は一人思軒のものだけではなかったように思われる。

たとえばすでにふれた「西洋怪談 黒猫」と、あたかも対のように発表されたポー原作の「ルー・モルグの人殺し」[129]は、同伴者的一人称の典型的な作品だったといえるだろう。原作は、周知のとおり〝デュパンもの〟三部作の第一作だが、エラリー・クィーンをして「テクニックの上からも芸術的観点からも、正にマスターピースと呼ぶにふさわしい作品であったし、いまなおそうあり続けている」[130]と言わしめた作品である。推理小説としてのこの作品の魅力についてはすでに多くが語られてきたし、また私がそうした領域に通じているわけでもないので、ここでは名探偵デュパン（篁村訳では「ヂュピン氏」）と、彼の推理の聞き役であると同時に読者に対する語り手である「私」（篁村訳では「余」）との関係、その表現上の機能についてだけ考察したい。

この作品のなかで「私」は、デュパンの同伴者として、モルグ街で起きた世にも恐ろしい、異常な殺人事件の謎解きに立ち会うことになる。まず事件の概要を新聞記事で知り、その後デュパンの現場検証に同行する。したがって、謎解きの聞き手であり、同時に読者に対する語り手である「私」には、謎解きの前から事件に関する全情報がデュパンと同じように与えられているのである。それはまた、警察にも、パリの全市民にも、そして読者にも同じように与えられている。そうであるにもかかわらず、この異常な事件の謎は誰にも解けず、警察もお手上げなのだ。「私」（と読者）は、現場検証のあと、デュパンの書斎で、彼の謎解きがなされるまで、事件の真相には到達できないのである。

それにしても、このような作品構成のなかで、なぜ聞き手／語り手であるような「私」の存在が必要なのだろうか。いっそのこと、直接デュパンに語らせてはどうなのか。本来、事件について語る資格は彼にしかないはずなのだから。しかし、そのようなことをしてしまえばこの作品の魅力のほとんどが失われてしまうことは、誰もが認めるだろう。そこに同伴者的一人称の機能の秘密がある。

たとえば、八木敏雄が正しく指摘しているとおり、デュパンと「私」という対（ペア）は「シャーロック・ホームズ氏とワトソン氏の先祖」であり、「ホームズ氏にせよ、ワトソン氏にせよ、いくらか気まぐれで幻想的で、空想癖があるのはデュパン氏と語り手（ポー）の血をうけた証拠であり、一見そういう現実ばなれをした彼らが現実世界の錯綜した事件の真相解明に超能力を発揮するのは、彼らが制度化された日常世界の網の目を抜け出して至上の観念的事実を発見する能力と同時に、外見的に複雑でこみいった人間世界の事件の背後に真相を見出す能力をかね備えた複眼的人物」[131]だったからである。

しかし、読者を非日常的な（異常な）事件の背後にある真相に導く役割を担う者がなぜ「彼ら」、つまり想像力と分析力に富んだ名探偵と凡庸な同伴者という二重化した（対になった）存在でなければならなかったのか。その理由はおそらく八木が言う「複眼的人物」という点に関わっているのだろう。つまり、名探偵の目（認識）

ことである。

と凡庸な聞き手／語り手の目（認識）とのずれ、差異が、謎解き推理小説の重要な構成力となっている、ということである。

優れた推理小説作家でもある、トマ・ナルスジャックは、推理小説での〈物語〉が「作者の思考のなかに存在する仕方としては、表を外に向けた物語であり、読者の目にふれる仕方としては、裏返した物語である」として、そこから「作者―探偵が、どうして《引き立て役》、一種の誠実氏、厳粛で不器用なパートナーを必要とするか」を、次のように分析している。

コナン・ドイル―シャーロック・ホームズはいつもワトスンを従えており、シャーロック・ホームズだけがそれをする資格があるのだろうに、物語るのはワトスンなのである。どうしてだろうか。多くの解釈が提出されたが、そのどれもが満足なものではなかった。十分に光をあてられたことは決してないが、すべての作家が強制されたもののように感じた技術上の必要に関係するという単純な理由からである。つまり、ワトスンは、まったく単純に、物語を裏から見ている人物である。これに対して探偵は、最初の一歩から、それを表向きに置こうと試みてる人物である。読むことの魅力の大部分は、ワトスンの視点（裏）から、初めのうちは欠けた点のあるシャーロック・ホームズの視点（表）へ、読者が絶えず引きずられていくということから生まれる。前者はいわば近視で、後者は遠視である。われわれは、一方は近づけ他方は遠ざける二枚のレンズを通して経過を眺めているのであり、そのことが苦痛を伴う立体感、奇妙だが楽しい違和感を与えるのである。[132]

ナルスジャックが言うところの「一方は近づけ、他方は遠ざける二枚のレンズ」こそ、「複眼」の実態にほかならない。捜査当局や、私（読者）は、事実として提示された「非常なる人殺し」（"Extraordinary Murders"）の「非常」さ＝あまりの残虐さと、犯行動機の不明さに近視眼的に目を奪われ、「『非常』といふことゝ『むづかしい』といふ事を混雑して考へ」てしまっているのである。それに対しデュパンは、事実としての「非常」さから、恐ろしい事件、難解な事件といった意味をいったん切り離し、事実としての現場の証拠そのもの（事件の真相の痕跡＝記号化された真相）を、それがどのようにして「非常」なのかを分析してみせるのである。

つまりはじめに提示される事件のありさま（「ルーデンモルグの人殺し」では新聞記事の報道による現場状況と証人たちの証言）は二重の意味をもたされていることになる。一つは「私」（読者）にとって世にも恐ろしい謎の事件としてであり、もう一つはデュパンによって分析される、合理的に解釈可能な真相としてである。ということは、こうしたサスペンスをはらんだ推理小説は、その読書過程で二重性をもっていることになる。「すなわち私」の意識に即した恐怖と謎に包まれた過程と、デュパンの分析に即した合理的な解明の過程であり、前者が〈はじめ〉から〈終わり〉に向かう時間に即した意識であるなら、後者は〈終わり〉から〈はじめ〉にさかのぼり、すでに提示されている事実にまったく思いもよらない照明（意味コード）を当てるのである。そこにこうした種類の推理小説の魅力があるのであり、同時にそのような二重の過程を読む読者は、明らかにテクストの意味構成に「自ら参加する読者」[133]であり、「音読」ではなく、「黙読」する読者でもあった。

だからこそ、告白的手記形式の「黒猫」には言文一致体の訳文が与えられていたのに対し、この作品には、同じ原作者でありながら、漢文調の翻訳文体が与えられていたのだろう。訳者の内部でおそらく無意識のうちにそのような選択意識がはたらいていたと思われる。

表現主体と主人公との関係の方法化

「ルーモルグの人殺し」について、やや横道にそれすぎて論じてしまったきらいがあるが、この作品の訳者には、より同時代的な文脈に応える意図があったように思われる。この訳は必ずしも原文に忠実だったわけではなく、現在のわれわれからすればきわめて重要だと思われる、デュパンの解析力をめぐるチェスやドラフツ（西洋碁）、ホイスト（トランプゲームの一種）の例を借りた記述、彼の鋭さを証明する挿話（「私」の心の動きを読み解く話）、謎解きの合間に挿入される観念的な議論などはすべて省略されている。

それに対していよいよデュパンの謎解きが始まろうとするところ、現場検証を終え、おもむろに「余」に事件の感想を求め、「余」が「新聞紙に出ている通りなりし」と答えたところで、注目すべき訳者の付け加えがおこなわれている。

> 氏ハやゝ熱心になりて然り新聞の報ずる所の如し。其の外形だけハ新聞の報ずる所の如くなれど其の内側の推測ハ少しも書てハあらず。一体新聞紙ハ外面の事に委しけれど内面の事にハ粗なり[134]
>
> （原文＝"The 'Gazette'" he replied, "has not entered, I fear, into the unusual horror of the thing"[135]）

もちろん"has not entered, ～, into ～"を、「内側の推測ハ少しも書てハあらず」と訳すこともあっていいわけだが、ここでは明らかに新聞記事の「外形」「外面」と、「ヂュピン」の解き明かす真相の「内側」「内面」を対比するための付加がなされているといえるだろう。つまり、訳者の理解では、「ヂュピン」の分析は、新聞が記述した事件の「外形」「外面」から、その「内側」「内面」としての真相を抽出するものだった、ということになるだろう。

こうした訳者の観点が、たとえば坪内逍遥の「外面に見えざる衷情をあらはに外面に見えしむべし」（『小説神髄』「小説の主眼」）という主張や、二葉亭の「小説総論」での「偶然の形の中に明白に自然の意を写し出さんこと是れ模写小説の目的とする所なり」といった主張とレベルは違うにしろ呼応するものであることは明らかだろう。

しかも重要だと思われるのは、同伴者的一人称の手法のように、作品内的事件そのものに対しては、むしろ傍観者であり局外者であるような存在を通して、作品世界を読者に提示することが、かえってある種の現実感を与え、しかもそこには言葉として示されている以上の何かが顕現するということが、この時期の表現者たちに自覚されつつあった、ということである。逍遥や二葉亭の表現上の模索も、そうした同時代の表現意識との関わりのなかで推移していったということができる。

二葉亭の「あひゞき」での傍観者的な語り手の機能については、すでにふれたが、彼の「めぐりあひ」について、同時代の批評家は、たとえば次のような点に着目していたのである。

本篇は表面より見る時ハ只著者が（原著者ツルゲーネフを指す以下之に倣ふ）名も知らず素性も知れぬ一佳人を屢々瞥見せし有様を写せしに過ぎず然れとも之を裏面より検査する時ハ一佳人人目を忍びて或る艶郎とあひゞきするの状及び佳人終に艶郎の為めに捨てらるゝの状躍然紙上に溢れて無限の味あり而て其最も価値あるの点ハ本篇の主となるべき佳人客となり却ツて客となるべき著者主となるに在り[136]

梅檀生（石橋忍月）の着眼は、「めぐりあひ」の構成とその語り手の特徴を的確におさえている。まず彼はこの作品での筋（ストーリー）の二重性を指摘する。すなわち、「表面」から見たときの筋は、一人称の語り手である「著者」が、謎の「佳人」と三度出会った経過をそのまま写したものであり、「裏面」から見た筋は「佳人」が「艶郎」と道ならぬ恋に落ち、はては「捨てら」れてしまう過程だという。

確かにこの作品の〈はじめ〉から〈終わり〉にかけての時間に即した構成は、一人称の語り手である「余」が自分の前に姿を現しては消える謎の美女の正体を突き止めようとする、一種の謎解き小説である。そして末尾の仮装舞踏会で「余」と謎の女性が初めて言葉を交わす場面で、彼女の口から恋の顚末が語られることによって、それまで「余」のまなざしを通して描写されてきた一連の場面が、謎の女性をめぐる道ならぬ恋の経過として〈終わり〉から〈はじめ〉にかけて逆照射されるのであり、しかもその恋が確実に終わったことを、「余」は自分とこの女性を「見てゐられぬほどに、無礼な冷笑」で見返す「艶郎」のまなざしとそれを見た謎の女性のまなざしのなかに読み取るのである。この末尾で、「余」は「婦人の何者といふ事」を突き止めようとすることを断念し、二重の筋の展開（謎の美女の恋と「余」の謎解き）は同時に終息するのである。

忍月の着眼は、優れて構成的だったわけで、しかも彼のような読者が登場したことは、テクストの意味構成に参加する読者の意識が成熟しつつあったことの証明でもある。

さらに重要なのは、こうした筋の二重性が、作品世界を読者に伝達する表現主体と主人公との関係をめぐる方法として意識化されていたことである。忍月は、この作品の「最も価値あるの点」として、一人称表現主体の「余（著者）」と、主人公である「佳人」との主客の転倒を指摘している。つまり、本来主人公である謎の「佳人」に即して描写的場面が進行するのではなく、一傍観者にすぎない「余」の意識に即して場面が統一されているために、かえって「裏面」としての「佳人」の恋の顚末が生き生きと浮かび上がってくるというのである。そして引用部のあとには、このテクストの読者に、この作品の「其形を見ずして其影を見よ」と要求しているのである。

明らかに忍月は、具体的な言語表現として与えられている一人称主体の経験的事実の再現だけがこのテクストの意味作用ではなく、むしろそれが象徴化し、一人称主体の視覚や心理に映じた「佳人」の像の細部に、彼女の不幸な運命の表徴が意味構成されることを見抜いていたように思われる。なぜなら彼が、優れた表現として具体的に指摘しているのは、「佳人」との一度目と二度目（イタリアとロシア）の出会いを準備する「日夜の景色」の描写であり、「佳人」の不幸な運命とそれに対する一人称主体の関わり方を予兆させる夢の描写であり、「佳人」と「艶郎」のあいびきの場面、そして末尾の仮面舞踏会の描写だったからである。

これらの場面の描写は、一方では読者にその場面そのものを再現する機能をもっている（忍月は「宛然現場に在るが如し」と述べている）わけだが、テクスト全体の構成のなかでは単にそれだけではなく、場面の再現のうえでは一見取るに足りない細部が、謎の女性の運命の表徴として意味構成されるようになるという機能をもあわせもっていたのである。

忍月が指摘した「主」「客」の転倒とは、このように本来描かれるべき「佳人」の運命が具体的な表現過程では後景に退き、一人称主体の出会いの経験と心理過程が記述されているにもかかわらず、テクストの全体を通じての読者過程では、記述されている一人称主体の経験と心理過程から、「佳人」の道ならぬ恋の顚末が意味構成されるシステムを説明していたといえるだろう。

つまり忍月は、イーザーが言う「場面の枠組が変化するにつれて、効果(作用)や情報のフィードバックが行われる」「テクストの伝達過程」の、「サイバネティック」[137]な側面を自覚しつつあったのである。そのようなテクストの機能が自覚されてはじめて「外」から「内」を意味構成しうる表現のあり方が、単なる理念ではなく方法として確立しえたのでもある。

二葉亭の「小説総論」での「形」と「意」の理論と『浮雲』第二篇から第三篇への実践過程、逍遥の『小説神髄』での模写論と「細君」に至る実践過程は、ほぼ忍月の認識過程を表現の実践として自覚化していったものといえるだろう。忍月に常に表現分析のインパクトを与えていたと思われる依田学海は、逍遥の「細君」の手法を、「他よりしてこれを模写するときはその人の意想の外に出て反つて直にその人を写すよりも真情を得べし」[138]という逍遥自身の方法論に基づいていると分析していたのである。おそらくこの点に同伴者的一人称の方法の有効性が、この時代の表現者に注目された要因があったのだろう。

同伴者と局外傍観者の間で

それにしても、「ルーモルグの人殺し」と「めぐりあひ」の間には、題材といい主題といい文体といい、共通項としてくるにはあまりにも大きな落差がありすぎるという批判もあるだろう。しかし、この推理小説と恋愛小説という一見異質なジャンルは、さほど無縁な存在ではなかったし、むしろ「近代」には(もちろん推理小説というジャンルは「近代」に、近代都市の成立とともに発生するわけだが)相互に接近していたといえる。

前田愛は都市小説という観点から、「すぐれた都市小説は、たとえば『罪と罰』がそうであるように、推理小説の構成に引き寄せられることがすくなくないわけだが、推理小説とのあいだに境界線が引かれるとすれば、それは主人公にとって都市の解読に進み出ることが、犯跡の追及ではなく、かれらのアイデンティティそのものを都市の表層の背後にかくされた記憶のなかに確認して行く行為を意味しているところに求められるだろう。都市の迷宮に潜り入ることが、同時に内面への旅につながっている微妙な構造に、近代的な都市小説のパラドックスがある[139]」と指摘している。

この前田の指摘はもちろん一般論として提出されているわけだが、一八九〇年前後（明治二十年代）の小説の模索を考えるうえで重要な示唆を与えている。なぜなら、逍遥の『妹と背かゞみ』、二葉亭の『浮雲』、鷗外の『舞姫』は、いずれも「貧寒書生夢物語[140]」と徳富蘇峰に批判された立身出世小説型主人公の、社会的アイデンティティーを奪われた反主人公（アンチ・ヒーロー）が恋愛のなかに自己のアイデンティティーを探す小説だったからである。そしてまた嵯峨の屋おむろの『無味気』や『初恋』などは、自己の少年期の記憶のなかに（そこには少年らしい淡い恋も含まれている）何事をも成し遂げられなかった現在の自分のよりどころを探そうとする回想でもあったのである。

それと同時に、逍遥や二葉亭の作品のなかでは、男性の主人公が自己のアイデンティティーの証左にしようとしている女性が、男性の側に嫉妬をかきたてるような、疑惑や秘密を抱える謎の女性となっていくのであり、男性の側のアイデンティティー探しは、相手の女性の正体（内面・心理）を突き止めようとする謎解きの過程ともなるのである。それは自らの作品を構成するうえで、立身出世（社会的国家的アイデンティティーの確立）といった筋を構成する力を排除した当然の結果でもあった。そして何よりも、疑惑や謎、秘密をもった人物として女性が現れてくることは、小説世界のなかで「他者[141]」の存在が自覚され始めたことでもある。

これまでの作品のなかでは、作中人物の性格（キャラクター）は、作品世界に登場するやいなや、作者あるいは語り手から強固な類型的枠組みのなかで意味付けられた存在だった。そして彼ら（彼女ら）が発する言葉も、すでに与えられた属性に従うものとして、その意味で克明に描写されもしたのである。それが、『当世書生気質』の、そして『浮雲』第一篇の手法だった。しかし、いったん作中人物がその存在の根をめぐる謎をはらみはじめるや、彼ら（彼女ら）は不可解な、ある一定の意味付けを拒否する者として、本来の「他者」性を獲得するのである。逍遥が『小説神髄』のなかで述べた、「機関人形（あやつりにんぎょう）」ではない「活世界の人（くわっせかいのひと）」の描き方は、このような過程のなかで実現していったのである。

しかし謎解き型推理小説と、謎解きをはらんだアイデンティティー探索小説との境界線は、単に犯跡の追求なのかアイデンティティーの確認なのかというところだけにあったわけではない。もしそうであるなら、後者は結果として単なる謎解き小説に終わってしまっただろう。問題は、前者がナルスジャック言うところの「閉じた系」であるのに対し、後者が開かれた系をもたなければ本来の魅力を発揮しえないということにある。

つまり謎解き型推理小説は、結末で謎が解かれてしまえば文字どおり読者とテクストの間での応答関係は終わるのであって、結末が与えられてしまえば、そのテクストを読者に読み進めさせる力の大半は失われるのである。だからこそ推理小説の筋は紹介しないことが一つの原則にもなっているわけである。

「ルーモルグの人殺し」でいえば、前半の現場状況の「非常」な残酷さ、その犯罪がおこなわれたのが完全な密室であることをめぐる証言と実地検証などの描写がもつ衝撃力（情報がもつ構成力）は、「ヂュピン」の謎解きと、オランウータンの飼主の告白が与えられたあとにはまったく失われてしまうのである。謎解きをしようとする読者の想像力はここで失墜する。

それに対して「めぐりあひ」で、忍月が指摘していた諸場面はどうだろうか。確かに冒頭の領地での出会いやイタリヤでの出会いの描写、さらにあいびきの場面の描写などは、末尾の仮装舞踏会での「佳人」の告白によって、彼女が道ならぬ関係に落ちた恋人と出会っていたところだったことが謎解きされる。しかし、そのことが明らかにされても、なおこの自然やそのなかでの彼女の表情をめぐる描写の構成力は失われない。その理由は、読者が自らの想像力をはたらかせテクストの意味構成に参加すべき謎がまだ残っているからにほかならない。つまりその場面での「佳人」の内面、彼女の微妙な心情の揺れについては、ついに語られることはないし、一人称の表現主体が観察しえた範囲での表情、そしてその表情を読み解く徴（きざし）としての自然の姿は、依然として読者の想像力の参加を誘っているのである。

もちろん、一つの小説テクストが、閉じた系になるのか否かは、単に最終的な秘密を語るのか語らないのかだけで決まるわけではない。ある小説テクストの言説が、その作品の〈はじめ〉から〈終わり〉にかけての読書過程で、完全に消費されつくされてしまうエネルギーしかもたないのか、それとも末尾に至ってなお、意味生産のエネルギーを増幅させる機能をもちうるかどうかの成否は、小説世界に内在させられた表現主体の知覚力、観察力、分析力、喚起力（これらを総合して「感性」と言ってもいい）の質と、それを統御し全過程のなかで構成的な意味機能を果たせる〈作者〉の構成力の質にかかっていたのである。そしてそのような表現主体によっておこなわれる場面描写（それが景物であれ人物の表情、動作であれ）は、すでに単なる対象の再現ではなかった。読者にその場面を現前させる再現力はもとより、作品構成を促していくような象徴作用をそれらの描写は担わされているのであり、そこにこの時期の表現者たちの関心も集中していたようである。

一方が一人称、他方が三人称と人称は同一ではないが、饗庭篁村の『良夜』と嵯峨の屋おむろの『流転』[142]での描写を、石橋忍月は「境遇光景霊活精緻」であると同時に「意匠の麗、結構の大を妨げ」ないために評価し[143]、また依田学海は同じ二作品の細部の描写を分析し、その細部の何げない句が、筋の展開のなかで「対照」「照対」「照応」する点、さらには「四方八面に透徹する力」をもっていることを指摘し、そこに作品の表現を評価する基準をおいていたのである[144]。

このように小説の細部の描写を作品構成のなかで有機的に位置付けようとする同時代的な表現意識のなかで、同伴者的一人称はある有効な機能を果たしえたのだろう。なぜなら一方で同伴者的一人称主体は、作品世界に内在し、そのいま・ここを体験的に生きているために、いわば「実境」中継者[145]的に読者に対し場面の再現を可能にすると同時に、作品内で発生する主要な事件に対しては局外の傍観者であるためその本来の主人公が抱え込んでいる謎、事件の真相、それをめぐって形成されていただろう本来の主人公の心理といったものを、外化された現象を手がかりに解いていかなければならない主体である。

したがってこのような主体＝語り手は、作品に外在的な読者の意識にはたらきかけ、自己顕示的にメッセージを送るような言語の操り手としての側面を必然的に自己抑制し、逆に作品内的現象を読者に解読させるコード提供者としての役割を強く帯びることになる。同時にそのような言語は、それが読者に向けられた瞬間に一回的に意味を生産し消費されていく語りの場での言語から、前後の文脈を行きつ戻りつしながら、意味作用を「照応」させたり「四方八方に透徹」させたりするような意味の再生産、再消費（意味の生成）を促す記述の場での言語に質的に転換していくのでもあった。

　その意味で同伴者的一人称の手法は、作品の推理小説的構成とセットになりながら、この時期の表現者たちの注意を喚起していたのである。

小説の構成と読者の意識

　このような同時代的関心に最も敏感だった表現者の一人は、森田思軒だったと思われる。依田学海の『侠美人』に「自叙体」という方法意識から着目したのも彼だったし、それとの関連でディッケンズのサスペンスをはらんだ描写法に注目したのも彼だった。そして思軒が責任を担っていた「郵便報知新聞」の「報知叢談」欄には、こうした傾向をもった一連の作品が彼自身の手によって翻訳発表されることになったのである。

　たとえば、森田思軒をめぐる先駆的な研究を進めた藤井淑禎が、「『報知叢談』が明らかな変貌の兆を見せる」「嚆矢」[146]と評価する『幻影』はその代表的な例だったといえるだろう。藤井の要約を借りれば、「この作品はロンドンを舞台に、かつて見知らぬ家に迷いこんで殺人事件の現場に立ち会ったことのある盲目の青年（余＝ヂルバート、ボーガン）が、やがて何年か後に眼が見えるようになってから旅行先のイタリアで一人の少女（芳因麻智（ポーラインマーチ））を見初め、その少女との愛の成就がかつての殺人事件の真相究明につながるといったような内容の娯楽推理小説である」。

　この小説では、殺人事件の真相究明といった推理小説的構成と、兄を殺された現場を目撃したために記憶喪失になってしまった妻の失われた過去を究明することで、愛を確かめようとする恋愛小説的構成が結合され、そのことが同時に、盲目だったかつての自己の体験の真相を究明するといった、二重の（妻と自己の）アイデンティティー探しにもなり、さらにはその背後に同時代の政治思想の確執が現れてくるといった、重層的な作品構成が実現していたのである。

『幻影』は次のように始まる。

　余は今ま我か生涯に於て曾て一たひ閲みしぬる不思議の遭遇を述へんとするに今より之を考ふるも其の不思議の怪しげなる心憎きばかりにて殊に色々の諸不思議の中最も怪しき一大不思議は今に至るも尚ほ其由を明かにすること能はす之を憶ふも徒らに悚然として物怖ろしく心動き跳るのみ(147)

いまでもその謎が解けないような、過去の「不思議」な体験をめぐるわだかまりが、手記執筆の動機として提示されている。いろいろの「不思議」な遭遇とは、殺人事件の現場に立ち会うことであり、「芳因」との出会いであり、真相究明の過程での事件関係者との出会いである。そして「最も怪しき一大不思議」とは、この作品の題でもあるところの「幻影」体験、つまり妻の過去を探る過程で、殺人時間の現場を再び二人で訪れ、そこで事件当時盲目だった余が妻の手をにぎることで、事件当夜の光景がありありと顕現してくるという一種の交霊体験である。

　そして作品全体の構成からいえば、この「諸不思議」のクライマックスである「幻影」体験が、謎の累積から、その解読へ進む転換点となっていて、同時に、妻の過去を探る契機でもあり、視覚を失っていた闇の体験を「燐然として灯光画の如く明らかなり」といった状況のなかで追体験するという、不明から明への転換点でもあった。

　こうしたきわめて重要な場面であればこそ、周到な配置がされている。この体験を語りだす前に、一人称の語り手である「余」は再三、信じてもらえることではないから、できれば「此の一段」を「述へ」たくはないが、それでは「前後の続きわからさるため」「余義なく此を述ふるに至れり」と断っているのである。しかし、その体験を記述したあとには、次のような合理的な解釈が施されている。

斯る境に在りて斯る夢を見んことも自然の成行なりしなり、余は既に曾て一たひ此家にてありたりける恐ろしき悪事を知れり余ハ既に当時の悪事を芳因の如何にかして立合ひ傍観せることを推せり、加ふるに今夜起れる不思議の事芳因の俄かに戸外に走せ出てゝ一直線に此に走せ入りたる事芳因の突然の歌ひ出したる事余が当時戸外より立ち聞ける歌を突然歌ひ出し又た其の歌ふ声は恐ろしき有様にて突然止め罷めし事など一々其の怪々奇々に驚き激昂しつめたる余なれは其此の如き幻影を見るに至れることも強てあやしむべきにあらざるなり[148]

つまり、一種神秘的な交霊体験による「幻影」が、自己の心の内部に蓄積された一連の「不思議」の統合だと解釈されているのである。この一人称主体である「余」の断片化された体験の一瞬での統合は、同時にテクストをここまで読み進めてきた読者の意識での記憶の統合でもある。冒頭の表現と関わらせるなら、「余」が最もこだわっていたのはこの「一大不思議」であり、もちろんそれをまず語ってもよかったわけだが、もしそうするならまったくの作り話としか読者には受け取られないことを予期した、きわめて構成的な意識が、この表現主体の記述を促していたことが明らかになる。そしてそれ以後、話は急速にこの顕現した殺人事件の真相究明へと向かい、その背後にあった政治上の確執も同時に解明されていくことになる。

しかし、この作品ではそれはいわば付随的なものでしかなく、前述した「諸不思議」の体験の連鎖こそ、構成力の中心になっていて、確かに末尾の「余」と「芳因」の再会の場面描写を通して形象化される二人の愛の深化を読み取るうえで読者の想像力の参加がそれなりに許されているが、基本的にこの作品は閉じた系になっているといえるだろう。

それにしても、先に引用した「余」の「幻影」に対する解釈の部分を見ても明らかなように、この作品は逍遥や二葉亭が苦心していた「覗き見」（傍観）や「立聞き」の手法の限界、つまり、場面の真相としての意味を読者に顕現できないという限界を超える方法が、何よりも作品の意識的な構成にあるということを示すものになっていた。

しかし、森田思軒がめざしていたのはより高次のテクスト内的コードを形成するような表現だったと思われる。「幻影」に先立って「国民之友」に発表された「大東号航海日記」は、「幻影」と同じように推理小説的構成と恋愛小説を一体化したものだったが（しかし一人称主体は恋愛でも局外の傍観者である）、実はこの作品は、のちに同誌に掲載される「探偵ユーベル」のかわりに、徳富蘇峰との約束を果たす穴埋めに発表されたのである。

思軒の述懐によれば、「探偵ユーベル」の末尾の一文をうまく翻訳できなかったために、この時点では「大東号航海日記」を発表したということである。それだけ「探偵ユーベル」は彼にとって大切な作品だったのである。彼は言う「本篇は随見録の中に在て最長文字の一たり亦た余が最愛文字の一たり」。そしてその理由はこの作品が「怪奇史記に似た」ものであり、同時に「篇法に於て多く好処を見る」ものであり、「殆と小説の如」き話でありながら「事実一句の虚構なし」[149]といういわばルポルタージュ作品だったからである。

思軒の着眼点は鮮明である。彼はこの作品の推理小説的サスペンス、わけてもその構成法（「篇法」）に注目し、そしてなおかつ事実の記述である点に注目していたのである。そして彼がこだわっていた末尾の一文「然れはユーベルは空腹にてありしなり」（So Hubert has been hungry.）は、文字どおりこの作品の「一結」として、テクストの全体構成のなかでの伴示的・暗示的・構成的意味作用（コノテーション）を担っていたのである。

この作品はゼルシーでのフランスの亡命革命家たちのなかで当初急進的な闘士として受け入れられたユーベルという男が、実は権力のスパイだったことが審判の過程で明らかになるという筋立てになっている。そして一人称の主体である「余」（ユゴー）は、最初は一局外者として事件の経過を当事者から伝え聞き、それを要約する三人称主体として機能し、次に審判の場面ではそこに参加する実境中継者（同伴者的一人称）として克明な場面描写をおこない、ついにユーベルに死刑の判決が下ろうとする最も緊張した瞬間に立ち上がり、「探偵は卑しむべし人は敬すべし」と死刑に反対し、言論で権力と闘うことを主張する演説をおこなうのである（傍観者から主人公へ）。そして、それまで事件の経過に即していた表現主体が、最後に手記執筆時点での自己の心情を読者に提示する（回想的一人称）のが、この末尾の一文だったのである。

つまり、この末尾の一文をコードとしたときに読者は、ユーベルの犯罪が個人の罪というよりは、むしろそこに否応なく追い込んでいった「社会の罪」であること、さらにまた、先の死刑反対の演説が、単に政治闘争上の戦略ではなく、深い人間愛に根差したものであること、そして自分たちを裏切ったユーベルをなお経済的に支えていこうとする亡命革命家たちの「徳義」を象徴的に読み取るのである。逆に言えば、この一文は、作者ユゴーの読者に向けようとしていたメッセージの全体情報を総合したものだったともいえるだろう。

そのようなかたちで、この作品では、二葉亭が理想とした「一枝の筆を執りて国民の気質風俗志向を写し国家の大勢を描きまたは人間の生況を形容して学者も道法家も眼のとゞかぬ所に於て真理を探り出[150]」すような小説のあり方が実現されていたのである。

同伴者的一人称への方法意識

しかし、一つの作品での構成的意味作用をその作品に込める自らの主題との関わりで形成していくということは、この時期の創作者たちには困難な課題だったようである。いままでふれてきた諸作品はすべて翻訳小説であったわけで、『侠美人』は第二篇までで中絶している。むしろ一人称の手法の表層的機能である、心理の告白的な表出、克明な場面描写だけに引き付けられてしまうような到達点にとどまらざるをえなかったようで、山田美妙の「ふくさづゝみ」や「この子」での実験は、その代表的な失敗例だったと思われる。

「ふくさづゝみ」は、ある日「美妙斎」のもとに来た「二十一二」の貴婦人が語った「一ツ」の「事実」を書くという設定で、病弱の父親をもつ貧しい少女が、家の前でふくさづつみを拾い、それを返すか否かで悩み、落とし主のところへ持っていったあと、その娘と近づきになり、彼女の援助で親の病も治るといった前半と、その良家の娘の本意ではない婚約者との関係を傍観する後半部といった、告白的一人称と同伴者的なそれを結合したような作品である。

拾ったふくさづつみを返すか否かをめぐって罪の意識にさいなまれる前半の告白的な部分は、それなりに一人称の特質を生かした表現になっているが、それ以後の展開では構成も表現も一種の破綻をきたしてしまっている。そのことは同時代の読者にも見破られてしまったようで、この作品の後半（構成の転換点）で美妙はこう弁明している。

> ある淑女から美妙斎の「ふくさづゝみ」につき、下の御忠告が有りました。「ふくさづゝみ」の園子の口から全体の説話はヽじまツて（ママ）居るのに、時には其口吻の中に擬人法が沢山あることも有る。「是ヽ事実上不都合でヽ無いか」。と併し、それがために美妙斎ヽ之を直接の語体で無く、いはゆる地の体で書いたのです。すなヽち園子の言葉が美妙斎に入ツて美妙斎がそれを介錯して再度あらはしたのです。それならば擬人法が有ツても不都合な訳はありますまい。[151]

「淑女」の批判は、女主人公の回想談であるにもかかわらず、「擬人法」のようなレトリックが使われているのは不自然だというものだった。それに対して美妙は、直接彼女の談話を写しているのではなく、一度作者のなかにそれを取り込んで再表出しているのだから不自然ではないと答えているのである。やや苦しまぎれと言えなくはないが、実は一人称表現にまつわる表現主体の二重化をそれなりに自覚しつつあった表れだろう。その証として、彼は文体が「地の体」だと主張している。

確かに、冒頭の場面での園子の文末は、「です・ます」「厶います」といった敬語表現になっているのに対し、あとの一人称主体の文末表現はすべて「た」というかなり不自然なかたちで統一されている。つまり美妙は、本来の口語的台詞と、それが地の文化したときの機能を区別する段階にはあったということである。

しかし、「淑女」が指摘するような「擬人法」は、この弁明以前のテクスト全体のなかにそれほど「沢山」あったわけではない。比喩的な言い方はいくつか見られるが、純粋に擬人法が表れてくるのは、ふくさづつみの落とし主杉野直子が園子の家を来訪するくだりの「門口の溝板に取次を為せて」以後、つまりふくさづつみを返すか否かをめぐって良心の呵責をめぐる告白が終わり、話の中心が直子という優れた「淑女」に移った段階に表れてくるのである。その時点では、一人称の語り手園子は、告白者から直子の同伴者・観察者へと転換しているのである。おそらく園子の作品構成上の位置の転換が、なかば無意識のうちに美妙のなかでの表現意識の転換を促していったのだろう。そのなかでより「地の体」化した園子の語りは、美妙得意の「擬人法」的表現の自己顕示の場を提供することになり、逆に一人称主体の作品内的場面に拘束されているための意識の臨場性は失われていくことになる。先の弁明以後の作品の展開は、園子と直子、それに直子の婚約者である宮雄との会話場面の描写という従来の方法へと後退し、宮雄の「虚飾の性質」が暴かれていくことになる。

そうした展開につれ園子の語りは、たとえば「宮雄とかいふ、猫の啼声のやうな人」といった比喩や、「あらはれた、此処に化学者が」「あらハれた、今度は髪結の博士が」という語りかけなど、作品世界内部の論理に必然的な意味作用を志向するよりは、むしろ作品外的な読者に向かって自分の「見立てや巧妙な言い廻しを自己顕示するもの[152]」に変わっていったのである。

したがって、作品構成との関わりでは語り手は何も園子である必要性はなくなっているわけで、実際宮雄を揶揄するあざとさは、前半でふくさづつみを返すか否かで悩んだ人物と、とても同一とは思えないものになってしまっている。この段階では美妙の表現意識は、同伴者的一人称主体の意識や感性の特質を作品構成のうえで生かしていくという方向には進まなかったわけで、告白的主体から同伴者的それへの転換は単に作者の対読者的（作品テクスト外の）表現意図と癒着するだけに終わってしまったのである。

「この子」は、より推理小説的構成をもった作品だった。自らを「私は医者で、何でも物を丁寧に見たり考へたりするのが私の性質です」と自己規定する男が、結婚を目前にして婚約者のスキャンダルを暗示する匿名の手紙を手にし、同封されていた婚約者の写真とその裏に記されたメモをめぐって疑惑にかられてしまう。そして、その疑惑を解こうとしていろいろと奔走するが、ついに結婚式当日に差出人不明の手紙が再び届くことで、すべてがいたずらだったことが明らかになるといった設定の作品である。

写真を使ったトリックは、すでに逍遥の「松のうち」[153]で実験済みだが、この作品の主眼は、婚約者(八重子)のスキャンダルをめぐる疑惑に翻弄される男(桃井)の心理の曲折におかれている。冒頭で、一人称表現主体の観察力と分析力が強調されているのは明らかに謎解き小説の常套であるわけだが、しかし、それらは必ずしも厳密に前記の作品の構成と結び付けられていたわけではない。むしろ筋の構成から逸脱し、それ自体として独り歩きする傾向をもっていた。

本来謎解き小説でのある作中人物の観察力と分析力の鋭さは、たとえばデュパンのように謎を解くためにこそ与えられているのである。それが「この子」には桃井の観察力と分析力は謎解きにまったく役立たず、ただ景物描写の皮相なレトリックにだけ用いられているのである。謎をかけ謎を解く筋を構成するのは、彼の観察力と分析力ではなく、外部から与えられた差出人不明の手紙(実は婚約者八重子の友人である越谷令嬢だと暗示される)なのである。

こうした点への批判は同時代批評ですでになされていて、たとえば嵐山人は「都の花『この子』」で次のように批判している。

著者は初めに主人公桃井を目して「性質綿密」と言はれたり而して徹頭徹尾綿密といへる特異の性質を現はさんと尽力されたるものゝ如し然れども卑見を以ツてすれば主人公の動作意志は「綿密」の反照に非らずして「不決断・躊躇」等の現影なるが如し、(略)著者は「綿密」の人物を写さんと欲しながら「浮動」の思想行為を以ツて全篇を貫通せしめたるは何故ぞ是れ著者の一大失策には非ざる乎(略)本篇の行文は非常に

文離渋滞の気味ありて流暢自在の風味全く消失したるの憾あり故に地の文中凹凸多くして読者の眼光屢々蹉跌す[154]

嵐山人の指摘は、美妙の表現の欠陥を本質的に見抜いている。彼が言う「綿密」と「不決断・躊躇」の分離は、そのまま一人称表現での傍観者的側面と告白的側面の分離にほかならない。つまり本来、筋の構成に関わり、事態の真相究明に関わるべき「綿密」な観察力と分析力が、自己の感情や心理の動きを克明に観察・分析する方向へ流れ、一つの意識の動きを過剰に意味付けることで逆に「不決断・躊躇」の印象を読者に結ばせることになってしまったのである。しかもその観察力・分析力を表現する言葉の選択も。何ら作品構成に必然的なものではなく、むしろ読者に自らの見立てを誇示する方向に逸脱していったのである。

嵐山人があげている「凹凸」の例を借りれば、「街灯の光りのわるさ、退場の鐘を待つ学校生徒の顔附きよろしくといふ工合」といった表現があげられるだろう。これはあとの文を見れば朝の光のなかで街灯の光が「ぼんやりと」「仕方なささう、否々さうに真面真面として居るばかり」に見えることを比喩したものであることがわかるが、ここで「学校生徒の顔」が出てくる必然性はまったくないのであり、なおかつ街灯の光をめぐるこうした描写は、そのすぐあとにくる「さはやかな朝風！」といった表現主体の心理ともまったく無縁であるばかりか、逆に矛盾するのである。まさにこの描写は読者の意識のなかで言葉をめぐるイメージの連鎖を「蹉跌」させてしまう機能以外何事も果たしていない。

もちろん一人美妙だけを責めるわけにはいかない。こうした表現の到達点は、ある時代の表現意識それ自体の成熟と不可分のものだからである。優れて分析的な批評を展開していた忍月でさえ、自らの作品（『露子姫』など）では、美妙と同じレベルの表現しか実現しえなかったのである。

この時期の表現者たちの関心が、創作での表現として一つの結実を見るには、やはり森鷗外の初期三部作『舞姫』（告白的一人称）、『うたかたの記』（場面に内在する無人称）、『文づかひ』（同伴者的一人称）を待たなければならなかった。しかもこうした創作を実現していくうえで鷗外は、あらかじめ、「緑葉の歎」(155)「戦僧」(156)といった末尾の一句からテクスト全体が逆照射され新たな意味を帯びる作品、「珠を懐いて罪あり」(157)といった推理小説、さらに体験談を作者が再話するかたちをとった「洪水」(158)など、一連の構成そのものが新しい意味を付加する作品を翻訳していて、「明治二十二年批評家の詩眼」(159)といった文体・主題・構成全体を包括した同時代の表現意識の整理をおこなっているのである。

　鷗外の初期三部作は、多分に彼の実生活に引き付けられすぎて読まれているが、そこで選ばれた文体が翻訳小説とは異質なものだったことも含めて、同時代の表現をめぐる方法的な模索のなかで再評価される必要がある。すでに一定の構成が付された翻訳小説では言文一致体を行使できても、創作での実践的な表現過程では、常に潜在的な聞き手（表現過程の時間の流れにだけ即した意味作用を実現する読者）を意識下にもってしまう。そのために創作主体の意識を、テクスト内的な意味の構成よりむしろテクスト外的な意味の構成に（読者への自己顕示と共有文化へのもたれかかり）逸脱させてしまうことを抑制できず、より記述的な文体が選ばれていたと考えるのはいきすぎだろうか。優れて構成的な作品を発表した森田思軒の文体に、鷗外の文体が近似しているのは、こうした事情の半意識的な反映だと思われる。その森田思軒は、鷗外の『文づかひ』を評してこう述べていた。

> 全体の妙はイヽダ姫の境遇を従頭正面より描かずして一に日本士官小林の耳目中より側写せるに在り故に姫か苦心の顛末は唯た収尾なる王宮夜宴の段に至て始てこれを審かにするを得前半篇にありては読者ハ小林とともに折り〱様子ありげなるを疑ひ思ふのみ是等の手法は平生西洋の小説若くは物語に熟せる者に非されは輒すく悟到する能はざらん(160)

　少なくとも、同伴者的一人称をめぐるこのような方法的な共通認識は、この時期には形成されていたのである。のちの近代文学研究者に比べても、この時期の表現者たちは自らが操る言語に対して方法的な自覚をもっていたのであり、そうした認識を媒介にしてはじめて、一つの時代の表現史を構築することができるのである。

4 〈語り〉と物語の構成――構成論の時代／四迷・忍月・思軒・鷗外

表現意識が先鋭化する時代

二葉亭四迷の『浮雲』ほど、一つの作品のなかで同時代の表現意識の展開を誠実に担い、その表現過程を通して可能なかぎりの模索がおこなわれた〈小説〉はなかったといえるだろう。本書第2章では『浮雲』執筆（一八八六年）に先行する諸ジャンル、そしてロシア文学とその理論との関わりのなかで、この作品の冒頭に登場させられた「無人称の語り手」[161]の位置を分析したが、ここでは、『浮雲』第二篇から第三篇に至る中断期（一八八八―八九年）に焦点を当てながら、一人の表現者の変革過程を、同時代の集合的な表現意識のなかで跡付けることにしたい。

一八八九年から九〇年（九一年初頭も含む）にかけては、〈小説〉という新しいジャンルそのものの性格をめぐって、具体的な実験と理論的・方法的模索が一気に噴出したといえる。それらは一連の新しい雑誌の発刊とも絡みながら、一人称小説ブーム、推理小説仕立ての作品や、夢や半覚醒（意識と無意識の間）の状態を描くことの流行といった新しい文学現象を生み出しながら、同時に小説改良論、小説文体論、言文一致論など新しい批評の課題をも顕在化させていったのである。巨視的に見れば、この二年余は〈小説〉に対する読者の関わり方が、「音読から黙読へ」[162]と急旋回するなかで、その表現と構成をめぐる方法的自覚が急速に形成されていった時期だったといえるだろう。

二葉亭四迷は『浮雲』第三篇の執筆をめぐり名実ともに逍遥の影響圏内から抜け出し、独自の課題を抱えながらいわゆる「文学放棄」へと向かい、また坪内逍遥は旺盛な批評活動のかたわら、「松のうち」「外務大臣」[163]といった実験を経て、『当世書生気質』や『妹と背かゞみ』で実践した『小説神髄』の方法を転換しながら、「細君」（一八八九年一月）執筆後〈小説〉を断念することになる。森田思軒はその主要な発表の場を「郵便報知新聞」（以下、「報知」と略記）から「国民之友」へ移行させながら、一連の探偵・推理小説、空想・科学・冒険小説から、心理性や社会性が強い小説の翻訳へと転じ、その批評の主題も文章の外形から、そこに込められた創作主体の「思想」[164]や「趣味」[165]へと重きがおかれるようになり、「其文が字々皆な真に執筆者の脳髄の最後の底より出て個々深く紙上に食ひ入りたるやうな」[166]表現を理想とするようになるのである。[167]森鷗外は周知のとおり、帰国三カ月後の一八八九年（明治二十二年）初頭から、批評・戯曲・日記・詩・小説（翻訳）といったあらゆるジャンルに関わる文学活動を精力的に開始した。それらの表現はこの時期に可能なあらゆる文体（漢文体から言文一致体まで）を駆使したものであり、その一つの到達点として『舞姫』などいわゆるドイツ三部作を結実させたのである。この一見異質な表現者たちの営為のなかに、実は同時代の表現意識をめぐるある本質的な問題が底流していたのである。

局外者による傍観と観察

『浮雲』第三篇を書きあぐねていた二葉亭は、表現過程と筋（ストーリー）、作中人物の台詞と地の文、作中人物の認識野と表現主体を媒介にして、読者の側に結ぶ意味といった諸要素を有機的に統一して、いまだ言語表現としては意識化されていない創作主体の表現意図をどのようにして表出するかという、文体と構成をめぐる難問に突き当たっていた。このことについていままで提出した私見を整理すれば次のように言うことができる。

まず作品世界に内在し、それを読者に伝達する「無人称の語り手」の「立聞き」と「覗き見」に即した現在進行形の表現過程では、筋（ストーリー）が構成できなくなってしまったことがあげられるだろう。第一篇では、語り手の文三・お勢・昇に対する揶揄的で冷笑的な語り口が、彼らの対話を読者に意味付ける枠組みとなり、文三とお勢のなれそめから、文三の免職を契機とした昇のお勢への接近といった筋を展開させることになる。また第二篇は、文三が知らないところで進行する昇とお勢の関係（会話場面）が、文三の身勝手なお勢への思い入れ（独白、地の文）を相対化し、逆に園田家の奥座敷から排除された文三の、嫉妬と憎悪と侮蔑のまなざし（独白、地の文）が、彼と語り手の「覗き見」と「立聞き」によって把持される、昇とお勢の戯れを相対化するという二重構造になる。そのなかで語り手は、作品世界の対象を自らの主観性（読者との共感に支えられた）によって意味付ける主体から、一方では会話場面をありのままに伝達する主体として析出される。他方文三と共犯関係を結び、「覗き見」と「立聞き」に立ち会い、かつ彼の心情を代弁するという引き裂かれた主体に変貌する。したがって語り口調からは、当初の揶揄的で冷笑的な調子は次第に消えていくことになる。なぜなら語り手が自らの主観性を介在させなくとも、文三の心情を捉えることが、読者の意識には昇とお勢への批評として作用し、昇とお勢の会話を捉えることで、文三の恋着が思い込みにすぎないことを読者に暴くことが可能になったからである。この段階では会話場面と文三の心情との構成的配置が筋の展開を促していくことになったといえるだろう。

しかし第二篇第十二回で文三とお勢が決定的な破局を迎えることで、事態は一変する。お勢が文三に「本田さんは私の気に入りました」と宣言し、「自分の己惚で如何な夢を見てゐたつて人の知た事ちや有りやしない……」と批判することで、これまで語り手と読者が文三の心情を相対化していた枠組みは彼自身に突き付けられ、「もしや本田に」という彼の疑惑も否定的な否定的な方向で解消されることになる。しかもお勢が絶交を言い渡すことで、それまで文三を園田家に引き付けていたお勢と話し合うという期待も、客観的には打ち破られてしまうのである。したがって語り手（読者）の認識と文三の認識のずれも、また文三の心のなかでの現実のお勢と理想化された彼女の像のずれも原理的には解消するはずなのである。これまで筋を展開させてきた構成力はここでいったん失われることになる。

だからといって、二葉亭はここでこの作品を終わらせることはできなかった。なぜなら文三のお勢への恋着は、制度的な価値体系（官職）からも、そして社会的な価値体系（園田家）からも排除された彼にとって、いわば唯一の人間としての存在価値を証明する手段だったからだ。そこで二葉亭は、新しい構想を模索せざるをえなくなり、「くち葉集」の末尾に一連のプランを書き残したのである。六種類の構想メモの共通項のなかで最も重要だと思われるのは、昇とお勢の恋愛関係の深化を決定的に裏付ける二人の「媾曳（あひゝき）」の場面があることであり、その後文三が「失望（Despair）」するという設定だろう。

しかしこの構想の具体的な表現として実現することは、第一篇から第二篇にかけて二葉亭が獲得した方法の延長線上では不可能だった。すでにふれたように第二篇までの語り手は、読者とともに会話場面に立ち会う主体と、文三に寄り添い彼の心情を代弁しながら「覗き見」し「立聞き」する主体とに分離していて、そのいずれか一方をとることでは、昇とお勢の「媾曳（あひゝき）」を文三に目撃させ、お勢との「恋」が自ら作り出した「妄想」でしかないことを認識させ、同時に昇との恋が最終的にお勢が捨てられるという結末になることを読者に提示することはできないのである。

もし読者とだけ場面に立ち会うなら、文三に決定的な「事実」を突き付けることができず、妄想は肥大しつづけることになる。また文三に即して「媾曳（あひゝき）」に立ち会うなら、彼の嫉妬と憎悪に狂わんばかりの心情は描けたとしても、目の前で繰り広げられている昇とお勢の会話の客観的な意味（文三は局外者にすぎず、かつまたお勢が昇に捨てられるだろうこと）は文三の意識のなかには構成されず、彼は本来の意味での自己認識を獲得することはできないのである。第三篇を執筆するためには、どうしても構想にふさわしい語り手の表現位置と文体を創出しなければならなかったのである。

おそらく以上のような問題意識から二葉亭はツルゲーネフの「あひゞき」[168]と「めぐりあひ」[169]の翻訳を手がけたものと思われる。従来この二つの翻訳については、吉田精一[170]に代表されるように、のちの「自然主義文学」的な観点から、その自然描写の細緻さだけが注目され、この時期に特有な二葉亭の小説文体への関心のあり方や、同時代の表現状況との関わりは無視されてきたように思われる。しかし「あひゞき」と「めぐりあひ」には、「自然主義」的な「描写」の観点からは決して掬い取ることができない、重要な構成上の共通点がある。

一つは両者とも一人称小説であり、しかもその一人称の主体（作者ツルゲーネフを想起させる人物）は筋（ストーリー）のうえでは主人公ではなく、局外者の立場から傍観し観察する主体だということだ。二つめの共通点は、この一人称の表現主体が目撃し読者に報告するのが、見ず知らずの男女のあいびきの場面だということであり、三つめはあいびきする男女の男性の側に、一人称の主体があらかじめ反感をもっていて、女性の側には好意をもっているという点である（一人称の主体が男性なのだから当然といえば当然だが）。そして四つめの共通点は、あいびきの結末として女性のほうが捨てられるという設定である。もちろん「あひゞき」の女性は農家の娘で、「めぐりあひ」のほうは貴族の女性であるのだから自ずから異質な作品ではあるが、『浮雲』第三篇の構想に引き付けたときには以上のような諸点が浮かび上がってくるのである。

しかもこの二つの翻訳とほぼ前後する時期にあたる、一八八八年（明治二十一年）九月八日の文学研究会への招待があったことを記録した前後にある「くち葉集」の記述を見るとき、二葉亭の関心はいよいよ鮮明になる。そこには二葉亭が自ら影響を受けたとのちに告白するところの、ゴンチャロフの『断崖』が断片的に訳されており。それらの断片は主人公ライスキーが、ヴェーラとマルクのあいびきを目撃するというクライマックスを準備するいくつかの場面だったのである。さらにこれらの断片の間に「只の地の文はかきにくしとも思はねど、心の事またはけしき事を書くは大骨なり、さる文章は抑揚頓挫なければ平板となりてはけしき事もをたやかに聞ゆれべなり、和文ハ助にならず、漢文の語勢はさる文章にハかつこうなるべし」というメモがあることを考え合わせると、この時期二葉亭が一連のロシア文学の翻訳を通して獲得しようとしていたのは、昇とお勢の「媾曳（あひゝき）」を文三に目撃させる場面を描く方法、なかんずくそれを捉える地の文の文体と語り手の表現位置だったことはまちがいない。

「めぐりあひ」の文体における「主」と「客」

では、二葉亭がツルゲーネフやゴンチャロフの作品のなかに見いだしたのはどのような方法だったのか。「あひゞき」と『断崖』についてはすでにふれたので、[171] ここでは「めぐりあひ」に限って分析したい。この作品でのあいびきの場面は、たとえば次のような表現で捉えられていた。

①他愛もない②微笑を――③深き喜びから出た④微笑を⑤唇の辺(ほとり)に⑥ボンヤリ含ましてゐた、⑦打見た所は、⑧あまりの嬉しさに⑨力抜けがして、⑩些しぐたりとした気味で、⑪咲いた花の⑫重みに折れた⑬茎の⑭趣が何処にか有ッた、⑮また両手とも⑯力なげに⑰落してゐた、⑱片手へ――⑲並んで行く⑳男の㉑手の中(うち)に、㉒今片々へ――㉓馬の領髪(えりがみ)の上に。自分は婦人を熟(よ)く視ておいたが、男をもまた其通り……（略）婦人を眺めて楽むでゐた、罰当り奴、且つ非常に得々とハしてゐた、ガさのみ感動ハしてゐぬやうで、さのみ難有(ありがた)くも思ッてゐぬやうで、さやう、難有くも思ッてゐぬやう……で（略）白地(あからさま)に云へば、自分は羨かッた！[172]

Неопределенная, ①младенческая ②улыбка――④улыбка ③глубокой радости ⑥блуждала ⑤на ее губах; ⑦казалось, ⑧избыток（省略）счастья ⑨утомлял и как бы ⑩надломлял ее слегка, ⑭вот как ⑪распустившийся цветок иногда ⑫надламывает свой[173] ⑬стебель; ⑮обе руки ее ⑯бессильно ⑰лежали; ⑱одна――㉑в руке ⑲ехавшего с ней ⑳мужчины, ㉒другая――㉓на холке лошади.

のちに自ら「コンマ・ピリオドの一つをも濫りに棄てず[174]」と述懐しているように、ここでは句読点はすべて原文と一致している（セミコロンには「。」があててある）。さらに引用部の第一文の語順を原文と比較してみたが、いくつか日本語としてやむをえないところを除いては、ほぼ原文と一致しているのである。しかしここでは何も厳密な逐語訳だったことを強調したいのではない。重要なことは、この場面ではこの言葉の配列と句読点で区切られる文(センテンス)のまとまりそれ自体が一つの意味作用をもっていて、そのニュアンスを出すためには、どうしても語順の配列と文(センテンス)の区切りそのものを再現しなくてはならなかったということである。

　引用部は「自分」のまなざしが、幸福の絶頂にある女性の表情から彼女の手が委ねられている男性へと転換するところだが、この前の部分は「幸福の重みに」「頭を垂れ」、黒色の瞳を「金色」に輝かせる女性の表情が描かれていて、そこにはまったくといっていいほど陰りは感じられない。しかし引用部でその「頭を垂れ」ている様子が「咲いた花の重みに折れた茎」に例えられることで一種不吉なイメージが加味されるのである。もちろんそうした例えは、「自分」の主観的な感性の働きからくるものではあるが、作品全体の構成から言えば、末尾で明らかにされるこの道ならぬ恋の不幸な結末の伏線になっているのである。

さらに引用部の後半部で描かれる男性の表情は「罰当り奴」という直接的な表白に表れているように「自分」の「羨かツた」というきわめて主観的な思い入れに彩られることで、不誠実な男だという印象を結ぶものになっている。ここだけでいえば、単なる嫉妬からくる身勝手な見方ということになるが、全体の構成のなかで読み返すと、末尾の仮装舞踏会の場面で、新しい恋人を伴いながら「自分」と謎の女性を「見てゐられぬほど」の「無体な冷笑」で見返す男の表情と呼応することがわかる。

ここには、厳密に対象の細部を再現しようとする描写があるわけでも、純粋な心理描写があるわけでもない。表現過程に即した意味（言語の線的連鎖が形成するイメージ）から言えば、謎の男女のあいびきを垣間見た一人称の表現主体である「自分」の主観的心情に彩られた描写が、全体の構成（作品全体の言語表現が、一つの面として形成するイメージ）のなかでは、垣間見られた男女の、わけても不誠実な男に捨てられる女性の哀切な運命を意味する描写に転換していくという意味の多様性がこの表現の魅力を支えているのである。いわば見ることそれ自体の記述のなかに、作品の筋を展開させる劇的な構成力が内在されていたといえるだろう。

しかもこのような描写は、一人称の表現主体である「自分」が、謎の男女の恋に対して局外者だという設定のもとにはじめて可能になるのである。なぜなら、恋の当事者だったなら、そのまなざしを通して、筋の展開（謎の女性の道ならぬ恋とその破局）を促すに必要な伏線となる細部の特徴を見ている対象から取り出し、それを読者に提示することはできないからである。おそらくそのような主体の感性は、嫉妬と憎悪にかられた自己の心情吐露に傾き、とても冷静に対象を観察し分析する機能はもちえないし、ましてや読者の側に構成の力によって書かれていること以上の意味を喚起することはできない。ここに「めぐりあひ」の語り手と『浮雲』の文三に寄り添う語り手との決定的な違いがあったといえるだろう。

しかし、一方で、この一人称の語り手が、単なる冷静な目撃者ではないことにも注意しなければならない。彼は積極的に謎の女性を追い求め、彼女の美しさに引かれ、最終的には彼女と出会い、直接秘密を聞き出す存在でもある。ここにツルゲーネフの小説での局外者である一人称の語り手の基本的性格がある。語り手は一方で作中人物・事件をその鋭敏な視覚で観察し、分析・批評する主体であると同時に、他方安井亮平が指摘するように「奇怪な人物や事件に出会って疑惑をいだき、その謎を追求し解明していく、その中で彼自身もいろいろな経験を積み、人生の真実に触れ、人生の悲哀を知る」[175]という、一種人生の探偵とでもいうべき存在なのである。この語り手の二重性が巧みに統一されたとき、つまり彼のまなざしに捉えられた人物や事件の細部をめぐる描写が、過不足なくその謎解きに生かされたとき、ツルゲーネフの作品は生き生きとしたものになるのである。

「めぐりあひ」で一人称の語り手が果たしている機能をきわめて方法的に読み解いたのは石橋忍月だった。彼は梅檀生の署名で「国民之友」にこの作品の書評を載せているが、そのなかに次のような指摘がある。

> 本篇は表面より見る時ハ只著者が（原作者ツルゲーネフを指す以上之に倣ふ）名も知らず素性も知れぬ一佳人を屢々瞥見せし有様を写せしに過ぎず然れとも之を裏面より検査する時ハ一佳人人目を忍びて或る艶郎とあひゞきするの状及び佳人終に艶郎の為めに捨てらるゝの状躍然紙上に溢れて無限の味あり而して其最も価値あるの点ハ本篇の主となるべき佳人客となり却ツて客となるべき著者主となるに在り之を別言すれハ形となるべきもの影となり影却つて形となる在り本篇を読む者謂ふ其形を見ずして其影を見よ其外を見ずして其内を見よ本篇ハ是れ容貌愚なるが如き君子なり内に深く蔵する所あり殊に本篇の主人公（即ち佳人と艶郎を観察する著者）の心既に佳人に傾き佳人を慕ふに至つてハ絶妙中の最絶妙予は其筆法の霊活なる驚服せずんばあらず一佳人に心ある人と心無き人とをして一同に其の佳人の挙動を観察せしめハ熟か精熟か粗なるや其精ハ有心に在ることを知らば亦た本篇の用意尋常ならざるを伺う可し[176]

忍月はかなり正確に「めぐりあひ」での語り手＝表現主体の機能を意識化しているといえるだろう。まず彼はテクストの意味作用が、「表面」と「裏面」という二重構造をもっていることを指摘している。「表面」の意味とは「名も素性も知れぬ」謎の女性を何度か垣間見た様子を写したものであり、「裏面」の意味とは、謎の女性が道ならぬ恋に落ち、ついには相手の男性から捨てられるという顛末である。忍月の分析を読者の意識に置き換えて考えるなら、「表面」とはテクストの〈はじめ〉から〈終わり〉に向かって流れる時間、つまり表現過程に即して漸時形成される意味であり、「裏面」とは〈終わり〉で与えられた表現（この場合謎の女性の告白と新しい女性を連れたかつての恋人を目撃してしまった彼女の「自分」に向けられたまなざし）を媒介にテクスト全体を逆照射することによって形成される意味、語り手と読者の記憶を同時に再編成することによって与えられる構成的な意味である。

次に忍月は、本来この作品での事件の主人公であるはずの謎の女が「客」になり、逆に局外の傍観者である筆者（一人称の語り手）が「主」になっているという点に注目し、こうした設定が「最も価値あるの点」だと評価している。しかも、この一人称の語り手の謎の女性を「観察」するまなざしが単なる傍観者のそれではなく、「有心」すなわち「佳人に傾き佳人を慕ふ」ものであるために「最絶妙」の「筆法」だとしているのである。そのうえで忍月は、この作品の読者に「形」や「外」を見るだけではなく、「影」と「内」をこそ読み取るべきだと要請している。思うに彼は、一方で事件の主人公というよりは局外者の傍観者、事件とそれに関わる人物を観察する主体であり、他方で事件とその人物に強い関心と好奇心を示し、謎に包まれた事件の真相と人物の正体を追い求めていくような二重性をもった主体によって作品の地の文を統一することで、はじめて構成的な意味を読者に伝達することができることを意識化しはじめていたのである。ちなみに忍月が高く評価していたのは、すでにふれた「林中騎行の婦人の形容及び駆出したる男女を目送する所」であり、謎と不吉な予感を高める「老僕縊死の話」であり、構成的な意味転換の契機となる末尾の「仮面舞踏会に於て例の婦人が著者の手を取つて彼の艶郎と暗に相逢ふ所」だったのである。いずれも、構成的意味が重要な機能を果たす場面である。

忍月のような読み方は、ジュリア・クリステヴァが言う「文学におけるイメージ形成の（線的ではなく）面的なモデル」に気づき、文学テクストにおける言語の「シンボル機能の働きを、ダイナミックな標として、意味を表現するというよりも作り出す」[177]ものとして捉える、「黙読」する読者の登場を明確に宣言するものだろう。

自ら意味を生成する読者

忍月が獲得していた方法意識は、決して彼だけの突出したものではなく、むしろ同時代の共通した関心に支えられていたといえるだろう。一人称表現が必ずしも自分の過去を告白したり物語るためだけの手法ではなく、作品世界に内在する一人の局外傍観者として、「客」の位置から作品世界を読者に伝達し、それゆえの臨場感を獲得しうることをいち早く指摘したのは森田思軒だった。すでにふれたように、彼は「小説の自叙体記述体」のなかで、依田学海の『侠美人』[178]が「和漢」の小説に稀有な「自叙の体」で書かれた画期的な作品だと評価しながら、その魅力が、作品世界内の「某の場合某の境遇」に拘束された主体であるために、読者に対しては「恍然神馳せて現に之を目睹する如き」[179]印象を与えるものであることを明らかにした。そしてこの作品では、「余」（依田生）を一人称の語り手としては「主位」におきながらも、物語られる事件との関わりでは、「賓位」からこれを観察する主体である点に着目している。

確かに『侠美人』の筋を展開させる主人公は一人称の語り手ではなく、細谷小三郎という謎めいた「奇士」であり、彼の恋人である女丈夫清水清子である。「余」はこの二人に同伴しながら、彼らをめぐる事件のなりゆきを直接観察したり、また他者から聞き伝えの情報を再話する主体として機能しているのである。しかも「余」は、普通の漢学書生とは発想方法がまったく違う細谷に並々ならぬ好奇心を抱き、いわば彼に心を「傾け慕」ってもいるのである。

さらに興味深いのは、その依田学海が、忍月や思軒と同じ関心から坪内逍遥の『細君』の方法を分析していることである。

余かつて春の舎君の説を聞く尋常の小説の佳人思婦の容貌性情を写すに直に其人に就きて筆を下すがゆゑにその言ところは巧にして尽せるが如しと雖も全その人の身上を離れて識らず知らさる境界に及ぶの妙を見ず若他よりしてこれを模写するときはその人の意想の外に出て反て直にその人を写すよりも真情を得べしと余深くその説に服しもて確信とすこたひの細君一篇はその自説をもて筆を執られたりと見えて妙いふ可らす巻首に主人公を説かすしてまず小婢の心情を説き然してのちその眼中と意中より一個の細君を描き来る以下ますくその精密を加えて細君の心情見るか如し[180]

学海は逍遥自身が語った方法論として、「直に」「性情」を写すのではなく第三者である「他」から作中人物を写すときのほうがかえって「真情」を得られることを紹介する。そして『細君』が小間使いの少女のまなざし(「心情」「眼中」「意中」)を通して細君の心情を捉えていることによって、あたかもそれを見ているような印象を結ばせるのだと分析している。しかものちに、この小間使いが、十四歳でわけがわからないために、変に過剰な観察をせず、かえって現実感があるとも指摘しているのである。いずれにしても、関心の中心は一人称であれ無人称であれあるいは三人称であれ、作品世界に内在する語り手を局外の観察者の位置におき、その意識と感性に即して作中人物を捉えることが、かえってその人物の心情を読者に髣髴とさせるというところにあった。

こうした同時代の方法的関心を、きわめて明快に整理していたのが森鷗外だった。鷗外の「明治二十二年批評家の詩眼」[181]は、この時期の〈小説〉というジャンルをめぐる諸議論を網羅的に扱った意欲的な論稿だが、いままで述べてきたような方法をめぐる議論についても興味深い指摘がいくつかある。彼は先にふれた忍月の「めぐりあひ」評、また尾崎紅葉の『風流京人形』に対する忍月の評をあげながらこう述べている。

客を細写して人に主を推知せしむるは奇なり、されど客をのみ描きて主を忘れたらんやうなるは悪しといふことならむ余等も亦思ふ、正写は常にして側写は変なり変は即ち時にこれを用ゐて妙ならぬにあらねど時として又た其弊に勝へざることあり(182)

鷗外の整理によれば、作品に内在する局外の観察主体による描写法は、「客」を「細写」することによって、本来描かれるべき「主」を読者に「推知」させるものであり、彼はこれを「側写」と名付けている。このごく簡単な説明は、この方法の急所を言い当てている。「側写」による作品世界の提示が、読者をして必然的に「推知」に導くために、作品の表現過程は推理小説的なサスペンスをはらんだ、一種の謎解きの過程ともなる。「めぐりあひ」がそうだったことはすでにふれたが、それはまた「あひゞき」や『断崖』の断片にも通じることであり、そうした試みのあとに書かれた『浮雲』第三篇も、お勢の態度が急に変わってしまった真相を文三と語り手が探っていく謎解き小説の様相を帯びてくるのである。

第三篇十八回で提示されるお勢の変貌、そしてそれに対する無人称の語り手の「始めて今が浮沈の潮界（しほざかひ）、一生の運の定まる時と心附いたのか？（略）望みを事実にし、現（うつゝ）に夢を見て、嬉（うれ）しく、畏（おそ）ろしい思をしてゐるのか？」という一種の判断停止は、それまではお勢に固定的な評価を与えてきた語り手が「側写」に転じた表れと見ることもできるだろう。「落葉のはきよせ　二篭め」にあるこの回の草稿と読み比べてみるとき、二葉亭の意図がそこら辺にあったことが判明してくる。

そしてそもそも事件に同伴者的に立ち会う局外の観察者による一人称表現は、まず推理小説として、しかも謎解き推理小説の嚆矢ともいえるポーの『モルグ街の殺人事件』の翻訳として与えられていたのである。しかも饗庭篁村訳の「ルーモルグの人殺し」は、告白的一人称の形式をとる「黒猫」となかば対になるように紹介されたのであり、前者が当時の言い方を借りれば和漢洋の折衷体を文体として選び、後者が言文一致体だったことを考え合わせるなら、問題の所在はますます明らかになってくるように思える。

告白的一人称の手法は、ともすれば直接的に読者（聞き手）に語りかけるかたちをとるため、読者と共有する言語コミュニケーションの場への意識が顕在化し、作品世界をそれ自体として伝達するよりは、むしろ回想する過去への一人称主体の詠嘆が、表現過程での過剰な感傷と自己呵責を顕示するような方向へ文体を傾斜させてしまうことになる。その文体が原文一致体であれば、それだけ潜在的な読者への語りかけ機能が強化されることにもなる。

そのように対読者的な感傷と自己呵責の意識を顕在化させることで、逆に本質的な自己批評の契機を失い、回想する自己の感性を絶対化してしまったような作品が、嵯峨の屋おむろの『無味気』や「初恋」だった。同じように表現過程での自己呵責性や、心の動揺の直接的表白だけに依拠したために、主題を喪失し、陳腐な筋立て（拾った財布を返した相手と懇意になる）を作り上げてしまったのが山田美妙の「ふくさづゝみ」だったといえる。確かに広津柳浪の「残菊」[183]などは、二葉亭が『浮雲』で試みた、内的独白、あるいは「……」などを多用して意識の途切れや、夢・半覚醒の状態などを捉える手法を巧みに応用し、結核にかかった女性の生と死の間をさまよう意識と無意識の境界、死に対する不安と恐れなどを見事に形象化しているが、それでさえも言文一致体の現在進行形の語りかけ機能にだけよりかかり、作品全体の構成を通じて、新しい意味を生産するような表現を獲得するには至っていない。そこにおそらくこの時期意識されはじめた言文一致体の限界があったように思われる。

時代の表現意識は、作品外の読者と共有されるコミュニケーションの場から、作品のなかへ、いわばテクストに「内包された読者」（イーザー）とのコミュニケーションの場へとその関心を移していったのであり、そこに局外傍観者、同伴者の一人称に注意が向けられる要因があった。

さて再び鷗外に戻るなら、彼にとっては作品世界を統一する表現主体をめぐる主客の問題と、それによって捉えられる事物（それは景物でもあり同時に作中人物の外形——容姿・身ぶり・表情——でもある）の描き方と不可分の関係にあった。同じ文章のなかで彼はこう述べている。「詩材の事をいひしものは忍月居士が『外来物』の説を最精しとす、所謂外来物は客を写して主を知らせんとするものなり風を見せんとて草を写すときハ艸を外来物とすべし」。ここでいう「外来物」とは大変重要な方法概念である。鷗外の例えで考えるなら、作品世界のなかで風が吹いていることを描こうとするときには、風が吹いているとは書かずに、風に吹かれている草を描写することで、その言述の背後にある風の存在を読者に知覚させようというのである。つまり記号表現と記号内容のずれ・差異のなかに、読者に伝達するテクストの意味を込めようとしているといえるだろう。

　このことにふれたものとして鷗外は、忍月の「詩人と外来物」[184]と、先に引用した依田学海の『細君』評をあげている。忍月の論は、「理想」を重んじるばかりに「外来物（パッシイウキッセル・ゲーゲンスタンド）」を「放棄看過」する傾向を批判し、これを「材料として応用」し「字々皆な活動し神に入り実に迫り読者をして覚へず同感同情を惹起せしめ」るような表現を実現すべきだと主張している。

　忍月が引用しているゲーテの詩や漢詩、さらには篁村の「良夜」[185]や嵯峨の屋の「流転」などからの例を総合してみると、「外来物」とは作品世界内のある対象に関する描写が、単にそれだけにとどまらず、それを見ていたりそれと関わる作中人物の心情や性格、さらには筋の展開を促す転換点として、作品全体の構成のなかで有機的に機能していることを指しているようだ。たとえば『流転』の例でいえば、ミーミという犬が道くさをして蛙と遊んでいる一節が引用されている。これは実は依田学海の『流転』評にヒントを与えたと思われるのだが、学海は同じ部分について次のように評価している。

> 今眼前に少女と狗とを見るか如し又この処女か慈愛をもて他所より迷ひ来りし狗を養ひ飼ならせしとして上文の性質と関係あらしめたる手段自然に出て妙なりこれを林氏か空想に迷ひ人情に背きしに比して己か慈愛心をもて気質を変化せしむとしたる媒とせしなと四方八面に透徹する力ありと云べし[186]

　つまりこの描写は単に子犬が蛙とたわむれているところを描いていたわけではなく、そこにはその子犬を拾って育てた女主人公お露の慈愛の心が暗示され、さらにこの子犬を媒介にして、観念的で人間的な感情を失った林に対してお露が心を通わせようとするというのちの筋の展開の契機となっているのである。

同時代の小説での対象描写は、ともすれば読者に対し内在的な語り手が、自らの「見え方や感じ方」「その洒落た見立てや巧妙な言い廻しを自己顕示すること」[187]に傾斜していった。そうしたなかで、鷗外・忍月・学海らは、作品世界内の論理、その全体構成や筋との関わりで有機的な機能を果たし、そのため「四方八面」に、つまり線的ではなく面的な多様な指示連関のなかで発生する描写の意味作用に注目していたのである。

ここに作品テクストに参加し、その叙述に表れていない意味を自ら生産し構成する読者の登場と、そのような読者を想定しながら言語表現を模索する創作主体の登場を見て取ることができるだろう。それはテクストの外にある共有の教養・文化・慣習をコードとして意味を形成していった、近世的な言語コミュニケーションとは異質な、だからこそまた孤独な「黙読」の世代の登場でもあったのだ。イーザーはそのような読者とテクストの関係をこう説明している。


語られた言葉は、語られぬままになっていることに結びつけられて、初めて言葉としての意味を持つように思える。だが語られなかったことは、語られた言葉がもつ含意であって、意味に形や重みを与える言述(ステイトメント)ではない。ところが語られなかったことが読者の想像力の中で生み出されるようになると、語られた言葉は、初めに想像したよりも遥かに大きな意味の幅をおびてくる。そのため、とるに足らぬような場面ですら、びっくりするほどの生命力の表現(「人生のもっとも永遠の姿」)となってくる。この「姿」はテクストそのものに言葉をもっては示されておらず、テクストと読者との相互作用の産物である。[188]

「探偵ユーベル」における表現主体の転換

逍遥の『細君』、美妙の『蝴蝶』とともに「国民之友」一八八九年新年号付録から発表され始めた、ヴィクトル・ユゴー原作、森田思軒翻訳の「探偵ユーベル」(一八八九年一―三月)は、この時期の〈小説〉をめぐる文体・表現位置・構成といった諸問題に、ある明快な解答を与える作品だったといえるだろう。自らの手記を森田思軒の文章論批判から始めた二葉亭四迷は、「落葉のはきよせ 二籠め」のなかで、この作品を絶賛している。

之を総ふるに美妙斎の小説はまた世の態を見知らぬ処女の如く優美ならさるにハあらねど幼なく春の屋氏の小説はおかい〔こ〕くるみといふ身分の細君の如く所帯じみたれど理気真気に乏しく而して思軒氏の訳は能くユコーの真を写したれハ毅然として大丈夫らしき所有りて雅健なり、真気有り、峻削なり、古澹なり、嗚呼三千八百万人中文人と称して婢か〔し〕からぬ者ハ只此思軒居〔士〕森田文三君ノミ[189]

二葉亭がこれほど高く評価したのはあとにも先にも「探偵ユーベル」だけといってもいいだろう。しかものちの「書目十種」[190]にも、この作品をゴンチャロフ『断崖』、ドストエフスキー『罪と罰』、『魏叔子文集』とともに掲げているのである。二葉亭をこれだけ興奮させた要因は、何よりもこの作品の文体と構成にあったといえる。『探偵ユーベル』("HUBERT, THE SPY")[191]は、森田思軒にとっても大変思い入れが深い作品だったようである。翻訳連載終了後、彼は自らの翻訳に対する自己批判書とでも言うべき文章を発表している。そのなかで、翻訳に至る経緯について次のように述懐している。

顧みれは一昨年の暮なりき徳富君余に何にまれ四五十ペーヂのものをしたゝめ呉るべしと求めらる当時余か第一に想到れるは此探偵ユーベルなりし然れども黙念の際先つ其の冷絶韻絶なる一結 So Hubert has been hungry の句は如何に言ひかゆへきやに思ひ及へるに「然れはユーベルは空腹にてありしなり」の外得る能はす是れ真に金玉を化して糞土とするものなり斯ることにては吾力はナカく未た此に攀つるに足らざるものなりと諦めつ翻然去てボツカチヲ氏の十日物語(デカメロン)に求めたれども亦た恰好のものに逢はす遂に「大東号」を以て其責を塞きぬ而して今ま第四十三号の尾を観れは一結は依然として「然れはユーベルは空腹にてありし

なり」といふのみ原文の神神安くに在るや古の士は別れて三日すれは刮目せよとさへあるに一年隔て丶猶ほ寸分の進める所あらず豈自ら勉めずして可ならむや[192]

翻訳者としての厳密さと誠実さがにじみ出ている文章ではあるが、それにしても“So Hubert has been hungry.”にあてた訳文「然れはユーベルは空腹にてありしなり」を「金玉を化して糞土とするなり」と評価するのは、あまりに常軌を逸した潔癖さではないだろうか。藤井淑禎はこの部分を「強いられた〈生〉を生きるユーベルへの、到底そんな一文に収まるはずもない万感こもる思いを抱え込んで途方に暮れていた[193]」としているが、むしろその「万感こもる思い」がこの一文に込められていたからこそ、一年たったいまも同じ訳しかできない自分に思軒は苛立っていたのである。確かに、この一文だけで言えば、べつに誤訳でも何でもない。しかし、テクストの表現過程と全体の構成のなかに戻したとき、最後の一文は思軒がこだわるだけの重みをもっていたのである。

英文テクストでは、冒頭から過去時制によって記述されているのが、この末尾の一文の直前から現在形になる。

Looking over my papers, I found a letter from Hubert. There is in this letter a sad phrase: “Hunger is a bad counsellor!”

So Hubert has been hungry.[194]　(下線部は引用者)

この末尾の一節では、この手記を記述している〈いま〉が顕在化しているのであり、その記述している〈いま〉から記述された過去全体を振り返ったとき、末尾の一文のような現在完了形の感慨が生まれたのである。この一文は、その時制によってテクスト全体を包含する機能を果たしている。しかもこの作品の冒頭が“Yesterday, the 20th of October, 1853, contrary to my custom, I went into the town in the evening.”と始まることと考え合わせると、もう一つの重要な意味がはらまれていることがわかる。

すなわちここで顕在化している手記を書く〈いま〉とは、この事件が発生した翌日のいつかであり、そしてユーベルをめぐる裁判は夜を徹しておこなわれたのだから、その緊張が持続しているなかでこの手記が書かれたことが明らかになる。その緊迫した執筆する時間のなかで獲得された筆者（「余」）の認識が、末尾の一文にほかならない。まさにこの一文の意味はこの文それ自体のなかにではなく、テクスト全体の構成、つまりは言葉で示された意味と、その背後に底流している語られないこととの組み合わせのなかで形成されていたのである。それだけこの作品は緊密な構成のもとに書かれていたのである。

すでに原文を示したように冒頭は回想的一人称で始まる。しかしその直後、街で出会った亡命革命家から、路上でユーベルの裁判に至る経過を聞くことになる。設定としては四人の革命家たちがそれぞれ語ったことになっているのだが、記述は必要な事実だけを整理した第三人称でおこなわれている。ここでは会話場面も必要最小限にとどめられ、いわゆる状況描写はほとんど省略され、事実経過だけが述べられている。しかし描写がまったくないわけではなく、必要な個所にはきわめて意図的に挿入されている。それは時間の流れからいえば四人の「亡士」と「余」が出会う直前、かつまたユーベルがスパイである証拠となる警視総監宛ての手紙が二重底の鞄から発見されるという、最も重要な場面である。

「ラッチールは両眼を挙げてユーベルを視つめり／ユーベルは煙管を失して地に落せり大粒の汗滴々前額に浮び湧けり／ラッチールは叱せり「汝は探偵なり」／ユーベルは蒼くなりて死せる如く咎もなく椅子に倒れ坐せり」。路上の会話でこのような描写的な細部が語られるはずがない。しかも表現主体はあたかもその場面に内在するかのように（ユゴーはその場にはいない）、ユーベルの表情・態度の急激な変化を捉える。ここには明らかに構成上の虚構がある。しかしだからこそ、読者はここで、ラッチールとともにユーベルがスパイだという確信を得るのである。「外来物」の優れた応用といえるだろう。

ユゴーが裁判の会場に到着したあとは場面描写はいっそう克明になる。会場のたたずまい、審判が進むにつれ次第に殺気だってくる場内の雰囲気が、刻一刻の緊迫した時間の流れに即して捉えられる。しかし、このような描写をするには、よほど冷静な意識と観察力をもっていなければならない。ここでも構成上の破綻はない。なぜなら冒頭で「此の五月以来余は亡士等の仲間を退き田舎に起き臥しゝたれば是等の事は一切創聞にてありしなり」という記述がなされていたからである。

つまり他の審判参加者たちは、いったんはユーベルを熱烈な革命家として信頼し財政的な援助もし、だからこそ彼の裏切りには強い憎悪を燃やしていたのに対し、「余」だけはユーベルとは初対面だったために冷静さを保ちえたわけである。またそのような位置にあったからこそ、場内の全員が「死刑」と叫ぶなか決然と立ち上がり、「死刑」が国の権力者を利するものにすぎないと批判し、むしろこの卑劣なやり方を「公」にし、「世間一般の良心天下の正気を援ひて証人」として自分たちの「徳義上」の正しさを証明すべきだという演説ができたのである。

表現主体としての「余」の位置は、演説に立ち上がるまでは事件それ自体に関しては傍観者の立場であり、そのために読者には場面を細緻に再現しうる機能を果たしえた。そして、場内の声がユーベルの「死刑」を求めだす最も緊迫した瞬間に、それまでの審判の流れを逆転させるようなかたちで、いわば一気に主人公の位置に転じることで作品世界内部の局面を変えるのである。一つの作品のなかで表現主体の「客」から「主」への転換がおこなわれ、しかもその転換点は作品のクライマックスと一致しているという優れて劇的な構成が施されているといえるだろう。そのうえで「余」は、末尾の一行で初めて事件についての自己の心情を、読者に対してだけ告白することになる。そこで読者は、あらためてこの事件からより深い認識、演説のなかでもふれられることがなかった「余」の認識にふれることになる。

「余」そして読者はスパイとしてのユーベルを憎むのではなく、彼を使ったフランスの権力者、そしてまた金のために仲間を裏切らざるをえないようなところに人間を追い詰めていく、社会機構それ自体の罪に思い至るのである。しかもそのような裏切り者をも、自分たちの身銭で支えていこうとする亡命革命家たちの「徳義」が浮かび上がってくるのでもある。おそらくこのような多層的な意味をもつ末尾の一文に思軒はこだわっていたのであり、彼はまたそれが構成によってもたらされていることを自覚していた。この作品の「序」で、思軒はこの作品の魅力が何よりもその「篇法」にあることを宣言していたのである。

これだけ見事な構成と主題をもつ作品に接したあと、二葉亭が『浮雲』を中絶し、かつ「一枝の筆を執りて国民の気質風俗志向を写し国家の大勢を描き人間の生況を形容して学者も道徳家も眼のとゞかぬ所に於て真理を探し出」すところに小説家の使命を見いだそうとしながら、文学から離れていったことはやむをえないことだったかもしれない。その意味でも森鷗外の『舞姫』は、同時代の創作としては、きわめて高い水準の構成をもった作品だったといえるだろう。しかもすでに確認したように、一人称の方法が必ずしも自己告白的な手法ではなく、書かれていない意味をテクストから構成させる方法として自覚されていた時期に書かれたものであるだけに、安易に鷗外の個人史に解消していく読みは是正されなければならない。それ以前に少なくとも、豊太郎のベルリン体験に即して記述される過去の物語を通して結ぶ意味と手記を執筆する現在の意識とのずれ、とりわけ手記執筆の最後に発見した「相沢謙吉」を「憎む心」からテクスト全体を逆照射したときの意味のずれなどが、構成論として再検討されなければならない。また鷗外と忍月の論争も、従来の倫理的観点からではなく、この時期の彼らの主要な関心事だった作中人物の「主」「客」の問題として捉え直される必要がある。

そして何よりも、鷗外の私小説としてこの作品を読みつづけてきた「近代文学研究者」の、テクストへの参加の仕方、意味の構成の仕方をこそ問わなければならない。なぜなら『舞姫』は、明らかに構成論の時代に生み出された小説だったからである。『舞姫』に至る一連の模索は、小説テクストの外部に存在するあらゆる意味形成の契機を拒否し、テクストの内部で意味を構成する読者を求めていることを示しているのである。

注

(1) 前掲「あひゞき」

(2) 中山省三郎「二葉亭と露西亜文学」「文学」一九三七年九月号、岩波書店

(3) 木村彰一「二葉亭のツルゲーネフものの翻訳について」「文学」一八九八年五月号、岩波書店

(4) 米川正夫「二葉亭の翻訳」「国文学――解釈と鑑賞」一九〇五年五月号、至文堂

(5) 柳富子「二葉亭の初期の訳業――翻訳散文論」、芳賀徹ほか編『講座比較文学』第二巻「日本文学における近代」所収、東京大学出版会、一九七三年

(6) 前掲「長谷川二葉亭における言文一致」

(7) 吉田精一「二葉亭の影響」、二葉亭四迷『二葉亭四迷全集』第九巻、岩波書店、一九六五年

(8) 成島柳北「航薇日記」「花月新誌」第八十二―百十七号、一八七九年九月―一八八一年十一月、花月社

(9) 前掲『欧州奇事 花柳春話』

(10) 木村毅「日本翻訳史概観」、木村毅編『明治翻訳文学集』（「明治文学全集」第七巻）所収、筑摩書房、一九七二年

(11) 坪内逍遥『新磨 妹と背かゞみ』会心書屋、一八八五―八六年

(12) 「読売新聞」一八七八年十一月六日付

(13) 前掲『欧州奇事 花柳春話』

(14) lilac and laburnum

(15) the golden ringlets of Alice

(16) 前田愛「鷗外の中国小説趣味」『近代読者の成立』（有精堂選書）、有精堂、一九七三年

(17) Lord Lytton, *Ernest Maltravers*, London, George Routledge & Sons, 1897.

(18) 引用部はエドワード・ブルワー・リットン『アーネスト・マルトラヴァース』の「一八四〇年度版　序文」(Preface to the edition of 1840) から。

(19) 坪内逍遥「はしがき」、前掲『慨世士伝』所収

(20) 逍遥が一八八四年（明治十七年）に翻訳した『該撒奇談 自由太刀余波鋭鋒』（東洋館）の付言に、この作品が「院本体」で訳されたものだと記されていて、その文体は『慨世士伝』の文体と同質である。また逍遥は『小説神髄』のなかで「浄瑠璃本」（院本）の文体は、「稗史体」が「俗体に偏」ったものだとしている（「文体論」）。逍遥によれば

「稗史体」とは「地の文を綴るにハ雅言七八分」で「詞を綴るにハ雅言五六分」というのだから、「院本体」とは「詞」＝「台辞」に重きがおかれたものだと考えられる。

(21) 坪内逍遥「叙事法」、前掲『小説神髄』
(22) Lord Lytton, *Rienzi*, London, George Routledge & Sons, 1896.
(23) 坪内逍遥『開巻悲憤　慨世士伝』晩青堂、一八八五年
(24) 前掲『開巻悲憤　慨世士伝』
(25) 前掲『開巻悲憤　慨世士伝』
(26) 二葉亭四迷「あひゞき」、「国民之友」一八八八年七―八月号、民友社
(27) 二葉亭四迷の表現の聴覚的機能については、『浮雲』の語り手の独特な語り口と三馬、円朝との関係、『浮雲』の創作方法とゴーゴリ、ドストエフスキーの創作方法との関連など、論じるべき点が多い。拙稿「『浮雲』の地の文――「ことば」の葛藤としての文体」(「国語国文研究」第六十二号、北海道大学国語国文学会、一九七九年。改題「葛藤体としての〈語り〉」〔本書第2章第1節〕)を参照されたい。
(28) Полное собрание сочинениийи писем:в двадцати томах/И.С. Тургенев. т.4. москва. изд-во Академии СССР.1963
(29) 二葉亭四迷「作家苦心談」、丁酉文社編「新著月刊」一八九七年五月号、東華堂
(30) Ю・В・レベヂェフ『ツルゲーネフの「猟人日記」』(Ю. В.Лебедев «“Записки Охотника” И.С. Тургенева» Москва «ПРОСВЕЩЕНИЕ» 1977)、引用者訳
(31) 前掲 Полное собрание сочинениийи писем:в двадцати томах
(32) マ・フィローノフ編『ロシヤ語アンソロジー』(「露国文章軌範」第一巻「叙事詩篇」)
(33) その他の質問としては、少年たちの性格、ツルゲーネフの「ことば」の特徴、この作品の文学的価値などについて尋ねたものがある。なお、引用部は引用者訳。
(34) 前掲「あひゞき」
(35) 田山花袋『近代の小説』近代文明社、一九二三年
(36) 前掲 Полное собрание сочинениийи писем:вдвадцати томах

(37) 前掲「小説総論」
(38)「森田思軒」、昭和女子大学近代文学研究室編『近代文学研究叢書』第三巻所収、昭和女子大学光葉会、一九五六年
(39) 柳田泉『明治初期翻訳文学の研究』(「明治文学研究」第五巻)、春秋社、一九六一年
(40) 同前
(41) 森田思軒「訪事日録三」「郵便報知新聞」一八八五年五月二日付
(42) 森田思軒の「訪事日録一」は「郵便報知新聞」一八八五年三月二十日付、同「訪事日録二」は「郵便報知新聞」一八八五年三月二十七日付に掲載
(43) 山本芳明「漢詩文と政治小説――宮崎夢柳の場合」、東京大学国語国文学会編「国語と国文学」一九八二年一月号、至文堂
(44) 森田思軒「文章世界の陳言」「国民之友」第七号、一八八七年八月十五日、民友社
(45) 前掲「翻訳の心得」
(46) 前掲「日本文章の将来」
(47) 前掲「訪事日録二」
(48) H・R・ヤウス『挑発としての文学史』轡田収訳、岩波書店、一九七六年
(49) 森田思軒「訪事日録四〔北京紀行〕」「郵便報知新聞」一八八五年五月十五日付
(50) 立花雄一『明治下層記録文学』創樹社、一九八一年
(51) 森田思軒「惨状親察員報告」「郵便報知新聞」一八八五年七月二日付
(52) 加藤政之助「惨状親察員報告」「郵便報知新聞」一八八五年六月十八日付
(53) 久松義典「惨状親察員報告」「郵便報知新聞」一八八五年七月十二日付
(54) 森田思軒「惨状親察員報告」「郵便報知新聞」一八八五年八月七日付
(55) 同前
(56) 森田思軒「小説の自叙体記述体」「国民之友」第八号、一八八七年九月十五日、民友社
(57) 太阿居士「自伝を書くべし」「読売新聞」一八八七年六月九日付、十日付、十八日付

(58) 坪内逍遥「実伝論」「教育雑誌」第二十一号—第二十二号、文部省、一八八七年
(59) 同前
(60) 亀井秀雄「消し去られた無人称——感性の変革Ⅰ」「群像」一九七八年四月号、講談社。のちに『感性の変革』（講談社、一九八三年）に所収。
(61) 前掲「種拾ひ」。拙稿「構成力としての文体（二）」、異徒の会編「異徒」第三号、異徒の会、一九八一年。改題「〈語る〉一人称／〈記述〉する一人称」（本書第3章第3節）を参照されたい。
(62) エドガー・アラン・ポー「西洋怪談 黒猫」饗庭篁村訳、「読売新聞」一八八七年十一月三日付、九日付
(63) エドガー・アラン・ポー「ルーモルグの人殺し」饗庭篁村訳、「読売新聞」一八八七年十二月十四日付、二十三日付、二十七日付、三十日付
(64) 依田学海（百川）『侠美人』第一篇・第二篇、金港堂、一八八七年
(65) 前掲「小説の自叙体記述体」
(66) 前掲「小説の自叙体記述体」
(67) 原文のテクストは Charles Dickens, "The Nonesuch Dickens, Great Expectations," Bloomsbury, The Nonesuch Press, 1937 による。
(68) ディケンズ「大いなる遺産」日高八郎訳、伊藤整ほか監修『世界の文学』第十三巻「ディケンズ」所収、中央公論社、一九六七年
(69) 同前
(70) 同前。以上の対比は日高八郎の訳そのものへの批判ではなく、むしろ「言文一致」の方向をとった、近代小説文体の制約を明らかにするためにおこなったものである。
(71) 前掲「小説の自叙体記述体」
(72) 前掲「国民之友」第七号、一八八七年八月十五日
(73) 前掲『侠美人』
(74) 高田知波「嵯峨のやおむろの作家的出発——「無味気」の前後」、東京大学国語国文学会編「国語と国文学」一九七

九年九月号、至文堂
(75)前掲『明治初期翻訳文学の研究』
(76)前掲「森田思軒」
(77)前田愛／藤井淑禎「森田思軒解説——森田思軒と少年文学」、岡保生編『若松賤子・森田思軒・桜井鷗村集』(「日本児童文学大系」第二巻)所収、ほるぷ出版、一九七七年
(78)藤井淑禎「森田思軒の出発——「嘉坡通信　報知叢談」試論」、東京大学国語国文学会編「国語と国文学」一九七七年四月号、至文堂
(79)同前
(80)森田思軒「ブラドラウ誓詞の事」「郵便報知新聞」一八八六年三月二十日付、二十一日付
(81)「郵便報知新聞」一八八六年三月二十一日付
(82)「郵便報知新聞」一八八六年四月二十五日付
(83)以上、「郵便報知新聞」一八八六年四月二十九日付
(84)以上、「郵便報知新聞」一八八六年四月三十日付
(85)「郵便報知新聞」一八八六年五月一日付
(86)同前
(87)森田思軒「ブラタスの匕首グラッドストーン氏の頸上を一打す」「郵便報知新聞」一八八六年五月二十八日付—六月四日付
(88)「郵便報知新聞」一八八六年五月三十日付
(89)富岡敬之「森田思軒試論——明治十八年の活動を中心として」「国学院雑誌」一九七九年年十二月号、国学院大学綜合企画部
(90)森田思軒「グラッドストーン氏の詭弁、パーネル氏の陰険」「郵便報知新聞」一八八六年六月八日付
(91)前掲「森田思軒の出発」
(92)「郵便報知新聞」一八八六年十月一日付

(93)「解題」「年譜」、『明治文学全集』第二十六巻所収、筑摩書房、一九八一年

(94) 笠山樵客「印度太子舎摩の物語」「郵便報知新聞」一八八六年十月十二日付―二十日付

(95) 不語軒主人（森田思軒）「金驢譚」「郵便報知新聞」一八八七年一月十八日付―二月三日付

(96) 笠山樵客「印度太子舎摩の物語」「郵便報知新聞」一八八六年十月十四日付

(97) 前掲「金驢譚」

(98) 井上勤『絶世奇談　魯敏孫漂流記』博聞社、一八八三年

(99) 前掲『欧州奇事 花柳春話』

(100) ビクトル・ユゴー「探偵ユーベル」森田思軒訳、「国民之友」第三十七―四十三号、一八八九年一月二日―三月二日、民友社

(101) 前掲「実伝論」

(102) 太阿居士「自伝を書くべし」「読売新聞」一八八七年六月九日付

(103) 前掲「構成力としての文体（二）」、改題「物語の展開と頓挫」（本書第2章第3節）を参照。

(104) 前掲「種拾ひ」

(105) 前掲「西洋怪談 黒猫」。実際の翻訳者は饗庭篁村本人ではなかったらしいが、詳しいことはわかっていない。

(106)「読売新聞」一八八七年十一月三日付

(107) 原文に傍点部のような記述はない。

(108) 嵯峨の屋おむろ『無味気』駸々堂、一八八八年

(109) Lord Lytton, *Eugane Aram*, London, George Routledge & Sons, 1896.

(110) 中島粧園（俊子）『善悪の岐』（中島湘烟「善悪の岐」「女学雑誌」第六十九―七十号、一八八七年七―八月）女学雑誌社、一八八七年

(111) 前掲「西洋怪談黒猫」

(112) “The Black cat,” The complete Works of Edgar Allan Poe Vol. V, New York, Thomas Y. Crowell, 1902.

(113) 前掲「西洋怪談黒猫」

(114) 前掲 The complete Works of Edgar Allan Poe Vol. V.
(115) 以後『無味気』からの引用は、中村光夫編『明治文学全集』第十七巻（筑摩書房、一九七一年）の本文に従う。
(116) 前掲「嵯峨のやおむろの作家的出発」に詳しい。
(117) 前掲「あひゞき」
(118) 前掲「めぐりあひ」
(119) 前掲「金驢譚」
(120) ジュール・ヴェルヌ「大東号航海日記」森田思軒訳、「国民之友」第十四―十九号、一八八八年一―四月
(121) 森田思軒「幻影」「郵便報知新聞」一八八八年四月二十七日付―七月十九日付
(122) 前掲「探偵ユーベル」
(123) 山田美妙「ふくさづゝみ」「以良都女」第四―八号、一八八七年十月―八八年二月、成美社
(124) 山田美妙「この子」「都の花」第二巻第十号―第三巻第十四号、金港堂書籍、一八八九年三―五月
(125) 山田美妙「わいるどむウあほオる」「都の花」第四巻第十六―十八号、金港堂書籍、一八八七年六―七月
(126) 前掲『侠美人』
(127) 嵯峨の屋おむろ「初恋」「都の花」第二巻第六号、金港堂書籍、一八八九年一月
(128) 前掲「小説の自叙体記述体」。森田思軒の表現方法については拙稿「行動する「実境」中継者の一人称文体――森田思軒における「周密体」の形成（一）」（「成城文芸」第百三号、成城大学文芸学部、一九八三年）と『局外』『旁観者』の認識――森田思軒における「周密体」の形成（二）」（「成城文芸」第百四号、成城大学文芸学部、一九八三年）、改題「〈記述〉する「実境」中継者の一人称」（本書第3章第2節）を参照されたい。
(129) 前掲「ルーモルグの人殺し」
(130) エラリー・クィーン「ユリイカ・ポー――探偵小説の父」佐藤良明訳、「カイエ」一九七九年九月号、冬樹社
(131) 八木敏雄『ポー――グロテスクとアラベスク』冬樹社、一九七七年
(132) トマ・ナルスジャック『読ませる機械＝推理小説』荒川浩充訳、東京創元社、一九八一年
(133) 前掲『行為としての読書』

(134) 前掲「ルーモルグの人殺し」
(135) The complete Works of Edgar Allan Poe Vol. IV, New York, Thomas Y. Crowell, 1902.
(136) 梅檀生（石橋忍月）「二葉亭氏の「めぐりあひ」」「国民之友」第四十一号、一八八九年二月十二日、民友社
(137) 前掲『行為としての読書』
(138) 依田学海「国民之友二小説評——春の舎君小説細君」、前掲「国民之友」第四十一号、一八八九年二月十二日、民友社
(139) 前田愛『都市空間のなかの文学』（ちくま学芸文庫）、筑摩書房、一九八二年
(140) 前掲「近来流行の政治小説を評す」
(141) 拙稿「他者の原像——「浮雲」における読者の位置」「成城国文学論集」第十五号、成城大学大学院文学研究科、一九八三年。改題「〈語り〉の空白／〈読者〉の位置」（本書第2章第2節）を参照されたい。
(142) 饗庭篁村「良夜」「国民之友」第五十八号、一八八九年八月二日、民友社、嵯峨の屋おむろ「流転」、同誌
(143) 石橋忍月「詩人と外来物」「国民之友」一八八九年第六十二号、九月十二日、民友社
(144) 依田学海「夏期附録の評言」「国民之友」第六十三号、一八八九年九月二十一日、第六十五号、十月十二日、民友社
(145) 注（128）を参照。
(146) 前掲「森田思軒の出発」
(147) 前掲「幻影」「郵便報知新聞」一八八八年四月二十七日付
(148) 前掲「幻影」「郵便報知新聞」一八八八年六月八日付
(149) 前掲「探偵ユーベル」、序文
(150) 前掲「落ち葉のはきよせ　二籠め」
(151) 「以良都女」一八八八年一月号、成美社
(152) 亀井秀雄『感性の変革』講談社、一九八三年
(153) 坪内逍遥「松のうち」「読売新聞」一八八八年一月五日—二月八日付

(154) 嵐山人「都の花の『この子』」「国民之友」第五十二号、一八八九年六月一日、民友社
(155) 森鷗外「緑葉の歎」「読売新聞」一八八九年二月二十二日
(156) 森鷗外「戦僧」「少年園」第一巻第十号、一八八九年三月十八日、少年園
(157) 森鷗外「玉を懐て罪あり」「読売新聞」一八八九年三月五日付—七月二十一日付
(158) 森鷗外「洪水」「志がらみ草紙」一八八九年十月号—九〇年三月号、志がらみ社
(159) 森鷗外「明治二十二年批評家の詩眼」「志がらみ草紙」一八九〇年一月号、志がらみ社
(160) 森田思軒「鷗外の「文つかひ」三昧の「桂姫」並ひに西鶴の「約束は雪の朝食」」「郵便報知新聞」一八九一年二月十日付
(161) 前掲『感性の変革』
(162) 前掲『近代読者の成立』
(163) 坪内逍遥「外務大臣」「読売新聞」一八八八年四月五日—六月二十九日付
(164) 前掲「日本文章の将来」
(165) 森田思軒「今日の文学者」「国民之友」第四十八号、一八八九年四月二十二日、民友社
(166) 森田思軒「書目十種」、同誌
(167) この点については、前掲「森田思軒の出発」に詳しい。
(168) 前掲「あひゞき」
(169) 前掲「めぐりあひ」
(170) 吉田精一「二葉亭の影響」、二葉亭四迷『二葉亭四迷全集』第九巻所収、岩波書店、一九六五年
(171) 前掲「『浮雲』の主人公」、拙稿「構成力としての文体（一）——『浮雲』の〈中絶〉をめぐる試論」、異徒の会編「異徒」第二号、異徒の会、一九八一年、前掲「構成力としての文体（二）」
(172) 前掲「めぐりあひ」
(173) Полное собрание сочинений и писем:в двадцати восьми томах/ис. Тургенев. т.5. Москва. Изд-во Академий наук СССР.1963

(174) 二葉亭四迷「余が翻訳の標準」「成功」一九〇六年一月号、成功雑誌社
(175) 安井亮平「めぐりあひ　注釈」、田中保隆解説、畑有三／安井亮平注釈、二葉亭四迷『二葉亭四迷集』(「日本近代文学大系」第四巻) 角川書店、一九七一年
(176) 前掲「国民之友」第四十一号、一八八九年二月十二日、民友社
(177) ジュリア・クリステヴァ『記号の解体学』原田邦夫訳 (「セメイオチケ」第一巻)、せりか書房、一九八三年
(178) 前掲『侠美人』
(179) 前掲「小説の自叙体記述体」
(180) 前掲「国民之友二小説評」
(181) 前掲「明治二十二年批評家の詩眼」
(182) 同前
(183) 広津柳浪『残菊』(「新著百種」第六号)、吉岡書籍店、一八八九年
(184) 前掲「詩人と外来物」
(185) 前掲「良夜」
(186) 前掲「夏期附録の評言」
(187) 前掲『感性の変革』
(188) 前掲『行為としての読書』
(189) 前掲「落葉のはきよせ　二籠め」
(190) 前掲「書目十種」
(191) 原文は藤井淑禎の調査に基づき、Victor Hugo, "THINGS SEEN," Harper & Brothers, 1887 を使用した。
(192) 森田思軒「訳文探偵ユーベルの後に書す」「国民之友」第四十四号、一八八九年三月十二日、民友社
(193) 前掲「森田思軒の出発」
(194) Hugo, 前掲書

第4章　〈書く〉ことと〈語る〉ことの間で

1　『坊っちゃん』の〈語り〉の構造——裏表のある言葉

語り手と聞き手との関係

夏目漱石の『坊っちゃん』は、「親譲り(おやゆず)の無鉄砲(むてっぽう)で小供(こども)の時から損ばかりして居る」という、有名な一文から始まる。「無鉄砲」という語り手自身による自己規定は、この小説を論じるキー・ワードとして多くの論者によって引用され、様々に意味付けられてきた。そうした意味付けの最大公約数は、「胸のすくやうな行為[1]」を可能にする正直で純粋な、直情径行型の江戸っ子的〈性格〉ということになるだろう。

しかし、ある人間の自己規定を、そのままその人間の、他者に結ぶ人格像——〈性格〉と認定していいのだろうか。主観的な自己認識が必ずしも他者に結ぶ自己像と一致しないということは、日常よく経験することである。中学の数学教師を辞職し、いま〈語る時点〉は街鉄の技手をやっている男が、自分の一カ月余りの教師体験を語りだすにあたって、なぜ突然「無鉄砲」という自己規定を聞き手に対しておこなわなければならなかったのかという問題は、この小説の構造の特質を示していると思われる。冒頭文の次に紹介される小学校時代の挿話がそれを解読する重要な手がかりとなる。

小学校に居る時分学校の二階から飛び降りて一週間程腰を抜かした事がある。なぜそんな無闇をしたと聞く人があるかも知れぬ。別段深い理由でもない。新築の二階から首を出して居たら、同級生の一人が冗談に、いくら威張つても、そこから飛び降りる事は出来まい。弱虫やーい。と囃したからである。(2)（傍点は引用者）

まず小学校の二階から飛び降りて腰を抜かしたという自己の行為が記述される。次にその「無闇」な行為の理由を問いただすだろう他者の存在が想定され、その理由を語るという構成になっている、つまり『坊っちゃん』の語りには、常に語り手の行為の理由を「なぜそんな無闇をした」と問い詰める潜在的な聞き手が想定されているのである。その聞き手は男の行為を「無闇」と批評する、いわば〈常識ある他者〉なのである。この〈常識ある他者〉の存在は、引用部では明確に「聞く人」として顕在化するが、以後この小説のなかでは、常に自らの行為の理由、思考の理由を明示しなければ気がすまないといった「……から……した」という、饒舌な語り口の相手として内在化されることになる。

しかし語り手が示す理由は、〈常識ある他者〉にとっては、まったく理由などにはならないしろものであり、それをもっともらしく真面目に語る語り手の姿に、思わず〈笑い〉が洩れてしまう。なぜなら、その理由とは、〈常識ある他者〉の意識からすれば、真に受ける必要のない同級生の「冗談」（裏表がある言葉）を、忠実に実行したというものだったからである。つまり、語り手の語る理由は、かえって彼の非〈常識〉性を際立たせる機能をもたされているのである。

語り手の言葉に内在化された聞き手としての〈常識ある他者〉の役割を担うのは読者である。読者は自分が個人的にどのような発想や感性の特質をもっているにしろ、この語りの層に即して読んでいくかぎり、いや応なしに〈常識〉者の意識、つまり語り手の行為に対し「なぜそんな無闇をしたと聞く人」の位置を選ばされるのである。しかし、そのような問いを発する〈常識〉者の立場に立った以上、読者は語り手の口からその〈常識〉にかなった答えを期待することになる。

ここで言う〈常識〉とは、他者の言葉が、その字義どおり真に受けるものではなく、むしろ常にその表層とは異なる裏をもつものであり、場合によっては裏にある真意や意図を隠蔽するために発せられることもある、ということをわきまえている意識である。そのような〈常識〉の側に立たされることで、読者は語り手が想定する聞き手を超えて、語り手が大真面目で繰り出す一見論理的な理由付けのなかに露呈する非常識性を、語り手に隠れて笑うのである。

小説を読んでいるのだから読者の態度は語り手に見えないのはもちろん当たり前だが、語り手はあくまで真面目に聞き手に理解してもらえることを前提に、非常識的な理由付けをおこないつづけるのである。彼は潜在的な聞き手を自分の理解者だと信じて疑っていない。彼の主観的意図としては、他者に理解してもらえるように自分を相対化しているつもりなのである。それが冒頭の「無鉄砲」という自己規定にほかならない。

しかし、聞き手ならぬ読者は、語り手に要請された〈常識ある他者〉の立場を選ぶことで、二重の〈裏表ある〉応答関係を彼と結ぶことになってしまう。一方では語り手が要請しているレベルでの〈常識〉をもった聞き手として、黙って彼が言うことに納得したふりをしながら、他方では内心本来の常識者としてこの語り手の非常識性に笑いを洩らすのである。読者はこの小説を読み進めていく以上どうしても語り手に対し、彼が最も嫌悪する「裏表のある奴」（第六章）にならざるをえない。『坊っちゃん』を読んで一度でも笑った読者は、すでに「裏表のある奴」になっているのであり、語り手が要請する聞き手の立場にだけ自己の意識を限定するなら、語られる体験はとても笑えるようなものではない。[3] ここに『坊っちゃん』の語りの構造における、第一の二重性（テクストのメッセージを解読していくときのコード変換機能）がある。

もう一つこの小説の語りの構造を考えるうえで注意する必要があるのは、第一章と末尾（山嵐と「おれ」が「大いに笑った」以後）での時間・空間構造と、第二章以後末尾までのそれとが、明らかに質を異にしていることである。前者では、語る時点のいまと語られる時点がはっきり区別されていて、空間的には東京に戻ってきた語り手が四国に赴任する以前の、つまり東京にいたときの自分を語るということになっているのである。この場合「……から……した」という表現は、過去の「おれ」の行為や思考に対し、語る時点での「おれ」＝語り手が、聞き手に向かっておこなう自己同定のための理由付けそのものを笑うことになる。

それに対して、この小説の大部分である一カ月余りの教師体験を語る第二章以後では、第二章が「ぶうと云って汽船がとまると、艀が岸を離れて、漕ぎ寄せて来た」と始まるように、語られる時点の〈いま・ここ〉に即した語りになる。語る時点での「おれ」＝語り手の意識は、語られる「おれ」のそれと明確には分節化されず、あたかも、語られる時点での「おれ」の意識に同一化されたように提示されることになる。そうすると、当初語る時点での聞き手に対する自己同定をめざした、自分の行為や思考についての理由付けが、その行為や思考が実際に向けられていた場面内の他者（赤シャツ・野だいこ・狸など）への一見内語化された反駁の様相をも呈することになる。しかも、「おれ」は第二章以後の会話場面のなかで、他者から自分の行為や思考の非常識性と非論理性を問い詰められ、「……から……した」という調子で受け答えをしているのである。つまり、聞き手として語り手の主観的で単純なものの見方を通して、赤シャツ・野だいこ・狸などの誇張された俗物ぶりを笑う読者は、その語り手の単純さを笑う読者としての、潜在的意識の顕在化した型を、それと意識せず笑っていることになる。

もちろん、語り手の語りの層に即して読んでいくかぎり、読者はそのことに気づかずにすむ。なぜなら、聞き手が語り手と本来共有するのは、東京に戻ってきてからの時間と空間（東京人として田舎を蔑視する意識も含めて）であり、その意味でも聞き手は「おれ」を実際に取り巻く他者たちとは区別されるはずであり、読者は赤シャツらと同質化されない位置に立ちうるからである。そしてこの語り手に本質的な自己認識が欠けている（自分の主観性の枠内で、行為や思考の理由付けができても、〈常識ある他者〉のレベルで自己同定する能力がない）ために、読者は〈常識ある他者〉としての自己の位置を対象化せずに語り手を笑うと同時に、彼を笑う赤シャツや野だいこをも笑うことができるのである。ここに、語りの構造の第二の二重性がある。

「おれ」の分身としての清

『坊っちゃん』を読むうえで忘れてはならないことの一つに、一カ月余りの「おれ」の教師体験が語られるべき当初の相手は、語り手が言葉を向けている聞き手（読者）ではなく、下女の清だったという事実がある。「おれ」は第二章で、着任一日目の印象を清に手紙で知らせ、そこで「今に色々な事を書いてやる」と約束する。しかし、この約束は果たされないまま、「おれ」は帰京してしまうのである。第十章で「おれ」は清への返事を書こうとするが「おれには、とても手紙はかけるものではない」と断念し、「逢つて話をする方が簡便だ」と思うのだが、その「話」がされたかどうか語り手は明示していない。

いわばこの果たされざる約束を、清の死後、清ならぬ聞き手に向かって果たすというところに、この語りの屈折が生じているともいえるだろう。「おれ」の全き了解者（分身）として存在していた清に「話をする」事柄を、〈常識ある他者〉としての聞き手に語るために、一種強迫観念にも似た、自己の行為や思考への理由付けに対する固執が生まれてきているのである。

清のことが聞き手に詳しく紹介されるのは第一章においてだが、ここで語り手によって提示される清の像は、永遠の女性[4]といったイメージとは似ても似つかないものであり、いわば不可解な存在として言語化されている。「此婆さんがどう云ふ因縁か、おれを非常に可愛がつて呉れた。不思議なものである」「此清の様にちやほやしてくれるのを不審に考へた」「おれには清の云ふ意味が分らなかつた」「自分の力でおれを製造して誇つてる様に見える。少々気味がわるかつた」（傍点は引用者）という一連の不可解さの強調は、少年時代の「おれ」にとって清の存在は理解しがたいものであり、むしろ「気味がわる」いものだったことを示している。

そしてその後のいくつかの清に関する挿話も、彼女の非論理性（「おれを以て将来立身出世して立派なものになると思ひ込」み、兄は「迚も役には立たないと一人できめて仕舞つた」こと）や非常識性（年をとれば兄に代わって相続ができると考えたり、四国に赴任するのに越後の笹飴を土産に買ってきてくれと頼んだり、任地である四国が箱根の先か手前かもわからないことなど）を強調するものとなっている。

しかし、そのような清に対する認識しかもっていなかった自分を語る語り手は、語るいまの意識に返ったときには、たとえば清から借りた三円について「今となっては十倍にして返してやりたくても返せない」と彼女への愛着を示し、彼女の不在を嘆くのである。第一章での清についての挿話は、四国に発つまでの「おれ」が、彼女の本当の価値を理解していなかったことを語り手が露呈するものであり、教師体験を経て清を失った語り手が、いまでは彼女に限りない愛着をもっていることをも同時に示している。清という存在の価値を発見していく過程こそ、一カ月余りの教師体験を通して「おれ」が変化する姿を解読する重要な枠組みとなる。

さて問題の第二章で、「おれ」が着任一日目の印象を清に書き送った手紙は、次のようなものだった。

きのふ着いた。つまらん所だ。十五畳の座敷で寝て居る。宿屋へ茶代を五円やつた。かみさんが頭を板の間へすりつけた。夕べは寝られなかつた。清が笹飴を笹ごと食ふ夢を見た。来年の夏は帰る。今日学校へ行つてみんなにあだなをつけてやつた。校長は狸、教頭は赤シヤツ、英語の教師はうらなり、数学は山嵐、画学はのだいこ。今に色々な事をかいてやる。左様なら。(5)

この手紙の文体が尋常なものでないことは一見してわかるところだろう。ここには何事かを脈絡だてて他者に伝えようとする意識は見られない。自己の行為だけが（「つまらん所だ」と「かみさん云々」は例外だが）、あらゆる因果関係や説明抜きに羅列されているだけである。手紙を受け取った者に何をどう理解してもらうのかという配慮はいっさいない。いわば書き手自身にしかわからないような、最小限に単純化された言語による行為の記述（メモ）である。

その意味でこの手紙は手紙の文体は、ロトマンが言う「語の単純化」という特徴をもつ「〈私〉→〈私〉言語」＝「自己コミュニケーション(6)」の言語に近い。しかし、これは内言ではなく手紙であり、コミュニケーションの相手としては清が想定されている。ということは、この手紙の文体は、このときの「おれ」の意識の内部での、言葉の受け取り手としての清の位置を明示するものだろう。

すなわち「おれ」にとって清とは、他者に向かって自己を提示する言語（〈私→あなた〉的コミュニケーションの言語）を介さずとも了解しあえる存在、〈私→私〉的コミュニケーションのレベルに等しい自己同一的な存在として想定されていたことになる。事実、あとになって「おれ」は「清をおれの片破れと思ふ」（第六章）ようになる。清は他者ではなく「おれ」の分身なのである。

しかもさらに重要なことは、この手紙の中身が、それまで語り手が饒舌に語ってきた第二章の内容と等価だということだ。つまり語り手の先にふれたような特徴をもつ饒舌な語り口と、清に対する淡白な手紙との文体的差異は、語り手が想定する聞き手（読者）と、「おれ」が手紙の読み手として想定する清との根源的な差異を露呈する機能をもっているといえるだろう。自分の教師体験を当初語る相手だった清を失うことで、「おれ」は自己の淡白な文体を、行為や思考の理由付けに固執する饒舌な文体に変えざるをえないところに追い込まれてしまったのである。少なくとも第二章の段階での「おれ」は、語り手のような文体をもっていなかったということだけは確認しておかなければならない。

この文体の差異はまた、教師体験を経る前の「おれ」と、経たあとの語り手との差異でもある。清という唯一の了解者を失った「おれ」は、過去の自分の行為が常識をはずれた「無闇」なものだと問い詰める〈常識ある他者〉を納得させるために、饒舌な言葉で理由付けを試みる語り手へと変貌したのであり、その〈常識ある他者〉の存在をおれに認識させたのは、一カ月余りの教師体験だったのである。

したがって中島国彦の「漱石は『おれ』の一語をくりかえす中で、坊っちゃんの口を借りつつ、読者一人一人に『人間の心』に支えられた心情的なつながりを希求し続けているのではないか」[7]という見解は、〈ヒューマニズム〉に即した読みとしては許されても、「語り」の分析としては正しくない。コミュニケーションの理論を欠いたかたちでの、ロトマンやバフチンの援用は、「語り」の分析にとっては何ら意味がないものになってしまう。

語り手としての「坊っちゃん」の口をついて出る言葉は、それを発する主体には自覚されていないにしろ、『人間の心』に支えられた心情的なつながり」を失ったところから発せられているのである。

「裏表」のない清の世界との隔離

「おれ」にとって清の存在の意味が自覚化されていく過程は、同時に「おれ」の変貌の過程でもある。第四章のバッタ（イナゴ）事件の際、イナゴを布団のなかに入れた犯人を割り出そうと六人の生徒を「おれ」は問い詰めるが、体よく言い逃れられてしまう。つくづく教師に嫌気が差したところで清のことが思い出される。このとき「おれ」は初めて清の価値を自覚する。「今迄はあんなに世話になつて別段難有いとも思はなかつたが、かうして、一人で遠国へ来て見ると、始めてあの親切がわかる。越後の笹飴が食ひたければ、わざく越後迄買ひに行つて食はしてやつても、食はせる丈の価値は充分ある」。しかし、この段階ではまだ清がなぜそのような「価値」をもつのかについては意識化されていない。ただ「教育」がない清を中学生と対比することで、「教育」というものが、自分のした行為について「仕たものは仕た」と言明しない「嘘を吐いて罰を逃げる」ような「裏表のある」人間を作り出すものとして「おれ」に意識されはじめたのである。

しかし「嘘を吐」く中学生たち以上に始末が悪かったのは、「教育」者である教師たちだった。「おれ」は赤シャツと野だいこに釣りに誘われ、赤シャツから「思わぬ辺から乗ぜられる事があるんです」と謎をかけられる。「おれ」は自分さえ悪い事をしなければいいのだろうと答えるが、それを赤シャツに嘲笑され、また清のことを思い出すのである。

考へて見ると世間の大部分の人はわるくなる事を奨励して居る様に思ふ。（略）いっそ思ひ切つて学校で嘘をつく法とか、人を信じない術とか、人を乗せる策を教授する方が、世の為にも当人の為にもなるだらう。赤シャツがホヽと笑つたのは、おれの単純なのを笑つたのだ。単純や真率が笑はれる世の中ぢや仕様がない。清はこんな時に決して笑つた事はない。大（おほい）に感心して聞いたもんだ。清の方が赤シャツより余つ程上等だ。[8]

赤シャツの指摘はどうやら「おれ」に「世間」や「世の中」のありようそのものを開示してしまったようである。「おれ」が足を踏み入れた「世間」「世の中」は、「嘘をつく法」や「人を乗せる策」を知らなければ生きていけないところだったのである。「嘘をつく法」や「人を乗せる策」とは、裏表がある言葉を使いこなす方法にほかならない。したがって、その対極にある「単純や真率」は、言葉に裏表がないと信じている立場である。清とは、そのような立場を決して笑わず「感心」する存在だったのである。

しかし、自分を取り巻く「世間」「世の中」の論理に対し、「裏表」がない清の世界を対置するだけでは、自己を維持できないところまで「おれ」は追い詰められていくことになる。職員会議で、親切にしてくれると思っていた赤シャツが、宿直騒動の責任は教師にもあると主張し、逆に「敵」だと思っていた山嵐が「おれ」の思うとおりに生徒の厳罰を主張し、さらに山嵐に紹介された下宿を追い出されたあとに野だいこが入ったことを知り、「おれ」は「世の中はいかさま師許（ばか）りで、御互に乗せつこをして居るのかも知れない」とまで脅えるようになってしまう。そして「世間がこんなものなら、おれも負けない気で、世間並みにしなくちや、遣り切れない」と思うに至る。「裏表」がある「世間」の論理が「おれ」の価値基準を侵蝕しはじめるのである。いわば無意識裏にその危機を察した「おれ」の意識は、教師をやめて清と一緒に住むことを夢想する。この気持ちは新しい下宿で清の手紙を読むことでいっそう明確になる。

そして、この手紙を受け取る前に「おれ」は下宿の老婆から、遠山令嬢をめぐるうらなり君と赤シャツの関係を聞かされることになるのである。「裏表」がある人間関係にいっそう嫌悪を感じた「おれ」は「どう考へても清と一所でなくつちあ駄目だ」とはっきり自覚する。しかし、この段階ではまだ清を「東京から召び呼せてやらう」と思っているわけで、「おれ」には四国にとどまる気持ちが残っている。清を呼び寄せればこの「化物」たちのなかでも何とか生きていけるという余地を「おれ」の意識はもっていたといえるだろう。それが、赤シャツと狸によってうらなり君が不本意に九州の延岡に追放されるということを下宿の老婆から聞くに至って、「おれ」は自分から東京に帰ることを決意するに至るのである。

> 貴様がわるいからだと云ふと、初手から逃げ路が作つてある事だから滔々と弁じ立てる。弁じ立てゝ置いて、自分の方を表向き丈立派にして夫からこつちの非を攻撃する。もと〳〵返報にした事だから、こちらの弁護は向ふの非が挙がらない上は弁護にならない。つまりは向から手を出して置いて、世間体はこつちが仕掛けた喧嘩の様に、見做されて仕舞ふ。大変な不利益だ。夫なら向ふのやるなり、愚迂多良童子を極め込んで居れば、向は益増長する許り、大きく云へば世の中の為にならない。そこで仕方がないから、こっちも向の筆法を用ゐて捕まへられないで、手の付け様のない返報をしなくてはならなくなる。さうなつては江戸っ子も駄目だ。駄目だが一年もかうやられる以上は、おれも人間だから駄目でも何でも左様ならなくつちや始末がつかない。どうしても早く東京へ帰つて清と一所になるに限る。こんな田舎に居るのは堕落しに来て居る様なものだ。(9)

ここでの「おれ」の意識は明らかにそれまでのものとは変質している。当初の「おれ」であれば、自分のことを表向きだけつくろって相手を攻撃するようなやり方は無条件で嫌悪し、否定したはずなのだが、ここでは、そのようにされることが「世間体」としてどうなるかが意識され、「世間」の中で「不利益」になると結論される。しかも、それを放置しておくことが「世の中の為にならない」と思うのである。当初否定していた裏表がある世界としての「世間」「世の中」が「おれ」にとっての価値基準として、意識のなかにすべり込んでいる。ここには、無意識のうちに「世間」「世の中」の論理のなかに取り込まれてしまった変節者の姿が露呈されているといえるだろう。

しかし、自分も相手のようにならなくては「始末がつかない」というところまで後退した意識に対し、ぎりぎりのところで以前の「おれ」の意識が揺り返してくるのである。それが東京へ帰って「清と一所になる」という意識にほかならない。

いずれにしてもいままでたどってきた「おれ」の無意識な清への回帰願望から、意識的なそれへの転換の過程は、同時に「おれ」が「裏表のある奴」らの論理に侵蝕され、無意識のうちに彼らの世界に取り込まれ変節させられていく過程でもあった。清に象徴される「裏表」がない世界への回帰願望が強まり意識化されていくことは、「おれ」が「裏表のある」「世間」や「世の中」の論理を生き始めていくことへの無意識の抵抗だったのである。「おれ」の清への限りない憧憬は、実は清の世界と限りなく隔たってしまったことへの、つまり失われた自分への無意識の挽歌だったといえるだろう。

繰り返し確認するならば、「おれ」が当初自分の教師体験を語るはずだった相手として清を失い、〈常識ある他者〉を相手に饒舌な語り口で語っていることそれ自体が（この小説を統一している文体そのものが）、「おれ」の決定的な変節を象徴しているといえるだろう。その意味でだけ、この「小説の末尾」で「坊っちゃん自身は死ぬということになってしまう」という平岡敏夫の指摘[10]は正しいといえるだろう。しかし、平岡が言うところの「坊っちゃん」は、この小説の〈はじめ〉から死んでいたということも忘れてはならないのである。この小説の語りは、平岡が言う「坊っちゃん」が死ぬことによってはじめて可能になったものなのである。

裏表のある言葉に巻き込まれる「おれ」

さて、ここであらためてどのような経過で「世間」や「世の中」の論理が、「おれ」の存在を蝕んでいったのかについて検討することにする。実は当初「世間」や「世の中」と対立する特質としてあった「おれ」の「無鉄砲」なあり方それ自体が、表裏がある世界に「おれ」を無自覚なまま引きずり込んでいく要因になっていることは、あまり注目されてこなかったようである。たとえば佐々木充は、「おれ」の「無鉄砲は無原則にそうなのではなく」、「いわれなき侮蔑・攻撃という、筋の通らぬものに対するもの[11]」と意味付けているが、それは「おれ」という男があたかも正義漢であるかのような固定したイメージをもとにした意味付けで、そのような倫理的価値基準は「おれ」の行動原理には存在しない。

また「無鉄砲」とは、冒頭のいくつかの挿話に表れているような、勇み肌を連想させる行動だけを示しているわけではない。「おれ」が「無鉄砲」と名付けた行動原理は、他者の言葉に裏表はないと信じ、その言葉を即自分の行為や思考として引き受けていくという、他律的な行動様式である。語り手が提示する「おれ」の行為の理由には、ほとんど主体的要因が欠落しているのである。

相原和邦が正しく指摘しているように、「おれ」の行為や思考は他者に「いつの間にか巻込まれた形の受動的なもの[12]」なのである。しかし、表層で一貫性をもっているように見える「おれ」の、他者の言葉に対する無前提の信頼と実践という行動原理は、その原理のために逆に裏表がある「世の中」に「おれ」を「いつの間にか巻込」むものとなる。

赤シャツと野だいこが「おれ」を釣りに誘い出してかけた暗示は、山嵐が「おれ」を追放するために、生徒を煽動して天麩羅事件や団子事件、さらには宿直時のバッタ（イナゴ）事件などを引き起こさせたというものだった。しかし、この解釈はあくまで「おれ」が主観的に構成した文脈で、赤シャツと野だいこは実は何事も明言していない。野だいこと赤シャツが語ったのは、意識的に声を操作した「又例の堀田が……」「さうかも知れない……」「天麩羅……ハヽヽヽ」「……煽動して……」「団子も？」という断片であり、それをふまえた「思はぬ辺から乗ぜられる事がある」という注意だけだった。そのような言葉から、堀田＝山嵐が自分を乗せようとしているという〈事実〉を読み取るのは「おれ」の主観的判断によるものであり、彼らの言葉はそもそも〈事実〉を指し示すものではなく、あとでどうにでも言い逃れができるようなものとして仕掛けられていたのである。

こうしたレベルで赤シャツの言葉を信じた「おれ」は、山嵐を疑い始める。他者を疑うということ自体、それまでの「おれ」にはなかった発想の現れだといえるだろう。一方を信じることが、それと対立する他方を疑うことになるという人間関係のなかでの言葉の複雑さのなかに「おれ」は足を踏み入れたのである。山嵐と喧嘩をするつもりで登校した「おれ」は、赤シャツに前日のことは「口外しないと受け合つた」ために「動きがとれない」状態になり、ただ「奢られるのが、いやだから返すんだ」という理由にならない理由をつけて一銭五厘を突き出すだけにとどまる。つまり、裏表がある赤シャツの言葉に縛られることで、裏表がある態度を嫌悪し大喧嘩までしてやろうと思う山嵐に対し、逆に裏表がある態度を「おれ」自身がとらなければならないはめにおちいってしまうのである。しかし、この重大な変節は「おれ」には自覚されていない。「おれ」はあたかも「無鉄砲」という行動原理に即しているかのように振る舞っているし、語り手もその「おれ」に同一化して語っているのである。

このように「おれ」は(他者の言葉に呪縛されるかたちで)無意識のうちに、裏表がある「世間」や「世の中」を生き始めてしまったのである。本人がいくら自分の単純さ、正直さ、純粋さ——つまり裏表がない人間関係を守ろうとしても、自分が関係を結ぶ人間たちに裏表がある以上、自己の信条を守っているつもりでありながら、気がつかないうちに足元をすくわれ、裏表がある人間に変貌させられてしまうのである。そのような「世間」・「世の中」のあり方こそ、作者漱石が言うところの「現今の様な複雑な社会」の本質だったといえるだろう。しばしば引用される漱石の談話『文学談』の一節をあらためて検討してみよう。

『坊つちやん』の中の坊つちやんと云ふ人物は或点までは愛すべく同情を表すべき価値のある人物であるが、単純過ぎて経験が乏し過ぎて現今の様な複雑な社会には円満に生存しにくい人だなと読者が感じて合点しさへすれば、それで作者の人生観が読者に徹したと云うてよいのです。(略)人が利口になりたがつて、複雑な方ばかりをよい人と考へる今日に、普通の人のよいと思ふ人物と正反対の人を写して、こゝにも注意して見よ、諸君が現実世界に在つて鼻の先であしらつて居る様な坊つちやんにも中々尊むべき美質があるではないか、君等の着眼点はあまりに偏頗ではないか、と注意して読者が成程と同意する様にかきこなしてあるな

らば、作者は現今普通人の有してゐる人生観を少しでも影響し得たものである。(13)

ここで漱石が言う「複雑」さとは、いままで述べてきたところの裏表がある言葉、裏表がある人間関係にほかならない。「社会」というものが、そのような裏表があるものだということを知らない「おれ」＝「坊っちゃん」という人物は、そのなかでは「生存しにくい人」なのである。彼のなかにある「尊むべき美質」は、それをもっているために無残に汚され、堕落させられてしまうことになる。そのような悲劇に彼を追い込んでいくのは「普通の人のよいと思ふ人物」、つまり「坊っちゃん」の「正反対」に位置する人たち――赤シャツ、野だいこ、狸たちである。

　さらに重要なのは、ここでは、二度「読者」という言葉が使われているが、それが必ずしも同じ内容を示してはいないということである。前の「読者」は「現今普通人」の「人生観」（意識）に立って「坊っちゃん」が現実社会には生きていけない人間だと考える存在である。これに対しのちの「読者」は、語り手から「諸君」「君等」として呼びかけられ、その「現今普通人」の「人生観」の「偏頗」さを指摘され、「坊っちゃんにも」「美質」があることに「成程と同意」させられる存在である。先にもふれた、二重の応答関係が、作者漱石によって意図されたものだったことは明らかである。

　しかし、「おれ」が赤シャツらの言葉に「乗ぜられ」て、知らず知らずのうちに裏表がある世界に踏み込んでいったのであれば、「おれ」は「世の中」に適応できたはずではないかという疑問も当然出てくる。「おれ」が結果的に不適応者として終わるのは、無意識のうちに裏表がある言葉と人間関係に巻き込まれることはあっても、意識的にそのような言葉を使い、そのような人間関係に入ることは拒みつづけていることに帰因する。そこに一方では「おれ」の敗北と堕落の過程としてこの小説を読む平岡(14)や相原(15)の論が生まれ、他方「おれ」の行動原理は変わらないとする有光隆司の論(16)が生まれてくる要因がある、この矛盾を解く鍵は、この小説での〈公〉の立場と論理、それを表す〈公〉の言語の扱われ方のなかにある。

〈公〉の言葉と〈私〉的行為

「おれ」が出合う最初の〈公〉の言語は、着任早々聞かされた、校長＝狸の「教育の精神」に関する「長い御談義」だった。それは「生徒の模範」になり「一校の師表」と仰がれ「個人の徳化」を及ぼす存在になれというものだった。この「無暗に法外な注文」に対し「おれ」は「嘘をつくよりましだ」と思い、「到底あなたの仰やる通りにや、出来ません、此辞令は返します」と答える。「おれ」は狸の言葉を字義どおり実践すべきものとして受け止めたわけだが、この答えに校長のほうは驚いてしまう。狸にしてみれば、彼が語った「教育の精神」はあくまで〈公〉の建前であって、何も字義どおりに実践されることなど期待してはいないのである。したがって彼はあわてて「今のは只希望である。あなたが希望通りに出来ないのはよく知つているから心配しなくつてもいゝ」と付け加えたのである。そして、狸の笑いは、建前としての〈公〉の言葉を理解しない、常識を欠いた「おれ」を嘲笑するものにほかならない。

ここに象徴的に提示される建前だけの〈公〉の言語とは、それに伴ういっさいの責任ある行為に対する明言を欠いた、そしてなおかつ言葉のレベルだけでは〈理論〉的な整合性をもった逃げ道がある言語である。そうした〈公〉の言葉のなかで生きていくのが教育者の世界であることを、狸は「おれ」に教えたともいえるだろう。しかし、この時点で「おれ」はそのことについて自覚はしない。教師に要求されている〈公〉の建前と、個人としての〈私〉的生活とをどう使い分けるかなどという発想は「おれ」にはない。個人としての〈私〉的レベルで「教育の精神」を受け止めたからこそ「おれ」は、辞令を返そうと思ったのである。

こうした「おれ」の〈公〉と〈私〉という二重性についての無知が、一連の事件（天麩羅・団子・温泉事件）を生み出すのである。つまり生徒たちは、教師に対して無前提に〈公〉の立場を要求し、〈公〉の人格として教師を見ているわけで、その〈公〉のあるべき姿の裏に見える、「好き嫌」を基準にした〈私〉的な行為は、まさに人格の食い違いとして笑いの対象となってしまう。そしてこの生徒たちの笑いを前奏としながら、職員会議での一連の事件に対する狸や赤シャツによる批判が展開されることになるのである。

職員会議の場面は、〈公〉の言語の見本市ともいえるものになっている。生徒の処分に対する責任ある見解を回避した狸の発言は、「腹蔵のない事」を「御述べ下さい」と言いながら建前だけの議論を、この場に強制している。赤シャツの一見教育的配慮をにおわせる演説は、学校の表向きの対面を考えるだけで、具体的な方策については何も明言しない中身がない言語である。それを支持する野だいこの言葉に至っては「野だの云ふ事は言語はあるが意味がない」と「おれ」が正確に批判するように、議論の対象となっている生徒の処分に関しては「徹頭徹尾」自己の見解を隠蔽した空語なのである。職員会議で発言される〈公〉の言葉は、それに伴う具体的な行為やそれについての責任をいっさい回避した、「初手から逃げ路が作つてある」（第十章）言語にほかならない。

しかし、こうした〈公〉の言語に同じ土俵で対抗する言葉を操ることは「おれ」にはできない。「おれ」は「私は徹頭徹尾反対です」[17]と言うだけで絶句してしまい、二言三言付け足しただけで着席してしまうのである。「おれ」はそもそも、このように裏表を前提にした〈公〉の言語を自ら使うことができない男として設定されていたのである。「おれ」は「会議や何かでいざと極まると、咽喉が塞がつて饒舌れない男」（第七章）であり「きまつた所へ出ると、急に溜飲が起つて咽喉の所へ、大きな丸が上がつて来て言葉が出ない」（第九章）存在だったのである。

そのような「おれ」の代弁者となるのは山嵐である。山嵐は〈公〉の言葉を駆使しながら、しかし狸や赤シャツとは違って誰が正しく誰が間違っているのか（「公」の価値に統一された善悪の判断）を明言する。彼はあくまで理論を武器に狸や赤シャツと同じ土俵で彼らの見解に対抗しようとしていたのである。「おれ」は「おれの云はうと思ふ所をおれの代りに山嵐がすつかり言つてくれた様なものだ」と思うが、それは誤認だろう。「おれの言はうと思ふ所」とはあくまで生徒が悪く、彼らを厳罰に処するべきだという私的レベルのことで、山嵐が言う理論も、教育のあるべき姿についての見解も持ち合わせていない。

その意味で山嵐は「おれ」より数段大人であり、裏表がある世界を、〈公〉のあるべき姿に統一しようとする形で克服しようとする存在だったといえるだろう。したがって彼は、宿直中に温泉に出かけた「おれ」の行為を批判することも忘れない。その山嵐の批判に対し「おれ」は、自分が「全くわるい」と謝るのだが、このとき、〈公〉という意識が自覚化されてくるのである。

「おれ」を笑う教師たちに対して「貴様等是程自分のわるい事を公(おほや)けにわるかつたと断言出来るか、出来ないから笑ふんだらう」と内心食ってかかるのである。ここでもまた無意識のうちに、それまでの「おれ」にはなかった価値基準が他者の言葉を媒介にしてすべり込んでくるのである。それまで〈公〉と〈私〉といった価値領域が分節化されていなかった「おれ」は、これ以後〈公〉の建前にそぐわない相手の「失策をあばいて」いくというかたちで赤シャツと対抗するようになるのである。赤シャツに対する明確な批判者となることは、実は〈公〉と〈私〉の立場を使い分けることを知らないという「美質」を失い、〈公〉と〈私〉の人格の矛盾を突いて相手を叩くというところまで変質することだ。しかし、それは赤シャツや狸のように逃げ道がある〈公〉の言葉を使うことも、〈公〉に即して〈私〉を笑う生徒たちとも、〈公〉に〈私〉を統一しようとする山嵐とも異なる世の中での「おれ」独自の立場の選択でもあった。

この独自の立場は、うらなり君の延岡行きの真相を下宿の老婆から聞き、赤シャツがもちかけた増給の話を断りに行く場面で明確になる。赤シャツから、自分が得た情報の非事実性を指摘され、「下宿屋の婆さんの云ふ事は信ずるが、教頭の云ふ事は信じない」のかと問い直され、反論の根拠を失った「おれ」はこう決断する。

> 先がどれ程うまく論理的に弁論を逞(たくまし)くしやうとも、堂々たる教頭流におれを遣り込め様とも、そんな事は構はない。議論のいゝ人が善人とはきまらない。遣り込められる方が悪人とは限らない。表向は赤シヤツの方が重々尤もだが、表向がいくら立派だつて、腹の中迄惚れさせる訳には行かない。（略）人間は好き嫌で働らくものだ。論法で働らくものぢやない。[18]

「おれ」が選んだのは「表向」の正当性をもつ「論理的」な「弁論」としての〈公〉の言葉ではなく、「好き嫌」というきわめて個別的な価値を基準にした〈私〉的言語だったといえるだろう。ここに「裏表のある」言葉に満ちた「世間」のなかで「おれ」が初めて主体的に選び取った位置が自覚されてくる。この小説を〈はじめ〉から〈終わり〉まで一貫して統一するきわめて主観的な語り口は、有光隆司が正しく指摘しているような「直観的、非論理的で、客観性に著しく欠ける」「善か悪か、正か不正かという『単純』な二元思考」に裏付けられていたのであり、その基準はここで獲得された「好き嫌」の〈私〉的価値領域にあったのである。

あらためて確認するなら、饒舌な語り手の言葉の〈私〉的価値基準は、裏表がある「世間」を生きたなかで、他者に追い詰められた結果獲得されたものであり、語り手の生得の〈性格〉ではない。そして、ここで選ばれた〈私〉的な立場＝「好き嫌」による裏表の統一という志向のために、「おれ」は〈公〉による統一を試みようとした山嵐と、〈沈黙〉を守ったうらなりとともに、この世界からはじき出されてしまうのである。

したがって、語りの層での主観的な意味付けを離れて解読するなら、〈公〉に通用する論理的正しさは、当然赤シャツの側に存在しているのである。換言すれば、この小説を常識のレベル、作者漱石が言う「現今の普通人」の意識から読めば、常識的な正義は赤シャツの側にあるといえる。遠山令嬢との関係も、〈私〉的な噂話のなかではいろいろと取り沙汰されたとしても、〈公〉の建前のうえでは何ら不条理なことはしていない。またうらなり君の延岡行きにしても、狸と赤シャツは、給金を上げてほしいという母親の言葉をその意味でだけかなえているわけで、むしろ「希望」に即した処置をしたことになる。

また最後の「天誅」の場面でも、山嵐と「おれ」が目撃したのは七時半に赤シャツのなじみの芸者が「角屋」に入り、十時過ぎに赤シャツと野だいこが入り、翌朝五時過ぎにあとの二人が出てきた、という事実である。この事実だけでは、赤シャツが芸者と角屋に泊まったという証拠、ひいては、教頭という〈公〉の人格と〈私〉的人格の矛盾背反の裏をとったことにはならないのである。

「僕は古川君と二人で泊つたのである。芸者が宵に這入らうが、這入るまいが、僕の知つた事ではない」という赤シャツの言葉はあくまで論理的には正しいのである。したがって、そのあと「だまれ」と言って赤シャツをなぐる山嵐は、すでにあの職員会議や送別会で〈公〉の言語のなかで赤シャツに対抗しようとした存在ではなくなっている。山嵐は論理的な、つまり社会や〈公〉に通用する制裁は断念し、私的なそれ（私憤）へ転じたのである。そして彼は「理非を弁じないで腕力に訴へるのは無法だ」という赤シャツの批判を「無法で沢山だ」と認めているわけで、いわば自覚的に変節したのである。その意味で本質的な「挫折」は堀田（山嵐）にあるとした有光の指摘は正しい。

このような〈公〉の言葉に対する「おれ」の関わり方から次のことが明らかになる。「おれ」は四国の中学校に赴任するまで、言葉そのものに裏表があることは自覚していなかった。しかも、言葉の操作いかんによっては、その言葉に本来伴うはずの行為や思考の真相を隠蔽することができ、「初手から逃げ路が作つてある」、「自分の方を表向丈立派にして夫からこつちの非を攻撃する」ように言葉を仕掛けることができるなどとは思いもよらなかったのである。そのような言葉のあり方、「現今の複雑な社会」での言葉のあり方に、「おれ」は〈公〉の言語と葛藤するなかでふれていくことになる。そして、裏表があり、逃げ道が仕掛けてある言葉を使う人間たちの世界こそ「世の中」であり、自分もまたその論理に従わないかぎり生きていけないことを、先に引用した第十章で明確に自覚することになるのである。

だが、この自覚に至る以前に、自分が「世の中」の論理によって変貌させられてしまっていることに「おれ」は気づかない。赤シャツ・狸・野だいこなどのように〈公〉の言語を自分からは使わないし、使えないという点で、さらに他者の言葉を裏表がないものとしてたやすく信用し行為に移してしまうという点で、「おれ」は自分の一貫性は保持されていると思っているのである。そして、その一貫性を統一しているのが、第八章で獲得された主観的な認識を根拠付ける、「好き嫌」を基準にした〈私〉的言語としての語りなのである。つまり「おれ」の主観的な自己認識（語りの層）に即して言えば、「おれ」の行動原理は不変であり一貫性をもっていて、そのレベルで「坊っちゃん」は変わっていないという主張をすることはできるだろう。

しかし、語りの層を離れてみれば「おれ」を「世の中」の真相に開いていく他者の言葉、すなわち「おれ」が信用し行為や思考の基準にしていく他者の言葉は、当初の赤シャツの言葉から、萩野の婆さんのそれへ、そして山嵐の言葉へと変化していく。その変化は、〈常識ある他者〉としての赤シャツが正しく指摘しているように「特別の理由もないのに豹変」（第八章）するような態度にほかならなかった。赤シャツと野だいこの暗示にかかって山嵐を疑いだすときも、萩野の婆さんの話を聞いて赤シャツがうらなり君から遠山令嬢を奪おうとしていると判断し、さらにうらなり君が不本意のまま延岡に追放されようとしていると考えるときも、また祝勝会の乱闘事件は赤シャツが仕組んだものという山嵐の言葉を信用するときも、「おれ」はその言葉が真実であるか否かを証明する事実を確かめようとしない。

「特別な理由」としての事実の確証がないまま、「おれ」は他者の言葉を自己の価値基準・判断基準として取り込んでしまうのである。ただ山嵐を疑う意識から、赤シャツが「曲者」だと決めつける意識の転換点では、温泉町の土手を赤シャツとマドンナが並んで歩いていたという事実を目撃していて、これを翌日赤シャツが否定するという事実とあわせて根拠にしている。しかし、これも赤シャツが裏表がある人間だと判断する根拠にはなっても、彼が横車を押してうらなり君からマドンナを奪ったとする萩野の婆さんの話を証明するものにはならないのである。

ここで問題なのは、「おれ」が確証なしに他者の言葉を信じてしまったということよりも、これらの言葉そのものが、事実の裏付けがない、あるいは裏付けようがない言葉だったということである。「おれ」が自己の行為と思考の基準とする、赤シャツ、萩野の婆さん、山嵐などの言葉は、すべて噂話を基にしたものか、その発話者の主観的判断（〈私〉的言語）だったのである。これら他者の言葉は「おれ」から真相そのものを隠蔽し、さらに「おれ」から自分の行為や思考についての〈公〉に通用する客観的な「理由」をも奪っているのである。

ここに、「おれ」が「豹変」せざるをえない「理由」があったのである。山嵐と「おれ」が退職に追い込まれる（実は山嵐だけで「おれ」は勝手に辞職するのだが）理由になったのが、まさにこの噂話のレベルの言語を、あたかも〈公〉の価値基準のように吹聴する新聞の記事だったことは象徴的である。

「うらなり」君の沈黙のコード

いずれにしても、『坊っちゃん』という小説は、語り手の主観的な語りの層に即せば、「おれ」があたかも一貫した〈性格〉をもちつづけたかのように見えるが、しかし、そこから離れて客観的な立場（常識者の意識）で読めば、正直や純粋という当初の「美質」を「世の中」＝他者の言葉と関わることで失っていく「おれ」の「豹変」の過程が見えてしまうという逆説的な構造をもっていたのである。そして、それは、一方の他者を信用することがもう一方を疑うことになり、裏表がある存在を嫌悪し、それをこらしめるためには、相手の裏表を暴くために隠れて相手を探偵するという裏表がある存在に自分自身がならなければならないという逆説をも読者に開示している。

「おれ」と山嵐はついに赤シャツの裏表を証明することはできずに敗北し、「おれ」はついに自己の変貌と、その理由を自覚せずに終わる。しかし、そうしたことを語る主観的な語りの層の裏に、読者は裏表の言葉が渦巻く「世の中」＝「現今の複雑な社会」の真実を読んでしまうのである。

このような「世の中」に最後まで巻き込まれなかったのは、うらなり君である。「おれ」は無意識のうちに、うらなり君に失われた過去の自分、正直・純粋といった「美質」をもった自分の姿を見ている。「うらなり」という あだ名をつけるときにだけ、清の言葉が思い出されるのも象徴的である。「うらなり」君とは、「おれ」にとって全き了解者だった清によって名付けられた存在だったといえるだろう。つまり「うらなり」君とは、裏表がある「世の中」に生きながら、ついに裏表の論理をも自覚せず、またその論理に染まらなかった人間であり、裏表がある世界の対極に位置する清と同じ存在だったのである。彼は、送別会での真意を押し隠した狸や赤シャツの言葉に心から感謝しているように「おれ」には見える。「自分がこんなに馬鹿にされてゐる校長や、教頭に恭（うやうや）しく御礼を云つてゐる。それも義理一遍の挨拶ならだが、あの様子や、あの言葉つきや、あの顔つきから云ふと、心から感謝してゐるらしい」と「おれ」は思う。

ここに「おれ」がうらなり君を、「君子」であり「聖人」だと意識する理由がある。この沈黙しつづける「聖人」は、裏表がある「世の中」に「乗ぜられ」、遠く九州の延岡まで放逐される。「世の中」を〈公〉＝表のレベルで統一しようとした山嵐と、〈私〉＝裏のレベルで統一しようとした「おれ」の二人は逆に四国から東京へと放逐される。そして当初の「美質」を失った「おれ」は東京に戻ってから「好き嫌」を価値基準にした饒舌な〈私〉的言語で自己の体験を語る語り手となったのである。

有光隆司が指摘しているように、四国の任地で起こっていた本当の「大事件」が、うらなり君が赤シャツにマドンナを奪われ、延岡に追放されることだとするなら、最も重い「受難[19]」はうらなり君の側にあったといえるだろう。言葉を発せず、決して自分のことなど語ろうとしないうらなり君の位置（延岡――沈黙する世界）は、赤シャツらの世界（四国――裏表のある世界）はもとより、山嵐（会津・東京――表としての〈公〉的言語世界）や語り手（東京――裏の〈私〉的言語世界）をも相対化しているのである。しかし、うらなり君の位置は、それが沈黙の世界であるために『坊っちゃん』のテクストを解読する体系化した枠組みにはついにならず、読者の意識の周縁部に押しやられていく。

沈黙を解読コードにした読みが可能になるかどうかは、読者の言葉の世界に対する関わり方そのものに規定されている。そこにこの小説テクストを読者に送る、作者漱石が仕掛けた本質的な逆説がある。

2 『心』での反転する〈手記〉――空白と意味の生成

国家的イデオロギー装置としての『こゝろ』

『心(こゝろ)』というテクストの〈小説〉としての享受のされ方ほど、日本近代文学をめぐる思考と感性の制度をあらわにしているものはない。高校の国語教科書や大学の一般教養向け教科書に、最も象徴的に現れているように、「上――先生と私」「中――両親と私」「下――先生と遺書」という本来対話的に構成されている『心』のテクストは、「下――先生と遺書」だけを他から切り離し、それだけを中心化し、〈作者〉漱石の思想と倫理とを解釈する対象として、〈小説〉化されてきたのである。

とりわけ『こゝろ』をめぐる批評と研究は、こうした一種の病ともいえる偏執性に貫かれていて、いま私の目の前にある膨大な数の『こゝろ』論のほとんどは、「下」を中心として、「先生」の言説の背後に、〈作者〉漱石の思想を解読しようとするものなのである。そしてある意味では官民一体となったかたちで、「道義」とエゴイズム、恋愛と友情、信と不信といった二項対立的な枠組みが「正しい」解読格子として設定され、その二項対立を止揚するものとして「明治の精神への殉死」といった、欲望を禁忌のなかに押し込める、精神と倫理の優位性に裏打ちされた死の美学に、普遍的価値が与えられてきたのである。

もちろん批評や研究のなかには、「上」「中」を軸に論じたものもある。しかしそれらとて、そこに「下」に向かう周到な伏線を確認するだけで、〈小説〉の意味を決定する契機が〈先生〉の遺書にだけ見いだされていることに変わりはない。伏線という発想自体、はじめのうちは「不得要領」のうちに伏せられていた謎が、最終的に謎解きに誘うという線的な構造を前提としているのだ。こうした思考と感性の制度は、結果的には読者とテクストとの関わりをも、直線的なものにたがはめする方向で機能している。

それはまた「遺書」という「死」の言説を意味の中心にすえることで、人間の存在を、「死」の意味という不変の同一性へと収斂してしまうものでもある。従来の『こゝろ』の論者は、日本浪漫派から「進歩的」知識人まで、方法や観点の違いはあれ、結局は何らかのかたちで「先生」の死を美化せずにはいられなかったのである。こうして『こゝろ』という〈小説〉は、「倫理」「精神」「死」といった父性的な絶対価値を中心化する、一つの国家的なイデオロギー装置として機能することになってしまったのだった。若い読者たちは、「先生」の「倫理」的・「精神」的な「死」の前に跪かされ、萎縮し、自己の倫理性と精神性の欠如を、神格化された〈作者〉

の前で反省させられてきたのだ。

私の意図は、国家の反動的なイデオロギー装置と化した『こゝろ』という〈小説〉を打つことにある。そしてその根拠は、実は『心』のテクストそのもののなかにあるのだ。「上」「中」「下」の三つの部分は重層的な円環を描く時間のなかで、相互に対話的に関わっている。

直線的な時間軸に直せば、まず「下」で書かれる「先生」の過去が最初に位置し、その末尾近くから「上」で書かれる「私」と「先生」の出会いへとつながり、「中」の後半部が遺書を書く「先生」のいまと重なり、「中」の末尾から「私」が「遺書」を読むいまへと連なり、さらにそれから一定の年月が経過し、自らの手記のなかに遺書を引用するという、「私」の書く時間へとつながるのである。そして、こうした重層的な円環を読者の読む「今」が刺し貫くことになる。

そのことはまた、過去の「先生」と「遺書」を書く時点での「先生」、「遺書」を読むまでの過去の「私」と手記を書いている「私」、そして読者の私という、差異的な自己意識が、多層的円環的に組み合わされる構造でもあるのだ。そしてそれは「私」と私との対話性のなかで常に開かれていく、生の円環でもある。

先生の遺書の書き方への「私」の批判

開くことでしか、再び〈始まり〉に戻ることでしか、読むという行為——言葉と出合ういまを即座に過去にしながら、その一つひとつの記憶を持続させながら、線をそして面を織り成していく運動——を停止することができないテクストとして、私にとっての『心』は存在しているように思える。そして、読む行為を停止したのちも、私が出合ってきた言葉の集積は、なお相互に反応しつづける運動を停止することはない。そのようなものとして、『心』を開く冒頭は、次のように書きだされていた。

> 私は其人を常に先生と呼んでゐた。だから此所でもたゞ先生と書く丈で本名は打ち明けない。是は世間を憚

かる遠慮というよりも、其方が私に取って自然だからである。私は其人の記憶を呼び起すごとに、すぐ「先生」と云ひたくなる。筆を執つても心持は同じ事である。余所々々しい頭文字抔はとても使ふ気にならない。

(上―第一節。傍点は引用者。以下、同様)

このわずか数行の表現は、その短さにかかわらず、「下」での「先生」の遺書の表現構造全体を差異化するものとなっている。「先生」は最も核心的な告白を、「私はその友達の名を此所にKと呼んでおきます」(下―第十九節)と書き始めていた。まさに「先生」は、自分の心に決定的な刻印を残した親友のことを、「K」という「余所々々しい頭文字」を使って書き記したのだった。そしてそれ以後、遺書の冒頭に狂おしいまでに表れていた「私」への二人称的呼びかけは消えていくことになる。そのような書き方、言葉の使い方そのものを、「私」は差異化する方向で自らの言葉を発しはじめるのだ。その行為は暗黙のうちに、「先生」の「K」に対する関わり方(記憶)が、「余所々々」しいものだったことを示している。同時に、「私」と「先生」との間で作り出された関係(記憶)が、それとはまったく異なったものであることを宣言しているのである。

しかしまた、この表現からは、「先生」という存在に対する否定や批判の調子を感得することもできない。むしろそれは、「先生」という存在への、全面的な共感を印象付けるはたらきをしている。そして「私」が言葉を発する身ぶりは、「先生」の行為を反復するものである。一方で「先生」という存在全体に共振し同調し、その生を反復しながら、他方「先生」が残した「遺書」の書き方(そこで言葉化されている他者との関わり方、他者をめぐる記憶=過去のあり方)に対しては徹底して差異化する。そうした一種シリーズ化したテクストの相互運動、シリーズ化した人格と言葉の相互運動が『心』という小説の基本的な特質である。

では自分が「筆をとって」「書く」という行為の過程で、記述される他者を「先生」と「呼ぶ」ことと、「頭文字」で書き付けることとの間には、どのような異なりがあるのか。「呼ぶ」こと、それは呼びかける人格と、呼びかけられる人格を、言葉が生まれる場に現前させ、あたかも直接的な二人称として関わろうとする運動にほかならない。

呼ぶ者と、彼の言葉と、呼びかけられる相手の存在とは、同時に不可分の相補性のもとに現れてこなければならない。決して相手は、たとえ「其人」がすでに死に、過去の存在、いまは不在の人であっても、この同時性と相補性は作り出されなければならないのだ。「其人」は過去と記憶のなかに自己完結的に同一化されるのではなく、過去と記憶の集積点であるいま、新たに生きられる過程(プロセス)なのだ。

だからこそ、「其人の記憶を呼び起すごとに、すぐ「先生」と云ひたくなる」のであり、「其人」の存在は、決していまから切り離された過去に押し込められているのではなく、〈いま―あなた―と―ともに在る〉という二人称的な交わりのなかで、呼びかけ応え合う存在として共存し、新たな交わりを生成しているのである。

いま書いている手記の読者には、本来「其人」という三人称としてしか伝達できないような他者の存在に対して、しかしそれでも自らの言葉のなかで二人称的な交わりを残存させ、持続させ、蘇生させようとする。それが「先生」と呼びかけつづけるなかで、手記を記述しようとする「私」を貫いている運動にほかならない。

このような「私」の手記の書き方、つまりは「上――先生と私」「中――両親と私」での言葉の運動に対して、親友をKと「余所々々しい頭文字」で現してしまった「下――先生と遺書」の言葉は、他者の存在を対象化し客体化する極限、つまりは文字どおり他者を記号化し一義的な意味へ同一化してしまうような三人称的な関わりを現したものとなる。

いまから限りなく切り離された過去のなかに、他者の人格を固定してしまうような言葉、そして他者に対してそうすることによって、自分自身をもまったく同じように対象化・客体化してしまうような言葉が「先生」の遺書を貫いている。このような言葉のあり方に潜在的な、だからこそまた全体的な違和を表明し、それを差異化しつづけることを宣言しているのが、『心』が開かれる冒頭の表現なのだ。

このたった一つの事実からも、「下」だけを切り離して高校生や学生に読ませること、「下」だけを分析の対象として一義的に解釈しようとすることは、『心』というテクストの生命の線を切断することであり、そうした論者たちが崇める「先生」を限りなく裏切りつづけることにほかならない。

なぜなら「先生」は自らの遺書の言葉を、「私」という自分とは限りなく差異的でありながら、同時に自分の生を受け継ぐような存在に託したのであり、その言葉は「私」の「こころ」のなかでそれ自身の意味からずらされ、新しい意味を生成するものとして流れつづけるのであり、決して一義的な意味を凝固させようとする者を読者として選んではいないからだ。

「先生」の遺書の書き方に対峙するような「私」の態度表明は、その後「上」のなかで繰り返し変奏されることになる。たとえばKの墓参に同伴しようとした「私」は、「先生」の目の「異様な光」「迷惑とも嫌悪とも畏怖とも片付けられない微かな不安らしいもの」（上―第六節）によって固く拒まれてしまう。

> 然し私は先生を研究する気で其宅へ出入りするのではなかつた。私はたゞ其儘にして打過ぎた。今考へると其時の私の態度は、私の生活のうちで寧ろ尊むべきものゝ一つであつた。私は全くそのために先生と人間らしい温かい交際が出来たのだと思ふ。もし私の好奇心が幾分でも先生の心に向つて、研究的に働らき掛けたなら、二人の間を繋ぐ同情の糸は、何の容赦もなく其時ふつりと切れて仕舞つたらう。若い私は全く自分の態度を自覚してゐなかつた。それだから尊いのかも知れないが、もし間違へて裏へ出たとしたら、どんな結果が二人の仲に落ちて来たろう。私は想像してもぞつとする。先生はそれでなくても、冷たい眼で研究されるのを絶えず恐れてゐたのである。
>
> （上―第七節）

決して相手を「冷たい眼」で「研究」するような関わり方をしないこと、それが「先生」との「人間らしい温かい交際」を支える「私」の姿勢だった。しかもそれが「自覚」されていない「私」の自然なあり方だったからこそ、「尊むべきもの」だったのでもある。

人の「心に向つて、研究的に働らき掛け」るような関わり方とは、とりもなおさず人の「こころ」を、観察と分析によって対象化・客体化すること、いわば事物と等しいモノとして取り扱うことだ。そのとき他者は、主体に対する客体として引き離され、観察され分析される単なる実験材料のように、限りなく私の「こころ」から遠ざけられてしまう。そのような関わり方を、明確に拒否したところに、「私」と「先生」を「繋ぐ同情の糸」が結ばれ、そして切れなかった最大の理由があるのだ。

そして実は、他者を「冷たい眼」で観察し、「研究的」にしか関わることができなかった人間の告白が「先生」の遺書だったのである。自分の両親の死からその告白を始めた「先生」は、父のあとを追うような母の死に言及しながら、その臨終の床にある母に対してでさえ、「物を解きほどいて見たり、又ぐるぐる廻して眺めたりする癖」を捨てられず、その「性分が倫理的に個人の行為やら動作の上に及んで」「他（ひと）の徳義心を疑うようになつた」（下―第三節）ことを強調する。

父の死、そして叔父の財産問題をめぐる「胡魔化し」（下―第九節）を通して、「先生」は「子供らしい」「心の眼」（下―第五節）を失い、人の表と裏を分離し、徳義を疑う「猜疑の眼」（下―第八節）をもってしまうのだった。しかもそのような「眼」の獲得が「世の中にある美くしいものの代表として」「女を見る事」「盲目の眼が忽ち開く」（下―第七節）ことと同時だったことにも注意しておかなければならない。

「美くしいもの」とは、あの「殆んど信仰に近い愛」を抱いていたお嬢さんにほかならない。「美くしいもの」を見ようとする「眼」が、そのまま「他（ひと）の徳義心を疑う」「猜疑の眼」になってしまうような二重構造、「信」と「不信」による世界の二分法を、「先生」の目はくくり込んでしまったのである。

このような二分法は、とりもなおさず他者の言葉、表情や態度の原因として、常に「人間らしい」「信用」と「利害問題」をめぐる「策略」の矛盾を分節化し、そのどちらが「真実」であるかを二者択一しなければならないという、因果論の堂々巡りを意識のなかに作り出す。

こうした意識は「奥さん」や「お嬢さん」との関係性でも、「先生」を「煩悶」におとしいれる。自分に対する二人の態度の「背後」に「策略」を読み取らざるをえない「眼」は、自分自身を「絶体絶命のような行き詰つた心持」におちいらせる。そして脱出口はない。なぜなら、「信用」と「猜疑」は「何方も想像であり、又何方も真実であつた」（下―第十五節）からである。

二者択一を迫られながらも、どちらも選ぶことができない二重拘束の状態、そしてたとえどちらかを選んだとしても、すぐまたそれが二分化されてしまうような二重拘束の閉じた円環連鎖を作り出すのが、「冷たい眼」にほかならなかった。他者に向けられた「冷たい眼」は、そのまま自分自身を引き裂くまなざしとして、返ってくるのである。

しかし誰よりも「先生」の「冷たい眼」にさらされ、「研究」の対象にされたのはKだった。「お嬢さん」への恋を告白するKの表情は、「口元の肉」の微妙な「顫え」さえ見逃されずに「先生」の「眼」に捉えられ（下―第四十節）、再び「恋愛の淵に陥いつた」自分への批判を求めたKを、「先生」は「丁度他流試合でもする人のように」「注意して見てゐた」のである。そのとき「先生」は、「私の眼、私の心、私の身体、すべて私という名の付くものを五分の隙間もないように用意」するという、自我意識の鎧で身を固めた、徹底して主我性に凝り固まった存在と化していたのである。「先生」はKの心を「彼自身の手から、彼の保管している要塞の地図を受取つて、彼の眼の前でゆつくりそれを眺める」ように、明瞭に把持していた。

しかし、そのことは決してKの「こころ」をよくわかっていたということではないのだ。そこには、Kの苦しく切ない思いを共有し、「苦しい」とだけ言った彼の身になり同情するという、人の「こころ」をわかるうえで最低限必要な共感の姿勢が完全に欠落している。Kの心は、あたかも占領されるべき敵の「要塞」のように、冷たく突き放され、しかしそのぶんだけ明晰な見取図として対象化され、客体化されてしまっている。

Kが発する言葉、彼があらわにする「表情」、まなざし、態度は、ただ「恋の行手を塞」ぐためにだけ解釈され、「一打で彼を倒す」ためにだけ必要な「研究」材料として、親友としてのKという全存在から切り離され、寸断されて、「先生」の「冷たい眼」のレンズの前におかれるのである。

まさに二人の間に「ぴたりと立て切」られた「襖」に象徴されるように、そのような関係性のもとでは、他者に対する自分の心は、そしてまた明瞭に見えていたはずの相手の心も、「暗闇」（下―第四十三節）のなかに閉ざされてしまうことになる。

「私」は自らの手記の書き方を通してこのような「先生」の反省的に記される過去に対してだけでなく、その過去の書き方に対しても差異を明確にしているのだ。「先生」はその遺書のなかでなお、Ｋが発した「覚悟」の意味を、そしてまた彼の自殺の原因を、分析し、解釈しようとすることをやめてはいない。「観察」を通して、当初は「失恋」のため、次に「現実と理想の衝突」のため、そしてついには「私のようにたつた一人で淋しくつて仕方がなくなつた結果、急に所決した」と疑い、「慄と」（下―第五十三節）するのである。ここでも、Ｋに対して主我的な存在としてしか関わることができない「先生」のあり方が露呈している。

自己の主観の枠組みに他者を当てはめ、そこでの同一性を見いだすことで、あたかも他者を理解したと思ってしまう態度こそ、「私」は断じて拒否していたのだった。それは結局、自分の尻尾を自分で飲み込む蛇のように、自意識の閉じた円環のなかで他者と関わることでしかない。

そうであればこそ「私」は、「先生」の死後に書かれている自らの手記のなかで、決してその死を意味付けようとはしなかったのであり、二人称的な関わりそのものを再現することに踏みとどまっているのだ。そうすることによってだけ「先生」との「想像してもぞつとする」ような関係、因果論の閉じた円環を回避し、「同情の糸」を「繋」ぎつづけることができたのでもある。

「血」の論理との決別

「私」と「先生」との出会いで、互いに「眼」で相手を見ること、〈見る→見られる〉関係性は注意深く避けられていた。夏の光に満ちた鎌倉の海の群衆のなかで、「私」は「先生」を発見する。しかし、それだけでは二人は出会わないのである。台の板の下に落とした眼鏡を拾う身ぶりを前奏として（「先生」の近眼が強調されるのは、Ｋに対するあの「嫉妬」を自覚した瞬間、晩秋の雨の日に「Ｋのすぐ後に」「御嬢さん」の姿を見たときだった（下―第三十三節))、「先生」と「私」は群衆から離れ、たった「二人」だけで「広い蒼い海の表面に」「仰向(あおむけ)になつたまま浪の上に寝」るという姿勢(ポーズ)で、ようやく言葉を交わすのだった。

まなざし、まなざされるような姿勢ではなく、互いにその視線を「青空」に向けるように身を波の揺らぎに任せながら、二人は身体の共振を媒介として出会っているのだ。そして「ぱたりと手足の運動を已(や)め」た「先生」の身体が仮死の姿勢であるなら、それを「真似」した「私」のまったく同じ反復された姿勢は、「強い太陽の光」に身を委ねる「自由と歓喜に充ちた」生の姿勢にほかならない。

このように「先生」と出会った「私」は、相手を「観察」も「研究」もしない。ただ「直感」し、「直覚」（上—第六節）するだけだ。そしてその「直感」と「直覚」は、思惟や意識がめぐる「頭」で、あの「眼」と直結した「頭」でおこなわれるのではない。熱い「血潮」が循環する「胸」でおこなわれるのである。「私」が「失望」を繰り返しながらも、「先生」に引かれ、彼に向かって進んでいくのは、「胸」を流れる「若い血」が「先生にだけ」「素直に働」（上—第四節）いたからにほかならない。

思えば「先生」の遺書には一種異様ともいえる血へのこだわりがあり、彼が告白する過去は「血」のドラマでもあったのだ。「先生」は自らの過去を「私」に語り始めるにあたって、こう宣言していた。

> 私は其の時心のうちで、始めて貴方を尊敬した。あなたが無遠慮に私の腹の中から、或生きたものを捕(つか)まへやうといふ決心を見せたからです。私の心臓を立ち割つて、温かく流れる血潮を啜らうとしたからです。其時私はまだ生きてゐた。死ぬのが厭であつた。それで他日を約して、あなたの要求を斥ぞけてしまつた。私は今自分で自分の心臓を破つて、その血をあなたの顔に浴せかけやうとしてゐるのです。私の鼓動が停つた時、あなたの胸に新らしい命が宿る事が出来るなら満足です。（下—第二節）

この衝撃的な「血」をめぐる言葉は、これから語られる過去の最も核心的な部分、「頸動脈(けいどうみゃく)を切つて一息に死んでしまつた」（下―第五十節）Ｋの、「襖に迸ばしつている血潮」（下―第四十節）と呼応している。

しかし「先生」が遺書を書くいま、「私」に「浴せかけようとしてゐる」「血潮」は、決してＫの「頸筋から一度に迸ばしつた」「血潮」のように、二人の間を隔てる「唐紙」の上で凝固したりはしない。その「血潮」は「先生」の「鼓動が停つた時」に、遺書を受け取った「私」の「胸に新らしい命」を「宿」らせるものとして流れつづけるのでなければならない。

そしてこの「先生」の血の呼びかけに応えるかたちで、私は「血」がつながっている「本当の父」と「あかの他人」である「先生」を比較しながら、「肉のなかに先生の力が喰い込んでゐると云つても、血のなかに先生の命が流れてゐると云つても、その時の私には少しも誇張でないように思はれた」（上―第二十三節）と述懐するのである。ここでも注意深く「先生」の影響が「何時か私の頭に影響を与えてゐた」と書いた直後に、「ただ頭というのはあまりに冷か過ぎるから、私は胸と云い直したい」と訂正されている。

「私」の「先生」に対する「血」の共有ともいえる身体的合一感は、このとき「大きな真理」として感得されるが、病床にある父を見つめるなかでさらに思想的に深められ、油蟬の声を聞いていた頃「一人で一人を見詰めてゐた」「私」は、それが「つくつく法師の声に変る」頃には「私を取り巻く人の運命が、大きな輪廻のうちに、そろそろ動いているように思」（中―第八節）うようになるのだった。そして、最終的に臨終近い父を捨て、「先生」のもとへ、否、たった一人残された「奥さん」のもとへ走ることになるのだ。

ここには、父親を捨てることに対し「不自然」さや非合理性を感じるような論者たちの、やわな家族的倫理観を超えた、新たな「血」の関係が生まれようとしているといえるだろう。記述される対象としての過去の「私」は、確かに未熟で純真な青年だが、手記を記述する主体としての私は、すでに「先生」の思想的な枠組みを脱し、新たな運動としての「生」を生き始めているのだ。「私」と「先生」との関係は、単なる「精神的親子」でもなければ、人格的「ミニチュア」でもない。むしろ、「私」が「先生」に近づき、重なり、単なる反復者ではなく、その生を差異化する者として、「先生」がもっていた限界を超えたところから、この手記は書き始められているのである。

「血」の論理、それは親子、兄弟、親族をつなぎ、肉親としての人と人との身体的な連続性と同一性を、なかば先験的に保証するものとして疑われることはなかった。「血」がつながっていれば大丈夫という、暗黙のしかも無前提に近い「信頼」関係が想定され、人間関係をめぐる「倫理」そのものが「血」の論理のもとに培われてきたのだ。それは前近代の社会では、人間関係をめぐる「自然」化された制度として機能していたし、とりわけ日本では「義理」や「人情」を底辺とした人間関係をめぐる「道義」が、疑似的な親子関係をモデルとした「倫理」的網状組織（ネットワーク）として、国家から私的関係性までを包括していたといえるだろう。

「虞美人草」の甲野がこだわりつづけた「第一義」としての「自然」は、そのような伝統的な「道義」だったのである。しかし、明治以後の近代資本主義の論理は、先験化された「血」の論理に基づく「信頼」関係の幻想を根底から突き崩した。周囲の人間を自分にとっての有用性や使用価値から判断し、人格をモノ化し、人間関係を金銭に換算できる利害の関係に置き換えてしまう近代資本主義の論理は、「血」に支えられていた「信頼」関係の裏側に、「下卑た利害心に駆られた」「策略」（下―第九節）をあらわにするのである。「先生」が語る叔父一家との訣別、人間不信の原体験となった、「血のつづいた親戚のものから欺むかれた」（上―第三十節）ことは、まさに近代で「血」の論理の幻想が崩壊したことの告示にほかならない。

思えば『彼岸過迄』の須永のこだわりはそこに集中していたわけだし、敬太郎の探偵行為は「血縁」者の間の信頼関係の崩壊過程を、結果としては「報告」するものとなっていた。漱石の小説世界では、珍しく完全な家族が登場する『行人』の一郎は、血縁者とのいっさいの信頼関係を疑い、孤絶している。そして須永も一郎も「頭」の人であることを自認し、「胸」で人と関わることができない人間だったことが明記されている。また『それから』以後の小説世界では、必ず「血」の論理から生み出された「倫理」――世間の「道義」や「徳義」――と対立する、「あかの他人」同士の出会いが劇的展開を促していたのである。

「先生」と「K」は、同郷者であると同時に故郷遺棄者だった。しかし、「先生」が「血」の論理に基づく信頼関係を裏切られた存在であるのに対し、「K」は「道」のために自らそれを裏切っていたのである。その意味では「K」のほうが、より主体的に「自由と独立と己れとに充ちた現代」（上―第十四節）の論理を選び取っていたといえる。それはまた近代資本主義のもとでの都市生活者の論理でもある。そんな「K」とは異なり、「先生」は、この新しい論理に「淋しさ」を感じていたのである。

「K」との関わりのなかで発生する「悲劇」の大きな要因が、この「血」の論理、つまりは「家族」の論理に対して訣別する、「先生」の中途半端性にあることはこれまで見逃されてきた。故郷を棄てた「先生」は、結局「奥さん」「お嬢さん」との間で擬似的な「家族」関係を構成しなければ生きていけないのであり、そのような関係性を前提にするからこそ「猜疑心」に悩まされるのである。そしてたった一人、孤絶の「道」を歩もうとしている「K」に対し、経済的に親代わりを務めようとし、結局は自ら作り出した擬似的家族のなかに彼を引き込むことになるのである。

「先生」は「家族」の論理との訣別をしきれないまま、「K」の孤独を奪ってしまったのである。それは一見「K」のためであるかのように装われながら。実は自らの孤独の「淋しさ」をいやすための手段にほかならなかったのである。孤独の禁止、一人ひとりの人間が自らの時間と空間をもつことの禁止、それは近親相姦のタブーに匹敵する拘束力をもった、「家族」という組織のタブーなのだ。

しかし人は、自己と他者、自己と世界との間に、真の意味での「繋がり」がなく、「余所々々しい」疎隔しか存在しないことに気づき、そのことを徹底して自覚し、疎隔された状態に耐え、自分とともに存在するような他者との出会いへの希求を、切なる願いへと推し進めるなかで、はじめて脱‐主我的自己を獲得し、他者との共感、〈他者―と―ともに在る〉ことに向かって開かれていくのである。

「先生」が、「私が孤独の感に堪えなかった自分の境遇を顧みると、親友の彼を、同じ孤独の境遇に置くのは、私に取って忍びない事でした」（下―第二十四節）というように、「K」を擬似的な家族関係に引き入れたのは、「K」のためというよりは、むしろ自分のためであり、そうすることによって「先生」は「K」が自己自身と関係を結ぶ（孤独の自覚）時間と空間を侵犯し奪ったのであり、それはまた「K」が本当の意味で他者と出会うことをも奪ってしまったことになる。そしてまったく同じものを「先生」は自分からも奪うことになってしまったのだ。

しかし、「あかの他人」の「先生」と「胸」で関わり、その死後も彼の「血」を自らの「胸」のなかに「新らしい命」として「宿」らせようとする「私」は、はっきりと人間の本質的な孤独を感得し、そのなかに身をおいている。東京を去る汽車のなかで、「先生」と「奥さん」の間に交わされた「どっちが先へ死ぬだろう」という会話を思い起こしながら、「私」はこう考える。

> 然し何方（どっち）が先へ死ぬと判然（はっきり）と分つてゐたならば、先生は何うするだらう。奥さんは何うするだらう。先生も奥さんも、今のような態度でゐるより外に仕方がないだらうと思つた。（死に近づきつゝある父を国元に控えながら、此私が何うする事も出来ないやうに。）私は人間を果敢（はか）ないものに観じた。人間の何うする事も出来ない持つて生れた軽薄を、果敢ないものに感じた。
>
> （上―第三十六節）

人は自分の死をたった一人で死ぬしかない。たとえ愛し合った者同士でも、親子であっても、他者の死をわれわれはどうすることもできない。人は一度生まれてしまった以上、自分のたった一人の死を死ぬために生きていくのだ。そこに「人間の何うする事も出来ない持つて生れた軽薄」がある。そのような孤独の自覚をもとに、「私」は「油蟬の声」のなかで「一人で一人を見詰め」「哀愁」を「心の底に沁み込」ませる。それは決して「孤独の感に堪えなかつた」「淋しさ」ではない。むしろ人間の「孤独」そのものを見つめ、そこに身をおこうとする姿勢である。そして「つくつく法師の声」のなかで「私を取り巻く人の運命が、大きな輪廻」として「観じ」られたとき、「私」ははっきりと既存の「血」の論理と訣別したのである。

たとえ本当に「血」が「繋が」っている父であっても、子はその死をどうすることもできない。一日あるいは一時間と死を遅延させることはできても、死そのものを回避することはできない。そのときには、「子として親の死ぬのを待つているような」（中―第十四節）ことになる。死にゆく者のそばにいることは、自らを慰め、「血」の「論理」を守ることであっても、たった一人死んでいく者を救うことにはならない。

「先生」の「血」――それは遺書の言葉にほかならないのだが――を自分の「胸」のなかに「新しい命」としてめぐらしている「私」が選ぶ道はたった一つである。「世の中で頼りにする」たった「一人」（下―第五十四節）の人を失った「奥さん」のもとへ、「孤独」のただなかにある「奥さん」のもとへ、新たな生をともに生きるために急ぐことしかない。そしてこのような「孤独」――人間の「持つて生れた軽薄」――についての自覚は、自己の同一性と中心性を保証する絶対的他者（父性的存在）の死を待ち、その他者に自己を重ねていこうとする殉死の思想（家族の論理）を脱し、新たな生の論理を生み出すことでもあるのだ。

「先生」の遺書を差異化しつづける「私」の手記

再び繰り返すが、「私」は「血」の論理を否定したのではない。新たな「血」の「論理」と倫理を生き始めたのである。もし単なる「血」の論理、「血」のつながりの否定であるなら、そのあとにくるのは「血」にかわる精神的つながりの実現であるはずだ。しかしそのような精神と肉体を分離させる二分法は、血と肉を疎外した「頭」に宿るような心＝精神のあり方を、「私」は決して選びはしない。「私」は「先生」の精神上の息子などでは断じてない。そのような議論こそ、「家族」の論理の欺瞞的美学によって、『心』の生命を断ち、静的な構図のなかに固定してしまうものである。

「私」が「先生」との関わりの場を、熱い血潮の流れる「胸」に設定するのは、とりもなおさず精神と肉体を分離し、信と不信を分離するような、「頭」による二分法という、「先生」自身がおちいった「思想」の枠組みを解体して脱け出し、限りなく差異的な「生」を生成しつづけるためなのだ。

そして何よりも決定的な精神と肉体の二分法は、「御嬢さん」に対する「先生」の「愛」のなかに表れていた。

それが「殆んど信仰に近い愛」だったことを、「先生」は次のように述懐していた。

> 私は御嬢さんの顔を見るたびに、自分が美しくなるやうな心持がしました。御嬢さんの事を考へると、気高い気分がすぐ自分に乗り移つて来るやうに思ひました。もし愛といふ不思議なものに両端（りょうはじ）があつて、其高い端には神聖な感じが働いて、低い端には性欲が動いてゐるとすれば、私の愛はたしかに其高い極点を捕（つら）まへたものです。私はもとより人間として肉を離れる事の出来ない身体（からだ）でした。けれども御嬢さんを見る私の眼や、御嬢さんを考へる私の心は、全く肉の臭（にほひ）を帯びてゐませんでした。
> （下―第十四節）

本来「肉を離れる事の出来ない」「人間として」の「身体」をもちながら、「御嬢さん」への「愛」では、徹底した上位と下位の二分法、「高い極点」の「神聖」さだけを選び取り、「低い端」の「性欲」を否定し「肉の臭」を排除しようとする心身分離の二分法が「先生」の「心」を貫いている。自己の「心」を、上位と下位、神聖なものと罪をはらんだものに分節化することによって、実は自分の「美し」さや「気高」さも見えてくるのである。「人間として」は分離できないある全体性をもった「心」と「愛」を、垂直の価値軸――直立したときの「頭」と「身体」の位置関係――で意味論的に分節化し、上位のものだけを選び取ろうとする発想は、文字どおりあの「プラトニック・ラブ」に象徴される西欧的形而上学、真の「愛」といった真理や正しさへの同一性を求め、静止し永遠に同一的な不変の価値を求めようとする志向性にほかならない。「先生は何時も静（しずか）であつた」（上―第六節）し、「純白」と「倫理的」「潔癖」生を求めつづけたのである。しかしそうすることは、まったく同時に「純白」や「潔癖」さといった上位価値の下に、排除された身体としての「暗黒な一点」（下―第五十二節）や「恐ろしい影」（下―第五十四節）、「血の色」（下―第五十六節）を抱え込むことになるのである。そしてそれらは、「美くしいもの」の前では、周到に隠蔽されなければならない。

「道」を追求する「K」の「精神と肉体を切り離したがる癖」（下―第二十三節）を批判した「先生」は、結局

「愛」の追求で、「K」と同じように精神と肉体を分離させてしまったのであり、そこに残ったものは、肉体の暗闇によって脅かされつづける、「頭」としての「心」＝精神でしかない。その意味で、二人にとって「精神的に向上心のないものは、馬鹿だ」という一言は、致命的な言葉、自らの生存の価値を奪うだけの力をもってしまったのである。この言葉は、まさに人間の本来的で根源的なあり方を希求し解釈しようとする、身体から分離された精神の悲劇を物語っている。それはある一つの真理といった中心的意味作用へ向けて、欲望を禁止と欠如の枠に囲い込み、その欲望の源である身体を抹殺しようとする衝動でもある。「明治の精神に殉死」（下―第五十六節）するという「先生」の「奥さん」への言葉は、彼の「愛」が最終的に行き着く帰結点でもあったのだ。

どのような根拠、観点からであれ、このような「心」のあり方を「美しいもの」とする思考や感性は、自らを帰属させ従属させうる同一性の意味作用に固執し、秩序と中心へ自己を回収させてしまう反動的な役割しか果たさない。それはあの悲劇の出発点だった、古い「血」の論理、「家族」の論理の郷愁に身を委ねることにしかならない。

精神であると同時に身体でもある熱い血潮が流れる「胸」で「先生」と関わっていた私は、「奥さん」とも「心臓（ハート）」で関わり始めていた。「奥さん」が「先生」をめぐる「疑ひの塊り」を告白するとき、「私」は「私の頭脳に訴える代りに、私の心臓（ハート）を動かし始めた」（上―第十九節）と感じる。そして「奥さん」は、自分の夫のことを「私」と同じように「先生」と呼ぶようになるのである。それは「先生」の不在のときばかりではない。「私」の卒業祝いの際も、一方で直接は「あなた」と呼びかけながらも、「私」に向かって三人称化する場合には「先生」という呼称になっている。

確かに、日本の家庭では、子供を媒介にして、夫婦がお互いを「お父さん」「お母さん」と呼ぶことは一般的である。その意味では、「奥さん」が「先生」を、三人称化して呼ぶことは、「私」を媒介にして、擬似的な親子の関係が作られていたといえるだろう。しかし、逆に子を媒介にした呼称は、夫婦の関係を引き裂いていくことにもなる。夫と妻の、一対一の人称的関係が崩れていくのである。

「私」の、夫に対する関わり方を共有するかたちで、「奥さん」は夫への呼称を選んでいるのであり、その意味で「私」と「奥さん」は同等の位置にあるといえるだろう。しかも「奥さん」が「先生」の同席する場で「私」に向かう瞬間は、きわめて暗示的な対話がおこなわれているのである。その対話と、そのときの「奥さん」の姿勢(ポーズ)を、「先生」の死後ある一定の時間が経過したなかで、手記執筆時の「私」が選択していることを考え合わせるなら、そこに一つの黙劇を見ることができるだろう。

「子供でもあると好いんですがね」と奥さんは私の方を向いて云つた。私は「左右ですな」と答へた。然し私の心には何の同情も起らなかつた。子供を持つた事のない其時の私は、子供をたゞ蒼蠅(うるさ)いものゝ様に考へてゐた。
「一人貰つて遣らうか」と先生が云つた。「貰ツ子(もらい)ぢや、ねえあなた」と奥さんは又私の方を向いた。

(上—第八節)

「然しもしおれの方が先へ行くとするね。さうしたら御前何うする」
「何うするつて……」
奥さんは其所で口籠つた。先生の死に対する想像的な悲哀が、ちよつと奥さんの胸を襲つたらしかつた。けれども再び顔をあげた時は、もう気分を更へてゐた。
「何うするつて仕方がないわ、ねえあなた。老少不定つていう位だから」
奥さんはことさらに私の方を見て笑談らしく斯う云つた。

(上—第三十四節)

「奥さん」の顔の向きが記述されていなければ、「ねえあなた」という二人称的呼びかけは「先生」に向けられたものととれなくもない。

しかし、それだけなら、この会話場面が、あえて「私」の記憶のなかから呼び起こされ、ここに記述されることはなかったはずだ。会話を引用し、あえて、「奥さん」の顔の向きを明示し、「ことさらに」という強調を加えるところに、「私」の記憶のなかでの、この場面の意味があるといえるだろう。

問題なのは、単に二人称的呼びかけの両義性、つまり「先生」と「私」に対する「奥さん」の態度の等価性だけではない。この対話が「先生」の「奥さん」に対する「愛」で、排除された身体的領域、禁止と欠如の枠に囲い込まれた欲望（性欲と生欲）をめぐるものであり、その「先生」との一種対立的な対話についての解答というより同意が、「私」に向けられているということなのだ。しかも前半の引用での、手記執筆時の「私」の自己規定は、いまの「私」に「貰ッ子」ではない「子供」がすでにいることを暗示してもいる。

これ以上の解釈はしない。しかしこの黙劇が、「先生」の遺書を汽車のなかで読み、この世の中にたった一人残された「奥さん」と出会ってから、いまその遺書を自らの手記のなかに引用しようとするまでの「私」が、生きてきた生の過程（プロセス）を示していることだけはまちがいない。古い「血」の論理＝「家族」の倫理を捨て、「持つて生れた軽薄」としての孤独を深々と自覚し、あかの他人と血と肉でつながろうとしていた「私」が、ともに「先生」と呼びかけた人を失った「奥さん」と、「頭（ヘッド）」ではなく「心臓（ハート）」で関わっていた「奥さん」と出会ったとき、選ばれるべき「道」と「愛」は、「K」と「先生」のそれを徹底して差異化するものだったはずだ。否定でも止揚でもない私の「道」と「愛」は、「K」と「先生」の「白骨」を前にしながら、決してそれに脅かされることなく、それを取り込み、精神と肉体を分離させることなく、突き詰められた孤独のまま、〈「奥さん」―と―ともに生きること〉として選ばれたはずなのである。それは人が自己の選択によってそのなかに入ることができ、また選択によって脱け出すことができるような、親と子であり、姉と弟であり、夫婦でもあり、同じ「先生」の弟子でもあるような関係、つまりそうしたいっさいの家族的概念にはくくり込むことができない、家族の領土の一員には決してなることがない、自由な人と人との組み合わせを生きることなのである。

「私」の言葉は、まさにそのような生の過程（プロセス）を、読者の「心臓（ハート）」に生成させ流しつづけるものとして、限りなく

「先生」の遺書の言葉を差異化しつづけるのである。そのことこそが他人の「血」（言葉）を自らの生として宿し、体内を循環させる「心臓（ハート）」の論理なのだ。それは堂々巡りの同一的「循環」ではなく、生を促す螺旋状の流れであり渦巻きなのである。凝固した血を襖（心の境界）に残した「K」の死体を前に、自分の部屋（心）のなかを「ぐるぐる廻ら」ざるをえなかった（下―第四十九節）、死の影に脅かされつづける「先生」の自意識の閉じた円環を、「私」は自己の「心臓（ハート）」を循環する血（言葉）を通して、一刻一刻と生を更新しつづける、開かれた生成の円環へと解き放ったのである。

注

（1）伊藤整「解説」、日本近代文学研究会編『現代日本小説大系』第十六巻所収、河出書房、一九四九年

（2）夏目漱石『坊っちゃん』「ホトトギス」第九巻第七号（一九〇六年四月一日発行）、ほとゝぎす発行所、第一章

（3）「おれ」が笑うのは、「天誅」を終えた最後の場面だけである。

（4）平岡敏夫は「「坊っちゃん」試論――小日向の養源寺」（岩波書店編「文学」一九七一年一月号、岩波書店）で、清に潜在的な妻・恋人の像を投影し、高木文雄は「『坊っちゃん』概看」（「一冊の講座」編集部編『夏目漱石』〔「一冊の講座 日本の近代文学」第一巻〕所収、有精堂出版、一九八二年）で母の姿を想定し、清を単なる下女の位置から永遠の女性へと引き上げた。

（5）前掲『坊つちやん』、第二章

（6）Yu・ロトマン『文学と文化記号論』磯谷孝編訳（岩波現代選書）、岩波書店、一九七九年

（7）中島国彦「坊っちゃんの「性分」、『坊っちゃん』の性格――一人称の機能をめぐって」「日本文学」一九七八年十一月号、日本文学協会

（8）前掲『坊つちやん』第五章

（9）前掲『坊つちやん』第十章

(10) 前掲「「坊っちゃん」試論」
(11) 佐々木充「坊っちゃん」「国文学」一九七〇年四月号、学灯社
(12) 相原和邦「「坊っちゃん」論」、日本文学協会編「日本文学」一九七三年二月号、日本文学協会
(13) 夏目漱石「文学談」「文芸界」第五巻第九号、金港堂書籍、一九〇六年九月一日
(14) 前掲「「坊っちゃん」試論」
(15) 前掲「「坊っちゃん」論」
(16) 有光隆司「「坊っちゃん」の構造――悲劇の方法について」「国語と国文学」一九八二年八月号、至文堂。有光の論は、従来の「坊っちゃん」中心の読みに対し、山嵐・うらなりの悲劇を軸にした読みの可能性を示した点で新しく、本節は有光の見解に重要な示唆を受けて成立した。
(17) 「私」という一人称は、「おれ」が〈公〉の言語を意識しはじめていることを表している。
(18) 前掲『坊つちやん』第八章
(19) 竹盛天雄「坊っちゃんの受難」「文学」一九七一年一月号、岩波書店

第5章 〈語る〉ことから〈書く〉ことへ

1 『蝿』の映画性——流動する〈記号〉／イメージの生成

真夏の宿場は空虚であつた。ただ眼の大きな一疋の蝿だけは、薄暗い厩の隅の蜘蛛の巣にひつかゝると、後肢で網を跳ねつゝ、暫くぶらくと揺れてゐた。と、豆のやうにぽたりと落ちた。[1]

『蝿』を読む体験

『蝿』という小説は、一見大変明瞭なテーマをもったものに見える。馭者の居眠りによって、崖から転落した人馬の「沈黙した」「塊り」と、それを見下ろす「眼の大きな蝿」という末尾での対比的構図は、小説に思想だけを読み取ろうとする読者でなくとも、「人間の存在というものがいかに不安な、〈みじめな〉ものであるかが、この作に象徴され[2]」ていると読みたくなる。

同時にまた「難に遭ったのは、日本的愚衆で」「青空の中を飛ぶ「聡明な蝿」の位相に、これまでの初期的な作品世界からひとつの跳躍を試みた横光利一の精神的位相が疑いがたく象徴されてある[3]」と位置付けたくなるのであり、蝿の「大きな〈眼〉」を「表現者の眼」の成立[4]として確認したくなるのである。

もちろんこの「大きな〈眼〉」なるキー・ワードは、小林秀雄の「横光利一[5]」での「擬眼」＝「玻璃の眼」という指摘とうまく符合させることもできるので[6]、この作品はまさに新感覚派の驍将横光利一の誕生を宣言する画期的なものだ、という評価は不動のものとなる。

おそらくこの小説は、そのように意味付けられつづけると思うが、しかしいったんこうした〈読み〉をしてしまうと、急にこの小説がつまらなく見えてしまうのはなぜだろうか。実は、人間が蝿と同等な、むしろそれ以下の卑少な存在なのかもしれないといった認識それ自体は格別新しいものでもなく、少し自嘲的な意識をもってしまえば、誰でもそのくらいのことは言ってみたくもなるのである。だから蝿と人間との対比的構図を、どれだけ文明論的にあるいは関東大震災の予言として意味付けても、『蝿』という小説の読書体験に内在する濃密な喚起力の実質を解明したことにはならない。と同時に、また再びこの小説にあらためて読者を向かわせる〈評言〉を獲得することにもならない、と思うのである。

問題なのは、結末を知りながらもなぜ馬車が疾走しはじめるやいなや、読者の意識は強い緊張を強いられることになるのか、その結末に至る小説内部で生きられる時空にどのような特質があるのかを明らかにすることだろう。そして『蝿』での「内包された読者[7]」の体験そのものを抽出することは、横光利一の初期小説群の看過されてきた特質に照明を当てることにもなるだろう。なぜなら、作家としての横光の〈眼〉は、転落した人馬を見下ろす蝿の〈眼〉に寄り添っていったわけではなく、自ら崖下に突き落とした「沈黙した」「塊り」――モノに還元されてしまったような存在に言葉を与える方向で運動していったからである。

『蝿』における視座の転換

『蝿』というテクストで、蝿についての記述が果たしている最も重要な役割は、それがこのテクストを享受する際の〈枠〉になっている、ということである。単純なことから言えば、蝿が登場するのは全十章のうち、第一章と第九、十章であり、「蜘蛛の巣にひつかか」ったそれが「悠々と青空の中を飛んでいつた」という象徴的対比も、〈はじめ〉と〈終わり〉の対比として与えられているのである。文字どおり蝿の存在は、現実と芸術テクストとしての小説との境界線を引く機能を果たしているといえるだろう。

文学テクストでの〈枠〉としての「始め（ナチャーロ）」が「テクストにおけるコード化機能」を担い、「終り（カニエーツ）」が「題材的・『神話化』的機能」を担うことを明らかにしたのは、Ю・M・ロトマン[8]だった。またБ・A・ウスペンスキーも芸術テクストでの〈枠〉の問題を重視し、その機能として「芸術作品のすべてのレベル〔心理・時空・話法・評価〕にわた」る「外側の視点と内部の視点との交錯・転換[9]」を指摘している。蝿についての記述がこうした〈枠〉としての性格をもつことをふまえるなら、そこだけにこの小説の最終的な意味をもたせようとする読み方は、〈枠〉としての額だけを見て、絵そのものは見ないといった〈絵画鑑賞〉と同じことになってしまう。

まず〈枠〉としての「始め」、「一」での蝿の描写のなかに、すでに一つの物語＝ドラマが完結していることに注目する必要がある。蜘蛛の巣にひっかかった蝿が、その生命を取り戻す、起死回生の劇がそれである。百二十字余りの、読書体験としては瞬時の間に、読者は、死の危機にみまわれた蝿が自力でそこから脱出し馬の背中にはい上るという、緊張（不安・恐怖）から弛緩（安心）へといった意識の転換を経験することになる。しかも、この瞬時のドラマを捉える〈カメラ・アイ〉は、この緊張と弛緩の転換を巧みなショットサイズの転換によって映像化してもいるのである（この小説での映画的手法、「〈カメラ・アイ〉による一貫した描写」を分析し、読書過程での魅力を明らかにしたものに由良君美「『蝿』のカメラ・アイ[10]」がある。拙稿での視覚的機能の分析はこの論に負うところが多い）。

冒頭部では広角のロングショットで、「真夏の宿場は空虚であつた」と捉えられる。この段階では緊張も弛緩もない、いわば無意味で空虚な時間が流れている。次に「ただ眼の大きな」と目だけがクローズアップされ「一疋の蝿だけは」とフルショットで蝿が捉えられ、「薄暗い厩の隅の」という部分で再び周囲が捉えられ、「蜘蛛の巣にひつかゝると」でフルショットとなり、「後肢で網を跳ねつゝ、暫くぶら〱と揺れてゐた」とアップになる（ここまでが緊張）。そして「と、豆のやうにぽたりと落ちた」では蝿が「豆のやうに」見えるくらいのところまでカメラが退き、拘束から解放された蝿は以後一定のショットサイズで捉えられることになる（弛緩）。

つまり、緊張の場面では、ショットサイズがめまぐるしく転換することで視覚の注意を集中させる効果を出していて、逆に弛緩の場面では、それを一定にすることで、緊張を解くのである。しかも重要なことは、このカメラ・アイは、蝿を（その目を）捉えるもう一つの、小説に内在化された〈眼〉だということだ。したがって、「青空を飛ぶ「眼の大きな蝿」の〈擬眼〉が映画カメラの〈レンズの眼〉に通じていた[11]」といった蝿の〈眼〉と表現主体の視座を同一視する短絡は正しくない。

多くの論者が引用する末尾、〈枠〉としての「終わり」でも、この緊張と弛緩の転換と、それに伴うショットサイズ、視座の転換が効果的に使われている。「突然、馬は車体に引かれて突き立つた。瞬間、蝿は飛び上つた」（緊張）――ここには馬と車体の全体が捉えられるショットサイズから、馬の背中にとまっていた蝿が飛び上がるところを捉えるアップへの転換があり、視座は蝿の目の外側にある。これが次の「と、車体と一緒に崖の下へ墜落して行く放埒な馬の腹が眼についた」では、蝿の視座に転換し、このロングショットから「圧し重なつた人と馬と板片との塊りが、沈黙したまゝ動かなくなつた」まで、蝿の視座から崖下へズームインしていくのである（ここまでが緊張）。

しかし、「が、眼の大きな蝿は」で視座は再び蝿から離れ、その目をアップで捉え、以後ショットサイズを固定したまま「今や完全に休まつたその羽根に力を籠めて、たゞひとり、悠々と青空の中を飛んでいつた」と、同じ視座から徐々に遠のいていく蝿の姿が捉えられていくのである（弛緩）。この〈枠〉は、現実での読者の視覚を、自由にショットサイズを転換できるカメラ・アイのそれにコード変換し、小説世界の内部に引き入れ、同時に一定した意識の流れを緊張と弛緩がめまぐるしく入れ替わるそれに変換する機能をもつ。また再び弛緩した一定の流れに戻しながら、視座を外側に転換するというかたちで読者の意識を現実に戻す、という機能をも担っているのである。

だからこそ、カメラ・アイと蝿の目の同一視は、こうしたテクストの決定的な構造を捉えられなくしてしまうのである。そればかりか、いま一つの決定的要素を看過させてしまうことにもなる。それは「眼の大きな蠅」という繰り返し使われるアップで捉えられた映像の機能についてである。

「眼の大きな蠅」という表現を映像化（視覚的イメージへの変換）してみれば、それはスクリーンいっぱいに大写しされた蠅の複眼、ということになるだろう。この瞬間、スクリーンを見る側（外側の視座に立つ読者）は、この〈眼〉を見ていると同時に、蠅の〈眼〉から見られてもいるのである、その〈眼〉は、このテクストの「始め」と「終わり」で、小説世界の外側に安住する読者をじっと見返す、複眼のために焦点が定まらない、だからこそ見られる側をその不気味さで脅かす、虚空にただよう〈眼〉なのである。そして見られていることを意識した読者は、その瞬間から、見られている自分＝身体としての自分を、小説世界に投影せざるをえなくなる。緊張と弛緩といった意識の転換は、この小説世界内に投影された読者の身体（たとえそれが視覚に限定されていたとしても）によって生きられることになるのである。

視座の転換と交錯

「二」以後の小説世界――宿場のなか――で展開する緊張と弛緩の転換のドラマは、将棋を指しながらずるずると馬車の出発時刻を引き延ばしつづける馭者の心理とともに流れる弛緩した時間と、「三」で登場する危篤の息子のもとへ急ぐ農婦の心理とともに流れる、一刻一秒を争って馬車の出発を願う緊張した時間の転換と交錯というかたちで構成されている。「四」で登場する、駆け落ちする娘と若者のモチーフは農婦のモチーフ――出発はまだかという緊張した時間の変奏であり、「六」で登場する田舎紳士のモチーフは、馭者のそれの変奏である。「五」での母親に連れられた「指を銜へ」た男の子は、文字どおりこの二つのモチーフの中間項としての機能を果たすことになる。

緊張した時間と弛緩した時間の交錯と転換は、まず外側からの話者の視座からその主調音が提示され、次にそれが登場人物の台詞によって変換されるという構成になっている。そして、それは緊張のモチーフではショットサイズと視座の転換と交錯、弛緩のモチーフでは、固定した視座からの描写という方法で表現されている。「三」に限って分析すれば、まず「宿場の空虚な場庭へ一人の農婦が馳けつけた」(外側・ロング)という状況設定があり、「彼女は此の朝早く、街に務めてゐる息子から危篤の電報を受けとつた。それから露に湿つた三里の山路を馳け続けた」(外側・主調音)、「まだかなう」(台詞・独白・変奏)と展開するのである。この農婦の危機感をまったく無化する馭者との関わりの部分ではより劇的な構成となる。農婦は「往還の中央に突き立つてゐてから、街の方へすたくと歩き始めた」(ロング)。「将棋盤を見つめたまゝ」の「二番が出るぞ」という馭者の声に、「農婦は歩みを停めると」(フル=全身)「くるりと向き返つて」(バスト=半身)「その淡い眉毛を吊り上げた」(アップ)という転換である。

この農婦と馭者、あるのっぴきならない事情を抱えて助けを請う者と、それをまったくどうでもいい自分の執着から無視する者との対比は、初期横光の小説では『南北』[12]や『芋と指環』[13]に共通して見られるものである。とくにこの農婦に見られるような、肉親・愛する者の死や肉体的な破損の予感にどうしようもなく脅かされる危機意識は、初期横光のいわば資質的な執着ともいえるモチーフである。早くは『犯罪』[14]の「目白」に対する「私」に見られ、『悲しめる顔』[15]の三重子に対する金六、『御身』[16]の幸子に対する末雄といった関係のなかに共通した設定を見ることができる。したがって、この農婦の危機意識——緊張のモチーフはこの小説の主旋律ともいえるもので、これをひとしなみ「日本的愚衆」などと切り捨てる立場には同意しがたいのである。

話をもとに戻すが、以上の緊張と弛緩の転換と交錯は、二相の時間の対比としてではなく、一つのディテールの両義性として表現されるに至る。その典型的な例が、「四」で提示される駆け落ちした若者と娘を「足音のやうに追つて来る」、「種蓮華を叩く音」や「牛の鳴き声」といった村の音だろう。冒頭の「野末の陽炎の中から、種蓮華を叩く音が聞えてくる」(外側・ロング)では、それ自体としては弛緩したのどかな村の音である。しかし話者の立場が駆け落ちした若者たちの内側に寄り添うようになると(娘と若者の会話が契機となる)、それ自体としてのどかな音は、彼らを追ってくる「足音」に聞こえてしまい、一瞬のうちに緊張を強いる音へ転換するのである。

このように各作中人物に振り分けられた緊張と弛緩の二つのモチーフの対比が、一つの馬車に積み込まれる（止揚される）「九」の末尾で、ショットサイズや視座の転換と交錯が、小説の筋（ストーリー）の構成に緊密に結び付く見事な表現が達成されるのである。「馬車は炎天の下を走り通した」（馬車の外側からのロング。緊張からの解放）、「さうして並木をぬけ、長く続いた小豆畑の横を通り、亜麻畑と桑畑の間を揺れつゝ森の中へ割り込むと」（馬車の内側からのロング。緊張からの解放・安心）、「緑色の森は、暫く溜つた馬の額の汗に映つて逆さまに揺らめいた」（外側からのアップ。汗に映るのは内側から見える風景――ロング。その逆転――緊張）。ここには瞬時での外側から内側への転換、ロングからアップ、そしてロングとアップが同時的に存在し、映像が逆転するという高次の変換作用がある。ロングによる風景の描写を通して、ようやく出発した馬車の乗客たちの解放感と安心が象徴される。それが一気に、馬の額の汗のアップへと転換し、そこに見える逆転した風景は、「十」での「墜落」＝破局の予兆となっていくのである。

さらに重要なことは、この描写の直前に「眼の大きなかの一疋の蠅」が、読者の前に再び姿を現していることである。この蠅の登場によって、場面内の緊張と弛緩の対立は、〈いつ出発するのか〉〈いつまでも出発しない〉といった二項対立から、「一」での〈拘束〉→〈落下〉→〈脱出〉という、記憶のなかの蠅の運動のパターンに変換されるのである。そのことによって馬の汗に映る逆転した風景は〈落下〉の象徴となり、迫りくるその〈落下〉は、冒頭での蠅の〈落下〉の意味――脱出・解放――とはまったく逆転した意味――死・永遠の拘束となるのである。『蠅』一編の最大の魅力は、こうした緊張と弛緩、ショットサイズと視座の転換と交錯とを、見事に構成した文体のドラマにあるといえるだろう（この小説での「表現主体の交錯」については、杉山康彦が『ことばの芸術』で指摘[17]している）。

構成原理としての見ることと見られること

最後に、この破局を招く馭者の役割について検討しておくことにする。馭者の居眠りの原因は、「十」で明らかにされるように「腰掛けの饅頭」を「尽く胃の腑の中へ落し込んで了つた」ことによる。その「饅頭」が、馭者にとって特別な意味をもっていたことは、「七」で外側に立つ話者から読者に対して直接的に説明される。「此の宿場の猫背の馭者は、まだその日、誰も手をつけない蒸し立ての饅頭に初手をつけると云ふことが、それほどの潔癖から長い年月の間、独身で暮さねばならなかつたと云ふ彼のその日その日の、最高の慰めとなつてゐた」ことについて、「あたかもフロイドの引用例にみる」ような性的「コンプレックス」を指摘する保昌正夫の評価[18]があるが、単なる〈性欲〉の問題として片づけられない要素がここにある。

先にふれた〈いつ出発するか〉〈いつまでも出発しない〉という二相の時間の流れを止揚するのが、この「饅頭」が「綿のやうに張らんでゐ」く時間であり、それによって「胃の腑」が満たされ馭者は眠りに落ち込んでいくのである。食欲・性欲といった身体的欲望の充足が、自律的な意識を鈍磨させ、やがて睡眠へと移行するというモチーフは、横光の最も早い小説の一つと思われる『神馬』[19]に用いられていたものである。この日露戦争で活躍したと神格化されている馬は、餌台にまかれる豆――食物にしか関心を示さない。神社を訪れる人間たちを、彼は自らの食欲を満たしてくれる存在か否かでしか判断しない。この馬には一方で自由に走り回りたい――拘束状況からの脱出――という願望があるのだが、「豆がパラ〳〵と撒かれると何もかも忘れて了った」というように、食欲といった身体的欲望に脱出したいという意識はかき消されてしまうのである。そして身体的欲望を満たした彼は、拘束状況からの脱出という願望を意識下に葬り、眠りに落ち入るのである。

「いつもの男が彼の所へ、豆粕と藁とを混ぜた御馳走を槽に容れて持つて来た。彼は残らず平げた。そして男は重い戸をピツタリ落ろした。真暗になつた」という表現に象徴されるように、身体的欲望の充足はこの馬にとってはそのまま、意識の「眼匿し」になっている。つまり、この馬は二重の拘束状況におかれているといえる。一つは「神馬」として、神社の一角に縛られて自由を奪われているという拘束であり、いま一つは自由を視向する意識が、彼自身の身体的欲望によって拘束されているということである。

この二重に拘束された「馬」の存在は、そのまま『蠅』で、宿場に足止めをくらい、やがて崖下に墜落していく乗合馬車の乗客たちの状況に置き換えることができるだろう。乗客たちが「場庭」に釘付けにされるのは、馭者の偏執的な身体的欲望（食欲・性欲）のためであり、それはいっさいの痛切な意識——危篤の息子に一刻も早く会いたい農婦の心理や、一刻も早く遠くへ逃げたい若者たちの心理——を無化している。結果として乗客たちは、この馭者の身体的欲望の対象としてのモノ＝「饅頭」に拘束されている、という種明かしが「七」の記述なのである。

そしてこの「饅頭」は馭者の「胃の腑」のなかに落ちた瞬間から、馭者の意識を睡眠というかたちで拘束し、その居眠りが乗合馬車全体の運命を拘束し、崖下へ「落し込んで了つた」のである。睡眠とはほかでもない、自我＝意識が身体に降伏した状況である。精神病理学的に言えば、「睡眠恐怖」とは自我＝意識が「下降」する「落下恐怖」であり、「体や感覚のコントロールが完全に喪失することと関係した不安感情[20]」なのである。「かの眼の大きな蠅」が見てしまったのは、このように拘束されてあるモノとしての馭者の「一層猫背を張らせて居眠り出した」身体だった。この拘束された馭者の身体は、そのまま、馬車の車輪が道から外れてしまうことに気づくことができない、「眼匿し」された馬と重なるのである。

このような表現が生まれてきたのは、あらかじめ「解体してしまった〈私〉の意識」に「対象は自然であれ人間であれすべて交換可能な相対性にすぎないという認識が存在して[21]」いたからではない。それ以前に、人間を意識と身体に分離した存在として捉え、その意識にとっては違和としてしか存在しないような外側の身体に宿る欲望にこだわらざるをえず、むしろあるときは意識をも拘束する外側としての身体こそ自己の実体ではないか、といった認識の転倒があったことを看過してはならない。このような意識（内側）、身体（外側）という分離した自己認識（それを「解体した〈私〉」と呼ぶならそれでもいい）を媒介にしてはじめて、見る自分と見られる自分という分節化が可能になるのである。

『蠅』という小説は、実は横光の作品で初めてこの見る・見られる関係を、小説の構成原理として内在化させたものだといえるだろう。その意味では、平野謙[22]や梶木剛が頭から否定する、横光自身の初期小説についての認識――「初期の作品の中で一番初めに書いたものは『蝿』である。次ぎに『笑はれた子』『御身』『赤い色』『落された恩人』『碑文』『芋と指環』といふ順序である。（略）この時期の最後の作品が『日輪』であり、これが文壇といふ市場の雑誌に掲載された処女作となつたことは、我ながら不思議なことだと思つてゐる[23]」――を虚心に捉えてみる必要がある。完成度が高い小説が常に最後に位置するとはかぎらない。むしろ、『蝿』では、それ自体としては顕現していなかった、外側としての自己の身体、それを媒介として人間相互の見る・見られる関係、その身体に宿る欲望の問題を正面にすえた小説群が、『笑はれた子』から『芋と指環』に至る小説なのであり、『日輪』とは、男たちの欲望のまなざしに見られつづける卑弥呼の身体に視座をすえながら、外側からの〈カメラ・アイ〉を駆使した小説だったのである。何よりも重要なことは、読者が、あの虚空にただよう蝿の目から見返されたことによっていや応なく顕現する自己の身体的イメージを基底にすえ、あらためて横光の小説に向かい合ってみることだろう。

2　エクリチュールの時空――相対性理論と文学

「形式主義論争」の再評価

上海から帰った横光利一は、なぜあれほどまで果敢に、そして確信をもって「マルキシズム」の陣営に対し、いわゆる〈形式主義論争〉を挑んだのだろうか。横光の論争文は、一種異様な熱気をはらみながら、「文学」をめぐるある明晰な認識モデルを喚起している。たとえば、論争の発端ともいえる「文藝春秋」の「文芸時評」のなかで、彼は平林初之輔を批判しながらこう述べていた。

だが、形式とは、リズムを持つた意味の通じる文字の羅列に他ならない。此の文字の羅列なる形式なくして、内容があり得るであらうか。従つて、形式が内容に先走るとは、いつたいいかなることを云ふのであらうか。[24]

おそらく空間的な言語記号としての「文字」＝活字を媒介することなしに、「意味」を伝達することがない「近代文学」のあり方について、これほど明快な規定はないだろう。しかし、そのあまりの明快さのために、横光利一の主張は、同時代の論争相手にはもちろんのこと、のちの批評家たちにも、無視されるか、あるいはその真意を受け取られないままになっていたようだ。

平野謙は『現代日本文学論争史』[25]の「解説」のなかで、この論争にはまったくふれないというかたちで無視し、臼井吉見は『近代文学論争・上』で、先の引用部に対し「形式についての横光の独断」という見出しを掲げながら、横光の言説に悪罵のかぎりを浴びせている。いわく、「この程度、もしくはこれ以上の曖昧と独断」「新感覚派なる一派の代表格、少壮気鋭の革新的文学者の随一と目されているものが、こういう思いつきの、突飛な非論理というより、むしろ反論理を弄していることに、いまとなっては怪訝の思いをしないものはない」。さらに、「幼稚で、飛躍的な思考力を嗤う前に、一種の驚異を感じないわけにはいくまい」と驚いてみせ、プロレタリア文学の急速な進出を前に、横光ら「形式主義者」が「これに対抗し、自分を主張するに足る何があったかをこれほど明瞭に語るものはない」と、「横光らの形式理論が、幼稚で、空疎で、思いつきの支離滅裂のものである[26]」と、臼井は断言している。

しかし「いまとなっては」、臼井の横光に対する批判は、そのまま臼井吉見という批評家のあり方そのものにはね返っていくのである。一九五六年という時点で、このようなかたちでしか「形式主義論争」を整理できなかった臼井のあり方に、私は「怪訝の思い」を禁じえないのである。そして、この臼井の横光に対する悪罵のなかに、「文学批評」が、その対象とする言説の立ち現われてくる同時代の諸テクスト間の相互関連性に目を瞑ったときにおちいる、危険な「独断」が表れていることを看過するわけにはいかない。

別な言い方をすれば、対象となるテクストとの関わりで、ある緊張関係をはらんだ応答を喪失した「批評」は、ただその「批評」的言説が属するある特定の時代的状況に拘束されたイデオロギー的な立場、あるいはその思考の型の表明にしかならないことを示してもいるものだ。そして、こうした「批評家」たちの言説の下で、おしなべて横光の理論的な発言は、それから三十年近く研究者の間でもその研究対象から、なかば無意識的にはずされてきたようである。

しかし、横光利一の論理は、決して「幼稚で、空疎で、思いつきの支離滅裂のもの」ではなかった。彼の論理を構成する一つひとつの術語（ターム）には、明らかに一九二〇年代後半の「文学」や「言語」をめぐる諸テクストの濃密な相互関連性の網の目（ネットワーク）が内包されているのである。そしてその網の目（ネットワーク）は、狭い意味での「文学」や「言語」に固執する視点からは、浮かび上がってこない二〇年代後半の同時代的な状況でもあるのだ。

漱石の『文学論』と横光の「形式論」

自らの「形式論」を、横光利一は夏目漱石の『文学論』の系譜のなかで位置付けようとしていた。この問題は、狭い意味での「文学」や「言語」をめぐる認識の枠組みからも拾い上げることができる要素だろう。横光は、「漱石の形式に関する考察の仕方は、最も唯物論的で、文字そのものを物体とまで見た形式論である」と規定するにあたって、『文学論』の論理的枠組みを次のように整理している。

> 夏目漱石は文学の形式について、形式とは語と語との集合である文章そのものを云ひ、構成とは此の形式の運搬せられた形であると云ひ、且つ、此の形式が構成にまで至る中間の形式作用に関しては浅学菲才の自分には今は出来ないと云つて筆を投じてゐる。(27)

「焦点的印象又は観念を意味」する「認識的要素（Ｆ）」と、それに「附着する」「情緒的要素（ｆ）」とが結合したものとして「文学的内容の形式」を捉え、その連続としての文学的表現と読書行為とを、「意識」の「波動的性質」をもって理論化しようとした『文学論』の要点が、見事にまとめられているといえるだろう。この横光の整理は、私にとっては「難解」と言われつづけてきた『文学論』を読み解く一つの啓示ともなった。ともあれ、漱石の理論が横光にどう受容されたかを、先の引用部に使用されていた「術語（ターム）」を軸に追ってみることにする。

まず「形式とは語と語との集合である文章そのもの」だとする認識について。これは『文学論』の中心的概念である意識の「焦点」（F）と、意識の波動的性質についての横光なりの整理の仕方である。この部分と対応する漱石の言説は『文学論』全体に繰り返し述べられているが、ここでは「第三篇　文学的内容の特質」の冒頭で述べられていることと対応させてみる。

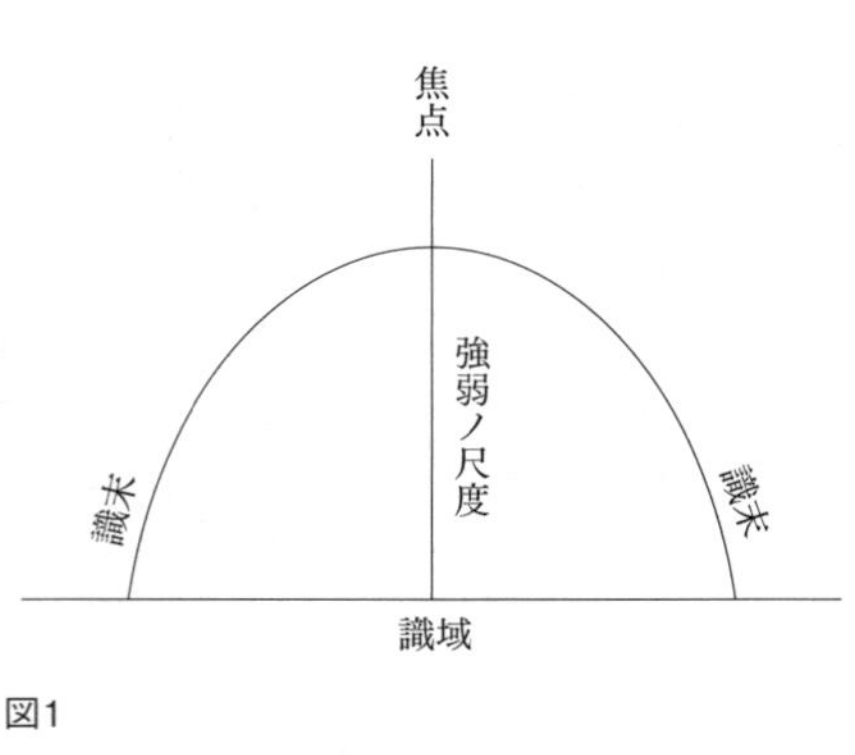

図1

余は此講義の冒頭に於て意識の意義を説き、一個人一瞬間の意識を検して其波動的性質を発見し、又一刻の意識には最も鋭敏なる頂点あるを示し、其鋭敏なる頂点を降れば其明暗強弱の度を減じて所謂識末なるものとなり、遂に微細なる識域以下の意識に移るものなるを論じたり。而して吾人の一世は此一刻々々の聯続に異ならざれば、其内容も亦不限刻の聯続中に含まる、意識頂点の集合なるべきを信ず。

（略）

此故に言語の能力（狭く云へば文章の力）は此無限の意識連鎖のうちを此所彼所と意識的に、或は無意識的に辿り歩きて吾人思想の伝導器となるにあり。即ち吾人の心の曲線の絶えざる流波をそれに相当する記号にて書き改むるにあらずして、此長き波の一部分を断片的に縫ひ拾ふものと言ふが適当なるべし。(28)

周知のとおり漱石は、『文学論』の冒頭で、人間の意識のある一瞬の様態を図1の波形によって表し、この波形の頂点を、その瞬間に最も明確に知覚されている対象に対する意識の焦点だとした。そして時間の推移にしたがって、「焦点的意識」は次第に別な対象に移っていき、それまでの焦点は、「識末」に沈んでいく。しかしそれは決して消えてしまうのではなく、次の焦点に影響を与えながら、非焦点化した記憶として「識域下」に蓄積していくのでもある。

一瞬の意識の様態のこのような波形の「聯続」として、漱石は人間の意識の流れ（意識の波動的運動）を捉えようとし、読む行為については、こう述べている。「今吾人が趣味ある詩歌を誦すること一時間なりと仮定せんに、其間吾人の意識が絶えずaなる言葉よりbなる言葉に移り、更にcに及ぶこと以上の理により明らかなれども、かく順次に消之順次に現はるゝ幾多小波形を一時間の後に於て追想するときは其集合せる小F個々のものをはなれて、此一時間内に一種焦点的意識（前後各一時間の意識に対して）現然として存在するにはあらざるか[29]」

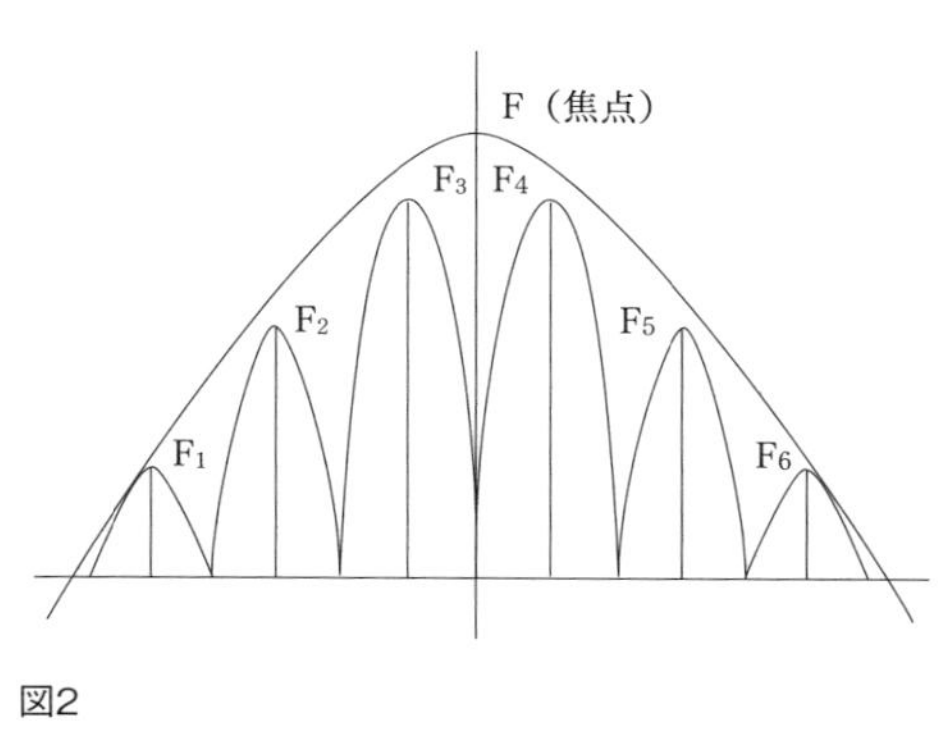

図2

つまり一語一語に微分化してみれば、それぞれの語がそれぞれの波形に焦点をもっていて、その小さな波形の焦点の集合からより長い単位の波形を抽出すれば、一文ならその一文としての波形とその焦点、それらの文の集積としての一つの小説であれば、それ自体の波形とその焦点を形成する、と漱石は考えたのである（図2）。逐次的な時間の継起に従って生起する焦点の連続的表れ（意識の波動）が、ある一定期間のなかで同時的・空間的集合として立ち現れる形、それが横光が言う「形式の運搬せられた形」としての「構成」である。

しかも漱石は、注意深く「言語」（文字として表現された意識＝「記号にて書き改むる」こと）表現は、この意識の波動の曲線をそのまま再現したわけではなく、波動の「一部分」、つまり焦点の部分だけを「断片」として「縫ひ拾」ったものであることにもふれている。

漱石の認識は、表現論と読者論の両面にわたって、意識の焦点と意識の波動との関わりを捉えようとしていたといえるだろう。表現者の意識の流れ（意識の波動）に即していえば、それを言語「記号」（文字）によって表現する場合、「記号」によって「拾」うことができるのは、波動の頂点（焦点）だけで、波形の曲線部はこぼれ落ちてしまうことになる。曲線部にあたる「識末」近くの意識や、「識域以下」の無意識、そしてその集積としての「記憶」は表現されていないということになるだろう。

それでは、意識の「波形」は結局伝達されないということなのだろうか。この表現されえない部分としての曲線部を補うのが、おそらく読者の側の読む意識の発動だろう。読者は「焦点」としての「記号」を追いながら、それをある連続的な意識の流れのなかにつなげていくことによってはじめて、「記号」としての「文字の羅列」から、ある一定の意味作用を受け取ることができる。しかも意味を紡ぎ出すためには、これらの焦点が、読者の「追想」（記憶の発動）によって、ある同時的で面的な「集合」につなぎ合わされなければならないのだ。

この「焦点」としての「文字」の間（はざま）を埋める「曲線」部を形成し、不連続点を連続的な線につないでいく「力」が「焦点」的概念にまつわる、情緒的領域としての「f」が必ず付着した「文学的」「形式」としての「F＋f」の特殊性にほかならない。漱石は、この「F＋f」としてしか発動しない、「文学の形式」の様々な様態を『文学論』のなかで分析してみせたのだった。その意味で、横光の整理は、きわめて正確なものだったといえる。

では、なぜ横光は「且つ、此の形式が構成にまで至る中間の形式作用に関しては浅学菲才の自分には今は出来ないと云つて筆を投じてゐる」ということを付け加えたのだろうか。横光のこの整理と対応するのは、おそらく次のような部分だろう。

更に複雑の度を加へて一章一篇の長きにわたつて立論するとき、形式論は遂に変じて結構論となる。結構論となるとき問題は単に幻惑の上に落ちず。結構は結構として吾人の形式美感の要求を充たすべく存在し得るが故なり。（略）

（余の浅学なる内容を説いて形式に及ぶ能はず、形式の局部に触れて結構の大本を諫説する能はざるは遺憾なり。）

故に此点より見たる結構は吾人の美感を満足するを以て目的とするが故に——事物に即し、人物に即して美感を満足せしむるにあらずして、形式に於ての美感を満足するを目的とするが故に、事物と人物とのみに即して云ひ得べき幻惑に直接の関係を有せざるものとす。

内容の幻惑法は不充分ながら前数章に渉つて之を述べたり。（余はとくに不充分と云ふ。敢て謙遜の意にあらず。余の設ける幻惑法は一時の幻惑法にして、ある一定時をつらぬいて起る幻惑法にあらざればなり。例へば篇中の人物が終始を通じて読者に幻惑を生ぜしむる場合の如きは、其方法と必要と条件とに論なく毫も論及するを得ず、前章を布衍して、わが論旨を此項に貫徹せしめんには、わが有する以上の閑時日を要す。[30]）

表1

文学的手段	文学的効果
第一種聯想法（投出法）	f + f'
第二種聯想法（投入法）	f + f'
第三種聯想法	f + f'
第四種聯想法	×
第五調和法	f + f'
第六対置法	(a)強勢法… f + f' (b)緩和法… f − f' 附・仮対法… f + f' (c)不対法… ×
第七写実法	f

この自らの論理の限界を認める漱石の言説は、「F＋f」としての文学形式での「f」の多様な発動の仕方を例証した「第四篇」の最終章の冒頭におかれている。

漱石の反省は二点に要約することができるだろう。一つは「形式の局部」あるいは「一時の幻惑法」だけを分析し、その「形式」が「結構」（横光が言う「構成」）として機能するあり方、つまり「一定時をつらぬいて起る幻惑法」を分析しなかったこと。もう一つは、本来「形式」として問題にすべきことを、「事物」や「人物」をめぐる「内容」の問題にずらしてしまったこと。そして「結構」をめぐる「形式」論は、その「内容」で論じることはできず、「結構」それ自体の「形式美感」として論じなければならず、それは自分の現在の「浅学」と「閑時日」の不足によって実現しえない、と述べている。

確かに漱石は、「第四篇　文学的内容の相互関係」で、「生命の源泉たる感情の死命を制」する「幻惑」の方法を「投出語法」（第一種聯想法）・「投入語法」（第二種聯想法）・「自己と隔離せる聯想」（第三種聯想法）・「滑稽的聯想」（第四種聯想法）・調和法・対置法・（緩和法・強勢法・仮対法・不対法）・写実法などに分類した。そしてそれぞれの表現方法での「情緒的要素（f）」の動態を表1のように整理した。この表からわかることは、文学表現上の「幻惑」を形成する基本構造が、「既与性」（すでに与えられたものとしての常識的・一般的なコードをもとに解読される意味作用）としての「F＋f」に、もう一つの「F'＋f'」を関わらせることによって、「既与性」と「既与量」を超えた意味作用を生成させるところにあるということである。つまり「f＋f'」とは文学的言語での両義性、つまり両面意義性あるいは両面価値性を明らかにした公式といえるだろう。

しかし漱石自身、こうした方法の特質を明らかにするうえで、結局は「文章の内容に即してのみ」の分析しかおこなうことができなかったと断っているように、第四篇の表現方法をめぐる分析は、基本的には文学的言語での二重の意味作用の問題を明らかにするにとどまっていた。しかもそれは、ある語ともう一つの語との関わりでの意味作用の二重化というかたちで、文字どおり「形式の局部」「一時の幻惑法」についてだけの分析だった。そして実は、漱石の理論的限界をめぐる横光の指摘と対応する、先の引用部がおかれている第八章「間隔論」では、純粋な意味での「形式」論の一部を展開しようとしていたことがわかる。

漱石はこう述べている。「間隔論は其器械的なるの点に於て寧ろ形式の方面に属すると雖ども純然たる結構上の議論にあらず。章と章、節と節の関係より起る効果を考量するにあらずして、寧ろ篇中の人物の読者に対する位地の遠近を論ずるものとす」。つまりこの「間隔論」で漱石は、「(記)—(著)—(読)」（作家の存在が記事と読者の間に意識される場合）、「(記)—Ⓡ—(読)」（作中人物 Rebecca の存在が記事と読者との間に意識される場合＝視点的方法）などの図式を駆使しながら、物語言説をつかさどる表現主体と作中人物、そしてそれを享受する際の読者の意識との遠近法を分析しようとしたのである。しかし、表現主体の位置と読者との「遠近」法は、いまだ「章と章」「節と節」との相互関連を捉える「結構上の議論」＝構成論になりえていないことも、彼ははっきりと認識していたのでもある。

いずれにしても、「結構」（漱石）＝「構成」（横光）を論じるに至らないところで、『文学論』がとどまっていることは、漱石自身も認めているのであり、彼の考え方からいっても、純粋の「形式」論は、この問題を明らかにすることなしには達成されえないのである。横光の「形式」論の意図は、漱石の『文学論』の限界を、一歩先に進めるところにあったのだ。

横光利一は、先の引用部のすぐあとに、「形式主義」の当面の課題を、こう宣言していた。

> やがて、総ての作家批評家は、夏目漱石の抛げ出した難問たる、此の外面形式が構成に至るまでの中間即ちまだ曾て日本の文壇に於て問題とならなかつた空虚な然も最も重大な部分に向つて考察を下さねばならぬ運命に直面している。(31)

「外面形式」が「物体」としての「文字そのもの」の「集合」、あるいはそれらの「羅列」だとするなら、それが「構成」に至るためには、一つひとつの文字と文字とを、ある意味作用を起こす語や文につなぐ力、その文字と文字を連続させるある一定速度の時間の流れが必要となる。その力と時間、速度は、読者の印刷された文字を読む意識と印刷された文字の空白、つまり「空虚な」「部分」との相互作用のなかで発動しているはずだ。

印刷された、それ自体としてはインクのシミにすぎない空間記号としての文字が、時間と速度を与えられることで〈言葉〉になり、意味を生み出す問題こそ、横光は自らの「形式」論の、「最も重大」な課題としたのであり、その課題を解く鍵は、臼井吉見に「反論理」と評された、冒頭の引用部の「形式とはリズムを持った意味の通じる文字の羅列に他ならない」という断言でのいくつかの術語（ターム）のなかに込められていたのである。

ソシュール言語学と横光の「文字」

それにしても、この時期の横光利一は「文字」という概念に偏執している。いやむしろ、しすぎていると言ったほうが正確かもしれない。彼の「形式」論の論理的要は、「文字」という一語にあったと言っても過言ではない。たとえば現代フランスの思想家たち、ロラン・バルトやジャック・ラカン、ジュリア・クリステヴァやジャック・デリダらが、日常的には書き言葉、書かれた文字、書かれたもの、書くこと、筆跡などを意味する「エクリチュール」という語を徹底して概念的に拡大し、それまでの世界認識の構造転換をはかろうとしたように、横光は「文字」という概念を拡張することによって、自らの「形式」論の理論的戦略(ストラテジー)を構築しようとしたようである。

たとえば、「文字」が単に心のなかで発生したある「内容」を書き記したものではなく、それ自体として作家からも読者からも自立した「物体」あるいは「客観物」だという論点は、「マルクス主義」の批評家たちに対して執拗に繰り返された反論であり、そこから横光は漱石の乗り越えをはかってもいたのだ。「形式とはリズムを持つた意味の通じる文字の羅列に他ならない」と宣言した同じ一九二八年十一月の「文芸時評」のなかで、彼はこう述べている。

> だが、此の形式なるものが、いかなるものであるかと云ふことを知らしめた批評家は、殆ど日本にはただ夏目漱石一人にすぎなかつた。しかし漱石の形式論は、作者と作品をひつつけて考へた、古臭いものであつたのだ。（略）
>
> だが、その国にはその国の文学がある以上、その国の形式論が独特な長所を持つて現れなければ、文学は発展しない。日本の文学は象形文字を使用するとすれば、殊に、独特の形式論が発生すべき筈である。[32]

横光は漱石の「形式論」を、「作者と作品をひっつけて考へた」点で、「古臭い」と批判している。この「文字」として書かれてはじめて実在する「作品」を「作者」から切り離すという発想は、たとえば、「形式論への批判」のなかでも、明確に宣言されている。「私は今もなほ、作品と作者とは独立した二個の物体だと思つてゐる。もし中河氏のいふやうに、作者と作品とを切り離して考へる必要はないといふのであれば、われわれは、親と、その親の生産した子供とを同一物体だと認識しなければならなくなる。この点のみには、私は賛成することは出来難い」[33]

そして同じ文章のなかで、文字にはあらかじめ観念――内容が内在しているのだから、その内容があってはじめて文字の形式が成立するという勝本清一郎の発言を批判し、「文字というものは、人が書いても、猿が書いても、書かれた後でなければ、文字ではない。即ち、容積を持つ物体となつて、後、初めて文字となる」と述べ、「物質的形式」以前に、「内容」が存在しないことを主張している。

いずれにしても、横光の立場は、いわば表現論的な立場と読者論的な立場を区別しないままアプローチしていた他の論者たちの「形式」と「内容」をめぐる理論的な混乱を、いったん「文字」を表現の過程、つまりは表現の起源である「親」としての「作者」から切り離し、残された「物質的形式」、言葉の〈痕跡〉としての「文字」の享受過程で読者論的な問題を設定し、「形式」と「内容」との関係を整理しようとしていたのである。おそらくそこに、この「形式主義論争」の過程での、他の論者と横光との決定的違いがあったように思われる。

横光は言う。「われわれは新聞を見る。だが、われわれはその新聞を見なくとも、その新聞には、彫刻的な文字としての形式だけが、そこにただ無意味な石のやうにあるのだ。さうして、われわれは、その新聞を見る場合、初めて、その新聞紙上に並んだ彫刻的な文字の形式から、石とは全く異なつた、文字の規定する内容を感ずるのだ」と。

「ただ無意味な石のやうにある」「文字としての形式」、これこそ横光が考えていた「文字」の原像にちがいない。読者に見られることがなければ、新聞の活字は、鉛に「彫刻」されたある図形の〈痕跡〉でしかない。それは声を奪われた言葉であり、もはや言葉でさえない。紙の上に刻印された活字の凹凸の跡であり、そこに染み込んだインクの染みの跡なのだ。それらの「文字」は、まさに物言わぬ石ころのように、紙の上に散在しているだけだ。散在している「石のやう」な「文字」からは、あの声としての言葉、音声としての言葉がもっていた時間も、音声とともに奪われている。新聞に印刷された「文字」の群れは、すべて同時に、脱時間的に散在しているのだ。いわば二重の意味で、印刷された「文字」は、その「言葉」としての機能を剥奪されているといえるだろう。

その意味で、「ただ無意味な石のやうにある」「文字」は、表現者の意識の時間的な継起を、その一瞬一瞬に把捉しようとした表現過程での「言葉」とは、まったく異質な、空間化された「物質的形式」となって立ち現れていることになる。

したがってそれらは、起源としての発信者である「作者」から、まったく「独立」したものであり、決して「ひつつけて考へ」ることができない、それ自身として空間化されて実在する「容積を持つた物体」にほかならない。

この「物体」が、再び言葉としての機能を回復するために、つまり死んだ言葉・言葉の死骸から再生するためには、「われわれ」読者が、その「文字」を「見」なければならない。読者が「文字」を「見」て、それが「文字」であることを知覚し、言語記号として解読するコードとコンテクストを発動させ、自らの意識の連続的な流れ、ベルクソン的な意味での「持続」の相に取り込んだときに、「初めて」その「文字の形式」から、その実在する「石とは全く異なった、文字の規定する内容を感ずる」ことができる、と横光は主張していたのである。

読者の側の、「持続」あるいは「連続」（漱石）、つまりは時間としての意識の発動によって言葉ではなかった空間的物体としての「文字」が、はじめて言葉としての生命を再生させることができるのだ。空間的な記号表現（シニフィアン）としての「文字」は、読者の意識を媒介として、記号内容（シニフィエ）としての音声に変換され、時間的記号表現（シニフィアン）である音声を通して、はじめて記号内容（シニフィエ）としての言葉の意味に出合えるのである。

このように、言語の記号表現（シニフィアン）と記号内容（シニフィエ）をそれぞれ独自の構成要素としながら、それらが不可分に結合したものとして記号体系の意味作用（内容）を考えようとする発想。「文字」記号を「音声」記号とは異質な記号表現として考えようとする発想は、ソシュールを導入した同時代の「言語観」抜きには考えられない。

横光の「形式」とソシュールとの関わりはある意味では時代的必然だったともいえる。一九二八年にはソシュールの『言語学原論』[34]が岡書院から出版されているし、ソシュールの言語理論を応用しゲシュタルト心理学との関わりで詩論に展開させた仕事として、外山卯三郎の『詩の形態学的研究』[35]『詩の形態学序説』[36]の二部作がある。前者は副題に「特に時間的要素に依る誘導的形態」とあるように、いわば詩的言説の時間的形態論だったとするなら、後者は「詩想の起源からそれが言葉となり文字の姿をもつて完全な作品となるまでの表出・表現の如き空間的構成の過程を探求」した空間的形態論だった。そして外山らの周辺には、あの『詩と詩論』の同人が存在し、彼らが用いるいくつかの術語（ターム）は、「形式主義」論争のなかで、いわゆる「形式」論者たちの言説に微妙に形を変えながら表れてきていたのだ。

もちろん横光自身もソシュールについてふれている。彼の「形式」論のなかで早いものの一つに、「感覚のある作家達」という文章がある。「随筆の延長」でしかない自然主義文学、「文字の運動の法則に何らの関係もない」マルキシズムの文学の「古いリアリズムの形式」を批判し、「新らしいリアリズムの形式」を主張するこのエッセーの冒頭で、横光はこう述べていた。

新らしい文学の形式は、その時代の民族の生活形式から生れて来ると云つたのは、言語学者の権威ソツシユールのみの言葉ではないであらう。[37]

特定共時態（その時代）としての差異の体系である言語（ラング）。ある民族の特殊で個別的な社会的約定（生活形式）としての言語（ラング）。関係性の形相としての言語（ラング）といった発想が、横光の使う「形式」という術語（ターム）に込められていることがわかる。

そして「その時代の民族の生活形式」とは、先に引用した「作者」と「作品」の独立論のあとに述べられている、「日本の文学」の「独特な長所」としての「象形文字」への着目、そのことから出発する「日本の文学」での「独特の形式論」の構築という発想とも不可分に結び付いていると思われる。そしてこの「象形文字」への注目は、外山卯三郎らの「記号」論的な言語論・「文字」論と密接な関連をもっていたのである。

西脇順三郎の詩論と横光の「文字」論

横光利一が外山卯三郎の先の二著を読んでいたかどうかは、彼自身の発言によって確認することはできない。しかし、少なくともこの二著の内容を要約した「詩学の基本問題」と、その理論的布置によって同時代の海外の前衛的詩運動を分析した「現代の海外詩壇」という外山の二論文が掲載された「詩と詩論」第一冊[38]は、確実に横光の目にふれている。すでに繰り返し言及してきた、「文藝春秋」の「文芸時評」の末尾で、横光はこう述べている。

附加――「詩と詩論」の中で、ただJ・Nと署名してあるだけの評論家の論文「超自然詩学派」は、近来あまりに出ない優れた論文であつた。作者は西脇順三郎氏だと聞かされた。[39]

「超自然詩学派（雑感の一部）」と題された、西脇順三郎の短いエッセーは、「脳髄の中」の「或る状態の意識の世界」としての「ポエジイ」の「価値論」を論じたものである。西脇はここで、「作品それ自体」と、「ポエジイ」とを「混同」することをいましめ、あくまでも「ポエジイ」が、「作品」からも「作者」からも区別された「或る状態の意識」であることを強調している。その意味では西脇の立論は、読者の享受論の立場に立っているといえるだろう。つまり、ある構成的布置を与えられた、テクストとしての「作品」との相互作用のなかで作り出される読者の意識の様態を、彼はポエジーと定義していたのである。

さらに西脇は、「ポエジイ」の捉え方を「一、自然主義或は現実主義」と「二、超自然主義或は超現実主義」という「二大潮流」「二大詩の原則」に分け、それぞれの「意識の世界の構成上の形態」の違いを論じている。それは「幻灯」の比喩を用いて論じられているのだが、おそらく横光利一のなかでは、漱石が言う「焦点」との関わりで受け止められただろう論点といえる。西脇は、「自然主義的詩」は「幻灯画の範囲を制限して明瞭とならしめ確然たる意識の世界を構成する方向を取る」のであり、逆に「超自然的詩」は、「幻灯画を拡大にすればするほど朦朧となり遂に消滅する」ような「方向の形態をとるもの」だと主張する。

つまり「自然主義的詩」は、記号表現（シニフィアン）の焦点を記号内容（シニフィエ）に対して「明瞭」かつ「確然」と絞り込むようなかたちで「意識の世界を構成する」ということであり、それは焦点が絞られた「幻灯画」のように、はっきりと指示対象（レフェラン）を明示するものである。それに対して「超自然的詩」は、記号表現（シニフィアン）と記号内容（シニフィエ）との間の焦点を「拡大」することによって徹底的にぼかし、いわば記号表現（シニフィアン）としての「幻灯」のフィルムに、光（読者の意識）を通して浮かび上がる記号内容（シニフィエ）としての「幻灯画」を「朦朧」とさせ、「遂に」は「消滅」させるところまでもっていくものだ、ということである。

この「幻灯」の比喩が横光の関心の持ち方との関わりで興味深いのは、実際の文学的表現で、つまり「文字」だけによって表現された記号表現（シニフィアン）の世界で、記号内容（シニフィエ）としての映像に焦点を絞ったり拡大したりする装置（幻灯機のレンズのはたらき）となるものは何か、ということだろう。その解答は、西脇自身が「超自然的詩」の「発達」過程をどのように考えているかという点に表れている。

ボオドレールは質的なる意識の世界を破り通俗なる意識の世界を消滅せしめんとする。
ヴエルレーヌは意識の知覚上又は感覚上の力を弱め淡い意識の世界をつくる。
マラルメは意識と意識（心象と心象）との聯結上の関係を不明にして朦朧たる意識の世界をつくる。
ブルトンのスユルレアリスムは心象と心象との聯想上の因果関係を破つて単に不明なる意識の世界をつく

るのみならず、その意識の世界に含まれてゐる心象の間に電位差を起して美しい火花の放散をつくらんとするものである。
　結局は超自然的ポエジイは吾々の脳髄の中にすべて確然たる意識に還元できない広漠たる意識の世界をつくることである。換言すれば何等の意義を構成し得ざる渾沌たる意識の世界をつくることは超自然的ポエジイである。(40)

　西脇によれば「意識の質的方向」とは、「意識の内容とでもいふべき」ものである。この点をふまえ、西脇の言説を〈言語〉という領域に限定して考えてみるなら、次のように換言することができるだろう。ボードレールは記号表現（シニフィアン）から記号内容（シニフィエ）を解読するうえでの常識的コードやコンテクストを「消滅」させた。ヴェルレーヌは、言語と指示対象（レフェラン）との関係を「弱め」、指示対象と記号内容との結び付きを「淡い」ものにした。さらにマラルメは言語の統辞論的結合関係（「聯結上の関係」）を「不明」にし、統辞論的意味作用を「朦朧」とさせた。そしてブルトンは、言語の連合論的結合関係（聯想上の因果関係）を「破つて」、既存の枠組みのなかでは決してつながらないような記号と記号との自由で錯綜した、いわばリゾーム状の結合関係（「美しい火花の放散」）を作り出したということである。

　記号表現（シニフィアン）としての「幻灯」のフィルムに、読者の意識の〈光〉を通し、記号内容（シニフィエ）としての映像を浮かび上がらせるという装置の比喩に戻るなら、焦点を絞ったり拡大したりする装置の役割をはたすのは、言語の「構成」的布置だ、ということになるだろう。なぜなら言葉一つひとつは、それが既存のコードやコンテクストにつながっているかぎり、必ず一定の枠組みのなかで記号表現（シニフィアン）と記号内容（シニフィエ）が対になっているはずだ。そしてまたコインの裏表としての記号表現（シニフィアン）と記号内容（シニフィエ）がこれまた一定のコードやコンテクストのなかで、ある指示対象（レフェラン）と結び付くことも可能である。

　記号と指示対象（レフェラン）、記号での記号表現（シニフィアン）と記号内容（シニフィエ）との結合を崩していくためには、その結合そのものを支えているコードやコンテクスト、つまりラングの網の目を崩さなければならない。そのためには、ある一つの言葉に対して読者の意識が発動させた、既存のコードやコンテクストを打ち破るような方向で、次の言葉を、そして同じように次の言葉を配列していくという操作が必要となる。

既存のコードやコンテクストを意図的に崩していくということは、時間的継起に従って意味作用を作り出す統辞論的結合を崩し、差異としての言語を一つひとつの位置を決定している空間的・連合論的な統合関係をも同時に崩していくことだろう。しかし、崩していくだけでは、新しい言語の運動、新しい言語の時空は生まれない。既存のコードやコンテクストを崩したあとに、自らが「構成」したテクストのなかでのまったく新しい言葉と言葉との相互関係が作り出されなければならない。それは一つのテクストとしての読者の意識（「意識の世界に含まれている心象」）と、言葉によって「構成」されたテクストのなかの諸記号が、相互に「美しい火花」を「放散」しあうような、まったく独自で自由な記号の連鎖システムを作り出すということなのである。しかもこうした操作はまったく異質な言語システムを作るのでなければ、すべて言語の「構成」のあり方にかかっているのだ。

西脇順三郎が考えたところの「超自然ポエジイ」の戦略は、「何等の意義を構成し得ざる」言語の「構成」にあったといえるだろう。

しかし西脇自身は、その「ポエジイ」の「価値」をも否定していくことになる。この小論の末尾で彼はこう宣言している。「永久に渾沌たる無意義なる何等の価値のない脳髄を露出させて永遠に後天的に絶対に価値のない一つの修辞学として、絶対にポエジイでないところの物として永久に見えるものであることを希望する。ポエジイの価値のない永遠にポエジイにあらざるものを祝福する」と。

横光利一は、西脇の小論にふれた翌月の「文芸時評」で、ただちにこの論理を応用することを試みている。横光は、「文学が文字を使用しなければならぬ以上は、「話すやうに書く」ことよりも、「書くやうに書」かれねばならぬ」という有名な宣言を発したあとに、室生犀星の「自叙伝的な風景」を、「話すやうに書かれた」小説の「見本」[41]として徹底的に批判している。

批判点は二つである。一つは、犀星の小説が、「自然を対象としない限り、構成が成り立たない。即ち、構成が対象ではなくして、自然が対象となるのである」という、「構成」論をめぐるものだ。つまり、本来「文字」それ自体の「構成」として表れなければならない小説が、その内在的な「構成」をもっておらず、小説の外側の「自然」(「指示対象」)がすでにもっている、ある「構成」的布置におぶさっている点を批判しているのである。

二つ目は、「言葉そのものにあまりにポエヂが流れ過ぎ」ている、という点である。既存の感性の枠組み(コード・コンテクスト)に乗ったかたちで、「センチメンタルで古」くさい「ポエヂ」に流れてしまうような言葉の使い方は、それ自体として独自な小説内的コードやコンテクストを「構成」すべき「小説としてのポエヂ」とは無縁だと横光は述べている。そして菊地・谷崎・志賀・佐藤・芥川といった諸作家を「構成にポエヂがある」作家として評価してもいる。

そのうえで横光は「新感覚派」の立場をこう宣言する。

> 新感覚派の人々のポエヂは、「話すやうに書かれた」ためのポエヂではない。それは「書くやうに書かれた」ポエヂであって、新しき文語体とも云ふべきポエヂである、此の故に新感覚派のポエヂは、物象の運動と文字の運動の融合作用をより簡潔にせんがための智的ポエヂで、文字の節制から発したポエヂである。さうして此のポエヂは、ポエヂらしくは見えるが、実はポエヂでも何んでもない進歩的な一種の写実である。[42]

横光の宣言は、明らかに西脇の発言と重なっている。言葉から喚起されるある情感でしかない「ポエヂ」などすべて取り払った「文字」の「構成」(運動)それ自体が「物象の運動」と相互作用的に関わるような表現世界を、自らが進むべき方向として横光は選び取ろうとしているのである。それは西脇が言う「意義」も「価値」もない「脳髄の露出」「永遠にポエジイにあらざるもの」を小説世界として作り出すことにほかならない。しかもそれは、もはや「指示対象」としての「自然」を写したような「写生」でもなく、その言葉から喚起される情感を楽しむ「ポエヂ」でもない。「文字」と「物象」との相互作用的な「運動」が織り成す、実在としてのテクスト、「一つの写実」なのである。

何か現実的な指示対象（レフェラン）を示すのではなく、それ自体が「物体」である記号としての「文字」が織り成す、既存の意味作用を組み替えたところに立ち現れる、実在としてのテクストの時空。「話す」言葉（パロール）とは明確に区別された「書く」言葉（エクリチュール）によって「構成」されたテクストの時空。そしてまたこのテクストの時空と、物象の運動や読者の意識との相互作用のなかで作り出される、単なる記号でもない象徴としての「文字」。「文字」によって「構成」された実在としてのテクストは、その起源としての「作者」からも、またそれが指し示すと思われてきた現実としての指示対象（レフェラン）からも、明確に区別された記号体系（システム）だという認識がここにはある。横光の「文字」への偏執は、「詩と詩論」の論者たちの言語観と、同時代的な関心を共有するかたちで展開していったのである。

外山卯三郎の詩論と横光の「形式論」

西脇順三郎と横光利一との関わりにややこだわりすぎたようだが、本題に戻れば「詩と詩論」の創刊号を横光が読んでいたことを論証したかったのである。なぜならここに収録されていた外山卯三郎の二論文は、横光に「文字」の「運動」、なかんずくそのなかでの「象形文字」への関心をかきたたせるうえで、重要なヒントを与えているように思えるからだ。

日本文学の独自性が、「象形文字」としての漢字にあることを指摘しているのは、「現代の海外詩壇――その詩的概観」という論文である。外山卯三郎はこの論文のなかで言葉を「三つの要素」に分節化して捉え、「超現実派」（Surrealisme）、「表現派」（Expressionismus）と「立体派」（Cubisme）の特質を論じている。

言葉の「三つの要素」とは、外山によれば、「1　観念を伴ふ「音」」「2　観念としての「意想」」「3　言葉を固定する「文字」」である。いわゆる「文学」が「空間的なるもの（ロイムリッヒ）」である「文字としての言葉」によるもので、「詩」が「時間的なるもの（ツァイトリヒ）」である「音声としての言葉」によるものだとしたうえで、この三要素の関連について、外山は次のように説明している。

> 一般に詩学的に考へられる「音声としての言葉」は「観念（イデエ）」をともなう「音（トン）」と「観念」としての「意想」(Conception) とからなると見ることが出来る。この「音」といふのも唯だ単なる「音」でなくして、「意想」のもつ観念を発展せしむる作用をもつ「音」でなければならない。即ち観念としての「意想」を離れて真の「音」はありえない。真の「音」とは「観念」を現すものであり、又「意想」の象徴としての「音」でなければならない。この二つの成分を有する「音声としての言葉」をその表出媒材として、私達詩人はこれを「文字としての言葉」に固定化するのである。即ち言葉を換へるならば時間的なる姿をもつて生れて来る「音声としての言葉」を一つの空間的な「文字としての言葉」に安定せしむるものである。これに依つて一般鑑賞者はこの「媒材（ミッテル）」として用ひられた「文字としての言葉」を「媒介して（フェルミッテルン）」「詩」をたのしむのである。(43)

ここには、はっきりとソシュール言語学での記号内容（シニフィエ）と記号表現（シニフィアン）との、メダルの裏表のように貼り付いた関係が意識されている。つまり言語の記号表現（シニフィアン）としての「音」は、記号内容（シニフィエ）としての「意想」と不可分の関係にあることが繰り返し強調されているのである。しかもそのような時間的継起に従って生起する「音声としての言葉」を空間的に固定化する独自の記号体系（システム）として「文字」が位置付けられていて、「観賞者」すなわち読者は、この「文字としての言葉」を「媒介」にするかたちでしか「詩」を享受することができないことも明らかである。

さらに重要なことには、外山の言語論では、「指示対象（レフェラン）」としての「現実」が、すぐに括弧でくくられていて、記号体系（システム）としての言葉が論じられる対象となっているということだ。横光利一が繰り返し「文字」そのものが「物体」であり、いわゆる「現実」からは独立した「実在」だと強調した問題意識を支えていたのは、こうしたソシュール言語学的な発想、つまりは物理的自然や物理的実在としての「指示対象（レフェラン）」からは明確に区別された、自立した記号体系（システム）として言語を捉えようとする同時代的な認識だったのだ。

この論文から一カ月後に上梓された『詩の形態学序説』の「第三章　言語表現の研究」で、外山はソシュールの言語学を紹介したうえで、「指示対象（レフェラン）」とは明確に区別された「言語」の「意味」、さらには恣意的な社会的約定としての言語体系について様々な言い方で強調している。

いわく「私達の言語は既に存在するある物を表現するのではなく、私達の言語的表現は言語形式として一つの存在となることを知らねばならない[44]」「人間の感覚と感情とか、又知覚とか表象界とか、人間の実在意識を構成する精神的物理自然の無限の過程とかが、言語的表現へ発展すると同時に、その従来の意識内容は一つの変化を受けるものである。即ち言葉の中に人々の意識の中に一つの新な内容が現れる」「人間が意識状態として与えられる実在を、言語形式の中に把握しようとする刹那に人々の把握しようと欲したものは消滅して、それとは全く異つた新しい形式を有する実在の現れてゐることを知るのである」「言語の意味と言ふものは、言語が一つの存在を意味することではなくして、むしろ言語が一つの存在であるといふことでなければならない[45]」。横光がソシュールから受け取った「民族の生活形式」とはとりもなおさず、「実在」としての「指示対象」から区別された「言語形式」という、「新しい形式」にほかならない。明らかに一九二〇年代後半は、記号論的な言語学、言語観の時代だったのであり、こうした発想での「形式」と「内容」という概念と、マルクス主義の陣営が使用していた反映論的なレベルの同じ概念とは、おそらくまったく「論争」になどならないほど位相を異にするものだったといえるだろう。

記号学的言語観を前提として外山は、「海外詩壇」の最も先端的な現象を、言語の三要素に対する力点の置き方の違いとして分析している。彼によれば、「超現実派」とは、「詩における言葉の中の「観念を伴ふ音」を中心とし」、そこにだけ「形而上学的思惟を求めたために」、彼らの「詩の美しさは言葉の音声のみ」となり、結果として詩的言語と「現実的な関係を非常に明瞭に切断し」てしまい、記号表現（シニフィアン）としての音声と記号内容（シニフィエ）が完全に分離させられ、記号表現（シニフィアン）としての「音声」だけが一種「夢遊病的情態」におちいらざるをえない状態で浮遊してしまうと指摘している。この指摘は先の西脇順三郎の分析と価値の置き方は異なるにしろ、言語のありようの捉え方で明確に呼応していることは注目できるだろう。

外山の立場は、詩的言語では、三要素が相互媒介的に統合されていなければならないとするものなのだが、この「超現実派」が日本に移植されると、「「文字」を異にするために、「超現実派」の運動は知らずして「立体派」の運動となる」という観点を提示する。つまり日本語独特の言語体系（システム）、なかんずく「文字」の体系（システム）での「象形文字」の独自な機能を浮かび上がらせようとしているのである。

この観点は、次の「表現派」についての評価にも同じように表れてくる。外山は、「表現派」の運動が、「「意想」をもつ「観念」を中心として思惟することに生起する」と指摘したうえで、こうした方向性が、「「音声とその言葉」（ママ）の有してゐる「音」を忘れ、又文字に固定する「文字」のとる形をも省ず、ひたすらに「観念」をもつ単語の「意想」を表現し様と企て」ることにつながったとしている。つまり、「超現実派」とは逆に、「表現派」での記号表現（シニフィアン）と記号内容（シニフィエ）の分離は、記号内容（シニフィエ）をよりいっそう抽象化し具体的な意味とはかけ離れた「観念」に突き詰めていったということなのである。しかし、この運動が「根本的に「文字」を異にする」「吾が国に伝へられた」場合には、奇妙なことに「超現実派」と同じように、「その派の特色を失ひ、次第に「立体派」の傾向をとらざるを得なかった」と外山は言う。

いったいなぜ、日本では、記号内容（シニフィエ）から切り離された記号表現（シニフィアン）としての「音声」の美しさだけを重視する「超現実派」も、記号表現（シニフィアン）から切り離された記号内容（シニフィエ）を抽象的観念に突き詰めてしまう「表現派」も、同じように「立体派」に収斂されてしまうのだろうか。それはほかでもない、日本語が表音文字だけによって「固定」されるのではなく、表意文字としての「象形文字」＝漢字を主体として書き記されるからである。表音文字としてのアルファベットは、その記号内容として音声しかもたない。しかし、表意文字としての漢字は、音声だけではなく、ある視覚映像や図像的象徴をその記号内容として内包している、概念やイマージュそのものが記号化された体系なのである。

その「立体派」について外山は、「言葉は固定する「文字」を中心と思惟するところに発生した、最も奇妙な運動の一つ」だとし、この派が「造型的意識を基礎とする「解体」（デコンポゼエ）と「結晶化」（クリスタリサシヨン）を理論的基盤とした「造型美術」の運動から出発し、したがってこの派の詩で「「文字」は全く造型美術の「表出媒材」の如く純然たる空間的なもの（ロイムリッヒ）」として使用され「必然的に絵画の傾向を著しく現す」ことになると指摘している。

つまり「立体派」は、「音声としての言葉」の、「観念を伴ふ「音」」も「観念としての「意想」」をも「捨て去」り、「文字」による「図式的（シェマティッシュ）」な変調を「もてあそぶ」だけなのである。「立体派」での「文字」は、記号表現（シニフィアン）（「音」）と記号内容（シニフィエ）（「意想」）とが結合した言語体系（システム）から切り離された空間的図像であり、造形要素なのである。「文字」は言語記号としての特権を剥奪され、いわば絵画での筆と絵具の跡となり、図像的な線を形成する点として機能させられているのである。

しかし「文字」が「音」や「意想」から分離され、図像を表す一構成要素にまで解体されてしまうのは、文字自体の独自の表意性と価値をまったくもっていない、ヨーロッパ言語でのアルファベットだからである。中国や日本のように「象形文字」を使用する文化圏の場合、「文字」が「音」から切り離されることはあっても、最終的に「意想」や「観念」から切り離されることはないのだ。

したがって外山が言うように、「日本語はその「文字」が「象形文字」を主とするものであるために、「超現実派」とか、「表現派」の模倣運動は、全くこの立体派の形をもつて現れるの外なき運命にあつた」ということになる。なぜなら、「表現派」や「超現実派」のように「音」としての記号表現と、「意想」としての記号内容を切り離し、そのどちらか一方だけを重視したとしても、それが「表意文字」である「象形文字」で書き記された瞬間、確かに「音声としての言葉」から分離させられた「音」であり「意想」ではあっても、再び空間的な図像的意味作用の独自なシステムのなかに体系づけられていくのである。そして図像的な意味を構成する一つひとつの点は、「表意文字」としての「象形文字」の場合、単なる点ではなく、それ自体がいくつかの意味作用を集合させた面であり、すでにいくつかの有意的イメージ連鎖を内包する独立した図像でもあるのだ。

外山は自らの詩学を構築するうえで、この「表意文字」(Ideogram)の機能をきわめて重視している。もう一つの論文『詩学の基本問題』でも、外山は「表意文字」の特質にふれ、それが「科学的思惟には不利」なところがあっても、「特殊な想念を表現する」には「優れてゐる」ことを指摘している。つまり、「欧米」の「表音文字」の「文章構造」に比べて、「表意文字」による「文章構造」はある「固有な性質を有して」いて、それは「感情の非論理化的言葉」(Die nichtlogisierte Sprache des Gefuehls)を生み出す。「論理化的言葉」とは「ある判断対象を一つの意味に規定する」ものだが、「非論理化的言葉」はそうではなく、多様でしかも詩人に独自な言葉の結び合いを可能にするのだ。

おそらく外山卯三郎が捉えてみせた、こうした「表意文字」＝「象形文字」の特質は、たとえばデリダのエクリチュールという概念を問題にした論文のなかで、井筒俊彦が指摘する「漢字」の特質と、ほぼ同じ位相にあると思われる。井筒は文字が文字自体の「重量感」をもつ「漢字」についてこう述べている。

> この重量感は、何よりもまず、漢字それ自体が、独立した、有意味的な図形、つまり、意味の視覚形象的提示であるというところから来る、漢字においては、音声よりも、それの図形的意味形象が、まず人の目を打つ。現に、漢字を己れの書記システムに取り入れた我々日本人の場合、発音のわからない漢字でも、平気で意味が理解される。漢字の連鎖は、第一義的には、意味と概念の連鎖であり、しかも、意味は、ここでは、大抵の場合、鮮烈にイマージュ化されて現われる。そしてイマージュ化された図形的意味のまわりには、濃密な情緒性が漂う。このようなエクリチュールは、決してパロールの代用物ではありえない。[46]

記号表現に貼り付いた、単なる表層的意味や概念ではなく、「濃密な情感性」に裏打ちされ、イマージュ化された深層的意味をもつ、「非論理化的言葉」としての「象形文字」。その機能を十全に生かした文学テクスト。音声言語としてのパロールに、決して還元できない「文字」で書かれた、エクリチュールとしてのテクスト。それが横光が言う、「書くように書く」テクストであり、日本「独特の形式論」の前提だったのだ。

外山卯三郎の「文字」の時空論

「詩の表現媒材の言葉を中心に、『詩学』の母体を考察すること」を目的とした外山の論文、「詩学の基本問題――言葉を中心とする詩学的思索」は、それまでにまとめた著作（『詩の形態学的研究』）から、新しい仕事に向けて理論的展開をはかるうえでの「骨子」として位置付けられている、きわめて意欲的で問題提起的なエッセーである。

外山はまず「一、内的媒在としての言葉」という項目を立て、詩人の表現過程での「想念」としての言葉から、「実在」としての言葉への「生長」過程を捉える。その発想は、すでにふれたように明確にソシュール言語学でのラングとパロールの区別という立場に立つものだった。外山は言う。

> 今私達詩人の各自が各々独自な想念に伴つてゐる「言葉」を考へるならば、この言葉はまだ各他の人々に関しない独自の言葉である。即ちこれが言表される時にとる言葉とは明に異つてゐなければならない。この二つの言葉は言語学者ソシユールらに依つて、「言（パロール）」と「言語（ランギュ）」として区別されてゐる。
> (Saussure, Cours de Linguistique Generale)
>
> 1　言　(parôle) ――言語に対して個人的なもの
> 2　言語　(langue) ――言に対して衆団的なもの[47]

外山によれば、「言（パロール）」は、「言語（ランギュ）」の潜在的なものであり、詩人の独自の「想念」は、まず「言（パロール）」の姿をとる言葉として表れる。「言（パロール）」の姿をとった言葉は、それが「表出」される段階でフロベールが言う「固有なる言葉」

(le mot propre) に、つまり「唯だ一つの名詞と唯だ一つの動詞と形容詞と副詞と」の結合したものに「生長」する。このように「潜在としての言」は「実在としての言語」に「生長」する、と外山は述べている。もちろんソシュールの言語観に対する現代の研究水準からみれば、かなり重大な誤解も含まれてはいるが、潜在的な言語を生み出す力（ランガージュ）が、ある社会的約定の枠組み（ラング）を通してはじめて、「言語」として、「実在」するという観点それ自体は、きわめて重要な言語観の転換だったといえるだろう。

　さらに外山は、「実在にまで生長した言葉」は、「1　音声（言表される言葉固有の音声である）」「2　意味（その言葉の有してゐる観念内容である）」「3　記号（その観念内容を規定する記号である）」の三要素によって「組立てられてゐる」とし、「音声」と「意味」とが結合した「言葉」の特徴と、「意味」を「規定する記号」としての「文字」によって表される「言葉」の特徴とを明確に区別し、時間論と空間論を導入して論じている。「言葉」をめぐる時間論と空間論は、外山のそれまでの仕事の中心軸であり、おそらくここに彼の独自性があると同時に、横光に与えただろうヒントもこのなかにあるように思える。

「言葉」をめぐる時間論と空間論は、こう展開されている。記号表現（シニフィアン）（外山の著書のなかでは小林英夫の訳を媒介に「能記」〔Signifant〕があてられている）としての「音声」と記号内容（シニフィエ）（「所記」〔Signifié〕）としての「意味」が結合した「言葉」は、「時間的言葉」であり、常に「止ることを知らず」、「流れ去るもの」である。つまり音声としての言葉、話される言葉は必ず「時間的なるもの」として現れ、「止ることとなく」「流れるもの」として現れ、そして次の瞬間には「流れ去」っていくという宿命を背負っている。

　この「時間的なるもの」を「より明白に示すために」は、「流れ去ることを止め」なければならない。「時間的なるもの」を「空間化」しなければならないのである。「時間的に流れてゐる「言葉」を空間化し様とする詩人は「文字（シュリフト）」をもつてこれを行つてゐる。この「文字」が第三に示した観念内容を規定する「記号」である。「文字」は唯だ単なる文字ではなくして、生長し、発展して来た詩想を規定し、展開するところの契機でなければならない」と外山は言う。

すなわち、いまだ「言語（ランギュ）」になっていない詩人の想念の発展形態としての「言（パロール）」は、その想念を対象化することによって、記号表現としての「音声」と記号内容としての「意味」が結合した記号体系（システム）である「言語（ランギュ）」の相に結び付けられ、「一つの意識現象」となる。しかし時間的継起に従う意識現象としての「音声」的「言語（ランギュ）」は、それ自体として固定化し、明白に定着されることはない。そこで「言語（ランギュ）」としての「意識面」を、空間的記号体系（システム）である「文字」としての「意識面まで移動することに依つて」、「観念内容を規定」する「記号」としてさらに対象化されることになる。しかし、「文字」が単に時間的に流れる〈想念→言→言語〉の系列を「規定」――「固定」するだけでは、それは一つの「型」でしかなく、本来の意味での「空間化」する言葉とはならず、「空間的なもの」にとどまってしまう。

　では「文字」が、単に「詩想を規定」するものとしてではなく、「詩想」を「展開するところの契機」となるためには、どうすればいいのか。そのためには「文字」は、「想念が一つの自己意識への自覚活動として、意志の方向にはたらく」ものにならなければならないと外山は言う。つまり「文字」が、詩人の「深い自己の姿を映し、自己発展への反省」の契機となり、「詩人自らの姿を、その想念の意識面に映し、このラフされた自らの姿を見ることに依つて、自己自らの意志の生長」を促す機能をもつとき、「文字」は単なる「記号」から、「象徴」としての「文字」に転換するのである。

　外山のこの認識は、いわば時間性を内在させた空間記号としての「文字」のありようをかなり正確に捉えているといえるだろう。つまり「文字」は、表現者の内的意識として発生した想念を、ただ紙の上に固定するだけの記号ではないということだ。それだけなら、「文字」は「詩人」の言語、「固有な言語」として十全な機能をはたすことができない。表現者の眼前に、はっきりとした空間的対象、実在として現れる「文字」は、書き付けられる瞬間に、想念の時間的な流れをいったん停止させる。それればかりか、それまでの意識のありよう、流れ方を一定のレベルで統括しながら空間化するのでもある。文字は、あたかも鏡のように表現者の意識を映しているのだ。

　それだけではない。次の瞬間、文字に映された外圧的意識は表現者の内在的意識に逆作用を及ぼすのである。

「文字」として対象化された自己意識を見つめる表現者は、その対象化された意識に媒介されながら、今度は次に発生する自己意識をより明確に対象化していくといった二重化された対話的意識構造を獲得することになる。それが「自己意識への自覚活動」であり、「自己発展への反省」であり「自己自らの意志の生長」を促されるということなのである。

「象徴」としての「文字」は、線的な時間軸に拘束された想念をいったん空間化することによって、多様な面的な諸記号との結び合いに開いていく契機となるのである。外山の考えによれば、〈想念→言(パロール)→言語(ランギュ)→記号〉という時間的契機を空間化したものとしての「文字」は、いま一度〈記号→言語(ランギュ)→言(パロール)→想念〉という可逆的な「時間性」を内包するときに、「無限に生長する「言葉(ロゴス)」」となるのである。外山は言う。「この『象徴』としての『文字』こそ詩想の完成でなければならない」と。

この部分は、実は先にふれた一カ月後に上梓される『詩の形態学序説』の第七章「総論　空間的要素による構成的形態」の「四、詩の表現媒在」の末尾にそのまま（一字一句違わず）使われている。すでにふれたように、この著書の主題は、前著『詩の形態学的研究』の時間論的詩の形態論に対して、詩的言語の空間的形態論を展開することにあった。したがって、この第七章は、いわばこの著書の理論的な中心軸となる部分なのだ。

そして外山卯三郎としては、この章に前著の時間論との「相対」的関係を強く意識しているのでもある。第七章の章題のあとに、彼はこう記している。

> 此の章からの論説は、凡て拙著「詩の形態学的研究」第二章以下の各論と相対するものである。即ち前の研究に於いては、詩が「誘導される」(derivieren) 時間的な流を考察したものであるが、此の研究は、その時間的な流が「定止される」(einstellen) 姿と、形を「構成する」(konstruieren) 姿を考究したものである。それ故に本論は独立したものではあるが、前の文章と対照して読むでいただけるならば、著者としては幸甚である。(48)

「時間的な流」を「定止」させた「姿」としての文字。その文字の集合としてある「形」を「構成」したものとしての詩的表現をこそ、外山は研究対象として選んでいたのである。しかも外山が、この第七章に至るまでは、詩論というよりは、むしろ徹底した言語論と文字論を展開していることも注目に値する。ソシュール言語学を軸に、多様な言語学の成果を紹介しながら「第一章　表出過程の研究」「第二章　表現過程の研究」が展開され、「第三章　言語表現の研究」では、言語の起源から説き起こしながら、言語の本質論を構築しようとしている。そして第四章・第五章では、それぞれ「表意文字の研究」「表音文字の研究」にあてられ、「文字」のあらゆる形態と機能をめぐって、詳細な歴史的考察がおこなわれている。

　そのうえで外山は、「詩人」の認識と、「思惟者」（「哲学者」など）との認識の違いにふれ、「思索する者」の認識が「言葉に依つて」(durch wort) 生起するのに対し、「詩人」の認識は、「言葉をもつて」(mit wort) 生まれるものであり、「言葉を『生産する』(erzeugen) ものでなければならない」と述べている。つまり「詩人」は、既存の体系（システム）としての「言語（ラング）」に「依つ」て表現するのではなく、それを媒介に言葉を「生産」していくような表現者なのである。外山が言う、「象徴」としての「文字」とは、現実的対象としての「指示対象（レフェラン）」を類似的な図像によって「象徴」するというレベルの象徴性を問題にしているのではなく、「言語（ラング）」としての独自の体系（システム）をふまえながらも、自らのテクストのなかで新たな「記号」と「意味」の体系（システム）を作り出すような、言葉とテクストの「生産性」を担いうる「文字」の機能を問題にしていたのである。そしてこの「言葉」の「生産」性をめぐる記述は、「詩学の基本問題」の「四、詩的文章構造の形態」の冒頭と対応してもいるのだ。

文字の時空論と「数理物理学」

「詩学の基本問題」に戻ることにする。外山は「二、外的媒在としての言葉」という項目を設定し、詩歌の「外的なる形姿」、すなわち「表出媒在」としての言葉が、「時間的な理念の生長として」「空間化された形」、横光的な言い方をするなら「文字の羅列」としての「形式」を問題にしている。さらに「三、『時の言葉』に依る形態」では、詩の形を詩人の「現在の時」の「主観的感情」を表現した「抒情的」なものと、「過去の時」を対象とした「叙事的」なものとに分けて論じている。この「時の言葉」をめぐる論の冒頭に、興味深い時間論・空間論が展開されている。

外山はまず、「詩を創作」することは、「詩人の詩的想念が言葉に表現された『時の移動』を意味する」とし、「この『時』の推移をある物に対して客観視されるならば、それは場所の変化、『空間的移動』であると見ることが出来る」と、詩的表現を意識の運動として捉える見方を提出する。

しかも外山は、同じことを次のように言い換えてもいる。

　即ち数学的に見るならば、無限点に移動する数そのものを対象とするならば、それは微分であるが、この微分に対してその数を考へる時に積分と見られる。(49)

言語による表現を、意識の運動として捉え、さらにそれを微積分の比喩で言い換える外山卯三郎の発想のなかには、単なる比喩として看過してしまうことができない、ある重要な同時代的な問題意識を潜んでいる。

言語表現が意識の運動だと考えるには、まず第一に、一見一つひとつの言葉がそれ自体として文節化されているように見え、さらにその言葉を構成する音声記号も一音一音に区分され、文字記号もそれぞれ一字一字に区分され、あたかも整数のように存在しているように見えるけれども、決してそれが実体ではなく、いわば連続的な意識の量から抽出されたものだという発想が必要となってくる。つまり言語表現とは離散量ではなく連続量だということである。

第二に、そうした連続的数量としての意識の運動を考察するためには、運動する「もの」が、空間に占める位置を表す数と、時間のなかで占める時刻を表す数の間の関係を捉えなければならない。つまり言語表現とは、意識が推移する時刻を表す変数tと、時刻tにおける推移した意識の空間的位置の座標を表す変数（直線上の運動の場合にはx、平面上の場合はx・y、空間のなかではx・y・z）との間の函数だということになる。

第三に言語表現が、単に比喩としてではなく、本質的に意識の運動であり、それが時間と空間的位置の函数だとするなら、これを「微分」するということは、「無限点に移動」する連続量のある微少時間Δtでの空間の位置の変化Δxを抽出し、それを七で割って、Δt間の平均の速さを求め、Δt→0という極限を考え、〝瞬間の速度〟を求めるということにほかならない。もちろん意識の「速度」とは、意識が空間移動する速さと、方向を一緒にしたものにほかならない。連続量であると同時に、方向をもったベクトル量として、言語表現が考えられているのである。

第四に外山が言うように言語表現を「文字」化することが、「想念」から抽出された「言語（ランギュ）」としての「意識面」からもう一つの「意識面」への空間「移動」であり、しかもその軌跡を空間的に「固定」したものであるなら、一つひとつの「文字」は「想念」からの意識の運動の、ある一定時刻ごとの〝速度〟の函数を表しているだろう。つまり「文字」表現として読者に与えられているのは、函数としてのある言語表現の〝導函数〟（微分係数）である。したがって、そこから言語表現の函数を求めるとすれば、それは積分によってだけ求めることができるのである。先にふれた『詩の形態学序説』で、外山卯三郎は、より本格的な言語表現の時間・空間論を展開している。そしてこうした発想が相対性理論に代表されるような「近年」の「数理物理学」（第七章）に支えられていることを宣言してもいる。言語表現の「形式」という概念は、外山においては、ソシュール言語学での関係性の体系としての「形式」を支えにすると同時に、数学と物理学の「言語」での理論体系の「形式」をも含意していたのである。

さてこうした外山の言語論を、横光の関心のあり方と重ねてみると、きわめて重要な問題が見えてくる。横光が漱石の論理を超える方向としてめざしていたのは、「外面形式が構成に至るまでの中間」「空虚なしかも最も重大な部分」を理論的に捉えることだった。「外面形式」とは、「文字の羅列」のことである。ならばそれが「構成に至るまでの中間」とは、単なる点の羅列でしかない文字が、どのように線と結合されていくのか、そしてその線がどのような軌跡を描くに至るのかということにほかならない。

外山が明らかにしたのは、表現者が自らの意識の運動、つまり言葉にならない潜在的なものとしての想念を、社会的約定である「言語（ランギュ）」の網の目を通して、顕在化するに至る時間的・空間的移動を、ある座標面に固定したものが「文字」であるということである。すでにふれたように、「文字」は一定時刻ごとの、意識の瞬間速度の座標平面上の記録にほかならない。したがって、「文字」に固定される以前には、連続的だった意識の運動は、「文字」に記述された瞬間から、不連続的な、位置の時刻に対する変化率（速度）の値の記録でしかなくなってしまう。

これを再び連続的な変化の過程に変換するためには、速度の時間に関する変化率である加速度を求めていかなければならない。なぜなら、一つひとつの文字は、それぞれ異なった値を示していると同時に、時間とともに変わる変数なのであり、その文字と文字との「中間」では、何らかのかたちで必ず減速あるいは加速がおこなわれているはずだからである。つまりプラスの方向にしろマイナスの方向にしろ、必ず時間に関わったかたちで加速度が変化しているのである。意識の「速度」としての文字の、時間に対する変化率を求めていくということは、とりもなおさず点としての文字と文字との間を結ぶ意識の傾きの線を求めていくことにほかならない。漱石が描いたあの意識の波動の曲線部は、「記号」としての「文字」の加速度を求めることによって再構成されるのである。

時間がたつにつれて、速度が変化するということ、つまり加速度があるということは、その物体に力が作用しているということにほかならない。言語表現が「文字」に定着されるまでの時間の推移で、その力は表現者の意識の力だった。しかし、いったん「文字」として固定化されてしまったエクリチュールにはそれ自身としては力が作用しているわけではない。静止した「文字」に力を加え、そこにある速度を発生させ、加速度運度を発生させるためには、今度は読者の意識の力が必要不可欠となる。

では、読者の意識の力は、どのように静止した質点としての「文字」に作用するのだろうか。それは横光によれば、読者が「文字」を「見」る行為によっておこなわれるのである、テクストとしての紙の上の「文字」を「見」ること、つまり読書という行為は、読者の目と「文字」との間（三十センチくらい）を、光が十億分の一秒で通り抜け、「文字」の形を角膜に投影し、その形が視神経を通して大脳に伝達され、言語中枢で図像から言語に変換されるという過程である（大脳生理学と言語との関係は、外山卯三郎の著作のなかでも、詳細に検討されている）。

光によって媒介された、「物質」としての「文字」と「物質」としての「脳髄」との相互作用。これが一九二〇年代後半の、読むという行為をめぐる認識の枠組みだったといえるだろう。その過程（プロセス）全体を、何らかのかたちで計量し、それにふさわしい「言語」（術語（ターム））で記述すること。これが、形式主義論争での形式主義論者たちを支える「科学」だったにちがいない。そのために彼らは、新しい「言語」をめぐる術語（ターム）だけでなく、数学や物理をめぐる術語（ターム）を積極的に使用していったのでもある。

本来書き記されたテクストの空白でしかない「文字」と「文字」との間に、意識の速度の変化率が波動の曲線となって立ち現れてくるのであれば、「文字の羅列」は、ある一定の律動形式をもった波形として見えてくるはずだ。「形式とはリズムを持った意味の通じる文字の羅列に他ならない」という横光の認識は、以上のような同時代的認識に支えられながら、いわば「時空連続体」としての書記記号（エクリチュール）の体系（システム）を捉えようとする論理だったのである。

アインシュタインの「統一場理論」と「形式論」

横光利一だけでなく中河与一も、形式主義論争のなかで、自らの立脚点をことさらに「唯物論」だと主張した。そして弁証法的史的唯物論の立場に立つ「マルクス主義者」が「唯心論」でしかないことを繰り返し批判している。おそらく「マルクス主義者」の側からすれば、こうした主張は、単なる無内容な強弁にすぎないと見えたにちがいない。しかし、横光や中河には、彼らなりにあえて「唯物論」を主張する根拠があったことを無視するわけにはいかない。つまり彼らが「唯物」「物質」「物体」といった術語(ターム)を使う場合、そこには一九二〇年代後半ならではの、ある独特なコンテクストが意識されていたのである。

ある独特なコンテクストとはほかでもない、一九二二年十一月の来日と講演旅行を契機に、日本の科学界だけでなく哲学界・思想界も含めて、ある決定的な認識論的布置の転換をもたらしたアルバート・アインシュタインの相対性理論である。アインシュタインの相対性理論が、どのように、そしてどこまでわが国に浸透し、影響を与え、新しい思想的動向を作り出したかについては、金子務の『アインシュタイン・ショック』(50)が、ほぼその全貌を伝えている。そのなかで金子は、横光利一と「相対論ブーム」との関わりが「定かではない」としながらも、『静かなる羅列』(51)での「複眼的」「多時間的」な構成にふれながら、そのような「新感覚派の立場」が「まさに相対性理論によって新たに設定された、徹底的な相対主義を通じての絶対的なリアリティの構築、というイデーと、同質・同型的なものである」と指摘している。

さらに「新感覚派の手法の集大成といわれる」『上海』についても、「自然を含む外界の運動体としての海港(52)」という横光の「言葉遣い」を問題にし、「ミンコフスキー的四次元時空における世界線が、運動体としての海港の事象(イベント)であることを、横光は意識していたようである」と述べている。

こうした金子の指摘はきわめて示唆的ではあるが、横光利一や中河与一とアインシュタインとの間に、一人の仲介者・媒介者をおいたときに、彼らの関係性はよりいっそう濃密なものとして浮かび上がってくる。その仲介者・媒介者とは、事実上アインシュタインと日本の仲介者となった、物理学者であり科学ジャーナリストでもあり、そして歌人でもあった石原純にほかならない。石原純の存在をおいたとき、形式主義論を主張した横光や中河が言う「唯物論」が、相対性理論を軸とした、同時代の理論物理学(数理物理学)の成果をふまえ、それを「マルクス主義」的「科学」を批判し超えていく「科学」として位置付けようとしたことが見えてくるのだ。

周知のとおり、石原純は、一九〇九年(明治四十二年)に早くもアインシュタインの特殊相対性理論に基づく電媒質内の光波の進行のあり方について学会で発表し、一一年には東北帝国大学助教授となる。そして一三年（大正二年）の夏には、チューリッヒ工科大学でアインシュタインに学び、帰国後教授に昇格する。しかし、同じアララギ派の女流歌人原阿佐緒との恋愛と同棲をめぐって、二一年七月末全国各紙にスキャンダラスに報道されてしまうことになる。石原は同じアララギ派の斎藤茂吉の診断書によって大学に休職届を出し、二三年休職満期で自動的に東北帝国大学を去ることになる。

この個人的には最も切迫した状況のなかで、石原はアインシュタイン招聘に尽力し、新聞記者に追い回されながらも、仙台を除く講演旅行の全期間アインシュタインに同行して講演の通訳をおこない、あらゆる見学に付き添ったのである。そして一九二一年から二三年にかけて、相対性理論をめぐる膨大な数の論文と著作を発表することにもなる。

ではなぜ、こうしたアインシュタイン・ブームがいったん去った一九二九年に、あらためて相対性理論と石原純に、横光利一や中河与一は注目したのだろうか。横光利一は、二九年三月以後に書かれたと思われる「文芸時評」のなかで、平林初之輔、谷川徹三、宮島新三郎らの形式主義批判に反論しているが、その最も重要な理論的根拠となっているのが、石原純が「改造」に発表した「アインシュタインの新学説に就て(53)」のなかの一節なのである。

横光は、「重大な一文を抜粋」するとして石原純の文章を引用し、自らの形式論の根幹を述べている。

「相対性理論はもはや空疎な概念論義ではない。徒に相対とか絶対とかを論争し、若くは実在とか仮象とかを差別する類のことにのみ傾倒する直観哲学は、我々にとつて既に過去の遺産に過ぎないと言つてもよいであらう。我々はもつと現実に深く進まねばならない事実を把握して、しかも全物質現象を包括する一義的な理論を立てやうとするのが、我々の目的なのである。」と。

時間と空間を一元的に還元した自然科学の先端は再び哲学を顚覆して進んで行く。形而上学的な理論は今や鞭を上げて改革されねばならぬ場合に立ちいたつた。われわれの形式主義の根拠も、此のメカニズムの上に立つて発展しつつあるのである。それ故、われわれの形式論は先づ第一に文字を物体だとなす。さうして形式とは此の物体であるところの文字となし、内容とは、此の形式である物体の運動から起るエネルギーであるとなす[54]。

横光利一は、明確に自らの「形式主義の根拠」を「時間と空間とを一元的に還元した自然科学の先端」が明らかにした「メカニズムの上に立つて」いることを宣言している。おそらく従来の発想のなかでは、この「メカニズム」といった術語などは、ただちに『機械[55]』と短絡されていくところだろうが、この時代の「メカニズム」という術語には、より戦略的な意味が付与されていたことを見抜かなければ、横光の論理の構造を正確に把握することはできない。そしてこの「メカニズム」の同時代的用法が見えてきたときに、『機械』という小説も、従来の批評の枠を突き崩し、新しい姿を見せてくるはずなのでもある。

横光が言う「メカニズム」とは、「時間と空間」とが、「一元的に還元」されたものとして、世界を捉える同時代の物理学、アインシュタインの相対性理論の立場に立つことにほかならない。横光が引用している論文のなかで石原純は、「偉大な驚異の対象であつた」アインシュタインの相対性理論について、こう認識を促すような整理をしている。「先験的に与へられた形式」として捉えられてきた「時間と空間とはもはや決して全く独立のものではなく、互ひに融合して唯一の四次元世界を形作らねばならなかつたこと」を、相対性理論は明らかにした、と石原は言う。しかも一般相対性理論は「万有引力」を「電磁気力」と「同等の位置に据ゑ」、「それが物質的質量の存在と共に純粋な世界空間的の歪みとして云ひあらは」したのだと。

つまり、石原の論文は、時間形式と空間形式は物理的現象が生起する単なる舞台ではなく、空間そのものの幾何学的変形が「万有引力」現象であり、それまでア・プリオリな実体として考えられていた「物質」（物体）が「万有引力」の場の源泉だとするなら、「物質」もいわば時空と空間の幾何学的変形にほかならないという一般相対性理論の理論的帰結をあらためて確認しているのである。横光の「メカニズム」とは、単なる「機械主義」などではなく、言語表現をも含めたあらゆる物理的現象を、時間と空間の形式によって計量しようとする、ニュートン力学を乗り越えた、新しい「力学主義」、一般相対性理論に導かれた「力の場」こそ、終局的実在だとする立場にほかならない。

横光は、「形式とメカニズムについて[56]」で、「メカニズム」が「力学主義」であることを、はっきりと定義している。「力学主義」とは、「純粋客観――物自爾――最も明日に云つて自然そのものは――いかなる運動をしてゐるか、と云ふ運動法則を、」「科学的」「客観的」に「冷然たる以上の厳格さをもつて、眺める思想」なのだと。そして、その後横光は「Boltzman」の「Mechanistics（力学説）」から「Ostwald と Helm」の「Energetics（勢力学）」に至る物理学の流れを整理し、それが「物質のエネルギーから、物質の質量を感じやうとした」試みであり、「形式の運動から、形式の力である内容を感じやうとした」ものであることを指摘している。

こうしてみると、先の引用での「内容とは、此の形式である物体の運動から起るエネルギーである」という横光の認識は、明らかにあの特殊相対性理論での理論的帰結の一つである$E = mc^2$という方程式をふまえていることがわかる。エネルギー（E）は、質量（m）と光速（c）の二乗との積だとするこの方程式は、光速度一定の原理を媒介とするなら、「物質」（物体）の存在を規定する質量とエネルギーとは、ただその姿を変えたものでしかなく、実は同じものだということを示している（c^2は、常に一定であるのだから、質量＝mの増減とエネルギー＝Eの増減は比例する）。「形式である物体」としての「文字」は、それ自体としては、静止している石ころのように仕事をする能力、すなわちエネルギーをもつことはない。しかし運動をしている石が何かに当たれば必ず何らかの衝撃を与えるように、つまり種々の仕事をする運動エネルギーをもつように、「形式である物体の運動から起るエネルギー」を、横光は文字によって記された文学表現から読者が享受する「内容」だと考えたのである。

しかし「文字」は、それ自体としては静止した空間形式でしかない。静止した「文字」を運動させるには、外から力を加えなければならない。ある一定の質量をもった物体に力を加えるということは、その物体の「速度」

を変化させることにほかならない。「物体」としての「文字」に外から力を加え、それに「速度」の変化を与えるのは、読者の読む意識にほかならない。したがって「内容とは、読者と文字の形式との間に起るエネルギー」[57]だと横光は主張する。しかも「物体」としての「文字」は、それぞれ一定の慣性質量をもっているわけで、静止している質量mは、そのなかにmc^2のエネルギーを内包していることになる。したがって、その内在的エネルギーがどれだけ運動エネルギーになるかは、この質量mの物体としての文字に作用する読者の意識の力によって変わってくることになる。つまり「エネルギーは同一なる文字の形式から変化せられず、読者の頭脳のために変化を生じると言ふことが明瞭になる」[58]のである。脱時間的な空間形式に時間を導入し、「運動」を引き起こすのは「読者」の意識の力なのである。

横光は同じ文章のなかで、中河与一が「内容主義」を「形式主義」に対置して考えていることを批判しているが、この横光の批判に対し、中河与一は、同じように石原純を引用しながら反論している。中河は自分が徹底した「唯物論」の立場に立つことを宣言しながら横光の論理が「唯物と唯心を折衷するメカニズムに立脚させやうとしてゐる」と批判し、「機械主義」はすでに「百年」前の古い発想だと指摘する。そのうえで「科学上のテクニック」を「文学」に応用するためには、最低限の「科学上の知識」が必要だとし、次のように述べている。

吾々は素人科学を飛ばす前に、先づ少しばかり謙虚な気持で科学説にふれるべきである。最近私は「思想」(再刊号)に於て石原純博士のアインシユタインの新理論に関する「物質と空間時間との必然的関係」なる論文を読んで教へられるところが多かつた。博士は云はれる。

「物質の存在は空間時間連続体以外の何ものでもないのであつて、我々は物質現象の理論を立てるに当つて、最早や空間時間連続体の幾何学的性質以外に何等の物理的要素を附加する必要はないと云つてもよいであらう。空間及び時間はそのなかに物質を容れ得るところの形式ではなくて、それ自身が物質を形づくるところの要素なのである。」

この意味は――時間空間の特別な状態(形式)により物質が現はれる――と解釈してもいゝと思はれる。
即ち吾々はこの最も進歩した学説に於て、多くの暗示的なものを受取るのである。[59]

「思想」(再刊号)とは、一九二九年(昭和四年)三月号のことである。そしてそこに掲載された石原純の「物質と空間時間との必然的関係」という論文は、先に横光が引用していた「アインシユタインの新学説に就て」という論文と、ほぼ同じ趣旨のものである。その趣旨とは、この時期世界のジャーナリズムの注目を集めていた、「統一場理論」の紹介にほかならない。

一九二九年三月十四日は、アインシュタインの五十歳の誕生日だった。この日にあたって彼が「統一場理論」をめぐる決定的な論文を出すという噂が流れた。世界各国の新聞社がいち早くこの論文の情報を得ようと色めき立った。こうした状況のなかで、二月三日付「ニューヨークタイムズ」が「統一場理論」の論文をニュースとして伝え、二月四日付「ロンドンタイムズ」が、その全訳を掲載した。

「改造」所収の石原純の紹介文は、二月七日付になっていて、ニューヨーク電報を詳細に引用しながらこうしたアインシュタインの「新理論」に向けられた世界的な注視のあり方をも伝えるものとなっている。石原は、この論文のなかで、アインシュタインの一般相対性理論が重力現象を通して、時間と空間が融合した四次元時空座標系を記述する方程式を提出したのに対し、数学者ヘルマン・ワイルが、それをさらに電磁場でも統一的に説明する原理を考え出そうとした過程を、手際よくまとめている。

そして石原は、「アインシュタインの新学説」が「リーマン幾何学」をワイルとは異なった方法で導入することによって、「万有引力と共に電磁気力を世界空間の幾何学的性質として云ひあらはすことができた」とし「しかも只一つの幾何学的量、即ちテンソルによつて両者のポテンシアルを完全にあらはすことに成功した」ことを明らかにしている。

さらに、中河与一が引用している「物質と空間時間との必然的関係」で石原は、中河が引用した部分のあとで

「アインシュタインの新理論」「一元的場の理論」（「統一場理論」）について、次のように説明している。

> 今我々は物資もエネルギーもこの基礎的な一元的の場から導き出すことができる。それ故我々が実体と名付けようとするところのものの根本を空間時間連続体そのものに帰してもさし支へがないばかりでなく、それ以外に何等の実体的要素を仮定する必要がない。即ち我々は斯う結論することができる。――「空間と時間と、それが我々の物理学的世界に於ける唯一の実体である。物質もエネルギーも空間時間連続体の或る変形としてあらはれるところのものである[60]。」

従来の考え方によれば「物質と空間及び時間との関係は、或る内容と形式とのそれ」だった。つまり「形式」としての空間と時間は、あたかも「内容」としての「物質現象」が起こる舞台のように考えられていたし、「空間及び時間形式」をどれだけ究明しても、「物質の性質」を明らかにすることはできなかった。しかし、アインシュタインの「一元的の場の理論」は、単なる入れ物にすぎないと思われていた「形式」としての「空間と時間」が「唯一の実体」であることを明らかにしてしまったのである、と石原純は指摘したのだった。

一九二九年初頭は、アインシュタインの「統一場理論」の発表をめぐって、あらためて相対性理論の理論的成果が確認され、それまで一種ア・プリオリな実体として考えられていた物質もエネルギーも、すべて「空間時間連続体」の幾何学的「変形」として表現されるという、世界認識の方法をめぐる大きな転換がはかられた時期だったのである。従来単なる「形式」でしかなかった「空間と時間」形式こそが「唯一の実体」だとする現代物理学の理論的成果は、「内容」あるいは現実的対象こそが実体だとする「内容論者」たちに対抗するうえで、横光利一や中河与一らにとって、絶好の理論的基盤となったことは疑いない。

そして、これは単にアナロジーに基づく、横光や中河の一方的な思い入れで終わったわけでもない。石原純は、中河与一の「形式主義理論の基礎」をめぐって、同年の自ら主宰する短歌雑誌「三角州」六月号で次のように批評していたのである。

中河氏が感興を懐かれた通りに、アインシユタインの新理論に於ける物質と空間時間形式との関係は、上述の意味に於ける芸術の内容と形式との関係に或る程度まで類推する事ができる。空間時間形式の中に内容として物質が存在すると思惟せられた従来の見解は——物質が全くこれの力の場によつて代表せられ、しかもこの力の場が空間及び時間から成立する四次元連続体の計量的性質によつて完全に云ひあらはされる以上は、最早や改められなければならないのであつて、我々は空間時間の或る特定なる状態に於てのみ物質の存在を依存せしめなければならない。云ひ換へれば、この場合に内容は全く形式に依存するのである。[61]

中河与一の形式論と、アインシュタインの新理論との「類推」は、石原純という最も信頼のおける認知者を得たのである。中河は、この認知を「百万の声援者を得たよりも私にはうれしかつた」と「芸術的価値の強調と石原純博士の批評」のなかで先の部分を引用している。

しかもこの引用部を、小林秀雄がやはりそのまま「アシルと亀の子[62]」に引用し、中河の『形式主義芸術論』のなかで「形式が内容を決定するといふ事実に就いて、最も清潔で的確に私に思はれた言葉[63]」だとしている事実をふまえるなら（中河にとってはかなり痛烈な皮肉になっていることは言うまでもない）、この時期の表現者たちの関心の一つの焦点が「統一場理論」との類推で言語表現のあり方を考えようとしていたところにあったことがわかる。コンテクストとしてのアインシュタインは決して横光や中河に孤立的に現れていた現象ではなく、一九二九年という特定共時態の共通項だったのである。

小林秀雄は言う。「意識が力の場として代表せられ、しかもこの力が時間と空間とから成立する四次元連続体の計量的性質によつて完全に言いあらはされる以上は、意識は、時間、空間の或る特定な状態に於いてのみに依存させなけりやならない[64]」と。

「形式主義」の理論的目標は、小林秀雄の言葉を借りるなら「人間の意識を正確に力の場として」、「四次元連続体」として「計量」する論理、方程式を導き出すことにあったといえるだろう。空間形式としての「文字」の集積として構成された文字テクストは、そこに読者の意識によって時間が導入されることによって、四次元時空連続体として、物質である文字と読者の脳髄との相互作用の場＝「力の場」として立ち現れてくることになったのである。形式主義論者たちが主張する「唯物論」の理論的基礎は、アインシュタインの「統一場理論」に代表される現代物理学の最も先端的な成果にあったといえるだろう。

3 文字・身体・象徴交換——流動体としてのテクスト『上海』

「物体」としての「文字」の「羅列」

横光利一の小説のなかで、『上海』（一九二八―三二年）ほど「身体」という文字が、またその各部分を指示し、それらの運動を表す文字が氾濫している小説はない。またこれと同じくらいの頻度で海・波・水の流れに関わる文字の群れも氾濫している。そしてこれらの文字の群れは、ある速度をもって流れ、またよどみ、一九二〇年代の上海という国際海港都市を一種のエネルギーとして物象化している。ここに横光最初の長篇小説の方法的模索が露呈されていて、『上海』に凝集した、それまでの小説に貫流するモチーフが表れているのでもある。

たとえば横光文学の本質を、「嫉妬妄想や」、「心理の関係」「意識の関係」への執着が演じてしまった「性格悲劇」に見いだそうとした吉本隆明の横光論[65]が、初期小説の総決算ともいえる『上海』を抹殺することではじめて成立しているのも、吉本が「身体」をめぐる文字のエネルギーを掬う論理をもちえていなかったからにほかならない。結果として吉本の横光論は小林秀雄以来の批評の系譜を、どれほども塗り替えはしなかったのである。他方、篠田浩一郎は、記号論的な方法をふまえ正しくこれらの文字のエネルギーに着目し、冒頭の一文が「字義のレベルから象徴のレベルにわたって予示し、暗示しているのは」「中国の『革命』を上海という海港都市を舞台に、革命の火によって沸点に達していく集団の流れとして描[66]」こうとしたものだと指摘した。

また前田愛も、冒頭部分を重視し、そこに「やがて五・三〇運動の波に揺りうごかされることになる上海そのものの暗喩」を読み取っている。前田は篠田と異なり、一九三二年（昭和七年）版（改造社版）のテクストを使用し、「鎖で縛られた桟橋の黒い足」などの表現に注目し、そこに「工部局が統轄する植民地支配の鎖につなぎとめられている上海の民衆と、そうした支配の構造をいっきょに覆そうとする革命の波[67]」といった暗示の存在を指摘している。

私はこれらの指摘にまったく同意するものだが、しかし両者の表現分析のなかで致命的な弱点になっているのは、彼らが横光の表現の特色を「比喩」として押さえている点である。「比喩」とは「物事の説明に、これと相類似したものをかりてくること[68]」である。つまり、説明されるべき「物事」としての記号内容（シニフィエ）と、それを説明する「相類似したもの」としての記号表現（シニフィアン）とが基本的に一対一で対応する静的（スタティック）な記号モデルでしかない。しかも篠田も前田も、小説『上海』の記号内容（シニフィエ）として、現実の「革命」を位置付けている。

しかし『上海』執筆時の横光利一の大前提は、「文字そのものの物体と、その文字を意味する実物の物体とは絶対に同一物体ではあり得ない」と、記号表現（シニフィアン）としての文字を、それが指示する記号内容（シニフィエ）としての「実物の物体」＝現実と厳しく区別し、文学作品を「文字の羅列」として作者からも読者からも「全く独立した形式のみの物体」とするところにあった[69]。したがって『上海』の表現の特質は、いわゆる「比喩」ではない。このテクストのなかで、もし「説明されるべき物」があるとすれば、それは「物体」としての文字であって「実物」ではない。したがって、ここにあるのはもしそういう言い方が許されるのなら、比喩の比喩＝メタ比喩であり、その連鎖だといえるだろう。あらためて『上海』の冒頭に注目しよう。

満潮になると河は膨れて逆流した。火を消して蝟集してゐるモーターボートの首の波。舵の並列。抛り出された揚げ荷の山。鎖で縛られた桟橋の黒い足。測候所のシグナルが平和な風速を示して塔の上へ昇つていつた。海関の尖塔が夜霧の中で煙り出した。突堤に積み上げられた樽の上で苦力達が湿つて来た。鈍重な波のまにまに、破れた黒い帆が、傾いてぎしぎし動き出した。

白皙明敏な、中古代の勇士のやうな顔をしている参木は、街を廻つてバンドまで帰つて来た。波打際のベンチには、ロシア人の疲れた春婦達が並んでゐた。彼女らの黙々とした瞳の前で、潮に逆らつた舢舨の青いランプが、はてしなく廻つてゐた。(70)

『上海』の全体の文字の群れと、この部分との関わりを分析するだけで、おそらく与えられた紙数を超えることになるだろう。冒頭の一文だけに限って分析してみよう。これはまず文字どおり、時間の推移によって現れる自然現象の変化である。またそれは、本来の流れ→よどみ→逆流といった水の運動・変化として提示されている。

この時間＝速度に即した「物体の運動」は、横光の形式論のなかで重要なテーマになっていた。本来の流れ→よどみ→逆流という自然現象は、そのまま後半部の暴動や市街戦の場面で繰り返し描かれる、〈革命〉状況下にある上海の革命と反革命、決起した民衆の流れとそれを鎮圧するために海から押し寄せる植民地支配者の軍隊の流れでもある。冒頭の「逆流」は末尾に暗示される日本「陸戦隊」の上陸とはるかに呼応している。それだけではない、これらの流れは、上海のゼネストを契機にその流れが変わる貨幣や、商品としての棉花、棉製品の流れの反転とも呼応している。同時に「膨れ」のイメージはこの小説のなかで繰り返し性的欲望を表すものとして使われ、それはまた内臓のなかに満たされた食物が、「胃から腸へとひしめき合う」「イメージと酷似」し、「飽食」から「空腹」への反転を喚起してもいる。(71)いずれにしても、冒頭の一句に「相似したもの」は、『上海』のテクストに無数にあるのだ。

これは単なる比喩ではない。記号内容（シニフィエ）から切り離された記号表現（シニフィアン）が、いまや相互に記号内容から記号表現へ、あるいはまたその逆へと、無限に反転しあいながら象徴交換する言語空間が、『上海』なのである。以上のような、横光利一が『上海』執筆時に明快に考えていた方法を、ジュリア・クリステヴァは、こう難しく説明している。「シニフィアンは、自律化し、メッセージの伝達の際にはぴったりと張りついていたシニフィエから遊離し、シニフィアンの諸単位に切り分けられる。そしてこの単位が、意識的に伝えられメッセージのシニフィエのもとでは埋もれていた、新しい、無意識的なシニフィアンを媒介する手段となるのである。(略)シニフィアンの優位性の原理は、言連鎖の線状的な意味を跳びこえて、結合論理に則して、テクストの各種の形態素に局在化されているシニフィアンの諸単位を結びつける、ある統辞法を、分析の対象となることばに打ちたてる。(略)シニフィアンの連鎖のこの細分、分岐、再配分から、シニフィアンの錯綜した網の目が生じる。この網の目の中で、主体は現実的事象の変動する複雑さを呼びこむ」(「ある統辞法」以外、傍点は引用者)[72]

「シニフィアンの諸単位」とはとりもなおさず、横光が言う「文字」(その「羅列」)、わけても「日本の文字」での「独特の形式論」を「発生」させる「象形文字」としての漢字(その「羅列」)である。[73]その漢字が指示対象から「自律」し、「新しい、無意識的な」イメージと連鎖することで、「局在化」している諸漢字は、「錯綜した網の目」を作り出し、「現実的事象」である国際海港都市上海の「変動する複雑さ」を捉えるのである。

もちろん、横光自身がそこまで考えていたかどうかについては、本節全体で検証することになるが、少なくとも『上海』での横光の方法が単なる「比喩」ではなかったことだけは確認しておきたい。結論的なことを述べすぎたようだが、本節はあくまで『上海』というテクストが織られていく方向に即して読むための、心構えのようなものである。しかも『上海』というテクストのなかの都市の〈地〉の部分の分析に終わり、〈図〉としての作中人物相互の「思想」的対話の分析には手が届かないものになっている。そのために「序説」であることを、あらかじめ断っておきたい。

「売物」としての「身体」

先に引用した冒頭部に戻るなら、そこには『上海』の〈地〉と〈図〉がくっきりと浮かび上がっている。「湿つて来た」「苦力達」と「ロシア人の疲れた春婦達」に挟まれるようにして、「白皙明敏な、中古代の勇士のやうな顔をしている参木」が、明滅する「青いランプ」に浮かび上がってくる。暗く「湿つた」「疲れた」ルンペン・プロレタリアートの間に、資本主義の根幹を担う銀行員としてのプロレタリアートの参木が雄々しく立ち現れたのである。ここに横光利一の、同時代の「コンミニズム文学」に対する並々ならない挑戦の意志を見ることができるだろう。(74)

この「勇士」参木が、汚物のなかに身を横たえ、その「中古代」にふさわしい「道徳」や倫理や「良心」に裏打ちされた彼の自意識のために、結果として最下等の「春婦」に身を落とさざるをえなかったお杉のもとへ回帰することで、この長篇小説は首尾照応することになる。〈図〉としての参木が、〈地〉としての「苦力」や「春婦」のなかから雄々しい姿で立ち現れ、最もみじめな姿で春婦お杉のもとにその身を横たえる――〈地〉への帰着という単純な構成が、この長篇のプロットを支えている。参木が上海の街中を彷徨している間、じっとこの都市の最暗部＝〈地〉の部分で彼を待ちつづけているお杉のまなざしに映る光景こそ、国際海港都市上海の姿を象徴するものだったといえるだろう。

横光利一は上海から帰ったとき、改造社の山本実彦に「私は上海のいろいろの面白さを上海ともどこともせずに、ぽつかり東洋の塵埃溜にして了つて一つさう云ふ不思議な都会を書いてみたいのです。それには紀行でも、短篇でも書いて了つたら、もう駄目ですから、ぢくぢくかかつて長篇にしたいと思つてゐるのですが」と書き送っている。横光にとって初めての試みであるにもかかわらず長篇というジャンルが選ばれなければならなかったのは、「実物」の上海ではなく、「東洋の塵埃溜」としての「不思議な都会」を書くためだったのである。『上海』でそこに描かれている都市が、この「塵埃溜」としての素顔を現すのは、参木に捨てられたお杉の視界のなかである。最終章で「陸戦隊」という国家の暴力装置そのものが、お杉の意識に浮かび、それが参木との別れを強いるものであることを自覚したとき、闇を見つめる彼女の目には参木を待ちつづけた日々を見つめていた彼の下宿のそばの「泥溝の水面」が浮かんでくる。そこには「模様のやうに絶えず油が浮んでゐて、落ちかかつた漆喰の横腹に生えてゐた青みどろが、静に水面の油を舐めてゐた。その傍では、黄色な雛の死骸が、菜つ葉や、靴下や、マンゴの皮や、藁屑と一緒に首を寄せながら、底からぶくぶく噴き上つて来る真黒な泡を集めては、一つの小さな島を泥溝の中央に築いてゐた」（第四十五節）。この光景は、お杉の部屋から見える「泥溝」とほとんど同じものである。

しかも「ぶくぶく浮き上る真黒なあぶく」（第三十二節）のなかに、消えかけている母や日本の記憶がお杉に顕現（幻）してくるところを見ると、この「塵埃」の「中央に」「小さな島」を「築いている」「黄色いな雛の死骸」は、明日この「塵埃溜」に「陸戦隊」を送り込んでくるところの、参木が「先づ、何者よりも東洋の支配者を！」（第十九節）と夢想した「日本」の姿の象徴だったともいえるだろう。そして、トルコ風呂をクビになり、甲谷に「貞操を奪はれた」夜の翌朝、いま幻視している「泥溝」の実景を眺めながら、そこにお杉はすでに春婦に身を落としてしまうだろう自分の姿を透視していたのだった。

その舟の動かぬ舵や、道から露出した鉄管には、藁屑や沓下や、果実の皮がひつかかつて溜つてゐた。ぶくぶく出る無数の泡は、泥のやうに塊りながら、その半面を朝日に光らせて、狭い裏街の中を悠々と流れていつた。

お杉はそれらの泡を見てゐると、欄干に投げかけてゐる自分の身体が、人の売物になつて、ぶらりと下つてゐるやうに思はれた。（第五節）

この「ぶらりと下つてゐる」「売物」としての「身体」は、それまで提示されてきた小説世界との対応で言えば、お杉が働いていたトルコ風呂に向かう露地の光景と重なっている。「店頭には、魚の気胞や、血の滴つた鯉の胴切りが下つてゐる。（略）皮を剝がれた無数の豚は、爪を垂れ下げたまま、肉色の洞穴を造つてうす暗く窪んでゐる」（第二節）。「貞操を奪はれ」参木に身捨てられ、この国際海港都市のなかでいまやどのような雇用関係をも結びえないことを自覚したお杉にとって、身一つで生きていかなければならない「自分の身体」は、露地に「垂れ下」がった豚の肉塊、食物と等価な、「売物」＝商品としてしか見えてこないのだった。それはまさにこの国際海港都市で、母国へのいっさいの帰属を断ち切らざるをえない人間の「皮を剝がれた」裸形の姿にほかならない。そこには思想や、意識、心理といった（人間性の）痕跡をいっさい失わされた物自体としての人間の「身体」が顕現（幻）している。

男たちの性欲の対象として「自分の身体」を「売物」にするしか、生きていく術がないことを自覚したお杉のまなざしは、すでにこのとき「泥溝」に浮遊する「塵埃」と、露地にぶら下がる食物、そして「自分の身体」とを、差異を喪失した等価性のなかに引き入れる方向で機能しはじめていた。そのまなざしは、あらゆる国籍の人間を、モノ化し記号化してしまい、等価性の渦のなかに巻き込んでしまうこの国際海港都市の「速度」＝時間のまなざしでもあったのだ。「皮の剝がれた」裸形のモノがぶら下がる露地の「奥底からは、一点の白い時計の台盤だけが、眼のやうに光つてゐた」のである。

「領土」としての「身体」

上海体験（一九二八年）以前の横光は、同時代の「コンミニズム文学」に対抗するために、より徹底した「唯物論的文学」を志向していた。横光の「文学的唯物論について」は、「指導理論に縛られ」た「コンミニズム文学」に対して「個性」の優位性を主張したものだと整理されているようだが、重要なのはむしろ、この「個性」といったものも一つの「物質」と捉える視点を横光がもっていたことだろう。それが彼の「弁証法的唯物論」に対抗する「現実的唯物論」の立場だった。ここで横光は「文学とは物質の運動を、個性が文字を通して表現した物体である」[75]と定義する（この定義を先にふれた「形式とメカニズムについて」と比較すると、明らかに後者では、前者の図式のなかの「個性」の項が消され、後半部だけが自立したものになっている。上海体験は横光の文学理論から現実を捉える「個性」を消したといえるだろう）。

いわば「個性」と客観物といった二つの物質の相互交流作用として彼は文学作品を位置付けようとしているのである。そしてこの二つの物質は「時間」の変化に即して「常に変化」するものだとし、その変化の同時代的な共通項を横光は、次のように規定している。

即ち共通のわれわれの変化とは、此の日本国土の政治下に於ける日々の時間である。此の日々の時間とは、われわれ日本国の現実の速度である。現実が速度を持ちその現実が資本主義的国家主義だとすれば、われわれの共通に受ける外界からの変化は、資本主義的国家主義的変化にちがひない。然もわれわれは現実に生存してゐる以上、現実から飛躍することは、絶対に不可能である。われわれはいかなるものと雖も、此の故に資本主義的国家主義的現実の速度から影響を受けねばならぬ、と同時に、われわれの個性は此の現実の速度に従つて変化して行く以外に、道はないのだ。[76]

どのような「個性」といえども、「現実」としての「資本主義的国家主義的」な「日本国」の「速度」に規定されていて、その「現実」に従うかたちでしか「変化」できないのである。この横光の立場は必然的に「コンミニズム文学」での「計画された目的へ進む規定の方向軌道の憶測」でしかない「社会主義的予言」や目的意識を否定することになる。それらはあくまでも「憶測」や「予言」の域を出ることはなく、ついに「革命に到るまでの現実の速度」にはなりえないのである。横光の「文学的唯物論」はあくまで「憶測」や「予言」ではない「現実の速度」、そのなかでの「物質」の「変化」を表現することをめざしていた。

しかし、横光の先の規定が成立するのは、強力な国家権力をもつ「日本国」においてだけである。芳秋蘭が言う「列国ブルジョアジーの掃溜」である国際海港都市では、事情はまったく一変する。上海はそれぞれの国の「資本主義的国家主義」に拘束された「列国」の人間たちが集合する都市である。ここで流れているのは単に「日本国土の政治下に於ける日々の時間」だけではない。同じように、アメリカ、ドイツ、イギリス、革命ロシアといった、それぞれ異なる「時間」が、それぞれの人間とともに相互葛藤的に流れているのである。

そしてそれらの「列国」の人間たちの「共通の」「変化」として流れはじめるのが、それまでこの都市に底流していた中国民衆の「時間」、つまりは〈革命〉の「時間」なのである。ここでは「憶測」や「予言」としてではなく、「現実の速度」として革命の「時間」が流れていたのである。横光は上海体験を通して、それ以前の「個性」に執着する文学観を組み替えざるをえないところに追い詰められたのだろう。そこに、初めて「長篇」というジャンルに挑戦せざるをえない必然性もあった。

国際海港都市に集まる人間たちの足下に「国土」は存在しない。彼らは「現実」としての「国土」から切り離され、しかも自らの「国土」では居場所をもたない存在たちである。その意味で彼らは記号内容としての「現実」から切り離された記号表現、記号化された人間たちだった。この国際海港都市は、そのような記号化された人間たちによって構成される記号都市、あるいは幻想都市だったといえるだろう。彼らは自らが属している企業、そのなかでの自分の位置を媒介にして、はじめて「国土」につながりうるのである。「常緑銀行」を免職になった参木の、「どこの国でも同じやうに、この支那の植民地へ集つてゐる者は、本国へ帰れば、全く生活の方法がなくなつて了つてゐた。それ故ここでは、本国から生活を奪はれた各国人の集団が寄り合ひつつ、世界で類例のない独立国を造つている。だが、それぞれの人種は、余りある土貨を吸ひ合ふ本国の吸盤となつて生活してゐる」という認識は正しい。

甲谷が引かれている宮子のダンスホールで、彼女をめぐって争う外国人たちが、アメリカやドイツという実体としての国家ではなく、「ゼネラル・エレクトリック・コムパニー」や「アルゲマイネ・エレクトリチテート・ゲゼルシヤフト」といった自らの属する企業に同一性を求めているのもこのためである。彼らの争いは最後には、白熱電球＝商品のブランドに同一性を求めるに至るのである。ここでは国家が、企業、個人、商品というかたちでより低次な記号へと象徴交換しているのである。

しかし参木は「常緑銀行」を免職になる。「国土」としての企業への帰属から解かれた彼の認識は「ここでは、一人の肉体は、いかに無為無職のものと雖も、ただ漫然とゐることでさへ、その肉体が空間を占めてゐる以上、ロシア人を除いては、愛国心の現れとなつて活動してゐるのと同様であつた。（略）彼が上海にゐる以上、彼の肉体を占めてゐる空間は、絶えず日本の領土となつて流れてゐるのだ」（第九節）というところまで進む。ここで「俺の身体は領土なんだ。此の俺の身体もお杉の身体も」という奇妙なナショナリズムが彼のなかで発生する。

菅孝行に即して言えば、ここで参木に国家と身体のその「ひきつれ」を無視した「入れこ⟷逆入れこの関係[77]」が意識されはじめたのである。国際海港都市の現実は、無意識化されている「個性」と「現実」としての「資本主義的国家主義」の関係構造を、いやが応でも意識化させずにはおかなかったのである。

だがこの参木がおかれた状況と、そこで獲得した認識を、たとえば梶木剛が言うように「凄惨に出口を塞かれた上海の街区で、日本人であることの自覚を痛切に深めざるをえなかった[78]」というふうに片づけることはできないのである。梶木はまた、その参木の認識が「そのまま作者横光利一のものであった」ともいい、「母国の血」、日本人であることの自覚の深まりのなかに「転向」を見ようとしている。しかしそうした短絡は正しくない。なぜなら参木の身体に押し寄せる〈革命〉の波、彼を押し流す〈革命〉の「速度」＝「時間」は、自己の身体と国家を、一種超越的に同一化させるような調和的意識など完全に無化する方向で作用するからである。

「現実」としての〈革命〉状況のなかでは、「領土」としての参木の「身体」がそれ自身に「空腹」を強いるのであり、ただ一つのパンを求めて海港都市を彷徨させるのである。そしてまた、彼の意識のなかでは「日本」との絆だったかつての恋人、甲谷の妹競子の像が希薄化し、中国共産党員芳秋蘭の姿を探し求めて〈革命〉の波、「群衆」の流れのなかをさまようことになるのである。彼が日本で形成し守りつづけてきた「性に対」する「古い道徳」や「良心」は、もろくも崩れ去っていくのである。

ここにあるのは参木が読み取ろうとした身体＝「領土」といった自己同一性の実現ではなく、それとは裏腹の、「領土」としての身体に裏切られつづける意識の、相互疎外的な身体との分離の姿である。最終章で、空腹にさいなまれ、自分の「身体が尽く重量を失つてしまつて、透明になるのを感じ」ていた参木が、「排泄物」の「いつぱいに詰」まった小舟に落とされて、はじめて自分の身体との同一性を取り戻すことが描かれているのは、参木の存在を相対化する、上海という都市が内包している怜悧な逆説にほかならない。このとき参木は「自分の身体が、まるで自分の比重を計るかのやうに、すつぽりと排泄物の中に倒れてゐるのに気がついて、にやりにやりと笑ひ出した」のだった。

つまり「領土」としての彼の「身体」の「比重」が「排泄物」のそれとまったく等価であることが、ここで暴露されているのだ。しかも参木の意識は、そのことを決定的に自覚するには至らず、つかの間「故郷」の「母」の像を思い浮かべただけで、あとは再びお杉と芳秋蘭の姿が明滅するのである。「現実」としての物自体の動きに翻弄された末の自意識＝「個性」のみじめな姿が汚穢のなかにさらされているのである。

その点最初から作者によって自意識を付与されなかったお杉は、参木とは逆に、この国際海港都市のなかで、人間がおかれている状況を明確に把握しえていたのである。そのようなお杉にとって、国家とは自己の同一性を確認するものとはまったく逆の、その暴力装置をもって自分の恋人を奪いにくる存在に見えてしまっていたのである。それは自分の父親の命が国家権力によって奪われそうになったことを語る、ロシア人娼婦オルガが甲谷にする話とも逆の意味で呼応している。

いずれにしても、冒頭で雄々しい参木を浮き立たせていた、闇黒の〈地〉を作る存在たちが、この国際海港都市の真の姿として、末尾では〈図〉として浮き上がってくるのである。その一方がお杉やオルガに代表される春婦たちの群れであり、もう一方の「苦力」たちは、まさに〈革命〉の波として浮き上がってくる、あの中国民衆の姿である。そしてまたこの春婦たちも、高重の工場の工女たちと二重写しになりながら、〈革命〉の波間に浮かび上がるのである。

『上海』の〈地〉と〈図〉は身体を媒介項としながら、国家から「排泄物」に至るあらゆる次元の記号を、〈革命〉状況のなかで終わりなき等価交換の繰り返しに巻き込んでいくのである。

「商品」としての「身体」の「貨幣」による流動

「個性」としての意識や心理、それに伴う道徳や倫理や思想が、「現実の速度」のなかでまったく不確定なものとして浮遊しはじめ、その背後から〈人間性〉の痕跡を剝奪されたモノとしての「身体」が強烈なモチーフとして浮かび上がってきたところに、長篇小説『上海』の方法が横光に自覚されていく契機があったように思われる。モノとしての「身体」の最も極限された領域をこの小説のなかで担うのが、アジア主義者山口卓根が経営する「人骨製造会社」である。「生きてる人間を見てゐても一番先に肋骨が見えてくる」（第四節）と言う山口は、人間をモノ＝商品としてしか、しかも肉をも引き剝がされた骨としてしか知覚しない男である。彼の徹底した即物主義は、お杉とはまた別な角度から、「俺の身体は領土なんだ」という参木の意識を、さらには楽天的な合理主義者甲谷の意識をも相対化している。

お杉の視界に幻視した「ぶらりと下つてゐる」「売物」としての「自分の身体」と、山口の家の地下室で「壁にぶらりと下つた幾つもの白い骨」（第四十二節）とは、明らかに呼応している。お杉が最終的に国家としての日本への帰属を否認してしまうように、アジア主義者山口にとって日本とは、その軍国主義が東洋の武器になりうるといった相対的な価値しかもっていない。そして彼が囲っているロシア人貴族の娼婦オルガは祖国を捨てた女であり、山口はひそかにお杉に引かれてもいる。このような国家への帰属意識の希薄さは、彼の即物主義と無縁ではない。

それに対し、壁にぶら下がっている「肋骨の間」を走り回る「真黒」な「鼠の群れ」に脅え、「臭気と不潔さとで嘔吐をもよほしさう」（第四十二節）になる甲谷は、その観念的な合理主義の脆弱さを露呈してしまっている。山口は「鼠を冑のやうに身体につけ」そんな甲谷を不敵に見返すのだった。「肋骨の間」を走り回る「真黒」な「鼠の群れ」は、甲谷の目に映った上海の街区を走り回る「黒々とした暴徒の影」（第三十七節）と呼応している。山口はこの暴徒が渦巻く上海の街に、「アジア主義者としての彼の危険な仕事」をしに出かけていくのだった。

「上海へ、妻を娶りに来」、ここで一旗上げようとしている甲谷は、山口が「肋骨」であるのに対し、一貫して人の顔に執着しつづけた男であった。この人間認識の表層性は、〈革命〉状況のなかでもなお自分の材木をさばくことを夢想する楽天主義、現実の濁りやよどみに目が向かない彼の限界を象徴している。彼は日本人離れした「自分の美しい容貌」に誇りをもち、その「容貌」をもって外人たちから「美人」の踊子宮子を取り戻そうとしていたのだった。彼は「嘔吐」をもよおしている瞬間もなお眼前の「白骨のために養はれてゐる」山口の囲うロシアの女たちが「どんな顔をしてゐるのか」を見たいと思うのだった。

しかし、そのような彼も山口の家に残された「オルガの理性を失つた病体」、ロシア革命の波に押し流された自身の体験を語りながら、癲癇の発作に襲われる彼女の「身体の律動」の「奔放な美しさ」に魅せられ、「汗にしめつて横たはつてゐるオルガを花嫁姿に見たてる」ことになる。上海を支配している革命の速力は、ダンスホールの「三色のスポット」や「プラターンの花」を背景に浮かび上がるきらびやかな宮子から、「競馬」の「負け」を埋めるために「売り飛ば」され、人骨製造会社に囲われているオルガへと、甲谷の意識のなかでの「花嫁」を交換してしまったのである。

このとき甲谷の目に映っていたのも、やはり末尾のお杉や参木と同様に「黒々とした無数の泡粒を密集させた河の水面」（第四十三節）だったのである。同じ頃、宮子は、参木とパンの一かけを争う女になりはてていたのであり、これもまた〈革命〉の「現実の速度に従つて変化して行く以外に、道はない」「個性」の姿だったのである。いずれにしても、甲谷は参木とは別な意味で、国際海港都市上海の〈図〉の部分から〈地〉の部分へと「辷り」落ちていったのである。

さて人間の身体を、単なるモノ＝商品として相対化するといった横光の発想は、すでに上海体験以前に成立していた。『眼に見えた虱』[79]は、そうした問題意識が突出した小説だったといえるだろう。小説家らしき「私」は大学の解剖科の死人（山口の商品）係としてホルマリン漬けの「木材のやう」な（甲谷の商品は木材）死体を見ながら、「私は私と云ふ存在が、生きてゐるより死んだときに於て有用な物質となると云ふことを発見」（参木は死の欲望に取り付かれている）するのである。そして「此の社会の網の底に、己れの肉体を奪ひ合ふ戦線が密かに張られている」ことに気がつくのである。そのような認識をもってしまった「私」は、自分の妻に対し「私は金を払つて彼女の身体を買ふだろう」と思うようになり、隣室で客をとった妻の肉体が、大学の標本室にある「環切りにされた」「有名な毒婦の内臓」と二重写しに見え始めてしまうのである。

商品としての人間の価値が、「眼に見えない」意識や心理＝精神にあるのではなく、むしろ「眼に見えた」モノとしての身体、しかもその〈人間性〉を剝奪された死体や分節化された器官に見いだされるのだ、という横光なりの、資本主義的関係に組み込まれた人間についての認識がここにはある。

しかし、この小説での関心の中心は、「私の精神が肉体の中で、いかなる推移を始めるか」という、いわば個体の、精神と肉体の関わりにあった。したがって、モノ化された身体も、性欲や金銭欲といった、個的な欲動の対象として意味変換されるにすぎなかったのである。それが『上海』では、個体の精神と肉体が、〈革命〉状況におかれた国際海港都市での「現実の速度に従つて変化して行く」姿を捉えようとしたのであり、それは貨幣や商品としての記号化されたモノと、等価に交換流通しあう人間の身体の象徴交換として立ち現れてきたのである。

後年横光利一は、自らの上海体験を東京帝国大学の学生たちに語ったようだが、学生たちは次のように彼の話を要約している。

> 物自体を考へるために上海を話すのだ、上海の重要さは揚子江口にあつて三十何種かの人種が集る一の独立国で、満洲事変も日本の不景気もすべて上海で綿が売れぬことによる、ここが東洋の物自体の動きである。或る自意識をもつ青年が旅行すると自分と現実との差がよく分る、その差について解釈を与へるのが新しい青年の第一の任務であらう、私の上海行にはその差を感ずるため予備知識なしで行つたが果して混乱して了つた、最も興味を覚えるのはエロではなく政治である（略）即ち自意識が物自体の鉄壁に衝当つて如何にもならない時はどうしても新しい仮設（ママ）を作らねばならぬ、それを作るのが皆さんの任務だ、(80)

時期的には、改造社版の単行本刊行と書物展望社の「決定版」刊行の間にあたるが、この講演の要約には、この時点での横光自身の『上海』についての意識がかなり端的に現れているように思える。「三十何種かの人種が集る一の独立国」である国際海港都市に顕現（幻）する「東洋の物自体の動き」を捉えようとするところに、横光は『上海』の方法を見いだしていた。

この「物自体の動き」を見る目として設定されたのが参木だった。彼が「他者とのあらゆる人間関係に染め上げられてゆく不思議な」「自ら自在に時代の色彩に染まり得るような透明な肉体」[81]（栗坪良樹）の持ち主として造形されるのはそのためである。彼の意識は、「物自体の動き」をその変化に即して映すものである必要があった。したがって、作者横光の認識は、参木の目に映る「物自体」に投影されているのであり、必ずしも言葉として表白された参木の思想や心情にあったわけではない。

『上海』での「東洋の物自体の動き」は、参木が再就職した「東洋綿糸会社の取引部」の「掲示板」に現れる。まずあらゆる「個性」の差異を無化し、等価性のなかに巻き込む「記号の身分に移行し使用価値から免れた最初の「商品」である」[82]とジャン・ボードリヤールが言うところの「貨幣」が動き始める。と同時に「ブローカーの馬車の群団」が「銀行間を馳け廻」（第十九節）ることになる。この対応に見られるように抽象化された情報として「掲示板」に書き込まれる物の動きや流れは、即座に上海の街頭での具体的な、「現実の速度」をもった物の動き、流れに置き換えられる。ここでは街が〈地〉であり、「掲示板」が〈図〉となる。

同じ表現は第三十章にもある。「海港からは、広大する罷業につれて急激に棉製品が減少した。対日為替が上り出した。銀貨の価値が落つこちると、金塊相場が続騰した。欧米人の為替ブローカーの馬車の群団は、一層その速力に鞭をあてて銀行間を馳け廻つた」。「掲示板」に表れる記号化した物の動きは、意識として抽象された動きである。しかし、「現実」の動きは「速力」をもって流れ、渦を巻く。そのエネルギーに「頭の中」だけで触れることはできない。

『上海』の後半で、それまで「掲示板」を見つめて金の換算をしていた参木が街頭をさまよい出すのは、まさに「現実」を見るためにほかならない。彼の会社で起こった罷業に思いを馳せながら、参木は「此の尨大な東亜の渦巻が、尨大な姿には見えなかった。それは彼には、頭のなかに畳み込まれた地図に等しい」(第二十六節)と感じるのだった。「現実」を「頭の中の地図」に終わらせないために、彼は市街戦がおこなわれている街頭を芳秋蘭を探しながら彷徨するのである。そこに出てはじめて、参木は「群衆の巨大な渦巻き」に身体ごとのみ込まれることになるのである。

再び「掲示板」に記入される物の動きに注目してみよう。「掲示板では、強風のために、米棉相場が上り出した。リヴアプールの棉花市場が、ボンベイサツタ市場に支へられた。そうして、カツチャーカンデーとテジーマンデーの小市場がサツタ市場を支へてゐる。――参木の取引部では、この印度の二個の棉花小市場の強弱を見詰めることは、最大の任務であった」。いまやインドの小市場が世界市場を左右しつつある。参木はこの「印度棉の勢力の台頭は、東洋に於ける英国の台頭に同様だつた」と思うのである。「貨幣」を軸に世界を見る元銀行員参木ならではの認識だろう。「貨幣」や「物」の動きの裏に、西洋による東洋支配という「政治」の姿が透けて見えるのである。

この「貨幣」と「商品」の流動が刻一刻と記入されていく取引部の「掲示板」に、高重の工場での暴動以後、まったく異質な情報が記入されることになる。それは暴動の際射殺された「工人」の「死体」をめぐる「支那工人」の動きであり、それは次第に大規模な反植民地闘争の様相を帯びてくる。

> 総工会に置かれた死亡工人の葬儀は、附近の広場で盛大に行はれた。参木の取引部へは、刻々視察隊から電話が来た。それがいちいち掲示板に書きつけられた。
> ――葬儀場には五百余流の旗が立つた。
> ――参加団体は三十有余、無慮一万人の会葬者あり。

――棺柩を包んで激烈なる××演説輻輳す。工場を襲ふは遅くも今夕であらう。

――所々に×××との衝突あり、検束者十数名に及ぶ。

――学生隊は検束者を奪はんとし、××を襲ふ。

この報告と同時に、別動隊からの報告も混つて来た。

――ムルメイン路三〇九、露人共産党書記官、チエルカッツソフ宅にて会合あり。集るもの、同志ポノマレンコ、宣伝部長クリウエンコ、地方共産党員ペルソン・シプロフスキー、ストヤノウイッチ、支人、クン・ヅー、ミン、及び、チャイニーズ・メデイカル・スクールの学生多数。（第三十三節）

同時に、これらの情報とまったく等価なものとして、いままでとは逆に「各国市場」から上海に向かう棉製品の逆流を報じる電文と、日本の実業団体からの応援電文が取引部に殺到するのである。これら一連の断片的情報は、この前に書かれている「掲示板」を見る参木の認識と対応している。「罷業」による棉製品の減少、金相場の「奔騰」、そのことによる「市場に於ける棉布の購売力」の増大、欧米・日本での一時的な棉製品の「昂騰」と一瞬のうちの「暴落」、そうした状況下での「支那人紡績」の「勃興」と「日貨の排斥」といった、棉製品物の「動き」が生み出す反植民地闘争という「政治」の姿は、「死体」＝物が生み出す街頭での反植民地闘争＝「政治」に重なっている。とりわけ別動隊からの報告は、「支那資本は最早やロシアを食用となさざる限り、彼らを圧迫する外国資本の専政から脱出することは、不可能なことにちがひないのだ。支那では、かうして共産主義の背後から、此の時を機会として資本主義が馳け昇らなければならなかつた」という認識を裏書きするものになっている。

この「掲示板」に記入される、罷業が反植民地闘争に転換していく状況の、言葉化された情報は書物展望社の〈決定版〉『上海』ではすべて削除されることになる。この事実は横光がより徹底して「物自体」の動きに、表現を純化させようとしたことを示している。つまり、言葉として抽象された「頭の中の地図」として「現実」を捉えるのではなく、「視察」を「命ぜられ」た参木の市中を廻る身体を媒介にして、革命状況を捉える方向を横光は重視したのである。

しかしこの削除された部分は、かえって横光の方法意識の骨格をあらわにしているといえるだろう。そこに見えてくるのは、「貨幣」や「棉製品」といった「物の動き」が、〈革命〉状況を作り出す人の動き、「群衆」の流れを誘引するのであり、民族資本と共産主義の提携も、思想上の問題や政治戦略ではなく、「物の動き」によって導き出された事態だという認識である(ここに横光の「国共合作」に対する独自の見方を読み取ることもできる。第三十章の暴動場面での「共産派」と「反共産派」の工人たちの分岐、結合も、「物自体」としての「群衆」の流れのなかで生起している)。国際海港都市上海に渦巻き始める〈革命〉の流れは、思想や主義といった「臆測」や「予言」がもたらしたものではなく、「現実」としての「物自体の動き」によって発生せしめられたのである、という認識が横光の表現全体を貫いていたのだ。

上海での〈革命〉状況が、高重の工場での偶発的暴動(芳秋蘭の意図にもなかった)から、全市的な反植民地闘争へと質的変化をとげていくのは、決して芳秋蘭に象徴される共産主義者たちの、目的意識的な思想、主義による指導があったからではないのだ。何よりも「物自体の動き」が〈地〉としてあり、思想や主義はその〈図〉として浮かび上がってくるものでしかない。

高重は自身たちの作つた一つの死体が、次第に海港の中心となつて動き出したのを感じた。支那工人の団結心は、一個の死体のために、ますます鞏固に塊まり出したのだ。彼はその巧みな彼らの流動を見てゐると、それが、尽く芳秋蘭一人の動きであるかのやうに見えてならなかつた。[83]

「物自体」としての一個の「死体」が、立ち上がった「支那工人」たちの「鞏固」な「団結心」を作り出し、新たな「流動」を発生させているのである。そして本来「一個の死体」によってもたらされている「動き」が、国家との観念的な同一性を保持している人間である高重には「芳秋蘭一人の動き」に見えてしまうのである。ここで「死体」と美貌の女性闘士芳秋蘭は等価なものとされている。

〈地〉としての「死体」の動きのなかに、〈図〉としての共産党員芳秋蘭が浮かび上がってくるのだ。この構図は、市街戦が展開する街に出て参木が、累々と横たわる「死体」のなかに芳秋蘭の姿を探しつづける場面へと、そのエネルギーを増大させていくことになるのである。

比喩の多次元性

長篇小説『上海』での暴動と市街戦の場面は、この小説の表現の特質を論じるうえで必ず問題とされてきた。なぜなら、それらの場面は、この小説での横光の方法を最も劇的に構成したものであり、私なりの結論から先に言えば、「植民地都市」「革命都市」「スラム都市」といった国際海港都市の「三極構造」（前田愛）を一つの全体像として融合（象徴交換）させるものが、これらの場面である。

しかし、こうした場面での中国民衆の描き方に対しては、多くの論者が批判的である。たとえば小田切秀雄は、最初の暴動場面を「暴動の様子をほとんど全く非人間的な物理的運動として描いている」とし、そこに「なま身の労働者」への「共感」の不在、「はげしい動きの人間的、社会的内容よりも、動きそのもののはげしさのイメージを新鮮に『表現』することに感心を傾けて緊張している[84]」と、一定の評価をしながらも、その「非人間」性、「人間的、社会的内容」への関心の薄さを批判している。中国民衆の描き方については、「『上海』のテクストそのものと、五・三〇事件の進展にしたがって生起するさまざまな『歴史的事実』との距離」を精緻に跡付けた前田愛も、小田切の見解にふれながら「『なま身の労働者たちの暴動』を物理的暴力に還元してしまう」ところに「素材を提供した労務係の眼」を読み取っている。

確かに民衆を単なる「物理的」な存在として捉える視点は、〈人間主義的〉な立場からは、民衆を侮辱する容認できないものだろう。しかし上海に生起するあらゆる事態を「物自体の動き」という等価性で把握しようとした横光の問題意識からすれば、民衆の動きを「物理的」に描くことは必然的だったのだし、そうすることは彼の意識のなかでは民衆への侮辱や軽視としてあったのではなく、むしろあのお杉を描くときの一種の感傷性に通じる、モノ化された者たちに表現を与えるという共感に裏打ちされていたのである。

もし批判があるとすれば、こうした横光の『上海』の方法全体を批判しなければならないのであり、民衆の描き方だけを全体から切り離して俎上に上げる発想は、それ自体参木に代表される知識人的自意識の甘さとして、『上海』のテクストによって相対化されてしまうものなのである。

前田愛が正しく指摘しているように、「横光が見定めようとしたのは」「猥雑な風俗をあふれかえらせている都市の表層の背後に」「革命運動の時間軸にそってあらわれてくる都市の深層的部分とその動態であった」のだ。この都市の表層と深層が相互交換的に見え隠れし、上海という都市の全体像が一つの動態（ダイナミズム）として顕現（幻）する瞬間こそ、暴動や市街戦の場面である。

そして、ここで駆使されているのは、小田切が言う単なる「新感覚派的」表現ではない。むしろ「新感覚論」[85]での「物自体に躍り込む主観」といった、作家主体の「主観」＝「個性」への執着を断ち切り、「文学作品」を作者からも読者からも「全く独立した形式のみの物体」「文字の羅列」として捉える「形式主義」の立場に立った表現意識が、これらの場面の文体を支えていたのである。

篠田浩一郎は、この点に正しく着目し、上海の文体での「文字」とりわけ「象形文字」としての漢字の重要性を捉え、第二十三章の最初の暴動場面の表現を分析した。しかし、すでに批判したように、篠田は身体・火・水のイメージを喚起する漢字の役割を「現実」と「非現実」（幻想）といった二項対立的な関係に単純化してしまい、ここにある「感覚と知覚の象徴主義を文字の形相の面にまで及ぼそうと」した横光の試みを「隠喩」として押さえてしまった。篠田の論理が『上海』の表現の本質に突き当たりながら、そこから押し戻されてしまったのは、記号表現（シニフィアン）と記号内容（シニフィエ）の関係を、「比喩」という一対一対応で捉えたことに起因する。

横光がねらっていたのは、より徹底した記号表現（シニフィアン）の自律化である。「読む人の能力如何によつて」様々に「変化」してしまう文字からの「エネルギーの変化の量を、出来得る限り最小限度に縮少し、新鮮なエネルギーを発するが如き形式」を横光は確立しようとしていたのである。その形式とは、「先づその最初において形式である文字が集り、それが言葉といふ形式になり、更に、それが句と云ふ形式になり、更に、その句の集合が部節（パート）と云ふ形式になり、その部節の集合が、構成と云ふ形式になつて、そこで初めて、文学作品としての全体形式が生じ」るというものだったのだ。

つまり、横光は、「物体」としての「文字」（記号表現（シニフィアン））が読者に喚起するイメージ、印象（記号内容（シニフィエ））を、読者の意識や感性といったいわば小説外に委ねるのではなく、小説の「全体形式」そのものを通してそれを限定しようとしたのである。したがって、文字（形式）の内容は、「文字の羅列」のなかにあるのであって、その外にはないのである。

文字によるテクスト自身の運動

ある場面での、ある文字（記号表現（シニフィアン））は、他の場面の集合のなかに浮遊しているその文字の集合を記号内容（シニフィエ）とするのである。『上海』での文字は、相互に媒介しあうメタ文字だといえるだろう。こうして『上海』の言語空間からは、表現主体としての「個性」は姿を消し、文字そのものが主体化するのである。以上のことをふまえたうえで、篠田が分析した部分と、ほぼ同じ個所を検討しよう。

(1)雪崩れ出した工女の群れは、出口を目がけて押しよせた。(2)二方の狭い出口では、犇めき合つた工女達がひつ掻き合つた。(3)電球は破裂しながら、一つ一つと消えていつた。(4)廊下で燃え上つた落棉の明りが、破れた窓から電灯に代つて射し込んで来た。(5)ローラの櫓は、格闘する人の群れに包まれたまま、輝きながら明滅した。（略）(6)棉の塊りは、動乱する頭の上を、躍り廻つた。(7)長測器が礫にあたつて、ガラスを吐いた。(8)ガーデングマシンの針布が破れると、振り廻される袋の中から、針が降つた。(9)工女達の悲鳴は、墜

落するやうに高まつた。⑽逃げ迷ふ頭と頭が、針の中で衝突した。（略）
⑾廊下へ逃げ出した工女らは、前面に燃え上つた落棉の焔を見ると、逆に、参木の方へ雪崩れて来た。⑿押し出す群れと、引き返す群れとが打ち合つた。⒀と、その混乱する工女の渦の中から、彼は、閃めいた芳秋蘭の顔を見た。（略）
⒁彼は再び芳秋蘭を捜してみた。⒂振り廻される劉髪の波の上で、刺さつた花が狂ふやうに逆巻いてゐた。⒃焔を受けて輝やく耳環の群団が、腹を返して沸き上る魚のやうに、沸騰した。⒄と、再び、揺り返しが、彼の周囲へ襲つて来た。⒅彼は突然、急激な振幅を身に感じた。⒆と、面前の渦の一角が、陥没した。⒇人波がその凹んだ空間へ、将棋倒しに、倒れ込んだ。(21)新しい渦巻の暴雨が、暴れ始めた。（略）(22)彼は秋蘭を抱きすくめた。腕が足にひつかかつた。(23)沓が脇の下へ刺り込んだ。(24)しかし、参木には、最早や背中の上の動乱は、過去であつた。(25)二人は海底に沈んだ貝のやうに、人の底から浮き上る時間を待たねばならなかつた。彼は苦痛に抵抗しながら、身を竦めた。(27)秋蘭の頭は彼の腹の横で、藻掻き出した。彼の意識は停止した音響の世界の中で、針のやうに、秋蘭に向つて進行した。

（第二十三節。文章番号は引用者による）

⑴、⑾—⒀、⒂—(21)、(25)—(28)に見られるように、確かに篠田が指摘するとおり、ここは暴動が水の「隠喩」として捉えられていて、流れの反転は小説の冒頭とも呼応している。しかし、それはあくまで一次的喩にすぎない。⒂⒃での工女たちの肉感的、かつきらびやかな身体の波、「耳環」の群れは、かつて参木が「茶館」で体験した「笑婦」たちの群れのイメージと呼応している。そして、秋蘭に向かう参木が「針のやうに」捉えられているのは(27)、明らかにこの場面が性的欲動の象徴として位置付けられていることを示している（二次的喩）。それだけではない、⑺—⑽で工女たちのやわらかな肉体を刺し貫いて降り注ぐ硬質な金属製の「針」は、高重が発砲する弾丸の予兆でもあり、市街戦で官憲が「群衆」に発砲する弾丸のイメージとも呼応している。「弾丸は金属であつた。銃声の連続する度に群衆の肉体はただ簡潔に貫かれた」（第三十四節）。「針」は男性の性的欲動と同時に

権力の暴力の象徴でもある（三次的喩）。

しかもこの肉体の群れに降り注ぐ金属のイメージは、参木が笑婦たちの上にばらまき（十）、さらには累々とした死体の上にばらまく銅貨（第三十四節）のイメージとも呼応している（四次的喩）。そのとき参木が「斬られるやうな快感にしびれ」たように、武器・暴力と性的恍惚感は直結している。「新製の装甲車が試射欲に触角を慄はせながら辷つて来た」、「群衆は、銃剣や機関銃の金属の流れの中で、個性を失つたことのためにますます膨脹しながら猛々しくなるのであつた」（第三十五節）。そして(6)に表れているように、工女たちの群れは当初「奔流する棉の流れ」のなかにあったのであり、この場面は急騰し、暴落する棉の流れの喩でもある（五次的喩）。

さらに(1)(2)、(11)(12)に見られる「梳棉部」の構内から廊下へ押し出され、また逆流する工女の流れは人間の内臓のメタファーでもある（六次的喩）。それはそのまま後半の市街戦の場面へと転移し、都市全体が身体化する。末尾でこの流れに突き動かされていた参木が「排泄物」のなかに身を委ねて停止するといった設定も、こうした「全体形式」のなかで捉えられなければならない。また、そのように喚起された人間の自然としての身体のイメージは、(19)―(21)のように、地震・嵐といった広義の自然のイメージへと転換されていくのであり（七次的喩）、それはまた最初にふれた暴動↔水の流れといった喩とも通じている。

こうした、一連の喩の転換は、(3)(4)、(11)、(16)といった明滅する光のなかで演じられ、(25)―(28)といった視覚性が失われた（闇の喩）世界に収斂されていくのである。しかも明滅する光は、「電球」から「落棉の焔」へとその光源を転じていく。それははるか冒頭の「舢舨の青いランプ」の明滅と呼応し、ダンスホールの「明滅」する「三色のスポット」に照らし出されていた宮子と甲谷が、その最後の出会いを、「暴徒」によって放火された「煙草工場」の火に浮かび上がらせてしまうこととも照応している。

思えば高重の工場に押し寄せる暴徒の影も、彼が殺害した工人の「血潮」も、「探海灯」の明滅する光のなかに見え隠れしていたのである。[86] そして甲谷が宮子と別れるときには、すでに「電球」や「探海灯」「スポット」といった植民地都市の光源のさらに源である「発電所のガラス」は「穴を開け」ていたのである。『上海』の舞台を照らし出す光が明滅する電灯から、暴動によって引き起こされた火事の炎へ転換し、そしていっさいの光をなくした闇へ移行する過程は、そのまま、「植民地都市」から「革命都市」へ、そして「スラム都市」上海への象徴交換の過程にほかならない。

以上分析した暴動場面での喩の多次元性は、篠田が言うような「現実」と「非現実」の二項対立はもとより、私の分析の第何次の喩といった区別さえ無効にしてしまうほど動的である[87]。同一の文字、あるいはそのイメージの、一つの記号体系から別の体系への転換と移行、その連続は、語と語、文と文、場面と場面、章と章との間をも記号交換させる等価性の原則を導入する機能をもっている。それが横光がめざした「文学作品の全体形式」にほかならない。その「全体形式」はとりもなおさず、横光が読者に伝達しようとした、「上海ともどことも」特定しない「東洋の塵埃溜」としての「不思議な都会」の全体像だったのである。

横光利一の最初の長篇小説『上海』は、文字どおり「象形文字」の象徴交換機能をテコにしながら、〈上海〉という架空の都市の異質な空間を相互に等価交換し、同時にまったく異質な「物自体の動き」を相互に等価交換し、その全体像を、もう一つの「現実」として読者に提示するという、わが国の長篇小説の歴史上希有な方法によって貫徹されていたのである。

横光は言う。「形式主義運動の第一の目的は、読者に向つて、読者の思想を中心にせず、その作物の形式を中心にして価値を決定すべきであると云ふにある[88]」と。同時代の制度的な枠組みに縛られた「読者の思想」をも解体し、そのテクスト自身の運動のなかに読者の意識を巻き込んでいくこと。そこにこそ文学テクストの「価値」が存在する。少なくとも、一九二〇年代に、横光自身は、そう主張していたのである。決して指示対象に還元されない、記号相互の等価交換によって生成する意味作用。流動体としてのテクスト『上海』は、そのように運動しつづけている。

注

(1) 横光利一「蠅」「文藝春秋」第一年第五号(一九二三年五月一日発行)、文藝春秋社

(2) 保昌正夫『横光利一』(近代作家叢書)、明治書院、一九六六年

(3) 梶木剛『横光利一の軌跡』国文社、一九七九年

(4) 栗坪良樹「本文および作品鑑賞　蠅」栗坪良樹編『横光利一』(「鑑賞日本現代文学」第十四巻)角川書店、一九八一年

(5) 小林秀雄「横光利一」「文藝春秋」一九三〇年一月号、文藝春秋社

(6) 神谷忠孝「注釈」『川端康成・横光利一集』(日本近代文学大系　第四十二巻)所収、角川書店、一九七二年

(7) W・イーザ『行為としての読書――美的作用の理論』轡田収訳、岩波現代選書、一九八二年

(8) Ю・M・ロトマン『文学理論と構造主義――テキストへの記号論的アプローチ』磯谷孝訳、勁草書房、一九七八年

(9) Б・A・ウスペンスキー「芸術テクストの《枠》」「現代思想」一九七九年二月、青土社

(10) 由良君美「『蠅』のカメラ・アイ」、由良哲次編『横光利一の文学と生涯――没後三十年記念集』所収、桜楓社、一九七七年

(11) 前掲『横光利一の軌跡』

(12) 横光利一『南北』「人間」第四巻第二号(一九二二年二月一日発行)、鎌倉文庫

(13) 横光利一「芋と指環」「新潮」第四十巻第一号(一九二四年四月一日発行)、新潮社

(14) 横光利一「犯罪」「萬朝報」一九一七年十月二十九日付

(15) 横光利一「悲しめる顔」「街」第一号(一九二一年六月一日発行)、稲門堂書店

(16) 横光利一『御身』金星堂、一九二四年

(17) 杉山康彦『ことばの芸術――言語はいかにして文学となるか』大修館書店、一九七六年

(18) 前掲『横光利一』

(19) 横光利一『神馬』「文章世界」第十二巻第七号(一九一七年七月発行)、博文館

(20) A・ローウェン『引き裂かれた心と体――身体の背信』新里里春／岡秀樹訳、創元社、一九七八年
(21) 吉本隆明『言語にとって美とは何か』第一巻、勁草書房、一九六五年
(22) 平野謙「横光利一」『現代の作家』青木書店、一九五六年
(23) 横光利一「解説に代つて（一）」『三大名作全集――横光利一集』河出書房、一九四一年
(24) 横光利一「文芸時評」「文藝春秋」一九二八年十一月号、文藝春秋社
(25) 平野謙「解説」、平野謙／小田切秀雄／山本健吉編『現代日本文学論争史』(上巻)、未来社、一九五六年
(26) 臼井吉見『近代文学論争』上巻、筑摩書房、一九五六年
(27) 横光利一「形式と思想」「読売新聞」一九二八年十一月二十七日付、二十八日付
(28) 夏目漱石『文学論』大倉書店、一九〇七年、「第三編　文学的内容の特質」
(29) 夏目漱石「第一篇　文学的内容の分類」「第一章　文学的内容の形式」、同書
(30) 夏目漱石「第四篇　文学的内容の相互関係」「第八章　間隔論」、同書
(31) 前掲「形式と思想」
(32) 前掲「文芸時評」「文藝春秋」第六巻第十一号（一九二八年十一月発行）、文藝春秋社
(33) 横光利一「形式論への批判――犬養・中河・勝本・小宮山氏へ」「東京日日新聞」一九二九年二月十六日付、十七日付
(34) ソシュール『言語学原論』小林英夫訳、岡書院、一九二八年
(35) 外山卯三郎『詩の形態学的研究――特に時間的要素に依る誘導的形態』厚生閣、一九二八年
(36) 外山卯三郎『詩の形態学序説』厚生閣、一九二八年
(37) 横光利一「感覚のある作家達」「文藝春秋」第六年第八号、文藝春秋社、一九二八年八月一日
(38) 外山卯三郎「詩学の基本問題――言葉を中心とする詩学的思索」「詩と詩論」第一冊（一九二八年九月発行）、厚生閣、「現代の海外詩壇――その詩学的概観」同誌同号
(39) 前掲「文芸時評」「文藝春秋」第六巻第十一号（一九二八年十一月発行）、文藝春秋社
(40) J・N（西脇順三郎）「超自然詩学派（雑感の一部）」「詩と詩論」第一冊（一九二八年九月発行）、厚生閣

(41) 横光利一「文芸時評」「文藝春秋」第六年第十二号（一九二八年十二月発行）、文藝春秋社
(42) 同前
(43) 前掲「現代の海外詩壇」
(44) 前掲『詩の形態学序説』七五ページ
(45) 同書七六ページ
(46) 井筒俊彦「「書く」――デリダのエクリチュール論に因んで」「思想」一九八四年四月号、岩波書店
(47) 前掲「詩学の基本問題――言葉を中心とする詩学的思索」「詩と詩論」第一冊（一九二八年九月発行）、厚生閣
(48) 外山卯三郎前掲『詩の形態学序説』、「第七章総論　空間的要素による構成的形態」
(49) 同書
(50) 金子務『アインシュタイン・ショック』第一巻・第二巻、河出書房新社、一九八一年
(51) 横光利一『静かなる羅列』「文藝春秋」第三年第七号、一九二五年七月、文藝春秋社
(52) 前掲「上海」
(53) 石原純「アインシュタインの新学説に就て」「改造」一九二九年三月号、改造社
(54) 横光利一「文芸時評」『書方草紙』白水社、一九三一年
(55) 横光利一『機械』「改造」第十二巻第九号、一九三〇年九月
(56) 横光利一「形式とメカニズムについて」「創作月刊」一九二九年三月号、文藝春秋社
(57) 同前
(58) 同前
(59) 中河与一「機械主義と科学上のテクニック」『形式主義芸術論』新潮社、一九三〇年
(60) 石原純「物質と空間時間との必然的関係」「思想」第八十三号、一九二九年四月号、岩波書店
(61) 石原純「紫花山房漫語――芸術の形式と内容とについて」「三角州」一九二九年六月号、三角州詩房
(62) 小林秀雄「アシルと亀の子」「文藝春秋」一九三〇年四月号、文藝春秋社
(63) 中河与一『形式主義芸術論』新潮社、一九三〇年

(64) 前掲「アシルと亀の子」
(65) 吉本隆明「横光利一」『悲劇の解読』筑摩書房、一九七九年
(66) 篠田浩一郎『「海に生くる人々」と「上海」』(『小説はいかに書かれたか――『破戒』から『死霊』まで』〔岩波新書〕、岩波書店、一九八二年)。以後、篠田の引用はすべてこれによるものである。このあと篠田は「他方でこの流れについてゆけない、あるいはこの流れに逆行しようとする参木その他の人間を描こうとするものだ」と述べているが、前田愛が正しく批判しているように、ここは「篠田の深読み」である。なぜなら参木は、意識としては逆行する面はもちながらその身体は流れに逆行するのではなく、その流れに完全に身を委ねることになるからである。平岡敏夫も前田のこの指摘を肯定している(平岡敏夫「上海――政治小説の系譜」、至文堂編「国文学――解釈と鑑賞」一九八三年十月号、至文堂)。
(67) 前田愛「SHANGHAI 1925」、前掲『都市空間のなかの文学』。以後、前田の引用はすべてこれによるものである。
(68)『広辞苑』岩波書店、一九八三年
(69) 前掲「形式とメカニズムについて」
(70) 本文テクストは、横光利一「上海」(保昌正夫ほか編集・校訂『定本 横光利一全集』第三巻所収、河出書房新社、一九八一年)による。
(71) 絓秀実「書くことの探求――あるいは空腹と飽食」(横光利一『上海』所収、福武書店、一九八三年)。絓は第三十八章の市街戦の場面についてこのような指摘をしている。『上海』での人間の身体、わけても「内臓」のイメージを指摘したことは重要だが、そこだけに収斂させたために、絓の「身体論」は思いつきの域を出ていない。
(72) ジュリア・クリステヴァ「精神分析とことば」『ことば、この未知なるもの――記号論への招待』谷口勇/枝川昌雄訳、国文社、一九八三年
(73) 前掲「文藝春秋」一九二八年十一月号
(74) 金井景子は横光の、「上海租界の乞食、娼婦」への注目を、「急成長した我が国のプロレタリア文学サイドを射程距離に置いた作家・横光の極めて批判的な視座の獲得であった」と正しく評価している(金井景子「モチーフとしてのルンペン・プロレタリアート――昭和文学出発期における一課題」、日本文学協会編「日本文学」一九八三年十月号、

日本文学協会）。

(75) 横光利一「文学的唯物論について」「創作月刊」一九二八年二月号、文藝春秋社

(76) 同前

(77) 菅孝行『関係としての身体』れんが書房新社、一九八一年

(78) 前掲『横光利一の軌跡』

(79) 横光利一『眼に見えた虱』「文藝春秋」第六年第一号、一九二八年一月

(80) 横光利一「仮説を作つて物自体に当れ」「東京帝国大学新聞」一九三四年五月二十一日付

(81) 前掲『横光利一』（「鑑賞日本現代文学」第十四巻）

(82) ジャン・ボードリヤール『象徴交換と死』今村仁司／塚原史訳、筑摩書房、一九八二年

(83) 前掲『上海』

(84) 小田切秀雄「横光利一『上海』」、竹内好ほか編『岩波講座 文学の創造と鑑賞』第一巻所収、岩波書店、一九五四年

(85) 横光利一「新感覚論――感覚活動と感覚的作物に対する非難への逆説」「文芸時代」第二巻第二号、一九二五年二月

(86) 光の明滅が、視覚的イメージを転換させ、相互のイメージを重ね、そこに一種の速度を生じさせる手法は、「映画的手法」に対する横光の、かなり深い認識をうかがわせる。

(87) もちろん、より厳密に、提喩、字喩、隠喩といった概念で分析することも可能だが、基本的には換喩的な関係性のなかで記号が運動しているといえるだろう。しかし、喩のレベルにとどまるかぎり、『上海』の方法の根幹を明らかにすることはできない。

(88) 前掲「形式とメカニズムについて」

初出一覧

第1部　構造としての語り

第1章　近代小説と〈語り〉

1　小説言説の生成

書き下ろし

第2章　近代的〈語り〉の発生

1　葛藤体としての〈語り〉

『浮雲』の地の文――「ことば」の葛藤としての文体」「国語国文研究」第六十二号、北海道大学国語国文学会、一九七九年

2　〈語り〉の空白／〈読者〉の位置

「他者の原像――『浮雲』における読者の位置」「成城国文学論集」第十五輯、成城大学大学院文学研究科、一九八三年

3　物語の展開と頓挫

「構成力としての文体（一）」、異徒の会編「異徒」第二号、異徒の会、一九八一年

「構成力としての文体（二）」、異徒の会編「異徒」第三号、異徒の会、一九八一年

第3章　〈人称〉と〈語り〉の主体

1　視点と〈語り〉の審級

「明治初期翻訳文学における自然と文体」、「日本近代文学会」編集委員会編「日本近代文学」第二十七集、日本近代文学会、一九八〇年

2　〈記述〉する「実境」中継者の一人称

「行動する「実境」中継者の一人称文体――森田思軒における「周密体」の形成（一）」「成城文芸」第百三号、成城大学文芸学部、一九八三年

「「局外」「旁観者」の認識――森田思軒における「周密体」の形成（二）」「成城文芸」第百四号、成城大学文芸学部、一九八三年

3　〈語る〉一人称／〈記述〉する一人称

「構成力としての文体（三）」、異徒の会編「異徒」第四号、異徒の会、一九八二年

「構成力としての文体（四）」、異徒の会編「異徒」第六号、異徒の会、一九八四年

4　〈語り〉と物語の構成
「構成論の時代——四迷・忍月・思軒・鷗外」、岩波書店編「文学」一九八四年八月号、岩波書店

第4章　〈書く〉ことと〈語る〉ことの間で
1　『坊っちゃん』の〈語り〉の構造
「裏表のある言葉（上）——『坊っちゃん』における〈語り〉の構造」、日本文学協会編「日本文学」一九八三年三月号、日本文学協会
「裏表のある言葉（下）——『坊っちゃん』における〈語り〉の構造」、日本文学協会編「日本文学」一九八三年四月号、日本文学協会
2　『心』における反転する〈手記〉
「「こころ」を生成する「心臓」」「成城国文学」第一号、成城国文学会、一九八五年

第5章　〈語る〉ことから〈書く〉ことへ
1　『蝿』の映画性
「横光利一『蝿』」「国語通信」第九号、筑摩書房、一九八三年
2　エクリチュールの時空
「横光利一における「速度」——文字と読者／エクリチュールの時空」「成城国文学論集」第十八輯、成城大学大学院文学研究科、一九八七年
3　文字・身体・象徴交換
「文字・身体・象徴交換——横光利一『上海』の方法・序説」、昭和文学会編集委員会編「昭和文学研究」第八集、昭和文学会、一九八四年

あとがき

新曜社の伊藤晶宣さんから本書の出版の勧めをいただいたのは、すでに三年前の猛暑の日だった。当初の刊行予定からは大幅に遅れることになってしまった。

遅れの原因は、はじめの書き下ろしの部分が書けなかったことにある。本書に収めた論考の間には、修士論文を基礎にした処女論文とその後の数本から、ごく最近のものまで、構想を含めればほぼ十年の時差がある。必ずしも一冊にまとめることを意図していなかったので、論文相互の一貫性や統一性は、執筆時には意識していなかった。

にもかかわらず、十年間の思考の運動過程にあるベクトルが存在したことも事実だ。それを意識化する試みが「小説言説の生成」（本書第1章第1節）である。結果として日本の近代小説をめぐる「文体史」あるいは「表現史」の形をとることになった。しかしそこに流れているのは、決して進化論的・発展的な「歴史」の時間ではない。むしろ螺旋的な反復と差異を顕在化するような時間だった。そのことを自覚するまでの時間が、刊行の遅れを規定したのである。

初期の論文での基本的な問題意識は、小説の言説を、何が語られているのかという物語内容からではなく、何をどのように、どのような立場から語っているのかという発話行為（物語行為）から捉え直すところにあった。これは北海道大学、大学院時代に学んだ亀井秀雄さんの関心と関わろうとした試みだった。修士論文を書く過程は、亀井さんがのちに『感性の変革』（講談社、一九八三年）にまとめる内容を学部で講義し、何本かを雑誌に発表した時期と重なっている。表現過程での表現者の観念的二重化を軸とした亀井さんの表現論をふまえながら、文体と構成を貫く、言葉の葛藤的な運動を明らかにするところに、自分の立場をおくことになった。

同時に、前田愛さんの一連の仕事からも、強く深い触発を受けて本書所収の論考は成立している。前田さんの近代読者論、近代文体論は、近代小説の物語行為の場を、メディアやテクノロジーを含めたものとして捉えることを促した。また小説テクストと都市空間の相互作用、物語内容をめぐる内と外の空間論、文化記号論などの前田さん独自のアプローチは、そこからテクストの時間論、物語行為での内と外の問題、テクスト内記号論の方法へと関心を進めさせてくれた。

標題の『構造としての語り』も前田愛さんの示唆による。当初『語りの構造』とする予定だったが、「本の標題は、ねじれを含んでいなければだめだ」という助言をもとに、この標題となった。その前田さんは昨年の夏急逝された。これまでの激励や批判、多くの教示に、この本で応えたいという願いは、実現できないものとなったが、あらためて感謝の思いを心のなかの対話で伝えたいと思う。

本書は五部（五章）構成とした。第1編（第1章）は総論として全体にわたる枠組みを示し、第2編（第2章）は『浮雲』の語りをモデルにした物語行為論、第3編（第3章）は近代の出発期における発話主体論、第4編（第4章）は漱石の語りをめぐる読書行為論、第5編（第5章）は横光を中心とする書記行為論とした。引用の傍点は注意書きがあるもの以外すべて引用者による。ルビは一部パラルビに改めた。

最後に、遅々として進まない作業を励ましつづけていただいた新曜社社長堀江洪さんと伊藤晶宣さんに心から感謝の意を表したい。

一九八八年四月四日　　小森陽一

増補　百年目の『こころ』——言葉の時差のサスペンス

1　百年目の『こころ』――言葉の時差のサスペンス

二〇一四年四月二十日から、「朝日新聞」紙上で「夏目漱石「こころ」一〇〇年ぶり連載」が始まった。この日は八面最上段に掲載。漢字の「心」に「こゝろ」とルビをふったタイトルが、正方形の枠組みの花紋様を背景に同じ形の囲みのなかに刻まれていて、その下に右から左への横文字で「漱石」という著者名が印刷されている。その下に小さな左から右への横文字で、「タイトルカットや日付は一〇〇年前の連載当時のものを再現しています」と印刷されている。

その左脇に縦書きで「先生の遺書（一）」とあり、一行あけて「私（わたくし）はその人を常に先生と呼んでいた」と始まる。「先生の遺書（一）」と記したのは、「心（こころ）」の著者漱石ではなく、作中人物である「私（わたくし）」だということが、まず読者に新聞紙面の文字で明示されていることがわかる。タイトルで著者と作中人物が並立していることになる。「心」は「東京朝日新聞」と「大阪朝日新聞」に一九一四年（大正三年）四月二十日から、何日かの休載日を挟み、ほぼ毎日連載され、「東京朝日新聞」は八月十一日、「大阪朝日新聞」は八月十七日に連載を終了した。そして九月二十日に単行本の初版が岩波書店から発行された。

今回の掲載時には「現代の読者に読みやすいように、本文の旧仮名遣いは現代仮名遣いの岩波文庫版に準拠します」と、岩波書店提供の「夏目漱石「こころ」（先生の遺書）の生原稿」の写真の下の「連載開始にあたって」で断ってあった。

これらに挟まれて、大江健三郎氏へのインタビュー記事が掲載されていた。大江氏は、「今回、注意深く読み返すと」、以前「漱石にも国家主義的なところがあるのか」と思ったところが、「違ったものに読めました」と語っている。

自分が生きた明治という時代の「人間の精神」を「明治の精神」と言っているのだと。天皇や大日本帝国ではなく、明治の人々の精神が、今までの日本の歴史の中で特別なものだと言いたいのだと。つまり漱石自身の精神をふくめて。

「時代の精神」というものがあると、はっきり表現し得た小説として、「こころ」は特別な作品だと思います。(1)

大江氏は「明治の精神」は「天皇や大日本帝国ではなく、明治の人々の精神」すなわち、「漱石自身の精神」も「ふくめ」た、明治という時代を生きた一人ひとりの個人としての、それぞれに異なる精神だと受け止め直している。異なる個人が、それぞれ自立しながら相互作用として葛藤することで「時代の精神」が形成されているのだ。

情報伝達の時差――新聞、手紙、電報

『先生の遺書』という虚構の小説世界に、突然現実の歴史的時間が侵入してくるのは、明治天皇の「崩御の報知が伝えられた時」である。一九一二年（明治四十五年）七月三十日に明治天皇は死んだ。東京では宮内省からの官報号外が出ていたが、「私」の「父はその新聞を手にして」とあるから、これは翌三十一日のことである。

次は「乃木大将の死んだ時」だ。このときも「父は一番さきに新聞でそれを知った」とあるので、同じ年の九月十四日ということになる。前日の明治天皇の「御大葬の夜」、「先生」は「相図の号砲を聞き」乃木希典とその妻静子の明治天皇への「殉死」を報道する「号外を手にして」いて、このとき自分の妻「静」に「殉死だ殉死だ」と叫んでいる。そして「新聞」に発表された乃木の遺書を読んで「二、三日して、私はとうとう自殺する決心をした」と手紙に書いている。

つまり、「先生」の「自殺する決心」は、乃木の「殉死」を一つのきっかけとしながらも、「新聞で乃木大将の死ぬ前に書き残して行ったものを読み」、「それから二、三日」のうちになされていることになる。乃木の「殉死」の当日の九月十三日、あるいは翌日の十四日、さらには乃木の遺書が新聞に掲載された段階でも、まだ「先生」は「自殺する決心」はしていなかったのだ。ではその「二、三日」にどのような変化があったのか。「先生」の「遺書」を毎回引用符をつけながら読者に提示している「私」は、この「二、三日」について、きわめて重要な情報を書き込んでいる。

　まず、「先生」が身をおく東京と「私」やその父がいる「田舎」との間にある、情報の伝達される際の時差が、「号外」と「新聞」という明治時代に現れ発達した活字マスメディアの、情報伝達速度の差による意味作用のズレとして書き込まれている。それと対応して、「東京」と「田舎」の間のやはり明治という時代に現れ発達した「手紙」と「電報」という個人的な情報のやりとりの時差も、重要な役割を担わされている。

『先生の遺書』と題された文章の、前半となる「私」の手記の末尾の部分と、後半の「先生の遺書」の末尾とが照応される契機となるのが、「御大葬の夜」を経て乃木希典の遺書を新聞紙上で読んでから「二、三日」の間の「手紙」と「電報」のやりとりなのである。「崩御の報知」を知ったとき、「私」は「先生に手紙を書こうかと思って」いる。そして「筆を執りかけ」るのだが、その前に書いた「国へ帰ってから以後の自分」についての手紙に対して、「先生」から返事がこなかったことを思い起こして、「十行ばかり書いて已め」てしまう。

「八月の半（なかば）ごろ」になって、友人から就職についての手紙がきた際、帝国大学を卒業してもいっさいの「地位」を得ていないことが、父母との間で問題となり、「私」は「先生」に就職先を「周旋してくれと頼」む「手紙」を出すことになる。返事がこないまま「九月始め」になり、「私」は「東京へ出」て、就職先を決めようとする。しかし「立とうという」「二日前の夕方」、「父」が「また突然引っ繰返（くりかえ）った」ため私は東京行きを断念する。その「三、四日」後、「父はまた卒倒し」、「医者」から「安臥を命じ」られる。「私」は「九州にいる兄宛」に父の病状を知らせる「長い手紙」を出し、「妹へは母から出させ」て、数日後「とうとう兄と妹に電報を打」つことになる。

　帰ってきた兄が、父に「新聞なんか読ましちゃ不可なかないか」と「私」をとがめたという出来事の直後に、先に述べた「乃木大将の死んだ時も、父は一番さきに新聞でそれを知った」という叙述になる。この九月十四日の日付を契機に、それまで述べてきたそれぞれの出来事が、いったい九月何日のことだったのかを読者としては特定したくなりさえする。

　しかしただちに「その頃」という、日付の特定を拒む言葉が挿入され、「突然私は一通の電報を受取」ることになるのだ。それには「ちょっと会いたいが来られるかという意味が」「書いてあった」が、「私は母と相談して、行かれないという返電を打」ち、さらに「細かい事情をその日のうちに認(した)ためて郵便で出した」のだった。「私の書いた手紙はかなり長いもの」で、必ず返事がくるものと「母も私も」期待していたのだが、「手紙を出して二日目に」、「先生」から「電報が私宛で届」き、そこには「「来ないでよろしい」という文句だけしかなかった」のである。

　このとき「私」はわざわざ母に、「とにかく私の手紙はまだ向(むこう)へ着いていないはずだがら、この電報はその前に出したものに違いないですね」と確認したと書き添えている。それればかりでなく「私の手紙を読まない前に、先生がこの電報を打ったという事が、先生を解釈する上において、何の役にも立たないのは知れているのに」と書き、この「手紙」と「電報」という、伝達速度の異なる言語媒体の前後関係の時差に、異様なまでのこだわりを見せている。

　それは、とりもなおさず、出来事の前後関係の時差こそが、「先生を解釈する上において」決定的な意味をもつと、手記を書いているときの「私」が判断しているからにほかならない。

「自殺する決心」の日付

「先生」は自らの遺書の冒頭近くで、このときの「電報」と「手紙」という伝達速度の異なる言語媒体の前後関係をまず問題にしている。

その後私はあなたに電報を打ちました。有体にいえば、あの時私はちょっと貴方に会いたかったのです。それから貴方の希望通り私の過去を貴方のために物語りたかったのです。あなたは返電を掛けて、今東京へは出られないと断って来ましたが、私は失望して永らくあの電報を眺めていました。あなたも電報だけでは気が済まなかったと見えて、また後から長い手紙を寄こしてくれたので、あなたの出京出来ない事情が能く解りました。

（略）

あなたの手紙、——あなたから来た最後の手紙——を読んだ時、私は悪い事をしたと思いました。それでその意味の返事を出そうかと考えて、筆を執りかけましたが、一行も書かずに已（や）めました。どうせ書くなら、この手紙を書いて上げたかったから、そうしてこの手紙を書くにはまだ時機が少し早過ぎたから、已めにしたのです。私がただ来るに及ばないという簡単な電報を再び打ったのは、それがためです。(2)

「先生」は「私」からの「最後の手紙」を読んだうえで、「簡単な電報を再び打っ」ていた。「私」はこの「先生の遺書」を「東京行の汽車」のなかで「始からしまいまで」読んだうえで、自分の手記を書き、あらためて毎回引用符をつけながら、「先生の遺書」を書き写している、という設定になっている。つまり「私」は、「先生」が「私」の書いた「かなり長い」「手紙」を読んでいたことを知っていた。そうであるにもかかわらず、あえて母に「私の手紙はまだ向へ着いていないはず」と確認したことを書き添えておかなければならなかったのはなぜだったのか。

結論を先に言えば、そこに「先生」が「自殺する決心をした」、主な理由があったからにほかならない。「私」はそれを認識していることを手記の読者に告白しているのだ。

重要なのは、「時機」という一言。先の引用部の「先生」の言葉を、情報の伝達のあり方を中心に検討してみよう。「先生」は、「私」に直接「会いたかった」のだ。そしてかつての約束を果たすために、自分の過去を、直接会って面と向かって、「物語りたかった」のである。「私の過去を残らずあなたに話して上げましょう」と約束したとき、「先生」は「適当の時機が来」たらとも付け加えていた。

しかし「私」は「行かれないという返電」をした。その「電報」を「先生」は「失望して永らく」「眺めてい」た。そして「私」の「長い手紙」で事情を理解し、直接対面的に「会」って、音声言語によって「物語」ることを断念したのだ。その後手紙の「返事」を書こうとして「筆を執りかけ」たが、「一行も書かずに已め」、「簡単な電報を再び打った」。そして「時機」がきたという判断、すなわち「自殺する決心」に基づき、遺書としての「この手紙を書」くことになったということになる。

もし直接「私」と「会」って、面と向かって自分の声で同じ内容を語ったとしたら、「先生」は自殺には至らなかっただろう。Kを自殺に追いやった罪が自分にこそあると、「先生」が語ったとしても、聴き手としての「私」は様々な異論や反論を展開したはずである。その反論から語り手としての「先生」にも変化が生じ、Kとの関係についても、「遺書」とは全く異なる意味付けになったかもしれない。

音声言語による対面的な情報伝達と情報交換は、対話的に相互に変化を促すような関係性を、必ずその場に生じさせる。「私」がその可能性を断ってしまったのだ。

もしそのように「私」が考えたとしたら、「先生」に「会」いに行かず、この長い「手紙」としての「遺書」を書かせてしまったことが、「先生」の「自殺」の最も大きな要因だと「私」が認識したとしても不思議ではない。

事実、「私」は、「先生の遺書」を連続的に引用して書き写す直前のところで、「最初の一頁」だけを、分離して自分の手記のなかで引用している。「先生」は「あなたから過去を問いただされた時」を想起し、ようやく「それを明白に物語る自由を得た」のに、「あなたの上京を待っている」と「失われてしまう」ので、「私はやむをえず、口でいうべき所を、筆で申し上げる事にしました」（傍点は引用者）と述べている。約束したのは過去を残らず「口で言う」ことであって、「筆で」書くことではなかった。

そして、この「最初の一頁」と対応させるように、「結末に近い一句」が引用される。

「この手紙が貴方の手に落ちる頃には、私はもうこの世にはいないでしょう。とくに死んでいるでしょう。[3]」

「口でいうべき所」を「筆で申し上げる」しかないように仕向けてしまったことが、「先生」を「死」に追いやった、という意味付けになる構成なのである。

「時代思潮」としての「時勢」

兄から、「私の手に渡」された「先生」の「手紙」が「書留である事に気が付」く、小説の、構成上の結節点となる事件を記した「先生の遺書」の第五十二章が、百年目の「朝日新聞」に掲載されたのは、二〇一四年七月二日だった。十四面の「オピニオン」欄下段左側である。その上には「社説」が掲載されている。見出しは「集団的自衛権の容認　この暴挙を超えて」である。「社説」は次のように始まる。

戦後日本が七〇年近くかけて築いてきた民主主義が、こうもあっさり踏みにじられるものか。

安倍首相が検討を表明してからわずかひと月半。集団的自衛権の行使を認める閣議決定までの経緯を振り返ると、そう思わざるを得ない。

法治国家としてとるべき憲法改正の手続きを省き、結論ありきの内輪の議論で押し切った過程は、目を疑うばかりだ。[4]

一面横見出しは「9条崩す解釈改憲」、縦見出しは白抜きで「集団的自衛権閣議決定」、その左に黒文字で「海外で武力行使容認」とある。前日七月一日の臨時閣議で、第二次安倍晋三内閣は、「集団的自衛権の行使」を認める解釈改憲を閣議決定していたからだった。

もちろん、すべては全く偶然の出来事の連鎖にすぎない。けれども私は、四月二十日の大江氏のインタビューのなかの、次の一節を想起せざるをえなかった。大江氏は、「漱石の「明治の精神」を僕自身にあてはめると「戦後の精神」ということになります」と述べたうえで、次のように語っていた。

今七九歳の僕にとっては、六十七年間ずっと時代の精神は「不戦」と「民主主義」の憲法に基づく「戦後の精神」でした。

「集団的自衛権行使」を閣議決定の解釈変更で認めようというやり方は、不戦と民主主義の直接の無視です。「戦後の精神」が真っ向から否定されている。

日本が戦争に参加させられる近い将来への市民の驚きの声が低いのが不思議だった。普段は意識しないが、今の壮年の人たちの時代の精神と僕はズレてしまったのだろう。自分らの時代の精神は消え去った、と思いました。(5)

この「時代の精神」について「先生」は、「時勢」という二字熟語を選んでいる。この「時勢」という概念が作者夏目漱石の方法意識と関わるのだ。

明治天皇の死を知った日についての「先生」の叙述。

その時私は明治の精神が天皇に始まって天皇に終ったような気がしました。最も強く明治の影響を受けた私どもが、その後(あと)に生き残っているのは必竟(ひっきょう)時勢遅れだという感じが烈(はげ)しく私の胸を打ちました。(6)

さらに「御大葬の夜」に乃木の「殉死」を号外で知り、彼の遺書を新聞で読み、「それから二、三日して」「自殺する決心をした」ことを書いた直後の叙述。

> 私に乃木さんの死んだ理由が能く解らないように、貴方にも私の自殺する訳が明らかに呑み込めないかも知れませんが、もしそうだとすると、それは時勢の推移から来る人間の相違だから仕方がありません。あるいは箇人の有って生れた性格の相違といった方が確かも知れません。(7)

「乃木さん」と「私」と「貴方」という時代を異にする人間が、互いに「自殺する訳」が理解できないのは当然で、そこには大江氏が指摘していた「時代の精神」としての「時勢の推移から来る人間の相違」と、「人間の精神」としての「箇人の有って生れた性格の相違」とが、明確に区別されながら提示されている。

この「時勢」という概念が重要なのだ。それぞれの時代の「勢」は、小説家夏目漱石の理論的出発点となる『文学論』(一九〇六年)の理論的中心となる概念でもあった。『文学論』第五篇第一章で、漱石は「天才」のことを、通常の知的人々が「予想しつつある」ときに、それより「一歩の早きに時勢を覚知するもの」だと定義している。

また『文学論』の冒頭で、人間の意識を波の形にたとえ、その意識の波の最も高いところが「焦点」だと定義したうえで、この「焦点」は「一刻の意識」でも、「個人的一世の一時期」でも、そして「社会進化の一時期」でも抽出することができると述べている。

この「社会進化の一時期」の「焦点」が「所謂時代の思潮(Zeitgeist)」であり、「東洋風の語を以てせば勢これなり」と漱石は定義している。「明治の精神」という「時代の精神」は、「乃木さん」「先生」、そして「私」にも共有されている部分もあるが、同時に一人ひとりの世代を異にする「時勢」における「相違」、そして「箇人」としての「相違」が刻まれているのである。

「明治の精神」としての土地私有制と金融資本主義

「先生の遺書」での最も大きな謎は、「先生」自身の「自殺」と同時に「先生」の友人である「K」の「死んだ理由」、「K」の「自殺する訳」にほかならない。「先生」は「Kの死因を繰り返し繰り返し考え」、当初は「失恋のために死んだ」と思っていたが「しまいにKが私のようにたった一人で淋しくって仕方がなくなった結果、急に所決したのではなかろうかと疑がい出し」てもいる。

この「先生」の心の波動を『文学論』で解析すると、「K」の自殺の現場を発見したときの「一刻の意識」が「先生」の記憶に「焦点」として深く刻まれ、その後、「K」の命日には「雑司ヶ谷」の「墓地」の墓に「毎月御(げつ)参り」をしているのだから、それが「先生」の「個人的一世の一時期」での「焦点」になっている、ということになる。では、「K」と「先生」よりも遅れて同じ「明治」という「時代の精神」を生きた「私」とも共有されている「社会進化の一時期」での「焦点」とは何だったのだろうか。それは「先生」が「私」に対して口頭で語ることを約束した「私の過去」と不可分に結び付いている。

一つは「K」との関係である。「君は私が何故毎月雑司ヶ谷の墓地に埋っている友人の墓へ参るのか知っていますか」という問いは、「恋は罪悪ですよ、よござんすか。そうして神聖なものですよ」という言葉で表象された出来事と結合されている。その謎はどのように解かれたのか。

もう一つは、「財産」をめぐって、「父の死ぬや否や」「許しがたい不徳義漢に変った」「親戚のものから欺むかれた」ことである。「口でいうべき所を、筆で申し上げる事にし」た「手紙」で、まず明らかにされるのは「財産」問題だった。

「先生」が両親を亡くし、第一高等学校から帝国大学に進学する際、「財産を胡魔化した」「叔父」と談判し、「市におる中学の旧友に頼んで」、「私の受け取ったものをすべて金の形に変えようと」したのだ。

> 私の旧友は私の言葉通りに取り計らってくれました。尤もそれは私が東京へ着いてからよほど経った後の事です。田舎で畠地などを売ろうとしたって容易には売れませんし、いざとなると足元を見て踏み倒される恐れがあるので、私の受け取った金額は、時価に比べるとよほど少ないものでした。自白すると、私の財産は自分が懐にして家を出た若干の公債と、後からこの友人に送ってもらった金だけなのです。親の遺産としては固より非常に減っていたに相違ありません。しかも私が積極的に減らしたのでないから、なお心持が悪かったのです。けれども学生として生活するにはそれで充分以上でした。実をいうと私はそれから出る利子の半分も使えませんでした。この余裕ある私の学生生活が私を思いも寄らない境遇に陥し入れたのです。[8]

ここに「社会進化の一時期」の「焦点」としての土地の私有制と金融資本主義の問題が鋭く刻まれている。廃藩置県（一八七一年）後、幕藩制下の土地領有体制を解体し、私的土地所有権を認めなければ、土地の売買はできない。地所永代売買解禁と地券発行（一八七二年）から、地租改正法（一八七三年）を出発点とする土地の私有制がなければ、「先生」が「畠地」を「売」ることはありえない。

それだけではない、土地を売ったお金だけではなく、「先生」は「公債」ももっている。これは時代的には明らかに日清戦争の際の臨時軍事費特別会計を通じた国債発行を前提としている。この公債と土地を売ったお金を、「先生」は、金融機関に預けているから、「それから出る利子の半分も使え」ない生活をしているのだ。学費が不可欠な「学生生活」で「利子の半分」以下で生活ができるということは、元金を取り崩さずにもう一人の学生が生活できることになる。この経済的条件が、「Kと一所に住んで、一所に向上の路を辿って行きたいと発議」できる条件になるのだ。

「K」は医者である養家に医科大学に進学せず文科大学に進んだことを「白状」し、大学「一年生の時」に実家に「復籍」し「養家から出してもらった学費」は「実家で弁償」してもらうが、実家からは「勘当」され「二年生の中頃」まで「独力で己を支えて行った」が、「神経衰弱に罹っている位」になってしまっていたのだ。

「独立心の強い」「K」は「日々の費用を金の形で彼の前に並べて見せ」ても拒絶するから、「二人前の食料を彼の知らない間にそっと奥さんの手に渡」すことにしたのだ。

「利子の半分」が「K」を同じ下宿に引き入れ、お嬢さんとの関係に巻き込み、「自殺」に至らしめたのである。

「先生」が安定した「利子」生活者になりえたのは、第二次松方正義内閣で、大日本帝国が金本位制を確立したからだ。それが可能になったのは、当時の国家予算の倍以上となる日清戦争の軍事賠償金があったからだ。戦争が莫大な金儲けになることを経験して、大日本帝国の軍備拡張、殖産興業、植民地の領有を一気に推し進めたばかりでなく、第二次松方政権は帝国大学の増設もおこなっていったのだった。

「明治の精神」としての「帝国大学」

「私」が東京帝国大学を卒業したのは一九一二年、このときすでに京都、東北、九州に帝国大学が創設されていた。だから「先生」は、自分の時代と比べて「その頃の大学生は今と違って、大分世間に信用のあったものです」と「私」に強調している。つまり帝国大学がたった一つだったときのことだということになる。第二次松方内閣の一八九七年に京都帝国大学が創設されるのだから、「先生」と「K」が「大学生」になったのは、その前の九六年頃ということになる。

自信をもって乗り込んだのが、「軍人の遺族の家（うち）」、「未亡人（びぼうじん）と一人娘と下女」が住む家、一連の事件が起きる「ある軍人の家族、というよりむしろ遺族、の住んでいる家」である。「主人」は「日清戦争の時」に「死」に、「厩などが」ある「市ヶ谷（いちがや）の士官学校の傍」にあった「邸が広過ぎるので、其所を売り払って」「小石川」に「引っ越して来た」のだ。

女性である「未亡人」による不動産の売買が可能だったのは、長男子本位の家督相続と既婚女性に対する法的無能力者規定、財産相続での妻の権利の制限が入った明治民法施行（一八九八年七月十六日）以前だったからである。小説でのすべての重要な出来事の前提は、日清戦争後の一八九六年から九七年の間に形成されている。その前史としての「先生」と「K」の関わり方は、教育を受けて、学歴を積み重ねていくことによって、社会階層を上昇していこうとする学歴エリートの立身出世主義に規定されている。

「先生」と「K」は「同郷の縁故」をもち、「小供の時からの仲好」で、「真宗の坊さん」の「次男」だった「K」は、「中学にいる時」に「医者の家へ養子」に行き、「Kは其所から学費を貰って東京へ出て」「先生」と「同じ下宿に入り」、「二人で同じ間」で生活していた。一八八六年の中学校令で設置された尋常中学は各府県一校、帝国大学に進学できる高等中学（一八九四年から「高等学校」）は、第一から第五まで、東京、仙台、京都、金沢、熊本のナンバースクールだった。つまり中学を卒業して、東京の第一高等学校に進学した学歴エリートが「先生」と「K」だったのだ。

しかし、「先生」と「K」は「同じ」ではなかった。「先生」は「K」に対して中学時代から劣等感を抱いていたことを「私」に告白する。

Kは私より強い決心を有している男でした。勉強も私の倍位はしたでしょう。その上持って生れた頭の質が私よりずっと可かったのです。後では専門が違いましたから何とも言えませんが、同じ級にいる間は、中学でも高等学校でも、Kの方が常に上席を占めていました。私には平生から何をしてもKに及ばないという自覚があった位です。けれども私が強いて私の宅へ引張って来た時には、私の方が能く事理を弁えていると信じていました。

「中学でも高等学校でも、Kの方が常に上席」だったのだ。「先生」は学歴競争社会での「勉強」や「頭の質」といった成績の席順競争で、常に「K」に負け続けていた。だから「利子の半分」で生活できるようになったときはじめて経済的に有利になり、「K」に勝とうとしたのだ。その結果、「K」の「自殺」を招き寄せてしまった。

「人間の精神」による国家への抵抗

そこまで考えるなら、「K」の「自殺」は、日清戦争に勝利したあとの複数の意味での国家の政策として顕現した「明治の精神」に対する、死をもっての批判という受け止め方を「先生」がしているともいうことができる。「K」の「自殺」後、「先生」は帝国大学文科を卒業したにもかかわらず、何もしないで生きている。「K」を「自殺」させてしまったことも含めて、「先生」は「私」に対して、「私のようなものが世の中へ出て、口を利いては済まない」と言い、「どうしても私は世間に向って働らき掛ける資格のない男だから仕方がありません」と「私」に言った。そのときの「先生」の「表情」が「二の句の継げないほど強いものだった」ことを「私」は心に刻み付けている。

国家の政策としての「明治の精神」とともに生きてきた「私」の「父」は、「何もしていない」「先生」に対して「必竟やくざだから遊んでいるのだと結論しているらしかった」と「私」は考えている。また帝国大学を出て「九州」に仕事をもつ「兄」も「イゴイストは不可（いけない）ね。何もしないで生きていようというのは横着な了簡だから」と「先生」を批判している。

こうして「K」と「先生」の個人としての「人間の精神」について考え直してみると、徹頭徹尾国家の方針としての「明治の精神」に抵抗し背反していると考えざるをえなくなる。あるいは、個人の「人間の精神」、「先生」と「K」の生き方と死に方という「明治の精神」によって、日清・日露の二つの戦争を経た大日本帝国の政治、外交、経済、教育政策に抗いつづけていると思えてくるのである。

そこまで考えて、私は大江氏の『水死』の一節を想起していた。

> 「先生」は、ほらこの通り徹底して個人の心の問題にこだわり、個人の、個人による、個人のための心の問題を、若者に解らせようと力をつくして死んだんです。それが、どうして明治の精神に殉じることですか？

私の死を私のためだけのものに、取り戻させてください。(9)

個人としての「人間の精神」をもつ者の死を、国家が占有していくのが「国権の発動たる戦争」にほかならない。百年前の「こころ」の連載が終わる頃、一九一四年八月二十四日に、大日本帝国はドイツと交戦状態に入った。ヨーロッパでイギリスがドイツに宣戦布告をしたから、日英同盟を結んでいた日本も参戦しなければならなかったのだ。

「我が国と密接な関係にある他国に対する武力攻撃が発生し」た「場合」に「実力を行使する」(二〇一四年七月一日、閣議決定)ということは、百年前と同じ「戦争をする国」になるということが、百年前の「こころ」から鮮明になる。

注

(1)「朝日新聞」二〇一四年四月二十日付
(2)夏目漱石『こころ』(岩波文庫)、岩波書店、一九九〇年
(3)同書
(4)「朝日新聞」二〇一四年七月二日付
(5)「朝日新聞」二〇一四年四月二十日付
(6)前掲『こころ』
(7)同書
(8)同書
(9)大江健三郎『水死』講談社、二〇〇九年

増補版あとがき

『構造としての語り』は、私の最初の本の一冊であり、二〇一二年に同じく青弓社から増補版を出版した『文体としての物語』と「一九八八年四月三十日」という奥付の発行日を共有していた。両書の増補版を出していただいた青弓社の矢野恵二さんには心から感謝する。同時に、読者のみなさんに対してとともに、深くお詫びしなければならない。それは本書の増補版の出版が大幅に遅れたことについてである。その理由は、いくつかの章の引用部をすべて出典と照合して、注釈でそれを明記するという作業に時間がかかったからである。

本書に収録してある論文の約三分の一は、大学院生のときに執筆したものだ。北海道大学の院生を中心に結成した「異徒の会」編の研究同人誌「異徒」に掲載した論文が、第2章の3「物語の展開と頓挫」、第3章の3「〈語る〉一人称／〈記述〉する一人称」である。一文字何円で、自ら同人誌費を支払っての論文発表であったので、字数は削れるだけ削った。注釈などをつける余裕は一切なかった。

「異徒」は、それぞれの執筆者が読んでもらいたい方に送り付けていた。そのご縁で専任講師として採用していただいた成城大学文芸学部の尾形仂先生は、最初の飲み会で、「小森君の論文は骨と皮だけだから、これからは少し肉をつけるように」と忠告してくださった。

論文自体に「肉」がついていなかったのだから、注釈は問題外だった。その意味で『構造としての語り』は、学術書としての要件を満たしていなかった。引用箇所を検索して確認することができないからだ。これまでに何度か他言語への翻訳の話が持ち上がったが、注釈が付いていないことが理由で、そのほとんどが取りやめになった。

引用部はすべて注釈で出典を明記して、ほかの研究者が検索確認ができるようにすべきだという青弓社の提案は、本書を学術書として再出版するにあたって、きわめて正しいものであった。

しかし、翻訳論も入っているため、ロシア語や英語の文献も、しっかり調べ直さなければならない。注釈を付すことと引用部原典確認に想定外の時間がかかってしまった。この校正作業に協力していただいた郭東坤、木村政樹、矢口貢大各氏と、作業の全体をまとめていただいた堀井一摩氏に心から感謝する。

『文体としての物語・増補版』の「増補版あとがき」に、私は本書を「編むきっかけは、ちくま文庫版の夏目漱石『こころ』（筑摩書房、一九八五年）の解説として、私の論文が採用されたことによる」と書き、本書に「収めた「成城国文学」の初出とは微妙に、しかし、決定的に異なっている」と明記した。両書とも、同じ青弓社から出ることになったので、読者のみなさんも読み比べることが可能になったので、このことについて説明しておきたい。

「「こころ」を生成する心臓（ハート）」の冒頭は、「夏目漱石自身が装丁した『心（こころ）』という書物（初版本）を、テクストとして読むためには、私たち読者は、まず「心」という漢字（視覚文字）が大書されている箱から書物を取り出し、異なる書体で「心」と書かれた表紙、そして扉を開き、「上―先生と私」の最初の言葉と出会うのである」という一文で始まっている。本書収録の論文の冒頭と比べていただくと、テクストを漱石夏目金之助自身が装丁した初版本に限定していることが明確になるだろう。

三好行雄氏との「『こころ』論争」が始まった段階で、この論争を不毛なものに終わらせないために、前田愛氏が本郷の赤門近くの居酒屋で作戦会議を開いてくださった（その場に同席した生き証人の数少ない一人が、『文体としての物語・増補版』の「解題」を執筆していただいた島村輝氏である）。その場には三好氏も同席していた。

前田氏の提案は、三好氏の論点は新聞連載小説としての、『心』という総題を持ち、いくつかの短篇を重ねるはずであったが、結果的に「先生の遺書」という一つ目の短篇で連載を終わることになった（当初の作者の思いどおりにならず、連載初期段階と後半の展開には微妙な違いがある）テクストに基づいて展開されるべきであり、小森の論点は、初版本のテクストをもとに提示されるべきだ、というものであった。つまり、この二つは、まったく異質な小説テクストであることを前提に論争を進めれば、小説とともに印刷された「作者名」という特異な位置が明確になると前田氏は満面の笑顔で語られた。

その後、お二人が相次いで亡くなられ、この計画は実現しなかった。だから初版本の「序」の「予告には数種の短篇を合してそれに『心』といふ標題を冠らせる積だと読者に断わったのであるが、其短篇の第一に当る『先生の遺書』を書き込んで行くうちに、予想通り早く片付かない事を発見したので、とう〵その一篇丈を単行本に纏めて公けにする方針に模様がへをした」という「夏目漱石」という著者名によって発せられた言葉は、まだ論争のただなかにある。

作者その人と作者に限りなく近い作中人物との奇妙な関係を、書物の形にまでこだわって提示した作家の一人が大江健三郎氏である（古義人三部作など）。その大江健三郎氏のインタビューから始まる、「朝日新聞」における岩波文庫版の本文による、百年後の『心』の新聞連載についての論文こそが「増補版」にふさわしいと判断した。

所収論文のほとんどが三十年以上前に書いたものであるが、改訂の必要はないと判断した。訂正は誤字や脱字の直しにとどめた。

『増補版』の「解題」を執筆していただいた林少陽さんには心からの感謝を表明する。

二〇一七年八月

小森陽一

解題　「歴史の詩学」を求めて

林少陽

1　現代日本の文学研究史における本書の位置付け

本書は、一九八八年四月三十日に出版した小森陽一の著書『構造としての語り』の増補版である（以下、初版本を「本書」または『構造』と呼ぶことがある）。これは、著者の最初の学術書として同時出版した『文体としての物語』（筑摩書房。以下、『文体』と略称）の「姉妹篇」である。『文体としての物語・増補版』が二〇一二年に青弓社から出版された際に、解題を書いた島村輝は「『文体としての物語』は（略）「日本近代文学研究」の世界での「小森陽一」という「事件」を象徴する成果の一つとして現れたものだった」と述べた。島村の解題はある意味では同時に『構造』に対する優れた解説なので、同時出版の『構造』にもそのまま適応できる。この二書は、一九八〇年代末以来の日本近代文学の研究方法に衝撃を与えた「双璧」のような存在としてあわせて読むべきだろう。

この二冊の処女作は、それまでの文学研究が「対象とする作品（作者）との関係を特権化し、本来恣意的な〈読み〉を絶対化する」（『構造』一二五ページ）ことに対する疑問と批判から出発し、探索した結果である。一方、『文体』は明治二十年代前後（一八九〇年代前後）の西欧的文体の導入の問題を扱い、具体的には、小説の表現と構成、文体と物語の相互作用を通して、伝統的なジャンルの記憶や「期待の地平」をどのように崩しているのかを明らかにしようとした。他方、『構造』は、物語行為論とそれと関連する発話主体論を中心に、さらに読者行為論と書記行為論を扱うものである。時期的には主に明治十年代後半から二十年代初頭（一八九〇年前後）を中心としながら、付随的に大正末期から昭和初期（一九二〇年代）を扱った。現在、学界では学者としての著者を漱石研究者として認知することが多いだろうが、もともとは明治十年代後半から二十年代初頭の研究者だという事実は忘れられがちである。このような研究背景は、著者が明治文学研究者の亀井秀雄に教えを受けたことと無関係ではないだろう。

『文体』と『構造』は、島村氏が解題で紹介したとおり、一九八〇年代の末頃から、前田愛の『都市空間のなかの文学』（筑摩書房、一九八二年）、『文学テクスト入門』（〔ちくまライブラリー〕、筑摩書房、一九八八年）などの著書とともに、それまでの日本近代文学の研究手法のあり方に大きな揺さぶりをかけたものであり、作家論とそれと並行する作品論が主流だった近代文学の研究のあり方を変えようとしたものだった。小森の研究は作品をテクストから独立した全体として研究する普通の文体論とも、またもちろんテクストそのものの綿密な分析を経ずにただ性急に政治的価値や倫理的価値に――それがコンテクストのつもりで――還元することとも区別される。

『文学テクスト入門』は著者・前田愛が亡くなったあとの一九八八年三月三十一日に筑摩書房から出版されたが、その一カ月後に小森の前記の二書が出版されたのは偶然ではないだろう。『構造』の八八年版の「あとがき」で著者が記しているとおり、前田愛の示唆が大きい。前田愛は、明治初頭の文学の研究者として江戸文学がどのように「日本近代文学」に変身したのかについて、日本近代文学と江戸の文学の両分野で優れた業績をあげた学者である。それだけでなく、理論的にも『都市空間のなかの文学』での都市空間というテクストとテクスト空間との関係や、『文学テクスト入門』での人称についての考察、読者論などの最新の学問的探究をしたものである。

前田愛の著者への示唆を要約するキーワードの一つに「空間」がある。著者は『増補 文学テクスト入門』に対する「文庫本版解説」で、夏目漱石の『草枕』に登場する二人の読者を例に、「物語をはじめから終わりにむかって順序正しく一本の線を辿るように読み進めていくことを主張する那美さんと、書物の任意に開けたところを漫然と読むことを主張する画工との間には、時間芸術である物語や小説を、時間の流れに従って読むという在り方と、書物という空間をそこに導入しながら空間論的なモデルで読書行為をとらえようとする」、という二つの異なった読書法があることを提示した。[1] ここで小森は、前田愛の独自の、読者論が仲立ちした物語論を解説した。小森によれば、前田愛はそれまでの西欧的な時間論と統合論を軸とした物語論から、空間論と範列論を軸とした物語論へと転換した。つまり、線条的（リニア）テクストを空間軸の側にずらしていったのである。以上の前田愛の特徴は、実際、『構造』にもそのまま適応できると思われる。

2　本書の方法論的特徴

　著者は一九八八年版本書の「あとがき」で、「初期の論文における基本的な問題意識は、小説の言説を、なにが語られているのかという物語内容からではなく、なにをどのように、どのような立場から語っているのかという発話行為（物語行為）から捉え直すところにあった」と述べた。つまり本書は、近代日本文学での小説言説の生成を明治期を中心に、付随的には昭和初期の文学まで研究する書物である。

　このような方法論は、ジェラール・ジュネットなどの影響下にあるものである。ジュネットは、言説（ディスクール）の方向性あるいは路線を明確化するために、換言すれば誰が発話しているか、そして誰に向かって発話しているかということを明確化するために、記号学の理論に基づきながら物語の語りを三つの部分に分けていた。一つは物語を言説（ディスクール）の具体的な表現形式（テクスト）とするもので、ジュネットはそれを物語言説（narrative、フェルディナン・ド・ソシュールの能記（シニフィアン）にあたる）と呼んでいる。これをさらに語り手の言説（ディスクール）と作中人物の言説（ディスクール）の二つに分けた。二つ目は、前述した言説から引き出した小説内部の出来事、すなわち物語内容（story、ソシュールの所記（シニフィエ）にあたる）である。三つ目は、語り手が外部で叙述している「語り」という行為（narrating、物語行為）である。[2] ジュネットの理論は、言説の伝達方向を明確化することを目的とするものであり、それは誰が誰に対して発話しているかということをはっきりさせる方法でもある。

何をどのように、どのような立場から語っているのかという発話行為から言文一致体の草創期としての坪内逍遥や二葉亭四迷の作品を捉え直すことを通じて著者に見えてくるようになったのは、言文一致体は単に話し言葉によって新しい小説文体を作り出すだけではないということだった。まずはそこには外国文学の翻訳との関係が浮上する。このような視点でみると、「近代」「文学」の「日本」性がまず相対化されることになる。この意味で本書は翻訳の視点による近代日本の小説の言葉、特に語りの生成論であり、翻訳と明治文学との関係を語りの構造から見直すユニークな研究である。

　翻訳の視点で発話行為から言文一致体の草創期としての坪内逍遥や二葉亭四迷の作品を捉え直す場合、次に出てくるのは小説での「詞」（他者の言葉としての作中人物の台詞）と、「地」（語り手の言葉）との動的な関係である。翻訳と、「詞」と「地」との関係という二点は分けてみるようなものではない。たとえば、著者が本『増補版』第2章の「葛藤体としての〈語り〉――『浮雲』の地の文」で指摘したように、『浮雲』第一篇に登場する「語り手」は、二葉亭四迷のなかで、円朝の落語による作中人物のリアルな表白の再現に匹敵する臨場感、ニコライ・ゴーゴリの小説、そしてゴーゴリ的な民衆的なものとして先行文学から選んだ式亭三馬の滑稽本の言葉、という三つのジャンルの要素が出会ったことによって登場したのである。小森は『浮雲』第一篇から第三篇にかけて展開される、フョードル・ドストエフスキーの多声的な小説の創作方向を明らかにした。多声的と言っているのは、語り手の言葉と文三の詞という二つの方向や二つのイントネーションをもつ言葉の葛藤、文三以外の作中人物（他者）の様々な詞、それらの他者の言葉を意識して発せられる文三の「内的論争」を孕んだ独白、などである。しかし、同時に、小森によれば、二葉亭は『浮雲』の第三篇で、イワン・ツルゲネーフの小説で全権をもつ語り手が「作者の意図」を代弁するモノローグ（一つの声）のような語りをも導入した。このような手法はほかならず、同時期に二葉亭がツルゲネーフの翻訳をしたことに由来していると示唆的に指摘した。このような作業で小森は『浮雲』の文学史的な意味とその挫折を説得力をもちながら説明できた。

　こうして本書は、日本近代文学の成立期で最初の探求者がどのような言語的模索をしているか、そしてどのような基準でその模索のどの部分が成功し、どの部分が失敗したのか、なぜそうなるのかを理論的に見事に提示したと言える。本書は、明治十年代後半から明治二十年代初頭の文学で、著書と読者との間に現象する小説は具体的にどのようにポリフォニーな語りを通して実現できたのか／できなかったのか、あるいはしなかったのかを理論的に明らかにしようとした。このポリフォニーな語りとは、作品の外で文字面の背後からその言説を統括する作者の声、作品そのもののなかで言葉を語り始める語り手の主体の声、作中人物の様々な主体の声、という様々な他者の声である。

要するに、小森にとって小説とはたえず生成過程にある対話であり、その対話的関係性こそ作品を活動化させるエネルギーである。本書でおこなっているのは、この対話的関係、その運動性の仕組み――まさにこれが語りの構造だが――の研究である。

3　本書とバフチン理論との関連

小森の『構造』がナラトロジーについての著書だという意味で、前記のジュネットも示唆を受けたロシア・フォルマリズムから影響を受けていることは言うまでもない。しかし、歴史の詩学という視点で著者の仕事をみるならば、むしろミハイル・バフチンの影響こそ特筆すべきものだろう。小森は幼年時代に東ヨーロッパで過ごした経験もあり、ロシア語系のフォルマリズムやそれと批判的な対話関係にあるバフチンの理論に近寄りやすいことも無理はない（彼の幼少期の言語的経験は『コモリくん、ニホン語に出会う』〔小森陽一、〔角川文庫〕、KADOKAWA、二〇一七年〕を参照されたい）。『構造』にいちばん頻出している用語に「多声的（ポリフォニック）」、または「他者の言葉」などがある。これらはバフチンの用語だが、バフチンという固有名詞も最も頻出する外国の理論家の名前である。

ここでバフチンが『構造』に影響を与えたのは、一つはポリフォニー小説という概念であり、もう一つは言語思想的なものである。

まず、ポリフォニー小説という概念についてバフチンは、ドストエフスキーの作品を例にしながら、優れた小説を究極的な全体にわたる対話性の場としてみた。バフチンによれば、ドストエフスキーの小説は、複数の他者の意識を客観的に自ら受け入れる単一の意識の全体像として構築しているのではなく、いくつかの意識の相互作用の全体としてあるので、この相互作用の世界は、観察者をも参加者としてしまうものである。[3] 彼は、「ポリフォニー小説は全体がまるごと対話なのである。小説を構成するすべての要素の間に対話的関係が存在する。すなわちすべてが対位法的に対置されているのである」[4] と述べた。また、バフチンは、「まさにポリフォニーにおいてこそいくつかの個人の意志の結合が生じ、単一の意志の枠が本質的に乗り越えられるという現象が起こるのである。したがって次のように言うことも可能だろう。つまりポリフォニーの芸術的な意志は、複数の意志の結合への意志であり、事件への意志であると」[5] と述べた。

他方、小森が扱う明治二十年代初頭はまさに日本の資本主義がある程度展開され、そして様々な問題を抱え始める時代でもある。この時代の特徴は、まさにバフチンがロシアについて言っている次の特徴に当てはまる。「そこでは自己への信念と平静な観照をこととする（ママ）モノローグ的意識の枠に納まら（ママ）ない、形成期の社会生活の矛盾に満ちた本質が、とりわけ強烈な形で表出される必然性があったし、しかも同時にイデオロギー的バランスを失った人間たちや、衝突し合う諸世界のそれぞれの個性が、きわめて完全な、はっきりとした形で現れるのもまだ当然だった。こうしたことがポリフォニー小説の本質的な多次元性と多声性のための客観的前提をなしているのである」[6]。バフチンがドストエフスキーのポリフォニー小説について分析しているように、小森は明治十年代後半から明治二十年代初頭の小説を小説言説の生成の次元で、明治二十年代初頭の歴史を詩学の次元で徹底的に解明しようとした。この時代の小説の新しさは、たとえば『浮雲』のように、まさに超越的な観察者としての読者を許さなくなった点にあるのである。

次にバフチンの言語思想の面の『構造』に対する影響について簡単に触れたい。バフチンが自分の思想を構築するうえで不可欠な、批判的な対話相手にするのは、オーソドックスなマルクス主義者と、それと犬猿の仲とも言えるフォルマリストである。バフチンはフォルマリストの研究が社会的・政治的要素を無視している、という左翼陣営の異議申し立ての多くに賛成だったが、「内容・素材・形式の問題」で彼がいちばん問題にしたのは、フォルマリストの方法論的実践の背後にある「哲学的貧困」[7]である。小森の出発点に批判的に隠在しているのは、マルクス主義文芸批評家に対する不満だが、マルクス主義文芸批評の対立面にある批評にももちろん別な意味も謙ねて不満をもっていた。

フォルマリストに対するありがちな批判としてもう一つあるのは、日常言語と詩的言語の二項対立である。フォルマリストによれば、「文学性」(*literaturnost*) の本質はまさにこの「非自動化」(*ostranenie*) のなかにある。[8] バフチン研究者のカテリーナ・クラークとマイケル・ホルクイストの次の言葉はバフチンのフォルマリストに対する批判についてのものである。少し長いが、引用する。

> バフチーンのイデオロギー学において繰り返し問われる問題のひとつは、異なる信仰体系どうしの対話はいかにして可能なのか、あるいはそれらがいかにして現在あるいは歴史的過去において社会構造における価値と言説の現実の階級制のなかに落ち着くかという問題であった。言い換えれば、彼はつねに、さまざまな人間、テクスト、イデオロギー、そして言語の間の繋りを求めていたのであって、それらの差異を際立たせることを求めていたのではない。たがいに異なる思想体系がいかにたがいに関係しあうかということにたいするこうした対話的理解が、フォルマリストの非自動化理論にたいするバフチーンの批判の底にある。非自動化理論は、異なるテクスト間のコミュニケーションではなく、たがいの排除、すなわち二者択一の原理にもとづいている。バフチーンの考える、イデオロギー学の歴史は、彼自身の思想とフォルマリストたちの思想との具体的な衝突において十二分に立証されているように思われる。[9]

一方、小森の『構造』と『文体』は、読者行為論としての理論を扱っている著書でもあるので、次の意味で読者論は必然的に比喩論を扱わなければならない。すなわち小説の語り手が読者に対して、物語を語る行為のレベルで語られた言葉に方向づけをすることが比喩である、とするならば、「生きた比喩」（ポール・リクールの用語）は、意味生成に疲労した言葉に生きた隠喩としての生命が再び蘇るようにし、読書空間に内在する読者の意識に異化効果を与え、読者の意識を想像力として発動させるのである。比喩論はこの意味で詩的言語を扱わなければならないので、小森の『構造』は実際に詩的言語を扱うフォルマリズムの言語理論に、ときに依拠している。しかしなんといってもフォルマリストは小説の分析には弱い傾向があるが、詩の分析には長じていると言える。しかし他方で小森の関心は、むしろ言葉とそれが置かれている文学的・歴史的な場としてのコンテクストにあるので、イデオロギー学の構築者でもあるバフチンこそ小森の関心にあると言える。したがって、「他者の言葉」や、他者とのコミュニケーションというバフチンの他者への関心こそ、後年の小森にみられる、ナショナリズムという排除論理に対する批判に通じる部分がある。「異なる信仰体系どうしの対話」というバフチンの問題意識は、「共同体」としてのネーションの問題（ナショナリズムや歴史認識の問題など）にそのまま当てはまるからである。

バフチンが言う社会的なるものとは、主には複数性と闘争性、対話性の言語関係同士のことであると理解されがちだが、忘れてはならないのは、彼の言語思想でもう一つ重要な課題はコンテクストの問題である。バフチンは、文学的テクストを含め、およそ言表（utterance）の決定的な特徴が作者の個性や倫理的価値観、社会的コンテクストだとするコミュニケーション理論を作り上げていた。[10] これは同時期のフォルマリストと対照的である。というのは、フォルマリストは、文学的テクストは文学的言語のシステムそのもののなかではたらく非個人的な力の結果だと主張していたからである。[11] また、バフチンが『マルクス主義と言語哲学――言語学における社会学的方法の基本的問題』（桑野隆訳、未来社、一九八九年）で言語学者を攻撃するときに念頭に置いているのは、多くの場合フォルマリストが依拠する、体系の無時間性を重視するソシュールである。[12]「バフチーンに言わせれば、言語は、ライプニッツ的な無時間性とデカルト的論理を有しているのではなく、つねに歴史の乱雑さと個々の運用の無規則性を有している。言語はプラトン的な秩序の夢の中にではなく、日常生活における言葉のやり取り、その乱痴気騒ぎの中に、見だされる」[13]とクラークとホルクイストが指摘したとおりである。

いずれにせよ、この時期のバフチンの小森への影響は、社会性・歴史性の探求という後年の小森の仕事にある種の言語思想的基盤を準備していると言えるかもしれない。『構造』での著者の関心は、小説を通して歴史性・政治性としての「社会性」の探求を必ずしも明確に自覚しているとは言いがたいが、しかしすでにところどころ、そのような傾向が『構造』ではみられるのである。歴史への詩学を探求しようとする『構造』は、後年の著者の歴史性・政治性の自覚的な探求の登場を予告している、と私は考える。

4　歴史の詩学の探求者

本書は、様々な読み方が可能だろう。

まず言うまでもないが、本書は明治十年代後半から二十年代初頭を主とする近代日本の文学史に対する優れた研究である。それはナラトロジーの視点をもって明治十年代後半から二十年代初頭の文学史を捉え直した著書である。そして、翻訳史の視点で、明治十年代後半から二十年代初頭の日本近代文学の発生史に対する研究として読むことも可能である。

また、単純に言語的な視点で読んでも、明治十年代後半から二十年代初頭はまさしく日本の言文一致が文学で確立されつつある時期なので、本書は近代日本の言文一致を考察するうえでも重要な成果である。ただ、著者は言文一致をポリフォニー小説を可能にさせる試みとして評価する一方で、ナショナリズム運動としての日本語施策には徹底的に批判的である。このような「矛盾」は彼の態度の矛盾というよりも、言文一致と国語政策という二つのレベルが異なるものの間にある微妙な関連に由来する。この意味で、『構造』は言文一致をみるうえでも重要なものである。

さらには、批評理論の探求と実践としても、明治十年代後半から二十年代初頭を主として近代日本の文学的・

言語的文脈に即しながら小説を研究する優れた理論的探求書としても読むことができる。人称の非必要性や、漢字仮名交じりの日本語エクリチュールの「空間性」の問題はもちろん西洋の理論にみられないものである。

いずれにせよ、冒頭で触れたとおり、ここまでの様々な読みの可能性を個人的には「歴史の詩学」の探求として著者の仕事を総括することができる、と思う。『文体』と『構造』という二書は、まさに著者の「歴史の詩学」の探求の出発点での成果として位置づけることができるだろう。

「歴史の詩学」の探求者としての小森の仕事をみる場合、彼の後年の仕事と本書との関係をみることも必要かもしれない。たとえば、彼は『〈ゆらぎ〉の日本文学』（日本放送出版協会、一九九八年）ではじめて「〈物語〉としての歴史、〈歴史〉としての物語」を全面的に強調した。『〈ゆらぎ〉』は「歴史の詩学」の段階から歴史そのものへと直進する彼の著書としてみることができる。『〈ゆらぎ〉』で彼は「「近代言文一致体」に代表されるようないくつかの平均値を徹底して懐疑する実践が中心的な課題である」[14]と述べた。この頃の著者は、明確に、この平均値を代表するのが「日本」―「日本人」―「日本語」―「日本文化」といった「四位一体」である、と批判的に述べている（「あとがき」）。『〈ゆらぎ〉』はポストコロニアルな状況へのさらなる自覚による実践である。

「歴史の詩学」から歴史性そのものへ、特に戦後日本の歴史認識を批判的にみることは、その後の著者の仕事でさらに明晰な形で表れた。『歴史認識と小説――大江健三郎論』（講談社、二〇〇二年）は、明治以後の日本の歴史を、世界的な帝国主義と植民地主義の力関係のなかで認識し直す作業として位置づけられる。この問題意識は著者の『ポストコロニアル』（「思考のフロンティア」、岩波書店、二〇〇一年）という著書にも直結している。背景的には、戦後日本が依然として歴史の重い負担の下にあるがゆえに、事実上の長い「戦後」のなかにある。それを具体化しているのは一九九〇年代に入って台頭してきたナショナリズムの流れであり、そして二〇〇一年あたりの「新しい教科書をつくる会」の結成などである。

『文体』と『構造』を「歴史の詩学」の探求の作業の試みとしてみる場合、彼の『村上春樹論』は無視できない。『村上論』は「歴史の詩学」を求める著者の小説解読として、いちばん大胆な試みだろう。二〇〇二年に発売され、「国民的な癒しを与えた」、たくさんの愛読者をもつ、存命中の作家のこの作品を綿密に読み解き、特に意識と無意識の葛藤というジークムント・フロイトの構図について、小森が得意とする丁寧なテクスト分析を通して、その隠在的な構造を浮かび上がらせた。「文芸批評家としての基本的役割の一つは、『海辺のカフカ』という小説が、どのような構造を持ち、その構造が、どのように読者の欲望に働きかけているのか、その欲望の実現が何をもたらすのかを明らかにすることにあると思います[15]」と述べているとおりである。『村上論』は『構造』に由来する、語りの「構造」への関心が一貫している。しかし、ここでの関心は明確に歴史認識と小説の語りの構造との関連に向けられている。その結論の当否を疑問視している村上春樹愛読者もいて、その点を議論する向きもあるが、本書でのテクストの読みの過程の洗練さと厳密さは論難を非常に難しいものとしているといっても過言ではない。このような著者の力業と歴史への問題意識はまさに『構造』と『文体』にさかのぼらなければならないと思われる。

＊

私事で恐縮だが、筆者は大学院時代に著者に師事していた。しかし正直なところ、いまだに自分の専門分野を「日本近代文学」と名乗る勇気はない。そうした筆者の読み取りには、あるいは「誤読」的部分があるかもしれない。しかし筆者は常に著者の仕事を、小説の綿密な解読を通して「歴史」を研究する歴史研究者の態度の表明として、そしてそのために小説を読むための理論——私の用語で言えば「歴史の詩学」——を求めるものとして、認知してきたつもりである。この解題は、ある意味で小説の門外漢からのものだが、門外漢の読み取りにもそれなりの意味があると思い、この解題を書くことを決断した。拙論が多少なりとも読者に貢献できればと願っている。

注

(1) 小森陽一「文庫本版解説」、前田愛『増補 文学テクスト入門』(ちくま学芸文庫)所収、筑摩書房、一九九三年、二三三—二三四ページ
(2) ジェラール・ジュネット『物語のディスクール——方法論の試み』花輪光/和泉涼一訳(〔叢書記号学的実践〕、風の薔薇、一九八五年)を参照。
(3) ミハイル・バフチン『ドストエフスキーの詩学』(ちくま学芸文庫)望月哲男/鈴木淳一訳、筑摩書房、一九九五年、三七ページ
(4) 同書八二ページ
(5) 同書四五ページ
(6) 同書四一ページ
(7) カテリーナ・クラーク/マイケル・ホルクイスト『ミハイール・バフチーンの世界』川端香男里/鈴木晶訳、せりか書房、一九九〇年、二四〇—二四一ページ
(8) 同書二四三ページ
(9) 同書二四九ページ
(10) 同書二三七ページ
(11) 同書二三七ページ
(12) 同書二八〇ページ
(13) 同書二八〇ページ
(14) 小森陽一『〈ゆらぎ〉の日本文学』(NHKブックス)、日本放送出版協会、一九九八年、三一八ページ
(15) 小森陽一『村上春樹論——『海辺のカフカ』を精読する』(平凡社新書)、平凡社、二〇〇六年、一五ページ

(リン・ショウヨウ　東京大学大学院教授)

本書は、新曜社が一九八八年に刊行したものを増補した。

［著者略歴］
小森陽一（こもり よういち）
1953年、東京都生まれ
東京大学大学院総合文化研究科教授、「九条の会」事務局長
専攻は日本近代文学
著書に『文体としての物語・増補版』（青弓社）、『13歳からの夏目漱石』（かもがわ出版）、『漱石を読みなおす』『漱石論』『ポストコロニアル』（いずれも岩波書店）、『村上春樹論』（平凡社）、共著に『戦後日本は戦争をしてきた』（角川書店）、『泥沼はどこだ』、編著に『3・11を生きのびる』『沖縄とヤマト』（ともにかもがわ出版）、共編著に『東アジア歴史認識論争のメタヒストリー』（青弓社）など多数

青弓社ルネサンス6

構造（こうぞう）としての語（かた）り・増補版（ぞうほばん）

発行——2017年9月29日　第1刷
定価——6000円＋税
著者——小森陽一
発行者——矢野恵二
発行所——株式会社青弓社
〒101-0061 東京都千代田区三崎町3-3-4
電話 03-3265-8548（代）
http://www.seikyusha.co.jp
印刷所——三松堂
製本所——三松堂

ISBN978-4-7872-9237-7 C0395